必 시험에 또 나온다

읽자읽자

우리소설

3

必 시험에 또 나온다

읽자읽자
우리소설 3

엮은이 | 박동규
펴낸이 | 손상목
펴낸곳 | 도서출판 인디북
책임편집 | 민윤식
편집 | 신선균 조혜민
디자인 | 디자인캠프
마케팅 | 이민우 정현철
관리 | 김봉환 길은자

1판1쇄 인쇄 | 2004. 4. 23
1판1쇄 발행 | 2004. 4. 27

등록일자 | 2000. 6. 22
등록번호 | 제 10-1993호
주소 | 서울시 마포구 현석동 105-56 3층
전화번호 | 02 · 3273 · 6895~6
팩스번호 | 02 · 3273 · 6897
홈페이지 | www.indebook.com

ISBN 89-89258-96-0 44810
89-89258-95-2 (세트)

必 시험에 또 나온다

읽자읽자 우리소설 3

박동규 엮음

인디북

■ 작가와 작품 선정 근거

이 책에 수록한 작품은 다음의 '필독도서' 리스트를 우선 참고하고, '우리소설 바로읽기' 교사 모임이 추천한 작품을 추가하여 여러 차례 윤독회를 거친 끝에 결정하였다. 서울대학교 선정 필독도서 목록/서울시 · 부산시 국어교사회 추천도서/전라남도 교육청 선정 필독도서/주요 교육관련 인터넷 사이트 고교생 필독도서/제7차 국어 교육과정에 반영된 작가와 작품.

■ 어떤 작품을, 왜 수록하였나?

① 출제빈도 높은 장편소설 대폭 수록

홍명희 〈임꺽정〉, 염상섭 〈삼대〉, 황순원 〈카인의 후예〉, 이광수 〈무정〉, 채만식 〈탁류〉, 박경리 〈토지〉, 조정래 〈태백산맥〉 등 '서울대학교 선정 필독도서' 등 주요 필독도서 리스트에 올라 있는 장편소설을 대폭 수록하였다. 특히 한용운 〈흑풍〉, 황순원 〈카인의 후예〉, 홍명희 〈임꺽정〉, 조정래 〈태백산맥〉 등은 비슷한 성격의 다른 책들이 다루지 못한 작품들이다.

② 시대별 대표 작가의 대표 작품을 균형 있게

제1권은 '1920년대~1940년대'의 작가들을 중심으로, 제2권은 '1940년대~1960년대' 이전 작가를 중심으로, 제3권은 '1960년대 이후 현역 작가'를 중심으로 실었다. 이렇게 각 시대를 대표하는 작가들의 대표작들을 수록함으로써 체계적으로 우리 나라 근현대문학을 훑으며 완독完讀할 수 있도록 하였다.

③ 문학성 높은 월북 작가 작품 발굴

오랫동안 이념의 문제로 작품 이름만 전해 오던 월북 작가들의 작품 중에서 문학적 평가가 높은 작품을 정리하여 실었다. 특히 이태준, 박태원, 조명희, 최명익, 허준, 홍명희, 최서해 등의 작품은 앞으로 수능시험이나 대학입시에서 출제될 가능성이 높은 작품들이다. 이들의 대표작을 모두 수록하였다.

④ 친일작가 작품은 최대한 제외

이제까지 유사본에서 많이 소개되고 있던 친일 혐의가 강한 작가의 작품은 제외하였다. 그 대신 한평생 민족정기를 지킨 작가를 수록하였다. 한용운의 장편 〈흑풍〉이 그러한 작품이다.

■ 통합교과형 해설과 편집 구성

① 학습 효과를 높이는 입체적 구성

정확한 연보를 곁들인 '작가 약력' 과, 작품을 한눈에 파악할 수 있는 '미리 보기' 에 이어, 작품의 '구조 분석' '등장 인물' '플롯' 등 3가지 '학습 길라잡이' 를 붙였고, 그 다음에는 작가와 작품과 관련된 학습 정보 '이것만은 놓치지 말자' , 심화深化 학습을 돕기 위한 질문 '깊이 생각하기' 를 매 작품마다 곁들였다. 특히 '깊이 생각하기' 는 단답형 해답을 지양하는 뜻에서 획일적인 해답을 싣지 않았다. 독자 스스로 자유롭게 연구하고 살펴보면서 창의적으로 작품 해석 능력을 기르도록 하였다.

② 꼼꼼하고 친절한 각주

어려운 단어, 관용구, 사라진 토속어 등은 물론 학습을 돕기 위한 도움말을 작품마다 최소 50개 이상 100여 개에 이르는 각주를 붙였다. 그래서 작품을 읽는 동안 따로 국어사전이나 백과사전을 볼 필요가 없다.

③ 초판본 원본 확인 오류 최소화

작품이 처음 발표된 신문 잡지, 초판 단행본을 일일이 찾아 이를 대조하여 교정하였다. 특히 1940년대 이전 작품의 경우 초판본 텍스트를 사용하지 않으면 원작과 틀린 내용이 되기 쉽다.

학생 시절에는 좋은 문학 작품을 많이 읽어 두어야 한다. 재미있는 만화와 신나는 게임, 영화와 DVD 등 영상물이 제아무리 흥미진진하고 한순간 짜릿한 즐거움을 준다고 해도, 젊은 날 책장을 넘겨 가면서 읽었던 문학 작품의 어느 한 대목만큼 우리 가슴에 오래오래 감동을 남겨 주는 것은 없다.

제7차 교육 과정이 이런 점을 놓치지 않고 '생활 속의 문학' 탐구를 통하여 문학 교육의 변화를 이룩하려는 방향으로 교과서를 개편하게 되면서, '우리 소설 읽기' 에 대한 비중을 높여 준 것은 다행한 일이다.

따라서 대학수학능력시험이나 논술시험이 단순한 '앎' 을 테스트하는 데서 한 발짝 벗어나, 학생들로 하여금 '우리 시대와 사회에 대한 종합적인 이해' 와 이에 대한 '비판적인 사고 능력' 을 기르는 데 초점을 맞추어 출제되는 경향으로 나아가고 있는데, 그것 또한 바람직한 변화이다.

이런 흐름은 국어 교육과 문학 학습의 진보적 변화이다. 그러나 암기 위주 문제에 익숙해 온 학생들이 이런 진보적 변화를 받아들이려면 무엇보다도 폭넓은 독서 훈련이 선행되어야 한다. 이 말은, 작가들이 다루는 시대와 역사적 환경이 다르고 작품의 경향이 다른 작품들을, 체계적으로 읽어야 한다는 뜻이다.

그러나 '문학 작품 바로 읽기' 란 쉽지 않다. '되도록 많은 작품을 읽어라' 라고 말은 쉽게 할 수 있다.

그러나 안 그래도 해야 할 공부가 많은 학생들에게는 한 덩어리 골칫덩이가 늘어나는 것과 같다.

어느 시대, 어느 작가의, 어떤 작품을 읽어야 할지, 또 그 작품들에서 무엇을 생각해 내고, 비판할 것은 무엇이며, 수용할 점은 무엇인지 찾아내기란 쉽지 않은 일이기 때문이다.

이번에 엮어 내는 '우리 소설 바로 읽기' 시리즈는 이런 고민과 물음에 대한 응답이고 모범답안이다. 이 시리즈는 우리 나라 근대 문학을 연 춘원 이광수의 첫 장편소설 〈무정〉에서부터 조정래의 대하 역사소설 〈태백산맥〉에 이르기까지의 대표적 장편소설들과, 우리 나라 사실주의 문학의 첫 작품인 현진건의 〈운수 좋은 날〉에서부터 서민들의 삶을 독특하게 묘사한 양귀자의 〈원미동 시인〉에 이르기까지의 단편들을 총망라하고 있다.

뿐만 아니라 이 작품들을 가려 뽑는 데는 현직 고등학교 국어 교사 여러분들이 모여 '서울대학교 선정 고교생 필독도서' 등을 비롯한 각종 필독도서 데이터를 근거로 작품을 선정했다.

또한 이들 작품마다 현행 수능시험과 논술시험 스타일을 반영하는 통합교과형 해설과 세밀한 각주脚註를 붙였다.

이런 일련의 작업은 오랫동안 대학(서울대학교)에서 문학을 가르친 내 경험이 바탕이 되었다.

이 시리즈가, 부디 수능시험과 대학입시, 그 밖에 여러 시험을 준비하는 수험생들에게 훌륭한 길잡이가 되어 '합격' 이라는 기쁨을 안겨 드리는 도우미가 되었으면 한다.

그래서 모두들 희망찬 미래를 설계하기를 소망한다.

2004년 2월 10일

엮은이

| 추천 목록 |

✲ 서울대학교 선정 필독도서

✖ 전라남도 교육청 필독, 권장 도서

❖ 한국문예창작학회 선정 10대 작품 선정

✣ 서울시 교사협의회 선정 필독도서

◉ 독서평설 독서지도작품 선정 작품

❖ 거창고등학교 필독, 권장작품 선정

♦ 우리소설 바로읽기 교사모임 필독 작품

◈ 기타 개별고등학교 필독도서 선정 작품

각 작품명 아래에 나오는 기호는 위의 추천 목록을 표기한 것입니다.

Contents

책은 한 권 한 권이

하나의 세계다.

-W. 워즈워스

|1936 ~ |

1936년 함경북도 회령에서 태어나다. 1950년 일가족과 함께 월남하다. 서울대학교 법과대학을 중퇴한 후 군에 입대하여 육군 통역 장교로 복무하다. 1959년 《자유문학》에 단편 〈그레이 구락부 전말기〉, 〈라울전〉으로 추천받아 문단에 데뷔하다. 1960년 〈가면고假面考〉, 〈광장〉을 발표하여 주목을 받다. 1966년 〈웃음소리〉로 동인문학상을 받다. 오랫동안 서울예술대학 문예창작과 교수로 재직하다.

대|표|작

단편 〈그레이 구락부 전말기〉(1959), 중편 〈구운몽〉(1962), 〈서유기〉(1966), 연작소설 〈총독의 소리〉(1968), 〈소설가 구보 씨의 일일〉(1969), 장편 〈광장〉(1960), 〈회색인〉(1963), 희곡 〈옛날 옛적에 훠어이 훠이〉(1979) 등이 있다.

〈광장〉은 남북 분단의 상황과 자본주의와 공산주의의 이데올로기 대립 속에서 한 인간이 겪게 되는 삶의 선택의 어려움과 죽음을 다룬 작품이다. 작가는 남한 사회의 모순과 비리는 물론 북한 사회의 부자유와 이념의 허위를 신랄하게 비판하고 있다. 이 소설에서 묘사하는 '광장'은 두 가지이다. 남한은 토론의 장으로서의 광장은 없고 풍문만이 난무하는 서구적 자유와 나태하고 타락한 개인의 밀실만이 존재하는 텅 빈 광장이다. 반면 북한은 혁명적 정열이 소멸한, 혁명이라는 풍문 속에 낡은 부르주아의 유습이 그대로 존재하는 자유가 없는 공간과 이데올로기의 밀실만이 존재하는 광장이다. 주인공 이명준은 이 두 개의 광장에서 모두 환멸을 느끼고 고민 끝에 스스로 '제3국'을 선택한다.

그러므로 이 작품에서 가장 중요한 '공간'과 '관념'은 '밀실'과 '광장'이다. '밀실'이란 자신만의 생활을 즐기는 삶의 공간이며, '광장'이란 사회적 삶의 공간이다. 인간의 삶은 이 두 가지 삶의 공간이 균형을 이룰 때 비로소 행복해진다. 그런데 이명준은 '철학도'라는 밀실에서 쫓겨나 새로운 광장을 찾아 월북하고, 그 광장에서도 절망한 후 애인 은혜와의 밀실을 소망한다. 다시 이명준은 전쟁이란 광장을 거쳐 아무도 자신을 알지 못하는, 즉 새로운 밀실인 중립국으로 향한다. 그러다가 도착 직전 이명준은 마지막으로 바다를 선택한다. 바다는 이념이 배제된 밀실이며, 사랑만이 참다운 가치를 실현시킬 수 있는 광장이다. 따라서 이명준에게 바다는 광장이요 밀실이었다.

〈광장〉의 결말은 갈매기와 바다의 서사적 묘사로 마무리되고 있다. 갑판 위에서 명준이 처음 갈매기를 보는 순간, 그 새는 감시자의 눈길로 불안감을 준다. 그러나 차차 시간이 흐르면서 갈매기는 아픈 사랑의 과거를 떠오르게 하는 매개물로 변하여 전사한 은혜와 태어나지 못한 딸을 상징한다. 더욱이 생명 부활의 이미지로서 등장한 그 바다 위에 갈매기가 날고 있다는 것은 바다가 진정한 사랑이 가능한 장소, 이명준만의 밀실이요 광장임을 다시 확인케 하는 것이다.

학습길라잡이

구조분석

■ 갈래 장편소설.

■ 주제 이데올로기의 갈등 속에서 이상적 · 근원적 삶의 방식을 추구하는 인간의 모습.

■ 배경 시간은 8 · 15해방에서 6 · 25 종전 직후, 공간은 남한과 북한.
(소설 속의 현재의 공간적 배경은 인도로 가는 타고르 호 선상이며 회상 속의 배경은 6 · 25 당시의 남한과 북한).

■ 시점 3인칭 전지적 작가 시점.

등장인물

■ 이명준 주인공. 남한과 북한을 오가면서 남한의 나태와 방종, 북한의 이념적 구속에 환멸을 느끼고 진정한 제3국으로 '광장'을 찾아가다가 결국 참된 삶의 실현에 의문을 느껴 바다로 투신자살하는 지식인.

■ 이형도 명준의 아버지. 남로당원으로 활약하다가 월북하여 북한에서 고위 관리를 지내지만, 아들에게 이상적 혁명가의 모습을 보이지 못하는 인물.

■ 윤애 명준이 북으로 가기 전의 애인. 명준이 월북한 후 명준의 친구 태식과 결혼하는 여인.

■ 은혜 명준이 북에서 만난 애인. 북한군 간호 장교로 종군하다가 명준의 아이를 밴 채 전사한다.

■ 선장 명준에게 호감을 갖는 타고르 호의 선장.

■ 무라지 석방자를 관리하는 인도 관리.

플롯

■ 발단 철학도 이명준은 월북한 아버지 때문에 심한 취조를 받는다. 이 때문에 남한이 싫어져 월북한다.

■ 전개 월북한 이명준은 노동신문 기자가 되나 북한 사회의 부자유와 이념의 허상에 환멸을 느낀다.

■ 위기 6·25전쟁이 터져 남부전선에 배치되어 전투 중에 애인 은혜를 만나나 은혜는 전사하고 명준도 포로가 된다.

■ 절정 포로 교환 때 명준은 남도 북도 아닌 제3국인 중립국을 선택한다.

■ 결말 제3국 인도가 가까워 오자 명준은 더 이상 자신이 살아갈 광장이 없음을 깨닫게 되어 남지나 바다를 항해하던 타고르 호에서 바다로 투신자살한다.

이것만은 놓치지 말자

갈매기와 바다가 상징하는 것

〈광장〉에서 '갈매기'는 중요한 문학적 장치이다. 이명준이 항해하는 동안 동행해 오던 갈매기는 이명준이 죽음으로써 사라진다. 그러므로 갈매기는 이명준의 의식과 밀접한 관련이 있는 것이다. 이명준은 두 마리의 갈매기를 보고 죽은 은혜와 죽은 자신의 딸을 떠올린다. 명준은 갈매기를 통하여 결국 과거의 아픈 기억에서 끝끝내 벗어날 수 없음을 깨닫고 스스로 죽음을 결행한 셈이다. 한편 '바다'는 여성을 상징하는 의미와 생명 부활의 이미지를 공유한다. 이명준이 바다에 빠져 자살하는 것은 바다에 몸을 던짐으로써 사랑을 구하는 모습이다. 이때 바다는 이명준과 은혜와 딸을 잇는 사랑의 원형임을 암시한다고 할 수 있다.

〈광장〉의 문학사적 자리매김

〈광장〉은 이데올로기 측면에서 남북 분단의 문제를 처음으로 다룬 본격적인 장편소설이다. 이 작품이 문학사적으로 높은 평가를 받는 이유는 이념을 다루면서도 냉전적 사고를 벗어나 인간의 삶과 그 조건을 중시했기 때문이다. 즉 남북한 대결 구도에서 벗어나 살 만한 가치가 있는 세상은 어떤 모습인가를 생각하게 한 것은 색깔 논쟁이나 자기 편 만들기가 일쑤인 현대에도 적절한 테마라고 할 수 있다.

이명준 주변의 인물들

주인공 명준과 혁명가인 아버지, 남쪽의 윤애와 북쪽의 은혜라는 두 여인이 등장한다. 이들은 모두 명준의 기억 속에서 재구성된다. 혁명가로서 아버지의 삶은 명준에게 이상적이었으나 실제로 북에서 본 모습은 부정적 이미지로 드러난다. 은혜는 명준이 북으로 넘어간 후 만난 여인으로 명준의 삶에 중요한 의미를 지닌다. 낙동강 전투 속에서 만나 사랑을 나눈 은혜는 명준의 아이를 가졌음을 고백한다. 이 말은 작품의 말미에서 명준이 배 위를 맴도는 두 마리의 갈매기를 보고 은혜와 딸이라 느끼며 물속으로 뛰어드는 행동을 미리 암시한다. 결국 은혜로 상징되는 사랑이, 명준이 품고 있는 광장과 밀실에 대한 고뇌의 해결책으로 제시된 것이다.

줄거리 따라잡기

이명준은 철학과 학생이다. 그의 아버지 이형도는 철저한 공산주의자이다. 이형도는 박헌영과 더불어 남로당을 만들고 열성적으로 활동하다가 북한으로 도피한다. 그러나 명준은 이데올로기에 대해서는 무관심하며 부유한 집안 출신의 처녀 윤애를 사랑하고 있다. 하지만 이데올로기로 남북이 대치되어 있는 상황은 명준을 내버려 두지 않는다. 북한 정권에서 고위직에 있는 아버지가 대남 방송을 통하여 남쪽을 비방하고 선동하게 되자 경찰은 명준을 잡아다가 그를 구타하고 고문을 하며 아버지와 관련 여부를 취조하고 그를 빨갱이로 몰아 버린다. 명준은 남한 세상이 싫어지고 자포자기한다. 사랑하는 여자인 윤애 집에 머물면서 바닷가를 배회하던 중, 북한으로 가는 밀항선을 알선해 주는 사람을 만난다.

명준은 그의 알선으로 북한이 이상적인 사회일 것이라는 기대를 가지고 월북하여 아버지를 만난다. 아버지는 대남 선전 책임자로 일하면서 자본주의 사회의 부르주아 계급과 다름없는 부유한 생활을 하고 있었다. 그러나 북한에서 명준은 잿빛 공화국의 모습을 발견한다. 인민은 열기를 잃었고, 코뮤니스트들의 일방적인 교양은 강제적이고 교조적인 수준에 머물러 있었다. 이것은 새로운 사회 건설이 아니라 위선과 독선, 아첨과 비굴이 넘치는 세상이었다. 어느 날, 명준은 노동 현장에서 일하다가 실족하여 부상을 입고 병원에 입원하는데, 이곳에서 발레리나 은혜를 알게 된다. 퇴원 후 명준은 만주에 있는 중화인민공화국의 집단 농장 취재를 하러 간다. 그곳에서 명준은 타성과 무기력한 모습을 발견하고 이것을 기사로 쓴다. 이 기사로 하여 명준은 개인주의와 부르주아 근성을 청산하지 못한, 사회주의 건설의 의도를 왜곡시킨 기자로 낙인찍힌다. 그런 중에서도 은혜와의 사랑은 깊어 가는데, 6 · 25 전쟁이 일어난다. 명준은 군관 신분으로 서울에 내려와 우익 사상범들을 다룬다. 이때 옛날 자기 집을 돌봐 준 변 선생네 아들인 친구 태식을 만난다. 태식이 윤애와 결혼한 사실을 알게 된 명준은 윤애를 농락하고 태식을 처형한다. 명준은 낙동강 전선으로 출정하여 인민군 간호원으로 파견된 은혜를 만난다. 두 사람은 생사를 넘나드는 전선의 어느 동굴에서 사랑을 맹세한다. 그러나 유엔군의 폭격에 은혜는 죽고 명준은 포로로 잡힌다.

명준은 북한은 물론 남한 어디에서도 마음 놓고 살아갈 '광장'이 없다는 것을 알게 된다. 그래서 휴전이 성립되어 포로수용소를 나올 때 중립국으로 가려고 결심한다. 명준과 같은 석방자들을 태운 송환선은 인도로 향하는 항로에서 남지나 바다를 지나게 된다. 배 안에서 명준은 영어 실력 덕분에 통역 일을 한다. 그래서 선장과 친해져 허물없는 사이가 된다. 선장은 인도에 가면 자기 조카를 명준에게 소개시켜 주겠다고 말한다. 그러나 명준은 그 말을 흘려듣는다. 명준은 물이랑을 만들며 가는 배의 갑판 위에 서서 극심한 고독을 느낀다. 그러고는 바다를 푸른 광장이라 생각하게 된다. 선장에게 명준의 실종 사실이 보고된다. 결국 명준은 남과 북의 이데올로기를 모두 초월할 수 있는 광장, 이상적인 광장의 모습을 바다에서 발견하고 그 속으로 투신해 버린 것이다.

깊이 생각하기

1. 이명준이 제3국행을 택한 이유는 무엇이며 결국 자살하게 되는 이유는 무엇이라고 생각하는가?
2. 남한과 북한에서의 '광장'과 '밀실'이 어떻게 다른지 작품 속에 표현된 구절을 인용하여 설명해 보자.
3. 주인공 이명준이 인식하는 남한과 북한의 차이는 무엇인지 정리해 보자.

광장

✖❖✣◉❖

테이블에 펼쳐진 해도[1] 위에 컴퍼스가 던져져 있고, 선장은 보이지 않았다.[2]

마카오[3]가 가까워 오자, 석방자들은 또다시 선장에게 상륙시켜 주도록 말해 보라고 그를 졸라 대기 시작했으나, 명준은 끝내 깔아 버리고 말았다.[4] 그들 얼굴에 새겨진 불만과 적의를 보고도, 마음이 흔들리지 않았다. 오래 쌓인 고달픔이 한꺼번에 덮쳐드는지 어깨가 무겁고, 남하고 말붙이기가 귀찮았다.

송환 등록이 시작됐을 무렵 갈팡질팡하던 일이 떠올랐다. 제삼국[5] 에 갈 수 있다는 말을 들었을 때, 바로 자기를 위해 마련된 길이라고 그는 생각했었다.

싸움이 멎었다[6]는 소식을 들었을 때, 명준은 깊은 구렁에 빠졌다.[7] 북으로 돌아갈 생각은 아예 없었다. 아버지가 전쟁 중에 어떻게 되었는지

---

1 해도海圖. 바다의 상태가 자세히 표시되어 있는 항해용 지도.

2 이 대목은 주인공 이명준이 중립국(인도)으로 가기 위하여 배를 타고 동지나 바다를 항해하고 있는 현재의 상황을 제시하고 있다.

3 중국 광동성 남부 도시. 이 작품이 발표될 당시는 포르투갈령이었으나 1999년에 중국에 반환되었다.

4 명준은 통역이었다. 그래서 석방자들은 자신들의 요구를 선장에게 말해 달라고 조르는 것이다.

5 북한도 남한도 아닌 다른 나라.

6 정전停戰이 되었음을 뜻함.

소식을 알 수는 없었으나, 설령 살아 있다 하더라도 그 한 가지만으로 북을 택하기에는 너무 약했다. 아버지는 아버지대로 살 테지. 효도 같은 걸 하기엔, 현실이 너무나 무거웠다. 그리고 북녘 같은 데서 살붙이[8]란 무엇이던가. 그러고 보면, 이제 그가 북으로 가야 할 아무 까닭도 없었다. 거기엔 아무도 없었다. 은혜도 없었다. 어떤 사람이 어떤 사회에 들어 있다는 것을 풀어서 말하면, 그 사회 속의 어떤 사람과 맺어져 있다는 말이라면, 맺어질 아무도 없는 사회의, 어디다 뿌리를 박을 것인가. 더구나 그 사회 자체에 대한 믿음조차 잃어버린 지금에. 믿음 없이 절하는 것이 괴롭듯이, 믿음 없이 정치의 광장에 서는 것도 두렵다. 코뮤니스트[9]란, 월북할 때 그러려니 그려 본, 그런 인종들이 아니었다. 한때 그들의 존재를, 믿음이 없어진 현대에서, 한 가지 기적으로 생각했다. 이상주의의 마지막 지킴꾼들. 그는 스탈리니즘[10]과 기독교, 특히 카톨릭을 한 가지 정신의 소산으로 보는 아날로지[11]를 배급받은 수첩에 적어 보았다.

그리스도교

1. 에덴 시대

2. 타락

3. 원죄 가운데 있는 인류

4. 구약 시대 여러 민족의 역사

5. 예수 그리스도의 나타남

---

7 남한도 북한도 명준이 원하는 사회가 아니었다. 그런데 전쟁이 끝나 그중에서 하나를 선택해야 하는 시점이 되었으므로 절망한 것이다.

8 가까운 혈육. 보통 부모와 자식의 관계를 나타낼 때 씀.

9 코뮤니스트communist. 공산주의자. 사유 재산을 부정하고 공유 재산을 근거로 사회, 정치체제를 실현하려는 사상을 갖고 운동을 하는 사람.

10 스탈린이 소련을 집권하는 시기인 1920년대부터 30년간 소련공산당과 국제공산주의운동을 지도해 온 스탈린의 정치노선을 가리킴.

11 유추類推. 어떤 단어나 어법이 의미적, 형태적으로 비슷한 다른 단어나 문법 형식을 모델로 하여 형성되는 과정.

6. 십자가

7. 고해 성사[12]

8. 법왕[13]

9. 바티칸 궁

10. 천년 왕국[14]

스탈리니즘

1. 원시 공산사회

2. 사유 제도의 발생

3. 계급 사회 속의 인류

4. 노예 · 봉건 · 자본주의 사회의 역사

5. 칼 마르크스의 나타남

6. 낫과 망치

7. 자아비판[15] 제도

8. 스탈린

9. 크렘린 궁

10. 문명 공산사회

에덴 동산에서의 잘못[16]에서 법왕제에 이르는 기독교의 걸음걸이는,

---

12 고백성사告白聖事. 가톨릭에서 영세를 받은 신자가 죄를 뉘우치고 하느님의 대리자인 사제에게 고백하여 용서받는 행위.

13 교황敎皇. 로마 가톨릭 교회의 최고위 성직자. 추기경 중에서 선출됨. 로마 교황.

14 초대 그리스도교 시대에 나온 설이다. 신의 최후의 심판에 앞서, 그리스도가 지상에 재림하여 천 년간 이 세상을 통치하고 그 뒤에 세상의 종말이 온다는 것이다. 즉, 천국의 복을 받기 전에 지상에서 누리는 안식의 시대로서 그리스도가 많은 성인들과 함께 평화스런 천 년의 나라를 건설한다는 것인데, 사상사적으로는 종말론적 신앙과 유토피아 사상이 복합된 것으로 생각된다. 현재도 그리스도교 재림파에서는 종말에 앞서 이 '천년 왕국'이 올 것임을 믿고 있다.

15 자기 자신을 스스로 비판하는 일. 공산주의 사회의 독특한 시스템이다.

그대로 코뮤니즘의 낳음과 자람의 걸음에 신기롭게 들어맞는 것이었다. 그들은, 쌍둥이 그림[17]이었다.

철학을 배운 그는, 이 곡절[18]을 흘려 보지는 못했다. 곡절은, 마르크스[19]가 헤겔의 제자였다는 데 있었다. 헤겔은, 바이블에서, 먼저, 역사적 옷을 벗기고, 다음에 고장 색깔[20]을 지워 버린 후, 그 순수 도식[21]만을 뽑아 낸 것이다. 말하자면, 헤겔의 철학은, 바이블의 에스페란토[22] 옮김이었다. 도식이란, 그것이 뛰어날수록 본뜨기 쉽다. 마르크스는 선생이 애써 이루어 놓은 알몸에다, 다시 한 번 옷을 입혔다. 경제학과 이상주의의 옷을.[23] 초대 교회의 고지식한 정열과 알뜰한 믿음을, 현대 교회에서 찾아볼 수 없는 듯이, 비록 코뮤니즘이 겉으로는 넓은 땅을 거느리기에 이르렀지만, 그 창시자들의 바르게 생각하고 착하게 살렸던, 고지식한 마음은 없어진 지 오래다. 유럽 사람들의 믿음에서 헤겔의 철학이 달콤한 아편이요 씻어 낼 수 없는 독소가 된 것처럼, 이명준에게 있어서, 스탈린주의 사회에서 살아 보았다는 겪음은 지울 수 없는 것이었다. 그 굿마당에서 그들은, 헛것을 섬김을 똑똑히 보았기 때문이다. 제 머리로 참을 헤아림이 아니라 푸닥거리

---

16 구약성서 《창세기》에 나온다. 태초에 하느님이 인류의 시조 아담과 이브를 살게 한 곳은 에덴 동산. 어느 날 하느님은 아담에게 "나무의 열매는 먹어도 좋으나 선악을 알게 하는 나무열매는 따먹지 말라. 그것을 따먹는 날 너는 죽는다"라고 가르친다. 그러나 이브가 뱀의 꼬임에 넘어가는 바람에 결국 선악과를 먹고 그 죄로 인하여 에덴 동산에서 쫓겨나게 된다.

17 그리스도교의 역사와 코뮤니즘(스탈리니즘)의 역사가 너무 닮았다는 의미이다.

18 곡절曲折. 이런저런 복잡한 내막과 까닭.

19 과학적 사회주의를 주창한 독일의 경제학자, 철학자. 프롤레타리아 해방과 계급 투쟁의 이론을 수립하였다.

20 지방적 색깔.

21 도식圖式. 사물의 구조, 관계, 변화 상태 등을 일정한 양식으로 나타낸 그림이나 양식.

22 에스페란토 Esperanto. 1887년 폴란드의 자멘호프가 만든 인공 국제어. 자음 모음 28자이며, 문법 체계가 간단하다.

23 마르크스는, 헤겔이 이룩해 놓은 철학 위에다 공산주의 경제 이론과 노동 계급의 혁명으로 프롤레타리아 독재 사회를 건설한다는 자기 자신의 사상을 덧붙였다는 뜻.

에 기대는 곳이었다.[24]

제가 낸 신명이 아니라, 무쇠 같은 멍에가 다스리는 곳이었다.[25]

사랑과 용서가 아니라, 미움과 앙갚음이었다. 그것은, 러시아 정교회 성경 대신 마르크스를 택한, 차르[26] 나라였다.

스탈리니즘에 있어서의 마틴 루터는, 아직 없다.[27]

크렘린의 서슬에 맞선 사람은, 이단 신문소[28]에서 화형[29]이 되었다. 권위는 아직도 튼튼하다. 하느님이 다시 온다는 말이 2천 년 동안 미루어져 온 것처럼, 공산 낙원의 재현은 30년 동안[30] 미루어져 왔다. 여기까지가 그가 알아볼 수 있었던 벼랑 끝이었다. 벼랑을 뛰어넘거나 타고 내리지도 못했을뿐더러, 이 무서운 밀림에 과연 얼마나한 자리를 낼 수 있을지, 자기 힘에 대한, 지적 체력에 대한 믿음이 자꾸 줄어들었다. 그렇다고 해서 북조선 사회에서는 이런 물음을 누군가와 힘을 모아 풀어 나간다는 삶은 불가능했다. 그러나 이 모든 것은 벌써 전쟁이 나기 전에 알고 있은 일이었다. 오랜 세월을 참을 차비가 되어 있었다. 역사의 속셈을 푸는 마술 주문을 단박 찾아내지 못한다고 삶을 그만둘 수는 없었다. 참고, 조금씩, 그러나 제 머리로 한 치씩이라도 길을 내 볼 생각이었다. 그런데 전쟁이 터지고, 그는 포로로 잡히고 말았다. 북조선 같은 데서, 적에게 잡혔다가 돌아온 사람의 처지가 어떠하리라는 것을 생각하고, 이명준은 자기한테 돌아온 운명을 한탄했다. 적어도 남만큼한 충성심을 인정받으면서, 자기가 믿는 바대로 남은 세월을 조용히, 그러나 자기 힘이 미치는 너비에서 옳

---

24 이명준이 자기 자신이 체험한 공산주의 사회의 허위성을 비판하고 있다. 이명준이 보기에 문제는 굿마당 자체보다 푸닥거리에 있다고 보는 것이다.

25 창조적인 정열이 아니라 무서운 명령이 지배하는 곳이었다.

26 제정帝政 러시아 때 황제를 부르던 호칭.

27 공산주의 사회를 개혁할 인물이 없다는 지적이다. 마틴 루터가 그리스도교를 개혁했듯이.

28 공산주의 전통이나 권위에 반항하는 주장이나 이론을 펴는 사람의 죄를 묻는 곳.

29 화형火刑. 불에 태워 죽이는 형벌.

30 1917년 11월 혁명으로 공산당이 러시아 정권을 장악한 때부터 30년을 가리킴.

게 써 나간다는 삶조차도 꾸리지 못하게 될 것이 뻔했다. 제국주의자[31] 들의 균을 묻혀 가지고 온 자로서, 일이 있을 적마다 끌려 나와 참회해야 할 것이었다. 마치 동네 안에 살면서도 사람은 아닌 문둥이처럼. 그런 처지에서 무슨 일을 해 볼 수 있겠는가.

이것이 돌아갈 수 없는 정말 까닭이었다. 그렇다면? 남녘을 택할 것인가? 명준의 눈에는, 남한이란 키에르케고르[32] 선생 식으로 말하면, 실존하지 않는 사람들[33] 의 광장 아닌 광장이었다.

미친 믿음이 무섭다면, 숫제 믿음조차 없는 것은 허망하다. 다만 좋은 데가 있다면, 그곳에는, 타락할 수 있는 자유와, 게으를 수 있는 자유가 있었다. 정말 그곳은 자유 마을이었다. 오늘날 코뮤니즘이 인기 없는 것은, 눈에 보이는, 한마디로 가리킬 수 있는 투쟁의 상대—적을 인민에게 가리켜 줄 수 없게 된 탓이다. 마르크스가 살던 때는 그렇게 뚜렷하던 인민의 적이 오늘날에는, 원자 탐지기의 바늘도 갈팡질팡할 만큼 아리송하기만 하다. 가난과 악의 왕초들을 찾기 위하여, 나누어지고 얽히고 설킨 사회 조직의 미궁[34] 속을 헤매다가, 불쌍한 인민[35] 은, 그만 팽개쳐 버리

---

31 제국주의자帝國主義者. 산업 혁명 이후 자본주의로 접어들면서 강대국들이 자국의 이익을 극대화하기 위하여 후진 국가들을 침략하여 식민지로 만드는 일을 하던 사람.

32 키에르케고르(1813~1855). 덴마크의 철학자. 현대 그리스도교 사상과 실존 사상의 선구자.

33 자신이 어떻게 존재하는지와 어떻게 존재해야 할 것인지를 스스로 결정하지 못하는 사람들을 가리킴.

34 미궁迷宮. 한 번 들어가면 나오는 길을 쉽게 찾을 수 없도록 되어 있는 곳.

35 인민人民. 국가나 사회를 구성하는 일반 대중. '인민' 의 뜻은 역사적으로 의미가 변화되어 왔다. '피지배자' 라는 뜻과 '국가와 사회의 주인' 이라는 두 가지 의미를 가지고 있다. 근대 시민 혁명을 통해 주권재민主權在民 사상이 확립되면서 인민은 단순한 피지배자가 아니라 국가와 사회의 주인이라는 인식이 보편화되었다. 링컨 대통령은 '게티즈버그 연설' 에서 '인민에 의한, 인민을 위한, 인민의 정치' 라는 유명한 말을 통하여 인민이 국가의 단순한 지배 대상이 아니라 국가를 구성하고 직접 운영하며 국가로부터 혜택을 받는 존재라는 점을 강조하였다. 1917년 러시아 혁명으로 사회주의 국가가 등장하면서 인민의 개념도 변화하였다. 사회주의 국가에서 '인민' 이란 계급적 시각에서 노동자, 농민, 지식인, 민족자본가 등을 가리키는 말로서, '근로인민대중' 또는 '민중' 이라고도 한다. 자본주의 국가에서는 인민보다는 국민 또는 시민이라는 용어를 더 많이 사용한다.

고, 예대로의 팔자풀이집, 동양철학관으로 달려가서, 한 해 토정비결[36]을 사고 만다. 일류 학자의 분석력과 직관을 가지고서도, 현대 사회의, 탈을 쓴 부패 조직의 모습을 알아보기 힘든 판에, 김 서방 이 주사를 나무라는 건, 아무래도 너무하다. 그래서 자유가 있다. 북녘에는, 이 자유가 없었다. 게으를 수 있는 자유까지도 없었다. 그건 제멋 짓밟기다. 남한의 정치가들은 천재적이었다. 들어찬 술집마다 들어차서, 울려고 내가 왔던가 웃으려고 왔던가를 가슴 쥐어뜯으며 괴로워하는 대중을 위하여, 더 많은 양조장 차릴 허가를 내 준다. 갈보장사를 못하게 하는 법률을 만들라는 여성 단체의 부르짖음은 그날치 신문 기삿거리를 만들어 주는 게 고작이다. 그들의 정치 철학은 의뭉스럽기 이를 데 없다. 그런 데로 풀리는 힘을 막으면, 물줄기가 어디로 터져 나올지를 다 알고 있다.[37] 그러면서 그들은, 자신들의 자녀에겐, 진심으로, 교회에 나가기를 권유하고, 외국에 보내서 좋은 가르침을 받게 하고 싶어한다.

이런 사회. 그런 사회로 가기도 싫다. 그러나 둘 중에서 하나를 골라야만 한다. 박헌영 동지가 체포되었다 하오. 전해 듣게 된 그 흉한 소식. 아버지. 그는 막다른 골목에 몰린 짐승이었다. 그때, 중립국에 보내기가 서로 사이에 말이 맞았다. 막다른 골목에서 얼이 빠져 주저앉을 참에 난데없이 밧줄이 내려온 것이었다. 그때의 기쁨을 그는 아직도 간직한다. 판문점.[38] 설득자들 앞에서처럼 시원하던 일이란, 그의 지난날에서 두 번도 없다.

방 안 생김새는, 통로보다 조금 높게 설득자들이 앉아 있고, 포로는 왼편에서 들어와서 바른편으로 빠지게 돼 있다. 네 사람의 공산군 장교와,

---

36 토정비결土亭秘訣. 조선 명종 때, 토정土亭 이지함李之函이 지은 일종의 예언서로서 한 해의 신수를 풀어 보는 데 씀.

37 음주와 매춘을 법으로 막아 버리면 그 불만이 자신들에게 돌아올 것임을 알고 있기 때문에 이를 눈감아 버리는 남한 위정자들의 정치적 교활함을 비판하는 대목이다.

38 1953년 휴전과 동시에 휴전선 및 포로 송환 업무를 감시하기 위하여 구성된 감시위원들이 업무를 보던 곳.

국민복을 입은 중공 대표가 한 사람, 합쳐서 다섯 명. 그들 앞에 가서, 걸음을 멈춘다. 앞에 앉은 장교가, 부드럽게 웃으면서 말한다.

"동무, 앉으시오."

명준은 움직이지 않았다.

"동무는 어느 쪽으로 가겠소?"

"중립국."

그들은 서로 쳐다본다. 앉으라고 하던 장교가, 윗몸을 테이블 위로 바싹 내밀면서, 말한다.

"동무, 중립국[39]도, 마찬가지 자본주의 나라요. 굶주림과 범죄가 우글대는 낯선 곳에 가서 어쩌자는 거요?"

"중립국."

"다시 한 번 생각하시오. 돌이킬 수 없는 중대한 결정이란 말요. 자랑스러운 권리를 왜 포기하는 거요?"

"중립국."

이번에는, 그 옆에 앉은 장교가 나앉는다.

"동무, 지금 인민공화국에서는, 참전 용사들을 위한 연금[40] 법령을 냈소. 동무는 누구보다도 먼저 일터를 가지게 될 것이며, 인민의 영웅으로 존경받을 것이오. 전체 인민은 동무가 돌아오기를 기다리고 있소. 고향의 초목도 동무의 개선을 반길 거요."

"중립국."

그들은 머리를 모으고 소곤소곤 상의를 한다.

처음에 말하던 장교가, 다시 입을 연다.

"동무의 심정도 잘 알겠소. 오랜 포로 생활에서, 제국주의자들의 간사한 꼬임수에 유혹을 받지 않을 수 없었다는 것도 용서할 수 있소. 그런 염

---

39 정치적으로, 민주주의나 공산주의 어느 쪽으로도 치우치지 않는 나라.

40 연금年金. 국가나 단체가 법이나 계약에 따라 개인에게 일정 기간, 또는 죽을 때까지 해마다 정기적으로 주는 돈.

려는 하지 마시오. 공화국은 동무의 하찮은 잘못을 탓하기보다도, 동무가 조국과 인민에게 바친 충성을 더 높이 평가하오. 일체의 보복 행위는 없을 것을 약속하오. 동무는…….”

“중립국.”

중공 대표가, 날카롭게 무어라 외쳤다. 설득하던 장교는, 증오에 찬 눈초리로 명준을 노려보면서, 내뱉었다.

“좋아.”[41]

눈길을, 방금 도어를 열고 들어서는 다음 포로에게 옮겨 버렸다.

아까부터 그는 설득자들에게 간단한 한마디만을 되풀이 대꾸하면서, 지금 다른 천막에서 동시에 진행되고 있을 광경을 그려 보고 있었다. 그리고 그 자리에도 자기를 세워 보고 있었다.

“자넨 어디 출신인가?”

“…….”

“음, 서울이군.”

설득자는, 앞에 놓인 서류를 뒤적이면서,

“중립국이라지만 막연한 얘기요. 제 나라보다 나은 데가 어디 있겠어요. 외국에 가 본 사람들이 한결같이 하는 얘기지만, 밖에 나가 봐야 조국이 소중하다는 걸 안다구 하잖아요? 당신이 지금 가슴에 품은 울분은 나도 압니다. 대한민국이 과도기적인 여러 가지 모순을 가지고 있는 걸 누가 부인합니까? 그러나 대한민국엔 자유가 있습니다. 인간은 무엇보다도 자유가 소중한 것입니다. 당신은 북한 생활과 포로 생활을 통해서 이중으로 그걸 느꼈을 겁니다. 인간은…….”

“중립국.”

“허허허, 강요하는 것이 아닙니다. 다만 내 나라 내 민족의 한 사람이, 타향 만 리 이국 땅에 가겠다고 나서서, 동족으로서 어찌 한마디 참고되

---

41 공산측은 명준의 설득을 포기했다.

는 이야길 안 할 수 있겠습니까. 우리는 이곳에 남한 2천만 동포의 부탁을 받고 온 것입니다. 한 사람이라도 더 건져서, 조국의 품으로 데려오라는…….”

“중립국.”

“당신은 고등교육[42]까지 받은 지식인입니다. 조국은 지금 당신을 요구하고 있습니다. 당신은 위기에 처한 조국을 버리고 떠나 버리렵니까?”

“중립국.”

“지식인일수록 불만이 많은 법입니다. 그러나, 그렇다고 제 몸을 없애 버리겠습니까? 종기가 났다고 말이지요. 당신 한 사람을 잃는 건, 무식한 사람 열을 잃은 것보다 더 큰 민족의 손실입니다. 당신은 아직 젊습니다. 우리 사회에는 할 일이 태산 같습니다. 나는 당신보다 나이를 약간 더 먹었다는 의미에서, 친구로서 충고하고 싶습니다. 조국의 품으로 돌아와서, 조국을 재건하는 일꾼이 돼 주십시오. 낯선 땅에 가서 고생하느니, 그쪽이 당신 개인으로서도 행복이라는 걸 믿어 의심치 않습니다. 나는 당신을 처음 보았을 때, 대단히 인상이 마음에 들었습니다. 뭐 어떻게 생각지 마십시오. 나는 동생처럼 여겨졌다는 말입니다. 만일 남한에 오는 경우에, 개인적인 조력을 제공할 용의가 있습니다. 어떻습니까?”

명준은 고개를 쳐들고, 반듯하게 된 천막 천장을 올려다본다. 한층 가락을 낮춘 목소리로 혼잣말 외듯 나직이 말할 것이다.

“중립국.”

설득자는, 손에 들었던 연필 꼭지로, 테이블을 툭 치면서, 곁에 앉은 미군을 돌아볼 것이다.[43]

미군은, 어깨를 추스르며, 눈을 찡긋하고 웃겠지.

나오는 문 앞에서, 서기의 책상 위에 놓인 명부에 이름을 적고 천막을

---

42 고등교육高等敎育. 고도의 전문적 지식을 가르치는, 대학 및 대학원 교육을 가리킨다.
43 명준을 도저히 설득할 수 없다는 결론을 내린 남한측 설득자의 모습이다.

나서자, 그는 마치 재채기를 참았던 사람처럼 몸을 벌떡 뒤로 젖히면서, 마음껏 웃음을 터뜨렸다. 눈물이 찔끔찔끔 번지고, 침이 걸려서 캑캑거리면서도 그의 웃음은 멎지 않았다.[44] 준다고 바다를 마실 수는 없는 일. 사람이 마시기는 한 사발의 물. 준다는 것도 허황하고 가지거니 함도 철없는 일. 바다와 한 잔의 물. 그 사이에 놓인 골짜기와 눈물과 땀과 피. 그것을 셈할 줄 모르는 데 잘못이 있었다. 세상에서 뒤진 가난한 땅에 자란 지식 노동자의 슬픈 환상. 과학을 믿은 게 아니라 무술을 믿었던 게지. 바다를 한 잔의 영생수[45]로 바꿔 준다는 마술사의 말을. 그들은 뻔히 알면서 권력이라는 약을 팔려고 말로 속인 꼬임을. 어리석게 신비한 술잔을 찾아 나섰다가, 낌새를 차리고 항구를 돌아보자, 그들은 항구를 차지하고 움직이지 않고 있었다. 참을 알고 돌아온 바다의 난파자[46]들을 그들은 감옥에 가둘 것이다. 못된 균을 옮기지 않기 위해서. 역사는 소걸음으로 움직인다. 사람의 커다란 모순과 업業[47]에 비기면, 아무 자국도 못 낸 것이나 마찬가지다. 당대[48]까지 사람이 만들어 낸 물질 생산의 수확을 고르게 나누는 것만이 모든 시대에 두루 맞는 가능한 일이다.

마찬가지 아닌가. 벌써 아득한 옛날부터 사람 동네가 알아낸 슬기. 사람이라는 조건에서 비롯하는 슬픔과 기쁨을 고루 나누는 것. 그래 봐야, 사람의 조건이 아직도 풀어 나가야 할 어려움의 크기에 대면, 아무것도 아니다. 사람이 이루어 놓은 것에 눈을 돌리지 않고, 이루어야 할 것에만 눈을 돌리면, 그 자리에서 그는 삶의 힘을 잃는다. 사람이 풀어야 할 일을 한눈에 보여 주는 것—그것이 '죽음'이다. 은혜의 죽음을 당했을 때, 이명준 배에서는 마지막 돛대가 부러진 셈[49]이다. 이제 이루어 놓은 것에

44 중립국 선택을 관철시킨 데 대한 승리감에서 나온 행동이다.
45 영생수永生水. 마시면 영원히 살 수 있다는 물.
46 난파자難破者. 항해 중에 폭풍우 등을 만나 부서진 배에 탄 사람.
47 사람이 마음속으로 생각하거나 입으로 말하거나 몸으로 행동하는, 선악의 온갖 행위.
48 당대當代. 그 대代 또는 그 시대.

눈을 돌리면서 살 수 있는 힘이 남아 있지 않다. 팔자소관[50]으로 빨리 늙는 사람도 있는 법이었다. 사람마다 다르게 마련된 몸의 길, 마음의 길, 무리의 길. 대일 언덕 없는 난파꾼은 항구를 잊어버리기로 하고 물결 따라 나선다. 환상의 술에 취해 보지 못한 섬에 닿기를 바라며. 그리고 그 섬에서 환상 없는 삶을 살기 위해서. 무서운 것을 너무 빨리 본 탓으로 지쳐 빠진 몸이, 자연의 수명을 다하기를 기다리면서 쉬기 위해서. 그렇게 해서 결정한, 중립국 행이었다.

중립국. 아무도 나를 아는 사람이 없는 땅. 하루 종일 거리를 싸다닌대도 어깨 한 번 치는 사람이 없는 거리. 내가 어떤 사람이었던지도 모를 뿐더러 알려고 하는 사람도 없다.

병원 문지기라든지, 소방서 감시원이라든지, 극장의 매표원, 그런 될 수 있는 대로 마음을 쓰는 일이 적고, 그 대신 똑같은 움직임을 하루 종일 되풀이만 하면 되는 일을 할 테다.[51] 수위실 속에서 나는 몸의 병을 고치러 오는 사람들을 바라본다. 나는 문간을 깨끗이 치우고 아침저녁으로 꽃밭에 물을 준다. 원장 선생이 나올 때와 돌아갈 때는 일어서서 경례를 한다. 간호부들이 시키는 잔심부름을 기꺼이 해 줘야지. 신문을 사 달라느니 모퉁이 과자집에서 초콜릿 한 개만 사다 달라느니 따위 귀여운 부탁을 성심껏 해 준다. 그녀들은 봉급날이면 잔돈푼을 모아서 싸구려 모자나 양말 같은 조촐한 선물을 할 게다. 나는 고마워라 허리를 굽히며 받는다. 그리고 빙긋 웃는다. 그녀들 중엔 새로 온 애송이가 이렇게 물어본다.

"리 아저씬 중국 분이시죠?"

그러면 고참 언니의 한 사람은, 가벼운 경멸을 섞으면서 신입생의 무지를 고친다.

---

49 이명준에게는 은혜가 삶의 모든 희망이었다.

50 어떤 사람이 타고난 한평생의 운세.

51 이명준은, 지식인으로서 이곳에서 보낸 지금까지의 삶에 지치고 절망한 탓으로 그와 반대되는 삶을 살겠다는 생각을 하는 것이다.

"애두, 코리안이란다."

나는 내내 웃음을 띤 채 말이 없다. 잠도 숙직실에서 잔다. 밤중에 돌아보다가 숙직 간호원이 끄기를 잊어버린 가스 화덕을 발견하여, 그 큰 병원을 불에서 구하게 된다. 나는 표창을 받고 사무실로 올려 주겠다고 한다. 나는 모자를 집어 들고 의자에서 일어서면서 말한다.

"인제 가 봐야겠습니다, 원장 선생님. 자리를 너무 비우면 안 됩니다."

마당을 가로질러 수위실로 걸어간다. 창문에 붙어 서서 존경 어린 눈초리로 바라보고 있는 원장 선생의 눈길을 등에 느끼면서. 나는 신문을 가끔 본다. 그것도 '해외 토픽' 쯤이다. 몇 년에 한 번쯤, 코리아 얘기가 서너너덧 줄 날 때가 있을 것이다. '코리아 관광협회에서는, 코리아에 오는 외국 여행자들이 해마다 늘기 때문에, 어린애들이 그들을 따라다니느라고 공부를 게을리한다는, 현지 주민의 불평을 정부 당국에 강력히 드러낸 탓으로 내각이 넘어졌다.'

이 글을 보면서 나는 빙긋 웃는다. 기웃해 들여다보던 간호부가 한마디 한다.

"이런 나라는 얼마나 살기 좋을까?"

결혼? 안 한다. 결혼하지 못해서 색시 고르러 온 게 아니므로. 또는 도시가 한눈에 바라보이는 망루에서 하루 종일 보내는 소방서 불지기는 어떤가. 높은 곳에서 바라보는 도회 경치는 삶의 터이자 노래일 거다. 그 노래가 곧 삶이 된다. 딱정벌레처럼 발발 기어다니는 자동차들. 성냥갑 모양 반듯한 공장과 굴뚝. 장난감 같은 도시의 지붕이 늘 발 밑에 있다. 나는 그 지붕 밑에 벌어지는 삶을 떠올려 본다. 사내가 색시 앞에 꿇어앉아서 사랑한다고 한다. 내 사랑을 어떻게 알렸으면 좋겠느냐고 도리어 졸라 보는 체한다. 여자는 고개를 살래살래 흔들면서 웃기만 한다.

"아가씨, 믿어 드리시우. 그 양반 하는 말이 정말입넨다."

나는 자기 자리도 잊어버리고 들리지도 않을 소리를 거든다. 안 들려도 그만이다. 좋은 말을 듣고 싶으면 더 훌륭한 사람이 얼마든지 있을 게

다. 결국 조언이란 쓸데없는 것, 사람에게 조언할 자격이 있는 사람은 없다. 하느님만이 조언할 수 있지만 그도 지금은 지쳤다. 옛날처럼 상냥하지 못하다. 사람이 나쁘달 수도 없다. 어떻게 되다 보니 일이 그렇게 된 것뿐이다. 사람과 하느님, 어차피 남남끼린데 잘된 일이다. 불이 보인다. 어? 시장네 집 언저리다. 요란한 나팔 소리. 길을 막는구나. 달린다. 옳지 벌써 호스에서 물이 뿜어지누나. 엣헴 더 볼 것 있나. 제때에 알아보면 꺼버린 거나 다름없지. 사람 일도 그렇다? 몰라몰라. 귀찮은 말씀은 이제는 그만. 불 끄는 놈이 객담은 무슨 객담.

또 극장 매표원은 어떻구. 돈을 디미는 손을 보고, 일자리며 나이며 틀림없이 알아맞히게 이골[52]이 날 즈음, 표팔이를 자동식으로 하자는 소리가 나온다. 나는 전국 표팔이 일꾼들의 앞장에서 플래카드를 들고 대통령 관저 앞에서 들었다 놓는다.

"극장 매표구에서 겪는 즐거운 붐빔을 죽이지 말라."

지나가던 대학생이 플래카드의 문구를 보고 친구보고 말한다.

"옛날 모더니스트들의 시 구절 같잖아?"

낮굿이 있을 땐 밤에는 쉰다. 수수한 나들이옷으로 갈아입고 단골 술집으로 간다. 가벼운 것만 마시고 팁을 톡톡히 놓고 가는 손님이래서 그들은 늘 상냥하다. 여급[53]이 사랑 비슷한 걸 하자는 눈치를 보인다. 나는 손가락으로 '못써 그런 소리' 해 보인다. 그녀는 숫처녀처럼 빨개지면서 그러나 눈썹을 쓱 치켜 보이고는 선선히 돌아서 버린다. 나는 아파트에서 산다. 나가는 시간과 돌아오는 시간이 그대로 어김없는 탓으로, 정말은 그보다 방세가 꼬박꼬박인 탓으로 마담은 안팎일 같은 걸, 가까운 살붙이한테 털어놓듯이 건네오는 때가 많다. 그러면 나는 숫제 농으로 돌려 버린다. 8호실 젊은 친구는 술만 마신 날이면 가스 시설이 나쁘다는 투정이

---

52 아주 길이 들어 몸에 밴 짓, 또는 버릇.

53 여급女給. 술집, 다방, 음식점 등에서 손님의 시중을 드는 여자. 웨이트리스.

니 어쩌면 좋아요, 꼴에 방세는 몇 달씩 밀리면서. 할라치면 내 대답, 아 가스 회사 사람을 한 분 7호실에 들이시구려. 마담은 웃고 만다. 마담도, 겪고 난 사람이다.

이런 모든 것이 알지 못하는 나라에서는 이루어지리라고 믿었다. 그래서 중립국을 골랐다.

그는 벽장 문에 달린 거울에 얼굴을 비춰 봤다. 핏발 선 눈. 꺼진 볼. 흐트러진 머리. 5월달 새잎처럼 싱싱한 새 삶의 길에 내가 왜 이 꼴인가?

그는 다시 층계를 밟아 내려왔다. 어제 저녁에 보초를 서던 늙은 뱃사람이 나무궤짝을 메고 지나가다가 그를 보자, 말을 걸었다.

"미스터 리, 캘커타[54]에 가면 내가 한잔 사겠소."

전날 밤 일이 배 안에 퍼진 게 틀림없었다. 철없는 석방자들이 야료[55]를 부린 가운데서 알 만하게 굴었대서, 믿음이 더해진 눈치다. 꼬집어 그럴 만한 일은 없어도, 어느 편인가 하면 건성으로 쌀쌀하기만 하고, 가끔 건방지기조차 하던 무라지의 어제저녁에 보여 준 마음씨도, 분명히 그런 데서 오는 것이었다. 명준은 그런 배 안의 눈치를 채자 말할 수 없이 울적해졌다. 남들이 멋대로 자기를 영웅으로 만들어 버린 게 짜증스러웠다. 그래서 한 일이 아니었다. 따지고 들면, 그때 김이 왜 그토록 미웠는지 알 수 없다. 그때 내 가슴을 메스껍게 하던 덩어리를 본인도 풀이하지 못하는데, 이 사람들은 용케 척척 알아서 값을 매긴다. 뱃사람이 메고 있던 궤짝은 가벼운 물건이었던 모양으로, 그는 한 손으로 궤짝을 꼬나 갑판에 놓으면서, 명준에게 담배를 청했다.

"캘커타에 닿는 대로 상륙시킬 모양이니깐."

"그때 술을 사신단 말씀이죠?"

"암."

---

54 인도 동부 서벵골 주州에 있는 도시. 인구는 458만 명.

55 까닭 없이 트집을 잡고 함부로 떠들어 대는 행위.

"왜 저한테 술을 삽니까?"

"응? 왜라니? 허."

이 늙은 바다의 노동자는, 명준의 물음에 적이 당황한 모양이었다. 그의 단순한 머리로, 딴은, 제가 명준에게 느끼는 호감을 풀이하기는 어려운 일임에 틀림없었다. 명준은 우스워졌다. 그는 짓궂게 다그쳤다.

"글쎄 왜 저한테 술을 사신답니까?"

뱃사람은 내려놓았던 짐을 도로 어깨에 얹었다.

"좌우간 사고 싶으니까."

그는 말을 마치고는, 더 어물거리다가는 봉변이나 할 것처럼, 일부러 아랫도리를 묘하게 휘청거리며, 게다가 짐을 붙잡지 않은 한쪽 팔을 내저어 크게 활개를 치면서, 뱃머리 쪽으로 내빼 버렸다. 명준은 멍하니 그 모습을 쳐다보았다. 바다의 말은 남자답다. 좌우간 사고 싶으니까. 그는 자기 방으로 돌아가려고 하다가, 생각을 고쳐, 뒤쪽 난간으로 찾아갔다. 어쩌다 보니 그 자리에 단골이 돼 있었다. 혼자 있고 싶을 때는, 발길이 알아서 이리로 옮겼고, 무슨 궁리를 하더라도 여기 오면 마무리가 되었다. 게다가 이 모퉁이는 발길도 드물다. 모퉁이를 돌아서면 아무 꾸밈도 없는 민숭한 갑판이, 하얗게 햇빛이 눈부신 작은 놀이터 같았다. 이렇게 벽을 기대고 서서 갑판을 우두커니 내려다보노라면, 소학교 때, 교사 담벼락에 기대어 햇볕을 쬐던 일이 생각난다. 그토록 호젓했다. 여러 사람이 북적거리는 데를 비켜 늘 이런 자리를 찾아오는 마음. 남하고 돌아선, 아무리 초라해도 좋으니까 저 혼자만이 쓰는, 그런 광장 없이는 숨을 돌리지 못하는 버릇은 무엇일까. 그것은 아무래도 약한 자가 숨는 데였다.[56] 낙동강 싸움터에서 찾아낸 굴도 그렇다. 그는 거기에 아무도 데리고 가지 않았다. 데리고 가면 그 동굴이 주는 거룩한 호젓함을 잃어버릴 것 같아서였다. 은혜가 나타났을 때, 그녀도 굴을 쓰게 해 주었다. 한 마리 가장 가

---

56 자기만의 내밀한 장소에 대하여 명준이 회의하고 있음을 보여 준다.

까운 암컷에게만은 숨는 굴을 가리켜 주었다. 사람이란 그런 것, 아니 나란 놈. 그 스산한 마당에서, 1미터 평방[57]의 자리에 잠시 단 혼자서만 앉아 본다는 건 무엇이었을까. 애당초 여자를 끌어들일 셈이 아니었던 바에야, 자기 혼자의 때와 자리를 몰래 만들어 놓자는 생각 말고 다른 것이 아니었다. 아니면 어떤 영감으로 은혜가 오리라 미리 알고, 그녀와 둘이서 뒹굴 굴을 만들고 기다리고 있었던 것일까. 웃기지 말자, 누군가를 웃기지 말자. 남이 들으면 창피하다. 우리 목숨을 주무르는 사람의 눈으로 보면, 모든 사람이 장삼이사,[58] 그놈이 그놈이다. 자기만 별난 줄 알면 못난이 사촌이다. 광장에서 졌을 때[59] 사람은 동굴로 물러가는 것. 그러나 과연 지지 않는 사람이라는 게 이 세상에 있을까. 사람은 한 번은 진다. 다만 얼마나 천하게 지느냐, 얼마나 갸륵하게 지느냐가 갈림길이다. 갸륵하게 져? 아무튼 잘난 멋을 가진 사람들 몫으로 그런 자리도 셈에 넣는다 치더라도 누구든 지는 것만은 떼어 놨다. 나는 영웅이 싫다. 나는 평범한 사람이 좋다. 내 이름도 물리고 싶다. 수억 마리 사람 중의 이름 없는 한 마리면 된다. 다만, 나에게 한 뼘의 광장과 한 마리의 벗을 달라. 그리고, 이 한 뼘의 광장에 들어설 땐, 어느 누구도 나에게 그만한 알은 체를 하고, 허락을 받고 나서 움직이도록 하라. 내 허락도 없이 그 한 마리의 공서자[60]를 끌어가지 말라는 것이었지. 그런데 그 일이 그토록 어려웠구나.

갑판을 눈여겨 내려다보면, 그 위에 비치는 햇빛의 밝기는 넓이 구석구석마다가 고르지는 않았다.

퍽이나 미미하지만 어룽어룽한[61] 다름이 있다. 갑판의 나뭇결 빛깔이

---

57 평방平方. 길이의 단위 아래에 붙어, 그 길이를 한 변으로 하는 정사각형의 넓이를 나타내는 말.

58 장삼이사張三李四. 이름 또는 신분이 특별하지 않은 평범한 사람들.

59 '광장에서 졌다'는 것은 이데올로기 싸움에서 패배했다는 것을 의미한다. 또한 '동굴로 물러간다'는 것은 이데올로기를 차단시킨 실존적 자기 확인의 세계로 몰입함을 암시한다.

60 공서자共棲者. 함께 공생共生 하는 사람.

61 점이나 무늬가 어른거리는.

얼마쯤씩 다른 탓인가 하고 살펴보는데, 잘 모르겠고, 그것은 아무튼 그 위에서 되비치는 빛의 꺾임은 고르지 못하다. 쭈그리고 앉아서 갑판에 손바닥을 댔다. 따뜻했다. 손을 움직여 쓸어 보았다. 꺼끌꺼끌한 겉은 그 따뜻한 기운만큼은 정답지 못했으나, 손바닥을 맞아들이는 부피에는 닿음새만이 지니는 믿음성이 있었다. 자꾸 쓸어 보았다. 지난날, 은혜의 몸을 이렇게 쓸어 보았다. 이 햇빛에 익은 나무처럼 따뜻하고, 그보다는 견줄 수 없이 미끄러운 물질이었다. 자기 손을 보았다. 그것은 무엇인가를 더듬고, 무엇인가를 잡고 있지 않고는 배기지 못하는 외로운 놈이었다.[62]

희망의 뱃길, 새 삶의 길이 아닌가. 왜 이렇게 허전한가. 게다가 무라지와 늙은 뱃사람은 캘커타에서 술까지 살 것이다. 왜 이런가. 일어서서 난간을 잡고 아래를 내려다보았다. 배꼬리[63]에서 바닷물이 커다란 소용돌이를 만들어서는 뒤로 기다란 물이랑[64]을 파 간다. 거대한 새끼가 꼬이듯 틀어 대는 물살은 잘 자란 힘살의 용솟음을 떠올렸다. 그때, 그 물거품 속에서 흰 덩어리가 쏜살같이 튀어나오면서, 그의 얼굴을 향해 뻗어 왔다. 기겁하면서 비키려 했으나, 그보다 빨리, 물체는 그의 머리 위를 지나서, 뒤로 빠져 버렸다. 돌아다봤다. 갈매기였다. 배꼬리 쪽에서 내리꽂히기와 치솟기를 부려 본 것이리라. 그들이었다. 배를 탄 이후 그를 괴롭히는 그림자는. 그들의 빠른 움직임 때문에, 어떤 인물이 자기를 엿보고 있다가, 뒤돌아보면 싹 숨고 마는 환각을 주어 왔던 것이다. 그는 붙잡고 있는 난간에 이마를 기댔다. 머릿속이 환히 트이는 듯, 심한 현기증으로 한참을 움직이지 못했다. 그러자 울컥 메스꺼웠다. 난간 밖으로 목을 내밀기가 바쁘게 희멀건 것이 저 아래 물이랑 속으로 떨어져 갔다. 바다에 닿기도 전에 사라졌다. 그 배설물의 낙하는 큰 바다에 침을 뱉은 것처럼 몸

---

62 명준이 자기 자신에 대한 회한과 슬픔을 토로하는 대목이다.
63 고물.
64 배가 지나가면서 양쪽으로 이랑처럼 생기는 파도.

시 작은 느낌을 주는 광경이었다. 씁쓸한 군침이 입 안에 가득 괴었을 때, 한꺼번에 뱉어 버리고 돌아섰다. 여태까지 뱃멀미는 없었다. 배가 크고 날씨가 맑아서 여태까지 편한 바닷길이었다. 아직도 가시지 않는 아찔한 어질머리를 참으면서 갑판을 걸어갔다. 뱃사람이 보초를 섰던 자리쯤에서 다시 한 번 침을 뱉고 복도로 들어섰다. 뱃간의 문은 활짝 열려 있었으나, 밖으로 향한 창의 블라인드[65]를 내리고 있어서, 문간은 한결같이 컴컴했다.

자기 방에 들어섰을 때였다. 자기를 따라오던 그림자가 문간에 멈춰 섰다는 환각이 또 스쳤다.

박의 침대 머리맡에 놓인 양주병이 언뜻 보였다. 그는 팔을 뻗쳐 병을 잡으면서 돌아섰다. 흰 그림자가 쏜살같이 저만치 날아가는 것이 보인다. 따라가면서 힘껏 병을 던졌다. 그림자는 멀리 사라지고 병은 문지방에 부딪쳐서 박살이 되어, 깨어진 조각이 사방으로 튀었다. 더 따라가지 않고 우두커니 선 채 움직이지 않았다. 어쩔 줄 모르고 선 박을 남겨 놓고, 자리에 기어 올라가서 번듯 누웠다. 가슴이 활랑거린다. 손을 가슴에 얹었다. 풀무[66]처럼 헐떡거린다. 망막에서는 포알처럼 튀어 들던 바닷새의 흰 부피가, 페인트를 쏟아 부은 듯, 아직도 끈적거렸다. 벌떡 일어났다. 도로 누웠다. 다시 일어났다. 아무리 해도 편치 않았다. 누워서 쉬려던 생각을 버리고 방바닥에 내려섰다. 아직도 거기 서 있는 박을 흘끗 쳐다보았다. 무슨 말을 할 듯이 다가섰으나 못 본 체해 버리고 방을 나섰다. 좌우 문간에서 서성거리던 얼굴들이 한결같이 쑥 들어갔다. 곧장 선장실로 올라왔다. 선장은 아직도 보이지 않았다. 벽장 거울에 비치는 자기 모양이 보기 싫어서 저쪽을 보고 돌아앉았다. 무엇을 할 것인가. 어제저녁 그를 덮친 당돌한 물음이 언뜻 살아났다. 뒤를 이어 배꼬리 쪽에서 쏜살같이 날아오

---

65 블라인드는 이데올로기의 장벽을 상징하고 있다. 절망감을 표현한 대목.

66 불을 피울 때 바람을 일으키는 기구.

던 흰 새의 모습이 또 떠올랐다. 그들이라? 그는 주먹을 들어 이마에 댔다. 머릿속은 오히려 말짱했다.

또 속이 올라왔다. 이를 악물고 쓴 침을 삼켰다. 갈갈. 갈매기 우는 소리가 났다. 날 듯이 창가로 달려가, 윗몸을 밖으로 내밀며 고개를 치켰다.

그들은 잠시 쉬려는 듯, 마스트[67]에 매달려 있었다. 저것들 때문이지. 어처구니없는 일이 아닌가. 갈갈, 께륵, 께륵. 울음소리는 비웃는 듯 떨어져 온다. 그는 목이 아파서 고개를 돌렸다. 섬뜩한 짓을 한 이 불길한 새들. 허공을 한참 쳐다보던 눈이 찬장에 달린 거울에 멎었다. 눈에 살기가 있다. 찬장 문을 연다. 오른편에 사냥총이 세워져 있다. 약실[68]을 살펴봤다. 총알이 없다. 총알은 서랍 속에 있었다. 총알을 잰 다음, 잠금쇠를 풀었다. 사냥할 때 지척에 있는 짐승에게 다가가는 포수처럼, 살금살금 걸어서 창에 이르렀다. 갈매기들은 아직 거기 있었다. 창틀에 등을 대고, 몸을 밖으로 젖히고, 총을 들어 어깨에 댔다. 하늘에 구름은 없었다. 창대처럼 꼿꼿한 마스트에 앉은 흰 새들은 움직이지 않았다. 두 마리 가운데 아래쪽, 가까운 데 앉은 갈매기가 총구멍에 사뿐히 얹혀졌다. 이제 방아쇠만 당기면 그 흰 바닷새는 진짜 총구 쪽을 향하여 떨어져 올 것이다. 그때 이상한 일이 눈에 띄었다. 그의 총구멍에 똑바로 겨눠져 얹혀진 새는 다른 한 마리의 반씀한 작은 새였다.

마지막으로 만났을 때 은혜가 한 말. 총공격이 다가선 줄 알면서도 두 사람은 여느 때하고 다르지 않았다. 사랑의 일이 끝나고, 그들은 나란히 누워 있었다.

"저—."

깊은 우물 속에 내려가서 부르는 사람의 목소리처럼, 누구의 목소리 같지도 않은 깊은 울림이 있는 소리로 그녀가 불렀다.

---

67 범선의 돛대.

68 약실藥室. 총이나 포의 탄약을 장전하는 부분.

"응?"

"저—."

그녀는 돌아누우면서 남자의 목을 끌어당겨 그 목소리처럼 깊숙이 남자의 입을 맞췄다. 그러고는, 남자의 귀에 대고 그 말을 속삭였다.

"정말?"

"아마."

명준은 일어나 앉아 여자의 배를 내려다봤다. 깊이 파인 배꼽 가득 땀이 괴어 있었다. 입술을 가져간다. 짭사한 바닷물 맛이다.

"나 딸을 낳아요."

은혜는 징그럽게 기름진 배를 가진 여자였다. 날씬하고 탄탄하게 죄어진 무대 위의 모습을 보는 눈에는, 그녀의 벗은 몸은 늘 숨이 막혔다. 그 기름진 두께 밑에 이 짭사한 물의 바다가 있고, 거기서 그들의 딸이라고 불릴 물고기 한 마리가 뿌리를 내렸다고 한다. 여자는, 남자의 어깨를 붙들어 자기 가슴으로 넘어뜨리면서, 남자의 뿌리를 잡아 자기의 하얀 기름진 기둥 사이의 배게 우거진 수풀 속에 숨겨진, 깊은, 바다로 통하는 굴속으로 밀어 넣었다.

"딸을 낳을 거예요. 어머니가 나는 딸이 첫애기래요."

총구멍에 똑바로 겨눠져 얹혀진 새가 다른 한 마리의 반쯤한 작은 새인 것을 알아보자 이명준은 그 새가 누구라는 것을 알아보았다. 그러자, 작은 새하고 눈이 마주쳤다. 새는 빤히 내려다보고 있었다. 이 눈이었다. 뱃길 내내 숨바꼭질해 온 그 얼굴 없던 눈은. 그때 어미새의 목소리가 날아왔다. 우리 애를 쏘지 마세요? 뺨에 댄 총몸이 부르르 떨었다. 총구에는 솜구름처럼 뭉실한 덩어리가 얹혔을 뿐. 마스트 언저리에 구름이 옮아왔다.

망가진 기계가 헐떡이듯, 밖으로 나갔던 몸을 간신히 창 안으로 끌어들이면서 총을 내린다. 거울 속에 비친 얼굴에는 굵다란 진땀이 이마에 솟고, 볼따귀가 민망스럽게 푸들푸들 떨린다.

사람이 올라오는 기척에, 재빠르게 탄알을 뽑으면서 돌아서서, 벽장 문을 열고, 먼저 있던 자리에 총을 놓았다. 벽장 문을 닫고, 돌아선 것과 거의 같이, 선장이 들어섰다.

가까운 사이에 흔히 그렇듯이, 선장은, 명준을 새삼 거들떠보는 일도 없이, 테이블 앞으로 걸어가서, 해도海圖 위에 몸을 굽혔다. 명준은, 낯빛을 감추려고 창문에 붙어선 채, 선장에게 등을 돌렸다. 해도 위에 컴퍼스 스치는 소리만 바스락댄다.

"미스터 리."

"네."

"인도에 가면 내 근사한 미인을 소개함세."

"미인을요."

"음 내 조카야, 먼저 우리 집으로 가서 가족들을 만나고."

그는 구부렸던 몸을 일으켜, 멍한 눈으로, 명준이 막아 선 창문과 반대 창문으로 멀리 내다보았다. 곧 만나게 될, 가족 생각을 하는 모양이었다. 선장은 끝내 테이블에서 떨어져, 벽장 앞으로 가더니, 문을 열고, 사냥총을 꺼내 들었다. 명준은 굳어졌다. 선장은 엽총을 이리저리 만져 보다가, 먼젓번처럼, 명준에게 넘겼다. 명준은 총을 받아, 제대로 꼼꼼한 몸짓으로 어깨에 댔다. 그는 총대와 몸을 함께 핑그르 움직여, 바다를 겨냥했다. 총 끝이 가리키는 곳 멀리, 바다와 하늘이 아물락말락 닿고 있다. 바다[69]를 쏠 것인가.

총몸을 받친 왼팔이 가늘게 떨리기 시작한다. 그는 겨눔을 풀고, 총을 선장에게 돌려주고, 방을 나온다. 뱃간으로 간다. 방 안에 박의 모습은 보이지 않고, 문간에는, 부서진 유리병 조각이 그대로 흩어져 있다. 마루에 널린 유리 조각을 밟는다. 유리는 구두 밑에서 짝짝, 소리를 낸

---

69 여기서 바다는 공간적 배경이다. 바다는 사방이 탁 트여 있지만 어디도 갈 수 없다는 상징성을 지닌 장소이기도 하다.

다. 얼마를 그러니까, 더는 소리가 나지 않는다. 방 안을 휘돌아 본 후에, 또 갑판으로 나온다. 도무지 앉아야 할지 서야 할지, 허둥거려진다. 그는 선장실을 올려다본다. 또 그곳으로 갈 수도 없다. 캘커타에서 술을 산다던 늙은 뱃사람을 찾아볼까? 한참 걸어서 기관실로 간다. 거기에 그는 없다. 식당에 가 본다. 그곳에도 없다. 안타까워진다. 침실로 간다. 그의 자리는 비어 있고, 몸이 불편한 모양인지, 젊은 뱃사람 하나가, 이마에 손을 얹고 누워 있다. 다시 갑판으로 돌아온다. 그 늙은이를 만나서는 어쩌자는 것인가. 그를 찾아 헤매는 일을 그만두기로 한다. 발길은 절로 뒷갑판, 그의 자리로 옮아간다. 그곳은 여전히 언저리를 얼씬하는 사람의 기척도 없이 햇살만 창창하다. 손잡이틀을 잡고, 아래를 내려다본다. 스크루[70]가 파헤치는 물이랑을 본다. 아무리 보아도 지루하지 않다. 한참 보고 있으면, 물살의 움직임이 이쪽의 마음을 끌어당겨 그의 마음도 바다가 되어, 거기, 물거품을 일으키면서, 물이랑을 파헤친다. 착각이 아니라, 확실한 평행 현상이 일어난다. 물결과 마음의 사이는, 차츰 가까워진다. 끝내 그의 몸과 물결은 하나가 된다. 그의 몸은 꿈틀거리는 물이랑을 따라, 곤두박질한다. 꼬이고 풀리는 물결 속에 그의 몸뚱어리가 풀려 나간다. 그의 몸은 칭칭 감아 놓은 밧줄처럼, 배에 얹힌 대로지만, 스크루의 물거품처럼, 술술 풀려 나가서는, 말간 바닷물이 된다. 몸의 세포가 낱낱이 흩어져, 세포 알알이 물방울과 어울려 튄다.[71] 자꾸 뒤로 뿜아 내는 물이랑은, 이슥고, 크낙한 바다의 무게 속에, 가라앉아 버린다. 자취도 없이 사라진다.[72] 바다의 아물심은 견줄 데 없이 세다.[73] 그는 상처를 줄 수 없는 불가사리다. 그 속에 파묻

---

70 스크루screw. 선박에서 원동기의 회전력을 추진력으로 바꾸는 프로펠러 모양의 추진 장치.

71 스크루에 의해 산산이 부서지는 물이랑을 보며 명준은 자기 자신이 산산이 부서져 나가는 듯한 환상에 빠진다. 명준의 자살 충동을 엿볼 수 있는 복선으로 사용된 대목이다.

72 '물이랑' 으로 비유되는 파도의 어지러움과 스러짐은 주인공 명준의 착잡한 심리 상태를 함축하는 표현이다.

73 바다의 엄청난 복원력을 표현하는 대목.

힌다. 자꾸 몸이 풀린다.

꼬꾸라질 듯 앞으로 숙인 몸을, 황망히 끌어들인다. 손잡이에서 떨어져, 갑판에 주저앉는다. 눈에서는 아직도, 소용돌이쳐 뻗어 나는 물결의 그림자가 아물거린다. 그것마저 사라져 버렸을 때 막막한 그림자가 등에 업혀 온다. 또 일어서서, 손잡이를 잡는다. 물결을 바라보고 있으면 마음 놓을 수 있었기 때문이다. 지금 그의 머릿속에는 아무것도 없다. 무엇이든지 바라보면서, 자기 안에 있는 빈 데를 메우지 않으면, 금방 쓰러져 버릴 것 같다. 얼마를 그러고 있다가 또 뱃간으로 돌아온다. 방은 아까처럼 비어 있다.

자기 자리로 올라간다. 자려고 해서가 아니다. 그저 찾는 것도 없이 머리맡을 어물어물 더듬는다. 손에 딱딱한 물건이 잡힌다. 부채다. 문간에서 기척이 난다.

얼른 돌아다보았으나, 아무도 나타나지는 않는다. 되도록 천천히 다락에서 내려와, 마루에 내려선다. 무슨 할 일이 없는가 찾는 사람처럼, 두리번거린다. 방 안에 새삼스레 그의 주의를 끌 만한 것은 없다. 발끝으로 살살 밀어서 유리 조각을 한곳에 모으고 꽉 밟는다. 소리가 나지 않는다. 더 힘있게 밟는다. 그만한 힘으로 발바닥을 올려 밀 뿐, 유리는 바스러질 대로 바스러진 모양인지, 꿈쩍도 않는다. 복도로 나선다. 복도에도 인기척은 없다. 선장실로 올라간다. 선장은 없다. 벽장문을 연다. 총이 제자리에 세워져 있다. 벽장 문을 닫는다. 서랍을 열고, 아까 선장이 들어오는 바람에 미처 돌려놓지 못한 총알을 제자리에 놓는다. 몹시 중요한 일을 마친 사람처럼 홀가분해진다. 테이블로 가서 해도를 들여다본다. 이 배가 밟아 온 자국이 연필로 그려져 있다. 선장이 하는 것처럼 컴퍼스를 손가락으로 꼬나잡고, 해도 위를 재 보는 시늉을 한다. 한참 장난을 하다가 컴퍼스를 던져 버린다. 그때, 여태까지 한 손에 부채를 들고 있었다는 사실을 처음 안다.

아까, 침대에서 손에 잡힌 대로, 들고 온 것이다. 의자에 걸터앉아서 부채를 쭉 편다. 바다가 있고, 갈매기가 있는 그림이 그려져 있다. 부채를 접었다 폈다 하다가, 스스로 눈을 감는다.[74] 머릿속으로 허허한 벌판이 끝없이 열리며, 희미한 모습이 해돋이처럼 차츰 떠올라온다.[75] ……펼쳐진 부채가 있다.[76] 부채의 끝 넓은 테두리 쪽을, 철학과 학생 이명준이 걸어간다. 가을이다. 겨드랑이에 낀 대학 신문을 꺼내 들여다본다. 약간 자랑스러운 듯이. 여자를 깔보지는 않아도, 알 수 없는 동물이라고 여기고 있다.[77]

책을 모으고, 미이라[78]를 구경하러 다닌다.

정치는 경멸하고 있다. 그 경멸이 실은 강한 관심과 아버지 일 때문에 그런 모양으로 나타난 것인 줄은 모르고 있다. 다음에, 부채의 안쪽 좀 더 좁은 너비에, 바다가 보이는 분지가 있다. 거기서 보면 갈매기가 날고 있다. 윤애에게 말하고 있다. 윤애 날 믿어 줘. 알몸으로 날 믿어 줘. 고기 썩는 냄새가 역한 배 안에서 물결이 흔들리다가 깜빡 잠든 사이에, 유토피아의 꿈을 꾸고 있는 그 자신이 있다. 조선인 콜호스[79]숙소의 창에서 불타는 저녁놀의 힘을 부러운 듯이 바라보고 있는 그도 있다. 구겨진 바바리코트 속에 시래기처럼 바랜 심장을 안고 은혜가 기다리는 하숙으로 돌아가고 있는 9월의 어느 저녁이 있다. 도어에 뒤통수를 부딪치면서 악마도 되지 못한 자기를 언제까지나 웃고 있는 그가 있다. 그의 삶의 터는 부채꼴, 넓은 데서 점점 안으로 오므라들고 있었다. 마지막으로 은혜와 둘이 안고 뒹굴던 동굴이 그 부채꼴 위에 있다. 사람이 안고 뒹구는 목숨

---

74 접혔던 부챗살을 펼치는 행위를 통하여 과거의 기억을 이끌어 내고 있다. 부채를 펼치는 것과 기억을 펼치는 것을 같은 의미로 상용하고 있는 것이다. 또한 부채의 그림이 바다와 갈매기라는 점에서도 현재 주인공 명준과 상황이 같음을 예시하고 있다.

75 주인공은 극도로 불안한 심리 상태 속에서 지금까지 겪어 온 삶의 과정을 회상한다.

76 펼쳐진 부채 = 현재까지의 삶의 역정.

77 월북하기 전 명준의 모습. 고독한 청년이 관념의 세계에서 방황하고 있다.

78 썩지 않고 건조되어 본디 상태 가까운 모습으로 남아 있는 인간이나 동물의 시체.

79 소련의 집단농장. 토지 · 농기구 · 가축 · 종자 · 농업시설 등의 생산 수단을 공유하고, 공동 생산을 하며, 수익은 콜호스를 위하여 일정액을 공제한 후 노동량에 따라 분배된다.

의 꿈이 다르지 않으니, 어디선가 그런 소리도 들렸다. 그는 지금, 부채의 사북자리[80]에 서 있다. 삶의 광장은 좁아지다못해 끝내 그의 두 발바닥이 차지하는 넓이가 되고 말았다.[81] 자 이제는? 모르는 나라, 아무도 자기를 알 리 없는 먼 나라로 가서, 전혀 새사람이 되기 위해 이 배를 탔다. 사람은, 모르는 사람들 사이에서는, 자기 성격까지도 마음대로 골라잡을 수도 있다고 믿는다. 성격을 골라잡다니! 모든 일이 잘될 터이었다. 다만 한 가지만 없었다면, 그는 두 마리 새들을 방금까지 알아보지 못한 것이었다. 무덤 속에서 몸을 푼 여자의 용기를, 그리고 마침내 그를 찾아내고야 만 그들의 사랑을.

돌아서서 마스트를 올려다본다. 그들은 보이지 않는다. 바다를 본다. 큰 새와 꼬마 새[82]는 바다를 향하여 미끄러지듯 내려오고 있다. 바다. 그녀들이 마음껏 날아다니는 광장을 명준은 처음 알아본다. 부채꼴 사북까지 뒷걸음질 친 그는 지금 핑그르 뒤로 돌아선다. 제정신이 든 눈에 비친 푸른 광장이 거기 있다.

자기가 무엇에 홀려 있음을 깨닫는다. 그 넉넉한 뱃길에 여태껏 알아보지 못하고, 숨바꼭질을 하고, 피하려 하고 총으로 쏘려고까지 한 일을 생각하면, 무엇에 씌웠던 게 틀림없다. 큰일 날 뻔했다.[83] 큰 새 작은 새는 좋아서 미칠 듯이, 물 속에 가라앉을 듯, 탁 스치고 지나가는가 하면, 되돌아오면서, 바다와 놀고 있다. 무덤을 이기고 온, 못 잊을 고운 각시

---

80 부챗살이 교차된 부분에 박는 못 모양의 물건을 '사북' 이라고 하는데, 이것은 부채를 펴고 접는 중요한 기능이 있다. 따라서 '사북자리' 는 '가장 중요한 곳' 이라는 뜻이다.

81 이 작품의 제목인 '광장' 을 구체화하고 있다. 주인공이 찾는 삶의 광장이 좁아지다 못해 이제 겨우 두 발바닥 넓이로 좁아진 것이다. 두 발바닥 넓이가 상징하는 주인공의 심리적 갈등은 '광장' 의 소멸에 다름 아니다.

82 두 마리 새는 죽은 애인 은혜와 죽은 딸을 상징한다. 또 이 상징성은 바다가 광장으로 인식되면서 주인공의 과거와 연결된다. 새는 명준이 애써 과거를 잊으려 하지만 불가능한 것임을 일깨워 주는 것이다. 스스로 선택한 제3국행을 포기하는 이유를 암시하고 있다.

83 명준은 갈매기를 자신을 감시하는 부정적인 존재로 생각하고 있었다. 그런 갈매기였는데, 이제는 '은혜' 와 '딸' 을 상징하는 긍정적인 존재로 의미가 바뀌고 있다.

들이 손짓해 부른다. 내 딸아. 비로소 마음이 놓인다. 옛날, 어느 벌판에서 겪은 신내림이, 문득 떠오른다. 그러자, 언젠가 전에, 이렇게 이 배를 타고 가다가, 그 벌판을 지금처럼 떠올린 일이, 그리고 딸을 부르던 일이, 이렇게 마음이 놓이던 일이 떠올랐다. 거울 속에 비친 남자는 활짝 웃고 있다.[84]

밤중.

선장은 도어를 두드리는 소리에 잠자리에서 몸을 일으켰다. 얼른 손목에 찬 야광 시계를 보았다. 마카오에 닿자면 아직 일렀다.

"무슨 일이야?"

"석방자가 한 사람 행방불명이 됐습니다."[85]

"응?"

"지금, 같은 방에 있는 사람이 신고해 와서, 인원을 파악해 봤습니다만, 배 안에는 보이지 않습니다."

선장은 계단을 내려가면서 물었다.

"누구야 없다는 게?"

"미스터 리 말입니다."

이튿날.

타고르 호는, 흰 페인트로 말쑥하게 칠한 3천 톤의 몸을 떨면서, 한 사람의 손님을 잃어버린 채[86] 물체처럼 빼곡이 들어찬 남지나 바다[87]의 훈김을 헤치며 미끄러져 간다.

---

84 명준이 바다에 투신 자살하는 것을 암시하는 묘사이다.

85 명준이 투신 자살했음을 간접적으로 예시하고 있다.

86 자기 고뇌 끝에 죽음을 택한 한 사람의 문제가 다른 사람들에게는 그저 숫자 하나 줄어든 것으로 인식되고 있음을 표현한 대목이다.

87 중국 남쪽 필리핀과 인도차이나 반도 및 보르네오섬으로 둘러싸인 바다.

흰 바다새들의 그림자는 보이지 않는다.[88] 마스트에도, 그 언저리 바다에도. 아마, 마카오에서, 다른 데로 가 버린 모양이다.

1960년 《새벽》

88 명준이 죽은 후 갈매기가 사라졌다는 것은 그 둘 사이에 깊은 관련이 있음을 상징하고 있다. 갈매기는 명준이 실패한 과거의 삶인 셈이다.

|1927 ~ |

1926년 경상남도 통영에서 출생하다. 1945년 진주고등여학교를 졸업하다. 1955년《현대문학》에 단편 〈계산〉과 〈흑흑백백〉을 추천받아 문단에 등단하다. 1957년 〈전도〉, 〈불신 시대〉, 〈암흑 시대〉 등의 역작을 발표하다. 〈불신 시대〉로 '현대문학 신인상' 을 수상하다. 1959년 생활고에 시달리는 여인을 그린 장편 〈표류도〉를 발표하여 '내성문학상' 을 받은 것을 계기로 장편소설 집필에 주력하다. 1969년~1989년 대하 역사소설 〈토지〉를 쓰다. 〈시장과 전장〉으로 '한국여류문학상' 을, 〈토지〉로 '월탄문학상' 을 받다. 1988년 〈토지〉 전 4부가 완간되다.

대|표|작

단편 〈불신 시대〉(1957), 장편 〈표류도〉(1959), 〈성녀와 마녀〉(1960), 〈김약국의 딸들〉(1962), 〈시장과 전장〉(1964), 수필 〈거리의 악사〉(1966) 등이 있다.

〈토지〉는 모두 5부 16권으로 되어 있는 대하소설이다. 작가 박경리가 25년 동안 혼신의 힘으로 집필한, 한국 현대문학 100년 역사상 가장 훌륭한 소설로 손꼽히는 위대한 작품이다. 구한말에서 8·15까지 경남 하동 평사리의 대지주 최씨 가문의 4대에 걸친 비극을 다루고 있는, 그야말로 이 시기 한국의 개인사·가족사·생활사·풍속사·역사·사회사 등을 모두 수용하고 있는 '종합소설'이라고 말할 수 있다.

〈토지〉 제1부, 2부에는 1900년대부터 1910년대에 이르는 기간 동안 한국 사회에서 일어난 변화를 다루고 있다. 한일합병과 같은 국권 상실, 봉건 가부장 체제와 신분 질서의 붕괴, 농업 경제에서 화폐 경제로의 전환 등이 작품의 밑그림이 되어 있는 셈이다. 특히 제1부(1897년~1908년)는 평사리, 2부는 용정으로 국한되다시피 하던 소설의 공간 배경이 제3부, 4부에서는 서울·부산·진주·평사리, 그리고 외국 땅 간도 일대와 일본까지 확대된다. 여기에 민족주의·공산주의·무정부주의 등 독립운동의 여러 노선이 등장하며, 당대 지식인들이 시국에 대처하는 사상적 경향과 함께 일본 제국주의에 대한 면밀한 분석도 시도된다. 이런 가운데 제1부, 2부의 주역들은 하나둘씩 세상을 떠난다. 용이와 그의 아내 임이네는 병으로 죽고 기생으로 전락한 끝에 이상현의 씨를 낳고 아편중독자가 되고 만 봉순(기화)은 서희의 보호와 정석의 애끓는 사랑을 뿌리치고 끝내 투신 자살한다. 동학 세력을 다시 규합하여 독립운동을 벌이려던 김

환(구천이)도 고문 끝에 스스로 목숨을 끊고, 용정 공 노인의 부인과 조준구의 부인 홍씨도 세상을 뜬다. 이들의 죽음과 함께 제3부, 4부에서는 이들의 후손들이 점차 주역으로 등장한다. 즉 서희의 두 아들 윤국과 환국, 용이의 아들 홍이, 조준구의 아들 꼽추 병수 등이 그들이다. 이와 함께 3, 4부에 오면 새로운 인물들도 많이 등장한다. 대부분 지식인으로, 작가는 이들을 통해 희망 없는 식민지 상황의 암울함을 표현한다. 임 역관의 딸 명빈과 명희, 귀족 계층의 조용하, 급진적 사회주의 사상가 서의돈, 극작가 권오송, 성악가 홍성숙, 조선을 동정하는 일본인 오가다, 유인실, 강선혜, 황태수 등이 이 부류이다.

〈토지〉 제3부, 4부는 1, 2부와 연속선상에 있으면서도 시대 · 배경 · 중심 인물이 대거 바뀐다. 시간적 배경인 1920년대~1930년대의 한국 사회의 격변이 이야기의 주요한 중심 축이 되고 있다. 특히 3 · 1운동이 실패하고 일제의 총독 정치가 가혹해지기 시작한 때의 식민지 상황이 암울한 분위기로 인물들을 무겁게 누르는 것이 느껴진다. 나라를 빼앗긴 백성들은 제대로 발붙이고 살 정착지가 없어 자연히 여기저기 떠도는 삶을 영위할 수밖에 없다. 이러한 사회적 현실은 작품에 고스란히 반영되어 공간적 배경의 무대가 여러 곳으로 확대되는 것이다.

〈토지〉 제5부는 일제의 식민지 통치가 파국으로 치닫는 1940년대를 시간적 배경으로 하여 8·15 해방까지 다루며 대단원의 막을 내린다. 송관수의 죽음, 길상을 중심으로 한 독립 운동 단체의 해체, 길상의 관음탱화 완성, 오가다와 유인실의 해후, 태평양 전쟁의 발발, 예비 검속에 의한 길상의 구속과 양현, 영광, 윤국의 어긋난 사랑 등이 이어지면서 대하 역사소설 〈토지〉는 거대한 마침표를 향하여 숨가쁘게 이어진다.

구조분석

- **갈래** 대하소설. 가족사소설.
- **주제** 한국 근대사의 인물들이 겪는 식민지적 고통과 운명을 통한, 끈질긴 생명력과 한.
- **배경** 시간은 조선왕조 말(1887년)부터 해방(1945년) 직후까지, 공간은 경상남도 하동군 평사리 일대와 만주 간도 지방.
- **시점** 3인칭 전지적 작가 시점.

등장인물

- **최서희** 이 작품의 주인공. 가문을 이어 가는 굳은 의지의 여인. 최치수와 별당아씨의 외동딸이자 윤씨 부인의 손녀딸. 조준구에게 재산을 빼앗겼으나 간도에서 모은 돈으로 빼앗긴 토지를 회수하고 가문의 재건과 복수에 성공한다.

- **김길상** 하인 출신으로 서희와 결혼하는 독립 운동가. 서희에 대한 동정과 연모의 정을 품고 최 참판댁 몰락 과정에서 서희를 끝까지 보호한다. 간도로 함께 이주하여 서희가 부를 축적하는 데 크게 이바지한다.
- **구천이** 최 참판댁 머슴. 출생의 비밀로 인해 괴로움을 겪는 인물. 나중에 동학당의 일원이 된다.
- **최치수** 최 참판댁의 당주. 병약하고 냉소적이며 신경질적이다. 부인인 별당아씨가 구천이와 도망하자 더욱 폐쇄적인 생활을 한다.
- **봉순이** 침모 봉순네 딸. 길상을 사모하나 사랑을 이루지 못하자 기생이 되는 비련의 여인.
- **조준구** 최치수의 이종형으로 최 참판댁의 재물을 가로채는 욕심 많은 인물.
- **이상현** 서희와의 사랑에 실패하여 방황하는 지식인.
- **윤씨 부인** 최 참판댁의 안주인. 동학당의 우두머리인 김개주에게 강제로 겁탈당하여 구천이를 낳는다.
- **별당아씨** 최치수의 부인이자 서희의 생모. 냉소적인 남편과 시어머니 때문에 집안에 정을 붙이지 못하고, 하인 구천이와 사랑에 빠지게 된다.
- **귀녀** 최 참판댁 하녀. 최치수를 살해하는 음모를 꾸민다.

이것만은 놓치지 말자

소설의 무대 '평사리'

〈토지〉의 무대는 평사리(경상남도 하동군 악양면 평사리). 구례를 지나 섬진강이 하동 포구로 흘러들기 바로 전, 강의 북동쪽에 펼쳐진 악양들을 내다보며 자리 잡은 마을이다. 악양들은 김제 · 만경 평야 같은 광활함은 없지만 그래도 지리산 자락에 이 같은 평야지대가 있다는 것은 신기하다. 이 평사리가 무대가 된 것은 우연이었다. 1960년대 어느 날 화개에 사는 친척집을 방문하는 길에 작가는 악양들을 보게 되었으며, 그때 구상하고 있던 장편소설 〈토지〉의 이미지와 맞겠구나 생각했다고 한다. 그러나 소설을 쓰면서 작가는 평사리를 직접 답사하지는 않았다. 소설 속의 마을 구조와 실제의 평사리가 같지 않은 것은 그 때문이다. 악양들의 문전옥답과는 달리 지리산 쪽으로 들어가면 유난히 돌이 흔하다. 집 담들이 거의 돌로 되어 있음은 물론 마을 뒤편의 다락논 역시 돌을 쌓아 논둑을 만들어 놓았다. 마을 한가운데는 소설 속 아낙들이 시름을 털어놓거나 신세를 한탄했음직한 공동 우물과 빨래터가 남아 있다. 이곳 주민들도 〈토지〉에 대해 잘 알고 있다. 평사리는 이미 문학사적 지명으로 자리 잡은 것이다. 평사리에는 여관이나 여인숙, 식당은 물론 민박집 하나도 변변한 것이 없다. 아마 앞으로도 그런 것이 생겨나지는 않을 것이다.

'대하소설' 이란 어떤 소설?

'대하소설' 은 시간적 배경도 길고, 등장인물도 많고, 복잡한 갈등 구조를 다룬, 분량이 상당히 긴 장편소설을 가리킨다. 대하소설은 무엇보다 분량이 많기 때문에, 긴 시간 또는 넓은 공간에 포진하고 있는 다수의 인물이 일으키는 복잡한 사건을 보여 준다. 이러한 요건을 충족시키는 것으로는 가족사소설, 연대기소설, 역사소설 등이 있다. 황석영의 〈장길산〉, 박경리의 〈토지〉, 조정래의 〈태백산맥〉, 〈아리랑〉 등이 대표적 대하소설이라고 할 수 있겠다. 서구 작품으로는 프로스트의 〈잃어버린 시간을 찾아서〉, 로제 마르탱 뒤 가르의 〈티보가의 사람들〉 등이 있다. 대하소설에서는 한 인간의 삶을 시대와 역사같은 거시적 범주와 연결하여 파악할 필요가 있다.

조선왕조 말 1897년, 경상도 하동 땅 평사리에는 지주 최 참판댁을 중심으로 마을 사람들이 어울려 살아가고 있었다. 최씨댁의 유일한 혈육인 서희는, 인정 많은 할머니와 무서운 아버지 밑에서 하녀 봉순이를 동무하며 자라고 있고, 무엇인가 고뇌와 비밀을 간직한 듯한 구천이가 머슴으로 들어온다. 구천이는 윤씨 부인이, 훗날 동학당 접주 김개주에게 겁탈당하여 낳은 아들이다. 동학당에 참가했던 그는 구천이란 가명으로 몸을 숨기기 위하여 최 참판댁에 찾아온 것이다. 그는 이복형의 부인 별당아씨와의 사랑으로 괴로워하다가 별당아씨를 데리고 지리산으로 도망친다. 최치수는 이종형 조준구와 어울려 방탕한 생활을 하다가 성적 무능력자가 된다. 하녀 신분에 불만을 품고 있던 귀녀는 최 참판댁 씨를 받으려고 최치수에게 접근하나 뜻을 이루지 못한다. 그러자 그녀는 음모를 꾸며 칠성이와 강 포수에게 몸을 허락하여 씨를 받는다. 최치수가 성불구자임을 모르는 귀녀는 일이 틀어지자 김평산에게 최치수를 살해하게 하고 집안의 대를 잇게 하려는 음모를 꾸민다. 그러나 최치수의 죽음에 의혹을 가진 윤씨 부인은 침모 봉순네의 귀띔으로 귀녀의 자백을 받아내는 데 성공하여 김평산과 칠성은 함께 죽음으로써 죄값을 치른다. 집안의 기둥을 잃어버린 최 참판댁에 조준구가 찾아들어 재산을 노린다. 그러던 중 마을을 휩쓴 전염병과 흉년으로 윤씨 부인과 봉순네 등 많은 사람이 죽는다. 그 와중에 살아남은 조준구 일당은 마침내 최 참판댁을 차지하게 된다. 고아 신세가 된 서희는 타고난 총명함으로 강하고 이기적인 여인으로 자란다. 그녀는 가문을 지키기 위해 조준구 일당과 맞선다. 그러나 주위 상황은 더욱 조준구에게 유리하게 돌아간다. 조준구의 행패에 불만이 쌓인 마을 사람들은 목수 윤보를 선봉으로 의병을 일으켜 마침내 최 참판댁에 들이닥친다. 그들은 재물을 탈취하고 조준구 내외를 찾아 죽이려 하지만 실패한다. 서희는 더 이상 고향에서 살 수 없음을 깨닫게 된다. 서희는 할머니 윤씨 부인이 남겨 준 재물을 지니고 길상과 함께 고향을 버리고 간도로 떠난다.(제1부)

서희는 간도에 정착한다. 가문을 되찾으려는 일념으로 두류豆類와 토지 거래에 성공하여 거부가 된다. 돈을 벌기 위해 서희는 아버지의 친구인 독립군 이동진의 군자금 요청을 거부하고 친일파 단체에 기부금을 내는 등 공공연한 친일 행위도 불사한다. 그녀는 이동진의 아들 상현과의 사랑을 포기하고 길상과 결혼하여 두 아들을 얻는다. 서희와 길상이 결혼한 데 충격을 받은 상현은 서울로 돌아와 일본으로 유학을 떠난다. 그러나 사랑의 패배감, 아버지에 대한 죄스러움, 무력감 때문에 방황을 계속한다. 한편 기생이 된 봉순은 빼어난 목소리로 유명해진다. 월선, 임이네, 홍이와 함께 용정에 정착한 용이는 월선과 함께 잠시 국밥집을 한다. 그러나 그는 자신이 장사에 맞지 않는다는 것을 깨닫는다. 임이네는 월선 몰래 가로챈 많은 돈을 용정의 큰불로 잃게 된다. 월선은 용이가 떠난 후 홍이와 함께 살지만 암으로 죽는다. 김평산의 아들 기복은 김두수로 이름을 바꾸고 간도 땅에서 일제의 밀정으로 활약한다. 그는 달아난 금녀를 되찾으려다 실패하고, 대신 길상을 짝사랑하던 송애를 농락한다. 달아난 금녀는 독립 운동을 하던 장인걸의 도움을 얻어 차츰 삶에 안정을 찾게 된다. 귀녀의 아들을 데리고 사라졌던 강 포수는 그 아들에게 두메라는 이름을 지어 주고, 그가 성장하자 송장환에게 교육을 부탁한다. 조준구 때문에 억울하게 죽은 정한조의 아들 석이는 송관수의 도움으로 공부를 하고 조준구에게 복수하기 위하여 하인으로 가장하여 조준구의 집에 잠입한다. 서희는 광산에 투자하여 큰 실패를 본 조준구에게 접근하여 빼앗긴 재산과 토지 문서를 되찾고는 월선의 장례식을 치른 후 영팔이네와 용이네를 귀향시키고, 독립 운동에 투신하기 위하여 구천이와 함께 떠난 길상과 헤어져 두 아들과 함께 꿈에도 그리던 고향으로 돌아온다. (제2부)

진주에 정착한 서희는 평사리의 본가를 되찾는다. 서희의 복수는 완전히 성공한 것이다. 그러나 서희는 상실감에 시달린다. 용이는 평사리 서희의 본가를 지키며 안정된 말년을 보낸다. 월선의 죽음으로 마음의 상처를 입은 홍이는 생모 임이네 때문에 성격이 나빠진다. 그는 의병 혐의를 받고 잡혀갔다 온 후 운전 기술을 배워 김 훈장의 손녀 보연과 결혼한다. 윤도집과 운봉이 죽자 동학 세력은 와해된다. 중국에서 귀국한 구천이는 지삼만의 밀고로 일경에 잡히지만 조직을 지키기 위하여 자결한다. 김두수는 마침내 금녀를 붙잡아, 독립군 정보를 빼내려고 하지만 모든 것을 포기한 금녀는 침묵으로 맞서다가 벽에 머리를 부딪쳐 자살한다. 한편, 길상이 '계명회' 사건에 연루되어 2년형을 받고 복역하게 되자 서희는 길상의 옥바라지를 한다. 아들 환국은 아버지 길상의 자질을 이어받아 그림에 소질이 있으나 어머니 서희의 뜻을 좇아 와세다 대학 법과를 지원한다. 상현은 일본 유학 후 서울에서 기화(봉순)를 모델로 소설을 쓰기도 하지만 3·1운동의 실패로 인한 무력감 때문에 방황한다. 기화는 상현을 사랑하지만 끝내 버림받고 상현의 딸 양현을 낳는다. 아버지 이동진이 죽고 여러 가지 문제로 갈등을 겪던 상현은 다시는 돌아오지 않을 각오로 중국행을 감행한다. 홀로 양현을 키우던 기화는 아편중독자가 되어 서희의 도움으로 치료를 받게 되지만 상현과의 관계에 대한 죄책감으로 서희의 곁을 떠난다. 그러나 기화는 그녀를 사모하는 정석의 설득으로 평사리로 돌아온다. 그러나 결국 기화는 고통을 이기지 못하고 섬진강에 몸을 던져 자살한다. 기화의 자살 소식을 알게 된 상현은 긴 방황을 청산하고 소설을 써서, 그 고료를 양현을 위하여 써줄 것을 부탁하는 편지를 명희에게 보낸다. 명희는 양현을 양딸로 데려가길 원하지만 서희는 이를 거부하고 양현을 맡아 키운다. (제3부)

구천이가 죽고 길상이 수감된 후, 관수는 평등한 세상을 꿈꾸며 독립 운동에 더욱 매진하게 된다. 길상의 출옥 후를 생각하며 관수는 서울 출신의 소지감을 운동에 끌어들이고, 지감은 그를 통해 지리산의 강쇠, 해도사를 알게 된다. 어느새 청년이 된 환국과 윤국은 자신들의 풍족한 처지와 사회 현실 사이의 괴리감으로 인해 고민이 깊어 간다. 윤국은 학생 시위에 참가했다가 투옥당하여 무기 정학 처분을 받는다. 서희는 아들들을 대견스럽게 생각하면서도, 집안의 재산을 부담스러워하는 두 아들을 보며 공허감이 더욱 커진다. 한편, 길상은 어느새 중요해진 자신의 위치가 자주 낯설어지고, 사랑이 넘치는 집안에서도 외로움을 느낀다. 그는 최씨 집안에서 꽃 같은 존재인 양현이 자신의 출생의 비밀을 자연스럽게 알게 되기를 바란다. 조국에 대한 사랑과 오가다에 대한 사랑으로 갈등하던 유인실은 오가다에게 몸을 허락하고, 결국 아무도 몰래 일본에서 아이를 낳아 조찬하에게 부탁하고, 독립 운동을 하러 중국으로 떠난다. 그곳에서 그녀는 송장환을 찾아가고 그를 통하여 윤광오를 만난다. 찬하는 고민 끝에 인실의 아이를 자식처럼 기른다. 인실이 떠난 후 상실감과 죄책감에 괴로워하던 오가다는 만주로 와서 떠돌아다니다가 토건 회사에 취직하여 여행을 하던 중 하얼빈에서 우연히 인실의 흔적을 발견한다. (제4부)

제2차 세계대전이 점차 장기전으로 돌입하자 일본은 전쟁 물자마저 고갈되어 간다. 호열자로 죽은 아버지 관수의 유해를 모시고 진주를 찾은 영광은, 자살한 어머니 기화를 생각하며 그 강에 꽃을 던지는 양현을 보게 되어 두 사람은 사랑에 빠진다. 백정의 자손과 기생의 딸— 비슷한 운명의 두 사람은, 영광이 만주로 도피하면서 헤어진다. 양현을 아들 윤국의 배필로 삼으려던 서희의 계획은 양현의 거부로 뜻을 이루지 못한다. 상심한 윤국은 학병에 나간 후 소식이 끊어진다. 의학전문학교를 나와 취직한 양현을 서희는 귀향하도록 설득한다. 가산을 탕진한 조준구는 중풍에 걸려 누워 있으면서도 갖은 행악을 부리다가 죽는다.

'계명회' 사건으로 복역하던 길상은 출옥한 후 도솔암에서 관음보살 탱화 제작을 결심한다. 보연의 금붙이 밀매 사건으로 진주로 송환된 홍이는, 이를 계기로 김두수와 불편한 관계를 끝내고 하얼빈에서 극장을 운영하며 조직의 일을 계속한다. 여행 길에 하얼빈에 들러 우연히 인실을 본 조찬하는 오가다에게 아들의 존재를 알릴 것을 인실에게 권한다. 조찬하의 아들 쇼지가 자신의 아들임을 알게 된 오가다는 찬하에게 감사하며 인실과의 관계가 계속되기를 간절히 바란다. 그러나 인실은 '일본이 망하는 날이면' 하고 약속한다. 이상현은 석이와 함께 기거하며 활동을 계속한다. 민족주의의 경향이 차츰 약해지고 사회주의 성향이 짙어 가는 때, 강 포수가 내력을 숨기고 기른 귀녀의 아들 강두메는 투철한 공산주의자로 자란다. 그는 상현 같은 인물은 반드시 도태시켜야 할 반동분자로 생각한다. 조용하가 자살한 후 그의 재산을 상당 부분 상속받은 임명희가 희사한 돈 5천 원의 사용처를 의논하던 중, 산山의 조직을 독립 후에 사회주의 운동 조직으로 키울 야심을 가지고 입산한 과격한 사회주의자 이범호와 산 사람들 간에 충돌이 일어나 산 사람들은 이범호를 경계한다. 그때 일본 히로시마에 원자폭탄이 떨어졌다는 소식이 들리자 서희는 길상이 사상범 예비 검거령에 의해 다시 옥살이를 하고 있는 서울로 온 가족이 올라갈 것을 결심한다. 서희의 상심은 깊어진다. 양현은 장 보러 가던 길에 일본 천황이 항복했다는 소식을 듣는다. (제5부)

깊이생각하기

1. 〈토지〉라는 제목이 암시하고 상징하는 것은 무엇인가?
2. 〈토지〉에는 '서장'이 있다. '서장'은 이 책 맨 앞에 실려 있는 내용이다. 작가가 '서장'에서 암시하는 바가 무엇인지 말해 보자.
3. 제1장에서 '서희'와 그 주변 인물의 관계에서 나타나는 특성은 무엇인지 이야기해 보자.

토지

✖ ◈ ✣

서序[1]

1897년의 한가위.

까치들이 울타리 안 감나무에 와서 아침 인사를 하기도 전에, 무색옷[2]에 댕기꼬리를 늘인 아이들은 송편을 입에 물고 마을 길을 쏘다니며 기뻐서 날뛴다. 어른들은 해가 중천에서 좀 기울어질 무렵이래야 차례를 치러야 했고 성묘를 해야 했고 이웃끼리 음식을 나누다 보면 한나절은 넘는다. 이때부터 타작마당에 사람들이 모이기 시작하고 들뜨기 시작하고— 남정네 노인들보다 아낙들이 채비는 아무래도 더디어지는데 그럴 수밖에 없는 것이 식구들 시중에 음식 간수를 끝내어도 제 자신의 치장이 남아 있었으니까. 이 바람에 고개가 무거운 벼 이삭이 황금빛 물결을 이루는 들판에서는, 마음 놓은 새떼들이 모여들어 풍성한 향연을 벌인다.

"후우이이— 요놈의 새떼들아!"

극성스럽게 새를 쫓던 할망구는 와삭와삭 풀발이 선 출입옷[3]으로 갈아입고 타작마당에서 굿을 보고 있을 것이다. 추석은 마을의 남녀노유,[4] 사

---

1 프롤로그이다. '서' 에는 작품 전체의 배경과 인물, 사건의 큰 방향을 암시하는 분위기가 제시되어 있다.

2 물들인 옷감으로 지은 옷.

3 나들이할 때 입는 옷.

람들에게뿐만 아니라 강아지나 돼지나 소나 말이나 새들에게, 시궁창을 드나드는 쥐새끼까지 포식[5]의 날인가 보다.

빠른 장단의 꽹과리 소리, 느린 장단의 둔중한 여음으로 울려 퍼지는 징 소리는 타작마당과 거리가 먼 최 참판댁 사랑에서는 흐느낌같이 슬프게 들려온다.[6] 농부들은 지금 꽃 달린 고깔을 흔들면서 신명을 내고 괴롭고 한스러운 일상日常을 잊으며 굿놀이에 열중하고 있을 것이다. 최 참판댁에서 섭섭찮게 전곡錢穀[7]이 나갔고, 풍년에는 미치지 못했으나 실한 평작[8]임엔 틀림이 없을 것인즉 모처럼 허리끈을 풀어놓고 쌀밥에 식구들은 배를 두드렸을 테니 하루의 근심은 잊을 만했을 것이다.

이날은 수수개비를 꺾어도 아이들은 매를 맞지 않는다. 여러 달 만에 소증素症[9] 풀었다고 느긋해 하던 늙은이들은 뒷간 출입이 잦아진다. 힘 좋은 젊은이들은 벌써 읍내에 가고 없었다. 황소 한 마리 끌고 돌아오는 꿈을 꾸며 읍내 씨름판에 몰려간 것이다.

최 참판댁 사랑은 무인지경처럼 적막하다. 햇빛은 맑게 뜰을 비춰 주는데 사람들은 모두 어디로 가 버렸을까. 새로 바른 방문 장지[10]가 낯설다.

한동안 타작마당에서는 굿놀이가 멎은 것 같더니 별안간 경풍 들린 것처럼 꽹과리가 악을 쓴다. 빠르게 드높게, 꽹과리를 따라 징 소리도 빨라진다. 깨갱 깨애갱! 더어응응음— 깨갱 깨애갱! 더어응응음— 장구와 북이 사이사이에 끼여서 들려온다. 신나는 타악 소리는 푸른 하늘을 빙글빙글 돌게 하고 단풍 든 나무를 우쭐우쭐 춤추게 한다. 웃지 않아도 초생달

4 남녀노유男女老幼. 남자와 여자, 노인과 어린이.

5 배부르게 먹음.

6 작가가 암울하고 비관적인 시점으로 바라보고 있음을 알 수 있다. 이는 비극적인 사건을 예고하는 것이기도 하다.

7 돈과 곡식.

8 평작平作. 평년작의 준말.

9 오랫동안 채식을 하여 고기가 먹고 싶어지는 증세.

10 장지壯紙. 조선종이의 한 가지. 두껍고 질기며 질이 썩 좋음.

같은 눈의 서금돌이 앞장서서 놀고 있을 것이다. 50 고개를 바라보는 주름살을 잊고 이팔청춘[11]으로 돌아간 듯이, 몸은 늙었지만 가락에 겨워 굽이굽이 넘어가는 그 구성진 목청만은 늙지 않았으니까. 웃기고 울리는 천성의 광대기는 여전히 구경꾼들 마음을 사로잡고 있으리. 아직도 구슬픈 가락에 반하여 추파 던지는 과부가 있는지도 모른다.

"쯧쯧…… 저 좋은 목청도 흙 속에서 썩을랑가?"

"서 서방이 죽으믄 자지러지는 상두[12]가 못 들어서 서분을[13] 기요."

"할망구 들을라? 들으믄 지랄할 기다."

"세상에 저리 신이 많으믄서 자게 마누라밖에 없는 줄 아니 그것이 보통 드문 일가?"

"신주 단지를 그리 위하까? 천생연분이지 머."

"소나아로 태이나 가지고 남으 제집 한 분 모르고 지내는 것도 벵신은 벵신이제?"

나이듬 직한 아낙들은 그런 말을 주고받는지 모른다.

목수가 본업이요 섬진강의 강태공인 곰보 홀아비(정확히는 총각) 윤보는

"이 사람들아! 사랑도 품앗이라 안 하더나?"

"머라 카노? 자다 봉창 뚜디리네."

"타작마당에서만 이럴 기이 앙이라 강가에도 가서 한마당 굴리자!"

"그는 또 와?"

"용왕님네 심사도 풀어 주어야 안 하겄나? 그래야 개기도 풍년이 들제."

"젯상에도 못 오르는 민물개기가 어디 개기가! 당산[14]에 가자! 당산에!"

누군가가 팔팔하게 반대하고 나서면 너희들이야 그러거나 말거나 두만아비는 느릿느릿 징을 칠 것이다. 봉기는 헤죽헤죽 웃으며, 구경하는

---

11 혈기왕성한 젊은 시절.

12 '상여'를 속되게 부르는 말.

13 서운할.

14 당산堂山. 토지나 부락의 수호신이 있다는 마을 근처의 산이나 언덕.

아낙들보고 부끄러워하며 고깔을 흔들 것이다. 이들은 한창 일할 나이, 살림의 기틀을 잡고 있는 30대 중간쯤의 장정들이었고 나이 좀 처지는 축으로는 장구 멘, 하얀 베 수건 어깨에 걸고 싱긋이 웃으며 큰 키를 점잖게 가누어 맴을 도는 이용李龍이다. 그는 누구니 누구니 해도 마을에선 제일 풍신[15] 좋고 인물 잘난 사나이, 마음의 응어리를 웃음으로 풀며 장단을 치고, 칠성이 북을 더덩덩! 뚜드리면 무같이 미쭉한 영팔이는 욱욱 헛힘을 주어 춤을 추고 있을 것이다. 아낙들은 노인들 아이들 틈새에서 제 남편 노는 꼴을 반쯤은 부끄럽고 반쯤은 자랑스러워 콧물을 훌쩍일 것이다. 타작마당에서 한마당 벌이고 나면 시장기가 든 농부들은 강가도 당산도 아닌 마을 길을 누비다가 삽짝 큰집에 밀고 들어 한바탕 지신地神[16]을 밟고 그러고 나면 갈고리 같은 손으로 땀을 닦으며 술과 밥을 먹게 될 것이다.

8월 한가위는 투명하고 삽삽한[17] 한산 세모시 같은 비애는 아닐는지. 태고 적부터 이미 죽음의 그림자요, 어둠의 강을 건너는 달에 연유된 축제가 과연 풍요의 상징이라 할 수 있을는지. 서늘한 달이 산마루에 걸리면 자잔한 나뭇가지들이 얼기설기한 그림자를 드리우고 소복 단장한 청상의 과부는 밤길을 홀로 가는데— 8월 한가위는 한산 세모시 같은 처량한 삶의 막바지, 체념을 묵시默示[18]하는 축제나 아닐는지.[19] 우주 만물 그 중에서도 가난한 영혼들에게는.

---

15 드러나 보이는 사람의 외모.

16 지신밟기는 영남 지방에서 전해 내려오는 풍습. 농악대를 앞세우고 집집을 돌며 땅을 다스리는 지신에게 1년 동안의 무사 행복을 빈다.

17 매끄럽지 못하고 깔깔한.

18 은연중에 뜻을 나타내 보이는 것.

19 이 작품의 서술자(작가)는 전지적인 시점을 취하고 있으면서도 작품 속 인물의 시점을 드러내는 복잡한 양상을 보인다. '~일 것이다', '~일는지'와 같은 표현들은 전지적인 서술자라기보다는 관찰자적인 시점이다.

가을의 대지에는 열매를 맺어 놓고 쓰러진 잔해가 굴러 있다. 여기저기 얼마든지 굴러 있다. 쓸쓸하고 안쓰럽고 엄숙한 잔해 위를 검시檢屍[20] 하듯 맴돌던 찬바람은 어느 서슬엔가 사람들 마음에 부딪쳐 와서 서러운 추억의 현絃[21]을 건드려 주기도 한다. 사람들은 하고많은 이별을 생각해 보는 것이다. 흉년에 초근목피[22]를 감당 못하고 죽어 간 늙은 부모를, 돌림병에 약 한 첩을 써보지 못하고 죽인 자식을 거적에 말아서 묻은 동산을, 민란 때 관가에 끌려가서 원통하게 맞아 죽은 남편을, 지금은 흙 속에서 잠이 들어 버린 그 숱한 이웃들을, 바람은 서러운 추억의 현을 가만가만 흔들어 준다.

"저승에나 가서 잘사는가."

사람들은 익어 가는 들판의 곡식에서 위안을 얻기도 한다. 그러나 들판의 익어 가는 곡식은 쓰라린 마음에 못을 박기도 한다. 가난하게 굶주리며 살다 간 사람들 때문에…….

"이만하믄 묵을 긴데……."

풍요하고 떠들썩하면서도 쓸쓸하고 가슴 아픈 축제, 한산 세모시 같은 한가위가 지나고 나면 산기슭에서 먼, 먼 지평선까지 텅 비어 버린 들판은 놀을 받고 허무하게 누워 있을 것이다. 마을 뒷산 잡목 숲과 오도마니 홀로 솟은 묏등이 누릿누릿 시들 것이다. 이러고저러고 해서 세운 송덕비[23]며 이끼가 낀 열녀비며 또는 장승[24]옆에 한두 그루씩 서 있는 백일홍나무에는 물기 잃은 바람이 지나갈 것이다. 그러고 나면 겨울의 긴 밤이 다가

---

20 변사체變死體나 변사의 의심이 있는 시체를 조사하여 범죄에 의한 것인가의 여부를 가리는 일.

21 현악기에 맨 줄.

22 초근목피草根木皮. 풀뿌리와 나무껍질. 양식이 부족할 때의 험한 음식을 비유하는 말.

23 송덕비頌德碑. 공덕을 기리어 세운 비석.

24 마을이나 절 입구, 또는 길가에 수호신이나 이정표로서 세우는, 기둥과 같은 나무 윗부분에 사람 얼굴 모양을 새긴 상. 아래쪽에는 천하대장군天下大將軍, 지하여장군地下女將軍 등을 쓰거나 이수里數와 지명 등을 표시했음.

오는 소리를 들을 수 있다.

해가 서산에 떨어지고부터 더욱 흐느끼는 듯 꽹과리 소리는 여전히 마을 먼 곳에서 들려오고 있었다. 밤을 지샐 모양이다. 하기는 마을 처녀들의 놀이는 이제부터, 달 뜨기를 기다려 강가 모래밭에서 호작거리는 물소리를 들으며 시작될 것이다.

"진지상 올릴까요."

방문 앞에 계집종 귀녀가 와서 묻는다. 벌써 두 번이나 물어보는 말이다. 방 안에서는 아무 기척이 없다.

"등잔에 불을 켜야겠습니다."

하며 귀녀는 방문을 열고 들어온다. 최 참판댁 당주堂主[25]인 최치수崔致修는 책에서 눈을 떼지 않는다. 오래 묵은 한지韓紙 같은 저녁 빛깔이 방 안에 밀려들고 있다. 등잔불이 흔들리면서 밝아 온다. 어둑어둑한 방에서 정말 글을 읽고 있었는지. 최치수 콧날에 금실 같은 한 줄기 불빛이 미끄러진다. 수그러진 그의 콧날이 날카롭다. 이 세상 온갖 신경질과 우수가 감도는 옆모습, 당장에라도 벌떡 일어서서 눈을 부릅뜨고 고함을 칠 것 같은 위태위태한 분위기가 방 안 가득히 맴돈다.

"자리나 깔아."[26]

"예."

거들떠보는 것도 아니었건만 귀녀는 눈웃음치며[27] 도토롬한 입술을 오므린다.

병약한 치수로서는 번거로웠던 명절날 집안 행사에 어지간히 시달리어 피곤했던 것 같다.

"저녁은 안 드시겠습니까?"

아랫목에 자리를 깔아 놓고 다시 확인하려 했으나 귀녀는 대답을 듣지

---

25 현재의 집주인을 가리킴.

26 여성에 대하여 냉소적인 최치수의 성격을 드러내는 대목이다.

27 '눈웃음쳤다'는 사실만으로도 귀녀가 어떤 인물이라는 것을 짐작할 수 있다.

못하고 방에서 물러난다. 대청을 지나 건너편 방으로 해서 그 방에 잇달린 골방으로 들어간 귀녀는 품속의 면경[28]을 꺼내어 얼굴을 비춰 본다. 치수 방에 들어가기 전에도 이 방에서 면경을 보았었는데. 머리를 쓰다듬고 한 번 더 꺼무꺼무한 자기 눈을 들여다보고 나서 면경을 품속에 넣는다. 뒤뜰로 향해 난 장지문에서는 아직 엷은 빛이 스며들고 있다. 골방 문을 열고 뒤뜰 신돌 위의 신발을 신으려다 말고 귀녀의 눈이 맞은켠으로 쏠린다. 사랑 뒤뜰을 둘러찬 것은 야트막한 탱자나무의 울타리다. 울타리 건너편은 대숲이었고 대숲을 등지고 있는 기와집에 안팎 일을 다 맡는 김 서방 내외가 살고 있었는데 울타리와 기와집 사이는 채마밭이다. 그 채마밭을 질러서 머슴 구천이가 지나가는 것이었다. 냉담한 귀녀의 눈이 구천이의 옆모습을 따라가다가 눈길을 거두며 실뱀이 꼬리를 치는 것 같은 미미한 웃음을 머금는다. 귀녀는 신발을 신고 치맛자락을 걷으며 안채를 향해 돌아 나간다.

무 배추를 심은 채마밭이 아슴아슴한 저녁 안개에 싸여 들어가고 있고 부스스한 옷매무새의 김 서방댁이 부엌을 들락거리며 부산을 떨고 있다. 닭장에 들어갈 때가 되었는데 닭들은 배춧잎을 쪼아먹고 있었다.

땅바닥에 눈을 떨구고 느릿느릿한 걸음으로 당산 누각 앞에까지 올라간 구천이는 자신의 발부리를 오랫동안 내려다보고 서 있었다. 다시 느릿한 보조로 누각에 올라간 그는 난간을 짚으며 걸터앉는다. 달 뜨기를 기다리는가. 마을엔 아직 불빛이 보이지 않았고 최 참판댁 기둥귀에 내걸어 놓은 육각등이 뿌윰한 빛을 발하고 있었다.

얼마 되지 않아 달은 솟을 것이다. 낙엽이 날아 내린 별당 연못에, 박이 드러누운 부드러운 초가지붕에, 하얀 가리마 같은 소나무 사이 오솔길에 달이 비칠 것이다. 지상의 삼라만상[29]은 그 청청한[30] 천상의 여인을 환

---

28 면경 面鏡. 얼굴을 비추어 보는 작은 거울.

29 삼라만상 森羅萬象. 우주 안에 있는 온갖 사물과 현상.

30 맑고 깨끗한.

상하고 추적하고 포용하려 하나 온기를 잃은 석녀石女,[31] 달은 영원한 외로움이요 어둠의 강을 건너는 검은 명부冥府[32]의 길손이다.

구천이는 눈을 반쯤 감고 마을을 내려다보고 있다.

지난 정월 대보름날에는 당산에 달집[33]을 지었었다.

"워어이이— 달 나왔다아!"

아이들이 달을 향해 소리치면 강아지도 덩달아서 짖어 대었다. 저마다 한 가지씩 소망을 품었을 마을 사람들이 달집 둘레에 모여들면서 불을 질렀었다. 훨훨 타오르는 불길, 아낙들은 손을 모아 수없이 절을 했었다. 불빛을 받은 사내들 얼굴은 짙붉게 번들거렸으며 눈은 숯덩이처럼 짙게 빛났었다. 순박하고 경건한 소망의 기원이 끝났을 때 마을 사람들은 장날에 모여든 장꾼처럼 떠들기를 시작했었다. 사내들은 곰방대를 꺼내 들며, 아낙들은 코를 풀고 치맛자락을 걷어 불빛에 윤이 나는 콧등을 닦으며 새삼스럽게 서로 인사를 나누고 친지들의 소식을 물어보고, 씨 받은 암소 얘기며 떡이 설어서 애를 먹었다는 얘기며 노친네 수의壽衣[34] 걱정이며, 이윽고 달집은 불길 속에 무너지고, 무너진 자리에서 불길마저 사그라지면 끝없이 어디까지나 펼쳐진 은빛의 장막, 그 장막 속에서 노니는 그림자같이 마을 사람들은 뿔뿔이 흩어져 갔던 것이다. 달이 떠오른다. 강이 굽이쳐 돌아간 산마루에서 달이 얼굴을 내비친다. 까맣게 찢겨진 나뭇잎들의 흔들리는 모양이 뚜렷해지고 밋밋한 나뭇가지는 잿빛, 아니 갈빛을 띠기 시작한다. 꽹과리 징 소리가 먼 곳에서 흐느껴 울고 강가에서 부르는 처녀아이들의 노랫소리는 좀 더 가깝게 들려온다.

달은 산마루에서 떨어져 나왔다. 아직은 붉지만 머지않아 창백해질 것

---

31 아이를 낳지 못하는 여자.

32 저승.

33 음력 정월 보름 달맞이 때, 불을 질러 밝게 하기 위하여 생솔 가지 따위를 묶어 집채처럼 쌓은 무더기.

34 장례 치를 때 시체에 입히는 옷.

이다. 희번덕이는 섬진강 저켠은 전라도 땅, 이켠은 경사도 땅, 너그럽게 그어진 능선은 확실한 윤곽을 드러낸다.

난간에 걸터앉아 달 뜨는 광경을 지켜보는 구천이의 눈이 번득하고 빛을 낸다. 달빛이었는지 눈물이었는지 아니면 참담한 소망이었는지 모른다.

1장 서희西姬[35]

김 서방이 떠들어 댔다.

"해마다 애를 믹이는 사람들은 딱 정해져 있다 말이다!"

"누가 애를 믹이고 싶어서 믹이는 기요."

"말 마라. 소가 죽었심다. 다리를 뿌라서 일 못했심다. 혼사가 있어 장리빚을 냈심다. 나중에는 무슨 핑계를 댈 기든고?"

그러나 김 서방을 넘보고 있는 상대는

"내가 핑계를 댄다믄 벼락을 맞일 기요. 그런 애맨 소리는 안 하는 기이 좋겄구마."

볼멘소리로 대꾸했다.

"이래 가지고는 못해 묵는다 못해 묵어. 양새 낀 나무맨치로 어디 사람이 할 짓이가."

저마다 이러고저러고 통사정해 오는 작인作人[36]들을 상대하다 보면 유순한 김 서방도 짜증이 나는 모양이다.

며칠 전부터 최 참판댁은 안팎이 시끄러웠다. 늘비하게 이어진 고방[37]에는 끊임없이 볏섬이 들어갔다. 한편 읍내로 곡식을 실어 내는 바람에 하인들도 지치지만 근력 좋은 마구간의 말과 외양간의 살찐 황소도 몸살

---

35 1장에서는 이 작품의 중심 인물인 서희와 그 주변 인물들이 소개된다.

36 '소작인'의 준말.

37 광.

이 날 지경이었다. 행랑은 행랑대로 먼 곳 가까운 곳에서 모여 온 마름[38]과 작인들이 득실득실 판을 치고 있었으며 그들을 위해 큰 가마솥은 쉴 새 없이 밥을 삶아 내야만 했다.

"여보시오. 내 말 좀 들어 보라니께!"

"들으나마나 뻔하지 머. 축이 난 것만은 틀림이 없인께."

"아 그러매 하는 말 아니요."

"만분 해바야 그 말이 그 말이지 머."

"이런 딱할 데가 있나. 돌 하나라도 들어가는가 싶어서 올빼미겉이 눈을 크게 뜨고."

"크게 뜨믄 소용 있소? 눈이 뵈야 말이지."

"그래. 그라믄 우리가 거부지기[39]를 쑤셔 넣었겄소? 축이 날 리가 없단 말이오!"

담장 밖에서 다투는데 막걸리 사발이나 들이켠 걸걸한 목소리였다.

"봉순아 흐흐흐…… 흐, 나 여기이 있다아!"

볏섬을 져 나르는 구천의 다리 뒤에 숨어서 살금살금 걸어오던 자그마한 계집아이가 얼굴을 내밀었다. 앙증스럽고 건강해 보이는 아이의 나이는 다섯 살. 장차는 어찌 될지, 현재로서는 최치수의 하나뿐인 혈육이었다. 서희는 어머니인 별당아씨[40]를 닮았다고들 했으며 할머니 모습도 있다 했다. 안존[41]하지 못한 것은 나이 탓이라 하고 기상이 강한 것은 할머니 편의 기질이라 했다.[42]

---

38 지주地主를 대리하여 소작지를 관리하는 사람.

39 검불.

40 몸채의 곁이나 뒤에 따로 지은 집이나 방에 거처하는 아씨.

41 얌전하고 조용한 것.

42 서희의 성격. 앞날을 추리해 볼 수 있는 표현이 세 가지 있다. ① '기상이 강한 할머니(윤씨 부인)' 쪽 기질을 닮았다고 하는 것으로 보아 할머니처럼 강력한 리더십으로 최씨 가문을 이끌어 갈 것임을 암시하고 있고 ② '앙증스럽고 건강해 보인다'는 것은 강인한 심성의 소유자임을 암시하며 ③ '최치수의 하나뿐인 혈육'에서는 최씨 집안의 유일한 후손으로서 앞으로 최씨 가문의 운명을 쥐게 될 인물임을 암시하고 있다.

서희를 찾아서 두리번거리고 있던 봉순이 건너오려 하는데 서희는 맴돌아 구천이 앞으로 달아나며 끼룩끼룩 웃는다.

"넘어지믄 큰일난다 캤는데, 애기씨!"

봉순이 울상을 지었으나 날갯짓을 배우기 시작한 새 새끼처럼 서희는 이리 뛰고 저리 뛰어다니며 좀체 봉순이에게 잡히려 하지 않는다. 유록빛에 꽃 자주선을 두른 조그마한 꽃신은 퍽이나 날렵하다.

"애기씨!"

일꾼들 발에 걸려 넘어지지나 않을까, 이 광경을 마님한테 들키면 큰일나겠다 하며 조마조마하는 봉순이를 곯려 주려고 서희는 다시 구천이 다리를 방패 삼아 뒤에 숨는다.

"애기씨, 이러심 안 됩니다."

이번에는 걸음을 멈춘 구천이가 말했다.

"넘어지지 않아!"

깡충 뛰며 구천이의 땀에 젖은 잠방이 뒷자락을 심술궂게 잡아당긴다.

"이러심 안 됩니다."

나지막한 소리로 타이른 구천이는 볏섬을 진 채 몸을 돌리며 봉순이에게

"애기씨 뫼시고 별당,"

한참 만에 다시

"별당에 가서 놀아라."

하고 말을 끝맺었다. 서희는 구천이의 잠방이를 잡고 늘어지며 오도가도 못하게 방해를 한다.

"애기씨, 가서 사깜[43]사입시다."

꾀듯이 봉순이 손을 잡는데 뿌리치고

"나 여기서 놀 테야."

"일질에 넘어지십니다."

---

43 소꿉장난.

구천이의 목소리는 역시 나직했다.

"싫어. 안 갈 테야!"

"마님께서 보시면 꾸중하시지요."

"나 할머니 무섭지 않다!"

잠방이자락을 겨우 놓아 준 서희는 구천이를 노려보면서 제 주장을 뚜렷이 나타내었다. 그러나 할머니가 무섭긴 무서웠던 모양으로

"구천이는 바보 덩신! 중놈!"

욕을 하며 달아난다. 봉순이 그 뒤를 좇아 뛰어간다. 짧은 저고리 도련 밑에 늘어진 빨강 댕기가 할랑할랑 그네를 뛰더니, 아이들의 모습은 사라졌다.

볏섬을 짊어진 채 아이들 뒷모습을 우두커니 바라보던 구천이는 고방 쪽으로 걸음을 옮긴다.

"으윽!"

힘주는 소리와 함께 볏섬은 고방 바닥에 나동그라졌다.

"장골[44]이 나락 한 섬을 지고 맥을 못 추니 우찌 된 일고."

들여다 주는 볏섬을 돌이와 함께 맞잡아서 고방에 쌓아 올리던 삼수는 갈고리를 볏섬에 걸며 말했다.

"땀 좀 닦아라."

이번에는 돌이가 딱해 하며 말한다. 구천이는 지푸라기가 엉겨붙은 잠방이 소매를 끌어당겨 땀을 닦는다. 얼굴빛이 푸르고 눈은 움푹 패어 있었다.

갈고리를 걸어 놓기는 했으나 돌이는 땀 닦는 구천이를 멍청히 쳐다보고만 있었으므로 삼수는 코를 힝 푼다. 콧물 묻은 손을 옷에 문지르며

"니 그라다가 몸 베릴라?"

땀을 닦다 말고 구천이는 삼수의 입매를 쳐다본다. 삼수는 다시

---

44 장골壯骨. 기운이 세고 큼직하게 생긴 골격의 사람.

"무슨 짓을 하는가 우리도 좀 알고 싶구마."

멀리서 무슨 소리가 나는구나 하듯 서 있던 구천이의 눈이 다음 순간 거칠게 빛났다.

삼수는 더 이상 말을 걸지 않았다. 돌이도 말하지 않았다. 그들은

"영치기!"

볏섬을 들어 올린다. 그러고는 날씨 이야기며 부춘서 벼 싣고 온 박 서방의 혹이 금년에는 더 커졌다는 둥 하며 삼수보다 돌이가 무관심한 척하려고 애를 쓴다. 삼수는 곁눈질로 구천이의 기색을 살피면서

"어서 가서 나락 져 오라고. 아무도 해를 잡아매 놓지 안 했인께."

했다. 등받이로 쓰는 마대를 고방 바닥에서 주워 어깨에 걸치고 구천이는 긴 팔을 늘어뜨리며 돌아서 나간다.

"싫대두, 싫어! 아버지가 싫단 말야."

서희가 발을 동동 구르고, 침모 봉순어미는 옷고름을 여며 주며 달래고 있다. 구천이는 눈을 내리깔며 그들 옆을 지나간다.

"마님께서 말씀하셨습니다. 나으리께 문안드리라고."

중년으로 접어든 봉순네는 살빛이 희고 좀 비대한 편이었는데 서희는 봉순네 치맛자락을 잡으며

"두만네 집에 강아지 보러 갈 테야."

"마님께서 아시믄 큰일나지요. 꾸중하십니다. 봉순아, 어서 애기씨 뫼시고 사랑에 가거라."

서희 등을 도닥거리며 봉순네는 딸에게 이른다.

"아버진 싫다는데두, 고홈! 고홈! 하고."

목을 뽑고 기침하는 치수의 시늉까지 낸다. 봉순네는 웃음을 참는다.

"큰일날 소리, 봉순아, 어서."

"애기씨, 가입시다."

봉순이도 싫은지 부스스 말했다.

"그라믄 사랑마당에까지 지가 데리다 디리지요."

봉순네는 병아리를 몰 듯 뒤에서 아이들을 몰아낸다. 서희는 민적민적 하면서도 가기는 간다.

"이제 가시지요?"

고개를 끄덕이고 봉순네를 올려다보는 서희 눈에 겁이 잔뜩 실린다.

사랑의 앞뜰에는 햇빛이 화사하게 비치고 있었다. 돌담 용마루 높이만큼 키를 지닌 옥매화, 매초롬한 회색가지를 뻗은 목련, 삼화에 석류나무, 치자나무는 마치 봄날의 햇빛을 받아 노곤한 것처럼 보였으나 이미 순환은 멈추어졌을 것이며 메말라 버린 나뭇잎도 얼마 남지 않았다. 잎을 추려 버린 파초 역시 누릿누릿 시들고 있는 것 같았다.

긴장하여 땀이 나는 손을 잡고 마주 보고만 있던 아이들은 결심을 하고 치수가 기거하는 방 앞에까지 간다. 목소리를 가다듬은 봉순이

"나으리마님. 애기씨께서 문안 오셨습니다. 마님께서 문안드리라 하시어 오셨습니다."

몇 번이나 입속으로 굴려 보았던지 줄줄 외듯 나왔다. 방 안에서 밭은 기침 소리가 났다. 기침이 멎은 뒤

"들어오너라."

음산하게 울리었다.

신돌 위에 작은 신발을 나란히 벗어 놓고 서희는 마루로 올라간다. 서희의 얼굴은 해쓱해져 있었다. 봉순이 열어 주는 방문에서 서희가 방 안으로 들어갔을 때 방금 일어나 마주했는지 치수는 서안書案[45] 앞에 앉아 있었다. 아랫목에 깔아 놓은 이부자리는 반쯤 걷혀져 있었으며 벼룻집의 벼루랑 연적, 붓, 두루마리에 먼지가 뿌옇게 앉아 있었다. 문갑 위의 상감청자[46] 향로와 아무렇게나 쌓아 올려놓은 서책 위에도 먼지는 뿌옇게 앉아 있었다.

---

45 책을 얹는 책상.

46 상감청자象嵌青瓷. 자개 장식을 박은 무늬를 넣은 청자.

"바깥 날씨가 차냐?"

길게 찢어진 눈이 서희를 응시하며 물었다. 서희는 그 말이 귀에 닿지도 않았던 것처럼 붉은 치마를 활짝 펴면서 나붓이 절을 한다.

"요즘에는 아버님 병환에 차도가 있으신지 문안드리옵니다."

봉순이가 그러했던 것처럼 목청을 가다듬고 외는 투의 억양 없는 소리를 질렀다.

"괜찮다. 서희도 밥 잘 먹고 감기는 안 들었느냐?"

갈기갈기 갈라진 여러 개의 쇠가 서로 부딪칠 때 나는 것 같은 목소리는 여전히 음산했다. 그는 서희의 공포심을 충분히 알고 있는 것 같았다. 그러면서도 그것을 풀어 주려는 노력이 없는 싸늘하고 비정한 눈이 서희를 응시하고 있는 것이다. 서희는 아버지의 눈을 피하기만 하면 당장에 천둥이 치고 벼락이 떨어질 것처럼 애처롭게 그를 마주 본 채 고개를 저었다. 치수는 웃었다. 그 웃음은 도리어 서희의 마음을 얼어붙게 했다. 서희로부터 시선을 돌린 치수는 서안 위에 펼쳐 놓은 책의 갈피를 넘긴다. 허약한 체질에 비하면 뼈마디는 굵은 편이었다. 그러나 가엾을 만큼 여위고 창백한 그의 손이 책갈피를 누르면서 눈은 글자를 더듬어 내려간다. 손뿐인가, 뜰 아래 물기 잃은 목련의 앙상한 가지처럼, 그러나 동정을 받을 수 있는 비참한 느낌이기보다는 도리어 상대에게 견딜 수 없는, 숨 막혀서 견딜 수 없어 결국은 공포심을 불러일으키게 하는 강한 분위기를 그는 내어 뿜고 있었다. 어떤 일에도 감동되지 않을 눈빛, 철저하게 스스로를 거부하는 눈빛, 눈빛에서만 그랬던 것이 아니다. 뼈만 남은 몸 전체가 거부로써 남을 학대하는 분위기의 응결[47]이었다.

일단 방에 들어온 뒤에는 나가도 좋다는 말이 떨어지지 않은 이상 서희는 일어설 수 없다. 숨소리를 죽이며, 그래서 가냘픈 가슴이 더 뛰고 양어깨로 숨을 쉴 수밖에 없었는데 움직이지 못한다는 것은 어린것에게 얼

47 응결凝結. 엉겨서 맺히는 것.

마나 큰 고통인가.

이따금 책장 넘기는 소리가 났다.

"길상아!"

별안간 귀청을 찢는 것 같은 고함에 서희는 용수철같이 앉은 자리에서 튀었다.

"길상아!"

"예에!"

대답과 함께 급히 뛰는 발소리가 들려왔다. 뜰 아래서

"나으리마님 부르셨습니까."

앳된 소년의 목소리였다.

"방이 왜 이리 차냐!"

"곧 불을 지피겠습니다."

"내가 지금, 방이 왜 이리 차냐고 묻지 않았느냐!"

푸른 정맥이 이마빼기에서 부풀어 올랐다. 서희의 얼굴이 질린다.

"예, 지금 곧, 곧 불 지피겠습니다."

"이놈! 방이 왜 이리 차냐고 물었겠다! 고얀 놈!"

"잘못했습니다, 나으리마님."

소년은 겁을 먹은 소리를 냈으나 매양 당하기 때문인지 길들은 사냥개처럼 뒤쪽으로 달려가서 장작 한아름을 안고 뛰어온다.

"으흐 컥!"

신경질은 심한 기침을 유발했다. 치수는 수건을 꺼내어 입을 막았으나 기침은 멎지 않았다. 눈이 활짝 벌어지면서 붉은 눈알이 불거져 나온다. 기침은 잠시의 틈도 용납치 않고 그에게 달겨든다. 입을 막고 상체를 흔든다.

고독한 모습이었다.

"나, 나, 나가거라."

질식하는가 싶더니 기침은 멎고 가래가 끓어 분간하기 어려운 목소리로 간신히 치수는 말했다.

방문을 열고 마루에 나왔을 때 서희는 토할 것처럼 헛구역질을 했다. 마루에서 기다리고 있던 봉순이는

"애기씨."

감싸듯이 서희를 안았다. 헛구역질은 딸꾹질로 변했다. 눈에 눈물이 그렁그렁 돌았다.

"애기씨."

치마를 걷어서 봉순이는 서희의 눈물을 닦아 준다.

2장 추적

눈코 뜰 사이 없이 바빴던 하루 해가 저물었다. 오늘이 고비였던가. 행랑에 묵고 있던 마름들은 해 떨어지기 전에 나귀를 타고 대부분 돌아갔다. 절간의 주방만큼 넓은 최 참판댁 부엌은 한산해졌다. 간조干潮[48]의 바닷가처럼 집안은 휑뎅그렁했다. 어젯밤만 해도 행랑과 부엌 쪽은 밤늦게까지 붐비었다. 상전[49]의 성미도 성미려니와 가족이 적은 적적한 집안이어서 많은 하인들의 행동거지는 조용하게 길들여져 있었으나 워낙 어수선하여 객식구들이 떠난 뒤에도 밤늦게까지 일은 끝나질 않았다. 겨우 고방 문들이 닫혀지고, 쇠통이 채워지고, 열쇠꾸러미가 안방으로 들어가고 이리하여 하루 일이 끝난 것이다. 부엌일은 다소 더디었다. 몸살이 난 찬모[50]는 먼저 방에 들어가고 연이가 혼자서 달그락거리며 뒷설거지를 하더니 한참 후 달그락거리던 소리는 멎고 부엌의 불이 꺼졌다. 다음은 계집종들 방의 불이 꺼졌다. 마지막에 윤씨가 거처하는 안방, 봉순네 방에

---

48 하루에 두 번 조수가 빠져 수면이 가장 낮아진 상태.

49 주인.

50 찬모饌母. 반찬 만드는 일을 맡아 하는 여자.

서 거의 동시에 불이 꺼졌다. 집 안은 쥐죽은 듯 괴괴해졌다.[51] 10월 중순의 달은 한쪽이 조금 이지러져서 뎅그렇게 떠 있었다. 그늘이 짙은 집채 모퉁이마다 무섬증 나는 냉기가 돈다. 행랑 구석진 방에서 죽을 날을 기다리는 늙은 종 바우의 앓는 소리가 간간이 들려온다. 그러면 역시 늙어서 꼬부라진 간난 할멈이 남편 곁에서 슬퍼하는 넋두리가 들리곤 했다.

불 꺼진 지 오래된 머슴 방에 불이 켜졌다.

"불은 와 키노."

누워 있던 돌이 머리를 쳐들며 화난 소리로 물었다.

"담배 한 대 꾸울라고."

삼수가 대답했다.

"또 나갔나?"

"나갔구마."

담배 한 대 굽겠다던 삼수는 어중간한 자세로 그냥 앉아 있었다.

"돌아!"

"와."

"구천이가 어디 가는가 우리 한분 따라가 보까?"

"보나마나 어디 가씨나하고 눈이 맞아 나갔일 긴데 머한다고 싱겁이같이 따라가노."

"그렇게만 생각할 기이 아니라고. 아무래도 구천이 지 말마따나 산에 가는 눈친데 산에는 머하로 가는지 모르겄다. 한분 따라가 보자."

"산신(호랑이)을 만나믄 우짤라꼬."

"호식[52]으로 태이났다믄 방구석에 앉아 있다고 성하까."

"잡아묵힐 때는 잡아묵히더라 캐도 내사 내 발로 걸어가서 잡아묵히는 건 싫구마."

---

51 쓸쓸한 느낌이 들 정도로 매우 고요하다.

52 호랑이에게 잡아먹힘.

"그라믄 니는 그만두라모. 정상감사[53]도 지 하기 싫으믄 그만이지, 나 혼자 가 볼라누만."

"가리늦기,[54] 나가 봐야 헛일이다."

삼수는 방문을 열고 툇마루 밑의 짚세기[55]를 찾아 신는다. 돌이는 벌떡 일어났다.

"못 가라 카믄 가 보고 싶은 기이 사람으 심사라. 갔음 벌써 많이 갔을 긴데 허탕할 셈 치고."

"갈라 카믄 등잔불이나 꺼라."

돌이는 툇마루에 바싹 다가서며 방 안으로 몸을 뻗쳐 불을 불어 끈다. 땅땅한 몸이 이때만은 늘어나는 것 같았다.

"저눔으 늙은이, 자갈을 물리든지 해야겄다. 머 얻어묵을라고 안 죽노."

"명을 인력으로 하는가."

돌이 톡 쏘아 준다.

그들은 별당의 높은 담을 따라간다. 발소리에 마음을 쓰며 간다. 별당의 사잇문은 굳게 닫혀 있었다. 문짝에 박힌 쇠붙이가 꺼무꺼무하게 떠 보인다. 고방 앞을 지나 사랑의 뒤뜰로 나온다. 탱자나무 울타리에 말뚝을 박아서 만들어진 쪽문은 열려진 채였다.

무슨 까닭이 있는지 요즘 구천이는 한밤이 되기만 하면 당산 숲속을 헤매다 돌아오곤 했다. 어떤 때는 멀리 고소성을 거쳐 신성봉을 넘나들며 아주 깊은 산속까지 다녀오는 일도 있었다. 지리산에서 기어 내려온 산짐승들의 울부짖음이 숲 속을 흔드는 그런 험한 골짜기를 미친 듯이 헤매다가 새벽녘에 지쳐서 돌아오는 구천이를, 그러나 머슴 방에서는 아무도 그가 산을 쏘다녔다고 생각하질 않았다. 실신한 사람이 아니고서는 야밤에 짐승들이 우글거리는 산속을 헤매어 다닐 까닭이 없기 때문이다. 최 참판

---

53 경상감사.

54 그렇게 늦게.

55 짚신.

댁 하인들은 바람이 났을 거라고 생각들 했다. 이웃 마을의 어느 행실 나쁜 과부가 아니면 읍내 근방 어느 양반댁 계집종과 눈이 맞아 만나러 다닐 거라 생각했다.

"간밤에 어디 갔다 왔노."

하고 물으면

"산에."

구천이는 짤막하게 대꾸했다. 거짓말한다 싶으면서도

"그러다가 호랭이 밥 될라."

하면 대답이 없었다.

"아무래도 구천이 니 여시한테 홀린 것 아니가. 큰일났구마, 큰일나아. 뼈도 못 추릴라."

그 정도로 이야기는 겉돌았지 여자 집에 가지 않았느냐고 다그쳐 물어보지는 못했다.

객인[56]들에게 방을 내어주고 하인들이 몰려서 새우잠을 자던 그저께 밤, 그날 밤에도 구천이는 나가지 않으려고 무던히 애를 쓰는 것 같더니만 끝내 일어나 앉고야 말았다.

"잠이 와야지……."

혼자 중얼거렸다. 우리 속에 가둔 짐승같이 그는 괴로운 것 같았다.

"무슨 심화[57]가 나서 잠을 못 자노."

잠든 줄 알았던 수동이 어둠 속에서 물었다.

"심화는…… 무슨 심화……."

혼자 중얼거렸을 때와는 달리 구천이는 냉랭하게 말했다.

"공연한 생각이지 공연한 생각."

"……."

---

56 집에 찾아온 손님.

57 심화心火. 마음속에 울적하게 일어나는 화.

"우리네 같은 신세는 그저 일이나 꿍꿍 하고 배 안 곯고 잠이나 자면 그만 아니가."

"……."

"공연히 쓸데없는 생각 마라. 사람이란 지 분복대로 살아야지 안 그러믄 멩대로 못 산다. 못 살고말고. 될 법이나 한 일이건데? 어서 잠이나 자거라."

사연을 조금 알고 있는 모양으로 나잇살이나 먹은 수동이 타일렀던 것이다. 구천이는 많이 쇠약해져 있었다. 육신이 쇠약해지는 대신 정신력은 강해 가는지 그의 태도는 전보다 더 가라앉고 걸음걸이는 오히려 확실해 보였으며 핏발 섰던 눈은 맑게 개어져 갔다. 다만 아무도 없는 호젓한 고방 뒤에서, 혹은 우물가에서 경련하는 것 같은 미소를 혼자 띠곤 했다.

3년 전, 그러니까 재작년의 몹시 추운 어느 겨울날, 최 참판댁에 괴나리봇짐을 든 남루한 차림의 젊은 사내가 찾아왔다. 스물한두 살쯤 되어 보이는 젊은이는 차림이 누추하고 허기진 것 같았으나 준수한 용모였으며 알맞은 몸집이 어딘지 슬기로움을 지니고 있었다. 저녁 한 상을 대접받은 그는 추위와 굶주림에 떨면서도 베푸는 음식을 생각 깊은 자세로 천천히 들었다. 저녁상을 물리고 한참을 묵묵히 앉아 있던 그는 하룻밤의 잠자리를 청할 줄 알았는데 뜻밖에 머슴살이를 부탁하는 것이었다.

"막일이 몸에 밴 것 같지 않은데 머슴살이를 할라고?"

딱하다는 시늉으로 김 서방은 고개를 저었다.

"몸은 실합니다."

젊은이는 짤막하게 말했다. 타관[58] 사람을 붙이려 하지 않는 마님 윤씨의 성미도 성미려니와 더 이상 일손이 필요한 것도 아니어서 김 서방은 거절하려 했으나 이상스럽게 마음이 끌렸던 것이다. 어딘지 깊은 곳에 영혼의 불길을 밝히고 있는 듯한 젊은이에게 동정 이상의 감정이 움직여 윤

---

58 다른 고장.

씨한테 말을 건네 보았는데 한마디로 거절할 줄 알았던 김 서방은 뜻밖에 그 젊은이를 한번 보자는 분부를 받았다. 윤씨는 젊은이를, 그의 얼굴을 유심히 바라보다가 아무 소리 없이 눈을 감았다. 젊은이는 고개를 꼿꼿이 세우고 눈만 내리깔고 있었다. 무슨 생각을 했던지 윤씨는 한참 만에 있고 싶으면 있어 보라 하고 젊은이의 이력이나 근본 같은 것은 묻지를 않았다. 그가 바로 지금의 구천이다. 그러니까 구천이는 문서에 있는 종이 아니었으므로(고종 31년, 지금으로부터 4년 전에 이미 공사노비의 제도를 없이 함으로써 오랜 노예의 멍에로부터 노비들은 해방되었다고 하지만 끈질기게 내려온 제도가 빚은 기습[59]이 일조일석[60]에 없어질 리는 없고, 특히 서울과 멀리 떨어진 지방에서는 사실상 아무런 변동이 없었다) 원하기만 한다면 언제라도 어느 곳으로든 떠날 수 있는 자유의 몸이었다. 그는 글을 읽고 쓸 줄 알았다. 읽고 쓸 줄 안다는 것을 남에게 알리기를 좋아하지 않는 것 같았으나 사랑의 최치수 밑에서 잔심부름을 하는 길상에게 남몰래 글을 가르치다가 알려져 버린 일이었다.

그의 학식이 어느 정도인지 알지 못하면서 삼수를 제외한 하인들은 모두 그를 썩 유식한 사람으로 단정하고 그런 면에서 존경심을 갖게 되었다. 말수가 적은 사내였다. 힘이 좋은 편은 아니었으나 머리를 써서 일을 하기 때문에 남에게 뒤지지는 않았고 그 자신 머슴의 신분임을 똑똑히 자각하여 책임의 한계를 명백하게 지키어 나갔다.

드물게, 어쩌다가 싱긋이 웃는데 그것이 감정 표시의 전부인 듯, 그러나 미소는 따스하고 다정스러웠으며 때론 천진한 동심이 상기도 남아 있는 것처럼 보이기도 했다. 이런 구천이에게 최 참판댁 계집종들은 말할 것도 없고 사내끼리인 동료까지 이상하게 애정 같은 것을 느끼었다. 하인이라는 같은 신분이면서 구천이의 귀한 풍모나 인품이나 유식하다는 점

---

59 기습氣習. 풍습.

60 일조일석一朝一夕. 하루아침이나 하루 저녁이라는 뜻으로, 짧은 시일을 가리키는 말.

이 자랑스러워 그랬을 것이다.

누가 발설을 했는지, 아마 추측에서 나온 말이겠지만 근거가 될 만한 것이라고는 무주 구천동에서 왔다는 구천이의 말뿐이었는데, 그래서 그를 구천이라고 부르기도 했었지만, 그 구천동에서 절머슴을 살았느니 구천동 골짜기 어느 암자에서 글공부를 했느니 따위의 뒷공론이 없었던 것은 아니다. 그러나 그 자신은 절머슴도 글공부도 다 부정했으며 다만 성이 김가라는 말 이외 내력이나 부모 형제에 관해서 일체 말이 없었다. 주착[61]없고 비위 좋고 신경이 무디면서 남의 열 배 호기심은 강한 김 서방의 마누라가

"고향이 어디고?"

하며 물었을 때 구천이는 싱긋이 웃었을 뿐 대답하지 않았다.

"어디서 낳노 말이다."

김 서방댁이 바짝바짝 다가서며 캐듯 다시 물었었다.

구천이는 여전히 웃기만 했다.

"사람으로 났으믄 그래 안티[62] 버린 곳이 있을 거 아니가. 안티 버린 곳도 모르나?"

"……."

"참 별일일세? 생인[63] 죄인도 아닐 긴데 와 고향을 숨길꼬? 말 못할 사정이라도 있는가배?"

구천이 얼굴에서 미소는 걷혀졌다. 눈에 칼날 같은 것이 번득 섰다. 그쯤 해 두었더라면 좋았을 것을

"까막까치도 고향이 있는 법인데, 아 그러지 않았던가배? 객리에 가믄 내 땅 까마귀만 봐도 반갑더라고, 고향이 어디고?"

하며 다그쳤다.

---

61 주책.
62 태반을 가리킴.
63 살인.

"그걸 낸들 알겠소!"

구천이의 눈에는 살기가 등등하였다. 그는 입을 헤벌리고 올려다보는 김 서방댁 앞에서 돌아섰다. 우물가로 간 그는 물을 길어 얼굴을 씻는데 목덜미에서 귀뿌리까지 온통 벌겋게 물들어 있었다.

돌이하고 삼수는 채마밭을 질러 누각으로 가는 길에 나섰다.

"그림자도 안 뵈는데 어디 가서 찾노. 그만 돌아가자."

허릿말기[64]를 추키며[65] 돌이 말했다. 낮에는 햇볕이 포근했었지만 밤바람은 덜미에 써늘했다. 말라 버린 덤불이 바람에 소리내어 흔들렸다. 사람이나 짐승이 숨어 있기라도 하듯.

"기왕지사 찬바람 쐬고 나온 거니께 당산에나 한분 올라가 보자."

삼수는 앞장서 걸었다. 긴 그림자가 앞서서 먼저 간다.

"춥네. 가을도 끝장인가배."

돌이 따라가며 중얼거렸다.

"가을이 인지 있어?"

"그러기 세월 참 빠르다 카이."

"저, 저, 저기 간다!"

삼수가 낮게 외쳤다. 그새 구천이는 어디를 싸돌아다녔는지, 흰 무명 옷자락을 너풀거리며 누각을 향한 오르막길을 가고 있었다.

"허 참, 정말 산으로 가구마. 산에는 머하러 가는고? 내사 마 한기가 들어서 턱이 덜덜 까불린다."

삼수는 지껄이는 돌이를 내버려 두고 급히 구천이를 쫓아 달려간다. 돌이도 뒤따라서 달려가기는 한다. 누각 앞에까지 간 구천이는 누각 옆에 좀 내려앉은 곳, 그러니까 누각 앞의 펑퍼짐한 공지에서 돌계단 세 층으

---

64 치마나 바지의 허리에 빙 둘러 댄 부분.

65 올리며.

로 내리막이 된 곳인데 그곳을 내려다보는 것이었다. 달빛이 밝아서 선명치 않으나 그곳 초당에 불이 켜져 있는 것을 희미하게 볼 수 있었다.

"그늘에 들어가자. 보일라."

삼수를 따라 그늘진 곳에 몸을 숨기며 돌이는

"나으리가 기신 모양 아니가?"

했다.

"불이 켜져 있구마."

"아직 몸이 성하시지 않을 긴데 초당에는 머하로 올라오싰을꼬?"

"언제 그 양반이 하고 싶은 대로 안 하는 일이 있었으까?"

구천이의 동태를 지켜보면서 삼수는 시큰둥하게 되었다. 초당을 내려다보고 서 있는 구천이는 이켠에서 옆모습으로 보였다. 옷자락은 바람에 나부끼는데 구천이의 몸뚱어리는 돌부처가 되었는가 끄떡도 않는 것같이 느껴졌다.

"우짤라꼬 저기 서 있는고? 내사 영문 모리겄네."

"소리가 크다."

삼수는 팔꿈치로 돌이를 쥐어박았다. 구천이는 목을 이켠으로 돌렸다.

"들킸나?"

"아가리 좀 다물고 있거라!"

천천히 물러난 구천이는 누각 정면에 가서 층계 한가운데 이쪽을 향해 우뚝 섰다. 달빛을 바로 받은 구천이의 얼굴은 제법 거리가 있었는데도 은색 가면을 쓴 것처럼 딱딱하게 보였다. 누각의 현판을 등지고, 양 켠으로 치올라간 처마끝, 그 중심에 있는 구천이의 입상立像은 누각의 무게를 감당하고 있는 하나의 지주支柱[66] 같은 착각을 일게 했다.

다음 순간 구천이는 몸을 날렸다. 삼수는

"따라가 보자, 간다!"

---

66 지주. 물건을 버티어 쓰러지지 않도록 하는 기둥.

흰옷은 당산 숲을 향해 움직여 갔다. 바람이 찬 데다 이상한 느낌이 들었던지 돌이는 덜덜 떨었다.

숲 속으로 접어든 구천이의 걸음은 빨라졌다. 바람을 탄 솔잎들이 넋 들린 것같이 소리를 냈다. 그늘과 빛이 요란하게 움직이며 스쳐 간다. 술렁거리는 산의 기척 사이사이로 부엉이 울음이 끊겼다가 이어진다.

"무작정 이리 가믄 우짤 것꼬."

숨을 헐떡이며 돌이 물었다.

뒤쫓던 삼수의 걸음이 멎었다. 나무가 엉성한 곳이었다. 개울을 건너뛰어 바위 위로 구천이 쫓아 올라갔다. 물소리는 간지럽게 들린다. 삼수는 돌이를 끌고 둥치가 큰 참나무 뒤에 몸을 붙인다. 눈앞에 마른 덤불이 흔들리고 있었다. 덤불 사이에서 바위에 앉은 구천이의 모습이 보였다. 아까 누각에서처럼 구천이는 나무 뒤에 숨은 두 사내 쪽을 향하고 있었는데 숲 속에는 가려 주는 것들이 많아 거리가 가까웠지만 들킬 위험은 오히려 적었고 얼굴은 한층 뚜렷이 볼 수 있었다. 짙은 눈썹 아래 폭 파인 눈의 깊이까지 보일 것만 같았다.

이제는 부엉이 울음이 끊기지 않고 말할 수 없는 적막 속에 계속되고 있었다. 바람이 잔 것 같지도 않은데 부엉이는 무척 가까운 곳에 있나 보다.

구천이의 고개가 아래로 꺾이어졌다. 두 팔을 뻗어 바위를 짚는다. 참으로 괴상한 일이 벌어졌다.

"으으으흐흐……흐……흑!"

울음소리였다. 심장을 찢어 내는 것 같은 울음소리였다. 세상에 사나이가 저리 울 수 있는지. 소리는 크지 않았으나 구천이의 통곡은 참나무 뒤에 숨은 두 사나이를 망연자실[67]케 했다. 그들은 전율을 느꼈다.

"으흐흐흐으으으흑……흐흣……."

사방을 둘러싼 시커먼 산봉우리 중천에 뜬 달은 얼음조각같이 싸늘하다.

---

67 망연자실 茫然自失. 멍하니 정신을 잃음.

얼마나 오랜 시간이 지나갔을까. 울음이 뚝 끊기고 흰 옷자락이 그들 눈앞에 알른하고 지나갔을 때 넋을 잃었던 두 사나이는 제정신을 찾았다. 구천이는 미친 듯 산길을 향해 내닫기 시작했다. 반사적으로 삼수, 돌이 뒤쫓는다.

'이거 도깨비한테 홀린 것 아니가? 내가 꿈을 꾸는가.'

무조건 뛰는 돌이 머릿속에 그런 생각이 지나갔다. 구천이는 날 듯 달리고 있었다. 산길은 끊어지고, 길 아닌 길을 달리면서 방해가 되는 나뭇가지를 우지끈우지끈 꺾으며, 그래도 힘이 남아나서 천 길 낭떠러지에라도 뛰어내릴 것 같은 기세로, 구천이는 완전히 무엇에 들린 사람 같았다.

"허흑! 허흑! 아이고 허흑 헉! 숨차 죽겄다!"

이미 그들 시야에서 구천이의 모습은 빠져나가고 없었다. 허둥거렸으나 방향조차 잡을 수 없게 되었다.

"제기럴!"

"허허, 기막힐 노릇이네. 세상에 축지법을 쓰지 않고서야, 날아갔지 걸어갔다 할 수 있나."

땅바닥에 주질러 앉아 가쁜 숨을 쉬며 돌이는 감탄해 마지않는다.

"빌어묵을 자식, 니 땜에 놓칬다! 따라옴서 내내 방정을 떨더마는."

혀를 두들기며 삼수는 화를 낸다.

"장사 났네 장사 났다. 어디서 그런 힘이 솟을꼬? 보기는 깔락깔락해서 힘쓸 것 같지 않더니만."

화를 내거나 말거나 돌이는 감동해서 지껄였다. 멀리서 여우 우는 소리가 났다.

"할 수 없다! 내리가자!"

"숨 좀 돌리고."

"네놈 땜에 놓칬다! 도모지 발길에 걸거적거리서 뛸 수가 있나. 돼지같이 살이 쪄 가지고 이놈아? 제발 배때기 좀 줄이라! 제에기!"

삼수는 오던 길을 휑하니 되돌아간다.

"지랄하네. 이봐라! 혼자 가나! 같이 가자!"

엉덩이를 털고 일어선 돌이 뒤쫓아 간다. 누각까지 왔을 때

"아무래도, 아무래도……."

삼수는 고개를 저었다.

"한이 많은 기다."

"한?"

업신여기듯 되물었다.

"골수에 맺힌 한이 없고서야 사내자식이 그리 울 수 있겄나?"

"우는 거사 머 그렇다 하고, 구천이 그놈, 아무래도 동학당[68]이……."

"생사람 잡지 마라!"

돌이는 언성을 높였다.

"도망쳐 댕기 본 놈 아니믄 그리 산을 잘 탈 수 없을 긴데?"

"절머슴 살았다 칸께 산이사 잘 타겄지. 발 없는 말이 천 리 간다고, 그런 말이 사람 때리잡는 기라."

"동학당이믄 어떻노? 윤보도 동학당 했는데. 다 생각는 일이 있인께, 아마 내 생각이 틀림없을 거로?"

"틀림이 없어? 머 가지고 그리 도장을 찍노."

"이상 안 하나? 와 구천이는 지 근본을 말 안 하노."

3장 골짜기의 초롱불

읍내에 가까운 화심리에서 세상을 등지고 사는 장암선생丈庵先生의 병세가 매우 위중하다는 기별을 받은 최치수는 반나절이 조금 지났을 무렵 수동이를 거느리고 집을 나섰다. 근 반 년 만에 처음 나들이였다. 몸이 완

---

68 동학당東學黨. 조선 말기, 최제우를 교조로 하는 동학교도들의 집단.

쾌되었다고 할 수는 없지만 장암선생은 최치수가 다만 한 사람 존경하는 스승이었으므로 몸에 무리하다는 것쯤 헤아릴 겨를이 없었던 것이다.

날씨는 꽤 쌀쌀하였다. 섬진강[69]을 건너서 불어온 바람은 잡목 숲을 흔들어 놓고 지나간다. 평사리[70]에서 강을 따라 30리가 넘는 읍내 길을 달구지가 가고 나무꾼이 간다. 나무꾼과 농부는 뒤에서 들리는 말발굽 소리에 인사를 했다. 쏘는 듯한 치수의 그 눈을 어물어물 피하면서.

강 위에는 화개장[71]을 향해 장 배가 물살을 거슬러 올라가고 있었다. 우중충하게 짙푸른 강물에 하늘이 나직이 내려오고 투박한 잿빛 구름은 약한 빛을 던져 주는 해를 가리려 하고 있었다.

흰 도포자락을 나부끼며, 전[72]이 넓은 갓의 갓끈을 나부끼며 말에 흔들리는 최치수의 모습이 마을을 벗어나 두 마장이나 갔을까? 이 무렵 최참판댁에서는 윤씨가 침모 봉순네를 불렀다.

저고리 섶에 바늘을 꽂으며

"부르셨습니까."

방문 앞에서 봉순네는 허리를 굽힌다.

"서희는 어디 있느냐?"

"아씨 곁에 기시는 갑십니다."

한참 말이 없다가

"서희를 어디 데리고 나갔으면 좋겠는데……."

"예?"

"별당에서 데리고 나갔으면 좋겠는데……."

허리를 굽히고 있는 봉순네 낯빛이 변한다.

"바람이 붑니다."

---

69 전라북도 남동부와 전라남도 북동부를 흐르는 강.

70 경남 하동군 악양면 평사리. 〈토지〉의 무대.

71 경상남도 하동군 섬진강 가에 있는 장.

72 테두리.

"바람이 불어?"

"예. 날씨가 차서, 감기라도 드시믄……."

옷섶에 꽂은 바늘을 뽑아 얹은머리에 옮겨 꽂는데 봉순네 손이 부들부들 떤다.

"감기쯤……. 그러면 봉순이를 불러서 서희를 사랑에 데려가게 하여라. 별당에 들여보내서는 안 되느니라."

"예."

물러난 봉순네는 봉순이를 찾는다기보다 발이 제자리에 놓이질 않아서 허둥대는 것 같았다. 머리에 꽂은 바늘을 옷섶으로 옮기고 가슴 밑에 처지는 치맛말기를 끌어 올리고 하며 침착을 잃은 그는 집 밖에 나가 봉순이를 부르다가 되돌아온다.

"큰일났고나. 일이사 언제 벌어져도 벌어질 기다마는 사대부[73] 댁에서 이 무슨 변인고? 사주는 속이도 팔자는 못 속인다 카더니 부치[74]가 까꾸로 섰지, 까꾸로, 어이 불쌍해라. 그 나이가 아깝다!"

미음 그릇을 받쳐 들고 오던 삼월이가 시부렁거리는 봉순네를 보았다.

"멋을 혼자서 시부리고 있소?"

"내가 멋을 시부렸다고?"

"혼자 중얼중얼하더마는."

"간난 할매는 어떻노?"

"간난 할매사 괜찮겄소만 바우 할배가 큰일이네요. 이자는 사람도 못 알아보고, 미음을 떠 넣어도 보굴보굴 궤내어 버리네요."

"노벵인께. 우리 봉순이 못 보았나?"

"못 봤소. 무슨 일이 있소? 얼굴이 쌩글하요."

"무슨 일."

---

73 사대부士大夫. 벼슬이나 문벌이 높은 집안의 사람을 이르는 말.

74 부처.

하다가 봉순네는 간다 온다 말없이 헛간 쪽으로 휑하니 가 버린다.

복이 장작을 패고 있었다.

"봉순이 못 보았나?"

"못 봤소."

혁! 하고 장작을 찍고 나서 무뚝뚝하게 대꾸했다.

"구천이는 어디 갔노?"

갈라진 장작을 집어던지려다 말고 복이는 고개를 비틀 듯하며 긴장한 눈초리로 봉순네를 돌아본다. 헛간에서 부스럭거리고 있던 돌이 움찔하며 얼굴을 내밀고 봉순네를 쳐다본다. 세 사람 사이에는 꽤 긴 침묵이 흘렀다. 침묵하는 동안 그들 얼굴에는 다 같이 동정과 할 수 없다는 체념의 빛이 돌았다.

"구천이도 어디 갔는지 내사 모르겄구마요. 퉤!"

복이는 손바닥에 침을 뱉고 도끼를 고쳐 들었다.

"제엔장! 까마귀 떼가 와 저리 지랄을 하노!"

헛간 속으로 얼굴을 집어넣으며 돌이 내뱉었다.

"날이 궂을라 카누마."

복이 대꾸했다. 잿빛 구름이 몰려드는 하늘에 갈가마귀가 무리를 지어 날고 있었다. 외양간에서 황소의 여물 씹는 소리가 갑자기 들려온다.

"이 가씨나가 어디 갔노."

봉순네가 별당 쪽으로 걸어간다.

"옴마!"

타닥타닥 발소리를 내며 봉순이가 뒤에서 뛰어온다.

"와 날 찾노? 응? 복이가 찾는다고 가 보라 카대."

"어디 갔더노?"

"뒷집에, 김 서방댁이 오라 캐서."

"너 봉순아, 이리 오니라."

아이의 팔을 덥석 잡고 구석으로 끌고 간다.

"멋꼬?"

긴장한 어미 얼굴을 본 봉순이 겁을 먹으면서 잡힌 팔을 뿌리친다.

"나 김 서방댁에 안 가께. 다시는 안 가께."

지레 빈다.

"애기씨 어디 기시노. 별당에 기시제?"

표정과는 무관한 말에 봉순이 어리둥절한다.

"아까 별당아씨 옆에 기싰는데."

"가서 뫼시고 나오니라."

"와."

안심하고 되묻는다.

"사랑에 가서 놀아야 한다."

"나으리께서 벼락내리시믄 우짤라꼬."

"안 기시다. 애기씨 뫼시고 어 가거라."

"안 기시어?"

"사랑 골방에 가서 사깜 살고 놀아."

"그라믄 가께."

"그런데 말이다? 옴마가 오니라 할 때까지 오믄 안 된다. 알겠제?"

"와 그래야 하노."

"시키는 대로 하믄 된다."

"애기씨가 가자고 울믄 우짜꼬?"

"음…… 그래도 안 되지. 별당에…… 별당에 말이다. 으음음, 그, 그래 별당 연못에 구렁이가 있어서, 그거 잡을라 카거든."

말을 꾸며 대다가

"내 말 알아들었나!"

봉순네는 버럭 역정을 냈다.

방으로 돌아온 봉순네는 팔짱을 끼고 앉아서

"일이 손에 잡히야제……."

팔짱을 풀고 인두로 화롯불을 쑤신다.

밖에서는 삼월이 김 서방을 찾고 있었다. 화롯불을 쑤시다가 인두로 도닥거려 놓고 봉순네는 바깥 기척에 귀를 기울인다.

그것은 어릴 적의 일이었다. 운봉에 살았을 때 본 일을, 40이 다 된 지금까지 봉순네는 똑똑히 기억하고 있다. 보리가 필 무렵이었던 것 같다. 마을 사람들이 뒷산으로 몰려가기에 봉순네도 따라갔었는데 구경거리는 염 진사댁 종의 시체였다. 거적을 씌워서 보이지 않았으나 거적은 피에 젖어 있었고 땅바닥에도 선지피가 흥건히 괴어 있었다. 어른들 사이를 비집고 얼굴을 디민 봉순네 눈에 거적 귀퉁이에서 불거진 송장의 발이 보였다. 짚세기를 신은 큰 발이었다. 피 묻은 거적에 쉬파리가 닝닝거리고 있었다. 무슨 죄를 졌는지 맞아 죽었다고 했다. 푸르뎅뎅하고 큰 그 발을 생각하면 지금도 입맛이 떨어진다.

바깥 기척에 귀를 기울이면서 봉순네는 그 큰 발의 환상을 지우려고 고개를 흔들어 댄다.

"마님 부르싰습니까."

윤씨의 목소리는 들리지 않았다. 이따금 예, 예, 하고 대답하는 김 서방의 목소리만 들려온다. 한참 후 허둥거리는 김 서방의 발소리가 봉순네 방 앞을 지나갔다. 행랑 쪽이 술렁거렸다. 오랫동안 술렁거렸다. 고방 문이 닫히고 쇠 잠그는 소리가 났다. 그러고 난 뒤 담장 안에 담장이 있고 또 마당이 있는 크고 넓은 집 안에는 무시무시한 침묵이 빙 둘러쌌다.

별당 담장 밖에까지 달래어 데리고 나오기는 했는데 서희는 여느 때와 달리 시무룩하더니 별당에 도로 가서 소꿉질을 하자고 졸랐다.

"나으리는 안 기시요. 안 기시다고 아까 말 안 했습니까."

"거짓말!"

"아입니다. 울 옴마가 그캤십니다."

소꿉 광주리를 든 봉순이하고 서희가 옥신각신하는데

"봉순아, 여기서 뭘 하고 있느냐."

아이 둘이 동시에 돌아본다. 윤씨의 가라앉은 눈이 서희를 바라보고 있었다. 큰 키였다. 상체는 곧았으며 양 어깨의 뼈대가 무명 겹저고리 밑에서 솟은 듯했다. 55세의 나이보다 겉늙은 것 같았으나 긴 눈매가 아름다웠다. 여자답기보다 선비 같은 모습이다.

"어서 사랑에 가서 놀아라."

아이들은 예! 대답하고 두말 없이 손목을 잡으며 뛴다. 사랑의 뒤뜰로 나가서 아이들은 골방으로 들어갔다.

"봉순아, 방 따시나!"

밖에서 길상이 소리지르며 물었다.

"따시다!"

봉순이도 소리질러 대답했다.

화심리에서 하루 묵고 오리라 했으나 언제 어떻게 변경이 될지 모르는 일이어서 최치수 방에 군불을 지피고 있던 길상은 아이들이 소꿉 광주리를 들고 골방으로 들어가는 것을 보았던 것이다. 길상이 오동나무를 깎아서 만들어 준 살림살이를 광주리 속에서 꺼내어 차리고 있는 동안 길상이 소꿉 양식을 얻어 왔다. 분명 무슨 일이 지금 일어나고 있을 터인데 길상이는 아무것도 모르는 모양이다. 항상 그랬던 것처럼 그의 얼굴은 즐거워 보였다.

"밤은 굽어다 다오."

봉순이는 안방마님같이 의젓한 투로 길상에게 명령한다.

"그래라."

길상이는 밤이 든 함지박을 가지고 아궁이 쪽으로 갔다. 바가지 속에 든 잣이랑 대추, 곶감을 꺼내어 장도[75]로 잘게 썰어서 봉순이는 음식상을 차리는데 서희는 오종종한 꼴을 하고 구경만 하고 있다. 이 아이에게만은 어떤 불안 같은 것이 있었던 모양이다.

---

75 장도粧刀. 주머니 속에 넣거나 옷고름에 늘 차고 다니는 작은 칼.

"봉순아, 어머니한테 가자."
하고 조른다.

"안 됩니다. 연못에 이만한 구렁이가."

일손을 멈추고 봉순이는 팔을 벌리며 구렁이의 크기를 설명한다. 서희는 잠자코 있었다. 아버지는 싫고 무서웠고, 할머니는 싫지 않지만 무서웠고, 그러나 무엇보다 무서운 것은 구렁인가 보다. 길상이는 장작불이 타는 아궁이 앞에서 함지박을 무릎 위에 올려놓고 주머니칼로 밤눈을 따고 있었다.

"객구[76]부터 물리겄소. 애기씨는 아야 아야 하고 누워 기시오."

봉순이는 서희를 모로 뉘고 나서 바가지를 들고, 장도를 휘두르며

"성주구신도 아니고, 부리제석도 아니고, 가다 오다 배고파 죽은 구신아! 다섯 살 묵은 최씨 방성한테 눈을 거들떠봤거든 함박에 밥 받고 쪽박에 짠물 받아 가지고 썩 물러가라! 어허! 썩! 물러 안 가는 날이믄 장내국내도 못 맡는 대동강에다 무쇠가마 씌우고 띄울 것이니……."

밖에서, 그러니까 골방 왼편 벽 쪽인 듯하다. 나직한 소리가 들렸다. 물론 방에서는 봉순이 떠드는 바람에 아이들 귀에 이야기 소리는 들리지 않았다.

"일이 터졌다."

흥분을 나타내는 일이 없는 나직하고 부드러운 귀녀의 목소리였다.

"머가 터졌다 말고."

뾰로통한 삼월이의 반문이다.

"구천이를 도장에 가두었거든."

"……."

"어떻노. 삼월이 니 마음이? 고소하나? 씨원하나? 아니믄 가슴이 아프나?"

"신둥껑둥 그 말투가 멋꼬? 어디서 경사났나?"

---

76 객귀客鬼. 객지에서 죽은 사람의 혼.

"경사라 칼 수는 없지만 니 마음이 어떨고 싶어서 물어보는 거 아니가."

"흥 고맙고나. 파리가 말꼬리에 붙어서 천 리 간다 하기는 하더라마는 마음보 고치라, 고쳐."

"귀도 안 먹었는데 말귀 못 알아듣겄다. 머라 캤노."

"칭찬할 일은 아니다마는 남은 죽고 살고 사생결단이 날 판인데 니는 와 그리 좋노? 함박같이 벌어진 입, 그놈의 입 찢어질라."

"흥!"

객귀 물린다고 방바닥에 쏟아 놓은 잣이랑 대추를 봉순이 주워 담는다.

"애기씨, 이제는 머리 안 아프지요? 구신이 달아났소."

서희는 선하품을 하며 또다시 별당에 가자고 졸랐다. 봉순이는 구렁이 이야기를 다시 꺼내지 않을 수 없었다.

"남의 눈에 눈물 나게 하믄 지 눈에도 눈물 날 일이 생기는 법이니, 내가 다 알지. 니가 구천이를 꾀어서 아씨하고 면대 안 시킸나. 아씨 위하는 척하믄서 말이다."

"벼락 맞을 소리!"

"말 마라. 그래 놓고 마님한테 일러바치는 거는 무신 심본고?"

"사람 잡네, 사람 잡아. 내가 일러바칠 것도 없이 마님께서는 해경같이 환하게 다 알고 기시더라. 그뿐인 줄 아나? 삼수가 먼지 알고서 동네방네 소문 내고 댕깄는데 내가 이르고 자시고 할 것 머 있노."

장작이 타는 아궁이 앞에서 길상이는 부지깽이로 불 속의 밤을 뒤적이고 있었다.

"삼월이 니 씰개가 있나?"

"빌리도라 안 할 기니 걱정 마라."

"설마 소나무 죽은 구신은 아니겄지? 구천이 땜에 잠도 못 자고 속을 태우더마는 이 마작[77]해서 그 사람들 편역을 들어?"

---

77 이쯤

"내 걱정은 마라 안 카나. 남이사 속이 타든 말든 와 니 등이 타노 말이다. 병 주고 약 주고, 네넘 심보 누가 몰라서."

"내사 아무것도 모르구만. 떡이나 묵고 구겡이나 하고…… 본시부터 잠충이가 돼서 해만 지믄 업어가도 모르누만."

"그렇기도 하겠다. 커다란 올빼미눈깔, 그건 밤에만 보인다 카더라."

골방 밖의 대화도 맹랑하지만 골방 안의 풍경도 맹랑하다.

"배고파 죽은 혼신아! 손님에 죽은 혼신아! 임병[78]에 죽은 혼신아! 괴정에 죽은 혼신아! 칼 맞아 죽은 혼신아! 목매어 죽은 혼신아! 가다 오다 죽은 혼신아!"

거리굿이라 하며 음식을 차려 놓고 수없이 혼신을 불러 대는 봉순이, 정말 영신이 실리기라도 한 것처럼 낭랑한 목소리며, 흥분에 번쩍번쩍 빛나는 눈이며, 손짓 몸짓이 단순한 아이들 소꿉놀이라고만 할 수가 없다. 너무 진박眞迫하여 처연凄然[79]한 귀기마저 느끼게 한다.

봉순이의 이런 장난은 어미에게 큰 근심거리였다. 무당놀이뿐만 아니라 광대놀음도 혀를 내두를 만큼. 봉순이는 서희보다 두 살 위인 일곱 살이다. 가녈가녈하게 생긴 모습이나 성미도 안존한 편인데 어떤 내부의 소리가 있었던지 광대놀음, 무당놀음이라면 들린 것 같은, 한 번 들은 것이면 총기 있게 외는 것도 그러려니와 목소리도 매우 아름다웠다. 아마도 그것은 숙명적인 천부의 자질인 성싶고 슬픈 여정의 약속인 듯도 하다.

"이년아! 사당 될라고 이러나! 무당 될라고 이러나!"

봉순네가 머리를 쥐어박고 등을 치면

"와 그라노. 그것도 한 가지 재준데 아아를 와 때리노."

하며 김 서방댁은 언제나 역성을 들고 나왔다. 뿐만 아니라 심심하면

"어데 우리 봉순이 노래 한 판 안 할라나? 우리 명창 소리 한분 들어

---

78 염병染病의 사투리. 전염하는 병. 특히 장티푸스의 속칭. '옘병'이라고도 함.

79 외롭고 쓸쓸하고 구슬퍼서.

보자."

추켜 주는데 그러면 봉순이는 반짝반짝 눈을 빛내고

"몹쓸 년의 팔자로다. 이팔청춘 젊은것이 님 이별이 웬일이냐아."

목청을 뽑았다. 이럴 때 어미에게 들키면

"다 늙어 감서 철부지 아아하고 장단이 잘 맞소. 이년아! 용천지랄 그만 못하겄나."

봉순이는 매도 맞고 야단도 듣는다.

지금도 봉순이는 연신 선하품을 하는 서희를 뒷전으로 하고 제 넉살에 도취되어

"오구님[80]아 본을 받자 오구님아 앉절 받자 오구님아 기 어디가 본일런고."

하고 있는데

"또 지랄하네. 니 그러다가 정말 무당 되겄다."

밤을 구워 온 길상이 나무란다. 봉순이는 뚝 그치며

"니 울 옴마한테 일러 주믄 직일 기다."

"일러 줄란다. 와."

봉순이는 함지박을 들여다보며

"밤을 다 까 왔고나. 와 깠노."

"묵기 좋으라고."

"싫어!"

마침 짜증 부릴 일이 생겼다 싶었는지 서희가 팩 소리를 질렀다.

길상이 의아해 하며

"왜 그럽니까, 애기씨."

"껍질 왜 벗겼어!"

"손 버리실까 하고."

---

80 죽은 사람의 영혼을 위하여 관할하는 귀신.

"더러워. 난 싫어. 안 먹을 테야!"

"깨끗이 했는데."

"길상이 손이 더럽단 말이야!"

두 손을 펴 보면서 길상이는

"안 더러운데……."

낭패한 듯 슬픈 듯 눈을 들어 서희를 쳐다본다.

"애기씨, 그러시믄 이제 길상이가 업어 드리지 않을랍니다."

"그럼 내가 때려 주지. 이놈! 종아리 걷어, 하구 말이야."

서희는 졸음도 오고 짜증도 나는 눈으로 길상이를 노려본다.

"잘못했십니다. 또 얻어 가지고 굽어 오지요."

그러나 아이들은 따스한 아랫목에서 잠이 들었다. 밖은 어둑어둑했다. 밤을 구워 오겠다던 길상이는 오지 않았고 아무도 아이들을 찾아오지 않았다.

한밤중에 봉순네가 방에 들어와 아이들이 깨지 않게 살그머니 이불자락을 덮어 주고 옆에 쭈그리고 앉았다.

삼경이 넘었을 때 최 참판댁에 초상이 났다. 바우 할아범이 죽은 것이다.

"제기럴! 새는 날에 송장 무더기 나겄다."

삼수가 내뱉었다. 그러나 초상이 나서 집 안에 불이 온통 켜졌을 무렵 고소성 골짜기를 지나가는 초롱불이 있었다.

(이하 줄임)

1969년 《현대문학》

독서는
정신의 음악이다.

- 소크라테스

1931년 경기도 개풍군에서 태어나다. 1950년 서울대 국문과 재학 중 6·25전쟁으로 학업을 중단하다. 1970년 〈나목〉이 《여성동아》 장편소설 현상모집에 당선되면서 작가 활동을 시작하다. 이후 봇물이 터진 듯이 왕성하게 중단편은 물론 장편들을 발표하다. 소설 외에도 〈꼴찌에게 보내는 갈채〉, 〈살아 있는 날의 소망〉, 〈나는 왜 작은 일에만 분개하는가〉 등 여러 권의 산문집도 내다. 1981년 '이상문학상'을 비롯하여 1990년 '대한민국문학상', 1994년 '동인문학상', 1999년 '만해문학상', 2001년 '황순원문학상' 등 많은 문학상을 받다.

대|표|작

〈부끄러움을 가르칩니다〉(1974), 〈엄마의 말뚝〉(1980) 등의 중단편과 장편 〈나목〉(1970), 〈도시의 흉년〉(1977), 〈휘청거리는 오후〉(1977), 〈목마른 계절〉(1978), 〈오만과 몽상〉(1982), 〈그해 겨울은 따뜻했네〉(1983), 〈그 많던 싱아는 누가 다 먹었을까〉(1992) 등이 있다.

〈엄마의 말뚝〉은 연작連作소설 형식의 중편소설이다. 이 작품은 엄마를 중심으로 해방과 6·25전쟁을 겪는 한 가족의 이야기이다. 작가는 작품 속에서 민족의 분단이 한 가족의 비극에 어떻게 영향을 미치는가를 섬세하게 묘사한다. 그리고 그 비극은 아직도 우리의 삶 속에 꺼지지 않은 불씨처럼 시퍼렇게 살아 있다는 점을 상기시키고 있다. 화자인 나는 민족적 비극을 실제 겪은 희생자로서 독자에게 증언하는 작가 자신이다. 그런 점에서 허구 속 이야기 같지가 않다.

〈엄마의 말뚝〉은 개인과 민족의 관계가 오로지 '가족사'라는 틀로써 파악되고 있다. 그러므로 자칫 피상적 표현에 그치기 쉬운 소재다. 그러나 삶을 응시하는 작가의 시선이 남다르고, 이를 작품으로 형상화하는 작가의 능력이 탁월해서 오히려 분단 문제가 새로운 양상으로 전개되어 있다.

〈엄마의 말뚝〉은 전 3부작이다. 격동의 세월을 이겨 온 엄마의 집념을 주제로 한 자전적인 내용을, 서술자인 '나'의 나이와 시대적 관점의 변화에 따라 어머니에 대한 인상을 회상하는 서술이 이어지고 있다. 이 작품의 시대 배경은 6·25 한국전쟁이다. 그리고 엄마가 중심 인물이다.

박완서 소설의 원천은 두 개의 샘이다. 하나는 사소한 일상 속에서 벌어지는 인간관계에 대하여 중년 여류 작가 특유의 섬세하고 현실적인 감각을 보여 주는 것, 다른 하나는 6 · 25로 비롯된 민족적 비극에 대한 기억을 되새김하는 것이다. 이 가운데서 박완서 문학의 큰 물줄기는 두 번째이고, 이것이 작품으로 성공을 거둔 것이 바로 〈엄마의 말뚝〉이다. 〈엄마의 말뚝〉은 작가 자신의 절실한 기억들이 자유자재, 천의무봉이라고 할 만큼 유려하고 화려한 문체로 결합되면서 더욱 빛이 난다. 작가는 끔찍할 정도로 생생하게 비극의 추억을 현실처럼 되살려 낸다. 그래서 독자는 작가가 쳐 놓은 비극의 그물로부터 도망치기 힘들다. 겨우 소설 속에서 벗어나 현실로 돌아오면, 또 그곳에는 치밀한 심리 묘사와 능청스러운 유머, 훌쩍 떠나보낸 삶에 대한 애착, 가족에 대한 애절한 그리움과 일상에 대한 안정된 감각이 기다리고 있다. 이 작품뿐만 아니라 다른 많은 박완서의 작품은 우리 나라 현대 문학이 이만큼 성숙했다는 것을 나타내는 하나의 지표라고도 할 수 있다.

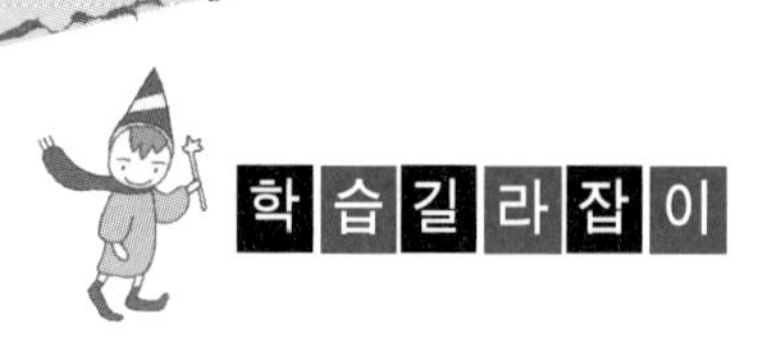

구조분석

- **갈래** 중편소설, 연작소설.
- **주제** 격동의 세월을 이겨 내는 엄마의 집념.
- **배경** 시간은 해방 직전부터 6·25전쟁 때까지. 공간은 개성과 서울.
- **시점** 1인칭 주인공 시점.

등장인물

- **나** 주인공. 신여성이 되라고 가르치는 엄마의 딸. 평범한 가정주부. 전쟁으로 오빠를 잃고 분단의 아픔에 사로잡힌다.
- **어머니** 나의 어머니. 전쟁으로 아들을 잃고 그것이 한으로 남은 여인.

플롯

- **발단** 나를 신여성으로 키우기 위하여 엄마는 나를 데리고 개성으로 나와 서울행 기차를 탄다.
- **전개** 아버지가 죽고 3년상을 치르고 나자 대처로 나가기 위한 엄마의 출분 계획이 시작된다.
- **위기** 현저동 상상꼭대기에서 서울 생활을 시작한 엄마와 나는 여러 가지 힘든 사건을 겪는다.
- **절정** 결국 엄마는 악착같이 최초의 말뚝을 박고 서울 생활의 기틀을 마련한다.
- **결말** 40년 만에 다시 현저동을 찾은 나는 엄마의 말뚝이 뿌리 뽑힌 것 같아 허전해진다.

소설 〈엄마의 말뚝〉과 동화 〈옛날의 사금파리〉

작가 박완서의 소설이나 산문들 속에는 흑백사진처럼 작가의 소녀 시절 이야기가 그대로 담겨 있다. 〈엄마의 말뚝 1〉에도 종종머리를 자르고 서울식 단발머리를 한 채 엄마의 손을 잡고 서울에 와서 힘겹게 살아가는 여덟 살 먹은 소녀 박완서가 주인공이다. 여덟 살 되던 해 봄, 서울로 가자며 엄마가 나를 데리러 오면서 이야기가 시작된다. '나'는 서울식 단발머리를 한 채 할아버지께 하직 인사를 하고 엄마를 따라 서울로 떠난다. 그러나 엄마의 서울살이를 동경했던 나는 비탈길 초가집 문간방에 세들어 사는 엄마의 살림살이를 보고 실망한다. 깎아지른 듯한 비탈 동네, 아래쪽으로는 전차가 다니고 그 건너편에 긴 감옥소 벽돌담이 보이는 동네다. '나'는 뒤란에서 소꿉장난과 숨바꼭질을 하며 놀던 시골과는 달리 이웃집 아이와 큰 감옥소 홈통에서 미끄럼을 타며 논다. 초등학교 입학시험을 치르기 전날, 나는 처음으로 이발소에 들어가 머리를 예쁘게 자른다. 이 이야기를 작가는 동화로 다시 살려 낸다. 〈옛날의 사금파리〉라는 이름의 동화집에서다. 이 책에는 〈엄마의 말뚝 1〉에 나오는 이야기가 고스란히 재현된다. 서울 학교에서 만난 아이들에게 그만 주눅이 들고 마는 이야기며, 겨울방학 때 모처럼 시골 할아버지 댁에 가서 뽐내며 스케이트를 타다가 넘어져 할아버지한테 작두춤 흉내를 낸다고 혼쭐이 나는 이야기들이 그렇다. 〈옛날의 사금파리〉와 〈엄마의 말뚝〉을 비교하며 읽어 보는 것도 좋은 독서 체험이 될 것이다.

깊이생각하기

1. 이 작품에서 '말뚝'이 상징하는 것은 결국 무엇인가? 작가가 작품에서 묘사한 구절을 인용하여 설명해 보자.
2. 엄마가 말하는 '신여성'이란 무엇인가? 그리고 엄마는 왜 그런 개념으로 '신여성'을 이해하게 되었는지 그 원인을 유추해 보자.
3. 제목인 '엄마의 말뚝'은 결국 무엇을 말하는지 생각해 보자.

엄마의 말뚝 · 1

농바위 고개만 넘으면 송도松都라고 했다. 그러니까 농바위 고개는 박적골에서 송도까지 사이에 있는 네 개의 고개 중 마지막 고개였다. 마지막 고개답게 가팔랐다. 20리를 걸어온 여덟 살 먹은 계집애의 눈에 고개는 마치 직립直立[1]해 있는 것처럼 몰인정해 보였다. 그러나 무성한 수풀을 뚫고 지나간 것처럼 고갯길이 끝나면서 뻥하게 열린 하늘은 우물 속의 하늘처럼 아득하게 괴어 있어서 나를 겁나게도 가슴 울렁거리게 했다.

나는 타박타박 쉬지 않고 걸었다. 양손을 엄마와 할머니가 잡고 있었다. 엄마도 할머니도 머리에 커다란 임[2]을 이고 있었다. 내 걸음걸이가 지쳐 보일 때면 엄마와 할머니는 서로 눈을 맞추고는 양쪽에서 내 겨드랑 밑에 손을 넣어 번쩍 들어 올려서 그네 태우듯이 대롱대롱 흔들면서 몇 발자국 종종걸음을 치고 나서 내려놓아 주곤 했다. 무거운 임을 인 두 분에게 그것이 힘겨운 일이었겠지만 나는 그동안이 너무 짧아 번번이 아쉬웠다.

그러나 농바위 고개를 오르면서는 두 분은 약속이나 한 듯이 내 지치고 부르튼 발에 그만큼의 아첨도 하려 들지 않았다. 그 대신 양쪽에서 두 분의 손이 각각 질이 다른 끈적거림으로 내 작은 손을 점점 더 아프게 옥죄기 시작했다. 나는 미지의 고장으로 어쩔 수 없이 끌려가고 있는 중이

---

1 직립直立. 꼿꼿이 바로 서 있는 것.

2 머리에 이는 물건.

었다. 끌려가고 있다는 생각 때문에 가파른 고개를 오르면서 추락하고 있는 것 같은 아찔한 공포감과 속도감을 맛보고 있었다.

마침내 우리는 고개의 정상에 섰다.

"봐라, 송도다. 대처大處다."

엄마는 마치 자기가 그 대처의 주인이라도 되는 것처럼 자랑스럽게 말했다. 아닌 게 아니라 송도는 엄마가 방금 보자기에서 풀어놓은 것처럼 우리들의 발 아래 그 전모를 남김없이 드러내고 있었다.

내가 최초로 만난 대처는 크다기보다는 눈부셨다. 빛의 덩어리처럼 보였다. 토담과 초가지붕에 흡수되어 부드럽고 따스함으로 변하는 빛만 보던 눈에 기와지붕과 네모난 이층집 유리창에서 박살나는 한낮의 햇빛은 무수한 화살처럼 적의敵意를 곤두세우고 있었다.

내가 그보다 먼저 딱 한 번 만난 적이 있는 대처 사람의 인상도 그랬었다. 그 대처 사람은 외삼촌이었다. 할머니는 사돈의 뜻하지 않은 방문에 쩔쩔대면서 시골구석이라 대처 사람 대접할 게 변변치 못하다는 말을 수없이 하셔서 나는 그가 대처 사람이란 걸 알 수가 있었다. 나는 그 대처 사람이 싫었다. 그는 검정빛 양복을 입고 있었다. 양복쟁이가 처음은 아니었다. 언젠가 동구 밖을 자전거 탄 사람이 지나간 적이 있는데 아이들이

"순사다."

라는 바람에 혼비백산 집으로 뛰어드느라고 자세히 못 봤지만 그것 비슷한 옷을 입고 있었다. 그러나 양복보다 더 기분 나쁜 건 눈에 쓴 안경이었다.

오빠는 나보다 훨씬 먼저 엄마가 대처로 데려갔는데, 그때 오빠는 자기의 귀중품을 나에게 고스란히 물려주고 갔다. 마을에서 시오 리[3]나 떨어진 면소재지에 있는 소학교를 졸업하고 중학교에 가기 위해 대처로 가

3 6km.

는 오빠는 별의별 걸 다 가지고 있었다. 새총, 팽이, 제기, 연, 딱지, 썰매, 크레용, 지남철, 유리조각……. 그 중에서 내가 정말 갖고 싶었던 건 지남철뿐이었다. 지남철로 오빠가 화로를 휘저어 쇠붙이를 모조리 끌어올리는 것도 재미있었지만, 내가 온종일 찾지 못한 할머니가 바느질하다 놓친 바늘이 오빠의 지남철 끝에서 방금 낚아 올린 붕어처럼 비늘을 반짝이며 파르르 떨고 있는 걸 볼 땐 시샘과 경탄으로 숨이 막힐 지경이었다. 고 신기한 게 마침내 내 것이 된 것이다. 그러나 오빠는 나에게 더 신기한 걸 가르쳐 주고 떠났다. 그건 유리조각의 쓸모였다. 오빠는 그 동그란 유리조각으로 햇볕을 일으키는 법을 가르쳐 준 것이다. 유리조각을 통과한 빛이 종이 위에서 창백하고도 뜨거운 느낌으로 송곳 끝처럼 오므라드는 걸 지켜볼 때 내 심장도 그만한 크기로 옥죄었고 마침내 그곳에서 파란 연기가 모락모락 피어오르자 나는 온몸이 오싹오싹하면서도 가슴은 화끈했고 곧 오줌이 마려웠다. 그날 밤 나는 내가 직접 그 짓을 하는 꿈을 꾸다가 정말 오줌을 싸고 말았다. 그래선지 나는 지금까지도 아이들 버릇 가르치기 위한 이런저런 항간의 속설 중 "불장난하면 오줌 싼다"는 말을 믿는 편이다.

오빠는 화경[4]을 물려주면서 어른 몰래 간수하란 소리는 안 했다. 그러나 그것으로 할 수 있는 장난의 그 오싹오싹함에서 죄의 맛을 감지한 나는 그것을 어른 몰래 감추었고, 장난도 어른들이 안 보는 데서만 했다. 그러나 언젠가 잘 마른 짚북더미 위에서 그 짓을 하다가 그만 짚북더미로 불이 옮아 붙어 하마터면 집을 태울 뻔한 큰일을 저지르고 말았고, 그 바람에 나는 화경을 당장 빼앗기고 엉덩이가 부르트도록 얻어맞았다.

외삼촌은 그 무서운 화경을 하나도 아니고 둘을 양쪽 눈에 하나씩 붙이고 있었다. 안경의 번쩍거림 때문에 나는 그 속의 눈을 볼 수가 없었다. 나는 그렇게 번쩍거리는 사람이 싫고 무서웠다. 외삼촌은 웃으면서 나에

---

4 화경 火鏡. 볼록렌즈. 불을 일으키는 거울이라는 뜻으로 '화경'이라고 함.

게 손을 벌렸지만 나는 할머니 치마꼬리에 휩싸여 막무가내 그 앞으로 가지 않았다. 외삼촌이 주머니에서 반짝이는 은전을 한 푼 꺼내 보이면서 나를 유혹했다. 나는 조금도 동하지 않았다. 나는 은전의 쓸모를 몰랐다.[5] 그건 안경과 마찬가지로 외삼촌의 몸에서 빛을 내는 것 중의 하나일 뿐이었다. 할머니가 민망했던지 나를 억지로 당신의 치마꼬리에서 떼어 내어 외삼촌 앞으로 밀어내려고 했다. 나는 외삼촌이 싫고 무서워서 엉엉 울며 발버둥질쳤다.

"그냥 두세요. 낯을 몹시 가리는군요."

"참 별일이네, 안 그러던 애가……."

할머니가 혀를 차면서 나를 다시 당신의 치마폭에 휩쌌다. 그 후에도 나는 외삼촌에 대해 안경밖에 생각나는 게 없었다.

대처는 그 외삼촌 같은 얼굴을 하고 있었다.[6] 내리막길은 올라올 때와는 다르게 구불구불 구비지고 덜 가팔랐다. 나는 슬그머니 엄마의 손을 뿌리치고 할머니한테 두 손으로 매달리면서 치마폭에 휩싸였다. 할머니 치마폭은 집에서 내가 툭하면 휩싸일 때처럼 만만하고 구속하지 않았다. 풀을 세게 먹여 다듬이질한 옥양목[7] 치마는 차갑다 못해 날이 서 있는 것처럼 느꼈다. 그러나 엄마를 뿌리치고 할머니한테 매달렸다는 건 대처로 가기 싫다는 나의 의사표시였다.

할머니는 내 편이었다. 엄마는 나를 대처로 데려가려 했고, 할머니는 나를 대처로 안 보내려고 했다. 엄마가 나를 데리러 시골집에 나타나고 나서 할머니와 엄마는 줄창 다투기만 했다. 그러나 두 분 다 나한테 어디서 살고 싶으냐고 물어보진 않았다. 나는 대처라는 델 가 보진 않았지만 싫었다. 박적골집은 나의 낙원이었다.[8] 뒤란[9]은 작은 동산같이 생겼고 딸

---

5 어린이는 '쓸모'를 모르는 물건은 값어치를 모른다.

6 외삼촌에 대한 나쁜 기억 때문에, '나'의 의식에는 나쁜 것=외삼촌이라는 등식이 형성된다.

7 옥양목玉洋木. 광목보다 발이 고운 무명 천. 빛깔이 희고 얇음.

8 아직 '나'에게는 도시적 환경보다는 전원적이고 시골다운 분위기가 좋은 것이다.

기 줄기로 뒤덮여 있었다. 그 밖에도 앵두나무, 배나무, 자두나무, 살구나무가 때맞춰 꽃피고 열매를 맺었고 뒷동산엔 조상의 산소와 물 맑은 골짜기와 밤나무, 도토리나무가 무성했다. 사랑마당은 잔치 때 멍석을 깔고 차일[10]을 치면 온 동네 손님을 한꺼번에 칠 수 있도록 넓고 바닥이 고르고 판판했지만 둘레에는 할아버지가 좋아하시는 국화나무가 덤불을 이루고 있었다. 꽃송이가 잘고 향기가 짙은 토종 국화는 엄동이 될 때까지 그 결곡한[11] 자태를 흐트러뜨리지 않았다.

그러나 국화꽃 필 때면 더욱 낭랑해지는 할아버지의 적벽부赤壁賦[12]를 읊조리는 소리가 끊긴 지는 오래되었다. 임술지추칠월기방에 소자여객으로 범주유어 적벽지하할새⋯⋯ 대신 놋재떨이에 담뱃대 부딪는 소리와 메마른 기침 소리가 사랑이 비어 있지 않다는 걸 알려 줄 뿐 사랑 미닫이는 한여름에도 열리지 않았다. 맏아들을 잃자마자 할아버지는 동풍動風[13]을 하셔서 반신불수[14]가 된 채 두문불출이셨다. 아버지의 죽음이 문제였다. 내가 그 낙원에서 기억할 수 있는 모든 나쁜 일은 아버지의 죽음으로부터 시작됐다. 아버지는 어느 날 심한 복통으로 마루에서 댓돌로 댓돌에서 세 층이나 아래인 마당으로 데굴데굴 굴러 떨어지면서 마당의 흙을 손톱으로 후벼 파면서 괴로워했다. 곧 한의사를 불렀다. 사관을 트게[15] 하고 탕제[16]를 달이는 동안이 급해 할머니는 엿기름을 타다가 떠 넣고 할아

---

9 집 뒤 울타리 안.

10 차일遮日. 햇볕을 가리기 위하여 치는 포장.

11 순수하고 바르고 깨끗한.

12 송나라 때 소동파의 작품. 필화 사건으로 유배되었던 소동파가 1082년의 가을과 겨울에 적벽赤壁에서 놀다가 지은 것이다. '부'란 운문韻文의 문체의 명칭이다. 삼국 시대 옛 싸움터 적벽의 아름다운 경치와 역사의 대비, 자연과 일체화하려는 소동파의 철학이 합쳐진 유려한 표현으로 높은 평가를 받는 작품이다.

13 한의학에서 말하는 병. 정신 작용, 근육 신축, 감각 등에 이상이 생긴 병을 가리킴.

14 반신불수半身不隨. 뇌출혈, 뇌혈전 등으로 인해 몸의 한쪽을 못 쓰는 상태.

15 사관四關은 곽란 등과 같이 급하거나 중한 병일 때, 기氣를 통하게 하기 위하여 손과 발에 침을 놓는 네 곳을 말하며, '사관을 튼다'는 것은 사관에 침을 놓는다는 뜻이다.

16 탕제湯劑. 달여서 먹는 한약.

버지는 청심환[17]을, 엄마는 영신환을 물에 개서 입에 흘려 넣었으나 차도가 없었다. 급히 달인 탕제도 아무런 효험을 못 보자 엄마와 할머니는 무당집으로 달려가서 무꾸리[18]를 하니까 집터에 동티[19]가 나도 단단히 났으니 큰굿 해야겠다고 하면서 굿날을 받아 놓기만 해도 당장 차도가 있을 거라고 장담을 해서 우선 굿날 먼저 받아 놓고 오니 아버지는 막 숨을 거둔 뒤였다.

그때가 아직 우리가 새집을 지은 지 3년 안인 때라 사람들은 모두 집터 동티가 과연 무섭긴 무서운 거라고 혀를 내두르며 공구恐懼[20]했다. 그러나 할머니 말씀을 좇아 무당집에 가느라 아버지의 임종도 못 지킨 엄마건만, 친가의 대소가가 대처에 살고 있어 이미 처녀 적에 문명의 소문에 접할 기회가 좀 있었던 엄마의 생각은 달랐다. 엄마는 아버지를 죽게 한 병이 대처의 양의사에게만 보일 수 있었으면 생손앓이[21]처럼 쉽게 째고 도려내고 꿰맬 수 있는 병이라는 걸 알고 있었다.

엄마는 그때부터 대처로의 출분出奔[22]을 꿈꿨다. 마침 오빠의 소학교 졸업을 기회로 그 꿈은 구체화됐다. 엄마는 아버지의 3년상도 받들기 전에 오빠를 데리고 서울로 떠났다. 맏며느리로서 시부모 공양하고 봉제사[23]라는 신성한 의무를 포기하는 대신 엄마는 아무런 재산상의 권리도 주장하지 못했다. 숟가락 하나도 집안 것은 안 건드리고 오로지 당신의 단 하나의 재간인 바느질 솜씨만 믿고 어린 아들의 손목을 부여잡고 표표히[24] 박적골을 떠났다. 그때는 내가 떠날 때 같은 고부간의 사전 불화조차 없

17 청심환淸心丸. 심장의 열을 풀고 마음을 안정시키는 데 쓰는 환약.

18 무당이나 점쟁이가 길흉을 점치는 일.

19 귀신이 살고 있는 공간 또는 귀신을 상징하는 물체, 귀신이 다스리는 장소 등을 함부로 훼손하거나 침범했을 때 귀신을 노하게 함으로써 재앙을 받게 된다는 것을 가리킴.

20 몹시 황송하고 두려운 것.

21 생인손앓이. 손가락 끝에 나는 종기를 말함.

22 도망쳐 달아나는 것.

23 제사를 받드는 것.

24 정처 없이.

었다.

며느리의 그런 불효막심하고도 당돌한 계획을 막을 수는 없으리라는 걸 노인들은 이미 알고 있었다. 큰소리 내 봤댔자 집안 망신이나 더 시키게 되니 그저 쉬쉬하는 걸로 점잖은 집안의 체통[25]이나 지키려는 체념과 아들 하나는 대처에 데리고 나가 어떡하든 성공시켜 보겠다는 며느리의 굳은 결심에 은근히 거는 한 가닥 희망 때문에 어머니의 1차 출분은 비교적 순조롭고 조용했다. 그러나 소학교를 갓 졸업한 어린 소년의 어깨엔 대처에 나가 어떡하든 성공해야 된다는 가뜩이나 벅찬 짐이 그만큼 더 무거워진 셈이었다. 나는 오빠와 친하고 깊이 사랑했기 때문에 막연하게나마 오빠가 걸머진 짐의 무게를 같이 느낄 수가 있어서 오빠가 안쓰럽고 불쌍했다. 내가 그 고장 사람들이 대처라 부르는 송도나 서울에 대해 그 나이 또래의 계집애다운 막연한 동경조차 품지 못하고 다만 두렵기만 했던 건 대처에 가면 꼭 해야 한다는 그 성공이라는 것 때문인지도 몰랐다. 삼촌이 두 분이나 있었으나 어떻게 된 게 그때까지도 아들을 두지 못하고 하는 일도 시원치 않은데 단 하나의 장손인 오빠는 인물이 준수하고 총명했다. 월반[26]을 하여 소학교를 5년 만에 졸업했다 해서 인근 마을엔 신동이란 소문까지 나 있었다. 그러나 쇠퇴해 가는 가운[27]의 중흥의 책임을 지기에는 아직 어린 소년이었다.

나는 가끔 오빠를 보고 싶어했지만 보러 대처에 가고 싶진 않았다. 엄마도 별로 보고 싶지 않았다. 나는 그때 책임이라는 게 무엇이라는 걸 알 나이가 아니었지만, 어른들과 대처가 공모를 해서 오빠에게 고약한 올가미를 씌우려 하고 있다는 것만은 눈치 채고 있었다. 엄마가 없는 동안 나는 할머니, 할아버지는 물론 삼촌들, 삼촌댁들의 귀여움을 독차지하고 있었다. 내가 하고 싶다고 생각해서 안 되는 게 없었다. 나는 방목放牧[28]된

---

25 체통體統. 지체나 신분이나 구실에 알맞는 체면.

26 월반越班. 성적이 뛰어난 학생이 상급 학년으로 건너뛰어 진급하는 것.

27 가운家運. 집안의 운수.

것처럼 자유로웠다. 올가미 같은 건 쓰고 싶지 않았다.

그러나 어느 날, 엄마는 나까지 대처로 데려가기 위해 나타났다. 나는 할머니 목에 팔을 칭칭 감고 매달려서 오래간만에 만나는 엄마를 차디차게 노려보면서 막무가내 안 따라가려고 했다.

할머니와 엄마의 말다툼이 시작됐다. 처음에 할머니는 어려운 객지 살림에 한 식구라도 덜어 주려고 안 보내는 거지 에미애비 없는 새끼로 기르기가 쉬운 줄 아냐고 큰소리쳤다.

"그러니까 데려가려는 거예요. 굶든 먹든 자식은 에미가 데리고 있어야죠. 애비도 없는 자식을 에미까지 그리며 자라게 할 순 없어요."

엄마가 강경하게 나오자 그제서야 할머니는 눈물을 글썽이며 애걸했다.

"이 매정한 것아, 우리 두 늙은이가 그저 이녀석 들락거리고 재재거리는 거 하날 낙으로 삼고 사는 것도 모르고……. 느이 동서가 태기라도 있으문 나도 안 이런다. 설마 셋째한테서야 곧 태기가 안 있을라구. 그때 가서 데려가면야 누가 뭐라겠냐."

"그렇게는 안 되겠어요 어머님. 학교를 보내는 데는 때가 있으니까요."

"핵교를? 기집애를 핵교를?"

"네, 기집애도 가르쳐야겠어요."

"야, 너 대처에 가서 무슨 짓을 했길래……. 큰돈 모았구나? 아니면 간뎅이가 부었던지. 그렇지 않고서야 무슨 수로 기집애꺼정 학교에 보내 보내길?"

이렇게 되면 두 분의 말다툼은 불에 기름을 부은 것처럼 가열됐다. 그럴 때 나는 어떡하든 할머니 역성[29]을 들었다. 역성이라야 할머니 치마폭에 휘감겨 엄마를 노려보는 것뿐이었지만.

그러나 어느 날 일어난 작은 사건은 내가 엄마를 따라가야 한다는 걸

---

28 방목放牧. 가두지 않고 놓아서 기름.

29 옳고 그르고를 따지지 않고 한쪽 편만을 드는 일.

피할 수 없게 했다. 엄마가 시골집에 돌아온 후 내 머리를 빗기는 건 엄마의 일이었다. 나는 그것까지 마다하진 않았다. 나는 그때 댕기를 들여 머리를 한 가닥으로 의젓하게 땋아 내릴 만큼 머리가 길지 않고 또 숱도 적어서 머리를 가닥가닥 나누어 땋아 내리다가 그 끝을 모아 댕기를 드리는 종종머리라는 걸 하고 있었다. 그건 빗기기가 매우 힘들고 빗기는 솜씨에 따라 얼굴이 반듯해 보이기도 하고 비뚤어져 보이기도 했다. 내가 엄마 없는 동안 엄마 생각을 한 적이 있다면 그건 아침마다 종종머리 땋을 때였다. 할머니도 삼촌댁들도 엄마처럼 정확하게 정수리 머리를 여섯 가닥으로 반듯하게 나누어서 온종일 뛰어놀아도 잔털 하나 일지 않게 야무지고 꼼꼼하게 땋으려면 아직아직 멀었다. 그래서 엄마가 없고부터 내 얼굴은 늘 좀 허술하고 좀 삐뚤어져 보였다. 나는 삼촌댁의 체경에 이런 내 얼굴을 비춰 보면서 그게 엄마 없는 티가 아닐까 싶어 문득 심란해질[30] 적도 있었지만 심각할 정도는 아니었다. 계집애 티보다는 선머슴 흉내를 내는 게 훨씬 더 편했기 때문에 거울 같은 걸 자주 보지 않았다.

내가 나를 데리러 온 엄마한테 적의를 품고 의식적으로 가까이 하지 않으면서도 머리 빗을 때만은 기꺼이 엄마의 손에 나를 내맡겼던 것도 이왕이면 예쁘게 빗고 싶다는 계집애다운 소망하곤 좀 다른 거였다. 엄마의 야무진 손끝을 통해 전달되는 애정 있는 성깔을 깊이 좋아하고 있기 때문이었다. 그럴 때 나는 엄마가 할머니한테 이겨서 나를 데려가게 되는 일이 그렇게 두렵지만은 않았다. 오히려 기대하는 마음도 있었다.

그러나 엄마는 어느 날 나의 이런 솔깃한 마음을 무참하게 배반했다. 엄마는 내 머리를 빗기는 척하면서 쌍동 잘라 버렸던 것이다. 그것도 목고개쯤에서가 아니라 뒤통수에서 잘라 냈으니 그 꼴도 가관이었다. 나는 시운이 벗겨진 깨진 거울 조각으로 뒤통수를 비춰 보면서 울 수도 없었다. 뒷머리가 아궁이 모양으로 패이고 뒤통수의 맨살이 허옇게 드러나 있

---

30 마음이 어수선해지다.

었다. 치욕이었다. 우선 이 모양으로 엄마는 내 기 먼저 죽여 놓고 나서 꼼꼼하게 뒷손질을 시작했다. 뒷손질을 해 봤댔자였다. 옆머리도 이마로 빗어내려 가리마 없는 일직선으로 잘랐다. 그러면서 엄마는 내 귓전에다 대고 연방 속삭였다.

"좀 좋으냐, 가뜬하고, 보기 좋고, 빗기 좋고, 감기 좋고…… 머리 꼬랑이 땋은 채 서울 가 봐라. 서울 아이들이 시골뜨기라고 놀려. 학교도 아마 못 갈걸. 서울 아이들은 다 이렇게 단발머리하고 가방 메고 학교 다닌단다. 너도 서울 가서 학교 가야 돼. 학교 나와서 신여성이 돼야 해. 알았지?"

신여성이 뭔지 알 까닭이 없었다. 그러나 오빠가 성공해야 한다는 것과 비슷한 엄마가 대처와 공모해서 나에게 씌운 올가미라는 것만은 분명했다. 나는 왠지 발버둥질치며 마다하지를 못했다. 체경에 비친 나의 단발머리는 참으로 꼴불견이었다. 그러나 그건 이미 대처의 낙인烙印[31]이었다. 그 꼴을 하고 그곳에 남아 있어 봤댔자였다.

나의 기가 꺾이는 것과 동시에 할머니의 기도 꺾였다. 할머니는 엄마에게 주어 보낼 걸 이것저것 챙기기 시작했다. 오빠하고 처음으로 집 떠날 때보다 엄마는 오히려 후한 대접을 받고 있었다. 사랑으로 할아버지께 하직 인사를 드리러 들어갔을 때도 할아버지는 내 단발머리를 흘긋 보시자마자 벌레 씹은 얼굴로 외면하셨지만 50전짜리 은전을 한 푼 주셨고 엄마에게도 따로 꼬깃꼬깃한 종이돈을 손수 펴 가며 다섯 장이나 세어서 주셨다. 그리고 기차 정거장까지 나를 업어다 주라고 할머니한테 분부를 내리셨다. 할머니도 그러잖아도 그럴 참이었다고 하시면서 조그만 소리로

"저 양반이 다 죽었군, 죽었어."

하고 중얼거리셨다.

할머니는 할아버지의 분부를 무시하고 나를 걸리는 대신 큰 임을 이셨

---

31 낙인烙印. 불에 달구어 찍는 쇠붙이로 만든 도장. 불 도장.

다. 엄마에겐 더 큰 임을 이게 하시고 뭘 좀 더 보태 주지 못해 아쉬워하셨다. 오빠를 떠나보낼 때보다 많이 다투셨음에도 불구하고 두 분의 의는 좋아 보였다. 할머니는 이제 손자를 대처로 보내는 일을 체념하는 걸 지나 어떤 기대에 부풀어 있다는 걸 알 수가 있었다.

그러나 농바위 고개에서 내가 엄마를 뿌리치고 할머니 치마폭에 감겨들게 되자 두 분의 사이는 다시 경직됐다. 할머니도 엄마도 서로 질세라 서슬이 퍼래지는 걸 보며 나는 내 뜻이 두 분에게 충분히 전달됐다고 생각했다. 할머니가 조금만 내 편을 들어주면 나는 절대로 할머니 치마꼬리를 안 놓칠 작정이었다. 내가 처음 보는 송도는 아름다웠다. 아마 서울은 더 아름다우리라. 그러나 대처는 올가미를 가지고 있었다. 나는 나를 무엇인가로 만들려는 올가미가 무서웠다. 엄마가 바라는 신여성 같은 건 되기 싫었다.

"쉬었다 가자."

할머니가 말씀하셨다. 할머니의 목소리엔 찬바람이 돌았다.

"네, 어머님."

엄마의 목소리도 지지 않게 영악스러웠다. 두 분이 또 한바탕 나를 가운데 놓고 싸울 모양이었다.

농바위 고개의 내리막길 중간에 장롱같이 생긴 큰 바위들이 여러 개 서 있기도 하고 누워 있기도 한 곳이 있었다. 농바위 고개 이름도 그 바위들에 연유한 이름이었다. 그 장롱 같은 바위들 사이엔 시원한 샘물도 있어서 먼 길 걸어서 송도에 당도한 장꾼이나 나그네가 송도를 굽어보며 다리도 쉬고 목도 축이기 알맞게 돼 있다.

할머니가 먼저 그 중 안반같이 생긴 바위에 짐을 내려놓으셨다. 엄마도 할머니가 하시는 대로 했다. 두 분의 기색은 싸늘하고 험악했다. 나는 곧 큰 말다툼이 붙을 걸 예상하고 할머니의 치마꼬리를 더욱 꼭 움켜잡았다. 그러나 할머니는 별안간 폭풍 같은 바람을 일으키며 나를 당신의 치마폭에서 떼어 내셨다. 그리고 곧 믿을 수 없는 일이 일어났다. 할머니는 나를 반짝 들어 올리더니 안반 같은 바위 위에다 엎어 놓고 치마를 치켜 올리고 엉덩이를 깠다. 그때 나는 치마 속에 쉽게 엉덩이를 깔 수 있는 풍채바지를 입고 있었다. 할머니는 떡치듯이 철썩철썩 내 볼기를 치시기 시작했다. 그렇게 모진 매는 처음이다 싶게 사정을 두지 않는 사매질[32]이 계속되었다. 나는 엄마, 엄마 하고 엄마한테 구원을 청하며 서럽게 울었다. 그러나 엄마는 귀먹은 사람처럼 못 들은 체 하염없이 송도를 굽어보며 서 있었다.

"이 웬수야, 이 웬수야, 할미 속 좀 작작 썩여라. 이 웬수야."

할머니는 볼기를 치면서 연방 이렇게 외쳤고 그런 외침은 차츰 울부짖음으로 변했다.

"이제 그만해 두세요, 어머님."

엄마가 조용하면서 속에서 은은하게 끓어오르는 것 같은 목소리로 말했다. 할머니의 매질은 그쳤다. 나는 엉금엉금 기면서 엉덩이를 여미고 일어났다. 할머니의 눈이 석류[33] 속처럼 충혈돼 있었다.

"할머니, 또 안질 걸렸잖아?"

할머니의 충혈된 눈에 나는 마지막 구원의 가망을 걸고 이렇게 울부짖었다.

"그런갑다."

할머니가 무명 수건으로 눈두덩을 누르면서 무뚝뚝하게 말했다.

"나 없으면 누가 거머리를 잡아 와?"

할머니는 자주 안질을 앓았다. 눈곱은 안 끼고 눈만 새빨갛게 충혈되는 안질을 사람들은 궂은 피 때문에 생긴 풍이라고 말했고 그런 풍에는 굶주린 거머리를 잡아다가 흠빡 궂은 피를 빨리는 게 즉효라는 게 그 시절의 그 고장의 민간요법이었다. 대야를 갖고 다니면서 논이나 미나리밭

---

32 사매로 때리는 짓. 린치, 사형私刑과 같은 뜻.

33 석류石榴. 석류나무 열매. 익으면 껍질이 저절로 벌어지고, 속이 빨갛다.

에서 거머리를 잡아 오는 건 나의 일이었다. 할머니는 눈꺼풀을 뒤집고 거기다 거머리를 붙이셨다. 실컷 피를 빨아먹은 거머리는 굼벵이처럼 몸이 굵고 꿈떠지면서 저절로 그곳에서 떨어졌다. 할머니는 아이 시원해, 아이 거뜬해 하면서 할머니를 위해 거머리를 잡아 온 나의 공로를 칭찬하셨다. 그러나 즉석에서 총기 있게 그 일을 할머니에게 상기시켰음에도 불구하고 할머니를 내 편으로 만드는 데 아무런 도움도 되지 못했다. 할머니는 희미하게 웃으시면서 말씀하셨다.

"아이고 신통한 내 새끼, 할미 생각 끔찍이 하네. 할미도 이제 효녀 손주딸 둔 덕 좀 보세. 이제 서울 가면 신식 양약을 사올 텐데 뭣 하러 그까짓 거머리한테 뜯겨?"

그때 할머니의 웃음은 뭔가 아뜩했다. 엄마도 부랴부랴 할머니의 말씀에 동의했다.

"그래요, 어머님. 대학목약[34]이라는 안질 약이 아주 신통하다더군요. 아이들 방학해서 내려올 때 꼭 사올게요."

우리 세 사람은 다시 걷기 시작했다. 할머니는 숫제 내 손을 잡지 않고 옥양목 치맛자락을 펄럭이며 한 발 앞서 가기 시작하셨다. 우리 세 사람은 대처의 가변두리로부터 한가운데를 향해 서서히 다가가고 있었다. 다가갈수록 대처의 빛은 시들고 질서秩序만이 눈에 띄었다. 한길도 골목도 가게도 집도 자를 대고 그어 놓은 것처럼 정확하게 모여 있었다.

"한눈 좀 그만 팔고, 기차 시간 늦겠다. 이제 곧 서울 구경도 할 애가 이까짓 송도에서 벌써 얼이 빠져 버리면 어떡해."

엄마가 나를 마구 잡아끌었다.

"내버려 둬라. 서울 구경만 제일인감. 송도도 처음 와 보는 애란 생각을 해야지."

할머니가 내 역성을 드셨다.

34 대학목약大學目藥. 일제 강점기에 유명했던 안약 상표.

"야아가 얼이 쑥 빠져 갔고 꼭 시골뜨기처럼 구니까 그렇죠."

"급하긴. 우물에 가서 숭늉 달랬라. 갸아가 그럼 벌써 서울뜨기냐?"

할머니는 엄마에게 무안을 주셨다. 엄마는 잠자코 있었다. 그러나 나는 처음으로 두 분에게 골고루 어떤 거리감을 느끼고 있었다. 그것은 고독감이라고 해도 좋았다. 난 엄마나 할머니가 생각하고 있는 것처럼 대처의 변화에 얼이 빠져 있는 게 아니었다. 하나같이 옷 잘 입은 사람들, 심심찮게 눈에 띄는 양복쟁이들, 번들대는 기와지붕, 네모나고 유리창이 달린 이층집들, 흙이 안 보이는 신작로, 가게마다 즐비한 울긋불긋하고 신기한 물건들, 시끌시끌하면서 활기찬 소음……. 이런 대처의 번화繁華가 맹종盲從하고 있는 질서가 나를 주눅들게 했다. 그거야말로 참으로 낯선 거였다. 대처 사람이 된다는 건 바로 그런 질서에 길들여지는 거라는 걸 나는 누가 가르쳐 주기 전에 본능처럼 냄새 맡고 있었다. 오래 방목된 야성이 내 속에서 벌써 주눅이 드는 걸 느꼈다.

엄마는 이까짓 송도는 서울에다는 댈 것도 못 되는 작은 고장이라고 말하기 시작했다. 나는 다리가 아프다고 칭얼댔다. 엄마는 서울 같으면 전차라는 걸 타고 어디든지 가고 싶은 데를 앉아서 저절로 갈 수 있을 텐데, 하고 또 서울 칭송을 했다.

개성 역은 내가 송도 네거리에서 구경한 어떤 집보다도 컸다. 둥근 지붕과 붉은 벽돌과 높은 천장과 미지의 고장으로 뻗은 철길과 공중에 떠 있는 구름다리와 걷는 사람은 없이 뛰는 사람만 있는 층층다리를 바라보면서 나는 온몸이 오싹오싹하는 전율을 느꼈다. 엄마는 또 나에게 충격을 주는 것에 대해선 말하지 않고 딴청만 부렸다. 개성 역은 경성 역을 흉내내서 비슷하게 만든 것이지만 정작 경성에다 대면 소꿉장난 같다는 거였다.

엄마는 표를 사러 가고 나는 할머니와 긴 의자에 앉았다. 농바위 고개에서 볼기 맞고 나서 나하고 할머니 사이는 쭉 서먹했다. 할머니는 보따리 귀퉁이에 손을 넣으시더니 조찰떡을 꺼내서 먹으라고 하셨다. 나는 헛헛해서 매점 유리창 속에 고운 종이에 싼 먹을 것을 바라보며 군침을 삼켰지만 그것을 받아먹긴 싫었다. 나는 속에 팥을 넣고 큰 고구마처럼 아무렇게나 뭉친 조찰떡과 할머니의 갈퀴같이 모진 손이 함께 싫고 창피해서 세차게 도리머리[35]를 흔들었다.

"새끼도, 여적 화가 안 풀렸담. 할미가 우정 그런 것도 모르고……."

할머니가 와락 나를 끌어당기시더니 당신 무릎에 엎어 놓고 또 엉덩이를 깠다. 나는 발버둥질을 쳤다. 할머니는 내 엉덩이를 썩썩 쓸면서 중얼거리셨다.

"아이고 내 새끼 볼기짝 부르튼 것 좀 보게. 어떤 년인지 손끝이 모질기도 해라. 할미 손은 약손이다. 쓱쓱 쓸어 주마. 할미 손은 약손이다. 쓱쓱 쓸어 주마. 애구 어떤 년인지 손끝 한번 모질기도 해라."

엄마가 표를 두 장 사다가 한 장은 할머니한테 드렸지만 할머니 표는 서울까지 갈 수 있는 표가 아니라 기차 속까지만 배웅할 수 있는 표라고 했다.

"기찻간꺼정만 늙은이가 제 발로 걸어가겠대는데도 돈을 달래. 시상에 대처 사람들 상종 못할 것……."

할머니가 옆의 사람들까지 깜짝 놀라게 큰 소리를 지르셨다.

"달래긴 누가 달래요. 제가 샀죠. 그건 얼마 안돼요, 싸요."

할머니와 엄마는 다시 큰 짐을 이고 줄을 섰다. 개찰하고 구름다리 건너고 기차 타고 자리 잡고 할 동안을 우리 세 사람은 남들이 하는 대로 그저 경정경정 뛰기만 했기 때문에 순식간이었다. 엄마는 보따리는 다 시렁에다 얹고 나를 유리창 가에 앉게 했다. 어느새 할머니가 유리창 밖에 서 계셨다. 유리창만 없다면 손 내밀면 잡을 수 있을 만큼 가까운 곳인데도 할머니는 막막하게 먼 곳에 서 계신 것처럼 보였다. 나는 할머니와 친했었다. 나로부터 그렇게 떼어 놓고 바라보긴 처음이었다. 막막한 느낌은 사이에 있는 실제의 거리보다는 떨어져 나왔다는 자각으로부터 오는 건

35 도리도리 짝짜꿍 할 때처럼 머리를 좌우로 흔드는 모양.

지도 몰랐다. 기차는 오랫동안 떠나지 않고 서 있었다. 할머니도 유리창 밖에 서 계시기 때문에 그동안은 몹시 지루하고 불편했다.

기차가 움직이기 시작했다. 창밖의 전송객들도 따라 움직였지만 할머니는 그냥 서 계셨기 때문에 곧 보이지 않게 됐다. 나는 '휴우' 하고 안도의 한숨을 쉬고 나서 엉덩이를 들까불러서 의자의 신기한 탄력을 시험해 보기도 하고 한 손으로 등받이를 만져 보고 쓸어 보기도 했다.

그것도 이른 봄의 보리밭처럼 푸르렀고, 병아리의 솜털처럼 부드러웠다.

기차가 정거를 할 때마다 엄마는 내 손을 끌어다가 서울까지 몇 정거장 남았나를 꼽게 했다. 개성 역에서 경성 역까지는 정거장이 열 개 있었기 때문에 손가락으로 꼽기에 편했다. 서울이 가까워질수록 나는 엄마가 서울이라는 거대한 대궐의 안주인처럼 우러러뵈었다.

엄마는 또 내 귓가에 소곤소곤 내가 서울 가서 앞으로 되어야 하는 신여성[36]에 대해 얘기해 주기도 했다.

"신여성이 뭔데?"

"신여성은 서울만 산다고 되는 게 아니라 공부를 많이 해야 되는 거란다. 신여성이 되면 머리도 엄마처럼 이렇게 쪽을 찌는 대신 히사시까미[37]로 빗어야 하고, 옷도 종아리가 나오는 까만 통치마[38]를 입고 뾰죽구두[39] 신고 한도바꾸[40] 들고 다닌단다."

내가 히사시까미, 한도바꾸에 전혀 무지하다는 걸 아는 엄마는 기찻간을 한번 골고루 휘둘러보고 나서 저기 저 여자의 머리가 히사시까미, 조기 조 여자가 무릎 위에 놓고 있는 게 한도바꾸 하는 식으로 실물을 견학

---

36 엄마가 말하는 '신여성'이란 막연한 뜻으로 '신학문을 배운 여성' 즉 '신식 여성'을 가리킨다.

37 일제 강점기 때 유행했던 머리 스타일.

38 종아리가 나오는 치마. 주름을 넓게 잡고 어깨허리를 달아 활동하기 편리하게 개량한 것으로, 개화기 때 신여성들이 입기 시작한 치마이다.

39 하이힐.

40 핸드백의 일본 말.

까지 시켜 가며 열성스럽게 신여성이 뭔가를 나에게 주입시키려고 했다. 이상하게도 그 기찻간에는 한 몸에 그 여러 가지 신여성의 구색을 갖춘 여자가 없었다. 그러나 그 여러 가지 구색을 갖춘 신여성이라는 걸 상상하긴 어렵지 않았다. 나는 엄마가 나에게 바라는 것에 실망했다. 내가 되고 싶은 건 그런 게 아니었다. 나는 긴 머리꼬리에 금박을 한 다홍 댕기를 드리고 싶었고 같은 빛깔의 꼬리치마를 버선코[41]가 보일락말락하게 길게 입고 그 위에 자주고름이 달린 노랑저고리를 받쳐 입고 꽃신을 신고 싶었다. 나는 한창 고운 물색에 현혹돼 있었기 때문에 신여성의 구색[42]인 검정치마, 검정구두, 검정 한도바꾸가 도시[43] 마음에 들지 않았다.

"신여성은 뭐 하는 건데?"

나는 내가 고운 물색으로 차려입고 꼭 하고 싶은 게 널이나 그네뛰기였기 때문에 이렇게 물었다. 엄마는 얼른 대답하지 않았다. 엄마의 얼굴은 몹시 난처해 보였다. 어른들은 가끔 그런 얼굴을 잘했다. 아픈데도 안 아픈 척할 때라든가, 슬픈데도 안 슬픈 척할 때 어른들은 그런 얼굴을 한다는 걸 나는 알고 있었다. 나는 엄마가 모르면서도 알은 체하려 하고 있다고 짐작하고 생글거리면서 쳐다보고 있었다. 엄마는 더듬거리면서 말했다.

"신여성이란 공부를 많이 해서 이 세상의 이치에 대해 모르는 게 없고 마음먹은 건 뭐든지 마음대로 할 수 있는 여자란다."[44]

잔뜩 기대하고 있던 나는 신여성의 겉모양을 그려 보았을 때보다도 더 크게 실망했다. 신여성이 그렇게 시시한 걸 하는 건 줄 처음 알았다. 그러나 그걸 안 하겠다고 할 용기는 나지 않았다. 기차는 칙칙폭폭 무서운 속

---

41 버선의 앞쪽 끝의 뾰족하게 올라온 부분.

42 여러 가지 물건이 골고루 또는 빠짐없이 갖추어진 상태를 말함.

43 도대체.

44 '신여성'에 대한 엄마의 지식은 이 정도로 막연하다. 이제까지의 여성들과 반대 개념으로서 '신여성'을 생각하고 있는 것이다.

도로 서울을 향해 달리고 있었다.

어둑해질 무렵 경성 역에 내렸다. 경성 역은 아닌 게 아니라 컸다. 컸기 때문에 도리어 전모를 파악할 엄두가 나지 않았다. 생전 처음 보는 인파에 휩쓸리면서 엄마를 놓칠까 봐 조마조마하는 게 고작이었다. 엄마는 할머니가 여다 준 짐까지 합해서 세 개나 되는 보따리를 이고 들고 구름다리를 오르내리느라 내 손을 잡아 줄 수 없었다. 치마꼬리에 매달리는 것도 싫어했다.

정신 없이 밖으로 빠져나오자 지게꾼이 우루루 몰려왔다. 어떤 지게꾼은 엄마한테서 막 짐을 뺏으려고 했다. 엄마는 집이 바로 조오기라고 턱으로 길 건너를 가리키면서 지게꾼을 뿌리치고 빠른 걸음으로 그들의 포위를 뚫었다. 나는 나까지도 엄마의 뿌리침을 당하는 것 같아 악착같이 엄마의 다리에 휘감겼다. 지게꾼들도 만만치는 않아 쉽게 물러나지 않고 줄줄 따라오고 있었다.

엄마는 걸음을 조금씩 더디게 걸으면서 망설이는 눈치더니 못 이기는 체 흥정을 시작했다.

"현저동까지 얼마에 갈 테유?"

"마님도, 조오기라시더니 현저동 꼭대기가 조오기라굽쇼?"

나는 험악하게 생긴 지게꾼의 얼굴에 경멸이 스치는 걸 놓치지 않았다. 도시의 집단 속에서 엄마는 작고 초라해 보였다. 동백기름을 발라 늘 곱게 빗어 쪽 지던 머리가 힘겨운 짐을 이었다 내렸다 하는 새에 헝클어지고 곤두선 것도 보기 싫었다. 나는 이유가 분명치 않은 슬픔이 복받치는 걸 느꼈지만 울음을 터뜨리진 않았다.

엄마와 지게꾼은 지게 삯을 놓고 한동안 실랑이를 벌였다. 지게꾼은 그 상상꼭대기라고 했고, 엄마는 높기는 좀 높지만 상상꼭대기까진 아니라고 했다. 도대체 그 동네가 어떤 동네길래 그러는지 엄마를 따라오던 지게꾼들은 다 슬금슬금 흩어지고 제일 늙수그레한 이 혼자만 남았다. 엄마는 그 늙은 지게꾼과 흥정이 끝나 지게에 짐을 올려놓으면서도 생색을 냈다.

"내가 노인 대접을 해서 져 주는 거요."

"저도 마수걸이[45]만 했어도 그 상상꼭대기 천금을 줘도 안 갑니다요."

말끝마다 꼬박꼬박 상상꼭대기라네, 되지 못한 늙은이 같으니라구. 엄마는 포개 놓은 세 개의 짐에 머리끝까지 가려서 겅정겅정 뛰다시피 하는 두 다리만 뵈는 지게꾼을 향해 조그만 소리로 그렇게 중얼거렸다. 그러나 흥정이 그렇게 끝난 건 나한테는 매우 다행한 일이었다. 나는 마음 놓고 엄마의 손을 잡을 수가 있었다. 우리는 지게꾼을 따라 겅정겅정 뛰다시피 했지만 지게꾼은 줄창 저만큼 앞서 가고 있었다.

"엄마 전찬 어디 있어?"

엄마는 이마에다 더듬이 같은 걸 달고 철길을 달리고 있는 걸 말없이 손가락질했다. 그건 끝간 데 없이 서리서리[46] 길고 시꺼멓던 기차에 비해 상자갑처럼 만만해 보였다. 기차가 구렁이라면 전차는 배추벌레였다. 전차 속에서 아이들이 밖을 내다보며 웃고 있었다. 엄마는 전차에 대한 관심을 딴 데로 끌 속셈이 들여다뵈는 이런 얘기 저런 얘기를 했다. 철길 없이 달리는 자동차에 대해 사람이 끄는 인력거에 대해, 새빨간 불자동차에 대해, 엄마는 갑자기 수다스러워지기 시작했다.

"엄마, 다리 아파, 전차 타고 가."

나는 딱 걸음을 멈추면서 단호하게 말했다.

"안 된다. 엎으러지면 코 닿을 데야. 이제부터 할머니 앞에서처럼 떼쓰면 뭐든지 된다는 줄 알면 매 맞아."

엄마가 무서운 얼굴을 했다. 그리고 길가에다 화덕을 놓고 동그란 빵을 구워 내는 곳에다 동전을 한 푼 내밀었다. 시골집에 있는 다식판 구멍보다 훨씬 큰 구멍에다 묽은 밀가루 반죽을 붓고 팥속을 넣어 익힌 따끈

45 그날 맨 처음으로 물건을 팔거나 일을 맡는 것을 가리킴.

46 물건이 긴 모양.

한 빵을 두 개 받아 들었다. 팥의 감미[47]는 혀가 녹을 것 같았다. 그건 내가 알고 있는 엿이나 꿀의 감미보다 희미한 것이었음에도 불구하고 훨씬 고혹적[48]이었다. 나는 두 개의 국화빵에 현혹되어 전차 타고 싶은 걸 까마득히 잊어버렸다. 아껴 가며 먹었지만 순식간에 먹었고, 그 후에도 오랫동안 시골의 감미하곤 이질적인 새로운 감미에 대한 갈질[49]에서 헤어나지 못했다.

큰 한길만 따라 걷던 엄마가 전찻길이 끝나는 데서부터 골목길로 접어들었다. 그때서부터 우리가 앞장서고 지게꾼은 뒤졌다. 꼬불꼬불한 골목길은 처녑[50] 속처럼 너절하고 복잡하고 끝이 없이 험했다. 짐을 가지고도 전차를 탈 수 있었을 텐데 못 이기는 체 지게꾼을 산 까닭을 알 것 같았다.

"막걸리 값이나 더 얹어 주셔야겠는뎁쇼."

저만큼 뒤처진 지게꾼이 헉헉대면서 새로운 흥정을 걸어 왔다. 엄마는 대답하지 않았다. 꼬불꼬불한 오르막길이 마침내 사다리를 세워 놓은 것 같은 좁다란 층층대로 변했다.

"마님, 마님, 이러구두 상상꼭대기가 아니라굽쇼?"

지게꾼이 숨이 턱에 닿아 비명을 질렀다. 이상한 동네였다. 시골집의 한데 뒷간만한 집들이 상자갑을 쏟아 부어 놓은 것처럼 아무렇게나 밀집돼 있었다. 내가 송도라는 대처에서 최초로 목격한 것도 사람과 집들의 이런 밀집상태였다. 그러나 나를 압도하고 주눅 들게 한 건 밀집 그 자체가 아니라 그걸 다스리는 질서였다. 질서란 밀집에 아름다움을 부여하는 그 무엇이었다. 그것이 자연 그대로의 상태에 제멋대로 방목되었던 계집애를 한눈에 주눅 들게 한 것도 사실이지만 한눈에 매혹한 것도 사실이었다.

그러나 엄마가 말없이 허위단심[51] 기어오르고 있는 동네엔 그게 없었

---

47 감미 甘味. 단맛.

48 고혹적 蠱惑的. 신비스러운 아름다움으로 사람의 마음을 홀려 자제심을 잃게 할 정도로.

49 몹시 먹고 싶거나 가지고 싶거나 하고 싶어서 애타는 마음.

50 소나 양 등 반추류에 딸린 동물의 되새김질하는 위의 한 부분.

다. 그래서 더럽고 뒤죽박죽이었다. 길만 해도 당초에 길을 내고 집을 지었다면 그럴 리가 없었다. 집이라기보다는 아무렇게나 쏟아 놓은 상자갑 더미의 상태를 달리 고쳐 볼 엄두를 못 내고 체념한 주변머리[52] 없는 사람들이 굶어 죽지 않을 만큼의 먹이를 물어들이기 위해 가까스로 내놓은 통로가 길이었다. 상자갑만한 집들이 더러운 오장육부[53]와 시끄러운 악다구니까지를 염치도 없이 꾸역꾸역 쏟아 놓아 더욱 구질구질하고 복잡한 골목이 한없이 계속됐다.

"여기가 서울이야?"

나는 힐난하는 투로 말했다.

"아니."

엄마가 뜻밖에 단호하게 머리를 흔들었다. 나에게 그건 거기가 서울이라는 것보다 훨씬 더 뜻밖이었다.

"여긴 서울에서도 문밖[54]이란다. 서울이랄 것도 없지 뭐. 느이 오래비 성공할 때까지만 여기서 고생하면 우리도 여봐란 듯이 문안에 들어가 살 수 있을 거야. 알았지?"

나는 얼른 고개 먼저 끄덕였다. 엄마의 태도는 그만큼 강압적이었다. 그러나 실제로 나는 아무것도 알아들은 게 없었다. 엄마가 나를 데리러 시골에 나타났을 때 엄마의 모든 태도엔 일종의 기품 같은 게 서려 있었다. 그건 누가 보기에도 서울 가기 전의 엄마에겐 없던 새로운 거였다. 그 도도한 건 바로 서울로부터 묻혀 온 거였다. 그 도도함 때문에 엄마의 1

---

51 허우적거리며 무척 애를 씀.

52 어떤 일을 당했을 때 형편에 맞게 적절히 처리하는 재주.

53 오장육부五臟六腑. 한의학에서 내장을 통틀어 이르는 말. 오장은 간장 · 심장 · 비장 · 폐장 · 신장, 육부는 대장 · 소장 · 쓸개 · 위 · 삼초三焦 · 방광 등을 말한다. 장臟은 내부가 충실한 것, 부腑는 반대로 공허한 기관을 가리킨다. 삼초는 해부학상의 기관은 아니며, 상초上焦 · 중초 · 하초로 나뉘어 각각 호흡기관 · 소화기관 · 비뇨생식기관을 가리킨다.

54 예전에 서울을 구분할 때 '문안'과 '문밖'으로 구분했다. 여기서 '문'은 동대문, 남대문, 서대문, 북대문 등 '사대문'을 가리킨다.

차 출분은 별로 책잡히지 않았고 다시 나를 서울로 꾀어 내는 일까지 순조로울 수가 있었다. 그런 엄마가 알고 보니 겨우 서울의 문밖에 살고 있었던 것이다. 경성부京城府 이지만 사대문 밖의 땅을 통틀어 문門밖이라고 칭하는 게 그 무렵의 관용어였던 걸 알 까닭이 없는 나는 문밖을 곧이곧대로 이해하고 갑자기 거렁뱅이로 전락한 것처럼 서럽고 비참했다. 나는 못된 꾀임에 넘어가 유괴당하고 있는 걸 깨달은 것처럼 엄마가 정떨어졌고 두고 온 시골집의 모든 것이 그리웠다.

더욱 어처구니없는 것은 그 상자갑을 쏟아 놓은 것처럼 담 쌓인 집들 중의 하나나마 우리 집이 아니라는 거였다. 현저동에서도 상상꼭대기에 있는 초가집의 문간방에 엄마는 세들어 살고 있었다. 집이 없는 사람이 남의 집에 세들어 사는 생활방식에 대해서 그전에 나는 듣도 보지도 못했었다. 더욱 놀라운 것은 하늘 같은 시부모님한테도 다소곳한 채로 또박또박 할 말을 다 하던 엄마가 안집 식구라면 코흘리개까지도 두려워하고 굽신대는 것이었다.

지게꾼이 당초에 약정한 지게 삯에다 막걸리 값을 더 얹어 달랄 때만 해도 그랬다. 내가 보기엔 처음부터 그건 전혀 가망 없는 지게꾼의 일방적인 수작으로 보였다. 엄마는 짐을 부리고 삯을 치른 후 지게꾼을 거들떠도 안 봤고 중얼대는 군소리를 한 마디도 귀담아듣는 것 같지 않았다. 그러나 그가 별안간 지게작대기를 휘두르며 뭐라고 버럭 악을 쓰니까 엄마는 어쩔 줄을 모르면서 안댁에 안 들리게 조용히 하라고 애걸을 했고, 그는 옳다구나 싶어 점점 더 큰 소리를 질렀고 엄마는 부랴부랴 막걸리 값을 내놓았다.

그 일은 나에게도 좋은 본보기가 됐다. 오랫동안 이엉[55]을 잇지 않아 수시로 노래기[56]가 기어 나오는 초가집 문간방으로부터 멀리 나가지도

---

55 초가집의 지붕이나 담 위에 덮기 위해 볏짚, 보릿짚, 억새, 갈대 따위로 엮어 만든 물건.
56 몸은 원통형으로 길고, 발이 많은 벌레. 몸에서 고약한 노린내가 난다. 주로 습기가 많은 곳에 모여 산다. 백족충百足蟲 또는 '향랑각씨'라고도 한다.

못하고 큰 소리로 웃거나 떠들지도 못하는 생활이 시작됐다. 엄마는 아침부터 나에게 무서운 얼굴을 하고 여러 가지 잔소리를 했다.

집을 잃어버리지 않도록 멀리 가지 말라는 주의 빼고는 모두 안집하고 어떻게 지내야 한다는 셋방살이의 법도[57]에 관해서였다. 나는 그 동네 사람들이 저녁이면 어김없이 제집을 찾아 들어오는 능력에 대해 경탄하고 있었으므로 첫째 잔소리는 새겨들을 만했다. 그 무렵 내가 식은땀을 흘리며 꾸는 악몽도 거의가 집을 잃어버리는 꿈이었다. 그러나 안집 애하곤 될 수 있는 대로 놀지 말아라. 걔가 먼저 놀자고 하면 놀아 주되 이쪽에서 먼저 놀자고 해선 안 된다. 안집 애하고 싸우면 안 된다. 걔가 먼저 때리면 잘못한 거 없더라도 맞고만 있어야 한다. 안집 애가 장난감을 가지고 놀 때 부러워하는 눈칠 보여선 안 된다. 쳐다보지도 말아라. 안집 애가 군것질을 할 때도 쳐다봐선 안 된다. 이런 어려운 엄마의 주문을 순순히 다 들어 줄 순 없었다.

나는 차츰 엄마 앞에서 안집 애한테 엄마가 기겁을 할 짓을 해서 엄마로부터 동전을 얻어 내는 방법을 알게 됐다. 서울 온 날 전차를 타는 대신 얻어먹은 국화빵의 달콤한 팥속[58]맛을 나는 결코 잊지 못했다. 그것은 엿이나 꿀의 단맛처럼 끈기 같은 게 가미된 강렬한 단맛이 아니라 부드럽고 순수하면서도 혀를 녹일 듯한 감미 그 자체였고 단 한 번에 나를 사로잡은 대처의 추파요, 대처의 사탕발림이었다. 1전짜리 동전은 당장에 그 달콤한 것과 바뀌었다. 국화빵이 아니더라도 알사탕이나 박하사탕, 캐러멜 등 구멍가게에서 살 수 있는 모든 것에도 나를 못 견디게 현혹시킨 도시의 감미가 들어 있었다.[59] 이렇게 한동안 나는 군것질에 눈이 뒤집히다시피 해서 엄마와 자신을 들볶았다. 거울 속의 나는 하루하루 꺼칠하고 눈에 총기가 없어지고 교활해지면서 못쓰게 돼 갔다. 어느 날 나는 단골 구

---

57 법도法度. 예법과 제도.

58 팥 앙금. 일본 말로 '앙꼬' 라고도 함.

59 '대처' 를 그렇게도 싫어하던 '나' 를 가장 먼저 굴복시킨 것은 '감미' 였다.

멍가게의 진열장 유리를 깨뜨리는 큰일을 저질렀다. 구멍가게 좌판에는 각기 종류가 다른 사탕이나 과자가 든 나무상자에다 유리뚜껑을 덮어 진열했었는데, 주인은 1전짜리 손님한테는 돈만 받고 직접 집어 가게 내버려 두었다. 나는 뒤편에 있는 새로운 사탕을 맛보고 싶어 앞에 있는 유리뚜껑을 짚고 몸을 실리면서 뒤편의 뚜껑을 열려다가 그만 쨍그렁하면서 큰 유리를 박살을 냈다. 나는 겁이 나서 앙하고 울음을 터뜨렸다. 깜짝 놀란 주인이 달려와서 내 손을 만져 보더니 다치지도 않았는데 웬 엄살이냐고 야단을 치고 나서 내가 원하는 사탕을 손수 꺼내 주더니 어서 가라고 했다. 큰 유리를 깨뜨렸는데도 1전을 떼어먹지 않고 사탕을 주고 야단도 많이 안 치는 아저씨가 참 고맙다고 생각됐다. 그러나 집에 와서 홀라당 먹어 치운 사탕의 단맛이 입에서 채 가시기도 전에 밖에서 왁자지껄하는 소리가 났다. 그 동네에선 싸움이 잦았고 싸움구경은 군것질 다음으로 내가 즐기던 거였다. 나는 신바람이 나서 뛰어나갔다.

문간에서 저녁을 짓던 엄마가 부지깽이 든 손을 허리에 괴고 가겟집 주인의 버릇 없는 삿대질에 오만하게 맞서고 있었다. 유리 값을 물어 달라는 쪽도, 아닌 밤중의 홍두깨도 분수가 있지 깨뜨리지도 않은 유리 값을 물어내라니 사람 어떻게 보고 하는 소리냐는 쪽도 우열을 가릴 수 없이 막상막하[60]로 팽팽하게 자신만만해 보였다. 그도 그럴 것이 주인은 내가 엄마 딸이라는 걸 확실하게 알고 있었고 엄마는 내가 큰 사고를 저지르고도 아무 말도 안 할 애가 아니란 걸 믿고 있었다.

나는 내가 엄마 편은 못 드나마 엄마의 그런 자신을 무참하게 무너뜨리는 입장이 돼야 한다는 데 심한 양심의 가책을 느꼈다. 나는 엄마의 불리한 증인이 되느니 감쪽같이 꺼져 없어질 수 있길 바랐다. 그러나 가겟집 주인이 자기에게 유리한 증인을 놓칠 리가 없었다. 나는 왁살스럽게 덜미를 잡혀 엄마의 코앞에 얼굴을 들이대야 했다.

---

60 막상막하莫上莫下. 실력이나 기술이 누가 더 낫고 더 못하다는 차이가 없는 것.

"요 계집애가 누구요? 설마 유리 값 몇 푼 땜에 요 계집애가 당신 딸이 아니라고, 우기실 심뽄 아니시겠지?"

그가 짓궂게 내 얼굴을 엄마 얼굴에다 갖다 부비다시피 하고 이죽댔다. 엄마 얼굴을 그렇게 가까이서 보긴 처음이었다. 마치 거울에다 얼굴을 바싹 갖다 댔을 때처럼 나하고 똑같은 얼굴이라는 걸 뭉클하게 느낄 수 있었을 뿐 아무것도 보이진 않았다.

"그 애를 썩 내려놓지 못해요?"

엄마의 목소리가 오싹하도록 점잖고 위엄에 넘쳤다.

"곧 유리쟁이 보내서 유리를 끼워 놓도록 할 테니 썩 물러가요."

"진작 그러실 일이지."

나는 그 이후 아무리 기다려도 엄마로부터 그 일에 대해 아무런 꾸지람도 듣지 못했다. 엄마는 다만 혼잣말처럼 탄식처럼 중얼거렸을 뿐이었다.

"아아, 저런 상것들하고 상종[61]을 하며 살아야 하다니……."

엄마는 툭하면 상것들이란 말을 잘 썼다. 늙은 부모에 어린 자식이 올망졸망 딸린 안집 남자가 첩을 얻어 들여서 본처와 한 방에서 기거케 하는 걸 보고도 아아 상종 못할 상것들이다, 하면서 몸서리를 쳤다. 그럴 땐 안집한테 덮어놓고 쩔쩔맬 때와는 딴판으로 엄마는 느닷없이 기품이 있어졌다. 돋보이게 귀골[62]스러워 보이기까지 했다. 서울서 나를 데리러 시골집에 내려왔을 때도 엄마는 그랬었다. 그때 엄마는 서울이라는 대처를 후광[63] 삼고 그럴 수 있었지만 지금의 엄마는 무얼 믿고 저렇게 도도할 수 있는 것일까. 그건 아마 엄마가 배신한 온갖 과수가 있는 후원과 토종 국화 덤불이 있는 사랑 뜰과, 정결하고 간살[64] 넓은 초가집과 선산[65]과

---

61 상종相從. 서로 따르며 친하게 교제하는 것.
62 귀한 사람이 될 상을 가진 사람.
63 후광後光. 어떤 것을 더욱 빛나게 하거나 더 두드러지게 하는 배경 현상을 말함.
64 칸살. 일정한 규격으로 둘러막은 건물의 공간.
65 선산先山. 조상의 무덤이 있는 산.

전답과 그 모든 것을 총괄하시는 비록 동풍은 했으되 구학문[66]이 높으신 시아버지가 뒤에 있다고 믿는 마음 때문이 아니었을까. 그게 엄마의 긍지라면, 먼저 것은 엄마의 허영이었다.

남의 가게 유리 깨뜨린 사건은 일단락 지은 줄 알았는데 그게 아니었다. 그 후 며칠 있다가 오빠가 엄마한테 나를 데리고 뒷동산에 가서 놀다 오겠다고 말했다. 처음 있는 일이었다. 시골집에 있을 때 오빠는 개구쟁이였고 우리 남매는 매우 친했었는데 2년 동안 떨어져 있다 만난 오빤 우울하고 과묵한 소년이 돼 있었다. 키가 엄마보다 더 크고 어깨도 벌어져 대처에 가서 성공해서 가운을 일으켜야 된다는, 순전히 타의에 의한 과중한 책임에 짓눌려서 고향을 떠나지 않으면 안 되었던 불쌍한 소년은 이미 아니었다. 오히려 그런 책임을 스스로 걸머지려는 늠름함과 조숙함이 여덟 살이라는 실제의 나이 차이보다 훨씬 큰 차이를 느끼게 해서 다시 만난 후 나는 한 번도 친밀감을 제대로 표시하지 못한 채 슬금슬금 눈치나 보고 멀찌감치 겉돌고 있었다.

"이 산이 무슨 산이지?"

오빠가 내 손을 잡고 헐벗은 바위산을 오르면서 우울하고 정답게 말했다. 나는 고개를 저었다.

"인왕산[67]이야."

"그럼 이 산에 호랑이가 살겠네?"

안집 라디오에서 인왕산 호랑이 우르릉 어쩌구 하는 노랫소리를 들은 적이 있기 때문에 나는 그렇게 물었다.

"예전엔."

---

66 '신학문'이 학교를 통하여 습득한 학문이라면 '구학문'은 서당을 통하여 익힌 한학漢學이다.

67 인왕산仁王山. 서울 종로구와 서대문구 홍제동 경계에 있는 산. 서울의 진산鎭山 중 하나이다. 일제 강점기 때는 임금왕 자를 쓰지 않고 일본을 가리키는 날일日 자를 넣어 인왕산仁旺山이라고 했었다.

오빠는 짧게 대답했다. 나는 키 크고 이마가 번듯하고 눈썹이 준수한 청년이 나의 오빠라는 게 자랑스러워 작은 어깨를 으쓱으쓱하면서 걸었다. 우린 헐어진 성터가 있는 데까지 올라갔다. 시내가 한눈에 들어왔다.

"저기서부터 문안이야?"

나는 한길 한가운데 우뚝 선 독립문[68]을 가리키면서 물었다. 그때까지도 문안, 문밖을 이해하기 위해서 구체적인 문을 필요로 했다.

"우린 언제 문안에 들어가서 살지?"

나는 엄마한테 옮은 문밖에 사는 열등감을 오빠로부터 위로받기 위해 이렇게 말했다. 나는 오빠가 응, 곧 내가 성공하면, 이라고 씩씩하게 말해주리라 맹목적으로 믿고 있었기 때문에 대답을 듣기도 전에 기분이 좋아 혼자서 깡충거렸다. 은밀하고 따뜻한 정이 오래간만에 다시 우리를 연결하는 것 같았다. 그러나 오빠는 내가 도저히 믿을 수 없는 소리를 했다.

"너 한번 맞아 볼래. 종아리 걷어."

오빠는 벌써 돌아서서 나뭇가지로 회초리를 만들고 있었기 때문에 성을 내고 있는지 장난을 치고 있는지 짐작도 할 수가 없었다. 회초리를 매끄럽게 다듬은 오빠가 홱 돌아섰다. 오빠는 핏기와 함께 희로애락의 표정까지 바래 버린 것처럼 무표정하고 핼쓱했다.

"너 또 1전만, 1전만 사정을 해서 군것질 할래? 안 할래? 너 엄마가 무슨 고생을 해서 그 돈을 버시는지 알기나 하고 엄마를 그렇게 조르냐 조르길. 이 철딱서니 없는 계집애야. 그 돈은 엄마가 기생 바느질 품팔이를 하셔서 번 돈이야. 우리 엄마가 천한 기생 바느질 품팔이를 하신단 말야. 그 돈을 네가 매일 장작 한 단 살 만큼이나 까먹는단 말야. 우리가 아무리 어려도 그럴 순 없어. 다신 안 그런다고 해. 어서 다신 안 그런다고 항복

---

68 독립문獨立門. 서울 종로구 교북동에 있던 문. 사적 제32호이다. 1896년 독립협회가 한국의 영구 독립을 선언하기 위하여 청나라 사신을 영접하던 영은문 자리에 세웠다. 1979년 성산대로를 개통하면서 원래 독립문이 있던 자리에서 북서쪽으로 70m 떨어진 곳으로 이전하고 예전 자리에는 '독립문터'라는 표지판을 묻어 놓았다.

을 하라니까."

오빠는 회초리로 사정없이 내 여윈 종아리를 후려치면서 목멘 소리로 내 잘못을 꾸짖었다. 그때 나는 너무 오래 아픔을 참고 매를 맞았다. 아픔보다 항복 소리를 참는 게 더 힘들었다. 순하게 벌 받고 싶은 마음이 항복 소리를 오래 참을 수 있게 했다.

"항복하라니까."

오빠는 내 입에서 항복 소리를 짜내기엔 독한 마음이 모자랐다. 나를 야단치는 소리가 여려지고 흔들리더니 회초리를 내던지면서 나를 안았다.

"안 그러지? 다신 안 그러지?"

도리어 오빠의 목소리가 항복을 청하는 것처럼 구슬펐다. 나는 오빠의 품에서 열심히 고개를 끄덕였다.

이렇게 해서 대처의 감미를 두루 염탐하는 일은 끝장을 보고 말았다. 엄마는 1전씩 주는 대신 사탕을 사다가 감춰 놓고 말 잘 들었을 때 하나씩 꺼내 주는 새로운 방법을 썼고, 오빠는 공책에다 한문으로 주소와 내 이름, 가족들의 이름을 본보기로 써 놓고 저녁때까지 열 번을 쓰라고도 했고 스무 번을 쓰라고도 했다. 1 2 3 4…… 쓰기나 일본 가나[69] 쓰기도 그런 방법으로 조금씩 익혀 갔다. 나를 학교 보낼 준비가 시작되고 있었다. 나는 오빠가 기대하는 것 이상으로 그런 것들을 빨리 익혔다. 오빠는 내가 한문 쓰기에 오랜 시간을 보내길 바랐지만 나는 시골집에서 천자문[70]을 뗀 실력을 가지고 있었다.

안집에 들어가지 마라, 골목 앞에 나가지 마라, 안집 애하고 놀지 마라, 동네 애들하고 놀지 마라, 상종할 만한 집 자식 하나도 없더라.

엄마는 자나 깨나 집요하리만큼 열심스럽게 나의 행동 반경과 교우 범위를 제한할 줄만 알았지 그게 실제로 여덟 살짜리 계집애에게 얼마나 가

---

69 일본의 글자.

70 천자문 千字文. 한문을 처음 배우는 사람을 위한 교과서 겸 습자 교본.

혹한 형벌이라는 건 모르고 있었다. 엄마가 하라는 대로 하면 나는 결코 단간방을 벗어날 수 없었고, 엄마나 오빠 외의 말벗을 가질 수도 없었다. 엄마는 아침부터 화롯불을 끼고 앉아 온종일 삯바늘질을 했다. 오빠의 말이 정말이라면 그건 기생들의 옷일 터였다. 나는 기생이 뭔지 잘 모르고 있었다. 그러나 오빠의 말투와 엄마의 태도로 미루어 그들 역시 우리하곤 상종해서는 안 되는 족속들이라는 것 하나는 확실하게 알고 있었다. 그들의 옷은 하나같이 곱고 매끄럽고 부드러웠다. 바라보아도 즐겁고 어루만져 보아도 즐거웠다. 그건 내가 먼 훗날 입어 보길 꿈꾼 바로 그 아름다운 옷이었고 내가 앞으로 입기로 계약된 흰 저고리에 검정 통치마보다 훨씬 매혹적인 옷이었다. 도대체 어떤 여자가 그런 옷을 입는 것일까. 경성 역에서 현저동까지 오는 동안도 현저동에 사는 동안도 그런 옷을 입은 사람과 만난 적은 한 번도 없었다. 그렇다면 문밖 동네인 현저동 말고도 상종 못할 사람들이 사는 동네가 또 있을 것이다.

상종이 엄격하게 금지된 것에 대한 나의 이런 호기심과 매혹은 은밀하고도 짜릿했다. 그건 사탕 맛보다 훨씬 자극적인 죄의식의 미각이었다.

나는 오빠가 내준 글공부 숙제를 후딱 끝마치고는 엄마에게 쉬지 않고 얘기를 시켰다. 나는 주로 엄마의 삯바느질거리와 거기서 떨어지는 색색가지 헝겊조각에서 화제를 끌어냈다. 양단[71] · 모본단[72] · 공단[73] · 호박단[74] · 하부다이 · 자미사[75] ……. 나는 곧 옷감을 보기만 하면 척척 그 이름을 알아맞히게 됐고, 다 된 저고리에서 깃고대[76]를 너무 되게 앉혔다는 둥, 도련[77]을 너무 후렸다는 둥, 그럴듯한 결점까지 찾아내게 됐다. 홈질,

---

71 양단洋緞. 은실이나 색실로 여러 가지 무늬를 놓고 겹으로 두껍게 짠 고급 비단.

72 모본단模本緞. 정밀하고 윤이 나고 무늬가 아름다운 비단.

73 공단貢緞. 두껍지만 무늬가 없는 비단.

74 호박단琥珀緞. 태피터taffeta. 광택이 있고 얇게 짠 비단. 블라우스, 스커트 등의 여성복이나 양복 안감 등에 사용함.

75 봄철이나 가을철에 입는, 비단 옷감의 하나.

76 옷깃의 뒷부분. 깃을 달 때 목뒤로 돌아가는 부분.

박음질, 감칠질, 공그리기도 익혔다. 그러자니 네모난 헝겊을 접어 괴불[78]도 만들고 세모난 헝겊을 네모나게 붙이기도 하다가 꽤 큰 조각보가 되기도 했다. 조각보 솜씨가 이만하면 엄마도 칭찬해 줄 만하게 늘었을 때 엄마는 칭찬은커녕 아예 실과 바늘과 헝겊 보따리를 몰수해 갔다. 그날부터 즉시 바느질 장난도 엄마의 금지사항 속에 포함됐다.

"글공부를 잘해야지 바느질 같은 거 행여 잘할 생각 마라. 손재주 좋으면 손재주로 먹고살고, 노래 잘하면 노래로 먹고살고, 인물을 반반하게 가꾸면 인물로 먹고살고, 무재주면 무재주로 먹고살게 마련이야. 엄만 무재주도 싫지만 손재간이나 노래나 인물로 먹고 사는 것도 싫어. 넌 공부를 많이 해서 신여성이 돼야 해. 알았지?"

엄마는 신여성은 뭘 해서 먹고사는 사람이란 소리는 안 했다. 하긴 엄마의 신여성관이란 공부를 많이 해서 이 세상 이치에 대해 모르는 게 없고 마음먹은 건 뭐든지 마음대로 할 수 있는 자유로운 여자였으니 먹고사는 게 문제가 아니었을 것이다. 나는 또 소일거리를 빼앗기고 말았다. 한 평 남짓한 놀이터와 연필과 공책만이 나에게 주어졌다. 엄마가 오빠에게 부탁해서 내가 하루에 써야 할 글씨공부의 양도 대폭 늘어났다.

그러나 나는 지금의 악필과도 결코 무관한 것이 아닌 속필로 제아무리 많은 글씨공부도 후딱 끝냈다. 글씨공부 중에서도 일본 가나 공부는 단조롭고도 무의미했다. 오빠는 자기 공부가 바빠서인지 그 부호[79]의 음만을 가르쳐 주었다. 그 부호를 연결해서 만들 수 있는 새로운 말에 대해선 한마디도 안 가르쳐 주었기 때문에 재미를 붙일 수가 없었다.

그러나 어떤 계율도 여덟 살 먹은 계집애를 완전히 가두진 못했다. 나는 공책의 여백에 그림을 그리기 시작했다. 머리는 히사시까미하고 흰 저고리에 검정 통치마를 입고 뾰족구두 신고 한도바꾸 든 신여성을 그리고

---

77 두루마기, 저고리 자락의 끝 둘레.
78 어린아이가 차는 노리개. 색 헝겊을 귀나게 접어서 속에 솜을 넣고 수를 놓아 색 끈을 단다.
79 일본 글자 '가나' 를 모르는 '나' 의 눈에는 그 글자가 부호에 지나지 않았다.

또 그렸다. 그때 이미 나는 신여성의 특이한 외모를 별로 신기해 하고 있지 않았다. 엄마가 문밖이라고 무시하는 현저동에서만도 그보다 더 신식에 앞선 여자를 얼마든지 만날 수가 있었다. 양장한 여자나 단발을 한 여자까지 있었다. 엄마의 신여성은 이미 구닥다리가 돼 있었다. 그러나 엄마가 나에게 무작정 주입한 신여성만이 할 수 있는 일은 아직도 나에게 암호暗號였다. 어려운 말은 아닌데 못 알아들을 소리였다. 신여성 속의 이런 암호 때문에 날마다 똑같은 신여성을 그리는 일에 싫증을 내지 않을 수가 있었는지도 모른다. 나는 차츰 공책의 여백에 조그맣게 그리던 걸 온 장에다 크게 그리기 시작했다. 공책의 소모가 점점 빨라졌다. 가난한 집에선 그것도 문제였다. 그렇다고 그 일까지 빼앗을 만큼 엄마도 오빠도 모질지는 못했다.

어느 날 오빠는 석필[80]을 사다 주면서 공책엔 글씨만 쓰고 그림은 그걸로 땅바닥에 그리라고 일러 주었다. 오빠는 손수 석필로 대문 밖 골목길에다 그림을 그리고 발로 쓱쓱 지우는 시범까지 보여 주었다. 효성이 지극한 오빠였으니까 엄마가 바느질 품 판 돈으로 산 공책을 너무 헤프게 쓰는 게 아까워서 그런 꾀를 낸 모양이었다.

나는 석필보다는 단간방의 연금[81] 상태에서 벗어난 게 신기하고 즐거웠다. 살 것 같았다. 우리가 세든 초가집은 높은 축대 위에 있었다. 대문 밖도 평탄한 골목길이 아니고 인왕산으로 통하는 오르막길에서 가지를 뻗은 좁은 막다른 길이어서 사람이 드나들 수 있는 길 밖은 곧 낭떠러지였다. 그러나 전망은 좋았다. 멀리 파란 상자갑같이 생긴 전차가 왕래하는 한길이 보였고, 그 너머론 높고 붉은 담장을 둘러친 어마어마하게 큰 집이 보였다. 그 큰 집엔 임금님이라도 사시는지 파수꾼이 밤이나 낮이나 지켜 서 있었고 전차의 이마빡에 뻗친 더듬이가 공중에 걸린 줄과 맞닿으

80 석필石筆. 납석蠟石 따위를 납작한 연필 모양으로 만들어 글씨나 그림을 그리는 데 쓰는 필기구.

81 연금軟禁. 신체의 자유는 구속하지 않고 외부로 나가지 못하게 가두는 것.

면서 간간이 일어나는 푸른 섬광은 어둑어둑해질 무렵이 가장 아름다웠다. 나는 그것을 볼 때마다 내 속에서도 뭔가와 부딪쳐 스파크를 일으키려는 아슬아슬한 힘 같기도 하고 열기 같기도 한 걸 느끼고 전율했다. 그건 골수에 사무치는 심심함이었다. 나는 심심하다는 골병[82]이 들어 있었다. 엄마도 오빠도 심심함이 얼마나 깊숙이 나의 생기를 잠식하고 있는지 모르고 있었다.

그날도 나는 대문 밖 낭떠러지 위 평상같이 생긴 땅에다 신여성을 그렸다 지웠다 하면서 놀고 있었다.

"나하고 놀자."

어떤 키 큰 아이가 내 앞에 서서 말했다. 그 아이하고 놀아 보진 않았지만 나는 그 아이에 대해 알고 있었다. 그 아이는 바로 낭떠러지 밑에 있는 집에 살고 있었다. 낭떠러지 위에선 그 집의 안마당이 곧장 내려다보였다. 안마당은 좁고 질척거리고 복작거렸다. 방방이 세들어 사는 여편네들은 끼니때마다 커다란 엉덩이를 부비면서 밥을 짓기도 하고 가끔 팔뚝을 부르걷고 싸움질을 하기도 했다. 그 아이는 그 집에 세들어 사는 땜쟁이 딸이었다. 그 아이 아버지 땜쟁이는 아침마다 테가 이상한 모양으로 비뚤어진 중절모를 쓰고 철사끈이 달린 깡통을 팔에 걸고 한 어깨엔 망태를 메고

"양은 냄비나 빠께스 때애려 생철통이나 양은솥도 때애려."

하고 구슬픈 가락을 붙여 목청을 빼면서 비탈길을 내려가곤 했다. 풍로[83]처럼 바람구멍이 뚫린 깡통에는 불씨가 들어 있었고 기다란 인두[84] 가 꽂혀 있었고, 망태엔 막대기같이 생긴 납이랑 함석 조각, 가윗밥 크기의 양은 조각, 큰 가위, 망치 같은 게 들어 있었다. 저녁땐 언제 들어오는지 본 적이 없었다. 그 아이의 엄마는 아버지에 비해 게으르고 더구나 뭘 깁거

82 겉으로 드러나지 않고 속으로 깊이 든 병.
83 풍로風爐. 흙이나 쇠붙이로 만든 화로. 아래쪽에 바람구멍을 내어 불이 잘 붙게 하였음.
84 바느질할 때 불에 달구어 천의 구김살을 눌러 없애는 데 쓰는, 무쇠로 만든 도구.

나 때우는 건 좋아하지 않는 모양으로 자기의 옷도 아이들의 옷도 해져 있거나 터져 있는 적이 많았다.

그날도 그 아이는 팔꿈치가 해져서 시커먼 솜이 드러난 저고리에 말기가 한 뼘은 뜯긴 치마를 입고 있었다. 그러나 키는 나보다 훨씬 컸다. 그 아이는 대답도 기다리지 않고 석필 먼저 뺏더니 사람을 그리기 시작했다. 신여성이 아닌, 바지 입은 남자를 여럿 그리더니 줄로 엮기 시작했다.

"사람을 왜 묶니?"

"전중이[85]니까."

"전중이가 뭔데?"

"저 큰 집에 사는 무서운 사람이야."

그 아이는 전찻길 건너 붉은 벽돌담이 드높은 대궐 같은 집을 가리키며 말했다. 그 아이는 전중이뿐 아니라 비행기 · 전차 · 인력거도 그릴 줄 알았고, 새나 과일도 그릴 줄 알았다. 도깨비나 선녀처럼 내가 한 번도 본 적이 없는 것도 그럴듯하게 그릴 줄 알았다.

"넌 몇 학년이니?"

나는 그 키 큰 아이에 대한 경탄을 이렇게 나타냈다.

"난 학교 안 당겨, 언문[86] 다 깨쳤는데 학교를 뭣 하러 댕기니, 우리 아버지가 그러는데 계집앤 언문만 깨치면 된대."

나도 할머니한테서 언문을 깨쳤지만 그걸 글이라고 생각해 본 적조차 없었다. 시골집에선 할아버지의 한문의 위세에 눌려서 그랬고, 서울 와선 일본 글에 가려서 그건 도무지 빛을 못 봤었다. 나는 그 아이가 그까짓 언문을 가지고 행세하려 드는 게 부럽기도 하고 측은하기도 했다.

"넌 그럼 커서 신여성이 안 될 거니?"

"난 순사한테로 시집갈 거야."

---

85 징역살이하는 사람.

86 언문諺文. 한글을 낮추어 부르던 말. 한문은 진서眞書라고 했다.

그 아이는 단박 칼 찬 순사를 그리면서 말했다. 그 아이는 또 내 허락도 없이 석필을 분지르더니 선심 쓰듯이 나한테도 한 토막 주면서 서로의 얼굴을 그리자고 했다. 나는 그때까지 사람을 그리려면 우선 히사시까미한 머리 먼저 의식했기 때문에 꼭 옆얼굴만 그렸으므로 아무리 보고 그린다고는 하지만 얼굴을 정면으로 그리기는 어려웠다. 그러나 그 아이는 힘 안 들이고 동그라미를 그리고 그 안에 내 단발머리와 이목구비를 그려 넣었다. 그 아이는 못 그리는 게 없었다.

"아이 심심해."

그 아이는 모든 그림에 익숙했으므로 싫증도 잘 냈다. 나는 그 아이가 심심한 게 내 탓처럼 불편해서 어떡하든 그 아이가 안심할 수 있게 비위를 맞추고 싶었다. 그 아이는 나의 이런 아부하고픈 속셈을 놓치지 않았다. 그 아이의 입가에 찌개가 조는 것처럼 자글자글한 웃음이 감돌았다.

"너 속바지 벗을래? 나도 벗을게."

그 아이는 내 대답도 기다리지 않고 때 묻은 무릎이 나오게 해진 속바지를 벗고 아랫도리를 벌리고 무릎을 세우고 앉았다. 아까 서로의 얼굴을 사생寫生[87]했듯이 서로의 성기를 사생하자는 기발한 제안을 나는 거절하지 못했다. 엄마한테 들키면 당장 매 맞을 나쁜 짓을 하고 있다는 자각이 심심하다는 축 늘어진 의식을 팽팽하게 잡아당기면서 그 쓰잘데없는 장난에 줄타기 같은 고도의 긴장감을 주었다. 우린 땅바닥에 서로의 성기를 사생했다. 사생이 끝나자마자 나는 얼른 그것을 발로 부벼 지우고 속바지를 치켰다. 그 아이도 속바지를 치켰다. 그러나 그 아이의 장난은 그것으로 끝나지 않고 우리 집 담벼락과 대문에도 같은 그림을 여러 개 그리기 시작했다. 그 아이는 실물을 보지 않아도 잘 그렸다. 나는 어린 마음에 어떤 모독감을 느끼고, 그 아이를 밀치면서 그것을 지워 버리려고 했지만, 시커멓게 찌든 회벽과 널빤지문에 그려 놓은 석필 그림은 흙바닥과 달라

---

87 사물을 보고 실제 모양대로 그리는 것.

서 좀처럼 지워지지 않았다. 나쁜 짓의 증거 인멸에 실패한 나는 울상이 됐다. 나의 나쁜 짓은 감쪽같은 증거 인멸을 전제로 하고 있었다. 나는 얼굴이 화끈화끈 상기해서 그 아이한테 그걸 지워 놓으라고 애걸했다. 그 아이는 내가 단지 창피해서 그러는 줄 알고 사뭇 여유 있게 굴었다.

"이 바보야, 이건 네 것이 아냐. 느이 안집 식구 거야."

"남들이 그걸 어떻게 알아?"

"왜 몰라. 내가 명토[88]를 박아 줄걸."

그 아이는 그 그림에다 삐죽삐죽 수염 같은 걸 가필하고 나서 옆에다 정말 명토를 박았다.

'옥분 할머니', '옥분 엄마 ××…….'

나는 일이 이미 걷잡을 수 없이 커져 가고 있다는 걸 느꼈으나 한편 될 대로 되라는 배짱과 함께 짜릿한 복수의 쾌감조차 느끼고 있었다. 옥분이는 안집 아이 이름이었다.

이 그림은 우리 식구에게 당장 큰 화를 몰고 왔다. 그 아이가 집으로 간 뒤에 마침 일터에서 돌아오던 안집 아저씨한테 나는 현장에서 붙잡혔다. 안집 아저씨는 큰소리로 그의 처첩妻妾을 불러냈고 그의 처첩은 아이고 망측해라, 아이고 망측해라, 하면서 발을 동동 굴렀다. 뒤미처 뛰어나온 엄마가 사색이 되어 빌기 시작했다. 오빠도 뛰어나왔다. 유일하게 오빠만이 흥분하지 않고 그 사태를 차근차근 갈피 잡아 바른 판단을 하려는 침착성을 보였다. 오빠의 늠름함과 조숙함이 돋보였다.

"이건 제 동생 것이 아네요. 제 동생은 언문을 모르거든요. 잘 알지도 못하고 제 동생을 죄인 취급하지 말아요."

오빠는 당당하게 안집 아저씨한테 도전을 하며 나를 안집 아저씨의 손아귀에서 빼내려고 했다. 나는 그때 안집 아저씨한테 뒷덜미를 단단히 잡힌 채 오들오들 떨고 있었다.

---

88 '누구' 또는 '무엇'이라고 구체적으로 표시하는 것.

오빠는 참으로 총기[89]가 있었다. 실은 안집 식구들도 의아해 하는 것의 정곡[90]을 오빠가 찔렀기 때문에 그들의 기세도 조금씩 흔들리기 시작했다. 나는 내 덜미를 잡은 아저씨의 손에서 재빨리 그걸 느끼고 은밀하게 회심의 미소를 짓고 있었다. 그러나 속단이었다. 아저씨는 마치 도리깨질하듯이 힘껏 나를 뿌리치더니 오빠의 멱살을 잡고 따귀를 후려치기 시작했다.

"이런 후레자식 같으니, 어른한테 어디 함부로 말참견이야 말참견이. 그것도 눈을 똥그랗게 뜨고 훈계조로, 천하의 배우지 못한 후레자식[91] 같으니……."

그러면서 침을 탁 뱉어서 엄마한테 당장 그 망측한 그림들을 깨끗이 닦아 놓으라고 명령하고 안으로 들어갔다. 오빠는 경우에 맞는 소리를 했고 그들도 별수 없이 그 소리를 받아들인 셈이지만 그 받아들인 방법이 문제였다.

따귀 맞은 것도 분하지만, 후레자식 소리는 엄마의 자존심에 깊은 상처를 입혔다. 오빠는 엄마의 신앙이었다. 엄마는 오빠가 잠든 머리맡도 지나다니지 않았다. 오빠가 다 쓴 책이나 공책도 선반 위에 차곡차곡 쌓아 놓고 신주단지[92]처럼 받들었다. 신주단지를 배반한 엄마에게 그거야말로 새로운 신주단지였다. 그런 아들이 가장 심한 모멸을 담은 욕인 후레자식 소리를 들은 것이다. 딴사람도 아닌 엄마가 비록 겉으론 굽신대지만 속으로 상상 못할 바닥 상것으로 멸시하는 안집 남자한테. 대야에 물을 떠다 놓고 솔로 그 망측한 석필 그림을 닦아 내는 엄마의 손이 부들부들 떨리고 목구멍에선 짓눌린 오열이 격렬하게 끄르럭대고 있었다.

그날 밤 엄마는 이불 속에서 울면서 시골에다 편지를 썼다. 구구절절

---

89 총기聰氣. 총명한 기운.
90 정곡正鵠. 사물의 가장 중요한 핵심.
91 배운 데 없이 막되게 자라서 버릇이 없는 놈.
92 조심스럽고 몹시 소중하게 다루는 물건을 가리킴.

셋방살이의 서러운 사정을 곁들여 시골서 조금만 보태 주시면 금융조합에서 융자라도 좀 얻고 해서 서울서 집 값이 제일 싼 이 동네에다 집을 살 엄두를 한번 내 보겠다는 사연이었다. 그건 엄마의 계획엔 들어 있지 않은 엄마 나름대론 대단한 양보였다. 엄마는 맨주먹으로 오빠를 공부시켜 성공을 거두어야 했고 내 집은 어떡하든 정작 서울인 문안에 사야 했다.

엄마는 시골에 나를 데리러 왔을 때 나무랄 데 없는 서울 사람이었지만 그건 엄마의 허구였다. 엄마는 문밖에 살면서 아직은 서울 사람이 못 됐다는 조바심과 열등감을 가지고 있었다. 엄마의 이런 문밖 의식을 위로하고, 문밖의 이웃을 툭하면 상종 못할 상것 취급을 하게 하는 것이 다름 아닌 엄마가 절망하고 경멸한 나머지 배반한 시골에 둔 근거라는 건 기묘한 상관관계였다. 엄마는 그 모순된 관계에서 헤어나기는커녕 점점 더 깊이 빠져 들고 있었다.

낙서 사건은 또 당연하게 나를 그 땜쟁이 딸과 놀지 못하게 하는 좋은 구실이 됐다. 엄마와 오빠는 내가 마음 붙이는 건 뭐든지 나로부터 떼려 한다고 나는 생각했다. 그러나 이번에 마음을 붙인 건 먹을 거나 물건이 아니었다. 그건 친구였다. 그 아이는 아주 앳되고 구슬픈 소리로 나와 놀자고 대문간에서 나를 불렀다. 그 소리만 들으면 나는 눈이 새앙쥐처럼 교활해지면서 엄마의 눈을 속일 기회를 잡으려고 온몸으로 조바심했다.

엄마는 나 들으라는 듯이 크게 한숨을 쉬면서 조금만 나가 놀다 들어오라는 허락을 내렸다. 내가 눈을 속이는 걸 보니 차라리 허락을 내리는 게 낫겠다는 엄마의 판단은 옳았다. 나는 내가 처음 사귄 그 아이한테 깊이 매혹당하고 있었다. 나는 그 아이를 따라서 조금씩조금씩 집으로부터 멀리 벗어나기 시작했다. 생전 그 켯속을 익힐 수 있을 것 같지 않던 소삽한[93] 골목과 층층다리와 비탈이 깨친 글자처럼 하나하나 분명해지기 시작했다. 켯속을 익힌 것만큼은 영락없이 자유로워질 수 있다는 것은 신나

---

93 바람이 차고 쓸쓸한.

는 경험이었다. 나는 하루하루 집으로부터 멀리 떨어져 나갔다. 드디어 전찻길까지 구경을 나간 날, 그 아이는 엄마의 돈을 훔쳐다가 전차를 타 보지 않겠느냐는 당돌한 제안을 했다. 전차를 탄다는 건 생각만 해도 가슴이 울렁거리는 일이었다. 그러나 나는 한참 심각하게 생각하고 나서 싫다고 대답했다. 그 아이의 말에 동의 안 해 보긴 처음이었고 자기가 한 일에 그때만큼 스스로 만족해 보기도 처음이었다.

그 아이는 전차 타는 것보다 더 재미있는 놀이를 가르쳐 주마, 라고 하면서 전찻길을 건넜다. 전찻길 건너에는 너른 마당이 있었고 너른 마당에서 층층다리를 올라간 곳엔 큰길과 철대문이 보였고 철대문 좌우로 높디높은 벽돌담이 끝간 데 없이 뻗어 있었다. 집 마당만 나서면 곧장 내려다뵈던 바로 그 큰 대궐 같은 집 담장이었다. 위에서 내려다볼 땐 담장 속에 있는 여러 채의 큰 집들을 볼 수 있었지만 전찻길에서 쳐다본 그 집은 담장밖에 안 보였다.

전차 타는 것보다 더 재미있는 놀이란 한길 옆 너른 마당에서 큰 집의 붉은 담장까지를 잇는 층층다리 양쪽에 물이 흐르도록 패인 홀에서 미끄럼을 타는 것이었다. 그 홀은 아이들의 엉덩이가 들어갈 만큼 넓었고 바닥이 매끄러웠다. 우리뿐만 아니라 그 동네 아이들이 여럿 거기서 즐거운 환성을 지르면서 미끄럼틀을 타고 있었다. 미끄럼 타기는 꽁무니가 짜릿짜릿하도록 재미있는 놀이였다. 나는 그 놀이의 재미에 흠뻑 빠져서 날 저무는 줄 몰랐다. 며칠 그 짓에만 신명이 나다 보니 속바지 엉덩이가 다 떨어지는 것도 모르고 있었다. 아무래도 정식 미끄럼틀이 아니었기 때문에 바닥이 고르게 매끄럽진 못했던 것 같다.

엄마는 속바지 엉덩이를 너덜너덜하게 해뜨린 것에 대해 내가 걱정했던 것보다 훨씬 너그러웠다.

"어디서 이 지경을 만들었어?"

"저 아래 미끄럼틀이 있는 큰 집에서."

"그래? 이 동네도 유치원이 있었나? 이제부턴 너무 한 가지만 타지 말고 그네도 타고, 철봉 장난도 하고 놀렴."

아무리 신여성을 만들기 위해서라곤 하지만 어린 딸로부터 시골집의 넓은 후원과 여러 식구의 사랑을 무참히 빼앗고 더러운 단간 셋방에 가두다시피 한 엄마로서의 뉘우침과 마음 아픔이 가득 밴 목소리였다. 내가 저절로 찾아낸 마음 놓고 뛰어놀 수 있는 놀이터를 여간 다행스러워하는 게 아니었다.

엄마는 내 해진 엉덩이에다 두터운 무명 헝겊을 안팎으로 대서 튼튼하게 기워 주었다. 그 후 나는 딴 애들은 어떻게 옷을 안 해뜨리고 타나를 눈치 봐 가며 엉덩이를 살짝 들고 발바닥에다 힘을 주고 타는 새로운 미끄럼 타기도 익히게 됐다.

어느 날,

"전중이 온다!"

하고 한 아이가 고함치니까 모든 아이들이 일제히 도망가서 너른 마당에 있는 회색빛 건물 뒤에 숨는 사건이 있었다. 나는 영문을 몰라 맨 나중에 도망치면서 거의 악을 쓰고 울어 버릴 것 같은 심한 무서움증을 느꼈다. 나는 '전중이'란 말뜻은 잘 몰랐지만 아이들한테 몇 번 들은 적은 있었다. 그러나 보긴 처음이었다. 흘긋 보았을 뿐인데 그건 무섭다기보다는 불길했다. 회색빛 건물 뒤에 숨어서 좀 더 자세히 본 그 모습도 마찬가지였다. 말라붙은 핏빛 같은 옷을 입고 쇠사슬 같은 걸 철렁거리고 있었고, 고개를 푹 숙이고 걷는 게 몹시 지쳐 보였다. 중간중간에 칼 찬 사람들이 지키는 이 전중이의 힘없고 느릿느릿한 행렬은 층층다리 붉은 담장을 끼고 한없이 이어지고 있었다. 그들이 누굴 해칠 처지도 못 됐지만 그럴 뜻이나 힘이 전혀 있어 뵈지도 않았다. 그럼에도 불구하고 우리는 간이 콩알만해지는 것처럼 그들이 무서웠다. 그것은 거의 미신적인 공포감이었다. 그래서 그 공포에서 헤어나려는 몸짓도 다분히 미신적이었다. 어떤 아이는 침을 퉤퉤 뱉었고 어떤 아이는 발을 쾅쾅 굴렀다. 어떤 아이는 시골아이들이 지나가는 기차에다 대고 하는 것같이 이상한 주먹질을 하고 나서 씩 웃기도 했다. 나는 얼떨결에 아이들이 하는 짓을 조금씩 섞어서 흉내내 보았지만 마음으로부터 개운하진 않았다.

아이들은 다시 미끄럼 타기를 시작했지만 나는 다시 신명이 날 것 같지 않아 슬그머니 집으로 돌아왔다.

"엄마, 전중이가 뭐야?"

"건 왜?"

엄마는 대답하고 싶지 않은지 짐짓 시들한 얼굴을 하고 바느질만 계속했다. 나는 내가 줄창 미끄럼을 타고 놀던 큰 집에서 본 전중이들과 아이들이 일으킨 소동에 대해 이야기했다.

"그럼, 그럼 네가 여적지[94] 나가 논 데가 감옥소 마당이었단 말이지?"

엄마는 한바탕 대경실색을 하고 나서 조용해졌다. 엄마는 뭔가를 골똘히 생각하는 것 같았다. 엄마를 엄마답게 보이게 하는 기품이 가신 엄마는 초라하고 불쌍해 보였다. 기품을 버티게 할 기력조차 없을 만큼 엄마의 자존심이 초죽음이 돼 있다는 게 엉뚱스럽게도 나에게 연민의 정을 불러일으켰다. 나는 엄마를 위로하고 싶었다. 그러나 엄마는 성이 나 있지 않으면서도 매사에 뜨악해 보였다. 엄마는 엄마 상식으로 바닥 상것으로 보이는 사람들이 많이 살고 있는 동네라는 것보다는 감옥소와 이웃해 있는 동네라는 데 더 정이 떨어져서 그만 우두망찰[95]하고 있었다. 하긴 남을 덮어놓고 바닥 상것으로 업신여기려면 그래도 우월감이라는 숨구멍이라도 틔어 있어야 하련만 어린 딸에게 감옥소 마당밖에 놀이터가 없다는 건 엄마에겐 막다른 비참함이었음직하다.

감옥소가 있는 문밖 동네에서 문안 동네를 바라보는 엄마의 눈길은 한층 절절해졌다. 그 절절한 소망은 불시에 나를 소학교[96] 보내는 일에 큰 변경을 가져오고 말았다. 엄마는 그 동네 아이들이 다 가게 돼 있는 무악

---

94 여태까지.

95 우두牛頭는 소 머리, 망찰望察은 '바라보다'이다. 즉 소 머리처럼 별 생각 없이 바라본다는 뜻이다.

재 고개 너머에 있는 학교를 갑자기 타박하면서 나를 꼭 문안에 있는 국민학교에 보내야 한다고 우기기 시작했다. 국민학교도 시험 쳐야 들어가는 시절이었지만, 학구제라는 게 있어서 함부로 타동네 학교를 지원하는 건 금지돼 있었다.

서울에 친척이 꽤 여러 군데 흩어져 살고 있었지만 아이들이 성공해서 여봐란 듯이 살게 될 때까지는 이를 악물고 아무도 안 찾아다니고 견딜 거라는 매서운 결심을 누차 우리 앞에서 다짐한 바까지 있는 엄마가 여기저기로 친척 댁을 수소문해 나서기 시작했다. 문안이라도 현저동에서 가까운 문안에 사는 친척을 남대문 입납[97]으로 찾아 나서는 엄마를 보자 오빠까지 참 엄마도 주책이셔, 하면서 쓴웃음 짓고 외면했다.

그러나 엄마는 그런 친척을 기어코 찾아내고 말았고 내 기류계[98]는 그 댁으로 옮겨졌다. 그 댁은 사직동에 있었고 내가 가야 할 학교는 매동학교[99]였다. 엄마는 걸어서도 갈 수 있는 가까운 문안에서 친척을 찾아낸 엄마의 요행과 나의 운을 두고두고 되뇌며 즐거워했다. 그러나 전차를 안 타고 갈 수 있는 학교라는 건 나에겐 여간 실망스러운 게 아니었다. 전차를 안 타고 걸어 다니려면 하다못해 독립문을 지나 당당히 문안으로 입성을 하는 기분이라도 맛보고 싶은데 매동학교는 어떻게 된 게 인왕산 줄기가 흘러내린 등성이를 넘어야 한다는 거였다. 엄마를 닮아 어느 만큼은 문밖이라는 데 서울로부터의 소외의식을 갖고 있던 나는 문안 학교 간다는 데 서울 구경에의 기대를 더 많이 걸고 있었다. 그런데 번화가 쪽과는 반대 방향의 산꼭대기 쪽으로 뚫린 문안 가는 길은 실망스럽다 못해 미덥지 못하기까지 했다.

---

96 일제 때의 초등학교. 1906년 보통학교, 1938년 다시 소학교로 바뀌고, 1941년에 국민학교로 부르다가 1997년 초등학교로 이름이 바뀌었다.

97 입납入納. 삼가 편지를 드린다는 뜻으로 편지 봉투에 쓰는 단어. 여기서는 '남대문 입납'이라는 편지를 받는 지역을 가리킨다.

98 기류계寄留屆. 일제 때 있던 제도. 요즈음의 주민등록 제도와 비슷함.

99 서울 종로구 필운동에 있다.

별로 신명도 안 나는 문안 학교 가는 일을 위해 치러야 할 곤욕은 의외로 많았다. 엄마는 입학시험 날 입을 내 옷에 뜻밖에 과용을 하고 있었고 주소를 빌려 준 친척 댁한테 몸에 익지 않은 아부를 하기도 아니꼽고 힘든 일인 것 같았다. 그러나 나의 곤욕에 비하면 아무것도 아니었다. 나는 기류계 옮긴 날부터 친척 댁 주소를 외어야 했는데 그렇다고 정작 살고 있는 주소를 잊어버려도 되는 건 아니었다. 길 잃었을 때는 정작 주소를 대야 하고 입학시험 칠 때나 학교 들어가고 나서 선생님한테 말씀드릴 일이 있을 때는 가짜 주소를 대야 한다는 일은 나에게 적잖이 심리적 부담이 되었다. 실상 주소 두 군데쯤 외고 있는 게 그렇게 어려울 것은 없었고 실제로 주소를 대야 할 경우도 있을지 말지 했다. 그러나 엄마는 너무 고지식한 분이었다. 주소를 속였다는 걸 마음속으로 꺼림칙해 하고 있는 것만큼 내가 혹시나 두 가지 주소를 헛갈리는 실수를 할까 봐 자꾸자꾸 점검을 하려 들었다.

"너 어디 살지? 지금 넌 집을 잃어버린 거야. 너 어디 살지? 지금 넌 선생님 앞이야."

이렇게 엄마는 내가 두 가지 주소를 헛갈리는 실수를 저지를까 봐 지나친 신경을 썼기 때문에 되레 그걸 헛갈리는 실수를 자주 저질렀다. 또 현저동에서 사직공원으로 넘어가는 등성이도 문제였다. 거긴 정작 인왕산보다 훨씬 수목이 우렁차고 사람의 왕래가 드물었다. 문둥이[100]가 여기저기 굴을 파고 살고 있다고 소문나 있는 곳이었다. 엄마는 내가 문둥이를 경계하게 하려고 문둥이에 대한 소문을 과장해서 들려줬기 때문에 나는 그 고개가 할멈 할멈 떡 하나 주면 안 잡아먹고, 하면서 호랑이가 나오는 옛날 얘기 속의 고개보다 훨씬 더 무서웠다.

옷은 시골에서 본 각설이[101] 떼처럼 입고 찌그러진 모자를 축 눌러쓰고

---

100 문둥병에 걸린 사람. 나병 환자.

101 '장타령꾼'을 낮추어 이르는 말.

—왜냐면 눈썹이 없기 때문에 그걸 감추기 위해—시퍼런 입술로 딱 웃으면서 아이들을 꾀어서 어둡고 긴 그들의 동굴로 데려다가 새빨간 생간을 내어서 냠냠 먹고 입 쓱 씻는다는 문둥이는 자주 나를 가위눌리게[102]했다. 나는 문안 학교를 떨어지든지, 붙더라도 엄마하고 같이 다닐 수 있는 동안까지만 다니고, 병이 나서 눕는 헛된 꿈을 얼마나 꾸었던가. 그러나 내가 주소를 일부러 헛갈려 대답하거나, 엄마가 입시入試를 위해 임의로 꾸며 낸 이런저런 예상 문제를 제대로 못 맞췄을 때의 엄마의 실망은 대단해서 나는 엄마가 불쌍해서라도 마음을 고쳐먹지 않을 수가 없었다. 그럴 때 엄마는 눈물겹도록 간곡하게 나를 타일렀다.

"이것아, 계집애 공부시키는 건 아들 공부시키는 것하고 달라서 순전히 저 한 몸 좋으라고 시키는 거지 집안이 덕 보자고 시키는 거 아니다. 느이 오래비 성공하면 우리 집안이 다 일어나는 거지만 너 공부 많이 해서 신여성 되면 네 신세가 피는 거야, 이것아. 알았지?"

이럴 때 엄마의 눈빛은 도저히 거부하거나 비켜 갈 엄두가 나지 않을 만큼 절박한 열기를 담고 있었다. 나는 엄마가 바라는 신여성이 뭐 하는 건지 알 수가 없었고, 앞으로도 알게 될 것 같지가 않았다. 그러나 급체急滯인지 맹장염인지 걸린 남편을 굿해서 고치려다 잃고 층층시하[103]와 봉제사의 의무와 안질에 거머리가 약인 무지를 떨치고 도시로 나온 엄마의 지식과 자유스러움에 대한 피맺힌 원한과 갈망은 벅차고 뭉클한 느낌이 되어 전해 왔다.

이렇게 해서 나는 매동학교 시험을 치고 합격이 됐다. 엄마는 국민학교 합격을 마치 과거 급제처럼 과장해서 시골에다 알렸고 시골에서도 둘밖에 없는 손자 손녀가 서울에다 뿌리를 박은 바에야 며느리한테 너무 인색하게만 굴 수 없다는 판단을 내리게 된 모양이었다.

---

102 자다가 무서운 꿈을 꾸어 옴짝달싹 못하고 답답함을 느끼게.

103 층층시하層層侍下. 부모, 조부모 등의 어른들을 모시고 있는 처지.

그러나 당시도 지금과 마찬가지로 겨우 사는 시골집에서 큰마음 먹고 큰돈 마련해 줘 봤댔자 서울선 푼돈이었다. 금융조합에서 집 값의 절반은 융자를 받았건만도 우리가 살 수 있는 집은 역시 현저동 꼭대기였다. 세 들어 살던 집에서도 오르막길로 더 올라가 동네가 인왕산 마루턱을 치받으면서 끝나는 데 있는 여섯 칸짜리 작은 집이었다. 그러나 어엿한 기와집이었다. 엄마는 땅 넓은 줄은 모르고 하늘 높은 줄만 알고 기어오르는 이 상상꼭대기 문밖 동네를 여전히 무시하고 지긋지긋해 했지만 새로 산 여섯 칸짜리 기와집만은 극진히 아끼고 사랑했다. 체 장수가 살고 있던 이 집은 몇 년이 되었는지 본바탕을 알아볼 수 없는 도배지에 빈대 핏자국만이 끔찍하도록 낭자했다.

"맙소사, 이렇게 뜯기고도 이 집 식구들이 그래도 핏기가 남아 있었던 게 신기하다. 아이고 징그러라."

엄마는 문짝과 두껍닫이를 모조리 뜯어내서 양잿물로 닦아 내면서 이렇게 자주 진저리를 쳤다. 겨울을 나 껍데기만 남은 잗다란 빈대들이 우수수 무수한 비듬처럼 쏟아져 나왔다.

"이래 봬도 이것들이 다 입은 살아 있느니라. 아이고 무서라. 이것들이 다 배때기를 채우고 나면 대신 내 새끼들이 이 꼴 될 거 아닌가?"

엄마는 이렇게 몸서리를 치면서도 그 꼭대기에 새로 장만한 집이 대견해서 어쩔 줄을 몰랐다. 기둥 서까래까지 손수 양잿물로 닦아 내고 구석구석 독한 약을 뿌리고 도배 장판도 새로 했다. 집을 처음 산 걸 좋아하기보다는 저런 귀살스러운 집에서 어찌 살까 난감스럽기만 하던 오빠와 나도 매일매일 달라지는 재미에 학교만 갔다 오면 그 집에 붙어서 엄마를 거들게 됐다. 이사 가는 날은 커다란 무쇠솥을 새로 사서 엄마가 손수 부뚜막을 만들고 걸었다. 엄마는 미쟁이, 도배쟁이, 칠쟁이…… 못하는 게 없었다.

이사 간 날, 첫날 밤 세 식구가 나란히 누운 자리에서 엄마는 감개무량한 듯이 말했다.

"기어코 서울에도 말뚝[104]을 박았구나. 비록 문밖이긴 하지만……."

비록 여섯 칸짜리 집이지만 없는 게 없었다. 안방 · 마루 · 건넌방 · 부엌 · 아랫방 · 대문간 이렇게 여섯 개의 방이 공평하게 한 간씩이었다. 마당도 있었다. 마당이 네모나지 않고 삼각형인 게 흠이었다. 엄마는 이런 마당을 '우리 괴불마당'이란 애칭으로 불렀다. 새집은 셋집처럼 대문 밖이 낭떠러지가 아니고 보통 골목인 대신 직삼각형 마당의 가장 변이 긴 쪽이 남의 집 뒤쪽으로 난 담인데 그 밑이 어마어마하게 높은 축대였다.

비가 오는 날 밤이면 오빠는 자주 잠을 깨서 들락거렸다. 축대가 무너질까 봐 잠이 안 온다는 것이었다. 엄마는

"녀석도 사내놈이 옹졸하긴…… 여지껏 멀쩡하던 축대가 하필 우리 살 때 무너질까."

하면서 태연한 체했다. 그밖엔 아무 걱정도 없었다.

나는 괴불마당에 분꽃 씨도 뿌리고 채송화 씨도 뿌리고 봉숭아 씨도 뿌렸다. 그러나 이사 가고 나서 나의 외톨이 신세는 좀 더 심해졌다. 땜쟁이 딸하고도 자연히 멀어졌고 나 혼자 매동학교를 다녔기 때문에 그 동네 학교를 다니는 아이들한테는 의식적인 따돌림을 받았다. 엄마는 되레 그걸 바란 것처럼 좋아하는 눈치였다. 문밖에 살면서 일편단심 문안에 연연한 엄마는 내가 그 동네 아이들과는 격이 다른 문안 애가 되길 바랐다. 딸에게 가장 나쁜 거라고 가르친 거짓말까지 시키게 해 가며, 또 친척의 주소를 빌리는 번거로움과 치사함을 참아 가면서 심지어는 문둥이가 득실댄다는 등성이를 매일 지나다녀야 하는 위험을 무릅쓰게 하고까지 굳이 문안 학교에 보내지 못해 한 엄마의 뜻은 처음부터 그런 데 있었으니까.

엄마는 자기가 미처 도달하지 못한 이상향과 당장 처한 현실과의 갈등을 부드럽게 하기 위해 부지불식간에 자식을 이용하고 있었지만 정작 자

---

104 엄마에게 '말뚝'은 우선 가족이 편안히 살 수 있는 집을 뜻한다. 그러나 더 튼튼한 '말뚝'을 박기 위한 엄마의 노력은 끝없이 계속된다.

식이 겪는 갈등에 대해선 무지한 편이었다. 나는 동네에서도 친구가 없었지만 학교에서도 친구를 사귀지 못했다. 학교 친구들은 모두 그 근처 아이들이었기 때문에 처음부터 저희들 끼리끼리였다. 그 끼리끼리가 저희들끼리 싸우고 바뀌고 편먹고 할 뿐이지, 처음부터 어떤 끼리끼리에도 안 속한 이질적인 아이에 대해선 배타적이고 냉혹했다.[105] 나는 가끔 혼자서 거울을 보면서 내가 어디가 어떻게 남과 달라서 여기저기서 따돌림을 받나를 이상하게도 슬프게도 생각했다. 한동네 사는 애들하곤 격이 다르게 만들려고 엄마가 억지로 조성한 나의 우월감이 등성이 하나만 넘어가면 열등감이 된다는 걸 엄마는 한 번이라도 생각해 본 적이 있었을까? 우월감과 열등감은 다 같이 이질감이라는 것으로 서로 한통속이었다.

1학년 담임 선생은 내가 처음 만난 엄마가 말한 신여성의 구색을 한몸에 갖춘 분이었다. 머리를 반가리마를 타서 뒤에서 히사시까미로 빗어 올리고 흰 하부다이 저고리에 검정 지리면 통치마를 입고 까만 뾰죽구두를 신었다. 출퇴근 때는 까만 핸드백을 들었다. 물론 이 세상 모든 이치를 모르는 거 없이 알고 있다는 것까지도 믿어도 될 것 같았다. 우리들이 물어보는 아무리 어려운 질문도 한 번도 대답 못한 적이 없었다. 선생님은 뭐든지 알고 있을뿐더러 누구든지 다 사랑했다. 약간 주근깨가 있는 화장 안 한 수수한 얼굴 가득 웃음을 띤 선생님 둘레엔 항상 많은 아이들이 따랐다. 운동장에서 여러 아이들에게 둘러싸여 걸음도 제대로 못 옮기는 선생님을 볼 때마다 나는 햇병아리를 거느린 암탉과 같다고 생각했다. 나는 멀찌감치서 아이들의 존경과 사랑을 독차지한 선생님을 바라보면서 손톱을 질겅질겅 씹었다.[106] 나는 수업시간에도 등교나 하교시간에도 손톱을 씹었기 때문에 엄마가 따로 깎아 줄 필요가 없었다. 아이들은 누구나 다 선생님 손을 잡아 보고 싶어했다. 선생님 손은 누구든지 잡고 싶어하고

105 요즈음 학교 교육에서 말하는 '왕따'는 이 시대에도 있었다.
106 '신여성'인 선생님에 대한 '나'의 감정을 암시하는 묘사이다.

잡으면 놓지 않는데, 선생님 손은 둘뿐이니까, 아이들을 어디까지나 고루 사랑하는 선생님은 번갈아 잡아 주려고 애썼다.

"자아, 아직도 선생님 손 못 잡아 본 사람 손 들어요."

"나요, 나요."

하고 아이들이 손을 들면 선생님은 그 중에서 영락없이 정말 못 잡아 본 애 손만 가려내서 꼭 쥐어 주기도 하고 쓱쓱 어루만져 보기도 했다. 그러나 나는 열심히 손톱을 씹으면 씹었지 손을 들지 않았다.

나는 선생님이 마음에 들지 않았다. 무엇보다도 누구나 고루 사랑할 것 같은 선생님 특유의 상냥한 미소가 마음에 안 들었다. 나는 그것이 거짓이라는 걸 단언할 수가 있었다. 왜냐하면 선생님이 나를 사랑할 리가 없기 때문이었다.

날이 더워지자 나는 인왕산 쪽에 정을 붙이기 시작했다. 현저동 일대에 물난리는 극심했다. 집집마다 수도라는 건 아예 있지도 않았기 때문에 물지게 질 만한 식구가 없는 집에선 물장수를 댔다. 미쟁이, 도배쟁이, 다 능숙한 엄마도 물지게만은 못 졌다. 진다고 해도 물 한 지게 받으려면 한나절을 소비할 만큼 층층다리 아래 있는 공동 수도에는 물통이 온종일 장사진을 이루고 있었다. 물장수를 위해서 숫제 빗장 벗겨 놓고 잤다. 물장수의 물지게에선 삐걱삐걱하는 독특한 소리가 났다. 삐걱삐걱 소리가 가까워지고 대문이 열리고, 철썩 물독에 물 붓는 소리를 듣고 잠이 깼다가도 단잠을 더 자야 날이 밝았다.

이렇게 사 먹는 물이니 겨우 식수나 하는 정도였다. 엄마는 비가 올 때마다 내 집으로 떨어진 빗물을 한 방울도 놓치지 않을 기세로 독독이, 그릇그릇 받아 놓고 빨래도 하고, 세숫물로도 쓰게 했다. 세숫물에 장구벌레가 가득 들어 있어서 질겁을 하면 엄마는 체에다 밭쳐서라도 그 물을 쓰게 했고 쓰고 나서도 한 방울도 버리진 못하게 했다. 세숫물로 다시 발을 씻고 발 씻은 물로 걸레를 빨고 걸레 빤 물은 괴불마당 구석에 있는 나의 꽃밭에 뿌리는 물의 완전 이용 과정을 엄마는 아침마다 엄숙한 얼굴로 감시를 했다.

그러다 장마가 끝난 후의 인왕산 골짜기를 흐르는 맑은 물을 보니 환장을 하게[107] 좋았다. 나는 학교만 파하면 인왕산으로 올라가서 시냇물에 세수도 하고, 발도 씻고 성터까지 올라가 바람을 쐬면서 서울 장안을 굽어보기도 했다. 그러다가 걸레 같은 걸 대야에 담아 가지고 올라가 말갛게 헹구어 가면 엄마를 기쁘게 해 드릴 수 있을 뿐더러 아무리 오래 놀다 와도 야단을 안 맞을 수 있다는 것도 알게 되었다. 엄마는 가끔 비누조각에다 양말 같은 걸 얹어 주면서

"비누 아껴 쓰고 박박 부벼 빨아온."

하기까지 했다. 인왕산 빨래터의 맑은 물에 두 다리 담그고 앉아 빨래를 부비는데 저만치 국사당國師堂[108]에서 덩더꿍덩더꿍 굿하는 소리라도 나면 나는 고개를 기우뚱하면서 사람 사는 거란 무엇일까 하는 황당한 생각이 생각답지 않게 손끝을 저리게 하는 어른스러운 기분을 느끼곤 했다.

어느 날인가 걸레를 헹구고 있는데 상류에서 탁한 핏빛 물이 흘러 내려오기 시작했다. 나는 숨을 죽이고 그것이 대충 맑아질 때까지 기다렸다. 다시 맑은 물이 흐른 후에도 신경줄이 당기는 것 같은 긴장은 계속됐다. 어린아이의 간을 내서 맑은 물에 헹구는 눈썹 없는 문둥이의 모습을 내 눈으로 보고 싶다는 호기심은 결국 무서움증을 능가했다. 나는 발소리를 죽여 가며 물줄기를 피해 수풀을 헤치며 상류 쪽으로 올라가기 시작했다. 얼마 안 올라가 저만큼 냇가 너른 바위에 나보다 약간 큰 소녀가 누워 있는 게 눈에 띄었다. 소녀는 간을 아무에게도 빼앗기지 않았다는 표시로 노래를 부르고 있었다. 무슨 노래인지 애틋하고 청승맞았다. 소녀가 앉은 너른

---

107 어떤 일이나 대상에 지나치게 즐기거나 탐하여 제정신을 차리지 못할 지경이 되게.

108 국사당國師堂. 서종로구 무악동 인왕산 자락에 있는 무당巫堂. 원래 조선 태조가 한양에 도읍을 정하고, 한양의 수호신사로서 북악신사와 함께 남산을 '목멱대왕'이라 하고 팔각정이 있는 곳에 목멱신사를 두었었다. 그런데 1925년 일본인들이 남산에 신궁神宮을 지으면서 지금의 장소로 이전하였다.

바위는 온통 빨래로 뒤덮였는데 옷도 아니고 걸레도 아닌 낡아빠진 헝겊 조각들이었다. 베 헝겊에는 아직도 검붉은 핏자국 흔적이 얼룩져 있었다. 나는 그걸 자세히 보기 위해 가까이 갔다. 소녀가 붙임성 있게 웃었다.

"그게 뭐니?"

"바보, 그것도 몰라. 서답[109]이야. 우리 엄마 꺼!"

나는 서답이 뭔지 몰랐지만 바보 취급당하기 싫어 알은 체하며 고개를 끄덕이고 내 빨래터로 내려왔다.

그날 나는 엄마한테 산에서 보고 들은 대로 얘기하고 서답에 대해 물었다. 엄마는 서답이 뭔지는 안 가르쳐 주고 그 상종 못할 상것들 타령을 했다.

"세상에 맙소사. 더러운 빨래를 백주에 한데서 빠는 것도 망측한데 딸년을 시켜서 빨다니, 상것들 중에서도 상종 못할 바닥 쌍것들이로구나. 이제부터 다시 산에 가지 마라. 세상에 어떻게 된 놈의 동네가 아이들을 한시반시 문밖에 내놓을 수가 없다니까."

나는 엄마가 남용하는 바닥 상것들이란 말에 역겨움을 느꼈다. 너른 바위 위에 번듯이 누워 흐르는 구름을 보면서 애달픈 목소리로 노래를 부르던 소녀의 모습은 상티하곤 다르게 보기 좋은 것이었다. 늘 어떤 조바심 같은 것에 쫓기고 있는 나는 소녀의 구김살 없는 천연스러움에 부러움을 느끼고 있었다.

괴불마당집 주인이 된 후에도 엄마는 초가집에서 세 들어 살 때와 마찬가지로 이웃을 상것 아니면 바닥 상것으로 평하길 서슴지 않았고 나를 그들로부터 고립시키려고 애썼다. 나는 걸레를 빨러 산에 갈 수 없었고 빈손으로 슬슬 바람 쐬러 가던 것도 국사당에서 굿 구경하고 떡 얻어먹은 일이 무슨 말 끝엔가 탄로가 나서 아예 금족령이 내렸다. 뒤에는 인왕산, 앞에는 감옥소가 다 나의 출입금지 구역이었다.

---

109 생리대의 옛말. '개짐' 이라고도 했다.

엄마가 이웃을 상종해도 괜찮을 이웃과 상것, 바닥 상것의 세 가지로 나누는 기준은 들쑥날쑥해서 일정치 않았다. 성씨姓氏나 사는 형편, 말의 직업하고 관계가 있는 것도 같고 없는 것도 같았다. 기분 내키는 대로였고 또 매우 변덕스러웠다.

동네 사람들마다, 엄마가 바닥 상것으로 치부해 놓은 사람들까지가 다 김 서방이라고 부르고 '하게'로 하대하는 늙은 물장수를 엄마는 김씨 할아버지라고 불렀고 '하세요'라는 존댓말을 썼다. 물장수는 대개 단골집에서 번갈아 가며 먹이게 돼 있어서 그 차례가 한 달에 한 번쯤 돌아왔다. 개다리소반에다 김치하고 국이나 한 그릇 놔서 부엌바닥이나 툇마루 끝에서 먹이면 됐지 그걸로 신경 쓰는 집은 별로 없었다. 그러나 엄마는 한 달에 한 번 그날은 무슨 잔칫날처럼 벼르다가 휘어지게 차려서 건넌방 아랫목으로 불러들였다. 고기를 볶을 때도 있고 동태나 비웃찌개[110]를 할 때도 있었다. 나물도 몇 가지 오르고 짭짤한 젓갈도 올랐다. 밥은 시골에서 일꾼 밥 푸는 솜씨 그대로 밥그릇 속의 밥보다 위로 올라앉은 밥이 더 많게 고봉[111]으로 꽉 눌러 펐다. 물장수 영감은 배불리 먹고 나서 손을 부비면서 마님 덕에 매달 한 번씩 소인 생일이굽쇼, 하면서 굽신댔다. 그 대신 영감도 명절이라든가, 집에 무슨 큰일이 낀 것 같은 날엔 말없이 물을 한 지게 더 길어다가 여벌 독에 부어 주는 선심으로 보답하는 것 같았다. 한때, 나는 동네 아이들까지 김 서방 김 서방 하면서 하게, 아니면 반말로 하대하는 영감을 거만한 엄마가 무엇 때문에 깍듯이 존대하고 오빠보다도 잘 먹이려 드는지 이해할 수가 없어 심각한 고민에 빠진 적이 있었다. 나는 그 영감이 홀아비라는 걸 알고 있었고 엄마는 과부였기 때문이다. 엄마가 물장수 김 서방을 좋아할지도 모른다는 건 생각만 해도 치가 떨리는 치욕이었다. 무슨 마魔가 낀 것처럼 한 번 그런 생각이 들자 도

---

110 청어찌개.

111 되 또는 그릇에 수북하게 담는 것.

무지 떨쳐지지가 않았다. 나는 아침에 철썩하는 물 붓는 소리에 깨어나면 얼른 엄마 먼저 더듬어 찾아 겨드랑 밑으로 손을 돌려 꼭 안았지만 애정 표시가 아니라 물장수 만나러 가는 걸 훼방 놓기 위해서였다.

기어코 오빠에게 나의 고민을 털어놓았다. 오빠는 씩 웃으면서 말했다.

"엄마는 김 서방 할아버질 존경한단다. 왠줄 아니? 김 서방 할아버진 물장수 노릇을 해서 아들을 둘씩이나 전문학교에 보내고 있거든. 전문학교 너도 알지? 사각모 쓰고 가죽가방 들고 다니는 높은 학교 말야."

나의 엄마에 대한 의심은 어이없이 사그라졌다. 엄마는 김 서방 말고도 또 키다리 구장區長[112]을 존경했었는데 나 보기엔 김 서방을 존경하는 것만큼은 훨씬 못 미치는 것 같았다. 키다리 구장은 청송 심씨靑松沈氏인데 엄마의 외가 쪽으로 따져 보니까 연줄이 닿을 만한 게 근거 있는 집안 자손이 분명하지만 이런 데서 이런 꼴로 살면서 알은 체하는 건 피차가 욕인 것 같아 속으로만 알아주고 있다는 것이었다. 그러나 구장이 여반장들을 모아 놓고 연설할 때 너무 헤프게 웃고 농지거리하는 걸 엄마한테 들키고부턴 속으로만 알아주던 존경이 당장 상것이란 경멸로 변하고 말았다.

여름방학이 되었다. 엄마는 나를 위해서 야시장에서 옷감을 끊어다가 화신상회[113]에 가서 예쁜 옷을 골라서 살 것처럼 만져 보고, 뒤집어 보고 대강 눈대중을 하다가 그대로 만들기 시작했다. 그뿐 아니라 나를 전차를 태워서 서울 장안을 한 바퀴 돌렸고 처음으로 동물원[114] 구경까지 시켜 주었다. 뭔가 한꺼번에 수용하긴 벅차고 고될 만큼 엄마는 나에게 대처라는 걸 대량으로 주입시키려 들었다.

---

112 구장區長. 일제 강점기 때 시 · 읍 · 면에 딸려 있는 구區의 우두머리. 오늘날의 통장, 이장에 해당함.

113 종로1가에 있었다. 나중에 화신백화점이 된다. 지금 국세청 건물이 있는 자리이다.

114 종로4가 창경궁 안에 있었다. 창경궁을 헐고 일제는 그 자리에 동물원을 만들고 벚꽃 등을 심어 '창경원'이라는 이름의 유원지를 만들었다.

현저동에 살면서 박적골의 근거를 가장 으뜸가는 품성으로 숭배하고 지킬 것을 강요했듯이, 박적골로 돌아가려는 마당에선 대처 티를 무작정 날조하려 들었다.

엄마가 만든 원피스가 나에게 어울리는지 꼴불견인지 분간할 안목이 나에겐 없었다. 보시 두루마기도 그림같이 짓는 내 솜씨가 그까짓 내리닫이 못 지을까 하는 엄마의 장담은 감히 비평을 불허했다.

그러나 할아버지는 내 옷차림을 흘긋 일별만 하시고도,

"곡마단에서 깽깽이[115] 치는 년 같군."

하는 혹평을 하셨다. 나는 그 옷을 다신 안 입고 여름방학을 보내고 나서 서울로 돌아오는 날 다시 꺼내 입었다. 겨울방학 땐 엄마는 좀 더 요란하게 나에게 서울 티를 내주었다. 엄마는 친척집에서 토끼털 목도리와 스케이트를 얻어 왔다. 토끼털 목도리는 목에만 두르면 그만이지만 스케이트는 한 번도 타 본 일이 없는 걸 어깨에다 척 걸어 주면서 썰매 타지 말고 그걸 타고 놀라고 일러 주는 것이었다. 나는 스케이트를 남이 타는 걸 한두 번 본 적이 있는데 정말로 황홀한 묘기였다. 나는 그런 묘기의 비결이 그 날 달린 구두에 전적으로 달린 줄 알았다.

사랑마당 앞엔 텃밭이 있었고, 텃밭 너머론 동구 밖으로 지나는 길이 지나가고 있었고, 그 길 건너가 논이었다. 꽁꽁 얼어붙은 논바닥에선 마을 개구쟁이들이 신나게 썰매를 타고 있었다. 나는 그 요술구두를 신고 자신 있게 그 한가운데로 미끄러져 들어가려 했지만 웬걸, 몸의 중심도 못 잡은 데다가 가랑이는 양쪽으로 벌어져, 넘어지지나 않으려고 헛된 제자리춤을 추는 게 고작이었다. 썰매를 타던 개구쟁이들이 이 신기한 구경을 하려고 내 주위로 미끄러져 왔다. 나를 이 곤경에서 구해 준 건 집의 머슴이었다. 머슴은 다짜고짜 나를 업더니 겅정겅정 집으로 뛰어간 것까지는 좋았는데 하필이면 사랑의 할아버지 방에다 내려놓는 것이었다.

115 바이올린.

할아버지의 장죽이 내 정수리를 연타했다. 번쩍번쩍 불꽃이 튀기는 것 같았다.

"요년, 요 고얀 년, 신식 공분지 뭔지 시킨다길래 대처로 내놓았더니 기껏 배웠다는 게 덕물산德物山[116] 무당의 작두춤이냐 뭐냐? 허어 해괴한 지고? 암만 해도 집안 망신을 시키려고 계집앨 대처로 내놓았는가부다."

나는 정수리에서 불이 번쩍번쩍 나는 판국에도 웃음이 북받치는 걸 참을 수가 없었다. 별일이었다. 기껏 상상력의 한계가 덕물산 무당의 작두춤인 할아버지가 그렇게 우스웠다. 덕물산이란 송도에 있는 최영 장군을 모신 사당이 있는 산으로 거기 무당의 작두춤은 유명했다. 그 이유는 지당했다. 그러면서도 한편 할아버지가 우물 안의 개구리처럼 불쌍하기도 했다. 나는 벌써 별의별 걸 다 배우고 다 구경했는데 할아버지는 돌아가시는 날까지 박적골을 천하 삼고 못 벗어나다가 돌아가시겠지 하는 처량한 생각은 어린 계집애에겐 가당치 않는 거였지만 대처 물 먹은 티이기도 했다.

그해 겨울방학이 끝나고 서울로 돌아올 땐 할머니가 특별히 정성들여 만드신 깨강정하고 땅콩강정을 싸 주시면서 담임선생님께 갖다 드리라고 하셨다. 그걸 다시 서울서 엄마가 예쁜 상자에 담아서 보자기에 싸 주셨지만 나는 그걸 선생님께 갖다 드리지 않았다. 그 사이 조금씩 사귄 친구들을 사직공원으로 데리고 가서 나눠 먹어 버리고 말았다. 골고루 다 귀여워하는 척하지만, 실은 자기 반에 한 번도 자기 손을 못 잡아 본 애가 있다는 것도 까맣게 모르고 있을 선생님의 위선을 복수한 맛이 깨강정 맛보다 더 고소하고 달콤했으나 깨강정에는 없는 씁쓸한 뒷맛은 오래도록 남아 있었다.[117] 오빠가 성공하면 곧 문안으로 들어갈 것을 믿고 임시적으로 인왕산 마루턱에 박은 말뚝에 우리는 그 후에도 10년이나 매여 살

---

116 개성직할시 판문군 삼봉리와 동창리 사이에 있는 산. 높이 288m의 야트막한 야산이다.

117 '나' 에게 관심이 없는 선생님에 대한 복수는 통쾌한 일이다. 그러나 마음속 한구석에는 죄의식이 있기 때문에 꺼림칙한 것이다.

았다.[118] 오빠는 학교를 졸업하고 큰 회사에 취직도 하고 효성도 여전히 극진했으나 문안에다 번듯한 집을 살 만큼의 성공은 못 됐다. 엄마는 겨우 바느질 품팔이를 놓았을 뿐 2차 대전이 막바지로 접어들자 우리들 콩깻묵밥 안 먹이려고 자주 송도 왕래를 해야 했다. 기찻간에서의 쌀 수색이 심해지자 엄마는 빈 몸으로 갔다가 빈 몸으로 돌아왔다. 달라진 게 있다면 호리호리한 엄마가 대보름만하게 뚱뚱해져 돌아오는 거였다. 대개 밤 기차를 탔기 때문에 자정 못 미처 돌아온 엄마가 등화관제용 갓이 내려진 어두운 전등 밑에 쭈그리고 앉아서 배나 허리, 젖가슴, 정강이 등 여기저기서 올망졸망한 쌀자루를 꺼내 양동이에 쏟아 붓는 걸 실눈 뜨고 보고 있으면 절망과 슬픔이 목구멍까지 괴어 와서 이를 악물곤 했다. 엄마의 그 짓은 아주 위험한 짓이었다. 목구멍이 포도청이란 말이 그때만큼 절실했던 적도 없으리라. 일본 순사가 뚱뚱한 여자만 보면 창으로 찔러본다는 소문이 파다했다. 임신한 여자의 배를 찔렀다는 끔찍한 소문도 있었다. 실지로 시골 정거장마다 장대 끝에 이상한 쇠붙이를 매단 걸 든 순사가 나타나서 승객들을 전전긍긍하게 하는 일은 자주 있었다. 이상한 쇠붙이라야 별게 아닌 싸전에서 손님들한테 쌀의 품질을 보여 줄 때 쓰는 쌀가마를 푹 찌르면서 쌀을 떠낼 수 있도록 꽃삽 비슷하게 생긴 연장이었지만 때가 때이니만큼 공포의 대상이었고 엽기적인 소문이 붙어 다녔다.

시골 우리 면面에서도 면서기가 그걸 가지고 집집마다 돌면서 쌀을 감춰 뒀음직한 데를 함부로 찌르다 어떤 볏짚더미 속에서 피와 살이 묻어 나왔다는 참혹한 소문도 엄마는 가져왔다. 징용을 피해 다니던 남자가 그 속에 숨어 있다가 그런 변을 당했다는 거였다.

일본이 망해 가면서 인심이 흉흉하고 내일을 모르게 불안할 무렵, 나는 중학생이 돼 있었다. 나는 이미 문둥이가 어린이 간을 내먹는다는 소

---

118 주인공인 나는 엄마의 말뚝에 그리 고마워하지 않는다. 왜냐하면 나를 구속하는 엄마의 잔소리와 각종 금지 조치들이 말뚝의 고마움보다 더 크다는 생각이 들기 때문이다.

문은 믿지 않았지만 순사의 창이 엄마의 배를 찌르는 악몽에 비하면 그게 도리어 낭만적이었다.

막판엔 여자정신대[119]의 공포까지 겹쳤다. 엄마가 오빠하고 밤늦도록 내 머리맡에서 두런두런 내 걱정하는 소리를 들으면서 난 세상에 왜 태어났을까 싶은 눅눅한 절망감을 맛보곤 했다. 엄마는 신여성에의 그 집념을 얻다 접어 두었는지 오빠 붙들고 의논하는 소리가 기껏, 시집보내자니 너무 이르고 정신대 안 걸리기엔 나이 갔다는 한탄이었다. 과묵한 오빠는 간간이 그렇잖아요, 글쎄 그렇잖다니까요, 하는 정도의 짧은 위로를 하는 게 고작이었다.

결국 엄마가 악착같이 최초의 말뚝을 박고 서울 살림의 기틀을 마련하던 곳을 뜨지 않으면 안 되었는데 그건 엄마의 당초의 소망대로 문안의 좋은 집을 사서 가는 이사가 아니었다. 패색 짙은 일본의 마지막 성화인 소개령疏開令[120]에 못 이겨 솔선해서 시골로 피난을 떠났다.

피난살이 반년 만에 해방이 되었는데 먼저 상경한 오빠는 북새통에 돈을 좀 벌었는지 문안의 평지에다 집을 장만해서 엄마의 소원을 풀어 드렸다. 그 후 살림은 순조롭게 늘어나 좀 더 나은 집으로 이사도 여러 번 다녔다.

그러나 우린 현저동 괴불마당집을 잊지 못했다. 특히 어머니는 늙어 갈수록 그게 심했다. 무엇이든지 그 시절하고 대보려 드셨다.

"이 아들아, 그때에다 대면 우린 지금 큰 부자 됐지?"

하시기 위해서도 괴불마당집을 잊지 못하셨지만, 그때 생각을 해서라도 아껴 써야 하느니라 하시기 위해서도 잊지 못하셨다. 또 가끔 그때가 좋았느니라고 그리워하시고 그때 한사코 바닥 상것들 취급을 하던 이웃들

---

119 정신대挺身隊. 일제 강점기 때 일본군 위안부로 강제로 끌려간 여성들을 가리킴. 여자 정신대는 1932년경부터 시작하여, 1937년부터 본격적으로 운영하였다. 이런 군 위안부는 주로 한국에서 모집하였다. 1938년까지는 주로 도시 지역에서 여공 모집, 식당 종업원 모집 등으로 위장하는 등 악랄한 모든 방법을 동원하였다. 이때 끌려가 인생을 망친 여성들에 대하여 일본은 아직도 정당한 보상과 사과를 하지 않는 형편이다.

120 공습 등에 대비하여 한곳에 집중된 주민이나 시설물을 분산시키는 명령.

을 뭐니뭐니 해도 그 사람들이야말로 진국이었지, 하고 뒤늦게 재평가를 하시기도 했다.

이상하게도 그때를 그리시는 어머니는 그때 거기서 고생하시면서 이웃을 함부로 상것들 취급하는 것으로 자존심을 지키던 때 같은 터무니없는 귀골스러움을 잃고 계셨다. 어머니는 예전 생각은 잘 나도 금방 돈지갑을 얻다 놓았는지는 아득한 노쇠한 어른일 뿐이었다. 우리는 그게 쓸쓸했다. 어머니가 정작 잃은 건 근거가 아닐까 하는 생각도 들었다. 어머니에게 지금 남아 있는 근거는 박적골 시절이 아니라 현저동 괴불마당집인지도 몰랐다.

어머니가 아무리 그때에다 대면 지금 큰 부자 됐지? 하시지만 그때하고 비교하는 마음을 버리시지 않는 한 우린 그 최초의 말뚝에 매인 셈이었다. 놓여 났다면 구태여 대볼 리가 없었다. 어느 만큼 달라졌나 대본다는 건 한 끝을 말뚝에 걸고 새끼줄을 풀다가 문득 그 길이를 재 보는 격이었다.

해방 후 서울의 변화처럼 눈부시다는 형용사를 잘 받는 말도 없으리라. 10년은커녕 3년만 외국을 갔다 와도 살던 동네를 못 찾는다는 말도 있다. 그러나 그 괴불마당집이 있는 동네는 늘 그대로였다. 나는 그게 조금도 이상하지 않았다. 어머니가 이 고장에 최초로 박은 말뚝은 우리에겐 뜻깊은 기념비이므로 기념비는 이끼 끼거나 퇴락할 순 있어도 발전은 없는 건 당연하였다.

몇 달 전 친구들과 택시로 영천을 지난 적이 있다. 그곳을 지날 때면 언제나 그렇듯이 나는 나만의 은밀한 애정과 감회를 가지고 현저동을 쳐다보다가 그 동네의 변화에 가슴이 덜컥 내려앉고 말았다. 괴불마당이 있던 근처에 연립주택이 들어서고 있는 게 아닌가. 실상 그 동넨 너무 오래 변하지 않았었다. 40여 년 전 서울 갓 올라온 촌뜨기의 눈에도 구질구질하고 무질서해 보이던 궁상과 밀집이 오늘날까지 계속되었으니 말이다.

그런데도 그게 비로소 변화하려는 조짐을 보고 내려앉은 가슴은 그날 온종일 허전한 채였다. 그건 하도 잘 변하는 것들 속에서 홀로 변하지 않았으므로 기념비가 되었던 마지막 걸 잃은 마음이었다.[121] 그날 오후 집으로 돌아오는 길에 나는 친구들하고 영천에서 헤어져서 그 동네의 예전 길을 더듬어 올라가기 시작했다. 길이 많이 변했지만 우리가 살 때 화산華山학교라고 부르던 붉은 벽돌집이 예전 그대로의 모습으로 남아 있어서 눈대중 삼기에 편했다. 틀림없었다. 괴불마당집이 있던 근처에 연립주택이 병풍처럼 들어서서 인왕산을 쳐다보지도 못하게 가리고 있었다. 나는 가슴속을 소슬바람[122]이 부는 것 같은 감상에 젖으며 그 근처를 헛되이 배회했다.

엄마의 말뚝은 뽑힌 것이다.

나는 오래간만에 실로 오래간만에 나의 어린 시절의 통학로였던 길을 걷고 싶다고 생각했다. 나에겐 통학로였지만 어머니에겐 문안과 문밖을 가로막는 성벽도 되었던 등성이는 지금 도시 한가운데의 작은 녹지일 뿐이었다. 그러나 현저동 꼭대기가 끝나고 등성이를 넘어가는 길로 접어들려고 하자 성벽이 가로막는 게 아닌가. 신축된 성벽은 인왕산으로부터 흘러 내려와 서대문 쪽까지 이어지고 있었는데 옛길이 있던 곳엔 성벽의 문이 나 있었다. 어머니가 그토록 상상을 하시던 문안 문밖의 구체적인 모습을 지금 와서 볼 줄이야. 그러나 문안 쪽으론 또 한 겹 철조망이 쳐진 채 길은 없어지고 사람의 발길을 거부하는 것 같은 푸르름만이 충충하게 괴어 있었다. 들어오지 말란 팻말 같은 건 못 봤는데도 나는 그 속을 금단의 지역처럼 느꼈다. 문둥이가 득시글거린다고 일컬어지던 예전보다 한층 미개해진 수풀 속을 바라다만 보면서 나는 한 번도 가보지 못한 휴전선을 연상했다.

---

121 작가가 느끼는 허전함은, 엄마의 평생의 집념이나 다름없는 '엄마의 말뚝'이 뽑힌 것 같은 생각이 들었기 때문이다.

122 으스스하고 쓸쓸하게 부는 가을바람.

나는 옛날의 등성이를 넘기를 단념하고 새로 쌓아 내려가고 있는 성벽을 따라 사직터널 방향으로 내려왔다.

샌들 속으로 모래가 들어온 걸 벗어서 털면서 나는 문득 실소失笑를 터뜨렸다. 어머니가 낯설고 바늘 끝도 안 들어가게 척박한 땅에다가 아등바등 말뚝을 박으시면서 나에게 제발 '되어지이다' 라고 그렇게도 간절히 바란 신여성보다 지금 나는 너무 멋쟁이가 돼 있지 않은가. 그러나 신여성이 할 수 있는 일이라고 어머니가 생각한 것으로부터는 얼마나 얼토당토않게 못 미쳐 있는가. 엄마의 생각은 그 당시에도 당돌했지만 현재에도 역시 당돌했다. 엄마의 억지는 그뿐이 아니었다. 나로 하여금 끊임없이 근거를 심어 줌으로써 도시에서 만난 웬만한 걸 덮어놓고 무시하도록 부추기다가도 근거의 고향으로 돌아가선 서울내기 흉내를 내도록 조종했다.

어머니가 세운 신여성이란 것의 기준이 되었던 너무 뒤떨어진 외양과 터무니없이 높은 이상과의 갈등, 점잖은 근거와 속된 허영과의 모순, 영원한 문밖의 의식, 그건 아직도 나의 의식 내용이었다. 그러고 보니 나의 의식은 아직도 말뚝을 가지고 있었다. 제아무리 멀리 벗어난 것 같아도 말뚝이 풀어 준 새끼줄 길이일 것이다.

새로 복원된 성벽이 도로와 만나면서 끊어지는 데서 나는 성벽과 갈라섰다. 성벽은 길 건너로 다시 이어지고 있었다. 갈라지면서 돌아다본 성벽은 꼭 신흥 부잣집 담장 같았다. 아아, 내가 오빠한테 회초리를 맞던 허물어진 성터의 이끼 낀 돌은 지금 어디 있는 것일까?

나는 내가 아직도 잊지 않고 있는 '신여성' 이란 말을 마치 복원한 성벽처럼 옛것도 아닌 것이, 새것도 못 되는 우스꽝스럽고도 무의미한 억지라고 느꼈다. 나는 앞으로 다시는 그것을 복구하지 않을 것이다. 그건 지나간 세월 역시 부정되어선 안 될 것 같았다.

1980년 11월호 《문학사상》

|1947 ~ |

1947년 서울 사직동에서 태어나다. 홍주초등학교, 이화여중, 이화여고를 거쳐 1966년 서라벌예술대학 문예창작과에 입학하다. 1968년 《중앙일보》 신춘문예에 〈완구점 여인〉이 당선되어 문단에 등단하다. 1970년 서라벌 예술대학을 졸업한 후 잠시 문예창작과 조교로 근무하다. 1971년부터 1973년까지 잡지사, 출판사 등에서 편집자로 일하다. 1974년 결혼한 다음 1978년 남편과 함께 춘천으로 이주하다. 1979년 '이상문학상', 1982년 '동인문학상'을 받다. 1984년 뉴욕 주립대 교환교수로 임용된 남편을 따라가 뉴욕주에 체류하다. 1995년 귀국하여 지금까지 춘천에서 살고 있다.

대|표|작

단편 〈꿈꾸는 새〉(1978), 〈중국인 거리〉(1979), 〈저녁의 게임〉(1979), 〈유년의 뜰〉(1980), 〈야회〉(1981), 〈동경〉(1982), 〈바람의 넋〉(1982), 〈불꽃놀이〉(1996), 장편동화 〈송이야, 문을 열면 아침이란다〉(1983), 짧은 소설집 〈술꾼의 아내〉(1993) 등이 있다.

이 작품에 대하여 문학평론가 오생근은 이렇게 쓰고 있다.

〈동경〉에 나오는 노부부는 어떤 새로운 삶을 기대하지도 않고 사물에 대한 어떤 호기심도 갖지 않은 채 정적인 삶을 영위하는데, 어느 날 문득 죽은 아들(영로)에 대한 기억을 이렇게 떠올린다. "스무 살 때는 아름답고 사랑스러웠어요. 대학에 들어가던 해였지요…… 겨우 스무 살이었어요. 스무 살에 뭘 안다고. 여드름이나 짤 나이에 세상을 뒤바꾸어 놓을 수 있다고 생각하다니요. 그 애가 죽었어도 우린 여전히 살고 있잖아요." 독자는 이 말에서 세계를 변화시키려고 행동했던 아들이 죽었다는 사실만을 짐작할 수 있을 뿐, 그가 가담한 행동이 어떤 역사적 사실과 관련되어 있는지, 그리고 그 죽음의 원인이 구체적으로 무엇인지 알 수 없다. 다만 그 다음의 구절, 즉 "영로는 어느 봄날 바람개비처럼 달려 나갔다. 채 자라지 않은 머리칼을 불불이 세우고"라는 구절을 통해서 아들이 혁명 때 희생된 것이 아닐까 추측할 수 있을 뿐이다.

오생근의 이 지적처럼 오정희의 소설은 이런 모호함이 하나의 특징이다. 그래서 뭘 말하려고 하는 것인지 모르겠다는 지적도 있다. 스토리가 단순하고 술술 읽혀지는 소설을 선호하는 사람들이라면 그런 생각이 들 것이다. 시와 달리 소설은 자세한 설명으로 이야기를 알기 쉽게 길게 늘려 놓은 글이라고 한다면 오정희의 소설은 확실히 그와 반대이다. 그녀의 소설은 오히려 풀려져 있는 실을 얽어매는 것에서 출발하는 것과 같은 경우가 적지 않다. 이 작품의 줄거리는 간단하다.

주인공 '그'는 식사 전의 산책길에서 자전거를 타고 노는 옆집 계집아이를 발견하다. 아이는 잃어버린 만화경을 찾기 위해 놀이터에서 놀고 있는 다른 아이들을 다그친다. 산책에서 돌아온 그에게 아내는 칼국수를 차려 온다. 심방하는 교우들을 위해 준비해 둔 칼국수 밀가루 반죽은 심방이 취소되어 무용지물이 된 것이다. 식사를 마친 그가 잠깐 조는 동안, 검침원 청년이 들어오고 아내와 이야기를 나눈다. 아내는 청년에게 미숫가루를 타 주고는 하릴없게도 빨랫줄을 낮게 매 달라고 부탁한다. 청년이 떠난 뒤 그는 방으로 들어와, 훔친 만화경을 들여다본 다음 목욕탕으로 들어가 틀니를 꺼내 닦는다. 다시 방으로 돌아온 그는 방에 누운 채로, 아내가 밀가루 반죽을 이용해 '맥'을 만드는 것을 바라본다. 아내는 계속 죽은 아들을 잊지 못하며 흉몽에 시달리는데…….

구조분석

- **갈래** 단편소설.
- **주제** 노부부의 일상의 적막함과 고독, 그리고 죽음.
- **배경** 시간은 1980년대 무덥고 나른한 어느 여름날 오후. 공간은 도시의 주택가.
- **시점** 3인칭 관찰자 시점.

등장인물

- **그** 서술자이자 관찰자. 공문서를 정서하던 하급 관리에서 퇴직하고 여생을 보내는 노인. 하루 30분 산책이 유일한 일과.
- **아내** 사랑하는 아들을 20년 전에 잃고부터 머리가 하얗게 세기 시작한 노파. 늘그막에 교회에 다니기 시작했으나 죽은 아들을 아직도 잊지 못하고 있다.
- **계집아이** 아내를 성가시게 하는 이웃집 유치원 소녀. 아빠는 중동 파견 기술자, 엄마는 미장원을 한다. 유리거울로 할머니를 성가시게 한다.

플롯

- **발단** 무덥고 나른한 여름날, 아내는 칼국수 반죽을 하고, '그'는 식사 전 산책을 위하여 집을 나서는데, 이웃집 계집아이가 자전거를 타고 내려온다.
- **전개** 아이는 만화경을 잃어버리고 그는 훔친 만화경으로 무료한 시간을 보낸다. 반주를 곁들인 식사 때문에 그는 잠시 졸고, 그 사이 검침원 청년이 왔다 간다.
- **위기** 아내는 죽은 아들을 회상하기 시작한다.
- **절정** 옆집 계집아이가 놀러 왔다가 화단에 심어 둔 꽃을 꺾는다. 아내는 화를 참지만 계집아이는 새된 목소리로 놀려 대고 거울 빛으로 아내를 괴롭힌다.
- **결말** 뜰은 그늘에 잠겨 있고 '그'는 입을 반쯤 벌린 채 누워 있는데 물속에 잠긴 틀니만이 반짝이고 있다.

이것만은 놓치지 말자

'동경' 이 상징하는 것

동경은 옛날 부장품으로 묻었던 '구리거울' 이다. 20년 전 죽은 아들 생각에서 벗어나지 못하고 거울을 통하여 끊임없이 생전의 아들 모습을 확인하려는 노부부. 대개 다른 문학 작품들에서 거울은 자신의 정체성을 확인하는 데 많이 사용되지만, 이 작품 속의 거울은 지나간 것을 되돌리려는, 이루어질 수 없는 헛된 소망을 뜻한다. '동경' 은 녹슬고 흐려서 완전하게 피사체를 보여 주지도 못하는데도 말이다. 이 녹슨 거울에 비치는 이웃집 계집아이는 아들의 어린 시절 모습이며 검침원 청년은 아들의 마지막 모습, 남편의 훌쭉한 입매는 장성한 아들의 모습과 흡사하다. 그러니까 흐릿하게 비치는 이 거울은 잠시나마 추억 속에 살아 있는 아들 모습을 불러내는 매개체가 되고 있는 셈이다.

깊이 생각하기

1. 이 작품에는 여러 가지 중요한 소도구들이 등장한다. 그중에서 '틀니' 와 '동경' 이 무엇을 상징하는지 이야기해 보자.
2. '아내는 햇빛 드는 마루턱에 앉아 혼잣말을 중얼거리며 맥을 만들고, 남편은 시든 자신의 성기를 쥘 때와 같은 음습하고 씁쓸한 쾌락과 수치를 동시에 느끼며 틀니를 닦는다' 는 구절에서 보듯이 이 작품 속 노부부의 삶은 어떠한가? 본문에서 인용하여 설명해 보자.

동경

♦

아내가 커다란 함지[1]에 밀가루를 쏟아 붓는 것을 보고 그는 식사 전의 산책을 위해 집을 나섰다. 두어 발짝 옮겨 놓을 즈음 그는 언덕길로부터 자전거를 타고 달려오는 이웃집 계집아이를 보았다. 브레이크 장치를 움켜쥐고 가속도[2]에 몸을 맡겨 비탈길을 내려오는 아이의 얼굴은 긴장으로 조그맣고 단단하게 오므라들어 있었다. 짧고 꼭 끼는 면바지 아래 종아리도 팽팽히 알이 서 있었다.

공기의 저항을 줄이기 위한 어떤 노력도 없이, 그 아이에게는 아마 지나치게 클 것인 자전거의 페달을 밟고 꼿꼿이 선 자세로 달려오던 아이가 마주 걸어오는 그에게 눈길을 주었던가, 그는 알 수가 없었다. 그의 늙은 얼굴에 떠오른 미소보다 재빨리, 맞바람에 불붙어 일어선 머리칼과 아직 그을지 않은 흰 이마가 잠깐 기억되었다가 사라졌다.

절기보다 이른 더위 탓인가, 골목에는 사람의 자취가 없어 그는 늘상 다니는 길이면서도 낯설음에 빠져 달려가는 아이의 뒷모습을 눈으로 쫓았다. 회색빛 담과 낮은 지붕들이 잇대어 있을 뿐인 길을 아이는 달리고 바람이 길을 낸 자리에 풀포기가 다시금 어우러들 듯 풍경은 두 개의 바퀴가 만드는 흰 공간 속으로 빨려 들어갔다.

---

1 '함지박'의 준말. 통나무의 속을 파서 만든 목기木器. 모양은 바가지 같다. 여러 가지 음식물, 그 밖의 것을 담거나 음식을 버무리는 용도로 사용한다.

2 가속도加速度. 시간의 경과에 따라 속도나 일의 정도가 차츰 빨라지는 일.

이상하게 조용한 한낮이었다. 간혹 열린 대문으로 빈 뜨락이 보이고 안이 들여다보이지 않도록 무텁게 드리워진 불투명한 발[3]이 보일 뿐이었다. 아직 아이들이 학교에서 돌아올 시간이 아닌 것이다.

아이는 문득 죽은 듯한 정적[4]을 의식했던가, 아니면 아무도 없는 빈 길에서 쉼 없이 페달을 돌리는 권태로움[5] 때문인가, 장애물도 없는 골목에서 두어 번 길고 날카로운 경적[6]을 울렸다.

아이는 아마 필시 시간을 다 채우지 못하고 슬그머니 유치원을 빠져나왔음이 틀림없었다. 아침마다 그는 담 너머로, 유치원에 가기 싫어하는 아이의 울음소리를 들었다. 그러나 아이는 결국 담장 사이에 난 샛문을 열고 그의 집 마당을 가로질러 유치원에 가곤 했다. 비 오는 날이면 발꿈치까지 닿는 노란 비옷을 입고 마당의 물이 괸 자리를 골라 철벅거리며 한껏 늑장을 부렸다. 유치원에서 돌아오면 자전거포에서 자전거를 빌려 타거나 그의 집 마당 귀퉁이에서 소꿉놀이를 하며 놀았다. 아내는 아이가 그의 집을 무시로 드나드는 것을 싫어했다. 함부로 잔디를 밟고 꽃들을 꺾기 때문이었다. 그리고 아이가 왔다 가면 무엇인가 조그만 물건들이 없어진다고 했다. 때문에 아내는 언제나 아이가 다녀간 자리를 의심스러운 눈길로 살피곤 했다.

아이의 엄마는 찻길에 면해 있는, 약국과 정육점, 당구장이 들어 있는 3층 건물의 2층 미장원에서 일하고 있었다. 아이를 낳은 후 바로 중동[7]에 나간 아이의 아버지는 이제까지 계속 연장 취업을 하고 있다고 했다.

아이의 엄마는 쪽문을 통해 그의 집을 드나드는 일이 거의 없었지만 그는 그 여자를 자주 보았다. 창문을 열어 놓을 철이면 찻소리가 잦아드

3 가늘게 쪼갠 대 또는 갈대 같은 것으로 엮어 무엇을 가리는 데 쓰는 물건.
4 정적靜寂. 아무 움직임이나 소리가 없이 조용한 상태.
5 어떤 일이나 대상에 흥미와 관심을 잃고 시들해지거나 따분함을 느끼는 상태.
6 경적警笛. 주의나 경계를 하도록 울리는 음향기기.
7 중동中東. 서아시아 일대를 가리킴. 이스라엘, 이란, 이라크, 시리아 등이 있는 지역.

는 사이사이 미장원에서 찰칵찰칵 머리칼 자르는 가위 소리가 길 아래까지 들렸다. 때로, 찻길의 소음을 막기 위해 창문을 닫는 찌푸린 얼굴을 보았다. 늦은 저녁이면 파마용 비닐 앞치마를 두른 채 찬거리를 사 들고 종종걸음[8]을 치는 그녀와 아주 가까이서 마주치기도 했다. 그럴 때의 그 여자에게서는 파마약과 머리칼 냄새가 강하게 맡아졌다. 한 달에 두 번 쉬는 휴일이면 그 여자는 수채[9]에 쭈그리고 앉아 크악크악 가래[10]를 돋우어 뱉었다. 글쎄, 목에서도 머리칼이 나와요. 그래서 난 될 수 있으면 머리를 자를 때 입 다물고 말을 안 해요. 손님한테서 무뚝뚝하다는 얘기를 듣긴 하지만요. 언젠가 그는 담장 너머 들려오는 그 여자의 말소리를 들었다.

느린 걸음으로 주택가의 모퉁이, 어린이 놀이터에 이르렀을 때 그는 자전거에서 내려 비스듬히 기대 서 있는 아이를 보았다. 아이는 그늘 한 점 없이 쨍쨍한 놀이터의 모래밭에서 게처럼 놀고 있는 아이들에게 물었다.

"너희들, 내 만화경[11] 못 보았니? 누가 훔쳐 갔니?"

"몰라, 몰라."

아이들이 코를 훌쩍이며 대답했다.

아이는 어제저녁 늦도록 샅샅이 뒤져 본 모래 더미를, 소용없는 짓인 줄 알면서도 다시금 사납게 헤집어 아이들이 만들어 놓은 굴이나 두꺼비집 따위를 허물어 버리고는 자전거에 올라탔다.

"누구든지 가져간 애는 내가 한 바퀴 돌아올 때까지 갖다 놔. 안 그러면 가만 안 둘 테야. 난 누가 내 만화경을 훔쳐 갔는지 다 안단 말야."[12]

그는 오한이 들 만큼 새하얀 햇빛, 질식할 듯한 정적 속을 마치 장님인

---

8 발을 자주, 가까이 떼면서 바쁘게 걷는 걸음. 동동걸음.

9 집 안에서 버린 허드렛물이나 빗물이 흘러 나가도록 만든 구멍.

10 폐에서 목구멍에 이르는 사이에서 생기는 끈끈한 분비물. 담痰.

11 만화경萬華鏡. 원통 속에 길쭉한 세 개의 거울을 짜 맞추고, 한쪽 끝을 젖빛유리로 막은 장난감. 안에다 색종이 따위를 넣고 들여다보면 온갖 형상이 대칭 형태로 보인다.

12 사실은 모르고 있다. 아이들을 겁주기 위하여 괜히 하는 말이다.

양 똑똑똑, 지팡이를 촉수[13]처럼 더듬어 한 걸음씩 떼어 놓으며 위장의 미미한 움직임을 느꼈다. 그리고 그 움직임의 반동[14]으로 그의 몸속에 주렁주렁 매달린 크고 작은 주머니와 창자들이 꿈틀대기 시작하는 것을 느꼈다. 낡고 무력하게 늘어진 주머니는 이제야 비로소 게으르게 제 기능을 생각해 내고 다소의 활기를 되찾은 것이다.

날이 더욱 뜨거워지면 그는 식욕을 돋우기 위해 필요하다고 스스로 처방한, 20분에서 30분에 걸친 식사 전의 산책을 그만두어야 할 것이다.

그는 조금씩 숨이 차 하며 멈춰 서서 이마의 땀을 닦거나 길가 집 열린 창으로 꼼짝 않고 무겁게 드리워진 커튼을 유심히 바라보았다.

산책길은 늘 일정했고 그는 똑같은 모양의 낮고 작은 집들이 들어찬 주택가의, 어쩌면 공포까지도 불러일으킬 정도로 단조로운 길과 풍경 따위, 망막[15]에 들어오는 모든 것을 오랫동안 바라보곤 했다. 관찰이나 기억을 위한 목적이 없이, 바라본다는 의식조차 없이.

어쨌든 날이 더워지면 산책은 중단해야 될 것이다. 지나치게 좁아지거나 얇아지고 느슨해진 기관들은 더운 날씨를 견뎌 내지 못할 것이기에 여름내 그는 그늘에 내놓은 등의자에 앉아 그가 바라보기만으로 그친 풍경들을 떠올리며 지내게 될 것이다.

한껏 느릿느릿 걸었는데도 30분에 걸친 산책을 마치고 집 가까이 올 무렵에는 웃옷 등에 축축히 땀이 배었다. 만족스러운 결과였다. 그는 자신의 나이에 이르면 땀이 흐를 정도의 운동은 무리라고 생각했기 때문에 몸의 움직임은 언제나 땀이 그저 조금 배일 정도의 가벼운 운동으로 그친다는 것을 수칙[16]으로 삼고 있었다.

---

13 곤충이나 거미, 새우 따위의 머리에 난 수염 모양으로 생긴 감각 기관. 더듬이.

14 반동反動. 어떤 작용에 대하여 그 반대로 일어나는 작용.

15 망막網膜. 눈의 가장 안쪽에 있는 얇은 막. 이곳에 맺힌 물체의 상像을 시신경을 통해 대뇌로 보내는 일을 함.

16 수칙守則. 지켜야 할 규칙.

그는 스스로 정한 몇 가지 규칙과 질서를 지키려는 노력으로 얻어지는 성과를 중요하고 가치 있게 여겼다. 하루하루가 마치 당기지 않는 입맛으로 억지로 숟갈질을 하는 듯하다고 생각하면서도 이 모든 것이 한순간에 정지할 날[17]이 있으리라는 것을 결코 모르는 것처럼 육체와 생활을 지배하는 규칙과 리듬에 순종하는 기쁨을 느꼈다.

아내는 열두 사람 분의 칼국수를 만들 밀가루 반죽을 준비했지만 심방尋訪[18]은 취소되었다. 오랜 병을 앓던 교우敎友가 방금 운명[19]을 했기 때문에 가정 예배를 위해 교회를 나서던 그들은 곧장 종합병원 영안실로 간다는 전갈이 왔노라고, 산책에서 돌아온 그에게 말하며 아내는 상기도[20] 함지 가득한 흰 반죽 덩어리에 두 손을 찔러 넣은 채 잠깐 망연한 표정을 지었다.

이미 두 사람 몫으로는 지나치게 많은 반죽은 입이 넓은 함지의 전[21]으로 넘칠 듯 부풀어 오르고 있었다.

마루에는 국수를 썰기 쉽게 밀가루가 발린 도마며 밀대, 국수 위에 얹을 색색의 고명[22]이 담긴 채반[23] 따위가 널려 있었다.

아내는 손님을 맞을 준비로 이른 아침부터 마당 청소를 하고 부엌과 마루에서 종종걸음을 쳤다. 아침상을 물린 뒤 부엌에서부터 들려오는 나지막한 도마 소리, 기름 타는 냄새, 바쁘게 오가는 아내의 발소리에 그는 불분명한 평안감에 잠겼던 것을 기억했다. 그것은 그 자신 이미 그런 종류의 활기에 새삼스러운 느낌을 갖는다고 믿지 않으면서도 어울려 살아

---

17 '죽는 날'을 가리킴.

18 심방尋訪. 목사나 신도들이 방문하는 것.

19 운명殞命. 사람의 목숨이 끊어지는 것.

20 '아직도'의 사투리.

21 가장자리.

22 모양을 내고 맛을 더하기 위하여 음식 위에 뿌리거나 얹는 양념 같은 것.

23 껍질을 벗긴 싸릿개비로 납작하고 울이 없이 결어 만든 채그릇. 흔히, 국수 사리를 올려 놓는다든지 부침개를 늘어놓는 등의 용도로 쓰임.

있음의 열기에 대한 기대, 혹은 일상적 삶에 대한 향수가 아니었을까.

그가 생각하듯 심방이 취소된 데 대한 아내의 실망은 그닥[24] 큰 것이 아닐지도 몰랐다. 그는 아내에게 그렇듯 깊은 믿음이 돌연히 생겼다고 생각할 수는 없었다.

지난달의 일이던가, 집집마다 잠긴 문을 두드려 전도[25]를 다니는 두 아낙네가 몹시도 힘들고 딱해 보였던지 아내는 다리나 쉬어 가라고 그네들을 불러들였고 그것이 서너 시간에 걸친 교리 강좌[26]가 되었다.

—죽음은 무의식입니다. 산 개만도 못하다고 했어요. 지옥이란 바로 죽음 자체이며 글자 그대로 땅에 갇힌다는 뜻이지요…….

방 안에 드러누운 그에게까지 그네들의 교리 강좌는 크게 들렸다.

"그저 좀 다리나 쉬었다 가랬더니……."

그들이 돌아가고 난 뒤 아내는 변명하듯 그에게 말했으나 다음 일요일에는 그네들의 회관에 나갔다. 그리고 그들은 오늘 첫 심방을 오기로 한 것이다.

땅속에 갇힌 생명, 땅속에 갇혀 아우성치는 빛들.

그가 영로를 땅에 묻은 것은 20년 전인가, 스무 살의 영로는 그가 살았던 세월만큼 땅에 갇혀 있다.

아내가 그의 점심 준비를 하기 위해서인 듯 자리를 뜨고도 꽤 오랫동안 그는 그대로 마루에 앉아 아내가 바라보던 뜰을 바라보았다. 아내의 눈길이 지나고 머물던 곳을 역시 아내의 눈이 되어 열심히 바라보았다. 뜰은 장미, 수국, 다알리아 따위 여름 꽃이 한창이었다. 정오의 햇살에 꽃잎은 한껏 벌어져 보다 짙은 빛의 속살을 엿보이고 벌과 나비는 미친 듯한 갈망으로 꽃술 속 깊이 대롱을 박아 꿀을 찾고 있다. 꽃들은 피고자, 더욱 피어나고자 하는 열망으로 빛은 짙고 어두워지며 천천히 눈에 보이

24 그다지.
25 전도傳道. 불신자에게 신앙을 가지도록 인도하는 일.
26 교리강좌敎理講座. 종교상의 원리나 이치를 가르치는 것.

지 않게 몸을 떨고 있다. 그러나 그것은 이미 아내의 눈에 비치던 풍경이 아님을 그는 알고 있다. 땅속에 갇힌 아우성을 들으려는 시늉으로 수굿이 귀를 기울이며 나무를 바라보는 사이 무성한 나뭇잎은 편편이[27] 떨어져 내리고 메마른 가지만 섬유질[28]로 남아 파랗게 인燐[29]처럼 타오르며 자랑스럽게 가지 뻗었던 자리는 이윽고 냉혹한 죽음만이 떠도는 공간이 된다. 그 공간을 찢을 듯 날카로운 경적을 울리며 자전거는 대문 앞을 지나갔다. 그는 그럴 수만 있다면 살같이 날려 간 아이를 손짓해 불러 뒤돌아보게 하고 싶었다. 얘야, 들어와서 세수라도 하려무나. 뜨거운 햇빛 아래 그렇게 온종일 자전거만 타다가는 뇌의 혈관이 부풀어 오른단다. 할 수만 있다면 늙은이의 하찮은 친절로 그 애가 살아갈 동안 내내 잊지 못할, 칼빛처럼 독한 기억을 박아 주고 싶었다.

아내가 상을 차려 내왔다. 그는 여느 때처럼 칼국수에 소주 한 잔을 반주[30]로 점심 식사를 했다.

국수는 색깔 맞춘 고명으로 잔뜩 치장을 했지만 아주 싱거웠다. 그는 전혀 간이 들지 않은 것을 모르는 듯 고개를 숙이고 훌훌 국수 올을 말아 올리는 아내를 말없이 건너다보았다.

틀니 탓인가. 그러나 틀니를 한 것은 어제오늘의 일이 아니었다. 게다가 그는 틀니를 한 뒤 단단한 음식을 씹는 데 부담을 느끼게 되면서부터 점심에는 으레 칼국수를 먹었다. 아내의 칼국수 끓이는 솜씨는 나무랄 데 없었다. 그런데 늘상 해 오던 일이면서도 간장 넣는 것을 잊다니. 그리고 그것을 아무렇지도 않은 낯으로 먹는 아내에 대해 그는 자신의 역할에 게을러진 그의 몸 각 기관들에 대한 것과 비슷한 분노와 미움을 동시에 느

---

27 조각조각으로.

28 섬유질纖維質. 섬유로 이루어진 물질.

29 원소의 하나. 원소 기호 P, 원자 번호 15, 원자량 30.9738. 독성이 있고, 공기 가운데서는 인광燐光을 발함. 동물의 뼈나 이의 구성 성분. 쥐약이나 성냥을 만들 때 쓰임.

30 반주飯酒. 밥을 먹을 때 곁들여 술을 마시는 것. 또는 그 술.

꼈다.

"간장 좀 가져와."

그는 노여움을 누르고 말했다. 아내가 굼뜨게[31] 일어나 간장 종지를 가져왔다.

이를 뽑고 틀니를 하고부터, 그리하여 음식을 씹고 맛보는 즐거움을 태반 잃게 되면서부터 자신이 음식 맛에 대해 까다로워졌다는 사실을 그는 인정하려 들지 않았다.

틀니라니. 그는 평생을 시청의 하급 관리로 살아왔다. 상사의 지시나 그의 부서에서 결정된 내용들을 기안하고 깨끗이 정서[32]하는 것이 그에게 맡겨진 일의 거의 전부였다. 그는 글씨 쓰는 일을 좋아했고 결코 약자略字나 오자誤字를 쓰지 않았다. 자신이 올린 서류가 결재가 난 뒤면 타이핑이 되어져 곧 휴지통에 버려진다는 것을 알면서도 그는 정확하고 반듯한 글씨에 기쁨과 긍지를 느꼈다. 그의 부서 책임자들은 그가 정리한 서류를 볼 때면 한결같이 말했다. 자넨 글씨가 좋군.

어느 날 갑자기 이빨들이 들뜨기 시작하고 잇몸이 퍼렇게 부풀어 이빨 뿌리가 드러났을 때, 결국 모조리 빼고 틀니를 해야 된다는 것을 알았을 때 그는 낭패감[33]보다 심한 배반감과 노여움을 느꼈다. 그리고 이어 위장을 비롯한 몸의 모든 기관들이 무력해지는 증상이 나타났다. 의사는 말했다. 정년 퇴직[34] 후에 흔히 오는 증상입니다. 갑자기 일손을 놓게 된 데서 오는 허탈감으로 육체도 긴장과 균형을 잃게 되는 겁니다. 말하자면 정년병停年病이라고나 할까요.

누구에게나 찾아오는 일반적 현상이라는 의사의 말은 그에게 조금도

31 동작이 몹시 느리게.

32 정서淨書. 글을 깨끗이 옮겨 쓰는 것. 정사淨寫.

33 일이 실패로 돌아가거나 기대에 어긋나는 것을 느끼는 것.

34 정년 퇴직停年退職. 관청이나 회사 등에 근무하던 직원이 퇴직하도록 정해져 있는 나이에 퇴직하는 것.

위안을 주지 못했다. 하긴 시말서[35] 한 번 쓰지 않은 그도 정년이 되자 시간과 자리를 적당히 메꾸고 빈둥빈둥 보낸 사람들과 똑같이 궁둥이를 차밀리지 않았던가. 오래된 청사의 어둡고 환기 안 되는 방에서 몇십 년을 불평 없이 순응하며 살아온 그도 틀니에만은 좀체 익숙해지기 어려웠다. 단단하고 차가운 이물질[36]이 연한 잇몸을 옥 물고 조이는 느낌에 대한 저항감은 지울 수 없었다.

점심상을 물린 그는 부드러운 헝겊에 치약을 묻혀 지팡이 손잡이 부분의 은장식을 닦았다. 어루만지듯 부드럽고 단순한 손놀림을 계속하는 동안, 그리하여 은의 빛이 보얗게 살아나는 것을 보는 사이 맛없는 국수와 아내와 틀니에 대한 노여움은 차츰 사라졌다.

다 닦은 지팡이를 신발장 옆에 세워 두고 마루로 올라앉아 무료히[37] 뜰을 내다보던 그는 잠깐 졸았던 것일까.

문소리도 듣지 못했는데 뜰의 구석진 곳에서 검침원[38] 청년이 쇠꼬챙이로 수도 계량기를 덮은 콘크리트 뚜껑을 열고 있는 중이었다. 아내는 이켠에 등을 보이고 쭈그리고 앉아 청년의 손이 움직이는 대로 아래를 내려다보고 있었다. 아내의 흰머리와 앙상하게 굽은 등허리 위로 좀체 기울지 않는 한낮의 정적이 수은처럼 무겁게 얹혀 흐르고 있었다.

"에이, 귀뚜라미 좀 보세요, 할머니. 겨울 지나면 이런 걸 죄다 걷어 태워 버려야 벌레가 안 생겨요."

청년이 느닷없이 빛과 외기外氣에 놀라 튀어 오르는 귀뚜라미를 피해 고개를 젖히며 말했다. 지난 겨울, 동파凍破[39]를 막기 위해 계량기 위에 쏟아 부은 등겨[40]와 짚을 거두라는 말일 게다. 겨와 지푸라기 사이에서

---

35 시말서始末書. 사고나 과실을 저질러 그 당사자가 그 일의 전부를 자세히 적는 문서.

36 이물질異物質. 성질이 다른 딴 물질.

37 재미있는 일이 없어 심심하고 지루하게.

38 검침원檢針員. 수도나 전기 계량기를 조사해서 사용량을 체크하는 사람.

39 얼어서 터지거나 파손되는 것.

40 벼의 껍질.

겨울을 난 알에서 부화하여 어둡고 축축한 콘크리트관 안쪽 벽에 붙어 자라는 벌레들을 그도 본 적이 있었다.

아내는 청년의 말에 말없이 머리를 끄덕였다. 아내의 머리는 호호한 백발이다. 그의 머리에 희끗희끗 새치[41]가 비치기 시작했을 때 아내는 이미 반백이었다. 영로를 묻고 돌아섰을 때, 그는 문득, 그때까지도 붉은 흙더미 위에 얹힌 성근 뗏장을 다독거리고 있는 아내의 머리가 허옇게 세어 있음을 발견했다.

청대[靑竹][42]처럼 자라던 아들을 죽이고 머리가 온통 세어 버렸다오. 아내는 집에 들인 장사치 아낙네들에게 가끔 말하곤 했었다. 그러면서도 언제나 조발調髮[43]과 염색에 신경을 쓰는 그에게는 변명하듯 말했다. 우리 친정이 원래 일찍 머리가 세는 내력이에요. 당신, 염색을 하시니까 보기 좋구려. 아주 젊은이 같아요.

흰 머리올이 드러나면서부터 그는 염색하는 일을 게을리하지 않았다. 틀니를 한 뒤 그는 희고 빛나는 이빨과 검고 단정한 머리칼로 더욱 젊어졌다. 가끔 그는 이제 마흔 살이 되었을 영로를 바라보듯 거울 속의 자신의 얼굴을 오래 물끄러미 바라보곤 했다.

청년이 나가려 하자 우두커니 계량기를 굽어보던 아내가 말했다.[44]

"더운데 잠깐 땀이나 들이고 가우."

"그럼 냉수나 한 그릇 주세요."

청년은 손수건을 꺼내 이마와 목덜미의 땀을 닦았다. 청년이 마루턱에 엉덩이를 걸치고 앉자 아내는 부엌으로 들어가 미숫가루를 한 그릇 타 왔다. 그동안 청년이 가 버릴 것을 겁내는 듯 연신 숟가락으로 사발을 휘저으며 종종걸음으로 나오는 아내가 못마땅해서 그는 속으로 혀를 차며 중

---

41 검은 머리에 섞여 나는 흰 머리카락.
42 아직 마르지 않은 대나무.
43 조발調髮. 머리카락을 깎아 다듬는 것.
44 아내는 문득 청년에게서 죽은 자식 '영로'를 떠올린다.

얼거렸다.

그러지 마라. 단지 수도 검침을 하러 다니는, 어디서나 만날 수 있는 평범한 젊은이일 뿐이야.

청년은 쉴 짬 없이 단숨에 그릇을 비웠다. 아내의 눈길이 청년의 완강한 목의 뼈와, 함부로 단추를 연 셔츠 깃 사이로 엿보이는 붉게 익은 가슴팍을 탐욕스럽게 더듬으며 허둥거리는 것을 그는 놓치지 않았다.

"잘 먹었습니다, 할머니."

청년은 입가에 흐른 물기를 손등으로 문질러 닦고 입술을 빨았다.

먹는 버릇도 단정치 못해. 먹는 버릇을 보면 바탕을 알 수 있다니까.

그는 또 무력하게 속엣말을 중얼거렸다.[45]

청년은 생각난 듯 마당을 질러 열려진 채로인 수도관[46]의 콘크리트 뚜껑을 닫았다. 검침원들은 누구든 열어젖힌 뚜껑을 닫아 주고 가는 법이 없었다. 그들은 한결같이 자신의 직업에 대한 경멸처럼 쇠꼬챙이로 마지못해 뚜껑을 열어젖혀 계량기의 숫자를 확인하고는 그대로 가 버렸다. 아내는 몹시 힘들게 끙끙대며 그것을 닫곤 했다.

"이봐요 젊은이, 내 부탁 하나 들어주려우?"

아내가 막 대문을 나가려는 청년을 불러 세웠다. 그리고 청년의 대답을 듣지 않고 벌써 광[47]으로 들어가 무거운 연장 통을 두 팔로 안고 나왔다.

청년은 뻔히, 다소 무례한 눈길로 아내와, 아내가 허리가 휠 듯 무겁게 들여다 놓은 연장 통을 번갈아 바라보았다.

음흉한 늙은이 같으니라구, 미숫가루 한 그릇 값을 톡톡히 받으려는 모양이군 하는 표정이었다. 아내는 그러한 청년의 기색을 짐짓 모른 채 느릿느릿 말했다.

"빨랫줄이 높아서 말야. 좀 나지막히 줄을 매 줘요. 빨래 널기가 여간

---

45 '그'는 검침원 청년에게서 아들을 떠올리며 아내가 청년을 친절하게 대한 것이 못마땅하다.

46 수도관水道管. 수돗물을 보내는 관.

47 세간 따위를 넣어 두는 곳간.

힘들어야 말이지. 늙은이들만 사는 집이라 통 손이 없어서 그런다오."

"하지만 더 낮게 매면 빨래가 땅에 끌릴 텐데요. 애들 줄넘기나 하려면 모를까."

청년이 여전히 내키지 않는 기색으로 팔짱을 낀 채 연장 통을 들여다보았다.

"그리고 온통 녹슨 못들뿐이잖아요. 할머니가 원하시면 해 드리는 건 어렵지 않지만 괜한 일 같은데요. 더 낮게 매면 어디 빨랫줄 구실을 하겠어요?"

청년은 연장 통을 뒤져 녹이 덜 슨 못과 망치를 찾아 들었다. 못이 모두 녹슬어 있을 것은 당연했다. 망치, 장도리, 작은 톱, 대패까지 고루 갖추어진 연장들은 그 스스로 장만한 것이면서도 오랫동안 쓰지 않았던 탓에 낯설었다.

"그래, 요기는 하고 다니우?"

못을 박는 청년에게 아내가 물었다.

"그러믄요."

청년이 입에 문 못 때문에 우물우물 대답했다. 못 두 개 박는 일은 순식간에 끝나고 아내의 요구대로 먼젓번보다 한 뼘 정도나 낮춰진 높이에 마당을 가로질러 팽팽히 줄이 매어졌다.

줄은 그가 보기에도 너무 낮았다. 아마 오늘 오후나 내일쯤, 아내는 오며 가며 줄이 목에 받힌다고 불평하며 거두어 버리느라 애를 쓸 게 분명했다.

"이렇게 수고를 해 줬는데 어쩌지? 그다지 바쁜 게 아니라면 요기나 하고 가우. 내 금시[48] 국수를 끓여 줄게."

아내가 함지에 담겨 아직도 마루 한 귀퉁이에 놓인 채로인 밀가루 반죽을 흘깃거리며 말했다. 누룩을 넣은 것도 아니련만 더운 날씨 탓인가.

---

48 금방.

반죽은 미친 듯 부풀어 오르는 것처럼 보였다.

"여러 집을 돌아다녀야 합니다."

"이렇게 종일 걸어다니려면 힘들겠수. 다리는 좀 아플까."

"제발 개들이나 묶어 놓았으면 좋겠어요."

갑자기 청년은 못 견디게 화가 치밀어 오르듯 볼멘소리로 대꾸하고는 침을 찍 뱉었다.

"바지 찢기는 건 예사고 자칫 발뒤꿈치 물리기 십상[49]이라구요."

청년의 뒤를 문빗장을 걸기 위해서인 듯 아내가 멈칫멈칫 따라 나갔다.

집 안은 다시 고요해졌다. 뜰의 나무 그림자가 조금 길어진 것으로 보아 햇빛과 시간이 흐르고 있음을 알 수 있을 뿐이었다. 빗장 걸리는 소리도 아내의 신발 끄는 소리도 들려오지 않았다. 대신 탈, 탈, 탈, 한결 속도를 늦춘 맥빠진 자전거 바퀴 소리가 들려왔다.

아내가 망연히 문설주[50]를 짚고 서서 바라볼 길목을 더위에 지친 아이는 이미 만화경 따위는 까맣게 잊은, 다만 싫증을 참지 못해 하는 얼굴로 자전거를 끌고 느른히[51] 걸어가고 있는 것일까.

그는 방으로 들어갔다. 그리고 의자를 끌어당겨 책상 앞에 앉았다. 책상은 창가에 놓여 있어 담 밖의 소리나 풍경이 훨씬 가까웠고 그는 오랜 버릇으로 의자에 앉는 것이 편했기 때문에 자주 희미한 잉크 자국이며 칼에 패인 흠이며 긁힌 자국들을 손으로 쓸어 보며 우두커니 앉아 있곤 했다.

영로가 중학교에 다닐 때 마련한 책상이었다. 그리고 그는 무엇을 읽거나 쓰기 위해 책상 앞에 앉는 일은 거의 없었지만 층층이 달린 서랍이 요긴하게 쓰인다는 것이 이제껏 그것이 방의 웃목에 적지 않은 자리를 차지하고 있을 수 있는 이유였다.

그는 빈 담뱃갑의 은박지를 벌려 꽃 모양으로 말아 접어 가래를 뱉고

---

49 일이나 물건이 꼭 알맞은 것.

50 문의 양쪽에 세워 문짝을 끼워 달게 된 기둥.

51 고단하여 힘이 없게.

수도요금과 전기요금 영수증, 돋보기 따위로 채워진 서랍들을 여닫고 손톱깎이를 꺼내 찬찬히 손톱을 깎았다.

마루를 서성이는 아내의 조심스러운 발소리가 들렸다. 손톱을 깎고 서랍을 여닫는 일이 특별히 비밀해야 한다고 생각지 않으면서도 그는 아내의 발소리가 방문 앞을 지나칠라치면 흠칫 놀라 손을 멈추었다. 이젠 늙어 귀신이 다 되었다고, 집의 한구석에 가만히 앉아 있어도 집 안 곳곳에서 일어나는 일을 모두 보고 들을 수 있다는 아내도, 그가 비듬을 털고 손톱을 깎고, 억지로 책상 앞에 앉은, 숙제하기 싫은 아이들처럼 서랍이나 여닫는 것을 결코 알지 못하리라는 생각 때문에 아내 모르게 행하는 하찮은 손짓 하나라도 대단한 음모인 양 바깥 기척에 귀를 기울이게 되는 것이었다.

아내의 발소리가 마루에서 완전히 사라졌음을 확인하고 그는 책상 서랍 깊숙이 넣어 두었던 만화경을 꺼냈다. 그것은 두꺼운 마분지를 원통형으로 말아 붙인 것으로, 표면에는 울긋불긋 크레파스 칠이 되어 있었다.

그는 만화경을 눈에 갖다 대고 빙글빙글 돌렸다. 잘게 자른 색종이 조각들이 거울면의 굴절에 따라 모였다 흩어지며 여러 가지 꽃 모양을 만들었다.

만화경 속의 조화는 현란하지도 신기하지도 않았다. 홑잎과 겹잎꽃의 단순한 집합과 확산일 뿐이었다. 옛사람은 만화경을 돌리며 우주의 원리와 이치를 본다고 했다.

엊그제였던가, 점심 산책에 나선 그가 주택가 골목을 벗어나 큰길에 이르렀을 때 그는 주위를 집요하게 맴돌며 따라오는 빛 무늬를 보았다. 어깨와 다리, 가슴팍에 함부로 와 닿는 빛을 털어 내며 눈살을 찌푸렸으나 하얗게 번뜩이는 그것이 길과 사람들 사이로 정령[52]처럼 춤추며 뛰어다니다가 다시금 그에게로 되돌아와 얼굴에 오래 머무르자 그는 문득 얼

---

52 정령 精靈. 산천초목이나 무생물 등 갖가지 물건에 깃들어 있다는 혼령.

굴이 졸아드는 공포를 느꼈다. 센 빛살에 눈을 뜨지 못하며 그는 소리쳤다. 누구냐, 거울 장난을 하는 게. 그때 쨍쨍한 목소리가 날아왔다. 안녕하세요, 할아버지. 아이가 미장원 층계에 앉아 있었다. 아이의 손에는 날카롭게 모가 선 거울 조각이 들려 있었다. 다치면 어쩌려고 그러니. 그러나 아이는 말했다. 유리 가게에 가서 동그랗게 잘라 달라고 하면 된대요. 내일 유치원에서 만화경을 만들 거예요. 만화경은 뭐든지 다 보이는 요술 상자래요. 그러면서 아이는 길을 건너 달려갔다. 뭐든지 다 보인다고? 그는 아이의 등 뒤에 대고 물었으나 물론 진정한 호기심은 아니었다. 단지 의미 없는 되물음이었을 뿐이었다. 그리고 어제 낮, 그는 놀이터의 벤치에서 그 애의 가방과 함께 놓인 만화경을 보았다. 집으로 오는 동안을 참지 못해 도중에 유치원 가방을 팽개쳐 두고 자전거 가게로 달려가는 그 애의 버릇을 그는 알고 있었다. 아이는 이 요술 상자를 통해 무엇을 들여다보았을까. 그는 아이의 눈이 되어 아이의 눈에 비친 모든 것을 보고자 하는 욕망으로 만화경을 집어 들었다. 그것을 품에 감추고 어제 오후 내내 그는 잃어버린 만화경을 찾기 위해 헛되이 모래 더미를 헤치는 아이를 지켜보았다. 내 만화경을 누가 훔쳐 갔어요. 전시회에 낼 거라고 선생님이 그랬는데요. 아이는 울면서 벌써 수십 번이나 들여다보았을, 가방과 만화경이 놓였던 긴 의자 밑을 다시 들여다보았다.

뭐든지 볼 수 있대요. 그는 아이의 말을 흉내내어 중얼거리며 빠르게 만화경을 돌렸다. 돌리는 속도가 빨라짐에 따라 유리와 거울과 색종이가 어울려 모였다 흩어지는 모양이 다양해졌다. 그것은 어쩌면 빠른 속도로 분열하고 번식하는 병원균과도 같았다. 색종이의 선명한 색감 때문인지도 몰랐다.

눈꺼풀이 무겁게 내려앉고 몸이 나른히 풀려 왔다. 반주 탓이었다. 낮잠이 결국 그에게, 밤에 깨어 흉몽[53]처럼 빈 뜨락을 서성이게 할 것을 알

---

53 흉몽凶夢. 불길한 꿈.

면서도 소화를 돕기 위해 마신 한 잔의 반주로 인한 잠의 유혹을 그는 이길 수 없었다.

그는 만화경을 다시 서랍 속에 넣고 목욕탕으로 가기 위해 방을 나왔다.

아내는 마루 끝에 걸터앉아 밀가루 반죽을 한 움큼씩 떼어 손바닥 안에 궁글려 무엇인가 형체를 빚고 있었다.

"뭘 만드오?"

"그저 장난이에요."

아내가 쑥스럽게 웃으며 빚고 있던 모양을 뭉개어 버렸다. 마루턱에는 벌써 사람, 개, 말 따위가 손가락만한 크기로 서툴게 빚어져 있었다. 목욕탕으로 들어간 그는 틀니를 빼기 위해 문을 잠갔다.

틀니에 익숙해지려면 되도록 틀니를 빼지 말고 자신이 틀니를 하고 있다는 사실을 의식하지 말라고 의사는 말했지만 그는 언제나 빼어 깨끗한 물에 담가 손 닿는 위치에 두고서야 잠이 들곤 했다. 잠으로 들어가는 잠깐의 무중력 상태[54]에서 틀니만이 무겁게 매달려 있는 듯한 느낌을 지울 수 없었을뿐더러 틀니만이 홀로 깨어 제멋대로 지껄일, 이윽고 육신은 사라지고 차갑고 단단한 무생물만이 잔혹하게 번득이며 존재할 공간이 두려운 것이다. 이야기를 하고 있을 때조차 그는 자신이 말하고 있는 것이 아니라 틀니가 제멋대로 덜그럭대며 지껄이는 듯한 느낌에 사로잡혀 자주 말을 끊곤 했다.

틀니를 빼내자 거울 속으로 꺼멓게 문드러진 잇몸이 드러났다. 연한 잇몸은 틀니의 완강함을 감당하지 못해 이지러지고 뭉개지고 졸아들었다. 때문에 틀니를 빼어 내었을 때의 입은 공허하고 냄새 나는, 무의미하게 뚫린 구멍에 지나지 않았다. 잠긴 문을 확인하고 마치 헛된, 역시 덧없음을 알면서도 순간에 지나가 버릴 것에 틀림없는 작은 위안을 구해 자신

---

54 무중력 상태無重力狀態. 중력의 가속도가 0이 되는 상태. 인공위성이나 자유 낙하하는 물체의 내부 등에서 일어남.

의 시든 성기를 쥘 때와 같은 음습하고 씁쓸한 쾌락과 수치를 동시에 느끼며 틀니를 닦기 시작했다. 치약 묻힌 칫솔로 표면에 달라붙은, 칼국수를 먹고 난 뒤의 고춧가루 따위 찌꺼기를 꼼꼼히 닦아 내자 틀니는 싱싱하고 정결하게 빛났다. 틀니의 잇몸은 갓 떼어 낸 살점처럼 연분홍 빛으로 건강해 보였다. 그는 헐떡이며, 치약 거품을 가득 물고 허옇게 웃고 있는 이빨들을 바라보았다. 거울 속으로, 청년처럼 검은 머리는, 무너진 입과 졸아든 인중,[55] 참혹하게 패인 볼 때문에 더 젊어 보였다.

방으로 돌아온 그는 틀니가 담긴 물 컵을 머리맡에 놓고 퇴침[56]을 베고 누웠다. 잠에 빠지는 과정은 언제나 어둑신하고 한없이 긴 회랑回廊[57]을 걸어가는 것과도 같았다. 어쩌면 이미 혼백이 되어 연도[58]를 걸어가는 것이나 아닐까.

열린 방문으로 아내의 모습이 빤히 보였다. 혼곤하게 빠져 드는 가수[59] 상태에서 아내의 손은 반죽을 궁글려 몸체를 만들고 귀와 뿔을 세우고 꼬리와 다리를 만들어 붙였다. 그가 한 번도 본 적이 없는 이상한 형체였다. 아내는 그것을 이미 만들어진 다른 것들과 나란히 볕이 드는 마루턱에 세우며 웅얼웅얼 낮게 중얼거렸다. 할아버지는 돌아가실 때까지 흉몽에 시달리셨다우. 머리가 깨질 듯 아프다고 했어요. 흉몽 때문에 머리가 아픈 건지 머리가 아파서 나쁜 꿈만 꾼 것인지는 그분 자신도 몰랐어요. 무당을 불러 푸닥거리[60]를 하고 장님에게 경을 읽히기도 했지만 그 무서운 두통을 낫게 하지는 못했어요…… 이름난 대목이었다는 아내의 조부 이야기는 그도 몇 차례인가 들어 알고 있었다…… 새벽이고 밤중이고 흉한 꿈에 눌려 비명을 지르고 깨어나면 머리가 아파서 미친 사람처럼 온 집

---

55 인중人中. 코의 밑과 윗입술 사이에 수직으로 길고 우묵하게 팬 곳.
56 퇴침退枕. 서랍 딸린 목침.
57 본채의 좌우에 있는 기다란 집채.
58 연도羨道. 무덤의 입구에서부터 시체를 안치할 방에까지 이르는 길. 널길.
59 가수假睡. 거짓으로 자는 체하는 것.
60 부정이나 살을 푼다고 무당이 간단하게 음식을 차리고 하는 굿.

안을 뒹굴며 다녔지요. 할머니는 그 양반이 뫼자리에 집을 많이 지어 그런 거라고 말했어요. 그는 회랑의 어슴푸레한 모퉁이에서 흰 끈을 머리에 동이고 비명을 질러 대는 등 굽은 노인의 뒷모습을 본다…… 그래서 할아버지는 이상한 짐승의 모양을 손칼로 깎았지요. 코끼리 같기도 하고 곰 같기도 하고 아무튼 참 이상한 모양이었지요. 맥[61]이라던가, 나쁜 꿈을 먹는 짐승이래요. 중얼거리는 동안에도 아내의 손이 쉬임 없이 반죽을 떼어 내어 형체를 만들고 있었다…… 할아버지는 그것을 타구[62]와 함께 머리맡에 두었어요. 때문에 타구에 가득 고인 가래침은 마치 맥이 밤새 먹고 이른 새벽에 토해 놓은 흉몽과 같았지요. 할아버지는 관 속에 맥을 같이 넣어 달라고 유언을 하셨어요. 죽은 후에도 나쁜 꿈에 시달릴 것을 겁내셨던 모양이에요. 죽은 사람도 꿈을 꾸는 걸까. 어린 내게도 그것이 퍽 이상했는데 지금은 할아버지가 그러셨던 걸 이해할 수 있어요. 옛날 사람들은 자기가 쓰던 물건, 부리던 하인들의 모양까지 흙으로 빚어 무덤 속에 같이 넣었다잖아요? 아내의 조부는 이제 길고 희미한 시간의 회랑 끝에서 편안히 잠들어 있다. 머리맡에 맥을 세워 두고. 어쩌면 그에게 최면[63]을 걸 듯 느릿느릿 낮게 읊조리는 아내의 말소리에 손을 잡혀 그는, 더러는 망각으로 깜깜하게 묻히고 더러는 어슴푸레 떠오르는 시간 속을 자꾸 걸어간다. 그것은 마치 감광제[64]가 고루 발리지 않은 필름과도 같다. 어느 부분은 저 홀로 발광체인 듯 환히 빛나며 뚜렷이 떠오르고 어느 부분은 아주 깜깜해서 아무것도 보이지 않는다. 그러나 그는 굳이 잊혀진 것을 되살리고자 안타까워하지 않는다. 기억하고 싶은 것만 기억하는 것은 늙은이에게 주어진 보잘것없는 특권인 것이다. 그러나 그가 지금 주춤거리고 섰는 이곳

---

61 인간의 악몽을 먹는다는 중국 전설 속의 동물. 형태는 곰, 코는 코끼리, 눈은 코뿔소, 꼬리는 소, 발은 호랑이와 비슷하다고 함.

62 타구唾具. 가래침을 뱉는 그릇.

63 최면催眠. 암시에 의해 빠져 들게 되는 수면과 같은 상태.

64 감광제感光劑. 사진 건판, 필름 등에 발라 감광성을 부여하는 약제.

은 어디인가. 언젠가 가 보았던 박물관의 전시실 같기도 했다.

그것은 토우土偶[65]나 동경銅鏡[66] 따위 죽은 사람들의 부장품[67]들만을 진열한 방이었다. 땅속에 묻혀 천년 세월을 산, 이제는 말끔히 녹을 닦아 낸 구리 거울을 보자 그는 자신이 아주 오래전에 죽은 옛사람인 듯 느껴졌었다. 관람객이 한 명도 없이 텅 빈 전시실에는 두꺼운 양탄자가 깔려 있어 자신의 발소리조차 들리지 않았었기 때문이라고, 어둡고 눅눅한 회랑을 걸어 나오며 그는 잠깐 스쳐간 괴이한 기분에 대해 변명하였다.

영로를 묻었을 때 그는 그가 묻고 돌아선 것이, 미쳐 가는 봄빛을 이기지 못해 성급히 부패하기 시작한 시체가 아니라 한 조각 거울이었다고 생각했었다.

"할머니, 뭘 만드세요?"

마루 앞마당에 짧게 그림자가 드리우며, 일부러 그러는 듯 혀 짧은 소리가 들렸다. 흰빛 레이스천의 원피스로 갈아입은 옆집 계집아이였다. 그는 가수 상태에서 빠져나오고자 힘겹게 허위적거리며 있는 힘을 다해 아이를 바라보았다.

자전거 타기에 싫증이 난 것일까, 아이는 인형을 꼭 안고 한 손에는 소꿉놀이가 든 플라스틱 바구니를 들고 있었다.

"유치원에 갔다 왔니?"

아내는 여전히 기괴한 동물의 형상을 빚으며 냉랭하게 물었다. 아내는 언제나 수상쩍어 하는 눈길로 아이를 바라보았다. 늙은 아내는 무엇이든 의심했다.

"오늘은 안 가는 날이에요. 토요일이거든요."

"예쁜 옷을 입었구나."

"우리 엄마가 사 주셨어요."

---

65 흙으로 사람이나 동물의 모양을 본떠 만든 것.
66 구리를 갈아 만든 거울.
67 부장품副葬品. 장사 지낼 때 무덤에 함께 묻는 물품의 총칭.

아이는 또 꾸민 듯 혀 짧은 소리로 대답했다. 그는 아이를 바라보았다. 있는 힘을 다해 예쁘다고 생각하려 하며. 그러나 언제나처럼 실패하고 만다. 햇빛을 받아 금빛으로 더욱 빛깔이 엷어진 눈과 도끼날처럼 뾰족한 얼굴은 조금도 예쁘지 않았다. 제 살림인 소꿉놀이 바구니를 들고 마당을 걸어가는 뒷모습이나 인형을 안고 그 애의 집 마당에서 그네를 타는 모습은 언제나 좀 고독해 보일 뿐이었다. 아이가 타지 않을 때라도 그네는 삐걱삐걱 저 혼자 흔들리곤 했다.

그는 자주 담 너머로, 함지에 받아 놓은 물에 들어가 첨벙거리는 아이를 보았다. 그 애는 햇빛이 내리쬐는 마당에서 발가벗고 함지의 물을 튕기며 놀았다. 뒷덜미로 늘어진 옥수수 수염처럼 노랗고 숱 적은 머리털, 짧고 돌연한 웃음소리, 임부처럼 불룩 나온 배와 분홍빛의 작은 성기를 그는, 장미꽃 덩굴이 기어간 담장 곁에 숨어 서서 거의 고통에 가까운 감정으로 바라보곤 했다. 지난해 여름의 일이었던가.

"할머니, 뭘 만드세요?"

아이는 옷의 레이스가 충분히 팔랑거릴 정도로 몸을 흔들며 거듭 물었다. 거부당하고 거절당하는, 사랑받지 못한 아이가 본능적으로 일찍 터득한 교태로.

아이는 빙그르르 몸을 돌려 원피스 자락을 꽃잎처럼 활짝 펴며 선 자리에서 그대로 쪼그리고 앉았다.

"이상하게 생겼네요, 할머니."

아이가 앉은걸음으로 이마를 대일 듯 아내에게 다가앉았다.

"맥이란다. 나쁜 꿈을 먹는 짐승이야."

"할머니도 나쁜 꿈을 꾸어요? 나는 언제나 무서운 꿈을 꾸어요."

아이는 손 닿는 곳에 핀 채송화를 따서 손가락으로 비볐다.

"왜 꽃을 뜯니?"

아내가 나무랐으나 아이는 못 들은 체 계속 달라붙는 듯한 어조로 말했다.

"새처럼 막 날아가다가, 참 나는 새가 아닌데 떨어지면 어쩌나 하는 생각이 들면 곧장 거꾸로 떨어져 버려요. 얼마나 무서운지 몰라요."

"키가 크려고 그러는 거다. 자기 전에 오줌을 누지 않아도 나쁜 꿈을 꾸게 되지."

아이는 또 다알리아 한 송이를 뚝 꺾어 발로 문질렀다.

"그러지 말라니깐."

아내가 버럭 소리를 질렀다. 아이는 심술궂은 눈빛으로 빤히 아내를 바라보았다.

"몇 번을 일러야 알아듣니? 착한 아이는 꽃을 꺾지 않는다."

아내가 화를 누르느라 한층 나직하고 단호하게 한마디씩 내뱉는 사이에도 아이는 수국과 백일홍을 잡아 꺾었다.

"너는 정말 말을 안 듣는구나. 못된 아이야. 혼 좀 나야 알겠니?"

아내가 아이를 때릴 듯이 한 손을 치켜들고 눈을 부라렸다. 그러나 곧 아이가 겁에 질린 표정으로 안길 듯이 다가들었기 때문에 맥없이 손을 떨어뜨렸다.

"난 어떤 때는 이불이 한없이 두껍게 부풀어 올라 덮씌워서 숨도 쉴 수 없어요. 아무리 울고 소리를 질러도 우리 엄마는 듣지 못해요."

아이는 호소하듯 떨리는 목소리로 말했다.

"그건 꿈을 꾸는 것이 아니라 가위눌리는 거란다. 이걸 가져가서 잘 때는 꼭 머리맡에다 놓고 자거라. 그럼 괜찮을 거다."

"고마워요, 할머니."

아이는 아내가 준 맥을 소중히 받아 들었다. 신전의 기념품인 양, 혹은 뿌리를 보이면 죽는다는 모종苗種[68]을 옮기듯 조심스럽게 손바닥으로 감싸쥐고,

"얘야, 옷이 더러워졌구나."

---

68 옮겨 심기 위해 씨앗을 뿌려 가꾼 어린 식물.

인형과 소꿉놀이 바구니, 그리고 맥을 들고 마치 징검다리를 건너가듯 조심스럽게 걸어가는 아이의 뒤에 대고 아내가 말했다. 뒤돌아 원피스 뒷자락에 넓게 쓸린 흙자욱을 보자 아이는 울음을 터뜨렸다.

"새 옷을 더럽히면 엄마한테 매를 맞아요. 유치원에서 생일잔치를 할 때까지는 절대로 꺼내 입지 말라고 했단 말예요."

"이리 온, 내가 털어 줄게. 그러길래 아무 데나 함부로 주저앉는 게 아니란다."

아이의 느닷없는 울음에 담긴 공포가 그리도 절박하고 생생한 것에 놀란 아내가 손짓해 불렀으나 아이는 가까이 오지 않았다. 손에 들고 있던 맥을 팽개치고 마음 가득한 원망과 두려움으로 닥치는 대로 꽃을 잡아 뜯었다.

"이런 망할 계집애, 손모가지를 분질러 놓을라."

아내는 벌떡 일어나 아이를 쫓아갔다. 아이는 달아나면서도 여전히 높은 소리로 울어 대었다. 울음소리가 담장의 샛문으로 쫓겨 가자 아내는 씨근거리며 마루턱에 다시 걸터앉아 한결 거칠어진 손놀림으로 반죽을 떼어 내어 주물렀다.

대문 돌쩌귀[69]가 삐걱거리고 움직이는 소리가 들리는 것 같았다. 누가 왔는가. 어쩌면 그네 소리일까. 아이가 저희 집 마당에서 그네를 타고 있는지도 모른다고 그는 생각했다. 그러나 아내는 전혀 아무 소리도 못 들은 기색이었다. 그의 귀에 들리는 것이 그녀의 귀에는 들리지 않는, 아내에게 보이는 것이 그에게는 전혀 보이지 않는 경우란 드문 것이 아니었다. 한밤중에도 가끔 그는 그네가 삐걱거리는 소리를 듣곤 했다. 아내는 통명스레 코대답을 하며 돌아누웠다. 어린애가 웬 청승으로 밤에 그네를 탄다우? 그러나 그는 종내 어지러운 꿈의 자락에 이끌리듯 밖으로 나와 담장 곁에 붙어 서서, 사랑에 빠진 자의 어리석음으로 바람만 실린 빈 그

69 문짝을 여닫게 하기 위하여 암짝은 문설주에, 수짝은 문짝에 박아 맞추어 꽂게 된 쇠붙이.

네의 흔들림을 오래 바라보곤 했다.

아내는 지칠 줄 모르고 반죽을 빚어 맥을 만들고 있었다. 늙은 여자의 잠을 어지럽히는 나쁜 꿈은 무엇일까. 늙으면 누구나 잠은 얕고 꿈은 많은 법이다.

해그늘이 많이 옮겨져 나무 그림자들이 제법 길어졌다.

아내의 흰머리와 머리 너머 붉은 꽃과, 눈 속에서 파랗게 타오르는 나무를 보며 취한 듯 또다시 얕은 수면에 빠져 드는 그의 귀에 찢어지게 높고 새가 된 아이의 노랫소리가 담을 타고 들려왔다.

뻐꾹, 뻐꾹, 봄이 왔네. 뻐꾹, 뻐꾹, 복사꽃이 떨어지네.

"망할 계집애, 단단히 버릇을 고쳐 놓아야지."

아내는 아직도 아이에 대한 화를 풀지 못해 씨근거렸다. 설핏 빠져 드는 잠에 무겁게 내려앉은 눈꺼풀 위로 아이의 노랫소리는 빛살처럼 집요하게 달라붙었다.

꽃모가지를 손 닿는 대로 몽땅몽땅 분질러 버리고 마니…… 중얼거리던 아내가 동의를 구하듯 그를 큰 소리로 불렀다.

"주무시우?"

그는 안간힘을 쓰듯 간신히 눈을 떠 아내를 쳐다보았다.

"밤에 잠들려면 낮에 운동을 해야 해요. 점심때 반주를 드는 대신 식사를 하고 나서 또 산책을 해 보세요."

아내의 말이 맞을지 몰랐다. 늘어진 위장은 이제는 점심에 곁들인 소주 한 잔으로는 꼼짝도 하지 않았다. 아내는 그의 대답을 기다리지 않고 큰 소리로 이어 말했다. 아내의 목소리는 엉뚱한 활기에 차 있었다. 딱히 무슨 말을 하고 싶어서라기보다 그치지 않고 들려오는 노랫소리를 지우기 위한 안간힘인 듯도 싶었다.

"참 이상하죠. 난 요즘 자주 죽은 사람들 생각을 한다우. 꼭 아직도 살아 있는 것처럼 그 사람들 생전의 일이 환히 떠오르는 거예요. 그러면서 정작 우리가 살아온 세월은 기억이 나지 않아요. 아무리 애를 써도 기억나지 않는 희미한 꿈 같아요. 당신은 쉰 살 때, 마흔 살 때를 기억하세요? 난 통 그 때의 당신의 모습이 떠오르지 않아요. 난 아무래도 너무 오래 살고 있다는 생각이 자꾸 들어요. 뜰 손질도 이제 힘이 들어요. 하지만 하루만 내버려 둬도 잡초가 아귀처럼 자라니…… 요즘 같은 계절엔 더 그래요."

더욱 높아지는 노랫소리에 잠깐 말을 끊었다가 아내는 한층 커다란 목소리로 말을 이었다.

"내버려 두라고. 예전에 그 애는 그랬었죠, 굳이 꽃과 풀을 가려서 뭘 하느냐고. 어울려 자라는 것이 더 보기 좋다구요."

그의 얼굴에 미소가 떠올랐다.

"당신이 쉰 살 땐 어땠지요? 마흔 살 때는? 서른 살 때는? 통 기억이 안 나요. 말해 줘요."

아내는 마치 그에게 최면을 거는 듯 안타깝고 집요하게 캐묻고 미처 그에게서 대답이 나올 것을 두려워하여 재빨리 덧붙였다. 아내의 목소리와 담 너머 아이의 노랫소리는 다투어 연주하는 악기의 불협화음[70]처럼 높고 시끄러웠다.

"스무 살 때는 아름답고 자랑스러웠어요. 대학에 들어가던 해였지요. 이제처럼 또렷이 떠오르는걸요. 늘 발이 가렵다고 했지요."

그는 더 이상 아내의 말을 듣고 싶지 않았다. 영로는 늘 발이 가렵다고 했었다. 그의 륙색 위에 얹혀 떠났던 피난길에서 걸린 동상이 종내 낫지를 않아 겨울밤에라도 차가운 콩자루 속에 발을 넣고 자야 시원하다고 했었다.

"기억나세요? 시공관[71]에 발레 구경을 갔던 게 다섯 살 때일 거예요. 그때 그 애는 내 숄[72]을 잃어버렸어요. 그 시절 일본인들도 흔하게 갖지 못했던 진짜 비단으로 만든 거였지요. 구경을 하고 나와 화장실에 들르려

---

70 불협화음不協和音. 서로 뜻이 맞지 않아 일어나는 충돌.

71 서울 명동에 있었던 극장. 주로 연극을 공연했다.

72 숄shawl. 천이나 모사毛紗 따위로 삼각형, 사각형 모양으로 만들어 어깨에 걸쳐 덮는 일종의 목도리.

고 그 애 어깨에 걸쳐 주었는데 흘러내리는 것도 몰랐었나 봐요. 그 앤 그렇게 멍청한 구석도 있었죠. 모두들 내게 가지색이 신통하게 어울린다고 했어요. 정말 내 평생에 두 번 갖기 어려운 물건이었죠."

아내는 언제까지 잃어버린 숄 얘기만 할 것인가. 아내의 말소리도 맥을 만드는 손놀림도 점차 빨라졌다. 반죽이 담긴 함지는 비어 가고 마루턱에는 아내가 빚어 놓은 맥이 더 늘어놓을 자리가 없을 만큼 즐비했다.

"겨우 스무 살이었어요. 스무 살에 뭘 안다고. 여드름이나 짤 나이에 세상을 뒤바꾸어 놓을 수 있다고 생각하다니요. 그 애가 죽었어도 우린 여전히 이렇게 살고 있잖아요."

영로는 어느 봄날 바람개비처럼 달려 나갔다. 채 자라지 않은 머리칼을 성난 듯 불불이 세우고.[73]

늙은이는 반성하지 않는다. 반성을 요구하는 어떤 새로운 삶을 기다리고 있지 않기 때문이다.

높고 찢어질 듯 날카로운 노랫소리가 점점 더 커졌다.

뻐꾹뻐꾹 봄이 왔네. 뻐꾹뻐꾹 복사꽃이 떨어지네.

"정말 못된 계집애예요."

아내가 입을 비죽이고 느닷없이 울기 시작했다.

"애들은 다 마찬가지지요."

틀니를 뺀 텅 빈 입으로 말해야 한다는 것에 곤혹을 느꼈지만 그는 간신히 한 음절씩 내뱉었다.

"아니오. 죽은 애들은 특별해요."

아내는 두 손으로 얼굴을 가리고 소리 내어 흐느꼈다.

"할머니, 뭘 만드세요?"

울음기가 말짱히 없어진 얼굴로 아이가 아내 앞에 서 있었다.

---

73 이 작품이 발표된 해가 1982년. 이때부터 20년 전이면 4 · 19혁명 때다. 영로는 이 혁명에 참가했다가 사망했다는 추측이 가능하다.

"저리 가라."

아내는 손을 사납게 내저어 아이를 쫓았다.

"할머니, 왜 그러세요? 왜 울어요?"

"다시는 우리 집에 오지 말라니깐."

"할머니, 이건 만화경을 만들 거울이에요. 우리 엄마가 주셨어요. 유치원에서 만든 걸 누가 훔쳐 갔거든요."

아이는 까딱 않고 서서 콤팩트[74]를 열어 동그란 거울을 아내에게 내보이며 자랑스럽게 말했다.

"거짓말 마라, 아직 새것인데 네 엄마가 주었을 리 없어. 네 엄마는 지금 미장원에 있잖니? 엄마 화장품에 함부로 손을 대었다가는 또 매를 맞을 거다."

사납게 눈을 치뜨고 아내를 노려보던 아이가 햇빛 환한 마당으로 뛰어갔다. 그러고는 이리저리 거울을 돌려 아내에게 비추었다. 아내가 눈이 부셔 얼굴을 가리며 손을 내저었다.

"저리 비켜."

그러나 아이는 생글생글 웃을 뿐 거울을 거두지 않았다.

"저리 치우라니까. 이 망할 계집애야, 네 엄마한테 이를 테다."

"일러라, 찔러라. 콕콕 찔러라."

아이는 마당에서 공처럼 뛰어다니며 거울을 비쳤다. 아내는 겁에 질려 마루로 올라왔다. 거울 빛은 마루턱에 늘어서 하얗고 단단하게 말라 가는 짐승들을 지나 재빠르게 아내의 얼굴에 달라붙었다. 구겼다 편 은박지처럼 빈틈없이 주름살 진 얼굴이 환히 드러났다.

"얘, 얘야, 제발 저리 가. 그러지 마라."

아내가 우는 소리를 내며 아이에게 애원했으나 아이는 아내의 돌연한 공포가 재미있는지 깔깔거리며 거울을 거두지 않았다. 아내는 빛을 피해

---

74 콤팩트compact. 분이나 분첩 등을 넣는, 거울이 달린 휴대용 화장 도구.

그가 누워 있는 방에 주춤주춤 들어왔다.

빛은 이제 눈물에 젖은 아내의 조그만 얼굴과 그의 눈시울, 무너진 입가로 쉴 새 없이 번득였다. 그것은 어쩌면 아득한 땅속에 묻힌 거울 빛의 반사일 듯도 싶었다. 아이는 보다 재미있는 놀이를 찾아낼 때까지 손에서 거울을 놓지 않을 것이다. 아마 햇빛이 완전히 사윌[75] 때까지, 피곤한 그 애의 엄마가 돌아오는 밤이 되기까지. 그러나 아이에게 늙은이를 무력한 공포에 몰아넣는 것보다 더 재미있는 놀이가 있을까.

이미 뜰의 한 귀퉁이는 그늘에 잠겨 있고 땅에서 피어오르는 엷은 어둠으로 꽃은 짙은 빛으로 잎을 오므리기 시작했지만 피어 있던 꽃의 공간이 침묵과 심연[76]으로 가라앉히기까지의 보이지 않는 흐름은 얼마나 길고 오랠 것인가.

이제는 울음을 감추려 하지 않는 아내에게 그는 무언가 위무[77]의 말을 해 주어야 한다고 생각했다. 아내에게는 다정한 말이 필요한 것이다. 그는 소년 같은 수줍음과 약간의 두려움으로 입을 열었으나 아내는 어눌하게 새어 나오는 말을 알아듣지 못했다. 아내는 그의 입에 바짝 귀를 갖다 대며 안타깝게 되물었다. 뭐라고요? 뭐라고 하셨어요? 누가 왔느냐구요?[78]

그는 칠흑처럼 검은 머리를 하고 이제는 더 이상 말할 수 없는 무너진 입을 반쯤 벌린 채 누워 있었다.

거울 빛의 반사가 잠시, 천장으로 벽으로 재빠르게 움직이다가 마침내 유리컵에 머물고 밖의 빛으로 어둑하게 가라앉은 정적 속에서, 물속에 담긴 틀니만이 홀로 무언가 말하려는 듯 밝고 명석하게[79] 반짝거렸다.

1982년 《현대문학》

---

75 모닥불, 장작불, 화롯불 따위가 다 타서 꺼지는 상태가 됨.
76 심연深淵. 물이 깊은 못. 빠져나오기 어려운 깊은 구렁을 비유하는 말.
77 위무慰撫. 위로하고 어루만져 달래 줌.
78 아내의 치매 증상을 가리키고 있다.
79 사람의 두뇌가 정확하고 빠르게 판단하는 것.

|1943 ~ |

1943년 전남 승주군 선암사에서 태어나다. 1948년 '여순 반란 사건'을 순천에서 겪다. 1949년 순천 남국민학교, 1956년 광주 서중학교, 1959년 보성고등학교를 졸업하고 1962년 동국대학교 국문학과에 입학하여 1966년 대학을 졸업하다. 그해 육군 사병으로 입대하다. 1967년 군 복무 중에 시인 김초혜와 결혼하다. 1969년 육군 병장으로 제대하고 동구여상에서 교직생활을 시작하다. 1970년《현대문학》에 단편〈누명〉,〈선생님기행〉을 추천받아 문단에 등단하다. 1972년 중경고등학교로 옮기나 1973년 '10월 유신'으로 교직을 떠나다. 이후《월간문학》편집을 잠시 하다가 소설전문지《소설문예》를 인수하고 출판사 '민예사'를 설립하다. 1983년~1989년 사이 7년 동안 필생의 작품인 대하역사소설〈태백산맥〉, 1991년~1995년 대하역사소설〈아리랑〉, 1997년 대하역사소설〈한강〉을 집필하다.

대|표|작

단편〈어떤 전설〉(1971), 중편〈황토〉(1974),〈20년을 비가 내리는 땅〉(1977),〈한, 그 그늘의 자리〉(1977),〈유형의 땅〉(1981), 장편소설〈대장경〉(1981),〈불놀이〉(1983), 대하소설〈태백산맥〉(1989),〈아리랑〉(1995),〈한강〉(2004) 등이 있다.

《시사저널》 선정 '한국인에게 가장 큰 영향을 미친 책', 서울대학교 학생이 뽑은 '가장 감명 깊게 읽은 문학작품', 서울대학교 신입생이 '가장 읽고 싶어하는 책', 고려대학교 선정 '대학생을 위한 권장도서', 《한겨레신문》 선정 '대학 신입생이 반드시 읽어야 할 책' 등등 〈태백산맥〉에 붙여진 훈장은 한두 가지가 아니다. 아니 그것마저도 부족할는지 모른다. 우리 현대문학을 대표하는 단 한 편의 작품을 고르라고 해도 〈태백산맥〉이 뽑혔을 것이다. 조정래 대하소설 〈태백산맥〉이 처음 완간된 것은 1989년이었다. 그로부터 15년의 세월이 흐르는 동안, 이 작품은 수많은 평론가와 작가, 출판인들이 해방 이후 최고의 작품으로 꼽았고, 아직도 대학 도서관 대출 순위 1위를 기록하고 있다. 어떤 점이 이런 열광적인 인기를 몰고 오게 만들었을까?

〈태백산맥〉은 '여순 반란 사건'이 실패하자 여기 가담했던 좌익 세력들이 지리산으로 퇴각하는 데서부터 이야기가 시작된다. 반란군 주력 부대는 남로당 지방 조직 및 농민들을 이끌고 산악 지역으로 퇴각함으로써 장기적인 유격전의 양상으로 바뀌게 되었다. 이 작품은 이 여순 반란 사건의 연장선상에서 6·25를 조명하고 있다. 현재 우리의 분단 상황이 도대체 어떠한 원인 때문에 형성되었는가를 해방 공간과, 6·25 전쟁을 거치면서 벌어지는 투쟁 양상을 통해 분단의 근원을 추적하고 있는 것이다.

〈태백산맥〉은 전 4부작으로 구성되어 있다. 제1부, 제2부는 여순 반란 사건의 실패와 입산, 빨치산의 유격전과 군경의 토벌 작전을 중심으로 전개된다. 제3부는 6·25 전쟁의 발발과 빨치산의 하산, 미군의 참전과 빨치산의 두 번째 입산, 그리고 좌익과 우익의 극한 투쟁을 다루고 있다. 제4부는 휴전 협정의 전후 이야기로서, 빨치산 부대가 투쟁의 방향을 '역사 투쟁'으로 바꾸고 저항하던 중 부대를 이끌던 염상진이 죽음으로써 대하소설은 마무리된다.

역사 공간에서 다양하게 전개되는 수많은 인물들의 삶의 역정은 바로 오늘의 분단 현실을 되짚어 볼 수 있는 교훈이 될 수 있다. 따라서 〈태백산맥〉에 등장하는 인물들은 바로 민족 분단 시대의 각 계층을 대변하는 전형성을 지닌다고 할 수 있다. 벌교를 무대로 삼은 이 작품의 전면에는 농민 출신 빨치산들이 있다. 좌익 지식인 염상진과 농민 전사 하대치로 대표되는 이들은 작가의 애정 어린 관심 속에 역사의 주체로서 새롭게 자리매김되어 있다. 염상진의 동생인 우익 청년 염상구, 사려 깊은 중도파에서 좌익으로 선회하는 김범우와 이학송, 부패한 우익 인물 최익승과 최익달, 양심적인 국군 장교 심재모, 그리고 무당 소화와 외서댁, 들몰댁 같은 여성들…… 좌익은 물론 우익에 이르기까지, 권력 상층부에서 기층 민중까지, 지주와 자본가에서 지식인과 농민까지, 다양한 신분과 성향의 인물이 나름의 역할을 맡아 등장하고 있다.

그러므로, 〈태백산맥〉은 이 수많은 인물들과 현재 '민족 통일'의 진로를 가로막는 이데올로기적 대립의 역사적 뿌리를 동시에 파헤치면서 거시적 시각으로 분단 극복의 문제를 그리고 있는 셈이다. 작가는 전체 역사적 흐름을 개관하면서도 등장인물들의 개성적인 삶의 숨결까지도 놓치지 않고 찾아내고, 이런 역사적 시각은 작품 속에 하나의 큰 줄기로 관통하고 있다. 이는 해방 직후의 이념적 혼란기부터 6·25 전쟁에 이르기까지 격동의 시기를 중심으로 한국사회 내부에 은폐되어 있는 구조적 모순을 규명하는 데 상당한 성과를 올리고 있다. 따라서 이데올로기 문제 속에 내재하고 있는 역사적인 모순의 극복 없이는 분단 극복이 가능하지 않다는 사실을 명확하게 제시하고 있다.

학습길라잡이

구조분석

- **갈래** 대하소설. 역사소설.
- **주제** 분단 현실의 극복과 민중적 삶의 한.
- **배경** 시간은 1948년 '여순 반란 사건' 직후부터 1953년 휴전협정 체결 직후까지. 공간은 지리산 산자락인 전라남도 보성, 벌교 등 빨치산 활약 지역.
- **시점** 전지적 작가 시점.

등장인물

- **정하섭** 술도가집 아들로 대학 공부까지 한 지식인이지만 김범우와 염상진 등의 영향으로 좌익사상에 빠진다. 빨치산 거점을 확보하는 과정에서 무당 딸 소화와 애절한 사랑을 맺는다.
- **소화** 무당 월녀 딸. 정하섭을 사랑하여 임신까지 하지만 염상구의 고문으로 유산한다. 오직 정하섭만을 사랑하는 비극의 여인.
- **염상진** 빨치산 염무칠의 아들, 염상구의 형. 아버지의 강압으로 광주 사범학교를 졸업하고서도 교사를 하지 않고 농사를 짓는다. 해방 직후 남로당 보성군책으로 벌교를 장악한다. 김범우와 오래 교유하나 김범우를 이상주의자라고 비판하는 행동적인 인물.
- **하대치** 농민 전사로 불리는 빨치산. 소작 농민 하판석의 아들. 격정적이며 자학성이 강한 인물이지만 사상적으로는 염상진에게서 큰 영향을 받는다. 휴전 때까지 살아남는다.
- **김범우** 중도파 온건한 지식인. 해방 직후 학병에서 돌아온 후 염상진 등이 펼치는 사회주의 혁명 노선에 가담하지 않는 대신 민족주의적 통합을 주장한다. 그러나 훗날 그 역시 전쟁의 참극을 보면서 결국 인민군에 가담한다.
- **안창민** 인테리 빨치산. 염상진의 사범학교 후배. 지주 집안의 아들. 하대치와 대조적인 인물. 명석한 두뇌와 예리한 판단력을 지니고 있다.
- **이지숙** 빨치산 여성 전사. 전투 중 당의 허락을 받아 안창민과 산속에서 결혼한다. 의지가 강하고 냉철한 여성.
- **이태식** 머슴 출신 빨치산. 부드러운 인상과는 달리 '강철'이란 별명이 붙을 만큼 전투에 강하고 통솔력이 뛰어나다. '강철부대'로 불리는, 백아산 지구 최강 부대를 이끈다.

왜 태백산맥인가?

'태백산맥'이라는 제목은 한반도의 척추로서 남북으로 잘린 허리를 뜻한다. 이 말은 곧 민족 분단을 한마디로 상징하고 있다.

〈태백산맥〉 플롯의 두 가지 특성

소설의 시작도 1948년 10월 이른바 여순 반란 사건을 앞둔 어느 날 새벽, 햇솜 같은 흰 꽃의 무리를 이루고 있는 갈대밭 풍경이고, 1953년 빨치산 토벌이 끝나 가던 늦은 가을 어느 날 새벽, 갈대가 누렇게 변한 벌교의 포구가 마지막 장면이다. 이는 마치 5년간에 걸친 길고 참혹한 비극이 하룻밤 사이에 있었던 악몽인 양 착각하게 만든다. 이 점이 바로 〈태백산맥〉의 시간적 구성의 특색이다. 또 하나는 공간적 구성의 특징이다. 이 작품은 벌교에서 시작하여 만주, 서울, 부산, 강원도까지 배경이 확대되지만 소설의 중심 공간은 항상 벌교라는 제한된 공간이다. 마무리 또한 벌교이다.

여수 순천 반란 사건

'여순 반란 사건'이라고 줄여 부른다. 1948년 4월 3일, 제주도에서 좌익 세력에 의한 무장 폭동이 일어나자, 정부는 이를 진압하기 위하여 여수에 주둔하고 있던 국방경비대 제14연대를 급파하기로 한다. 그러나 이 부대 내의 좌익 계열 군인들이 출동을 거부하고 여수와 순천 지역에서 반란을 일으킨 사건이다. 이 사건이 바로 이 작품의 모티브가 된다.

여순 사건 당시 한때 좌익이 장악했던 벌교가 다시 진압 세력인 군경의 수중에 들어가자, 반란군들은 산속으로 퇴각한다. 정하섭은 이때 상부의 밀명을 받고 벌교로 잠입하기 위해서 무당 딸 소화를 이용한다. 여수에서 국군 14연대가 반란을 일으키자, 이를 거점으로 하여 좌익 반군들이 순천까지 그 세력을 확대한다. 좌익 세력들이 반군에 합세하여 벌교를 장악한 것은 1948년 10월 20일이다. 그러나 사흘을 견디지 못하고 군경에게 진압당해 벌교를 포기하고 산속으로 퇴각한다. 벌교를 장악했던 군당 위원장 염상진은 하대치, 안창민 등과 함께 조계산으로 쫓기고, 진압군 세력이 미치지 못하는 궁벽한 율어면을 점거한다. 그들은 이곳에서 토지 개혁을 실시한 후 해방구로 선포하고 조직과 세력을 정비한다. 진압군은 벌교를 장악했던 좌익 세력을 몰아낸 후, 청년단의 도움으로 마을에 남아 있는 좌익 세력과 부역자들을 찾아내려고 애쓴다. 때문에 선량한 마을 사람들이 좌익과 우익으로 서로 갈라지고 원한을 품게 된다. 반란군과 함께 산속으로 들어가 버린 입산자 가족들은 온갖 고통을 겪는다. 김범우는 무고한 사람들이 처형되고 고문을 당하는 등의 사태가 벌어지자 희생을 줄여 보려고 다방면으로 노력을 하던 중, 제헌 국회의원 최익승을 찾아가 주민들의 희생을 줄이도록 호소하였으나, 오히려 좌익을 두둔하는 빨갱이로 몰려 구속된다. 양효석, 송성일 등 우익 희생자 아들들은 이른바 멸공단을 조직, 밤이면 입산자 가족들을 찾아다니며 부녀자, 노인을 가리지 아니하고 잔인한 보복을 한다. (제1부 한의 모닥불)

벌교 지역은 농민이 8할이며 대부분 소작농이다. 농민들은 해방된 후 토지개혁에 상당한 기대를 건다. 그러나 이승만 정권은 농지개혁을 하지 못한다. 농민의 불만은 갈수록 높아 간다. 그런데 지주들은 농지개혁을 하기 전에 토지를 처분하려고 한다. 소작인 몰래 논을 처분한 고흥 지주 서운상은 불만을 품은 소작인 강동기가 삽으로 내리찍은 바람에 중상을 입는다. 강동기는 그 길로 산으로 들어가 빨치산이 된다. 반면에 서민영은 지주로서 자기 소유의 논을 모두 소작인들과 공유하여 협동농장을 운영하기로 하는 한편, 농지개혁의 시급함과 농민들의 참상을 국군 벌교 지구 사령관 심재모에게 들려줌으로써 농지개혁을 요구하면서 일어나는 모든 사건을 공정하게 처리하도록 한다. 염상진 등 좌익 반란군은 율어면 해방구에서 농민들의 환영 속에 토지개혁을 실시한다. 한편 사령관 심재모는 용공 혐의로 서울로 압송되고 그 후임으로 부임한 백남식은 과부 송씨와 그녀의 딸을 농락하고 송씨의 재산 절반을 차지한다. 이때 김범우는 서울에 올라와 반민 특위 사건과 백범 김구 암살 사건을 맞는다. 마침내 그토록 기다리던 농지개혁법이 발표되지만 소작농들은 토지를 무상으로 분배하는 것이 아니라 유상 분배한다는 것을 알고는 더욱 분노하기 시작한다. (2부 민중의 불꽃)

6·25가 발발하자 염상진이 이끄는 좌익 세력들은 벌교를 다시 장악한다. 심재모는 용공 혐의로 서울로 압송되었다가 벌교 지역 주민들의 진정으로 풀려나 군에 복귀하여 태백산 지구 공비 토벌 작전에 참가하고 있던 중 6·25 전쟁을 맞는다. 벌교의 최익승은 부산으로 피난 와서도 군대와 짜고 군수품을 빼돌려 사리사욕을 채운다. 김범우는 인민군 치하 전북도당에 근무한다. 그러나 인민군이 패퇴하자 미군에게 붙들려 강제로 통역관이 된다. 김범우는 미군 부대에서 탈출한 후 공산주의 노선을 택하여 인민군에 자진 입대한다. 손승호도 6·25 전쟁 후 공산주의자의 길을 택한 후 빨치산으로 입산한다. 벌교에서 활약하던 염상진 등은 다시 입산하게 되는데, 많은 농민들이 염상진을 따라 입산한다. (제3부 분단

과 전쟁)

6 · 25 전쟁은 유엔군의 참전과 중국의 개입으로 교착 상태에 빠지고 38선 부근에서 대치 상태가 지속된다. 그러나 인민군 중 퇴로가 막힌 일부 병력은 지리산 일대에 근거지를 두고 빨치산 무장 투쟁을 벌인다. 군경의 진압 작전으로 이들은 점차 무력해진다. 특히 박헌영 등 남로당 세력이 전생 실패의 책임을 물어 숙청당했다는 소문이 전해지자 빨치산들은 패배감에 젖는다. 그러나 자신들의 투쟁과 죽음이 역사 투쟁의 일환임을 인식하고 대부분 장렬한 최후를 맞는다. 한편 인민군에 입대했던 김범우는 포로가 되어 거제도 수용소에 갇힌다. 그는 그곳에서 제자 정하섭을 만난다. 포로 석방 때 정하섭은 북으로 가고 김범우는 반공 포로로 위장, 석방된다. 그는 정하섭에게서 남쪽에 남아서 거점을 구축하라는 임무를 부여받은 것이다. 지리산에서 저항하던 빨치산 세력은 군경의 토벌 작전으로 모두 와해된다. 염상진이 이끄는 빨치산 부대 역시 패퇴한다. 염상진은 퇴로가 막히자 부하들과 함께 수류탄으로 자폭한다. 염상진을 추종했던 하대치 등이 살아남아 염상진의 무덤 앞에서 새로운 투쟁의 결의를 다지고 어둠 속으로 사라져 간다. (제4부 전쟁과 분단)

1. 남북 분단이 고착된 현재, 제목 '태백산맥'이 갖는 상징성은 무엇인지 이야기해 보자.
2. 작가는 이 작품에서 분단 원인을 크게 두 가지로 이야기하고 있다. 그 원인이 무엇인지 설명해 보자.

3. 등장인물 중 김범우가 중도적 민족주의자에서 공산주의자로 전향하는 행동에 대하여 비판적 시각으로 토론해 보자.
4. 이 작품은 그동안 그 존재 자체를 금기시했던 '빨치산' 투쟁을 민중적 삶의 형태로 다루고 있다. '빨치산'의 역사적 의미에 대하여 살펴보자.
5. 이 작품에서 가장 중요한 인물을 4~5명 뽑아 그들의 성공과 실패의 원인에 대하여 생각해 보자.

태백산맥

1. 일출 없는 새벽

언제 떠올랐는지 모를 그믐달[1]이 동녘 하늘에 비스듬히 걸려 있었다. 밤마다 스스로의 몸을 조금씩 깎아 내고 있는 그믐달빛은 스산하게 흐렸다.[2] 달빛은 어둠을 제대로 사르지 못했고, 어둠은 달빛을 마음대로 물리치지 못하고 있었다. 달빛과 어둠은 서로를 반반씩 섞어 묽은 안개가 자욱이 퍼진 것 같은 미명을 만들어 내고 있었다. 그 아슴푸레함 속으로 바닷물이 실려 있는 포구와 햇솜 같은 흰 꽃의 무리를 이루고 있는 갈대밭이 아득히 멀었다. 바닷가를 따라 이어지고 있는 긴 방죽 위의 길은 희끄무레한 자취를 이끌며 뻗어 나가고 있었다. 그 끝머리에 읍내가 잠들어 있었다. 읍내 너머의 들녘이나 동네는 켜켜이 싸인 묽은 어둠의 장막에 가려 자취가 없었다.

끼룩, 끼룩, 끼룩…….

문득 기러기 떼의 울음소리가 정적을 깨며 파문을 일구었다. ㅅ 자를 옆으로 누인 대형을 이루며 기러기 떼가 동쪽으로 날아가고 있었다. 그다지 높게 뜨지 않은 것으로 보아 철교쯤의 갈숲에서 날아오른 모양이었다. 어느 사냥꾼의 위험스런 그물을 피해 새벽잠을 팽개친 피난길인지도 모

1 음력 맨 마지막날 뜨는 달.

2 장장 원고지 1만 6천 장에 이르는 대하역사소설의 첫 구절이다. 어둠 속에서 서서히 밝아 오는 새벽을 표현한 구절로서, 역사적 큰 사건과 새 시대가 열리고 있음을 상징하고 있다.

른다. 기러기가 날고 있는 방향으로는 바다가 넓어지고 갈대숲도 한결 깊었다. 기러기 떼는 유리알처럼 맑고 투명한 음향의 울음을 허허한 공간에 쉼 없이 뿌리며 지혜롭게 느껴지는 대오[3]를 정연하게 지어 날아가고 있었다.

갈숲이 희디흰 꽃더미로 나부끼고, 그 속에 기러기며 또 다른 철새가 깃들이면 어느덧 가을은 깊어져 있었다. 그때쯤이면 방죽을 따라 질펀하게 펼쳐진 들녘도 황금의 옷을 빼앗기고 황량하게 변하게 마련이었다.

정하섭은 약간 오르막진 산굽이 길을 민첩하게 걸어 올랐다. 등성이를 기점으로 외줄기 산길은 구불구불 아래로 흘러내리고 있었다. 정하섭은 등성이에서 걸음을 멈추고 휴우 숨을 몰아쉬었다. 그의 다리가 약간 흔들리는 것 같다가 이내 똑바로 균형을 잡았다. 10월 하순으로 접어들고 있는 새벽 대기는 카랑하게 매웠지만 그의 윗도리 단추는 세 개나 풀어헤쳐져 있었다. 정결한 느낌의 희고 반듯한 이마에는 땀이 진득하게 배어나 있었고 숨을 쉴 때마다 입에서는 열기 묻은 단내가 뿜어져 나왔다. 정하섭은 주머니 속을 더듬었다. 몇 개비 남지 않았을 찌그러진 담뱃갑이 손에 잡히는 순간 담배를 피워서는 안 된다는 사실을 꿈 깨듯 깨달았다. 어둠살을 타고 길을 걷기 시작하고부터 열 번도 더 넘게 되풀이한 부질없는 몸짓이었다.

"정 동무, 성냥은 나한테 넘기도록 하시오. 한 개비의 성냥이 정 동무의 목숨을 살해하는 치명적인 무기가 될 수 있소."

꼬박 60리 길을 걸으며 단 한 번도 쉬지 못했던 것과 마찬가지로 그 간절한 한 모금의 담배연기도 빨아들일 수가 없었다. 위원장의 처사는 백번 옳은 것이었는지도 모른다. 만약 성냥을 회수하지 않았더라면 그 무의식적으로 발동하는 흡연 욕구를 끝까지 이겨 낼 수 있었을까. 처음 몇 번은 가능했을지 모른다. 그러나 횟수가 거듭되다 보면……. 그래도 끝까

---

3 대오隊伍. 편성된 대열.

지 성냥을 그어 대지 않았을 것이라는 확신을 정하섭은 자신의 의식 속에서 선뜻 건져 올릴 수가 없었다. 왜 나는 자신 있게 내보일 그런 의지를 갖추지 못하고 있을까. 그 의문에 답하기라도 하듯 돌의 표피처럼 딱딱하고 무표정한 위원장의 얼굴이 불쑥 다가들었다. 그럼, 위원장은 그런 내 마음을 이미 간파하고 성냥을 회수했단 말인가. 이 불길한 생각을 뒤쫓아 바늘 끝처럼 예리한 충격이 머리끝에서부터 등줄기까지 찌르르 관통하고 있었다. 그건, 위원장에게 그렇게 의지박약[4] 한 인간으로 취급되었다면 당성黨性[5] 인들 제대로 인정받고 있을 리가 없잖은가 하는 두려운 생각이었다. 정하섭은 갑자기 전신이 옥죄어 오는 공포를 느꼈다. 당성을 의심받는다는 것, 그건 두말할 필요 없이 마지막이란 의미였다. 정하섭은 두 손으로 얼굴을 꼭 눌러 감싸며 신음처럼 긴 숨을 내쉬었다. 그러면서, 밤새껏 걸어 여기까지 와 있지 않느냐고 스스로를 일깨우고 있었다. 그때 구원처럼 들리는 목소리가 있었다.

"암호[6] 는 백두산, 한라산, 복창[7] 하시오."

"백두산, 한라산."

지난밤 위원장에게 하달받은 암호가 정하섭의 가슴에 안도의 따스한 빛을 뿌리고 있었다. 암호는 곧 생명이었다. 암호의 누설은 조직의 동맥을 끊는 것이나 다름없었다. 자신에게 독립 공작을 부여하고 암호까지 하달했다는 것은 당성을 의심하기는커녕 당성을 얼마나 신뢰하고 있는가 하는 좋은 방증이었던 것이다.

"내가 너무 신경과민이군."

정하섭은 스스로를 안심시키듯 분명한 어조로 혼잣말을 하며 머리칼을 쓸어 올렸다. 위원장은 사소한 실수로 야기될지 모를 큰 사고를 미연

---

4 어떤 일을 해내거나 이루어 내려고 하는 마음의 상태가 굳세지 못한 것.

5 소속 정당에 대한 충실성.

6 암호暗號. 비밀을 유지하기 위하여 당사자끼리만 알 수 있도록 꾸민 약속 기호.

7 복창復唱. 명령이나 지시를 받을 때, 지시하는 사람을 따라 큰 소리로 그대로 따라하는 것.

에 방지하고자 했던 것이다. 위원장다운 주도면밀[8]한 조치였다. 그는 거의 웃는 일이 없이 냉혈적인 침착성을 가진 사람이었다. 그런데 그가 정하섭을 불렀을 때는 다소 당황한 빛을 감추지 못하고 있었다.

"사태가 우리한테 약간 불리하게 전개되고 있소. 지금부터 내가 하는 말 똑똑히 들으시오. 이건 당의 명령이오."

당의 명령이라는 전제 앞에서 정하섭은 반사적으로 부동자세를 취하며 긴장했다. 당의 명령은 '사태가 약간 불리한' 정도가 아니었다. 자신들이 취해야 하는 행동은 결정적인 패주[9]였던 것이다. 그러나 정하섭은 묵묵히 명령을 수령하는 자세를 지켰다. 명령 앞에서는 그 어떤 이의제기나 회의적 질문이 용납될 수 없다는 불문율 때문이 아니었다. 직감적으로 느끼기에도 자신들이 처한 상황은 너무나 급박해져 있었다.

"날이 새기 전에 목적지에 도착해야 하고, 임무수행을 하는 동안 몸은 계속 은폐시켜야 하오."

그리고 큰길을 버리고 산길을 타면서도 담배 한 대를 피울 수 없다는 사실은 사방이 적의 감시 속에 에워싸여 있다는 증거였다. 그런 위기의식에 쫓기며 60리 길을 내달아 오는 동안 정하섭의 곤두선 신경은 산소용접기에 닿은 쇠붙이처럼 무수한 불똥을 튀기며 타들었다.

습관적인 몸짓인 듯 정하섭은 흘러내리지도 않은 머리칼을 쓸어 올렸다. 손바닥에 닿아 오는 이마의 감촉이 싸늘했다. 그리고 전신에 소름이 끼쳐 오는 오한[10]을 느꼈다. 정하섭은 윗도리의 단추를 꿰며 두 어깨를 부르르 떨어 오한을 털어 내려 했다. 추위는 불현듯 집 생각을 간절하게 했다. 긴 방죽[11]길을 따라 빠르게 옮겨진 정하섭의 시선은 그 끝, 읍내의 어느 지점에선가 멎었다. 집이 보일 리 없었지만 그의 눈길은 아슴하게

---

8 주도면밀 周到綿密. 주의가 두루 미쳐 자세하고 빈틈이 없다.

9 패주 敗走. 싸움에 지고 달아나는 것.

10 오한 惡寒. 몸이 오슬오슬 춥고 떨리는 기운.

11 농사짓는 데 필요한 물이 고여 있도록 둑으로 둘러막은 곳. 저수지보다 크기가 작음.

멀어져 있었다. 그의 눈앞에는 집 모습이 어리고, 집 언저리에 감돌고 있는 특이한 냄새까지 맡고 있었다. 그건 술도가[12]가 내뿜고 있는 진득진득한 술냄새만이 아니었다. 어머니가 지니고 있는 그 소박하고도 아늑한 냄새가 집에는 언제나 훈훈하게 서려 있었다. 아교풀처럼 끈끈하게 도배된 술도가의 냄새는 오로지 아버지의 냄새였다. 정하섭은 그 두 가지 냄새를 확연히 구분해서 맡을 수가 있었다. 그러나, 읍내는 이미 접근할 수 없는 위험지대였다.

정하섭은 자르듯이 고개를 돌려 버렸다. 그의 팽팽해진 눈길이 박힌 지점에 기와집이 서너 채 잇대어 있었다. 그가 선 지점에서는 측면만 드러나 보였다. 그러나 그 집들의 규모가 얼마나 큰지를 가늠하기에는 그 측면만으로도 충분할 정도였다. 기와집들은 흉물스럽게 엎드려 있었고, 그 둘레를 따라서는 키 큰 나무들이 팔짱을 끼듯 에워싸고 있었다. 희끄무레한 달빛 아래 칙칙한 어둠을 드리우고 있는 나무 숲과 불빛이라고는 전혀 없는 덩치 큰 기와집들 언저리에는 음산한 괴기[13]가 서려 있었다.

정하섭은 주의 깊은 눈길을 왼편 언덕 쪽으로 옮겼다. 거기에 반원을 이루고 있는 대숲이 작고 낮은 한 채의 기와집을 보듬듯 하고 있었다. 그 집에도 불빛이라고는 없었다. 정하섭은 긴장된 눈길을 그 집을 향해 쏘고 있다가 깊게 숨을 들이켰다. 그리고 몸을 낮춰 내리막 외길을 민첩하게 달려 내렸다.

그 기와집들은 현 부자네 제각祭閣[14]과 부속 별장이었다. 그 자리는 더 이를 데 없는 명당[15]으로 널리 알려져 있었는데, 풍수[16]를 전혀 모르는 눈으로 보더라도 그 땅은 참으로 희한하게 생긴 터였다. 산줄기가 경사를

---

12 술을 양조하여 도매하는 집.

13 괴기怪奇. 괴상하고 기이한 것.

14 무덤 근처에 제사 지내는 장소로 쓰려고 지은 집.

15 명당明堂. 아주 좋은 묏자리나 집터.

16 풍수지리風水地理. 지형, 방위를 인간의 길흉화복과 관련시켜 죽은 사람을 매장하거나 집을 짓는 데 적당한 장소를 구하는 이론.

이루며 흘러내리다가 문득 다리쉼이라도 해야겠다는 듯 중턱 조금 아래에다가 펑퍼짐한 평지를 이루어 놓고는 다시 아래로 내리 뻗친 것이었다. 그러니 그 터는 후덕한 부인네가 치마폭을 펼쳐 떨어지는 아이를 받아 올리는 형상이라는 것이다. 죽어 가는 목숨을 구해 올리는 터이니 부귀와 영화는 더 말하여 무엇하며, 정남향[17]에 좌청룡 우백호[18]를 거느리고 앞에 물길까지 트였으니 이에 더한 명당이 또 어디 있느냐는 것이었다. 이 풀이는 결코 과장되었거나 말쟁이의 말만은 아니었다. 그 터의 맞은편으로 뻗어 가고 있는 방죽 위에서 건너다보면 그 풀이가 아주 그럴싸했다. 두 줄기의 산등성이가 양쪽으로 뻗어 내리고 있는 사이에 포근하게 감싸이듯 자리 잡은 그 터는 눈여겨보는 사람으로 하여금 신묘함을 느끼게 했다. 그러나 자연의 조형에 대해서 느낀 감정이 으레 그 터에 버티고 선 터무니없이 큰 기와집들로 손상되고는 했다. 원 돈푼깨나 있다고, 쯧쯧쯧. 명당 탐허는 것이사 인지상정[19]이지만서두……. 사람들은 현 부자네 제각을 짓게 되면서부터 이런 말들을 무수히 입에 올리기 시작했다. 사람들의 이런 시샘 탓이었을까. 아니면 현 부자네 기氣가 그 명당의 기에 꺾였다는 풍수쟁이[20]의 말대로일까. 현 부자네는 제각 짓고 5년이 다 못 되어 살림이 거덜나고 말았다. 그것도 아니면, 조상의 위패[21]를 모시고 제사를 올리는 제각 앞에 살림집을 지었으면 의당 정실[22]을 들어앉혀야지 소실[23]들을 끌어들여 별장을 삼고 주색잡기나 즐기니 조상들이 벌을 안 내릴 리 있느냐는 많은 사람들의 말이 맞은 것일까. 현 부자네는 일제 치하에서

---

17 정남향正南向. 정남방을 향한 쪽.

18 좌청룡 우백호左靑龍 右白虎. '청룡'은 주산主山의 왼쪽, '백호'는 주산의 오른쪽에 있다는 뜻으로 이르는 풍수지리설 용어.

19 인지상정人之常情. 사람이면 누구나 가질 수 있는 인정.

20 지관地官을 가리키는 속된 말.

21 위패位牌. 신주神主의 이름을 적은 나무패.

22 정실正室. 본마누라. 정실 부인.

23 첩.

장사로 거부가 된 사람이었다. 그의 치부가 일본 관의 비호[24]를 받았다는 파다한 소문이 거짓이 아닌 것은 신작로에서 제각에 이르는 넓고 긴 진입로 양쪽에 하필이면 '사쿠라'[25]를 줄줄이 심은 것이었다. 현 부자네가 망한 이유에 대해서 분분한 소문이 떠도는 가운데 그 '고래등 같은 기와집들'로 불리어지던 호화로운 별장은 일시에 밤마다 귀신이 나오는 폐가로 변하고 말았다. 현 부자의 소실들이 거처했던 기와집들은 인적이 사라진 채 문이 꼭꼭 닫혔고, 잉어가 뛰놀던 인공 연못의 물은 썩어 가고 있었으며, 가무歌舞와 풍악이 울리던 정자의 구석에는 거미줄이 엉키고 단청[26]은 퇴색해 갔다. 몰락한 부자의 비참상이 숨김없이 드러나 있는 그곳에는 낮에도 음산한 바람이 감돌고 있었다. 어른들마저도 밤에는 근접하기를 꺼릴 정도였다.

그래도 봄이 오면 벚꽃은 흐드러지게 피었고, 밤마다 온갖 귀신들이 나온다는 흉흉한 소문 같은 것은 아랑곳없이 두 여자가 거기서 줄곧 살고 있었다. 무당 모녀였다. 현 부자가 제각과 별장을 신축하면서 그들이 거처할 조그만 집을 바깥 터에다 마련해 준 것이다. 그러니까 그들은 현 부자네 전속 무당인 셈이었고, 무당 월녀月女의 굿은 신통력[27]이 높기로 근동에 소문이 짜했다. 그녀는 일찍부터 보성·고흥 일대를 발판으로 삼고 있는, 가락 좋고 춤사위 좋기로 그 이름을 떨친 당골네였다. 그녀는 굿판도 굿판이지만 그 미모가 빼어났다. 고운 얼굴뿐이 아니라 정갈한 춤으로 단련된 그녀의 몸매는 가냘픈 듯하면서도 탄력이 넘쳤다. 마흔이 넘기 전까지만 해도 수많은 남자들의 비릿한 눈길이 그녀의 몸을 더듬어 내리고는 했지만 그래도 견뎌 낼 수 있었던 것은 무당이었던 까닭이다. 무당을 탐하거나 잠자리를 잘못했다가는 귀신 붙어 급살[28]을 맞거나 병신을 면

24 비호庇護. 편을 들거나 두둔하여 보호하는 것.
25 '벚나무'의 일본 말.
26 단청丹靑. 절이나 궁궐, 누각 등의 건물에 그려진 여러 가지 빛깔의 그림과 무늬.
27 신통력神通力. 무슨 일이든지 해낼 수 있는 힘.

치 못한다는 속설 때문에 남자들은 함부로 범접[29]하지를 못했던 것이다. 그녀가 딸 소화素花에게 대물림굿을 장만한 것은 해방되기 2년 전이었다. 그 굿판은 근동 사람들의 더없이 좋은 구경거리가 되었다. 현 부자가 굿판을 푸지게 차려 주기도 해서였지만 사람들의 관심은 열일곱 살 난 소화가 대물림[30]을 받아 무당이 되는 데 있었다. 그 굿을 구경한 사람들은 하나같이 기구한 운명의 아픔과 그 비애의 멍울을 가슴에 담아야 했다. 어미의 미모를 타고난 소화는 그대로 한 떨기 꽃이었고, 어미의 눈웃음과 수다스러움이 자칫 천박으로 빠지기 쉬운 데 비해 소화는 웃음이 없고 말수가 적은 품이 어떤 기품까지를 느끼게 했다. 그런 처녀가 무당이 될 대물림굿을 받는 것이고 마흔아홉 살의 늙은 어미무당은 울며울며 굿춤을 추었는데 그건 춤이 아니라 차라리 몸부림이었다. 대물림을 받은 열일곱 살 소화가 춤을 추기 시작했을 때 겹겹으로 둘러선 여인네들은 하나같이 콧등 매운 눈물을 찍어 내지 않을 수 없었다. 그때 정하섭은 중학생의 몸으로 차마 가까이 가지 못한 채 먼발치에서 그녀의 춤추는 몸짓만을 바라보고 있었다. 어릿거리기만 하는 그녀의 몸짓은 그의 마음을 더 안타깝게 만들었고, 주술성[31]이 강한 풍악 소리들은 그녀에게 걸쳐진 그의 마음을 매몰차게 끊어 내는 것만 같았다.

정하섭은 나무 그림자가 드리운 어둠에 몸을 숨긴 채 월녀네 집 동정을 살폈다. 산의 침묵과 밤의 정적에 묻힌 조그만 기와집은 사람의 거처 같지가 않았다. 그는 민첩한 동작으로 어둠을 벗어나 월녀네 집 처마 밑으로 파고들었다. 방 셋에 부엌 하나인 집 구조는 오래도록 눈에 익은 것이었다. 부엌과 붙은 방이 그녀들의 안방이었고, 그 옆방은 신을 모신 신

---

28 급살急煞. 갑자기 닥치는 재액.

29 범접犯接. 가까이 다가가 함부로 건드리거나 접하는 것.

30 대를 물리어 잇는 일.

31 주술성呪術性. 무당 등이 신의 힘이나 신비한 힘으로 길흉을 점치고 재액을 물리치거나 힘을 내려 달라고 비는 성질.

당이었다. 부엌에서 꺾여 붙은 것은 헛간방이었다. 정하섭은 안방 쪽으로 빠르게 몸을 움직여 문에 귀를 기울였다. 전혀 인기척을 느낄 수가 없었다. 혹시 어디로 굿 떠난 것은 아닐까. 정하섭은 일순 낭패감에 빠졌다. 굿이 성할 계절이기도 했던 것이다. 그는 손가락에 침을 묻혔다. 그리고 격자문[32]의 창호지에 구멍을 냈다. 구멍을 통해서 들여다보이는 방 안은 바깥보다 한결 어두웠다. 그러나 두 사람이 잠들어 있는 어렴풋한 윤곽은 이내 파악할 수 있었다. 정하섭은 안도하며 문고리에 손을 뻗치다가 멈칫했다. 부엌과 신당으로 빠른 눈길을 보냈다. 그는 기민한 동작으로 부엌 안을 확인했고, 신당의 문에 구멍을 뚫어 샅샅이 살폈다.

"여보시오, 여보시오……."

문고리를 흔드는 정하섭의 손이 떨렸고, 낮은 목소리는 팽팽하게 긴장되어 있었다. 방 안에서는 아무런 기척이 없었다.

"여보시오, 여보시오."

"누, 누구요!"

잠기운을 전혀 느낄 수 없는 겁 질린 목소리가 짧은 절규처럼 다급했다.

"어서 문 좀 여시오. 급한 일이오."

"누군디요, 누구……."

젊은 여자의 허둥대는 목소리는 이쪽의 신원[33]을 알고자 하고 있었다. 외딴 곳이기도 했지만 그만큼 뒤숭숭한 시국[34]이기도 했다.

"보면 알 만한 사람이오. 어서 문부터 열어요."

정하섭은 간략하게 자신이 누구인가를 밝혀야 된다고 생각하면서도 막상 마땅한 말이 생각나지 않았다. 자신의 이름을 대자니 상대방이 알 것 같지 않았고 그렇다고 아버지의 직업을 빌려 '술도가집 아들'이라고 하기는 싫었다.

---

32 격자문格子門. 가로 세로를 일정한 간격으로 직각이 되게 맞추어 짠 창살이 있는 문.
33 신원身元. 개인이 자라 온 과정과 관련되는 자료. 주소, 본적, 신분, 직업 따위.
34 시국時局. 현재의 국내 및 국제 정세.

"금메, 이 밤중에 누구신지 알아야제라. 존 일 헌다고 누군지부텀 말씀 허시씨요."

방 안의 목소리는 애원을 하고 있었다.

"얼굴을 보면 안다니까. 해치지 않을 것이니 문부터 열어. 밖에 이러고 있을 수가 없는 사람야."

정하섭은 방문을 부술 듯한 기세로 거칠게 흔들었다.

"쪼끔 있으씨요, 열겄구만이라, 열어요."

문고리가 벗겨지는 것을 기다려 정하섭은 서두르는 기색 없이 방문을 잡아당겼다. 여자를 더 이상 공포스럽게 만들어선 안 된다고 생각했다.

"안심하시오, 해치지 않을 테니까. 마음 가라앉히고 내 얼굴부터 봐요. 누군지 알아보겠는지."

정하섭은 방으로 들어서지 않고 자신의 얼굴을 흐린 달빛 쪽으로 돌렸다.

"저그 저…… 술도가집, 아니, 양조장댁 정 사장님……."

젊은 여자는 달빛 아래 드러난 남자의 얼굴을 알아보는 순간 자신도 모르게 얼굴을 방문 밖으로 내밀며 더듬거렸다. 정하섭은 그녀가 얼결에 술도가집이라고 한 말을 양조장댁으로 고치는 것에는 신경 쓰지 않았다. 그건 아버지나 신경 쓸 문제였다. 모든 사람들은 아버지가 없는 자리에서 술도가집 또는 술도가 주인이라고 불렀다. 그런데 아버지는 그 호칭을 딱 진저리치며 싫어했다. 자기를 모독하는 것이라고 생각했다. 그 대신 아버지는 양조장 정 사장님이란 호칭을 존칭이라고 믿고 있었다. 정하섭은 일찍부터 그런 아버지를 마땅찮아했다.

"이대로 실례해야겠소."

정하섭은 구둣발인 채로 방으로 들어섰다. 그녀가 얼른 옆으로 비켜서며 저고리 섶[35]을 여몄다. 방문이 닫힌 방 안에서는 서로의 표정을 읽을 수가 없게 진한 어둠이 들어찼다. 정하섭은 그때서야 그녀의 어머니가 없

---

35 두루마기나 저고리의 깃 아래쪽에 달린 긴 조각.

다는 것을 깨달았다.

"어머니는 어디 가셨소?"

"……."

"같은 말 두 번씩 하게 하지 마시오."

정하섭의 목소리는 낮았지만 역정이 묻어나고 있었다.

"어두버 잘 안 뵈시는 모양인디, 저 아랫목에 앓아 누셨구만요."

그녀의 음성은 잠겨 들고 있었다. 정하섭은 비로소 방바닥으로 시선을 돌렸다. 그리고 아까 문구멍을 통해서 들여다보았을 때 어렴풋하긴 했지만 두 사람이 누워 있는 윤곽을 확인했던 사실을 떠올렸다. 정하섭은 그녀의 어머니가 중태라는 것을 직감했다. 그러지 않고서야 그동안 그렇게 무반응일 수는 없는 일이었다.

"중태인 모양인데, 어디가 편찮으시오?"

정하섭은 풍악 소리들에 맞추어 신명나게 춤을 추는 무당 월녀의 모습을 떠올리며 물었다.

"중풍[36]을 맞었구만요."

"중풍을……? 병세는 어느 정도요?"

정하섭은 무당으로서 월녀가 진정 안되었다는 생각을 했다. 그녀는 귀신춤을 추는 무서운 무당으로서가 아니라 자신의 소년시절부터 보아 온 어머니보다 잘생긴 여자이기도 했었다.

"사지를 못 쓰고 말도 못허시구만요."

그녀의 기어드는 것 같은 말끝을 따라 가느다란 한숨이 흩어졌다.

"얼마나 됐소?"

"한 서너 달……."

정하섭은 더 물을 말이 없었다. 치료는 어떻게 하느냐, 차도는 있느냐 하는 등속의 말이 없는 것은 아니었지만 가족이 아닌 입장에서는 필요한

---

36 중풍中風. 뇌일혈로 인하여 전신 또는 몸의 일부가 마비되는 병.

물음이 아니었던 것이다. 그리고 자신은 해야 할 다급한 일에 쫓기고 있는 상태였다.

"좀 앉읍시다."

하며 정하섭은 먼저 주저앉았다. 그리고 주머니 속을 더듬어 담뱃갑을 찾았다.

"성냥 좀 주시오."

그녀는 앉으려던 엉거주춤한 자세를 고쳐 윗목으로 옮겨 갔다. 어렵지 않게 성냥갑을 찾아 정하섭의 앞에 밀어 놓았다. 그동안 그의 눈도 어둠에 익어 있었다. 그는 몸을 잔뜩 웅크려 가지고 성냥을 그어 댔다. 그런데도 불빛은 소스라칠 만큼 밝았다. 그는 재빨리 담뱃불을 붙이고 성냥불을 불어 껐다. 그가 담뱃불을 붙이는 그 짧은 시간 동안 그의 얼굴은 불빛에 남김없이 노출되었고 소화는 그의 당황하는 몸짓에서 그가 왜 밤중에 외딴 자기 집을 찾아들었는지 깨달았다.

정하섭은 두 번 세 번 거푸 담배연기를 빨아들였다. 흡연 욕구가 굶주림과 하나도 다를 바 없는 절실함이라는 것을 그는 비로소 경험하고 있었다. 폐부 깊숙이 빨려 들어간 담배연기가 온몸에 퍼지면서 의식이 아른아른해지고 팔다리의 긴장이 풀려 나가는 그 아련하고도 아늑한 편안함. 그는 고개를 뒤로 젖혀 머리를 벽에 기대고 눈을 내리감은 채 밤새껏 시달려 온 초조와 긴장으로부터 놓여 나고 있었다. 그리고 자신이 해야 할 일도 잠시 망각 속에 버려두고 있었다.

"내가 왜 이 밤중에 여길 찾아들었는지 알겠소?"

정하섭은 담배연기로 나른하게 풀려 있는 감정을 애써 거머잡으며 물었다. 그는 비로소 미명 속에서나마 윤곽을 드러내고 있는 처녀무당 소화의 얼굴을 똑바로 쳐다보고 있었다.

"……."

소화는 충분히 짐작은 하고 있으면서도 말은 할 수가 없었다. 화살처럼 박혀 오는 그의 눈길을 피해 고개만 좀 더 떨구었다.

"나에 대한 소문은 들어서 알고 있지요?"

"……."

"또 같은 말 두 번씩 하게 할 거요?"

"예에, 쪼끔 알고 있구만요."

그녀는 앉음새를 고치며 얼른 대답했다.

"그게 뭐요. 말해 보시오."

"긍께…… 좌, 좌익[37]……."

그녀는 더 이상 말을 계속할 수가 없었다. 그가 좌익 활동에 미쳐 있다는 것을 읍내에서 모르는 사람이 없었고, 그의 아버지 정 사장은 속을 있는 대로 끓이고 살았다.

세상에 부러울 것 없는 정 사장에게 그의 존재는 쳐낼 수도 물리칠 수도 없는 액운[38]이고 횡액[39]이었다. 경찰들 앞에서 꼼짝없이 죄인 노릇을 해야 하는 것이 정 사장으로서는 제일 견딜 수 없는 굴욕이었다. 경찰서장과 맞먹기에도 뭔가 손해 보는 것 같은 지체였는데 아들놈이 좌익에 빠져 들고부터는 말단 순경들에게까지 굽신거리는 신세가 된 것이 정 사장으로서는 그렇게 분하고 원통할 수가 없었다.

정 사장은 아들이 좌익에 미친 것은 악귀가 씐 탓이라며 굿을 요구해 왔었다. 소화는 오랜 정리情理[40] 때문에 차마 거절하지를 못하고 굿을 하긴 했지만 그 굿이 제대로 되었을 리가 없었다. 그때 굿을 했다기보다는 자신은 정하섭이란 남자를 그리워하고 그가 무사하기만을 빌었던 것이다. 자신의 머릿속에는 몇 년 전 통학열차에서 만났던 기억만이 그리움의 눈물과 체념의 아픔으로 가득 차 있었다.

---

37 좌익左翼. 사회주의적 과격한 혁신 사상. 우리 나라에서는 공산주의자를 가리킨다. 이 용어는 1792년 프랑스 국민의회의 의장석에서 볼 때 왼쪽에 급진파(자코뱅당), 중앙에 중간파, 오른쪽에 온건파(지롱드당)가 의석을 잡은 데서 유래되었다.

38 액운厄運. 나쁜 일을 당할 운수.

39 횡액橫厄. 뜻밖에 당하게 되는 재액.

40 인정과 도리.

무당이 되고 얼마 지나지 않아 순천에서 넘어오다가 정하섭과 마주치게 되었던 것이다. 검은 학생복을 단정하게 입은 정하섭은 눈길이 마주친 순간 멈칫하는 것 같다가 이내 똑바로 다가왔다. 자신은 금방 숨이 막히는 것만 같아 고개를 숙였다. 얼굴이 뜨겁게 달아오르고 가슴이 쿵쿵 울리고 있었다.

"이렇게 만나다니 반갑소. 일행이 있소?"

굵은 듯하면서도 맑은 소리였다. 자신은 고개만 저었다.

"잘됐소. 저쪽으로 갑시다."

끌리기라도 하듯 정하섭의 뒤를 따랐다. 정하섭이 걸음을 멈춘 곳은 사람이 아무도 없는 열차의 맨 뒤칸 문밖이었다. 기차가 달리며 일으키는 바람으로 황급히 치마폭을 여며야 했고, 머리카락도 수습을 할 수 없도록 나부꼈다. 정하섭도 어느 틈엔가 모자를 벗어 구겨 쥐고 있었다. 사방의 경치가 빠르게 도망질치고 있었고, 두 줄로 뻗어 나간 철길도 어지러울 정도로 빠르게 도망하고 있었다.

"어디 갔다 오시오?"

정하섭이 한참 만에 입을 열었다.

"순천에 볼일이 잠 있어서요."

"굿이요?"

정하섭의 목소리가 갑자기 커졌다.

"아니구만이라, 딴 일이구만요."

자신은 고개까지 저으며 다급하게 대답했다.

정하섭은 말이 없었다. 그의 눈길이 자신에게로 쏟아지고 있는 것을 느끼며 도망치는 두 줄기 철로만 내려다보고 있었다. 어지러워 속이 메슥거리기까지 했다. 그래도 정하섭은 말이 없었다. 어지러움을 면하려고 눈을 감았다. 자신에게 황금빛으로 익은 비파[41] 두 개를 내밀던 어린 날의

---

41 비파枇杷. 비파나무의 열매.

정하섭의 모습과, 그것을 하나씩 나누어 먹었던 기억이 어제의 일인 듯 선연하게 떠올랐다. 알 수 없는 슬픔이 울컥 목을 채웠다.

"나 대물림굿 하는 것 봤소."

"야아?"

자신은 너무 놀라 얼결에 고개를 치켜들었다. 바로 눈앞에 정하섭의 화가 난 것 같은 얼굴이 있었고, 그 눈이 불이라도 붙은 듯한 뜨거움으로 자신을 지켜보고 있었다. 그 눈길을 받아 낼 수가 없어 다시 고개를 떨구었다.

"왜 무당이 됐소?"

"……."

"엄니가 시켜서 그랬소?"

"……."

"되고 싶어서 그랬소?"

"……."

눈물을 참느라고 목이 메었다. 정하섭은 또 한참이나 말이 없었다. 자신은 눈물을 넘기고 또 넘기며 '니같이 이쁜 애가 워째 무당딸이 됐는지 몰르겄다' 했던 어린 날의 정하섭의 말을 생각하고 있었다.

"답답하게 그러고 있지 말고 왜 무당이 됐는지 대답 좀 해 보시오."

정하섭이야말로 정말 답답한 말을 묻고 있었다. 그럼 나더러 어찌하란 말인가……. 자신은 입술을 깨물며 대답을 마련하지 않을 수 없었다.

"고것이 지 운명이구만요."

"운명…… 운명…… 운명……."

정하섭의 중얼거리는 소리가 바람에 날아가고 있었다. 그리고 자신의 가슴은 새로운 눈물로 젖고 있었다.

"소화가 무당딸만 아니었더라면 얼마나 좋았을까."

정하섭은 그런 말과 함께 자신의 손을 덥석 잡았다. 소스라치게 놀라 손을 빼려 했지만 빠지지 않았다. 자신이 또 한 가지 놀란 것은 그가 자신의 이름을 알고 있다는 사실이었다. 자신은 이름만 가졌지 그건 좀체로 누가 불러 주지 않는 이름이었던 것이다. 자신은 어렸을 때부터 그저 '무당딸' 이었을 뿐이다.

"그래요, 우리 두 사람의 운명도 저 레일 같을 거요. 저 레일은 두 줄로 뻗어 갈 뿐이지 영원히 만나지도, 합해지지도 못하게 돼 있소."

정하섭이 손을 잡은 채 한참 만에 한 말이었다. 그 말이 너무 황감하면서도, 마디마디가 돌멩이가 되어 가슴을 쳤다.

언제 손이 풀렸는지 기억이 없었다. 뻣뻣이 굳어 버린 듯한 팔에 오롯이 남은 그의 뜨거운 체온을 간직한 채 기차를 내렸고, 역을 나오면서는 전혀 모르는 사람이 되어 헤어졌다. 그리고 그는 중학교를 졸업하고 서울로 떠나갔던 것이다.

"그렇소. 제대로 맞췄소. 내가 바로 빨갱이요."

정하섭은 의미 모를 웃음을 피식 웃더니 성냥불을 켰다. 아까와는 달리 여유 있게 담배에 불을 붙였다. 불빛에 드러난 남자의 얼굴을 소화는 빠른 눈길로 훔쳐보았다. 저리도 준수하게 잘생기고 서울에서 대학까지 다니는 부잣집 아들이 뭐가 모자라서 좌익을 하는 것일까. 좌익은 지주나 부자들을 원수로 삼고, 가난한 농부나 불쌍한 노동자를 한편으로 한다고 하지 않던가. 부잣집 아들이 좌익을 했으니 아버지를 원수로 삼을 것인가. 아니, 저 사람은 부자로 사는 것이 싫단 말인가. 풀기 어려운 수수께끼만 같았다.

"당신은 빨갱이를 어찌 생각하시오?"

너무 뜻밖의 질문이었다. 소화는 대답 대신 고개를 들어 남자를 쳐다보았다. 그와 눈길이 마주쳤다. 그의 눈은 햇살처럼 부신 빛을 내쏘고 있었다. 소화는 눈이 부셔 고개를 떨구고 말았다.

"대답하시오."

"잘 모르는구만요."

"이건 잘 알아서 하는 대답이 아니오. 경찰들처럼 빨갱이는 모두 총살

시켜야 된다고 생각하는지, 그렇지 않은지, 그것만 대답하면 되오."

"가난허고 불쌍헌 사람덜 편이라는디 나쁘기사 허겄는가요?"

소화는 평소부터 가지고 있던 생각이라 자신 있게 대답했다.

"그게 정말이오?"

정하섭은 자리를 고쳐 앉으며 되물었다. 그러면서 거점[42] 확보는 일단 성공 가능하다는 안도감을 느꼈다.

"지 맘이 그런 쪽으로 가는구만이라."

어디쯤에서인지, 닭 우는 소리가 멀게 들렸다.

"됐소. 그럼 지금부터 내 말 똑똑히 들으시오."

정하섭은 문고리를 걸어 잠갔다. 소화는 흠칫 놀라 저고리 섶을 여미며 조금 물러앉았다. 순간에 이루어진 그녀의 반사적인 몸짓에서 정하섭은 여지껏 의식하지 못했던 여자의 냄새를 강하게 맡았다. 그리고 한줄기 빛처럼 그의 뇌리를 스치는 기억이 있었다. 그가 첫 수음[43]을 했던 중학 3학년 때, 죄의식과 부끄러움과 전신 마디마디가 시리도록 저릿거리며 퍼지는 어지러운 자극의 쾌감에 신음하며 보았던 두 여자. 하나는 책방집 딸 정님이었고 다른 하나는 바로 소화였다. 꼭 필요한 것도 아닌 책을 사 들고 나오곤 했던 것은 누구 때문이었던가. 그 정님이가 떠오른 것은 당연한 것이었지만 소화의 얼굴이 그 위에 겹쳐진 것은 너무도 뜻밖의 일이었다. 남자답지 못하게 아버지가 굿을 즐겨서 소화를 가까이서 볼 수 있었던 것은 어렸을 때부터였다. 그 예쁜 아이가 무당의 딸이라는 걸 어린 마음으로도 무척 안쓰러워했던 것이다. 그녀가 대물림굿 하는 것을 먼발치에서 지켜보았던 것도 그 마음의 변모였다. 그러나 기차에서 그녀를 만나게 된 다음부터 마음을 정리하려고 했고, 정님이와의 관계가 시작되어 그녀는 마음에서 완전히 지워졌다. 그런데 연정[44]을 느끼고 있는 여자의

---

42 거점據點. 활동의 근거로 삼는 중요한 지점.
43 자위. 마스터베이션.
44 연정戀情. 이성을 그리워하며 사모하는 마음.

환상 위에 소화의 모습은 느닷없이 겹쳐진 것이었다. 그 뒤로도 얼마 동안 그 부끄러운 짓을 할 때마다 정님이의 얼굴과 소화의 얼굴이 엇갈렸다. 무당의 딸이다. 무당의 딸이다. 그는 소화의 얼굴을 떨쳐 내려고 안간힘하며 스스로에게 일깨웠다. 언제부터인지 모르게 소화는 의식 속에서 다시 물러갔고, 그 기억은 오랜 시간의 누적 속에 잊혀져 버렸다. 그런데 숙성한 여자의 냄새를 의식하는 순간 그 기억은 의식의 저 어두운 심연[45]으로부터 한줄기 빛으로 뻗어 올라와 확 불을 켠 것이다.

그는 거칠게 꿈틀거리는 감정을 억제하느라고 주먹을 말아 쥐었다. 그리고 자신은 목숨과 바꿔야 될는지 모를 위기상황에 처해 있음을 스스로에게 일깨우며 피를 역류시키고 있는 격정[46]의 정수리[47]에 냉수를 끼얹었다.

소화는 남자의 충동적 감정 변화를 예민하게 감지하고 있었다. 그녀는 남자의 괴로운 인내를 차가운 눈으로 지켜보며 마음의 옷을 하나씩 하나씩 벗어던지고 있었다. 그녀는 남자의 격정이 끝내 봇물로 터지고 말 것 같은 예감에 지배당하고 있었고, 결국 그의 남성을 순순히 받아들여야 할 것이라는 생각을 신내림의 전율처럼 느끼고 있었다. 그런 그녀의 의식 속에는 오래고 먼 기억이 한 장의 선명한 사진으로 떠올라 왔다. 그가 소학교 4학년 때이던가 그랬다. 그의 할아버지 사십구재[48] 굿이 벌어지고 있었다. 어머니는 다른 집 사십구재와는 달리 미친 듯이 굿판을 벌이고 있었다. 그때만이 아니라 임종[49]을 앞두고 차렸던 굿에서는 어찌나 무서운 기세로 춤을 추었던지, 굿을 끝내고 어머니는 며칠을 앓아 누웠다.

"엄니, 그렇게 미친 거 맹키로 굿허고 요리 아파불먼 무신 소양이 있당

---

45 심연深淵. 물이 깊은 못. 빠져나오기 어려운 깊은 구렁을 비유하는 말.

46 격정激情. 강렬하고 갑작스러운 감정.

47 머리 위의 숫구멍이 있는 자리.

48 사십구재四十九齋. 사람이 죽은 지 49일째 되는 날 올리는 재.

49 임종臨終. 목숨이 끊어지는 것.

가. 돈도 더 많이 받지도 못험스로."

그녀는 어머니 이마에 물수건을 얹으며 볼멘소리를 했다.

"워디 그것이 내 맘대로 된다냐. 다 신령님이 시켜서 허는 일이제."

어머니는 탄식 섞어 말하고는 고개를 돌려 버렸다. 그런데 어머니의 눈에서는 눈물이 흘러내렸다. 영문을 알 수 없었지만 왜 우느냐고 묻지는 않았다. 다만, 사람들이 입을 모으는 것처럼 돌아가신 정 참봉 어른과 어머니는 전생의 연[50]이 닿은 것인 모양이라고만 생각하고 말았다. 그런데 어머니는 또 사십구재 굿판에서 미친 듯 혼백[51]을 태우고 있었다. 그녀는 너무 졸려서 조용히 굿판을 빠져 마당으로 나왔다. 안개 같은 어둠이 내려앉고 있었다. 그녀는 마당가의 채송화 옆에 쪼그리고 앉았다. 채송화 꽃잎을 손톱 위에 잉끄리며 얼마나 앉아 있었을까.

"야아."

퉁명스러운 남자애 목소리에 그녀는 발딱 일어섰다. 하섭이라는 이름의 그 집 아들이 우뚝 서 있었다. 그런데 그가 내밀고 있는 손바닥 위에는 황금빛으로 익은 비파가 두 개 놓여 있었다. 그녀는 어찌할 줄을 몰라 그의 눈만 빠끔 쳐다보았다.

"니 묵어라."

남자애는 무뚝뚝하게 말했다. 그녀는 사양할 수조차 없는 위압을 느꼈다. 그녀는 숨이 멎는 것 같은 답답함을 느끼며 간신히 손을 뻗쳐 비파 한 개를 집어 들었다.

"두 개 다 묵어라."

남자애가 말했다. 그녀는 잠시 망설이다가 도리질을 했다.

"둘 다 묵으랑께."

남자애는 좀 더 큰 소리로 말했다. 그녀도 좀 더 세게 도리질을 했다.

---

50 이 세상에 태어나기 이전의 세상에서 맺은 인연이 '전생의 연'이다.

51 혼백魂帛. 신주神主를 만들기 전에 명주를 접어서 만들어 임시로 쓰는 신위神位.

그러자 남자애의 얼굴이 일그러지며 비파를 든 손을 높이 치켜들었다. 곧 땅바닥에 내팽개칠 기세였다.

"아녀, 나랑 항께 하나씩 묵잔 것이여."

그녀는 얼결에 남자애 팔을 붙들며 울먹였다. 남자애의 일그러졌던 얼굴에 금방 웃음기가 펴졌고, 그녀는 남자애의 팔을 후다닥 놓았다.

"껍질은 못 묵는 거다."

남자애는 그렇게 말하며 먹는 법을 가르쳐 주듯 비파의 껍질을 벗겼다. 비파는 딱 한입에 찼고, 그 달고 연한 맛은 뭐라고 형용할 수가 없었다. 그런 맛있는 열매를 장독대에 있는 나무에서 마음대로 따먹을 수 있는 남자애가 더없이 부러웠다.

"니같이 이쁜 애가 워째 무당딸이 됐는지 몰르겄다."

남자애는 불쑥 말하고는 비파 껍질을 담장 너머 어둠 속으로 내던졌다. 그녀는 그 말에 가슴을 치고 지나가는 아픔을 느꼈다. 눈물이 울컥 솟아올랐다. 그녀는 마당을 가로질러 바라[52] 소리가 친친 얽혀 감기고 있는 대청을 향해 뛰었다. 그녀는 그 후로 그의 집에서 벌이는 굿에는 한사코 가지 않았다. 그녀가 열일곱의 나이로 대물림굿을 받게 되었을 때 남자애의 말은 달구어진 인두[53]가 되어 그녀의 가슴을 지짐질해 댔다.

정하섭은 산란한 마음의 고삐를 틀어쥐고는 임무수행 계획부터 정리했다. 일단 안전하다고 판단되는 은신처를 확보한 것이나 다름없으니 그 다음 일은 신중을 기해야 했다.

"어디까지나 선[54]을 따라 행동하는 것이 정상이지만 현재는 위급 상황이라 어쩔 수가 없소. 조직의 선은 구룡까지만 연결되고 그 다음은 끊겼소. 벌교에서의 활동은 정 동무가 임시 대처하시오."

---

52 국악기 중 금부金部에 속하는 타악기. 자바라 또는 제금이라고도 한다. 접시 모양의 엷고 둥근 한 쌍의 놋쇠판을 마주쳐서 소리를 낸다.

53 바느질할 때 불에 달구어 천의 구김살을 눌러 없애는 데 쓰는 무쇠로 만든 도구.

54 선線. 어떤 조직이나 단체에서 명령이 내려지고 실행하는 계통.

위원장의 말이었다. 소화를 집으로 잠입[55]시키는 일이었는데, 지금 곧 실행할 것인가 아니면 날이 밝은 다음에 할 것인가를 결정해야 했다. 몇 번 생각을 굴린 끝에 날이 밝은 시간을 이용하기로 했다. 언뜻 생각하기에는 어둠을 이용하는 것이 안전할 것 같지만, 이미 집 근처에는 잠복[56]이 행해지고 있을지도 모를 일이고, 그렇다면 외따로 사는 무당이 어둠을 타고 나타난다는 것이 심상찮게 보일 수 있었다. 그러나 낮에는 무당이 여염집[57]에 드나드는 것은 예사로운 일일 수 있었다.

그 다음 문제가 소화에 대한 신뢰였다. 그녀를 어디까지 믿어야 좋을지 알 수가 없는 것이다. 조직 형성에 있어서 제일 긴요한 것이 사람이었고, 제일 두려운 것도 사람이었다. 사람처럼 확실한 것이 없었고, 사람처럼 불확실한 것도 없었다. 소화는 이미 경찰의 끄나풀이 되어 있는지도 모른다. 외딴 독립 가옥,[58] 그리고 무당, 그녀가 갖춘 조건은 경찰의 이용가치가 충분했다. 그녀는 마음만 먹으면 밤과 산을 무대로 삼는 자신들의 정보를 누구보다 빨리 탐지해 낼 수 있을 것이다. 자신이 소화를 이용하고자 했다면 경찰도 마찬가지일 것이다. 만약 그녀가 경찰의 끄나풀이라면 자신은 불구덩이에 뛰어든 토끼였다. 그녀가 경찰과 전혀 관계가 없다 하더라도 좌익에 대한 감정이 어떠냐가 문제였다. 한쪽에 대한 감정이 나쁘면 다른 쪽에 호감을 표시하게 마련이었다. 그녀가 좌익을 나쁘게 생각하지 않는다는 말을 하긴 했지만 그 한마디로 그녀를 다 믿을 수는 없었다. 경찰의 끄나풀일수록 그런 말은 번드르르하게 잘할 수 있는 일이기도 했다. 그녀를 확실하게 믿을 수 있는 근거를 마련해야 했다. 그녀를 세뇌시킬 수만 있다면 앞으로도 두고두고 이용할 수도 있는 일이었다.

"임무 수행 중 특히 경계해야 할 것이 두 가지가 있소. 술과 여자요. 그

---

55 잠입潛入. 남몰래 숨어드는 것.
56 잠복潛伏. 보이지 않게 숨어 있는 것.
57 일반 백성의 살림집.
58 외딴 곳에 한 채 따로 떨어져 있는 집.

건 둘 다 독이오. 술은 감정을 해이하게 만드는 독이고, 여자는 의지를 약화시키는 독이오. 철저히 경계하라. 단, 냉철한 당원의 이성으로 판단했을 때 사업에 절대 이익을 줄 수 있는 여자까지 포함시키는 건 아니오. 그 판단 기준은 당원의 이성에 맡기겠소."

서울에서 세뇌 교육[59]을 받을 때 임철수라는 중간 간부가 전혀 감정이 섞이지 않은 낮고도 일정한 음향의 목소리로 한 말이었다.

정하섭은 천천히 고개를 들었다. 기다리고 있었던 것처럼 소화의 눈길이 바로 앞에 열려 있었다. 그는 그녀의 눈을 들여다보았다. 그는 가슴 한 복판이 푸드득 경련하는 것을 느꼈다.

저 여자는 당의 사업에 절대 이익을 줄 수 있는 여자인가. 아니다, 그런 목적 이전에 저 여자는 너무 먼 옛날부터 나를 괴롭혀 왔었다. 저 여자는 내가 어렸을 때부터 내 넋을 빼앗아 갔는지도 모른다. 저 여자를 아무런 목적 없이 갖도록 하자. 만약 거부한다면 그 뜻을 따르는 것이다. 긴장과 초조에 쫓기며 먼 길을 걸어온 피로를 떠밀어 내며 솟구치는 저 여자를 갖고 싶은 마음은 무엇인가. 해답처럼 떠오르는 말이 있었다.

"버마 전선[60]에서 꼬박 나흘을 자지도 먹지도 못하면서 싸웠네. 모두 지쳐 쓰러져 있는데 소대장이 한다는 소리가, 지금 밥을 먹겠느냐 여자를 갖겠느냐, 하고 묻는 것이야. 그런데 다 여자를 갖겠다고 했네. 그게 상식으로 이해가 안 되는 인간의 묘한 점이네. 인간이란 그렇게 복잡 미묘한 것인데 어찌……."

김범우 선생의 말이었다.

그는 천천히 팔을 뻗쳐 그녀의 앞에다 손바닥을 폈다. 그녀는 그의 손바닥에 황금빛의 비파가 두 개 나란히 놓인 것을 보았다. 그녀는 그 비파를 잡으려고 손을 뻗쳤다. 그 손을 그가 꼭 감싸 잡았다.[61] 그리고 그들은

---

59 본디 가지고 있는 생각을 특정한 다른 생각으로 개조하거나 사상, 주의를 주입하는 교육.
60 제2차 세계대전 당시 일본군이 싸우던 '미얀마 전선'을 가리킴.

일어섰다. 그녀가 문고리를 벗기고 그를 마루로 이끌었다. 그녀는 소리 없이 마루를 걸어 옆방으로 갔다. 그리고 방문을 열었다.

(이하 줄임)

1983년 《현대문학》

61 정하섭과 소화가 서로 몸을 섞고 잠자리를 같이 한다는 것을 암시하고 있다. 정하섭은 소화를 확실하게 포섭하기 위해서이며 소화는 어려서부터 하섭을 연모했기 때문이다. 소화는 정하섭이 내미는 비파를 받아들임으로써 마음으로 그를 받아들이고 있는 것이다.

사람은 음식물로 체력을 배양하고,

독서로 정신력을 배양한다.

- 쇼펜하우어

|1939 ~ |

1939년 전라남도 장흥군에서 태어나다. 서울대학교 독문학과를 졸업하다. 1965년 《사상계》 신인상에 〈퇴원〉이 당선되어 문단에 나온 후 〈병신과 머저리〉(1966), 〈굴레〉(1966), 〈석화촌〉(1968), 〈매잡이〉(1968) 등 문제작을 잇따라 발표하다. 이 기세는 1970년대에 들어서도 계속되어 〈소문의 벽〉(1971), 〈조율사〉(1972), 〈이어도〉(1974), 〈자서전들 쓰십시다〉(1976), 〈서편제〉(1976), 〈잔인한 도시〉(1978) 등으로 이어지다. 1980년대 이후에도 궁극적인 삶의 본질적 양상에 대한 소설적 규명 작업으로 〈시간의 문〉(1982), 〈비화밀교〉(1985), 〈자유의 문〉(1988) 등을 발표하다. 1968년 〈병신과 머저리〉로 동인문학상, 1978년 〈잔인한 도시〉로 이상문학상, 1986년 〈비화밀교〉로 대한민국문학상, 1990년 〈자유의 문〉으로 이산문학상 등을 수상하다.

대|표|작

〈병신과 머저리〉(1966), 〈별을 보여 드립니다〉(1971), 〈당신들의 천국〉(1976), 〈서편제〉(1976), 〈예언자〉(1977), 〈낮은 데로 임하소서〉(1981), 〈아리아리 강강〉(1988) 등이 있다.

'이 이야기는 나와 노인에 관한 한 많은 부분이 사실 그대로였고, 그날 새벽 어둠 속에 어머니를 뒤에 남겨 두고 버스에 올라타 버린 나는 긴 세월 그날 아침 당신이 날도 덜 밝은 그 추운 눈길을 혼자 어떻게 되돌아가셨는지를 차마 물어보지 못하고 지냈었다.'

작가가 후기에서 적은 말이다.

〈눈길〉은 작가도 밝힌 것처럼 자전적 귀향소설의 전형적인 구조이다. 귀향소설은 오랜만에 고향을 방문한 인물이 어떤 특별한 사건이나 일을 통하여 갈등을 겪다가 인간적인 화해를 한 후 다시 현재 생활의 근거지인 도시로 돌아가는 구조로 되어 있는 소설을 가리킨다. 김승옥의 〈무진기행〉이나 황석영의 〈삼포 가는 길〉이 귀향소설의 좋은 예이다.

〈눈길〉의 주인공 '나'는 어머니에 대하여 '빚'이 없음을 강변하면서 일정한 거리를 두고 어머니를 대한다. 주인공이 시종일관 어머니를 '노인'이라는 호칭으로 부르는 데서도 알 수 있다. 노인이라는 호칭은 육친에 대한 감정이 들어 있지 않은 '삼인칭'이다. 그래서였을까. 나는 고향에 내려오기 무섭게 서울로 다시 올라가려고 한다. 서둘러 고향을 떠나려는 나의 심리에는 늙은 어머니에 대한 원망이 숨겨져 있는 것이다. 왜일까? 나를 위해서 어머니는 아무것도 해 준 것이 없다고 생각하기 때문이다. 형은 주인공이 고교 1학년 때, 집안의 전 재산을 탕진한다. 거기에다 조카 셋과 형수, 그리고 어머니 등을 부양하는 장남이 해야 할 몫을 떠넘기고 죽었다. 그러나 나는 그럴 처지가 못 된다. 고향의 어머니를 가난에서 구제하기에는 나 역시 능력이 미치지 못하기 때문이다. 그래서 나는 혼자서 어렵게 자수성가했음을 은근히 자부하고 있다. 반면 어머니는 가족의 불행과 재앙을 자신이 부덕한 탓이라며 부끄러워한다.

이런 모든 갈등은 새벽의 눈길 이야기를 회상하는 어머니의 이야기를 통하여 화해의 계기를 맞는다. 그동안 모르고 있었던, 굳이 알려 하지 않았던 어머니의 사랑을 나는 눈물을 흘리며 느끼게 됨으로써 갈등은 해소되고 화해로 발전한다.

구조분석

- **갈래** 단편소설. 귀향소설.
- **주제** 고향 집과 눈길에서의 추억을 통하여 확인하는 모자간의 사랑.
- **배경** 시간은 현대, 눈이 내리고 있는 겨울밤. 공간은 나의 고향 집과 눈길.
- **시점** 1인칭 주인공 시점.

등장인물

- **나** 자식 노릇을 하지 못한 자신이나 뒷바라지를 못해 준 어머니나 마찬가지라는 생각을 가진 이기적 인물.
- **노인(어머니)** 자식을 사랑하면서도 자식에게 부담을 줄까 봐 하고 싶은 말을 아끼는 여인. 자기 자신보다 아들을 위하는 생각이 깊은 전형적인 한국적 어머니상의 여인.
- **아내** 시어머니와 남편 사이에서 중재자 역할을 충실히 하는 인물. 모친을 대하는 남편의 매정한 태도를 나무라며 시어머니와 남편의 갈등을 해소하려고 노력하는 지혜로운 여인.

플롯

- **발단** 나는 오랜만에 노인(어머니)이 계시는 고향을 방문한다.
- **전개** 고향에서는 지붕 개량 사업이 추진되고 있다. 노모는 실제로는 지붕 개량을 하고 싶어하지만 나는 매정하게 외면한다.
- **위기** 내가 냉담한 반응을 보이자 반대로 아내가 나서서 지난 이야기를 시작하여 고향 집을 팔 때의 상황을 상기시켜 준다.
- **절정** 노모는 새벽 눈길을 걸어 면소 차부까지 아들을 배웅하러 나간 옛 이야기를 털어놓는다.
- **결말** 잠이 든 척하지만 사실은 노모와 아내의 대화 내용을 다 듣고 있던 나는 노모의 사랑을 확인하고 눈물을 흘린다.

〈눈길〉과 어머니

이 작품의 무대는 전라남도 장흥군 대덕읍 진목리에 있는 작가의 고향 집이다. 또한 이야기의 중심 축은 어머니에서 시작되고 어머니로 끝난다. 작가는 항상 "내 문학의 기둥은 어머니"라고 말해 오고 있다. 그러니까 〈눈길〉은 작가 이청준 문학의 본질을 연구하는 가장 좋은 텍스트라고 할 수 있겠다. 작가는 어머니 생전에는 "소설을 쓰게 해 주는 힘과 인연이 어머니에게서 비롯된다"라고 했었다. 그런데 막상 어머니를 여읜 후 어느 문학상 시상식장에서 수상 소감을 말할 때는 "어머니의 부재가 두려운 적도 있었으나 결국 소설 쓰기에 더욱 힘을 주는 것 역시 어머니의 존재에서 비롯된다"며 눈물을 훔친 적이 있다. 어머니가 돌아가신 후에도 영영 떠나보내 드리지 않았다는 뜻이 된다.

눈길에 남아 있는 아들 발자국

〈눈길〉에는 아들을 서울로 떠나보낸 어머니가 눈길을 되돌아오는 감동적인 장면이 있다. 어머니가 돌아올 때 눈길에는 아들과 자신이 걸어갔던 발자국이 그대로 남아 있었다. 그 발자국에서 아들 목소리와 온기가 그대로 느껴져 어머니는 아들의 발자국만 밟고 되돌아온다. 눈앞이 가리도록 그 발자국 위에 눈물을 뿌리면서. 이 이야기를 듣는 주인공인 나는 눈물이 흐르고 가슴이 복받쳐서 벌떡 일어나 어머니의 말을 가로막고 싶었지만 끝내 그러지 못한다. 사지가 마비된 듯 가라앉아서가 아니라 눈꺼풀 밑으로 눈물이 뜨겁게 차오르는 것을 아내와 노인 앞에서 보일 수가 없었기 때문이다.

1. '나' 에게 '옷궤' 는 어떤 의미인가? 또 어머니에게 '옷궤' 는 어떤 의미인가? 두 사람 입장에서 '옷궤' 의 의미를 설명해 보자.
2. 노인(어머니)이 태도를 바꾸어 집을 고치겠다고 한 진정한 이유가 무엇인지 작품 속에 표현된 대목을 찾아서 이야기해 보자.
3. 이 작품에서 묘사되고 있는 '눈길' 의 상징성을 설명해 보자.

눈길

1

"내일 아침 올라가야겠어요."

점심상을 물러나 앉으면서 나는 마침내 입속에서 별러 오던 소리를 내뱉어 버렸다.

노인[1]과 아내가 동시에 밥숟가락을 멈추며 나의 얼굴을 멀거니 건너다본다.

"내일 아침 올라가다니. 이참에도 또 그렇게 쉽게?"

노인은 결국 숟가락을 상 위로 내려놓으며 믿기지 않는다는 듯 되묻고 있었다.

나는 이제 내친걸음[2]이었다. 어차피 일이 그렇게 될 바엔 말이 나온 김에 매듭을 분명히 지어 두지 않으면 안 되었다.

"예, 내일 아침에 올라가겠어요. 방학을 얻어 온 학생 팔자도 아닌데, 남들 일할 때 저라고 이렇게 한가할 수가 있나요. 급하게 맡아 놓은 일도 한두 가지가 아니고요."

"그래도 한 며칠 쉬어 가지 않고…… 난 해필 이런 더운 때를 골라 왔

---

1 주인공 '나'는 지문에서는 어머니를 계속 '노인'으로 표현한다.

2 이왕에 시작한 일.

길래 이참에는 며칠 좀 쉬어 갈 줄 알았더니……."

"제가 무슨 더운 때 추운 때를 가려 살 여유나 있습니까."[3]

"그래도 그 먼 길을 이렇게 단걸음에 되돌아가기야 하겠냐. 넌 항상 한동자[4]로만 왔다가 선걸음[5]에 새벽 길을 나서곤 하더라마는…… 이번에는 너 혼자도 아니고…… 하룻밤이나 차분히 좀 쉬어 가도록 하거라."

"오늘 하루는 쉬었지 않아요. 하루를 쉬어도 제 일은 사흘을 버리는걸요. 찻길이 훨씬 나아졌다곤 하지만 여기선 아직도 서울이 천 리 길이라 오는 데 하루 가는 데 하루……."

"급한 일은 우선 좀 마무리를 지어 놓고 오지 않구선……."

노인 대신 이번에는 아내 쪽에서 나를 원망스럽게 건너다보았다.

그건 물론 나의 주변머리를 탓하고 있는 게 아니었다. 내게 그처럼 급한 일이 없다는 걸 그녀는 알고 있었다.

서울을 떠나올 때 급한 일들은 미리 다 처리해 둔 것을 그녀에게는 내가 말을 해 줬으니까. 그리고 이번에는 좀 홀가분한 기분으로 여름 여행을 겸해 며칠 동안이라도 노인을 찾아보자고 내 편에서 먼저 제의를 했었으니까. 그녀는 나의 참을성 없는 심경의 변화를 나무라고 있는 것이었다.

그리고 그 매정스런 결단을 원망하고 있는 것이었다. 까닭 없는 연민과 애원기 같은 것이 서려 있는 그녀의 눈길이 그것을 더욱 분명히 하고 있었다.

"그래, 일이 그리 바쁘다면 가 봐야 하기는 하겠구나. 바쁜 일을 받아 놓고 온 사람을 붙잡는다고 들을 일이겠냐."

한동안 입을 다물고 앉아 있던 노인이 마침내 체념을 한 듯 다시 입을 열었다.

"항상 그렇게 바쁜 사람인 줄은 안다마는, 에미라고 이렇게 먼 길을

---

3 이 말 속에는 아무런 경제적 도움을 주지 못한 어머니를 원망하는 뜻이 담겨 있다.

4 식후에 다시 밥을 짓는 일. 식사 시간이 지난 때를 가리킴.

5 이미 발걸음을 내디딘 걸음.

찾아와도 편한 잠자리 하나 못 마련해 주는 내 맘이 아쉬워 그랬던 것 같구나."[6]

말을 끝내고 무연스런[7] 표정으로 장죽[8] 끝에 풍년초[9]를 꾹꾹 눌러 담기 시작한다.

너무도 간단한 체념이었다.

담배통에 풍년초를 눌러 담고 있는 그 노인의 얼굴에는 아내에게서와 같은 어떤 원망기 같은 것도 찾아볼 수 없었다. 당신 곁을 조급히 떠나고 싶어하는 그 매정스런 아들에 대한 아쉬움 같은 것도 엿볼 수가 없었다.

성냥불도 붙이려 하지 않고 언제까지나 그 풍년초 담배만 꾹꾹 눌러 채우고 앉아 있는 눈길은 차라리 무표정에 가까운 것이었다.

나는 그 너무도 간단한 노인의 체념에 오히려 불쑥 짜증이 치솟았다.

나는 마침내 자리를 일어섰다. 그러고는 그 노인의 무표정에 밀려나기라도 하듯 방문을 나왔다.

장지문[10] 밖 마당가에 작은 치자나무[11] 한 그루가 한낮의 땡볕[12]을 견디고 서 있었다.

2

지열[13]이 후끈거리는 뒤꼍 콩밭 한가운데에 오리나무[14] 무성한 묘지가

---

6 어머니는, 하룻밤도 제대로 자지 않고 떠나려 하는 아들이 섭섭하지만 이내 자신의 잘못이라고 자책하는 모성으로 돌아간다.

7 크게 낙담하여 허탈해 하는.

8 장죽長竹. 긴 담뱃대. 대개 대나무로 만들었다.

9 풍년초豊年草. 개비로 말지 않고 담배 속을 그대로 갑에 담아 팔던 담배. 가난한 시골 농민들이 많이 피웠다고 해서 풍년초이다.

10 지게문에 장지짝을 덧들인 문.

11 꼭두서닛과의 사철 푸른 활엽 관목. 열매는 약재와 물감 원료로 쓰임.

12 따갑게 내리쬐는 뙤약볕.

하나 있었다. 그 오리나무 그늘에 숨어 앉아 콩밭 아래로 내려다보니 집이라고 생긴 게 꼭 습지에 돋아 오른 여름 버섯 형상을 닮아 있었다.[15]

나는 금세 어디서 묵은 빚 문서라도 불쑥 불거져 나올 것 같은 조마조마한 기분이었다.

애초의 허물은 그 빌어먹을 비좁고 음습한[16] 단칸 오두막 때문이었다. 묵은 빚이 불거져 나올 것 같은 불편스런 기분이 들게 해 오는 것도 그랬고, 처음 예정을 뒤바꿔 하루 만에 다시 길을 되돌아갈 작정을 내리게 한 것 역시 그러했다. 하지만 내게 빚은 없었다. 노인에 대해선 처음부터 빚이 있을 수 없는 떳떳한 처지였다.[17]

노인도 물론 그 점에 대해선 나를 완전히 신용하고 있었다.

"내 나이 일흔이 다 됐는디, 이제 또 남은 세상이 있으면 얼마나 길라더냐."

이가 완전히 삭아 없어져서 음식 섭생[18]이 몹시 불편스러워진 노인을 보고 언젠가 내가 지나가는 말처럼 권해 본 일이 있었다. 싸구려 가치假齒[19]라도 해 끼우는 게 어떻겠느냐는 나의 말선심[20]에 애초부터 그래 줄 가망이 없어 보여 그랬던지 노인은 단자리에서[21] 사양을 해 버리는 것이었다.

"이럭저럭 지내다 이대로 가면 그만일 육신, 이제 와 늘그막에 웬 딴

---

13 지열地熱. 땅 표면이 햇볕을 받아 나는 열.

14 자작나무과의 낙엽 활엽 교목. 열매는 솔방울 모양으로 가을에 여문다. 나무는 건축과 가구 제작에 쓰이고, 껍질과 열매는 염료로 쓰임.

15 늙은 어머니가 살고 있는 집이 몹시 초라함을 암시하고 있다.

16 그늘지고 축축한.

17 여기서 '빚'은 모자간의 사랑조차 '주고받는 거래'처럼 생각하는 주인공의 이기적인 성격을 잘 나타내는 단어라고 할 수 있다.

18 섭생攝生. 병에 걸리지 않도록 건강 관리를 잘하는 것.

19 이가 빠진 자리에 해 넣는 인공적인 이. 의치. 틀니.

20 말로만 하는 선심.

21 그 자리에서.

세상을 보겠다고……."

한번은 또 치질기가 몹시 심해져서 배변[22]이 무척 힘들어 하시는 걸 보고 수술 같은 걸 권해 본 일도 있었다.

노인은 그때도 역시 비슷한 대답이었다.

"나이를 먹어도 아녀자[23]는 아녀자다. 어떻게 남의 눈에 궂은 데를 보이겠더냐. 그냥저냥 참다 갈란다."

남은 세상이 얼마 길지 못하리라는 체념 때문에도 그랬겠지만, 그보다 노인은 아무것도 아들에겐 주장하거나 돌려받을 것이 없는 당신의 처지를 감득[24]하고 있는 탓에도 그리 된 것이었다.

고등학교 1학년 때 형의 주벽[25]으로 가계[26]가 파산[27]을 겪은 뒤부터, 그리고 마침내 그 형이 세 조카아이와 그 아이들의 홀어머니까지를 포함한 모든 장남의 책임을 내게 떠맡기고 세상을 떠난 뒤부터 일은 줄곧 그렇게만 되어 온 셈이었다.

고등학교와 대학교와 군령[28] 3년을 치러 내는 동안 노인은 내게 아무것도 낳아 기르는 사람의 몫을 못했고, 나는 또 나대로 그 고등학교와 대학과 군령의 의무를 치르고 나와서도 자식놈의 도리는 엄두를 못 냈다. 노인이 내게 베푼 바가 없어서가 아니라 그럴 처지가 못 되었기 때문이다. 나는 나대로 형이 내게 떠맡기고 간 장남의 책임을 감당하기를 사양치 않을 수가 없었기 때문이었다.[29]

노인과 나는 결국 그런 식으로 서로 주고받을 것이 없는 처지였다. 노

---

22 배변排便. 대변을 누는 것.
23 여자를 낮추어 이르는 말.
24 감득感得. 느껴서 깨달아 아는 것.
25 주벽酒癖. 술에 취하면 으레 보이는 버릇.
26 집안 살림.
27 파산破産. 재산을 모두 잃는 것을 가리킴.
28 군대 복무.
29 어머니와 나의 갈등 요인이 무엇인지를 암시하는 대목이다.

인은 누구보다 그것을 잘 알고 있었다. 그렇기 때문에 내게 대해선 소망도 원망도 있을 수 없었다.

그런 노인이었다. 한데 이번에는 웬일인지 노인의 눈치가 이상했다. 글쎄 그 가치나 수술마저 한사코 사양을 해 온 노인이, 나이 여든에서 겨우 두 해가 모자란 늘그막에 와서야 새삼스레 다시 딴 세상 희망이 생긴 것일까.

노인은 아무래도 엉뚱한 꿈을 꾸고 있는 것 같았다. 그것은 너무나 엄청난 꿈이었다.

지붕 개량 사업[30]이 애초의 허물이었다.

"집집마다 모두 도단[31] 아니면 기와들을 얹는단다."

노인은 처음 남의 말을 하듯이 집 이야기를 꺼냈었다. 어제 저녁때 노인과 셋이서 잠자리를 들기 전이었다. 밤이 이슥해서 형수는 뒤늦게 조카들을 데리고 이웃집으로 잠자리를 얻어 나가 버리고, 우리는 노인과 셋이서 그 비좁은 오두막 단칸방에다 잠자리를 함께 폈다.

어기영차! 어기영…… 그때 어디선가 밤일을 하는 남정[32]들의 합창 소리가 왁자하게 부풀어 올랐다. 귀를 기울이고 듣고 있다가 무슨 소리냐니까 노인이 문득 생각난 듯이 귀띔을 해 왔다.

"동네가 너도나도 집들을 고쳐 짓느라 밤잠을 안 자고 저 야단들이구나."

농어촌 지붕 개량 사업이라는 것이었다. 통일벼[33]가 보급된 후로는 집집마다 그 초가지붕 개초[34]가 어렵게 되었단다. 초봄부터 시작된 지붕 개

---

30 1970년대 초, 박정희 정권은 '새마을운동'이라는 이름으로 농촌 재건운동을 펼쳤는데, 초가 지붕을 뜯어내고 양철지붕이나 기와지붕으로 고치는 지붕 개량 사업도 그 가운데 하나였다.

31 함석이나 아연도금한 철판을 뜻한다. '투타나가'란 포르투갈어를 일본식으로 발음한 것.

32 남정 男丁. 남자 장정. 남정네.

33 1974년경 개발한 벼 품종. 쌀 증산하는 데 큰 실적을 올렸으나 밥맛이 나빠 요즘에는 심지 않는다.

량 사업은 그래저래 제격이었다. 지붕을 개량하면 정부 보조금 5만 원을 얻는다는 것이었다. 모심기가 시작되기 전 봄철 한때 하고 모심기가 끝난 초여름께부터 지금까지 마을 집들 거의가 일을 끝냈단다.

나는 처음 그런 노인의 이야기를 들었을 때 무턱대고 가슴부터 덜렁 내려앉고 있었다. 노인에 대한 빚 생각이 처음으로 머릿속에 떠오른 순간이었다. 이 노인이 쓸데없는 소망을 지니면 어쩌나. 하지만 나는 곧 마음을 가라앉혔다. 무엇보다도 나는 노인에 대해서 빚이란 게 없었다. 노인이 그걸 잊었을 리 없었다. 그리고 그런 아들에게 섣부른 주문을 내색할 리 없었다. 전부터도 그 점만은 안심을 할 만한 노인의 성깔이었다. 한데다가 그 노인이 설령 어떤 어울리잖을 소망을 지닌다 해도 이번에는 그 집 꼴이 문제 밖이었다. 도대체가 기와고 도단이고 지붕을 가꿀 만한 집 꼴이 못 되었다. 그래저래 노인도 소망을 지녀 볼 엄두를 못 낸 모양이었다. 이야기하는 말투가 영락없이 남의 일이었다.

하지만 사실은 그게 오해였다. 노인의 속마음은 그게 아니었다.

"관[35]에서 하는 일이라면 이 집에도 몇 번 이야기가 있었겠군요?"

사태를 너무 낙관한 나머지 위로 겸해 한마디 실없는 소리를 내 놓은 것이 나의 실수였다.

노인은 다시 자리를 일어나 앉았다. 그리고 머리맡에 놓아 둔 장죽 끝에다 풍년초 한 줌을 쏘아 박기 시작했다.

"왜 우리 집이라 말썽이 없었더라냐."

노인은 여전히 남의 말을 옮기듯 덤덤히 말했다.

"이장이 쫓아와 뜸을 들이고, 면에서 나와서 으름장을 놓고 가고…… 그런 일이 한두 번뿐이었으면야…… 나중엔 숫제 자기들 쪽에서 사정조로 나오더라."

---

34 이엉.

35 관官. 정부나 행정 관청.

"그래 어머닌 뭐라고 우겼어요?"

나는 아직도 노인의 진심을 모르고 있었다.

"우길 것도 뭣도 없는 일 아니겄냐. 지놈들도 눈깔이 제대로 박힌 인간들인 것인디…… 사정을 해 오면 나도 똑같이 사정을 했더니라. 늙은이도 사람인디 나라고 어디 좋은 집 살고 싶은 맘이 없겄소. 맘으로야 천 번 만 번 우리도 남들같이 기와도 입히고 기둥도 갈아 내고 하고는 싶지만 이 집 꼴을 좀 들여다보시오들, 이 오막살이 흙집 꼴에다 어디 기와를 얹고 말 것이 있겄소……."

"그랬더니요?"

"그랬더니 몇 번 더 발길을 스쳐 가더니 그 담엔 흐지부지 말이 없더라. 지놈들도 이 집 꼴을 보면 사정을 모를 청맹과니[36]들이라더냐?"

노인은 그 거칠고 굵은 엄지손가락 끝으로 뜨거운 장죽 끝을 눌러 대고 있었다.

"그 친구들 아마 이 동네를 백 퍼센트 지붕 개량으로 모범 마을을 만들고 싶어 그랬던 모양이군요."

나는 왠지 기분이 씁쓸하여 그런 식으로 그만 이야기를 얼버무려 넘기려고 하였다.

그런데 그게 오히려 결정적인 실수였다.

"하기사 그 사람들도 그런 소리들을 하더라. 오늘 밤일을 하고 있는 저 집을 끝내고 나면 이제 이 동네에서 지붕 개량을 안 한 집은 우리하고 저 아랫동네 순심이네 두 집밖엔 안 남는다니까 말이다."

"그래도 동네 듣기 좋은 모범 마을 만들자고 이런 집에까지 꼭 기와를 얹으라 하겠어요."

"그래 말이다. 차라리 지붕에 기와나 도단만 얹으랬으면 우리도 두 눈 딱 감고 한번 저질러 보고 싶기도 하더라마는, 이런 집은 아예 터부터 성

---

36 겉으로 보기에는 멀쩡하지만 실상은 보지 못하는 사람.

주[37]를 다시 할 집이라 그렇제……."

모범 마을이 꼬투리가 되어서 이야기가 다시 엉뚱한 곳으로 번지고 있었다. 나는 비로소 다시 가슴이 섬짓해 왔다. 하지만 이미 때가 너무 늦고 말았다.

"하기사 말이 쉬운 지붕 개량이제 알속[38]은 실상 새 성주를 하는 집도 여러 집 된단다."

한번 이야기를 꺼낸 노인이 거기서부터는 새삼 마을 사정을 소상하게 털어놓기 시작했다.

그 지붕 개량 사업이라는 것은 알고 보니 사실 융통성이 꽤나 많은 일이었다. 원칙은 그저 초가 지붕을 벗기고 기와나 도단을 얹은 것이었지만, 기와의 하중[39]을 견뎌 내기 위해선 기둥을 몇 개쯤 성한 것으로 갈아 넣어야 할 집들이 허다했다. 그걸 구실로 대부분의 사람들은 성주를 새로 하듯 집들을 터부터 고쳐 지어 버렸다. 노인에게도 물론 그런 권유가 여러 번 들어왔다. 기둥이 허술해서 기와를 못 얹는다는 건 구실일 뿐이었다. 허술한 기둥을 구실로 끝끝내 기와 얹기를 미뤄 온 집이 세 가구가 있었는데 이날 밤에 또 한 집이 새 성주를 위해서 밤일을 벌이고 있다는 것이었다. 노인이 기와 얹기를 단념한 것은 집 기둥이 너무 허약해서가 아니었다. 노인은 새 성주가 겁이 나 일을 단념할 수밖에 없었던 것이다. 허술한 기둥만 믿을 수가 없었다.

일은 아직도 낙관할 수 없었다. 나는 불시[40]에 다시 그 노인에 대한 나의 빚만을 생각하고 있었다.

노인도 거기서 한동안은 그저 꺼져 가는 장죽 불에만 신경을 쏟고 있었

---

37 집을 지키고 보호한다는 신령이 성주이다. 또한 성주는 새집을 짓는 상량신 上樑神이기도 하다. 그러므로 '성주를 다시 한다'는 것은 집을 다시 짓는다는 뜻이다.

38 사물의 핵심이 되는 부분.

39 하중 荷重. 짐의 무게.

40 뜻하지 아니한 때.

다. 하더니 이윽고는 더 이상 소망을 숨기기가 어려운 듯 가는 한숨을 삼키는 것이었다. 그러고는 그 한숨 끝에다 무심결인 듯 덧붙이고 있었다.

"이참에 웬만하면 우리도 여기다 방 한 칸쯤이나 더 늘여 내고 지붕도 도단으로 얹어 버리면 싶긴 하더라만……."

마침내 노인이 당신의 소망을 내비친 것이었다.

"오늘 당할지 내일 당할지 모를 일이기는 하다만, 날짐승만도 못한 목숨이 이리 모질기만 하다 보니 별의별 생각이 다 드는구나. 저런 옷궤 하나도 간수할 곳이 없어 이리 밀치고 저리 밀치다 보면 어떤 땐 그저 일을 저질러 버리고 싶은 생각이 꿀떡 같아지기도 하고……."

노인은 결국 그런 식으로 당신의 소망을 분명히 해 버리고 만 셈이었다. 지금은 아니더라도 적어도 그런 소망을 지녔던 것만은 분명히 한 것이다.

나는 이제 할 말이 없었다. 눈을 감은 채 듣고만 있었다. 노인에 대해선 빚이 없음을 골백번 속으로 다짐하고 있었다.

"이번에는 면에서도 그냥 흐지부지 지나가 주더라만 내년엔 또 이번처럼 어떻게 잠잠해 주기나 할는지. 하기사 면 사람들 무서워 집을 고친다고 할 수도 없는 노릇이제, 늙은이 냄새가 싫어 그런지 그래도 한데서[41] 등짝 붙이고 누울 만한 방 놔두고 밤마다 남의 집으로 잠자릴 얻어 다니는 저것들 에미 꼴도 모른 체하지는 못할 일이니라."

내가 아예 대꾸를 않으니까 노인은 이제 혼잣말 비슷이 푸념을 계속했다. 듣다 보니 그 노인의 머릿속엔 이미 꽤 구체적인 계획표까지 마련되어 있었던 것 같았다.

"나라에서 보조금을 5만 원이나 내주겄다. 일을 일단 저지르고 들었더라면 큰돈이야 얼마나 더 들 일이 있었을라더냐……. 남정네가 없어 남들처럼 일손을 구하기가 쉽진 못했겄지만 네 형수가 여름 한철만 밭을 매

---

41 집 밖이어서 비바람이나 추위 등을 피할 수 없는 곳. 노천露天을 말함.

주기로 했으면 건넛집 용석이 아배라도 그냥 모른 체하지는 않았을 것이다……."

흙일을 돌볼 사람은 그 용석이 아버지에게 부탁을 하고 기둥을 갈아낼 나무 가대[42]는 이장네 산에서 헐값으로 몇 개를 부탁해 볼 수가 있었다는 것이다.

노인의 장죽 끝에는 이제 불기가 꺼져 식어 있었다.

노인은 연신 그 불이 꺼진 장죽을 빨아 대면서, 한사코 그 보조금 5만 원과 이웃의 도움이 아까워서라도 일을 단념하기가 아쉬웠다는 투였다.

하지만 노인은 그러면서도 끝끝내 내게 대한 주장이나 원망의 빛을 보이진 않았다. 이야기의 형식은 어디까지나 과거의 일로서 그런 생각을 해봤을 뿐이고, 그럴 뻔했다는 말일 뿐이었다. 그리고 그런 식으로 나에 대해선 어떤 형식으로도 직접적인 부담감을 느끼게 하지 않으려는 식이었다. 말하는 목소리도 끝끝내 그 체념기가 짙은 특유의 침착성을 잃지 않은 채였다.

"하지만 다 소용없는 일이다. 세상일이 그렇게 맘 같이만 된다면야 나이 먹고 늙은 걸 설워 안 할 사람이 있을라더냐. 나이를 먹으면 애기가 된다더니 이게 다 나이 먹고 늙어 가는 노망기[43] 한가지제."

종당[44]에는 그 당신의 은밀스런 소망조차도 당신 자신의 실없는 노망기 탓으로 돌리고 있었다.

하지만 나는 이제 노인의 내심을 못 알아볼 리 없었다. 한마디 말참견도 없이 눈을 감고 잠이 든 체 잠잠히 누워만 있던 아내까지도 그것을 분명히 눈치채고 있었다.

"당신, 어젯밤 어머니 말씀에 그렇게밖에 응대해 드릴 방법이 없었어요?"

---

42 가대架臺. 밑에 받쳐 세운 구조물.

43 노망老妄. 늙어서 망령이 나는 것.

44 종당從當에. 뒤에 가서 마침내.

오늘 아침 아내는 마당가로 세숫물을 떠 들고 나왔다가 낮은 소리로 추궁을 해 왔다. 그때 나는 아내에게 그저 쓸데없는 참견 말라는 듯 눈매를 잔뜩 깎아 떠 보였었다. 아내는 그러는 나를 차라리 경멸조로 나무랐다.

"당신은 참 엉뚱한 데서 독해요. 늙은 노인네가 가엾지도 않으세요. 말씀이라도 좀 더 따뜻하게 위로를 드릴 수 있었을 텐데 말예요."

아내도 분명 노인의 말뜻을 알아듣고 있었다. 그리고 나보다도 노인의 일을 걱정하고 있었다. 노인에 대한 나의 속마음도 속속들이 모두 읽고 있는 게 당연했다. 내일 아침으로 서둘러 서울로 되돌아가겠노라는 나의 결정에 아내가 은근히 분개하고 나선 것도 그런 사연을 모두 알고 있었기 때문이었다. 한다고 그녀인들 무슨 뾰족한 수가 있을 수가 있는가.

어쨌든 노인이 이제라도 그 집을 새로 짓고 싶어하고 있는 건 분명했다. 아무래도 알 수가 없는 일이었다. 아닌 게 아니라 나이를 먹으면 노인들은 모두 어린애가 되어 가는 것일까. 노인은 정말로 내게 빚이 없다는 사실을 잊어버리고 만 것일까. 노인의 말처럼 그건 일테면 노망기가 분명했다. 그런 염치도 못 가릴 정도로 노인은 그렇게 늙어 버린 것이었다. 하지만 나는 굳이 노인의 그런 노망기를 원망할 필요도 없었다. 문제는 서로간의 빚의 문제였다. 노인에 대해 빚이 없다는 사실만이 내게는 중요했다. 염치가 없어져서건 노망을 해서건 노인에 대해 내가 갚아야 할 빚만 없으면 그만인 것이다.

빚이 있을 리 없지. 절대로! 글쎄 노인도 그걸 알고 있으니까 정면으로는 말을 꺼내지 못하질 않던가 말이다.

어디선가 계속 무덥고 게으른 매미 울음소리가 들려왔다.

나는 비로소 자신을 굳힌 듯 오리나무 그늘에서 몸을 힘차게 일으켜 세웠다. 콩밭 아래로 흘러 뻗은 마을이 눈앞으로 멀리 펼쳐져 나갔다. 거기 과연 아직 초가 지붕을 이고 있는 건 노인네의 그 버섯 모양의 오두막과 아랫동네의 다른 한 채가 전부였다.

빌어먹을! 그 지붕 개량 사업인지 뭔지 하필 이런 때 법석들이지?

아무래도 심기가 편할 수는 없었다. 나는 공연히 그 지붕 개량 사업 쪽에다 애꿎은 저주를 보내고 있었다.

3

해가 훨씬 기운 다음에야 콩밭을 가로질러 노인의 집 뒤꼍으로 뜰을 들어서려다 보니, 아내는 결국 반갑지 않은 화제를 벌여 놓고 있었다.

"이 나이에 내가 살면 얼마나 더 좋은 세상을 살겼다고 속없이 새 방 들이고 기와 지붕을 덮자겄냐…… 집 욕심 때문이 아니라 나 간 뒷일이 안 놓여 그런다……."

뒤꼍에서 안뜰로 발길을 돌아 나서려는데, 장지문을 반쯤 열어젖힌 안방에서 노인의 말소리가 도란도란 흘러나오고 있었다.

"날씨가 선선한 봄가을 철이나, 하다못해 마당에 채일(차일)이라도 치고들 지내는 여름철만 되더라도 걱정이 덜하겄다마는, 한겨울 추위 속에서나 운 사납게 숨이 딸깍 끊어져 봐라. 단칸방 아랫목에다 내 시신[45] 하나 가득 늘여 놓으면 그 일을 어쩔 것이냐."

이번에도 또 그 집에 관한 이야기였다. 노인을 어떻게 위로한다는 것일까. 아니면 아내는 노인의 소망을 더 이상 어떻게 외면할 수가 없도록 노골화시켜 버리고 싶은 것일까.

답답하게 눈치만 보고 도는 그 나에 대한 아내의 원망은 그토록 뿌리가 깊고 지혜로웠더란 말인가. 노인의 이야기는 아내가 거기까지 유도해 내고 있었던 게 분명했다. 노인은 이제 그 아내 앞에 당신의 집에 대한 소망을 분명한 목소리로 털어놓고 있었다.

그리고 이젠 당신의 소망에 대한 솔직한 사연을 말하고 있었다. 노인의

---

45 시신屍身. 사람의 죽은 몸뚱이.

그 오랜 체념이 습관과 염치를 방패 삼아 어물어물 고비를 지나가려던 내 앞에 노인의 소망이 마침내 노골적인 모습을 드러내 온 것이었다. 노인의 소망은 이미 짐작하고 있었지만, 설마 하면 그렇게 분명한 대목까지는 만나게 될 줄을 몰랐던 일이었다. 나는 마치 마지막 희망이 무너진 느낌이었다. 하지만 그 노인의 설명에는 나에게는 마침내 분명해진 것이 있었다. 노인이 갑자기 그 집에 대한 엉뚱한 소망을 지니게 된 당신의 내력[46]이었다. 노인은 아직도 당신의 삶을 위해서는 새삼스런 소망을 지니지 않고 있었다. 노인의 소망은 당신의 사후[47]에 내력이 있었다.

"떠돌아들어 살아오긴 했어도, 난 이 동네 사람들한테 못할 일은 한 번도 안 해 보고 살아온 늙은이다. 궂은 밥 먹고 궂은 옷 입고 궂은 잠자리 속에 말년을 보냈어도 난 이웃이나 이 동네 사람들한테 궂은 소리는 안 듣고 늙어 왔다. 이 소리가 무슨 소린고 하니 나 죽고 나면 그래도 이 동네 사람들, 이 늙은이 주검 위에 흙 한 삽, 뗏장 한 장씩은 덮어 주러 올 거란 말이다. 늙거나 젊거나 그렇게 내 혼백[48] 들여다봐 주러 오는 사람들을 어찌할 것이냐. 사람은 죽어 이웃이 없는 것보다 더 고단한 것도 없는 법인디, 오는 사람 마다할 수 없고 가난하게 간 늙은이가 죽어서라도 날 들여다봐 주러 오는 사람들한테 쓴 소주 한 잔 대접해 보내고 싶은 게 죄가 될 거나. 그래서 그저 혼자서 궁리해 본 일이란다. 숨 끊어지는 날 바로 못 내다 묻으면 주검하고 산 사람들이 방 하나뿐 아니냐. 먼 데서 온 느그들도 그렇고…… 그래서 꼭 찬바람이나 막고 궁둥이 붙여 앉을 방 한 칸만 어떻게 늘여 봤으면 했더니라마는…… 그게 어디 맘 같은 일이더냐. 이도 저도 다 늙고 속없는 늙은이 노망길 테이제……."

노인의 소망은 바로 그 당신의 죽음에 대한 대비에서 비롯된 것이었다.

알 만한 노릇이었다. 살림이 망조[49] 나고 옛 살던 동네를 나와 떠돌기

---

46 내력來歷. 어떤 사물이 지나온 유래.

47 사후死後. 죽은 후.

48 혼백魂魄. 죽은 사람의 몸을 떠나 있는 영혼.

시작하면서부터 언제나 당신의 죽음에 대한 대비를 게을리해 오지 않던 노인이었다. 동네 뒷산 양지바른 언덕 아래다 마을 영감 한 분에게 당신의 집터(노인은 당신의 무덤 자리를 늘 그렇게 말했다)를 미리 얻어 놓고 겨울철에도 날씨가 좋으면 그곳을 찾아가 햇볕 바래기를 하다가 내려온다던 노인이었다. 노인은 이제 당신의 죽음에 마지막 준비를 서두르고 있는 것이었다. 나는 더 노인의 이야기를 엿듣고 있을 수가 없었다. 발길을 움직여 소리 없이 자리를 피해 버리고 싶었다.

한데 그때였다. 쓸데없는 일에 공연히 감동을 잘하는 아내가 아무래도 견딜 수가 없어진 모양이었다.

"전에 사시던 집은 터도 넓고 칸 수도 많았다면서요?"[50]

아내가 느닷없이 화제를 바꾸고 나섰다. 별달리 노인을 달랠 말이 없으니까, 지나간 일이나마 그렇게 넓게 살던 옛집의 기억을 상기시켜서라도 노인을 위로하고 싶어진 것이리라. 그것은 노인도 한때 번듯한 집 살림을 해 온 기억을 되돌이키게 해서 기분을 바꿔 드리고 싶어서이기도 했겠지만, 그 외에도 그것은 또 언제나 가난한 살림만을 보고 가게 하는 부끄러운 며느리 앞에 당신의 자존심을 얼마간이나마 되살려 내게 할 가외[51]의 효과도 있을 수 있었다. 어쨌거나 나는 당분간 다시 자리를 피할 필요가 없어지고 있었다.

"옛날 살던 집이야, 크고 넓었제. 다섯 칸 겹집에다 앞뒤 터가 운동장이었더니라……. 하지만 이제 와서 그게 다 무슨 소용이냐. 남의 집 된 지가 20년이 다 된 것을……."

"그래도 어머님은 한때 그런 좋은 집도 살아 보셨으니 추억은 즐거운

---

49 망조亡兆. 망할 징조.

50 아내가 화제를 과거로 되돌리고 있다. 이 대화를 시작으로 늙은 어머니와 나는 과거를 회상하게 되고, 갈등의 원인이 무엇인지 알아차림으로써 갈등을 해소하는 계기가 만들어진다.

51 가외加外. 일정한 표준이나 한도의 밖.

편이 아니시겠어요? 이 집이 답답하고 짜증 나실 땐 그런 기억이라도 되살려 보세요."

"기억이나 되살려서 어디다 쓰게야. 새록새록 옛날 생각이 되살아나다 보면 그렇지 않아도 심사[52]가 어지러운 것을."

"하긴 그것도 그러실 거예요. 그렇게 넓은 집에 사셨던 생각을 하시면 지금 사시는 형편이 더 짜증스러워지기도 하시겠죠. 뭐니뭐니 해도 지금 형편이 이렇게 비좁은 단칸방 신세가 되고 마셨으니 말씀예요……."

노인과 아내는 잠시 그렇게 위론지 넋두린지 분간이 가지 않는 소리들을 주고받고 있었다. 한동안 그렇게 오가는 이야기를 듣다 보니, 나는 그 아내의 동기가 다시 조금씩 의심스러워지고 있었다. 아내의 말투는 그저 노인을 위로하기 위해서가 아니었다. 노인을 위로해 드리기는커녕 심기만 점점 더 불편스럽게 하고 있었다. 노인에게 옛집을 상기시켜 드리는 것은 당신의 불편스런 심기를 주저앉히기보다 오늘을 더욱더 비참스럽게 느끼게 만들고 있었다. 집을 고쳐 짓고 싶은 그 은밀스런 소망을 자꾸만 밖으로 후벼 대고 있었다. 아내의 목적은 차라리 그쪽에 있었던 것 같았다.

아내에 대한 나의 판단은 과연 크게 빗나가지 않았다.

"방이 이렇게 비좁은데 그럼 어머니, 이 옷장이라도 어디 다른 데로 좀 내놓을 수 없으세요? 이 옷장을 들여놓으니까 좁은 방이 더 비좁지 않아요."

아내는 마침내 내가 가장 거북스럽게 시선을 피해 오던 곳으로 화제를 끌어들이고 있었다.

바로 그 옷궤 이야기였다. 17, 8년 전, 고등학교 1학년 때였다. 술버릇이 점점 사나워져 가던 형이 전답[53]을 팔고 선산을 팔고, 마침내는 그 아버지 때부터 살아온 집까지 마지막으로 팔아넘겼다는 소식이 들려왔다.

---

52 심사心事. 마음속에 생각하는 일.

53 전답田畓. 논과 밭.

K시에서 겨울방학을 보내고 있던 나는 도대체 일이 어떻게 되어 가는지 알아보고 싶어 옛 살던 마을을 찾아가 보았다. 집을 팔아 버렸으니 식구들을 만나게 될 기대는 없었지만, 그래도 달리 소식을 알아볼 곳이 없었기 때문이었다. 어스름을 기다려 살던 집 골목을 들어서니 사정은 역시 K시에서 듣고 온 대로였다. 집은 텅텅 비어진 채였고 식구들은 어디론지 간 곳이 없었다. 나는 다시 골목 앞에 살고 있던 먼 친척간 누님을 찾아갔다. 그런데 그 누님의 말을 들으니, 노인이 뜻밖에 아직 나를 기다리고 있다는 것이었다.

"여기가 어디냐. 네가 누군디 내 집 앞 골목을 이렇게 서성대고 있어야 하더란 말이냐."

한참 뒤에 어디선가 누님의 소식을 듣고 달려온 노인이 문간 앞에서 어정어정 망설이고 있는 나를 보고 다짜고짜 나무랐다. 행여나 싶은 마음으로 노인을 따라 문간을 들어섰으나 집이 팔린 것은 분명해 보였다.

그날 밤 노인은 옛날과 똑같이 저녁을 지어 내왔고, 거기서 하룻밤을 함께 지냈다. 그리고 이튿날 새벽 일찍 K시로 나를 다시 되돌려 보냈다. 나중에야 안 일이지만 노인은 거기서 마지막으로 내게 저녁밥 한 끼를 지어 먹이고 당신과 하룻밤을 재워 보내고 싶어, 새 주인의 양해를 얻어 그렇게 혼자서 나를 기다리고 있었다는 것이었다. 언젠가 내가 다녀갈 때까지는 내게 하룻밤만이라도 옛집의 모습과 옛날의 분위기 속에 자고 가게 해 주고 싶어서였는지 모른다. 하지만 문간을 들어설 때부터 집안 분위기는 이사를 나간 빈집이 분명했었다.

한데도 노인은 그때까지 매일같이 그 빈집을 드나들며 먼지를 떨고 걸레질을 해 온 것이었다. 그리고 그때 노인은 아직 집을 지켜 온 흔적으로 안방 한쪽에다 이불 한 채와 옷궤 하나를 예대로 그냥 남겨 두고 있었다.

이튿날 새벽 K시로 다시 길을 나설 때서야 비로소 집이 팔린 사실을 시인해 온 노인의 심정으로는 그날 밤 그 옷궤 한 가지나마 옛집 살림살이의 흔적으로 남겨서 나의 괴로운 잠자리를 위로하고 싶었음이 분명했던 것이다. 그러한 내력이 숨겨져 온 옷궤였다.

떠돌이 살림에 다른 가재도구가 없어서도 그랬겠지만, 이 20년 가까이를 노인이 한사코 함께 간직해 온 옷궤였다. 그만큼 또 나를 언제나 불편스럽게 만들어 온 물건이었다. 노인에게 빚이 없음을 몇 번씩 스스로 다짐하고 있다가도 그 옷궤만 보면 무슨 액면가[54] 없는 빚 문서를 만난 듯 기분이 새삼 꺼림칙스러워지곤 하던 물건이었다.

이번에도 물론 마찬가지였다. 노인의 방을 들어선 순간에 벌써 기분을 불편스럽게 해 오던 옷궤였다. 그리고 끝내는 이틀 밤을 못 넘기고 길을 다시 되돌아갈 작정을 내리게 한 것도 알고 보면 바로 그 옷궤의 허물이 컸을지 모른다.

아내도 물론 그 옷궤에 관한 내력을 내게서 들을 만큼 듣고 있었다. 아내가 옷궤의 내력을 알고 있는 여자라면, 그 옷궤에 관한 나의 기분도 짐작을 못할 그녀가 아니었다. 더욱이 내가 바깥에서 두 사람의 이야기를 엿듣고 있는 걸 알고서 그랬을 수도 있었다.

나는 어느새 그 콧속을 후비는 못된 버릇이 되살아날 만큼 긴장을 하고 있었다. 생각지도 않았던 곳에서 갑자기 묵은 빚 문서가 튀어나올 것 같은 조마조마한 기분이었다. 노인이 치사하게 그 묵은 빚 문서로 나를 궁지에 몰아넣으려 덤빌 수도 있었다.

그래 보라지. 누가 뭐래도 내겐 절대로 빚진 게 없으니까. 그래 본들 없는 빚이 생길 리가 있을라구.

나는 거의 기구[55]를 드리듯 눈을 감고 기다렸다.

하지만 다행스러운 것은 아직도 그 무심스러워 보이기만 한 노인의 대꾸였다.

"옷궤를 내놓으면 몸에 걸칠 옷가지는 다 어디다 간수하고야? 어디

---

54 액면가額面價. 돈이나 유가 증권 등에 적힌 가격. '액면 가격'의 준말.
55 기구祈求. 어떤 일이 이루어지기를 기도하는 것.

다 따로 내놓을 데가 있는 것도 아니지만, 그걸 어디다 내놓을 데가 생긴다고 해도 그것 말고는 옷가지 나부랑일 간수해 둘 데는 있어얄 것 아니냐."

알고 그러는지 모르고 그러는지 노인은 그리 그 옷궤 쪽에는 신경을 쓰고 있지 않은 것 같았다.

"옷이야 어떻게 못을 박아 걸더라도, 사람이 우선 좀 발이라도 뻗고 누울 자리가 있어야잖아요. 이건 뭐 사람보다도 옷장을 모시는 꼴이지 뭐예요."

아내는 거의 억지를 부리고 있었다.

옷궤에 대한 노인의 집착심을 시험해 보기 위한 수작[56]임이 분명했다.

하지만 노인의 반응은 여전히 의연했다.

"그건 네가 모르는 소리다. 그 옷궤라도 하나 없으면 이 집을 누가 사람 사는 집이라 할 수 있겠냐. 사람 사는 집 흔적으로 해서라도 그건 집안에 지녀야 할 물건이다."

"어머님은 아마 저 옷장에 그럴 만한 사연이 있으신가 보군요. 시집오실 때 해 오신 건가요?"

노인의 나이가 너무 높다 보니 아내는 때로 그 노인 앞에 손주딸처럼 버릇이 없어지기도 했지만, 이번에는 숫제 장난기 한 가지였다.

"내력은 무슨……."

노인은 이제 그것으로 그만 입을 다물어 버리고 말았다. 옷궤 이야기는 더 이상 들추고 싶지가 않은 모양이었다.

하지만 아내도 이젠 그쯤에서 호락호락 물러설 여자가 아니었다. 노인이 입을 다물어 버리자 아내도 그만 거기서 할 말을 잃은 듯 잠시 침묵을 지키고 있더니 이윽고는 다시 공세를 펴기 시작했다.

"하긴 어쨌거나 어머님 마음이 편하진 못하시겠어요. 뭐니뭐니 해도

---

56 서로 말을 주고받는 행위.

옛날에 사시던 집을 지켜 오시는 게 최선이었는데 말씀예요. 도대체 그 집은 어떻게 해서 팔리게 되었어요?"

다시 그 집 얘기였다. 그 역시 모르고 묻는 소리가 아니었다. 아내는 그 옷궤의 내력과 함께 집이 팔리게 된 사정에 대해서도 모두 알고 있었다 하면서도 그녀는 다시 노인에게 그것을 되풀이시키려 하고 있었다. 옷궤[57]를 구실로 그 노인의 소망을 유인해 내려는 그녀 나름의 노력의 연장이었다.

하지만 노인의 태도도 아직은 아내에 못지않게 끈질긴 데가 있었다.

"집이 어떻게 팔리기는…… 안 팔아도 좋은 집을 장난삼아서 팔았을라더냐. 내 집 지니고 살 팔자가 못 돼 그리 된 거제……."

알고도 묻는 소릴 노인은 또 노인대로 내력을 얼버무려 넘기려고 하였다.

"그래도 사정은 있었을 게 아녜요? 그 집을 지을 때 돌아가신 아버님이 몹시 고생을 하셨다고 하던데요."

"집이야 참 어렵게 장만한 집이었지야. 남같이 한 번에 지어 올린 집이 아니고 몇 해에 걸쳐서 한 칸씩 두 칸씩 살림 형편 좇아서 늘려 간 집이었더니라. 그렇게 마련한 집이 결국은 내 집이 못 되고…… 그런다고 이제 그런 소린 해서 다 뭣을 하겠냐. 어차피 내 집이 못 될 운수라 그리 된 일을 이런 소리 곱씹는다[58]고 팔려 간 집 다시 내 집이 되어 돌아올 것도 아니고."

---

57 옷궤는 나의 어머니에 대한 빚을 상징하기도 하고, 나에 대한 어머니의 사랑을 상징하기도 한다. 옷궤에는 나에 대한 어머니의 사랑의 추억이 있다. 집이 팔리고 난 뒤에도 어머니는 아들이 올 때까지 옷궤를 치우지 말 것을 새 집주인에게 부탁한다. 어머니는 옷궤가 있는 방에서 나와 하룻밤을 지낸 뒤 눈길을 걸어 나를 차부까지 바래다준다. 그 후, 나는 어머니의 도움 없이 스스로 자립했다고 자부하고 있었다. 그러나 나는 잠결에 아내와 어머니가 나눈 대화를 통하여 옷궤에 얽힌 내력을 듣고 눈물을 흘리게 된다. 그래서 옷궤는 어머니의 사랑을 상징하는 매개체로 사용되고 있는 것이다.

58 그 의미나 의도 등에 대해 거듭하여 곰곰이 생각하는 것.

"하지만 그리 어렵게 장만한 집이라 애석한 생각이 더할 게 아네요. 지금 형편도 그럴 수밖에 없고요. 어떻게 되어 그리 되고 말았는지 그때 사정이라도 좀 말씀해 보세요."

"그만둬라. 다 소용없는 일이다. 이제는 그럭저럭 세월이 흘러서 기억도 많이 희미해진 일이고……."

한사코 이야기를 피하려는 노인에게 아내는 마침내 마지막 수단을 동원하고 있었다.

"좋아요. 어머님께선 아마 지난 일로 저까지 공연히 속을 상하게 할까 봐 그러시는 모양인데요. 그래도 별로 소용이 없으세요. 저도 사실은 이야기를 대강 다 들어 알고 있단 말씀예요."

"이야기를 들어? 누구한테서?"

노인이 비로소 조금 놀라는 기미였다.

"그야 물론 저 사람한테지요."

노인의 물음에 아내가 대답했다. 눈에는 보이지 않았지만, 밖에서 엿듣고 있는 나를 지목한[59] 말투가 분명했다. 짐작대로 그녀는 벌써부터 내가 밖에서 엿듣고 있는 낌새를 알아차리고 있었음이 분명했다.

"제가 알고 있는 건 그 집을 팔게 된 사정뿐만도 아니에요. 어머님께서 저 사람한테 그 팔려 간 집에서 마지막 밤을 지내게 해 주신 일도 모두 알고 있단 말씀예요. 모른 척하고 있기는 했지만 저 옷장 말씀예요. 그날 밤에도 어머님은 저 헌 옷장 하나를 집 안에다 아직 남겨 두고 계셨더라면서요. 아직도 저 사람한테 어머님이 거기서 살고 계신 것처럼 보이시려고 말씀이에요."

아내는 차츰 목소리가 떨려 나오고 있었다.

"그렇담 어머님, 이제 좀 속 시원히 말씀해 보세요. 혼자서 참아 넘기시려고만 하지 마시고 말씀이라도 하셔서 속을 후련히 털어놔 보시란 말

---

59 꼭 짚어서 가리키는.

씀이에요. 저흰 어머님 자식들 아닙니까. 자식들한테까지 어머님은 어째서 그렇게 말씀을 참아 넘기시려고만 하세요."

아내의 어조는 이제 거의 울먹임에 가까웠다.

노인도 이젠 어찌할 수가 없는지, 한동안 묵묵히 대꾸가 없었다.

나는 온통 입 안의 침이 다 마르고 있었다. 노인의 대꾸가 어떻게 나올지 숨도 못 쉰 채 당신의 다음 말만 기다리고 있었다.

하지만 그 아내나 나의 조바심하고는 아랑곳도 없이 노인은 끝내 내 심기를 흐트리지 않았다.

"그래 그 아그(아이)도 어떻게 아직 그날 밤 일을 잊지 않고 있더냐?"

"그래요. 그리고 그날 밤 어머님은 저 사람이 집을 못 들어가고 서성대고 있으니까 아직도 그 집이 안 팔린 것처럼 저 사람을 안으로 데려다가 저녁까지 한 끼 지어 먹이셨다면서요?"

"그럼 됐구나. 그렇게 죄다 알고 있는 일을 뭐 하러 한사코 나한테 되뇌게 하려느냐."

"저 사람은 벌써 잊어 가고 있거든요. 저 사람한테선 진짜 얘기를 들을 수도 없고요. 사람이 독해서 저 사람은 그런 일 일부러 잊어요. 그래 이번엔 어머님한테서 진짜 이야길 듣고 싶은 거예요. 저 사람 얘기 말고 어머님의 그날 밤 진짜 심경을 말씀이에요."

"심정이나마나 저하고 별다른 대목이 있었을라더냐. 사세 부득해서 팔았다곤 하지만 아직은 그래도 내 발길이 끊이지 않은 집인데, 그 집을 놔두고 그 아그가 그래 발길을 주춤주춤 어정대고 서 있더구나……."

아내의 성화를 견디다 못해 노인은 결국, 마지못한 어조로 그날 밤 일을 돌이키고 있었다. 어조에는 아직도 그날 밤의 심사가 조금도 실려 있지 않은 채였다.

"그래 저를 나무래서 냉큼 집 안으로 데리고 들어갔더니라. 그리고 더운 밥 지어 먹여서 그 집에서 하룻밤을 재워 가지고 동도 트기 전에 길을 되돌려 떠나보냈더니라."

"그래 그때 어머님 마음이 어떠셨어요?"

"마음이 어떻기는야. 팔린 집이나마 거기서 하룻밤 저 아그를 재워 보내고 싶어 싫은 골목 드나들며 마당도 쓸고 걸레질도 훔치며 기다려 온 에미였는디, 더운 밥 해 먹이고 하룻밤을 재우고 나니 그만만 해도 한 소원은 우선 풀린 것 같더구나."

"그래 어머님은 흡족한 기분으로 아들을 떠나보내셨다는 그런 말씀이시겠군요. 하지만 정말로 그게 그렇게 될 수가 있었을까요? 어머님은 정말로 그렇게 흡족한 마음으로 아들을 떠나보내실 수 있으셨을까 말씀이에요. 아들은 다시 학교로 돌아가는 길이었다 하더라도 어머님 자신은 그때 변변한 거처 하나 마련해 두시질 못하셨을 처지에 말씀이에요."

"나더러 또 무슨 이야길 더 하라는 것이냐."

"그때 아들을 떠나보내실 때 어머님 심경을 듣고 싶어요. 객지 공부 가는 어린 아들을 그런 식으로 떠나보내시면서 어머님 자신도 거처가 없이 떠도셔야 했던 그때 처지에서 어머님이 겪으신 심경을 말씀예요."

"그만두거라. 다 쓸데없는 노릇이니라. 이야기를 한들 그때 마음이야 네가 어찌 다 알아들을 수가 있겄냐."

노인은 다시 이야기를 사양했다.

그러나 그 체념기가 완연한 노인의 어조에는 아직도 혼자 당신의 맘속으로만 지녀 온 어떤 이야기가 남아 있을 것 같았다.

나는 이제 더 이상 기다리고 있을 수가 없었다. 아내는 그런 나의 기미를 눈치채고 있었다 하더라도 노인만은 아직 그걸 알지 못하고 있었다. 노인의 말을 그쯤에서 그만 중단시켜야 했다. 아내가 어떻게 나온다 하더라도 내게까지 그것을 알게 하고 싶지는 않을 노인이었다. 내 앞에선 더 이상 노인의 이야기가 계속될 수가 없었다.

나는 이윽고 헛기침을 한 번 하고서 그 노인의 눈길이 닿고 있는 장지문 앞으로 모습을 불쑥 드러내고 나섰다.

4

위험한 고비는 그럭저럭 모두 지나가고 있었다.

저녁상을 들일 때 노인은 언제나처럼 막걸리 한 되를 가져오게 하였다. 형의 술버릇 때문에 집안 꼴이 그 지경이 되었는데도 노인은 웬일로 내게 술 걱정을 그리 하지 않았다. 집에만 가면 당신이 손수 막걸리 한 되씩을 미리 마련해다 주곤 하였다.

한잔 마시고 잠이나 자거라.

그러면서 언제나 잠을 자기를 권하는 것이었다.

이날 저녁도 마찬가지였다.

"그래, 정 내일 아침으로 길을 나설라냐?"

저녁상이 들어왔을 때 노인은 그렇게 조심스런 목소리로 나의 내심을 한 번 더 떠왔을 뿐이었다.

"가야 할 일이 있으니까 가겠다는 거 아니겠어요."

나는 노인에게 공연히 짜증기가 치민 목소리로 퉁명스럽게 대꾸했다.

노인은 그것으로 그만이었다.

"그래 알았다. 저녁하고 술이나 한잔하고 일찍 쉬거라."

아침부터 먼 길을 나서려면 잠이라도 일찍 자 두라는 것이었다. 나는 말없이 노인을 따랐다. 저녁 겸해서 술 한 되를 비우고 그리고 술기를 못 견디는 사람처럼 일찌감치 잠자리를 펴고 누웠다.

형수님이 조카들을 데리고 잠자리를 찾아 나가자 이날 밤도 우리는 세 사람 합숙이었다.

어쨌거나 이제 위태로운 고비는 그럭저럭 거의 다 넘겨 가는 셈이었다. 눈을 붙였다. 깨고 나면 그것으로 모든 건 끝나는 것이었다. 지붕이고 옷궤고 더 이상 신경을 쓸 일이 없어진다. 노인에게 숨겨진 빚 문서가 있을까. 하지만 이날 밤만 무사히 넘기고 나면 노인의 어떤 빚 문서도 그것으로 영영 휴지가 되는 것이다.

잠이나 자자. 빚이고 뭐고 잠들면 그만이다. 노인에게 빚은 내가 무슨 빚이 있단 말인가…….

나는 제법 홀가분한 기분으로 눈을 감고 잠을 청했다. 술기 탓인지 알알한 잠 기운이 이내 눈꺼풀을 덮어 왔다.

그렇게 얼마쯤 아늑한 졸음기 속을 헤매고 난 때였을까. 나는 웬일인지 문득 잠기가 서서히 엷어져 가고 있었다. 그리고 아직도 그 어렴풋한 선잠기 속에 도란도란 조심스런 노인의 말소리가 들려오고 있었다.

"그날 밤사말로 갑자기 웬 눈이 그리도 많이 내렸던지 잠을 잤으면 얼마나 잤겠느냐마는 그래도 잠시 눈을 붙였다가 새벽녘에 일어나 보니 바깥이 왼통 환한 눈 천지로구나……. 눈이 왔더라도 어쩔 수가 있더냐. 서둘러 밥 한술씩을 끓여다가 속을 덥히고 그 눈길을 서둘러 나섰더니라……."

나는 다시 정신이 번쩍 들고 말았다. 어찌 된 일인지 노인이 마침내 그날 밤 이야기를 아내에게 가닥가닥 털어놓고 있는 중이었다.

"처지가 떳떳했으면 날이라도 좀 밝은 다음에 길을 나설 수 있었으련만, 그땐 어찌 그리 처지가 부끄럽고 저주스럽기만 했던지…… 그래 할 수 없이 새벽 눈길을 둘이서 나섰지만, 사오 리나 되는 장터 차부[60]까지 산길이 멀기는 또 얼마나 멀더라냐."

기억을 차근차근 더듬어 나가고 있는 노인의 몽롱한 목소리는 마치 어린 손주 아이에게 옛 얘기라도 들려주고 있는 할머니의 그것처럼 아늑한 느낌마저 깃들고 있었다.

아내가 결국엔 노인을 거기까지 유도해 냈음이 분명했다.

이야기를 한들 네가 어찌 다 알아들을 수가 있겠냐…….

낮결에 노인이 말꼬리를 한 가닥 깔고 넘은 기미를 아내가 무심히 들어 넘겼을 리 없었다.

---

60 차부 車部. 요즈음으로 치면 터미널.

그날 밤 아니 그날 새벽 아내에겐 한 번도 들려준 일이 없는 그날 새벽의 서글픈 동행을, 나 자신도 한사코 기억의 피안[61]으로 사라져 가 주기를 바라 오던 그 새벽의 눈길의 기억을 노인은 이제 받아 낼 길이 없는 묵은 빚 문서를 들추듯 허무한 목소리로 되씹고 있었다.

"날은 아직 어둡고 산길은 험하고, 미끄러지고 넘어지면서도 차부까지는 그래도 어떻게 시간을 대어 갈 수가 있었구나……."

이야기를 듣고 있는 나의 머릿속에도 마침내 그날의 정경이 손에 닿을 듯 역력히 떠올랐다. 어린 자식놈의 처지가 너무도 딱해서였을까. 아니 어쩌면 노인 자신의 처지까지도 그 밖엔 달리 도리가 없었을 노릇이었는지 모른다. 동구 밖까지만 바래다주겠다던 노인은 다시 마을 뒷산의 잿길[62]까지만 나를 좀 더 바래다주마 우겼고, 그 잿길을 올라선 다음에는 새 신작로가 나설 때까지만 산길을 함께 넘어가자 우겼다. 그럴 때마다 한 차례씩 애시린[63] 실랑이를 치르고 나면 노인과 나는 더 이상 할 말이 있을 수가 없었다. 아닌 게 아니라 날이라도 좀 밝은 다음이었으면 좋았겠는데, 날이 밝기를 기다려 동네를 나서는 건 노인이나 나나 생각을 않았다. 그나마 그 어둠을 타고 마을을 나서는 것이 노인이나 나나 마음이 편했다. 노인의 말마따나 미끄러지고 넘어지면서, 내가 미끄러지면 노인이 나를 부축해 일으키고, 노인이 넘어지면 내가 당신을 부축해 가면서, 그렇게 말없이 신작로까지 나섰다. 그러고도 아직 그 면소 차부까지는 길이 한참이나 남아 있었다. 나는 결국 그 면소 차부까지도 노인과 함께 신작로를 걸었다.

아직도 날이 밝기 전이었다.

하지만 그러고 우리는 어찌 되었던가.

나는 차를 타고 떠나가 버렸고, 노인은 다시 그 어둠 속의 눈길을 되돌

---

61 피안彼岸. 이승의 번뇌를 해탈하여 열반의 세계에 도달하는 것을 가리키는 불교 용어.
62 고갯길.
63 가슴 아프고 슬픈.

아선 것이다.

내가 알고 있는 건 거기까지뿐이었다.

노인이 그 후 어떻게 길을 되돌아갔는지는 나로서도 아직 들은 바가 없었다. 노인을 길가에 혼자 남겨 두고 차로 올라서 버린 그 순간부터 나는 차마 그 노인을 생각하기 싫었고, 노인도 오늘까지 그날의 뒷얘기는 들려준 일이 없었다. 한데 노인은 웬일로 오늘사[64] 그날의 기억을 끝까지 돌이키고 있었다.

"어떻게 어떻게 장터 거리로 들어서서 차부가 저만큼 보일 만한 데까지 가니까 그때 마침 차가 미리 불을 켜고 차부를 나오는구나. 급한 김에 내가 손을 휘저어 그 차를 세웠더니, 그래 그 운전수란 사람들은 어찌 그리 길이 급하고 매정하기만 한 사람들이더냐. 차를 미처 세우지도 덜하고 덜크렁덜크렁 눈 깜짝할 사이에 저 아그를 훌쩍 실어 담고 가 버리는구나."

"그래서 어머님은 그때 어떻게 하셨어요?"

잠잠히 입을 다문 채 듣고만 있던 아내가 모처럼 한마디를 끼어들고 있었다.

나는 갑자기 다시 노인의 이야기가 두려워지고 있었다. 자리를 차고 일어나 다음 이야기를 가로막고 싶었다. 하지만 나는 이미 그럴 수가 없었다. 사지가 말을 들어주지 않았다. 온몸이 마치 물을 먹은 솜처럼 무겁게 가라앉아 있었다. 몸을 어떻게 움직여 볼 수가 없었다. 형언하기 어려운 어떤 달콤한 슬픔, 달콤한 피곤기 같은 것이 나를 아늑히 감싸 오고 있었다.

"어떻게 하기는야. 넋이 나간 사람마냥 어둠 속에 한참이나 찻길만 바라보고 서 있을 수밖에야……. 그 허망한 마음을 어떻게 다 말할 수가 있을거나……."

---

64 오늘에야.

노인은 여전히 옛 얘기를 하듯 하는 그 차분하고 아득한 음성으로 그날의 기억을 더듬어 나갔다.

"한참 그러고 서 있다 보니 찬바람에 정신이 좀 되돌아오더구나. 정신이 들어 보니 갈 길이 새삼 허망스럽지 않았겠냐. 지금까진 그래도 저하고 나하고 둘이서 함께 헤쳐 온 길인데 이참에는 그 길을 늙은 것 혼자서 되돌아서려니……. 거기다 아직도 날은 어둡지야…… 그대로는 암만해도 길을 되돌아설 수가 없어 차부를 찾아 들어갔더니라. 한 식경[65]이나 차부 안 나무 걸상에 웅크리고 앉아 있으려니 그제사 동녘 하늘이 훤해져 오더구나……. 그래서 또 혼자 서두를 것도 없는 길을 서둘러 나섰는디, 그때 일만은 언제까지도 잊혀질 수가 없을 것 같구나."

"길을 혼자 돌아가시던 그때 일을 말씀이세요?"

"눈길을 혼자 돌아가다 보니 그 길엔 아직도 우리 둘 말고는 아무도 지나간 사람이 없지 않았겠냐. 눈발이 그친 신작로 눈 위에 저하고 나하고 둘이 걸어온 발자국만 나란히 이어져 있구나."

"그래서 어머님은 그 발자국 때문에 아들 생각이 더 간절하셨겠네요."

"간절하다뿐이었겠냐. 신작로를 지나고 산길을 들어서도 굽이굽이 돌아온 그 몹쓸 발자국들에 아직도 도란도란 저 아그의 목소리나 따뜻한 온기가 남아 있는 듯만 싶었제. 산비둘기만 푸르륵 날아올라도 저 아그 넋이 새가 되어 다시 되돌아오는 듯 놀라지고, 나무들이 눈을 쓰고 서 있는 것만 보아도 뒤에서 금세 저 아그 모습이 뛰어나올 것만 싶었지야. 하다 보니 나는 굽이굽이 외지기만 한 그 산길을 저 아그 발자국만 따라 밟고 왔더니라. 내 자석아, 내 자석아, 너하고 둘이 온 길을 이제는 이 몹쓸 늙은 것 혼자서 너를 보내고 돌아가고 있구나!"

"어머님 그때 우시지 않았어요?"

"울기만 했겠냐. 오목오목 디뎌 논 그 아그 발자국마다 한도 없는 눈물

---

65 한 끼 식사를 할 정도의 잠깐 동안.

을 뿌리며 돌아왔제. 내 자석아, 내 자석아, 부디 몸이나 성히 지내거라. 부디부디 너라도 좋은 운 타서 복 받고 살거라…… 눈앞이 가리도록 눈물을 떨구면서 눈물로 저 아그 앞길만 빌고 왔제……."

노인의 이야기는 이제 거의 끝이 나 가고 있는 것 같았다. 아내는 이제 할 말을 잊은 듯 입을 조용히 다물고 있었다.

"그런디 그 서두를 것도 없는 길이라 그렁저렁 시름없이 걸어온 발걸음이 그래도 어느 참에 동네 뒷산을 당도해 있었구나. 하지만 나는 그 길로는 차마 동네를 바로 들어설 수가 없어 잿등 위에 눈을 쓸고 아직도 한참이나 시간을 기다리고 앉아 있었더니라……."

"어머님도 이젠 돌아가실 거처가 없으셨던 거지요."

한동안 조용히 입을 다물고 있던 아내가 이제 더 이상 참을 수가 없어진 듯 갑자기 노인을 추궁하고 나섰다. 그녀의 목소리는 이제 울먹임 때문에 떨리고 있었다.

나 역시도 이젠 더 이상 노인을 참을 수가 없었다. 이제나마 노인을 가로막고 싶었다. 아내의 추궁에 대한 그 노인의 대꾸가 너무도 두려웠다. 노인의 대답을 들을 수가 없었다. 하지만 그 역시도 불가능한 일이었다.

나는 아직도 눈을 뜰 수가 없었다. 불빛 아래 눈을 뜨고 일어날 수가 없었다. 사지가 마비된 듯 가라앉아 있는 때문만이 아니었다. 졸음기가 아직 아쉬워서도 아니었다. 눈꺼풀 밑으로 뜨겁게 차오르는 것을 아내와 노인 앞에 보일 수가 없었다. 그것이 너무도 부끄러웠기 때문이었다. 아내는 이번에도 그러는 나를 알고 있었던 것 같았다.

"여보, 이젠 좀 일어나 보세요. 일어나서 당신도 말을 좀 해 보세요."

그녀가 느닷없이 나를 세차게 흔들어 깨웠다. 그녀의 음성은 이제 거의 울부짖음에 가까웠다. 그래도 나는 일어날 수가 없었다. 뜨거운 것을 숨기기 위해 눈꺼풀을 꾹꾹 눌러 참으면서 내처 잠이 든 척 버틸 수밖에 없었다.

음성이 아직 흐트러지지 않고 있는 건 오히려 그 노인뿐이었다.

"가만두거나. 아침 길 나서기도 피곤할 것인디 곤하게 자고 있는 사람 뭣 하러 그러냐."

노인은 일단 아내의 행동을 말려 두고 나서 아직도 그 옛 얘기를 하는 듯한 아득하고 차분한 음성으로 당신의 남은 이야기를 끝맺어 가고 있었다.

"그런디 이것만은 네가 잘못 안 것 같구나. 그때 내가 뒷산 잿등에서 동네를 바로 들어가지 못하고 있었던 일 말이다. 그건 내가 갈 데가 없어 그랬던 건 아니란다. 산 사람 목숨인데 설마 그때라고 누구네 문간방[66] 한 칸이라도 산 몸뚱이 깃들일 데 마련이 안 됐겄냐. 갈 데가 없어서가 아니라 아침 햇살이 활짝 퍼져 들어 있는디, 눈에 덮인 그 우리 집 지붕까지도 햇살 때문에 볼 수가 없더구나. 더구나 동네에선 아침 짓는 연기가 한참인디 그렇게 시린 눈을 해 갖고는 그 햇살이 부끄러워 차마 어떻게 동네 골목을 들어설 수가 있더냐. 그놈의 말간 햇살이 부끄러워서 그럴 엄두가 안 생겨나더구나. 시린 눈이라도 좀 가라앉히고자 그래 그러고 앉아 있었더니라……."

1977년 《문예중앙》

---

66 대문 옆에 있는 방.

|1942 ~ |

1946년 경기도 가평에서 태어나다. 서라벌예대 및 경희대를 졸업하다. 1965년 《경향신문》 신춘문예에 〈돛대 없는 장선〉이 당선되어 문단에 나오다. 1970년대 중반부터 〈칼날〉, 〈뫼비우스의 띠〉, 〈난장이가 쏘아 올린 작은 공〉 등으로 이어지는 난장이 연작소설을 발표하면서 문단의 주목을 받으며 1970년대 산업 사회의 모순을 가장 예리하고 감동적으로 포착한 작가로 평가받고 있다.

대|표|작

연작소설 〈난장이가 쏘아 올린 작은 공〉(1978), 〈긴 팽이모자〉(1979), 〈시간여행〉(1983), 〈고통의 뿌리〉(1986), 〈하얀 저고리〉(1990) 등이 있다.

"어느 날 나는 재개발 지역 동네에 가서 철거반—그들은 내가, 집이 헐리면 당장 거리에 나앉아야 되는 세입자 가족들과 그 집에서 마지막 식사를 하고 있는데 철퇴로 대문과 시멘트 담을 쳐부수며 들어왔다—과 싸우고 돌아와 작은 노트 한 권을 사서 주머니에 넣었다. 난장이 연작은 그 노트에 씌어지기 시작했다."

작가는 어느 회고의 글에서 연작소설 〈난장이가 쏘아 올린 작은 공〉을 집필한 동기를 이렇게 쓴 적이 있다. 1975년 겨울부터 발표되기 시작해서 1978년 단행본으로 묶인 이 연작소설은 150쇄 이상 중판하면서 25년 넘게 독자의 사랑을 받으며 우리 시대의 최고 인기 소설로 자리 잡았다. 이 중에서 〈내 그물로 오는 가시고기〉는 연작 12편 중 11번째 소설로, 공장 노동자들의 고통스런 삶의 모습을 파헤침으로써 당시 우리 사회의 가장 핵심적인 문제였던 노동 현실과 사회의 구조적 모순을 깊이 있게 다루고 있다. 이 작품에 담겨 있는 산업 사회의 부정적인 측면과 소외된 도시 노동자의 문제는 아직도 우리 사회가 해결하지 못한 숙제이다.

난장이의 자식들은 제각각 노동자로 편입된다. 이들은 은강 자동차 · 은강 전기 · 은강 방직 공장에 취직한다. 그러나 "우리 삼남매는 죽어라 공장 일을 했다. 네 명 가족 기준 그해 도시 근로자의 최저 생계비는 팔만 삼천사백팔십 원이었다. 그러나 어머니가 확인한 삼남매의 수입 총액은

팔만이백삼십일 원이었다." 죽어라 일을 해도 입에 풀칠도 안 된다. 큰아들 영수는 노동조건의 개선을 위해 무진 애를 쓰나 회사의 탄압은 악랄하기만 했다. 노동자들은 해고되고 어딘가로 끌려가 어두운 골목에서 뭇매를 맞는다. 영수는 이 모든 악의 원인이 은강 그룹 회장에게 있다고 믿고 그를 살해하려고 하나 사람을 잘못 보고 회장 동생을 죽이고 잡힌다. 결국 노동자와 자본가의 갈등은 영수가 은강 그룹 회장의 동생을 살해하는 사건으로 귀결된 것이다.

살인범으로 재판받는 난장이 큰아들 영수는 "아버지에게 물려받은 사랑 때문에 괴로워했다"라고 했다. 반면에 회장의 셋째아들 경훈은 "사랑으로 얻을 것은 하나도 없었다"라고 말한다. 이 대조적인 한마디는 이 작품의 상징이기도 하다. 그리고 정반대쪽에 서 있는 자본가와 노동자의 갈등에 대하여 작가는 아무런 화해의 모습도 보여 주지 않고 소설을 끝낸다. 어느 쪽 손을 들어 줄 것인지는 30년 가까이 독자의 몫으로 남아 있는 셈이다.

구조분석

■ **갈래** 연작소설.
■ **주제** 공장 노동자 앞에 놓여 있는 삶의 고통과 좌절.
■ **배경** 시간은 1970년대 산업화가 한창 진행되던 시기. 공간은 은강 그룹 회장 댁과 살인 사건 공판이 열리는 공판정.
■ **시점** 1인칭 주인공 시점.

등장인물

■ **나(경훈)** 은강 그룹 회장 셋째아들. 소심하고 내성적이다. 자만심 강하고 약자를 무시하는 인물.
■ **아버지** 자신과 회사의 이익을 위해 독선적인 경영을 하는 교활하고 노련한 기업주.
■ **사촌형** 아버지가 돌아가셨는데도 별 슬픔을 느끼지 못하고 노동자를 동정하는 엉거주춤한 태도를 보인다.
■ **김영수** 노조를 탄압하고 노동자를 무시하는 은강 그룹 회장을 죽이려다 실패하나 소신을 꺾지 않는 인물.
■ **한지섭** 김영수 변호인 측 증인으로 나와 증언하는 은강 그룹의 노동자.

플롯

이 작품은 시간 순서에 따라 이야기가 진행되지 않는다. 과거-현재-미래는 작가의 의도에 따라 자주 바뀌는 것은 물론, 상상 속의 세계, 주인공 자아의식의 흐름 등이 돌발적으로 삽입되어 있는 복합 구성이다.

■ **발단** 다섯 시 넘은 시각, 할아버지가 기르던 늙은 개가 안개 속에서 움직이는 것을 본 나는 두꺼운 책을 뽑아 그 개를 향하여 던졌다. 숙모와 사촌형이 방문한다.
■ **전개** 숙부 살해 사건 재판이 열리고 나는 적의를 품은 공장 노동자들에게 둘러싸인다.
■ **위기** 김영수 측 변호사의 집요한 신문은 계속되고 증언대에는 손가락이 여덟 개뿐인 한지섭이 나서서 김영수의 살인 행위는 저항권 행사라고 주장한다.

■ **절정** 법정 공방 끝에 마침내 선고 공판이 끝나고 사촌형은 미국으로 돌아가겠다고 말한다.

■ **결말** 나는 책을 읽다가 잠이 들었다. 꿈속에서 그물을 쳤는데 수천 수만 마리의 가시고기가 그물을 향해 오고 있었다.

이것만은 놓치지 말자

왜 작품이 어려운가?

〈난장이가 쏘아 올린 작은 공〉은 제목에서 풍기는 동화적인 분위기에도 불구하고 무척 난해한 작품이다. 과거와 현재가 뒤섞이고, 상황이나 말들이 서로 꼬리를 물고 충돌하고 이어지며 자유롭게 넘나들고 있다. 한 번 읽고 스토리 정도는 알 수 있지만 한 줄 한 줄 짚어 가면 쉽지 않은 표현들이 여기저기 튀어나온다. 왜일까? 최근 작가는, 이 작품의 이해를 어렵게 하는 소설 구조가 문학적인 성과를 위한 장치 때문이 아니라 이 작품을 발표하던 1970년대 군사정권 당시 표현의 자유가 극도로 제한된 상황에서 어쩔 수 없는 선택이었다고 밝히고 있다. 동화적인 분위기를 띠는 제목 역시 검열을 피하기 위한 방법이었다는 것이다.

〈난쏘공〉은 불온 서적?

1980년대 대학 신입생들은 입학하자마자 〈난쏘공〉을 읽었다. 작품을 통독하고 난 학생들은 마치 거인 같은 강력한 힘을 느낀다고 했다. 이 연작소설이 〈난쏘공〉이라는 애칭으로 불리며 1980년대 내내 대학가 필독서 1위를 지킨 이유이다.

1. 제목 〈내 그물로 오는 가시고기〉에서 그물과 가시고기의 상징성은 무엇인가?
2. 이 작품에 등장하는 인물들은 선인과 악인, 지배자와 피지배자 등 이분법적 구도가 명확하다. 등장하는 인물의 이름을 모두 적고 그 성격, 말, 행동을 이분법적인 구도로 설명해 보자.
3. 이 작품에서는 난장이와 정상인은 화해하지 못하는 적대적인 존재로 그려져 있다. 이런 대립적인 인물 구도를 통하여 작가가 던지는 메시지는 무엇이라고 생각하는가?
4. 현실의 냉혹함을 강조하기 위하여 작가는 어떤 소설 기법을 사용하고 있는지 이야기해 보자.

내 그물로 오는 가시고기

다섯 시가 이미 넘었는데도 어두웠다. 여느 때면 내 방 창에 첫 빛이 와 닿고 커튼이 그 빛을 올 사이사이로 빨아들여 방 안의 어둠을 밀어 버릴 시간이었다. 나는 침대 머리맡의 수화기를 들고 주방[1]으로 이어진 단추를 눌렀다. 아직 잠이 덜 깬 듯싶은 여자아이의 목소리가 조심스럽게 떨림판을 흔들어 왔다. 커피를 시키고 일어나 커튼을 젖혔다. 창문을 덮었던 안개가 스멀스멀 밑으로 내려앉고 있었다. 늙은 개가 안개 속에서 움직이는 것을 나는 내려다보았다. 돌아간 할아버지의 개는 아직도 죽지 않고 살아 느릿느릿 안개를 헤쳐 흐트러뜨렸다. 숙부가 독일의 어느 기업인에게서 선물로 받았다는 개였다.

숙부는 자기가 받은 선물을 다시 할아버지께 바치면서 족보를 밝혔는데, 개의 계보가 그 나라의 호엔쫄레른[2]왕가까지 들먹이게 했다.

늙은 개의 가까운 선조들은 2차 대전에 참가해 노르망디 해안[3]을 순찰

---

1 주방廚房. 음식을 만드는 방.

2 호엔촐레른 집안. 슈바벤 지방의 귀족 출신, 1191년 뉘른베르크 성주가 되었고, 1227년 슈바벤 계系와 프랑켄 계로 양분되었다. 1415년 호엔촐레른의 종가가 성립되었다. 1701년 프리드리히 1세 때 프로이센 왕이 되고, 그 뒤 프리드리히 2세(프리드리히 대왕)와 같은 유능한 군주가 배출되어 번영하였으며, 1871년 빌헬름 1세 때 독일 제국의 창립과 더불어 독일 황제가 되어 프로이센 왕을 겸하였다. 그 손자 빌헬름 2세는 제1차 세계 대전의 패배로 1918년 독일 황제와 프로이센 왕의 지위를 잃고 네덜란드에 망명하였다.

3 프랑스 북부에 있는 해안.

하고, 아프리카의 사막도 횡단했다. 그 이야기가 나를 흥분시켰었다. 지도자의 명령에 무조건 복종한다는 것은 좋은 일이었다. 늙은 개의 선조들은 주인과 함께 참전해 그들에게 할당된 참호[4]를 지키고 보초를 섰다. 전진의 명령은 지도자가 내렸다.

"나는 언제나 옳다. 나를 믿고, 복종하고, 싸우라."
고 지도자는 말했다. 강력한 교육을 받은 유럽 국민답게 그들은 총력을 기울여 싸웠다. 나는 그들의 역사를 좋아했다.

할아버지의 개는 연못가에 앉아 있다 먹을 것을 찾아 내려앉는 참새를 앞발로 쳐 잡았다. 아버지는 그렇게 영리하고 민첩한 사냥개를 아직 본 적이 없다고 말했다. 사냥을 나갈 때마다 피 묻은 짐승들을 차에 싣고 왔다. 할아버지는 그 짐승들을 거실로 끌어들이게 해 카펫을 버려 놓으며 큰 소리로 웃고는 했다. 그때 할아버지 앞으로 할아버지가 쏠 짐승을 꼼짝없이 몰아붙였던 개는 저의 집으로 들어가 적당한 양의 갈비를 뜯었다. 젊었을 때의 이야기다. 늙은 개는 천천히 움직였다. 나는 두꺼운 책을 뽑아 그 개를 향해 내리 던졌다.[5] 빗나간 책이 풀장으로 이어진 보도 타일 위에 떨어졌고 늙은 개는 안개 속으로 사라졌다.

할아버지가 돌아갔을 때 개는 아무것도 먹지 않았다. 숙부가 그 개를 가져가려고 했다. 아버지는 안 된다고 잘라 말했다. 그 개는 이미 장년기[6]를 지나 늙기 시작한 때였지만 아버지는 자기가 할아버지의 모든 권한을 물려받았다는 것을 숙부에게 알리고 싶었던 것이다. 그 숙부가 은강 공장에서 올라온 공원[7]의 칼을 맞고 숨졌을 때 나는 웃음이 나오려는 것을 억지로 참았다. 숙모와 사촌들 옆에 선 아버지가 눈가에 차서 넘칠 듯 글썽해진 눈물을 손수건으로 찍어 냈던 것이다.

---

4 참호塹壕. 적의 공격을 막기 위하여 방어선에 따라 구덩이를 파서 그 흙으로 앞을 가림.
5 할아버지로 상징되는, 낡은 것에 대한 거부를 뜻하는 '나'의 돌출 행동이다.
6 장년기壯年期. 육체적, 정신적으로 활발하게 일할 수 있는 30~40대를 가리킴.
7 공원工員. 공장에서 일하는 노동자.

나는 숙부를 죽인 공원을 법정 방청석에 앉아 보았다. 늙은 개는 보이지 않았다. 소리를 듣고 안개를 헤치며 온 아버지의 경호원이 내가 늙은 개를 죽일 마음으로 던진 두꺼운 책을 집어 들었다.

여자아이가 책과 커피를 받쳐 들고 들어왔다.

"작은댁 사모님께서 아드님하고 오셨어요."

여자아이가 아직도 잠이 덜 깬 듯싶은 목소리로 말했다. 엷은 하늘색 원피스에 흰 앞치마를 둘렀다.

"함께 온 사람이 있지?"

내가 물었다.

"변호사를 데리고 오셨어요."

나는 웃옷을 벗고 잤다. 그래서 여자아이는 나를 바로 보지 못했다. 내가 대학에 들어가던 해 열다섯 살 계집아이로 왔는데 이태 만에 몰라보게 자란 것을 새삼스럽게 알았다. 가슴 부분이 유난히 볼록해 보였다.[8] 나가려는 아이를 잡아 세웠다. 나는

"너희 방 텔레비전에는 이런 것이 없지."

라고 말하면서 카세트 테이프를 골라 VTR[9] 장치의 작동 단추를 눌렀다. 여자아이의 몸에 간밤의 잠이 그대로 붙어 있는 것 같았다. 나는 나의 커피 잔을 그 아이의 입에 대 주었다.

"전 쫓겨나요."

아이가 말했고, 화면에서는 베를리오즈의 음악이 화면 안 여자아이의 금발을 흩날리게 했다. 지금의 유럽 쪽 사람들은 알 수가 없었다. 나라면 이런 종류의 테이프에 베를리오즈의 음악을 쓰지는 않았을 것이다. '열여섯 살'이라는 제목의 테이프였다. 빨간 스웨터를 걸친 열여섯 살짜리 여자아이가 친구들과 헤어지면서 손을 흔들었다. 나는 테이프를 빠른 속

---

8 '나'는 차츰 이 여자아이를 성적性的 여성으로 보기 시작한다.

9 비디오 테이프 레코더video tape recorder.

도로 회전시켜 뒷부분에 놓았다. 놀라운 일이 화면 안에서 벌어졌다.

"내가 널 어떻게 했니?"

나의 물음에 여자아이는 대답하지 않았다. 그 아이의 몸이 잠에서 깨어나는 것을 느꼈다. 여자아이는 화면에서 눈을 돌려 비난에 찬 시선으로 나를 쳐다보더니 손을 빼었다.

새벽같이 아버지를 만나러 온 세 사람은 2층 응접실 소파에 그림처럼 앉아 있었다. 아버지와 어머니는 아직도 그들 방에서 자고 있었다. 숙모가 데려온 변호사는 눈을 감았다. 두 사람을 보는 순간 구역질이 날 것 같았다. 사촌은 그들 맞은편에 앉아 신문을 뒤적였다.

"형."

내가 불렀다.

"이리 와."

"넌 일찍 일어났구나."

숙모의 말을 나는 묵살했다. 눈을 뜬 변호사가 안경을 올리며 나를 쳐다보았다. 숙부가 돌아간 날부터 그는 숙모의 변호사로 일했다. 사촌은 나선형[10] 층계를 돌아 내가 서 있는 곳으로 걸어 올라왔다.

"너무 일찍 왔어."

내가 말했다. 우리는 복도 끝으로 가 비상 계단으로 내려섰다. 안개가 걷혔다. 아침 첫 햇살은 우리가 돌아 내려가는 층계참[11]의 모서리와 흰 벽, 그리고 키 큰 나무들 잎 위에 떨어졌다. 사촌은 까만 양복에 까만 넥타이를 맸다.

"형까지 올 줄 몰랐어."

사촌은 우울한 표정을 지었다.

"잠을 더 자 두는 게 낫지. 변호사를 데리고 와서 어쩌겠다는 거야?"

---

10 나선형 螺旋形. 나사 모양으로 빙빙 비틀려 돌아가는 형상.

11 층계의 중간에 있는 좀 넓은 곳.

"우린 그런 이야길 하지 말자."

숙부가 돌아갔을 때 그는 미국에 있었다. 나의 친형 둘도 그곳에 유학 중이었으나 그들은 숙부의 장례식에 참석하기 위해 귀국할 사람들이 아니었다. 아버지가 돌아갔다면 허겁지겁 돌아왔을 것이다. 돌아오는 비행기 속에서 나의 형들은 눈물 한 방울 흘리지 않고 자기들이 차지할 아버지의 유산을 빨리 확인하고 싶어 조바심을 쳤을 것이다. 그들을 생각하면 잠이 안 왔다. 둘이 터무니없이 차지해 나의 몫은 바싹 줄어들 것이 분명했다. 우리는 장미밭을 지나갔다. 아버지의 경호원이 늙은 개를 쓰다듬어 주고 있었다. 내가 던진 두꺼운 책이 아주 빗나가지는 않았다. 머리에 상처가 났다면서 경호원이 늙은 개를 끌어갔다.

"빨리 미국으로 돌아가."

나는 풀장 가에서 신발을 벗어 던졌다. 사촌은 등나무 의자에 앉아 담배를 피워 물었다.

"너도 나를 귀찮게 생각하니?"

우울한 목소리로 사촌이 물었다.

"아니."

나는 말했다.

"형을 귀찮게 생각할 사람은 없어. 난 형을 위해 하는 말야."

"고맙구나."

사촌의 다음 말은 알아들을 수 없었다. 나는 스프링보드[12]를 몇 번 구르다 물속으로 뛰어들었다. 풀 깊은 바닥은 아직도 어두웠고 물은 아주 차갑게 느껴졌다. 나는 1분가량 잠수해 있었다. 풀 밑바닥 모퉁이에 몸을 오그리고 앉아 느끼는, 1분 동안의 숨막힘, 1분 동안의 거짓 절망이, 나중에 잃게 될 내 세계와 지금 멀어져 버리는 괴로움으로 변해 나를 조여 왔다. 발을 놀려 물 위로 떠오르면서 나는 빛의 굴절이 일으키는 파면[13]의

---

12 수영할 때 뛰어내리는 발판.

진행 방향 끝에 앉아 있는 사촌을 보았다. 나는 수면 위에 엎드려 물장구를 치며 손을 번갈아 움직여 물을 긁었다. 물장구는 다리 관절의 힘을 빼고 쳤다. 얼굴을 돌려 물 밖으로 내놓는 순간 숨을 들이쉬고, 내쉬는 숨은 물속에서 쉬었다. 밖으로 나가자 사촌이 수건을 던져 주었다. 햇살은 이른 아침부터 따갑게 느껴졌다. 정장을 한 사촌의 이마에 땀이 내배었다. 아버지의 운전 기사가 자기 차를 타고 와 내리는 것이 사철나무 사이로 보였다.

"숙모가 뭔가 잘못 생각하시는 것 같아."

내가 말했다.

"형도 숙모가 얼마나 어리석은 행동을 하고 계시는지 알겠지?"[14]

"난 모르겠어."

사촌이 말했다.

"네 말대로 미국에 돌아가 하던 공부나 계속해야겠다."

"이따 아버지를 뵙게 될 때 그 말씀부터 드려. 숙모가 하라는 대로 따라 해서 이로울 건 하나도 없다구."

"그래야 큰아버지가 흡족해하시겠지."

"형이 은강 그룹의 일원이라는 걸 강조하실 거야. 형도 우리 회사들이 우리나라 전체 세금의 4%를 내고 매상액이 국내 시장의 4.2%, 수출은 5.3%를 기록하고 있다는 걸 알아야 돼."

"대단하구나."

"대단하지."

나는 사촌에게 말했다.

"어리석은 경영을 할 권리가 아버지에게는 없어. 숙부가 돌아가셨다고 그분의 몫을 당신 앞으로 빼 달라는 숙모의 말씀이 통할 것 같아? 형이

---

13 파면波面. 물결이 일고 있는 수면.

14 '나'는 이미 숙모의 비리를 알고 있다는 것을 암시한다.

공부를 끝내고 돌아와 일을 익혀 경영에 참여하는 게 제일 자연스럽지. 아버지가 인정하는 건 형뿐야. 나쁘게 들리겠지만 숙모는 이제 우리 집안 사람이 아니라구."

"어째서?"

사촌은 아주 기분 나쁜 표정을 지었다.

"아버지가 그런 말씀을 하셨던 같아."

내가 말했다. 사촌은 무슨 말인지 모르겠다는 듯이 나를 쳐다보았다. 내 위의 두 형에 비하면 선량하기 짝이 없는 사람이었다. 그는 은강에서 올라온 젊은이가 왜 날카로운 칼을 뽑아 살인을 하지 않으면 안 되었을까, 사람들에게 묻고는 했었다. 선천적으로 착한 사람이었다. 칼을 맞고 숨을 거두는 순간에 숙부가 아픔을 느꼈을까 하는 것도 그는 알고 싶어했다. 살인범이 노렸던 사람은 숙부가 아니라 아버지였다는 사실을 알았을 때 그는 침묵했다.

사촌은 범인을 이성과 감정 · 의지와의 조화를 잃은 정신분열증 환자로 보았다. 그를 재판하면 안 된다고 그는 말했다. 재판정에 나가서야 피고가 정상인이라는 것을 인정했다. 그는 그의 아버지를 죽인 자의 계획 살인을 정당방위[15]라고 우겨 주위 사람들을 갑갑하게 만들었다.

법정 방청석은 공장 노동자들로 꽉 찼다. 아버지의 젊은 비서가 가방을 들고 들어서는 것이 똑같은 사철나무 사이로 보였다. 아버지의 승용차가 햇빛을 받아 번쩍거렸다. 독일 사람들이 만든 최고급 승용차였다. 같은 독일제였지만 나의 것은 차체가 작고 앙증한 흰색 국민차였다.

사촌이 다시 담배를 피워 물었다. 미국의 노동자들이 어느 날 갑자기 외치는 소리를 들었다고 그는 말했었다.

"한국 섬유 노동자의 임금은 얼마?"

---

15 자기 또는 남에게 가해지는 급박한 침해에 대하여, 이를 막기 위한 부득이한 가해 행위를 가리킨다. 형법상 범죄가 되지 않음.

그곳 노동조합 대표가 선창하면 노동자들은

"시간당 19센트!"

라고 외쳤다는 것이다.

만여 명의 노동자들이 크게 외치면서 한낮의 광장을 돌 때 사촌은 그들이 우리 제품의 수입을 규제하기 위해 거짓말을 하고 있다고 생각했다는 것이다. 한 달 임금으로 45, 6달러를 지급하고 일을 시킬 경영 집단이 있을 것으로는 믿어지지 않았다는 것이다. 그러니까 은강 방직에서 올라온 젊은이가 칼을 뺀 것은 당연하다는 사촌의 주장이었다. 우리의 제도는 이제 안에서부터 파괴될 것이라고 그는 말했다. 우리는 3차원의 세계[16]에 살고 있지만 칼을 품었던 사람과 그의 동료들, 그리고 그들의 식구들은 2차원의 세계에 살고 있다는 말까지 했다. 현실이 한 차원을 빼앗아 버렸다는 것이었다. 2차원이라면 일정한 한도와 경계가 있다. 사촌에게는 자신을 너무 분석하고 구속하는 습관이 있었다. 발전을 기대할 수 없는 갑갑한 사람이었다.

"변호사가 가잖아?"

그가 물었다.

"아버지의 비서가 쫓아내고 있어."

내가 말했다.

"법률가는 사태를 똑바로 본다. 문제의 핵심을 보통 사람들보다 빨리 파악해. 나는 그를 믿었어. 어머니가 새벽같이 전화를 해 불러냈어. 어머니는 한잠도 못 잤어. 저 사람이 없으면 말 한마디 못할 거야. 사실을 정연하게 증언할 능력자가 가 버렸으니 큰아버지를 뵈올 필요도 없겠어."

"몇 해만 기다리면 형은 자동적으로 중역이 돼."

웃으며 나는 말했다.

---

16 여기서 예를 든 3차원 또는 2차원은 작가가 물리학적 개념으로 접근한 것은 아니다. 3차원은 문화적인 생활을 하는 세계, 2차원은 단순 생존만을 위한 삶의 세계라고 보면 좋겠다.

"들어가. 아버지가 일어나셨어."

"나는 돈이 많은 것도 싫어."

피로한 목소리로 사촌이 말했다. 그에게는 괴로운 날이었다. 숙모는 응접실에 혼자 앉아 있었다. 내가 방으로 올라가 옷을 입고 내려왔을 때도 그대로 앉아 있었다. 숙모가 등을 돌리고 앉아 있는 북쪽 벽에 은강 조선 현장을 돌아보는 할아버지의 큰 그림이 걸려 있었다.

할아버지는 기분 좋은 표정이 아니었다. 할아버지는 변화를 무서워했다. 할아버지는 오래전 기술과 기계로도 많은 제품을 만들어 팔아 높은 이윤을 얻었다. 몇 개의 소비재 생산 회사와 무역 상사의 철저한 경영으로 그는 주주들의 투자를 보호하고 기업의 재정을 안정시켜 부를 쌓아 올리는 데 성공했다. 할아버지에게는 사회의 수요 변화에 꼭 앞장서야 할 특별한 이유가 없었다. 돈을 계속 벌어들이고 있는 이상 모르는 방법과 기술에 매달려 머리를 쓸 필요가 전혀 없다고 할아버지는 생각했다. 아버지와 숙부가 합세해 변화에 대한 할아버지의 저항을 깨뜨려 버렸다. 우리는 무언가 잘못하고 있다고 아버지는 말했다. 우리가 지금까지의 경영 방법을 고수한다면 1년 후에 우리들 이익은 줄어들 것이고, 2년 후에는 현상 유지도 어려울 것이며, 3년 후에는 선두 그룹에서 탈락할 것이라고 말했다. 나는 어렸지만 아버지가 옳다는 것만은 알 수 있었다.[17] 내가 늙어 손자를 갖게 된다면, 나의 손자들은 그들의 증·고조부대의 터무니없는 시절 이야기를 듣고 낯을 붉히게 될 것이다. 일종의 경제 발작 시대로, 윤리·도덕·질서·책임이 모든 생산 행위의 적으로 간주되었다는 것을 그 아이들은 알아 지금 사람들이 내세울 업적을 형편없이 깎아내리려고 할지도 모를 일이다. 아버지는 머리를 썼다.

---

17 할아버지(1대)는 자수성가했지만 변화를 두려워한다. 아버지(2대)는 할아버지가 이루어 놓은 부를 바탕으로 사업의 변화와 확장을 실행한다. 이 작품 관찰자인 나(3대)는, 아버지의 이런 경영 방식을 지켜보고 공감하면서도 이해득실을 저울질한다. 3대에 걸친 인물 설정은 염상섭의 〈삼대〉와 여러 가지 점에서 비교가 된다.

경제 규모가 커지고 그 구조가 고도화함에 따라 기업의 행동 양식도 달라져야 된다고 생각했다. 아버지는 경공업 분야에 머물러 있는 할아버지의 기업 그룹을, 머리와 지원만으로, 기계 · 철강 · 전자 · 조선 · 건설 · 자동차 · 석유 화학 등 중화학 공업을 망라한 체제로 끌어올렸다.[18] 말년의 할아버지는 그 무서운 성장 속도를 대하고 현기증이 난다고 말했다. 그가 황금기로 안 60년대를 아버지와 숙부가 함께 뛰어든 격변기로 보면 소꿉장난 시절 같다는 생각밖에 들지 않았다. 아버지는 그의 접빈실에서 숙모와 사촌을 맞았다.

"넌 아주 귀국해 버린 거냐?"

아버지가 사촌에게 물었다.

"아닙니다."

사촌이 말했다.

"돌아가 공부를 계속할 생각입니다."

"아버지 장사를 모셨으면 됐지, 왜 얼른 돌아가지 않고 몇 달씩 허송하고 있는 거냐? 너도 내가 너의 어머니 앞으로 회사를 떼어 드려야 한다고 믿고 있니?"

"전 잘 모르겠습니다."

숙모의 얼굴이 파랗게 질렸다.

"그걸 알아야지."

아버지가 말했다.

"너의 아버지가 살아 있다면 용서받을 수 없는 일야. 나도 아버지와 같은 사람이다."

"하지만 시아주버님."

18 1970년대 고도 성장기 우리 나라 경제계의 전형적인 그룹 형태. 1970~1990년대까지는 이렇게 여러 부문으로 사업 영역을 확장하던 '문어발식 경영' 기업이 많았다. 그러나 최근에는 기업의 국제경쟁력을 위해서 이런 문어발 경영 방식은 차츰 사라지고 전략 업종에 집중하는 기업이 늘고 있다.

숙모가 겨우 입을 뗐다.

"아버지의 권리를 이어받을 사람은 바로 너야."

아버지는 얼굴도 돌리지 않고 조카에게 말했다.

"공부를 끝내고 와 아버지가 하던 일을 해야 돼. 잠시도 쉴 수 없는 상태가 어떤 건지 너도 알게 될 거다. 우리에겐 지켜야 할 게 많아. 지키면서, 실제로 행동이 가능한 변혁을 늘 생각해야 돼. 많은 사람들이 우리가 근거 없이 성공한 걸로 믿고 있고, 기회만 있으면 때려부수려고 하는데, 우리는 그들을 설득하든가 안 되면 반대로 밀어붙일 힘을 가져야 된다. 저희들을 위해 우리가 하는 고마운 일은 생각도 하지 않으려는 사람들이 너무 많아. 너의 아버지 일을 나는 눈을 감을 때까지 잊을 수 없을 거야. 이렇게 큰 희생을 우리가 치러 본 적은 없었어. 나라와 나라의 사이의 일이라면 전면 전쟁이 일어났을 거다. 이 이상의 신성한 전쟁 이유는 있을 수가 없어."[19]

"큰아버님 말씀 알아듣겠습니다."

사촌이 말했다.

"그러니까, 공장에서 일하는 그들도 같은 말을 할 수 있을 거예요. 스스로를 지키기 위해 가만있으면 안 된다는 그 신성한 이유를 똑같이 들겠죠."[20]

"그 이야기는 나중에 또 하자. 미국에서 필요한 돈은 그곳 지사에서 갖다 쓰거라."

그리고, 아버지가 숙모를 바라보았는데, 사촌의 지적대로 숙모는 말 한마디 제대로 못했다. 아버지는 일을 완전하게 끝내고 싶어했다. 그래서 몇 장의 사진[21]이 든 봉투를 넘겨주면서 동생 무덤에 풀이 마르기도 전에

---

19 아버지의 경영 스타일을 알 수 있다. '적 아니면 동지' 라는 식의 '이분법적 사고방식' 에 젖어 있는데다가 독선적이기까지 하다.

20 아버지와 큰아버지가 하는 경영 방식에 회의를 품고 있다는 것을 암시하는 사촌형의 말이다. 이런 생각을 하고 있으므로 '나' 는 사촌형을 경원하게 된다.

무슨 일을 했느냐고 물었고, 숙모는 사촌의 시선을 받는 순간 얼굴을 돌렸다. 숙모로서는 참을 수 없는 일이었을 것이다.

아버지는 아주 쉽게 숙모와 사촌을 떼어 놓았다. 숙모는 숙부의 죽음을 해방으로 받아들였을 것이다. 그렇지 않다면 이제 회사 하나를 경영하는 손아래 남자와 엉뚱한 일을 저지르려고는 하지 않았을 것이다. 나는 숙모가 남자와 자는 사진만은 볼 수 없었다. 그 사진을 들여다보는 숙모의 눈썹은 아래로 처졌고, 순간적으로 까맣게 탄 입술에서는 짧은 숨소리가 새어 나왔다. 면담은 간단히 끝났다. 숙모는 혼자 돌아갔다.

나는 사촌과 함께 식당으로 가 아침식사를 했다. 사촌이 너는 날마다 이른 아침에 수영을 하느냐고 물었다. 나는 아버지에게 요트를 한 대 건조해 달라고 조르고 있으며, 그것이 실현되면 모험 항해를 떠나 보고 싶다는 것과 먼 바다로의 단독 항해에 대비해 지구력 훈련을 쌓는다고 말해 주었다. 사촌은 놀랍다는 표정을 지었다. 그는 치체스터[22]가 탔던 것과 같은 요트를 우리 기술로 건조할 수 있겠느냐 하는 것과 내가 모험 항해라는 말을 거침없이 써도 될 단계가 정말 온 것인지 알고 싶어했다. 물론 그렇다고 대답했다. 나는 형도 잘 알고 있겠지만 미국은 세계 인구의 8% 미만으로 전 세계 자원 소비의 반을 차지하고, 잘사는 그들 중 한 사람이 하루에 섭취하는 열량은 못사는 아프리카 아시아 빈민들 중 한 사람이 형편없는 식사를 통해 1주일에 취하는 열량보다 못할 게 없을 것이라고 말했다. 강자가 약자에게 주는 이런 종류의 충격이 인정되는 이상 우리의 상태도 인정을 받아 마땅하다고 나는 주장했다. 우리가 도입해 온 기술에 대해서도 열심히 설명했다. 그러나 내 말을 못 알아듣겠다고 사촌이 말했

---

21 숙모가 불륜을 저지른 현장 사진. 이것만 보아도 아버지는 경영권을 지키기 위해서라면 수단과 방법을 가리지 않는, 노회하고 냉혹한 인물이라는 것을 알 수 있다.

22 프레시스코 치체스터 경. 1967년 65세의 나이로 "나는 아무래도 바다로 가야겠다"면서 집시 모스4호 요트를 타고 226일 동안의 항해 끝에 대서양 단독 항해에 성공한 영국 항해가.

다. 그는 정말 아무것도 모르겠다는 투였다. 그래서 집안에 해결해야 될 일이 있을 때 모험을 생각할 사람은 없다고 나는 말했다. 자연적인 성의 차별에 대해서도 말했다.

"나는 내 또래의 다른 아이들보다 욕정을 자주 느껴. 그리고 계집애들과의 그 해결 횟수도 몇 배나 많은 편야."

사촌이 나를 쳐다보았다.

"넌 참 이상하구나. 말의 갈피를 못 잡아."

"이상한 건 그렇게 느끼는 형이야."

"나도 정상은 아냐. 머리가 아파. 어머니는 무엇이 불만이었을까? 어머니의 그 사진을 많은 사람들이 보았겠지?"

"몰라."

사촌에게 나는 말했다.

"내가 형이라면 숙부를 찌른 자의 선고 공판을 보고 미국으로 가겠어. 그 다음엔 모든 걸 잊고 그곳 생활에 젖어 버릴 거야. 가만있어도 형 앞으론 이익 배당이 나와 쌓이게 돼 있어."[23]

"그렇겠구나."

사촌이 일어나면서 말했다.

"너는 정말 빈틈이 없구나."

사촌에게 더 이상 신경을 쓰지 않기로 했다. 그는 차로 태워다 주겠다는 것도 거절하고 걸어 나갔다. 밖은 무척 더웠다. 한여름의 햇볕이 고민하는 사촌의 몸에 떨어졌다. 내 사고와 체질 · 습성이 점점 국적 불명이 되어 간다고 그가 말한 적이 있다. 이 관찰 하나만은 그가 옳았다. 나에게 아무 이상이 없다는 것을 그가 인정한 셈이었다.

---

23 '나'는 이런 것으로 사촌형을 설득하여 은강 그룹에서 형을 밀어내려고 한다. 은강 그룹 경영권을 위협하는 라이벌은 사촌형밖에 없다고 생각하기 때문이다.

나는 종종 미래의 일들에 대해 상상하고는 했다. 머지않은 장래에 형들과 함께 일하게 될 것이 분명했다. 아버지가 돌아가기 전에는 사촌도 함께 일하게 될 것이다. 나는 사촌을 문제 삼아 본 적이 한 번도 없었다.[24] 친형 둘을 어렸을 때부터 나는 무서워했다. 둘 다 머리도 좋고 힘도 세었다. 장난감을 놓고 벌이는 작은 욕망의 저울질이었지만, 그들에게 나는 늘 지기만 했다. 나는 증기기관차 · 탱크 · 장갑차 · 비행기 · 대포 · 기관총 · 권총에 꼬마병정들까지 빼앗기고 계집애 동생과 함께 인형의 집, 인형의 침대에 인형들을 재우면서 놀았다. 아빠, 불 좀 꺼 주세요, 우리 아기가 자요, 동생이 속삭이듯 말하면 콩알만한 전등의 스위치를 조심스럽게 돌려 불을 끄면서 두 형이 대포를 쏘아 대고 병력을 투입해 인형나라의 평화를 깨뜨려 버리지나 않을까 가슴을 졸이고는 했다. 그러자 형들은 나에게 오줌을 앉아서 누라고 말했고, 어머니의 친구들이 어쩌다 오면 경훈이는 예쁘기도 하구나, 계집애보다도 더 예뻐, 참 예뻐, 나의 몸을 안고 수없이 입을 맞추었다.

나는 공부로만은 이기고 싶었지만 형들은 교사를 골탕 먹일 생각만 하고 책 하나 제대로 들여다보지 않으면서도 좋은 점수를 받아 나를 납작하게 눌러 버렸다.[25] 내가 이 세상에 나와 눈물로 드린 최초의 기도는 악마 같은 둘이 천당으로 가도 좋으니 제발 죽어 내 옆에서 없어져 달라는 것이었다. 큰형이 자라 차에 계집애를 태워 몰고 다니다 교통사고를 냈을 때 나는 두 번째 기도를 올렸다. 큰형의 차가 가로수를 들이받아 박살이 나는 바람에 큰형을 따라다니며 알몸으로 더러운 정액을 빨아들였던 계집애는 그 자리에서 숨졌고, 병원으로 옮겨져 치료를 받은 큰형은 붕대를

---

24 시간 배경이 미래로 갔다가 다시 '나'의 어린 시절로 거슬러 올라간다.

25 '나'에겐 친형이 두 명 있다. 그런데 이들 틈에서 자란 '나'는 심한 열등감을 지닌 채 자랐다는 것을 알 수 있다. 형들은 잘생기고 공부도 잘한다. 아무리 형을 이겨 보려고 해도 이길 수 없다. 뿐만 아니라 '계집애'라는 놀림도 받는다. 내성적이고 공격적인 성격이 형성된 내력을 보여 주는 대목이다.

칭칭 감은 채 침대에 누워 있었다. 나의 기도는 다시 받아들여지지 않았다. 큰형은 보름도 안되어 퇴원했다. 입건도 되지 않았다. 큰형이 사고를 낸 한밤중 그 시간에 보일러공과 함께 기사들 방에서 잠을 잔 어머니의 운전기사가 큰형 대신 경찰을 찾아갔다. 그리고, 할아버지는 아버지를 불러 죽은 계집애네 부모에게 상당한 액수의 돈을 지불하라고 일렀다.

할아버지가 돌아갔을 때 나는 눈물 한 방울 흘리지 않았다. 할아버지가 평생을 두고 되뇌인 말은 '희생' 이었는데, 그의 이 말은 그의 생애와 하나도 상관이 없었다.[26] 형들이 집을 떠나 있는 동안 나는 아버지의 인정을 받아 두지 않으면 안 된다고 믿었다. 내가 아버지의 일에 많은 관심을 갖고 있다는 것과 빨리 자라 일을 하고 싶어한다는 것을 알았을 때 아버지는 몹시 기뻐했다. 아버지가 제일 무서워하는 것은 전쟁이었다. 이상하지만 사회적인 여러 변화도 아버지에게는 같은 의미를 지녔다.[27] 이것들은 한순간에 아버지의 모든 것들을 빼앗아 버릴 수도 있었다.

그것을 나에게 인식시키기 위해 긴 설명을 할 필요는 없었다. 나도 같은 생각이었다. 나는 두 형을 제일 무서워했다. 사촌은 무서울 것이 없었다. 그는 약한 사람이었다.[28] 나는 그와 함께 법정 방청석에 앉아, 남쪽 공장에서 올라온 한지섭이라는 사람이, 숙부를 찌른 살인범에게 죄가 없다고 말하는 소리를 들었다.

"나쁜 자식!"

그는 반란을 꾀하는 반도[29]와 같았다.

"누가?"

---

26 할아버지에 대한 '나' 의 비판적 시각을 보여 주고 있다. 왜 할아버지를 비판하는지는 명확하지 않다.

27 평소 할아버지의 보수적인 경영 방식을 비판하고 새로운 경영, 사업 다각화를 주장하는 아버지의 이중적인 모습이다.

28 강자에게는 약하고 약자에게는 강한 '나' 의 사람됨을 적시하고 있다. 그래서 '나' 는 노동자를 약자로 보고 이들을 무시하는 것이다.

29 반도叛徒. 반란을 꾀하거나 참여한 무리.

사촌이 물었다.

"변호인 측 증인으로 나왔던 사람 말야."

"그렇게만 보지 마."

"형은 정신이 있어? 누굴 어떻게 한 자의 재판인데 이러지?"

"자기 생각을 말했을 뿐야. 그리고, 방청석을 메운 공원들은 그가 옳다고 믿고 있었어. 그들은 왜 그가 옳다고 믿었을까?"

사촌과는 말을 하지 않는 것이 좋았다. 나는 지섭을 용서할 수가 없었다. 일부러 초라한 옷을 입고 나타난 그는 심한 편견과 오만에 악의까지 갖고, 진실은 덮어 버린 채, 우리를 죄인으로 몰아붙였다.

한여름 한낮의 햇볕이 건물과 가로수, 느릿느릿 달려가는 자동차들 위에 뜨거운 기운을 뿜었다. 거리의 사람들은 한 시 반의 짧은 그림자를 끌고 걷다 그늘이 나타나면 재빨리 들어가 이미 젖어 버린 손수건을 꺼내 얼굴과 목을 닦았다. 많은 사람들이 서울을 버리고 떠났다. 차도 많이 빠졌다. 법원 소송 관계인 휴게실 맞은편에 차를 대고 내리자 훅 하는 열기가 숨을 막아 왔다. 휴게실에서 나온 회사 비서실 사람들이 공판정[30]을 향해 걸어가는 것이 보였다. 그들이 지나가는 왼쪽 나무 그늘 속에 공원들이 서 있었다. 숙모와 사촌은 아직 보이지 않았다. 함께 새벽같이 왔다 함께 돌아간 뒤의 두 사람을 사흘 동안 보지 못했다. 내가 지나갈 때 나무 그늘 속의 공원들은 꼼짝도 하지 않고 서서 보기만 했다.

완만한 비탈길을 올라서자 햇빛을 받아 늘어진 줄이 나타났다. 중간까지의 사람들만으로 공판정은 넘칠 텐데 내가 올라가는 동안에도 줄은 자꾸 늘어났다. 대부분이 은강 공장에서 올라온 스무 살 안팎의 공원들이었다. 아예 들어가는 것을 포기하고 매점과 법정 벽 그늘에 앉아 개정 시간을 기다리는 아이들도 많았다. 나는 매점 공중전화기 앞에 서 있는 두 여

30 공판정 公判廷. 공판을 진행하는 법정.

공에게 다가가 피고인의 아버지가 난장이[31]라는 말을 들었는데 그것이 사실이냐고 물었다.

계속 조업 공장에서 밤일을 하느라고 잠을 못 잔 듯한 두 여공은 핏발이 선 눈으로 나를 쳐다보았다. 머뭇거리던 한 아이가 모른다고 말했다. 그 옆의 여자아이는 달랐다. 그 아이는 내가 누구인지도 모르겠고, 그것을 왜 알려고 하는지도 몰라 말해 주고 싶지 않지만, 꼭 알고 싶어하는 것 같아 말해 주는데, 잠시 후에 판결을 받을 피고인의 아버지는 사실은 굉장히 큰 거인[32]이었다고 단숨에 말했다. 내가 그 아이의 말을 듣고 있을 때 줄에서 나온 몇 명의 남자아이들이 나를 향해 걸어왔다. 줄 밖 그늘에 있던 아이들까지 왔다. 그중의 한 아이가 형씨, 나 좀 봅시다, 했다. 뭐요, 내가 묻자, 당신이 우리 회장님 아들이라고 아이들이 그러는데 사실이오, 건방진 말투로 물었다. 내 안에서 무엇이 욱 치밀었지만 참을 수밖에 없었다. 나는 할 말을 잃었다. 누렇고 모가 진 얼굴에 유난히 눈만 살아 움직이는 듯한 아이들이 나를 둘러쌌다.[33] 그리고, 적의와 반감을 나타내는 짧은 노랫소리를 나는 들었다.

우리 회장님은
마음도 좋지.
거스름돈을 쓸어
임금을 준대.[34]

---

31 이 작품에 등장하는 '난장이'와 '손가락이 여덟 개밖에 없는 사람'의 상징성은 매우 크다. 산업 사회에서 인간 대접을 제대로 받지 못한 신분의 사람에게 신체적 불구까지 있다면 '이중의 형벌'인 셈이다.

32 정상인들이 보기에는 '난장이'이지만 자기들이 그분을 보기에는 '거인'처럼 느끼고 있음을 강하게 표현한 말이다. 또한 '정상인인 당신들이 그분(난장이)을 아느냐'는 항의의 뜻도 포함되어 있다.

33 '나'의 눈에 비친 노동자의 모습은 이렇게 굴절되어 있다.

34 임금을 적게 주는 회장님에 대해 비꼬는 내용의 가사이다. '거스름돈' 같은 표현에서 노동자들이 임금에 대하여 어떤 반감을 품고 있는지 상상할 수 있다.

아주 짧았지만 상상도 못했던 노래였다. 나는 이 노래를 부른 공원을 돌아볼 수 없었다. 보나마나 나이보다 작은 몸뚱이에 감춘 적의와 오해 때문에 제대로 자라지 못할 아이라고 나는 생각했다. 그런데, 이번에는 앞에서 나를 둘러싼 아이들이 나의 표정을 뜯어보면서, 우 · 리 · 회 · 장 · 님 · 은 · 마 · 음 · 도 · 좋 · 지 · 거 · 스 · 름 · 돈 · 을 · 쓸 · 어 · 임 · 금 · 을 · 준 · 대, 같이 입을 벌렸다, 웃지도 않고. 나무 위 매미의 울음소리보다 작게. 그래서, 법정 경고판 앞줄에 선 사람들은 뒤에서 무슨 일이 일어나고 있는지 몰랐지만, 그래도, 회사 비서실 사람들이 어디서 보고 있는 것은 아닐까 조마조마했다. 우리의 명예와 상관 있는 일이었다. 아버지의 명예는 물론 나 자신의 명예도 지킬 수 없었다.

두 형이라면 달랐을 것이라는 생각이 나를 참담한 기분으로 몰아넣었다. 마음이 집으로 달려갔다. 내 마음은 아버지의 22소구경 권총을 주머니에 넣은 다음 연발 엽총[35]에 작렬[36]탄을 장전해 들고 뛰어왔다. 나는 그들을 겨냥했다. 쏠 필요는 없었다. 나를 둘러쌌던 공원들이 아들의 판결을 보기 위해 막 도착한 부인에게로 달려갔다. 숙부를 죽인 살인범이 부인의 큰아들이었다. 둘째아들과 딸이 부인 옆에 서 있었다. 작지 않은 그 여자가 난장이와 어떤 성생활을 했을까 나는 상상했다. 공원들이 부인을 법정 문 앞으로 안내해 갔다. 숙모와 사촌은 아직도 보이지 않았다.

조금씩 차이가 있겠지만 독재적인 아버지는 항상 그의 가족을 괴롭히고, 가장으로서의 책임을 다 못한 사람일수록 명령하기를 좋아하며 복종을 요구한다. 나는 모르는 난장이를 생각했다. 그는 자식들의 작은 잘못도 결코 용서하지 않았을 것이다.

잘 때리고, 벌도 심한 것으로 골라 주었을 것이다. 아이들에게 그는 잠을 안 자는 독재자였을 것이다. 그의 권력은 사랑 · 존경 · 믿음을 모르는

---

35 엽총獵銃. 짐승 잡을 때 사용하는 총. '나'의 마음속에 노동자를 인간으로 보지 않고 짐승으로 여기는 잠재의식이 숨어 있음을 암시하고 있다.

36 작렬炸裂. 폭발물이 터져서 파편으로 튀어 흩어지는 것.

그 자신의 성격적 결함이 사용하게 한 무서운 매와 벌 때문에 바른 것이 못 되었을 것이다. 그가 죽었기 때문에 그의 큰아들은 공격 목표를 잃었다. 그러나 사회생활을 잘할 수 없게 길들여진 큰아들의 그 불확실한 공격성은 그대로 남아 있다 결국 숙부를 죽였다. 그때 법원에 닿아 비탈길을 올라오는 사촌을 잡고 나의 생각을 말했는데 사촌은 제대로 듣지도 않고 손을 들어 저었다.

"아냐."

사촌은 간단히 말했다.

"네가 틀렸어. 그가 공판정에서 한 말을 그대로 믿어야 돼. 아버지가 큰아버지를 도와 한 일을 난 알아."[37]

아버지가 돌아가기 전이라도 두 형이 사촌을 몰아낼 음모를 꾸민다면 나는 기꺼이 형들 편에 가담하겠다고 속으로 다짐했다. 사촌은 불볕 속에서 땀을 닦았다. 닫혔던 법정 문이 열리자 공원들은 안으로 밀려 들어갔다. 우리는 다른 문으로 들어갔다. 법정 안은 시원했다.

"우리 아버지들이 뭘 어떻게 했다고 그랬지?"

내가 물었다.

"이들을 괴롭혔어."

방청석 공원들을 돌아보며 사촌이 속삭였다.

"인간을 위해 일한다면서 인간을 소외시켰어."

"형이 말하는 것 들어 보면 참 근사해."

내가 말했다.

"사실은, 공장을 지어 일을 주고 돈을 주었지. 제일 많은 혜택을 입은 게 바로 이들야."[38]

사촌이 웃었다. 그 시간에 그 법정에서 웃은 사람은 사촌밖에 없었다.

---

37 은강 그룹을 경영하면서 경영자(아버지와 숙부)에 의해서 여러 가지 불법이 저질러졌음을 적시하고 있다.

38 사촌형의 말 '인간을 소외시켰다'는 것에 대한 '나'의 반론이다.

피살자의 아들이 살해범의 선고 공판을 기다리며 웃는다는 것은 이유야 어디에 있든 좋은 일이 아니었다. 은강 공장 노동조합 간부인 듯한 여자 아이가 내가 모르는 그 난장이의 부인과 아들딸을 피고석 뒤 나무의자로 이끌어 앉혔다. 방청석은 이미 꽉 차 버렸는데도 계속 들어오려는 바깥 사람들로 문 쪽은 어수선했다. 정리[39]가 방청인들을 헤치고 가 더 이상 들어오지 못하도록 문을 닫았다. 숙모는 오지 않았다. 한집에 사는 사촌도 사흘 동안 얼굴 한 번 못 보았다고 말했다. 우리는 공판 결과를 아버지에게 보고하기 위해 나온 그룹 본부 이사와 비서실 사람들 사이에 앉았다. 뒤쪽 벽 밑에 놓여 있는 냉방기가 찬 공기를 내뿜었다. 방청인을 입장시키면서 화가 난 듯한 정리가 공원들에게 옷을 바로 입고 조용히 해 달라고 당부했다.

"저 뒷분, 웃옷 단추 좀 끼우세요."

정리가 말했다.

"그리고, 지난번에 몇 사람이 소리를 내 울었는데 오늘은 제발 그러지 마세요."

"울 수도 없나요?"

쉰 목소리로 한 여공이 물었다.

"운다고 누가 뭐랍니까. 소리 내 울지 말라는 거죠. 극장 구경을 온 것도 아니고, 울고불고 하면 서로 곤란해요."

"극장 구경이나 가서 울 사람은 여기 없어요."

"그럼 늘 울어요?"

"그래요. 분해서 날마다 울어요."

정리가 알 수 없는 표정을 지으며 돌아섰다. 나는 쉰 목소리의 여공을 찾아보았다. 아주 못생긴 계집아이가 서 있었다. 대부분의 공장 작업자들이 그렇듯이 그 계집아이도 유난히 누런 피부에 평면적인 얼굴, 낮은 코,

---

39 정리廷吏. 법정 내의 각종 사무에 종사하는 직원.

튀어나온 광대뼈, 넓은 어깨, 굵은 팔, 큰 손, 짧은 하반신의 특징을 갖고 있었다.[40] 열아홉 아니면 스무 살 정도였는데도 여자로 보이지 않았다. 천 날을 고도에서 함께 보낸다고 해도 자고 싶은 생각이 안 날 아이였다. 공장 노동이 생명 유지를 위한 그 계집아이의 생업[41]이었다. 우리가 필요로 하는 것은 노동자의 근육 활동뿐이었다.

공장 노동이 방청석을 메운 공원들에게 고통이 아닌 즐거움이 된다면 아버지도 아버지의 의지대로 움직일 수 있었던 것을 모두 잃게 될 것이다.[42] 나는 지루했다. 장내 정리가 되고 시간도 되었지만 아무 움직임이 없었다. 그러나 내가 초조해 할 이유는 없었다. 서류 봉투를 든 변호사가 제일 먼저 들어왔다. 그는 내가 모르는 그 난장이의 부인에게로 다가가 몇 마디 말을 하고 손을 잡아 주었다. 부인이 일어나 허리를 굽혔다. 변호사는 방청석을 한 번 돌아본 다음 법대 아래 바른쪽 그의 자리로 가 앉았다. 안경을 쓴 젊은 변호사였다. 그는 방청인들이 자기에게 호의와 존경심을 갖고 있는 것으로 믿는 모양이었다. 그를 보는 순간 나의 속 밑바닥에서부터 부글부글 울화가 끓어올랐다. 중죄 재판에 변호인이 끼어들어 죄인을 싸고도는 법 제도를 왜 그대로 두고 있는지 나는 알 수가 없었다. 그는 처음부터 숙부 살해범에게 죄가 없는 것처럼 감싸면서 사건 성격을 아주 바꾸어 버리려고 했다. 담당 검사가 사태 파악을 잘못했더라면 그의 음모에 휘말려들 뻔했다.

검사는 훌륭한 사람이었다. 공익을 대표할 자질을 완전히 갖춘 사람으로 인상과 옷차림까지 깨끗했다. 재판장이 숙부 살해범인 난장이 큰아들의 이름 · 나이 · 본적 · 주소 · 직업을 확인해 인정 신문[43]을 끝내자 검사

40 이런 신체적 특징은 노동자들에게서 자주 볼 수 있는 체형이다. 그러므로 '노동하기에 적합한 건강한 몸'을 가졌다고 보는 것이 정당하다.

41 생업生業. 살아가기 위하여 가지는 직업.

42 노동자에 대한 아주 심하게 왜곡된 시각이다.

43 재판장이 검사의 기소 요지 진술에 앞서 피고인임이 틀림없음을 확인하는 절차.

가 공소장에 의한 기소 요지를 진술했는데, 그는 거기서 살인 · 소요 · 특수 협박 · 특수 손괴 · 폭발물 예비 음모 등의 죄명을 들고 범죄의 일시 장소와 방법까지 정확히 밝혔다. 직접 신문으로 들어가기 전에 재판장이 피고인은 각개의 신문에 대하여 진술을 거부할 수 있다고 피고인 진술거부권[44]을 일깨워 주었지만 난장이의 큰아들은 검사의 모든 물음에 순순히 답했다.

"피고는 은강 방직공장 보전반 기사 조수로 있으면서 열다섯 개의 서클을 만든 것으로 밝혀졌는데 사실입니까?"

"사실입니다."

"서클 회원은 같은 공장 근로자들이었고, 그 회원 수는 백오십 명 정도였죠?"

"그렇습니다."

"그 백오십 명이 공장에서 동료 공원 열 명씩을 설득해 대화를 할 수 있었고, 피고는 각 서클 책임자에게 전달 사항을 말하면 천오백 명의 공장 종업원들은 짧은 시간 안에 그것을 알 수 있었죠?"

"그것이 무엇을 뜻하는지 모르겠습니다."

"좋아요. 피고는 197×년 ×월 ×일 전 종업원은 작업을 중단하고 밖으로 나오라고 지시하지 않았습니까?"

"했습니다."

"모두 그대로 움직였죠?"

"네."

"피고는 전 종업원의 단식[45]을 종용[46]했고, 나중엔 과격한 공원들과 함께 작업장으로 들어가 기계들을 파괴했습니다. 사실입니까?"

---

44 피고인 · 피의자 · 증인 등이 질문 또는 신문에 대하여 진술을 거부할 수 있는 권리.

45 단식斷食. 식사를 일정 기간 의식적으로 중단하는 일. 치료나 종교적 수행, 또는 투쟁의 수단 등으로 이용됨.

46 종용慫慂. 잘 설명하여 권하는 것.

"사실과 다릅니다. 흥분한 몇 사람이 직포과로 들어가 기계를 망가뜨리려고 한다는 조합 지부장의 말을 듣고 달려가 말렸습니다. 그중의 한 명이 틀[47]에 약간의 손상을 입혔습니다만 간단히 수리해 계속 가동한 것으로 알고 있습니다."

"피고의 방에서 질산나트륨과 황, 그리고 목탄을 발견했는데 그것은 누가 구입한 것입니까?"

"제가 구입했습니다."

"왜 필요했죠?"

"화약을 만들려고 했습니다."

"그래 만들었습니까?"

"중간에 포기했습니다."

"그러니까, 질산나트륨, 황, 목탄을 이용하면 동일 조성에서 강도가 세어지고 흡수성이 있어 폭발물을 자가[48] 제조하여 즉시 사용할 수 있다는 걸 알았던 것 아닙니까?"

"알았습니다. 그러나, 그것을 만들어 시험해 볼 장소가 마땅치 않았고, 제조에 성공한다고 하더라도 그 폭발로 엉뚱한 사람들이 피해를 입을 것 같아 포기했습니다."

"그래서 폭발물 제조를 포기하고 칼을 샀습니까?"

"네."

"이것이 그 칼이죠?"

"그 칼입니다."

"이제 197×년 ×월 ×일 오후 여섯 시 삼십 분, 은강 그룹 본부 빌딩에서 한 일을 말해 주시겠습니까?"

"사람을 죽였습니다."

---

47 '기계'의 순우리말.

48 자가自家. 원래 뜻은 '자기 집'을 말하나 여기서는 사제私製라는 뜻이 강하다.

"이 칼로?"

"네."

재판은 더 이상 할 필요가 없었다. 무서운 악당, 그 난장이의 큰아들은 뉘우치는 빛 하나 없이 모든 것을 털어놓았다. 그는 아버지를 살해할 마음으로 와 아버지를 너무나 닮았던 숙부를 아버지로 잘못 알고 살해했다고 진술했다. 그 시간에 아버지는 그의 방에서 각 회사별 매출 실적을 확인하는 중이었고, 경제인들과의 간담회에 참석하기 위해 엘리베이터를 타고 내려온 숙부는 경비원들이 경비를 소홀히 한 틈을 이용, 대리석 기둥 뒤에 몸을 숨기고 있다 튀어나온 범인의 칼을 심장에 맞고 쓰러졌다. 찔린 부위가 너무 치명적인 곳이어서, 사촌이 알고 싶어한 것이지만, 숙부는 아픔을 느낄 사이도 없었을 것이다. 그런데, 재판은 그것이 시작이었다. 우리는 악한 중죄인에게까지 관대한 법을 갖고 있었다. 내 식으로 하라면 자백과 증거가 일치하는 순간 사람들이 많이 모이는 장소에서 살해범의 목을 매어 달았을 것이다. 뼈를 부러뜨린 자의 목을 똑같이 부러뜨리지 않는다면 이 세상 사람들은 모두 뼈가 부러진 불구자로 앓다 죽게 될 것이다.[49]

숙부는 이미 땅속에 묻혔는데, 공원들이 일을 하러 공장으로 갈 때 볼 수 있도록 은강 공장 지대에 달았어야 했을 난장이의 큰아들은, 교도관의 보호를 받아 가며, 계속 법정에 나와 섰다. 변호인의 반대 신문에 의한 피고인의 진술을 들어 보면 은강 공장 근로자들의 이마에서 땀을 짜낸 사람, 그들의 심신을 피로하게 한 사람, 결국 그들을 불행하게 한 사람은 바로 우리였다. 변호인의 물음 하나하나가 피고의 행동을 정당화시켜 주기 위해 던져지는 것으로 나에게는 들렸다.

그들은 마치 발기발기 찢어 해부할 부정한 사회를 발견한 사람들처럼,

---

49 "뼈를 부러뜨린～죽게 될 것이다"와 같은 경우는 억지 논리이다. 이런 것을 가리켜 '도그마dogma'라고 한다. 즉 이성理性으로써 비판하거나 증명이 되지 않는 논리를 말한다.

소송과 직접 관계없는 사항까지 끌어들여서 검사의 이의, 재판장의 이의 인정과 제한을 받아 가면서 신문 · 진술을 계속했다. 변호인은, 자기가 알아본 바에 의하면, 피고인은 집에서는 한 집안을 이끌어 가는 장남, 좋은 형, 좋은 오빠였고, 공장에서는 책임감 강한 산업 전사, 이해심 많은 동료, 어려운 사람을 앞장서 도와 고통을 나누어 가지는 선의의 동지였고, 노동 문제를 연구, 토론하는 모임에서는 언제나 서로간의 이해와 화해, 사랑을 주장한 학도요 지도자였는데, 이러한 피고인이 어느 날 갑자기 저 끔찍한 살인을 생각한 데는 그만한 이유가 있었을 것으로 본다고 말하고, 그러니까 임금 · 휴가 · 부당 해고자 복직 문제들을 놓고 회사와 개선점을 찾으려고 노력했으나 합의를 보지 못한 외에, 노조 대의원 및 임원 선거를 평화적으로 실시하려는 조합원들의 노력을 사용자가 힘으로 짓밟아 노사 협조를 일방적으로 파기함은 물론, 산업 평화까지 스스로 깨뜨려 노사의 불이익을 초래함을 목도하는 순간 은강 그룹을 이끌어 가는 총책임자, 즉 회장을 살해하겠다는 우발적인 살의[50]를 품게 된 것이 아니냐고 물었다. 난장이의 큰아들은 밭은기침[51]을 했다. 밭은기침을 하며 머리를 떨어뜨렸다. 그가 머리를 떨어뜨린 것을 나는 처음 보았다. 그의 여동생이 울음을 참기 위해 입에 손수건을 대었다. 그의 여동생은 참았는데 뒤쪽의 몇 명이 못 참고 소리를 내었다. 정리가 여공들을 말렸다. 난장이의 큰아들이 고개를 들었다. 그것은 우발적인 살의가 아니었다고 그가 말했다.

"미안합니다."

변호인이 말했다.

"방금 한 말을 다시 해 주시겠습니까?"

"우발적인 살의가 아니었다고 말했습니다."[52]

---

50 미리 살해하려고 준비한 것이 아니라 현장에서 우연한 상황이 생기게 되어 순간 살해할 생각이 드는 경우를 우발적 살의를 품었다고 한다. 미리 범행을 준비한 것이라면 '살인죄', 우발적으로 살해한 것이라면 '과실치사죄'가 되어 형량도 엄청나게 차이가 난다.

51 자주 하는 기침.

변호사는 난처한 표정을 지었다.

"그렇다면 말입니다, 그 당시의 심적 상태를 간단히 말해 줄 수 있겠습니까?"

"이미 철도 들고, 고생도 많이 해 본 공장 동료들이 일제히 울음을 터뜨려, 엉엉 소리 내어 우는 현장에 저는 서 있어 보았습니다. 웬만한 고생에는 이미 면역이 된 천오백 명이, 그것도 일제히 말입니다. 교육도 받고, 사물에 대한 이해도 깊은 공장 밖 사람들에게 그 이야기를 해 본 적이 있는데, 그럴 수 있을까 좀처럼 믿어지지 않는다는 말들이었습니다. 제가 말해도 사람들은 믿지 않았습니다."

"아뇨. 내가 믿겠습니다."

"그분은 인간을 생각하지 않았습니다."

"그것이 살해 동기입니까?"

"개새끼!"

나는 외쳤다. 내가 외치는 소리를 옆 자리의 사촌도 듣지 못했다. 아버지가 왜 그 따위 생각해야 된단 말인가. 아버지가 바쁜 사람이라는 것, 그리고 아버지에게는 그런 것 말고도 계획하고, 결정하고, 지시하고 확인할 게 수도 없이 많다는 것을 작은 악당은 몰랐다. 발육이 좋지 못해 우리보다 작고 약하지만 그 작은 몸속에 모진 생각들만 처넣고 사는, 이런 부류들을 나는 잘 알고 있었다.

그들은 우리가 남다른 노력과 자본 · 경영 · 경쟁 · 독점을 통해 누리는 생존을 공박하고, 저희들은 무서운 독물에 중독되어 서서히 죽어 간다고 단정했다. 그 중독 독물이 설혹 가난이라 하고 그들 모두가 아버지의 공장에서 일했다고 해도 아버지에게 그 책임을 물어서는 안 되었다. 그들은 저희 자유 의사에 따라 은강 공장에 들어가 일할 기회를 잡았던 것과 마찬가지로 언제나 마음대로 공장 일을 놓고 떠날 수가 있었다. 공장 일을

---

52 이 말 속에는 자기 자신의 행동이 정당했다는 뜻을 담고 있다.

하면서 생활도 나아졌다. 그런데도 찡그린 얼굴을 펴 본 적이 없다. 머릿속에는 소위 의미 있는 세계, 모든 사람이 함께 웃는 불가능한 이상 사회가 들어 있었다. 그래서 늘 욕망을 억누르고, 비판적이며, 향락과 행복을 거부하는 입장을 취하고는 했다. 이상에 현실을 대어 보는 이런 종류의 엄숙주의자[53]들은 생각만 해도 넌더리가 났다.

그중의 하나가 이제 살인까지 했는데 변호인은 그를 살려 내기 위해 그와 같은 종류의 인간을 증인으로 불러냈다. 한지섭이었다. 그가 증언대에 올라가 양심에 따라 숨김과 보탬이 없이 사실 그대로 말하고 만일 거짓이 있으면 위증의 벌을 받기로 맹세한다고 했을 때, 나는 그가 조금 큰 악당이라는 것을 직감으로 알았다. 남쪽 공장에서 올라왔다는 그는 손가락이 여덟 개밖에 안 되었다. 아버지의 공장에서 두 개를 잃었을 것이다. 콧등도 다쳐 납작하게 내려앉았고, 눈 밑에도 상처가 있었다. 나는 처음부터 그의 말을 듣지 않기로 했다. 증인으로 나온 사람에게 손가락이 여덟 개밖에 없다는 사실 자체가 기분 나빴다.[54] 잃은 두 개가 사물에 대한 그의 이해에 끼쳤을 영향을 나는 생각했다. 그는 객관적인 눈까지 잃었다. 나는 눈을 감았다.

두 사람의 말을 듣지 않기 위해 내가 떠올린 것은 호수의 물빛, 뜨거운 태양, 나무와 들풀, 거기 부는 바람, 호수를 가르는 모터보트, 잔디 위에서의 스키, 이상한 버릇을 가진 여자아이, 그리고 아주 단 낮잠들이었다. 벌통과 사슴 사육장이 보였다. 낮잠 뒤에 대할 식탁도 떠올랐다. 나는 독서를 하기로 했다. 미래공학과 경제사가 내가 읽어야 할 책이었다. 아버지는 아들이 이런 책을 읽는 것을 좋아했다. 뒤의 것은 이미 상당 부분을 읽었다. 월터 스코트가 인용된 곳을 읽다가 나는 웃었다.

그는 가난한 노동자들을 혹사시키는 공장 지대를 돌아보고 이 나라는

---

53 도덕률이나 원리 · 원칙 등을 매우 엄격하게 고집하는 사고방식이나 사람.
54 재판 결과에 대한 불길한 예감을 느끼고 있음을 표현한 대목이다.

언제 폭발할지 모르는 폭발물로 꽉 차 있다고 개탄했다. 이런 허풍쟁이 도학자는 그 시대에도 있었던 모양이다. 그의 말을 전해 들은 공장주들은 어떤 표정을 지었을까? 맨체스터나 브래드포드의 초기 발전 상황이 도학자의 눈에는 사회적 폭발을 위해 치닫는 미친 짓거리로 보였을 뿐이다. 그러나, 결국 궁금증 때문에 나는 졌다. 그 법정에 앉아 있는 한두 사람의 말을 듣지 않을 수 없었다. 자기가 보기에 그것은 강요된 행위였다고 지섭이 말하고 있었다. 변호인은 그 말을 기다렸다는 듯이 누가 강요했겠느냐고 묻고 그것을 좀 구체적으로 말해 달라고 부탁했다. 지섭은 저항할 수 없는 폭력이나 자기 또는 친족의 생명, 신체에 대한 위해를 방어할 방법이 없는 협박에 의하여 강요된 행위의 증거로 삼남매가 은강 공장에 나가 버는 돈으로 살아가는 난장이 일가의 비문화적인 생활과 난장이의 부인이 써 온 낡은 가계부를 들었다.

나는 하도 화가 나 그의 말을 잘 들을 수 없었다. 그는 콩나물 값, 소금 값, 새우젓 값에서 두통 · 치통 약값까지 읽어 내려가더니 도시 근로자의 최저 이론 생계비, 생산 공헌도에 못 미치는 임금, 그리고 노동력 재생산이 어렵다는 생활 상태를 두서없이 주워 섬겼다. 물론 아버지를 정점으로 한 거대한 은강 그룹의 부의 힘, 그럼에도 불구하고 대기업으로 계속해 받는 지원과 보호, 뛰어난 머리들로 구성된 고학력의 경영 집단, 그들이 추구하는 저임금과 높은 이윤, 그래서 이젠 누구나 조금만 생각하면 알 수 있다는 인간 훼손, 자연 훼손, 거기다 신의 훼손까지 들어 이야기했다. 그러니까 아버지에 대한 난장이 큰아들의 말은, 슬픈 일이지만 정말 옳은 것이며, 그가 아버지를 어떻게 할 마음을 가졌던 것은 아버지가 쓴 억압의 중심지에 바로 그가 있었기 때문에 어쩔 수 없는 것이었다고 말했다.

변호인이 억압이란 말에 대한 설명을 요구했다. 그러자 아버지가 산하 회사 · 공장 종업원들에게 쓰는 억압은 언제나 생존비, 또는 생활비와 상관이 있는 것이며, 따라서 그것은 모든 사람들이 제일 무서워할 수밖에 없는 경제적인 핍박을 의미한다고 지섭이 말했다. 그는 계속해 이런 억압을 무서워하지 않는 사람은 있을 수 없으며, 그 억압을 정면으로 받는 중심에 있는 사람으로서 자기의 저항권 행사를 생각해 보지 않은 사람이 있다면 그는 바보이든가 생존을 포기한 자일 것이라고 말했다. 들을수록 화가 나는 말뿐이었다. 그의 말을 들어 보면 이 세상 최고의 악당은 반대로 우리였다. 우리가 인간의 존엄과 가치를 파괴해 버렸고, 법 앞에 평등한 사람들을 사회적 신분에 따라 차별하는 사회적 특수 계급을 인정하였으며, 많은 사람들에게서 인간적인 생활을 할 권리를 빼앗았다. 나는 앉아서 화를 눌렀다. 변호인은 지섭에게 노사간의 첫 번째 문제가 되었던 임금 인상과 부당 해고자 복직 문제에 대해 알고 있었느냐고 물었다.

그는 물론 알고 있었고, 조합원들이 요구한 인상률은 회사가 올린 이익금과 물가 상승률, 근로자 생계비를 생각할 때 아주 정당한 것이었으며, 조합원이 조합에서 실시하는 교육을 받고, 또 회사에서 지어 준 공장 안 교회가 아닌 공장 밖 교회에 나가기도 하고 찬송했다고 트집을 잡혀 해고당한 부당 해고자들의 복직 요구도 극히 정당한 것이었다고 말했다. 왜냐하면 그들이 돈벌이를 할 수 있는 일이라고는 그동안 익힌 공장 일 한 가지밖에 없었으니까. 그리고, 정당한 이유가 없는 해고는 균형 있는 국민경제의 발전을 목적으로 한 근로기준법 제27조 제1항[55]의 위반이었으니까.

"그리고 사용자측과 대화가 막힌 상태에서 지부 대의원 및 임원 선거를 맞게 되어 걱정이라는 말을 저는 들었습니다."

지섭이 말했다.

"그래서 연기를 해 보라고 말해 주었지만 그렇게 할 수 없었던 모양입니다."

"왜요?"

---

55 (근로기준법 제27조 제1항) 사용자는 근로자에 대하여 정당한 이유 없이 해고, 휴직, 정직, 전직, 감봉 기타 징벌을 하지 못한다.

변호인이 물었다.

"회사에서는 빨리 치러 버릴 생각이었답니다. 선거 관리 위원회까지 따로 구성해 놓고요."

"본래 그것은 어디서 하게 되어 있습니까?"

"선거 관리 위원은 대의원 대회에서 선출하게 되어 있습니다."

"그러니까 그것은 불법이었군요?"

"그렇습니다."

"그리고, 어떻게 됐나요?"

"회사쪽 사람들을 후보로 내세우고 입후보 등록 마감일을 앞당겨 버렸습니다. 그래서 지부장이 총회를 소집해 보고 대회를 가지려고 했지만 회사에서 허락하지 않았던 거죠. 제가 은강으로 간 것은 지금 피고석에 서 있는 김영수 군과 임원들이 정체를 알 수 없는 폭력배들에게 구타를 당한 직후였습니다."

"치료를 받다 말고 서울로 오려고 출발했다는데 그것도 알았습니까?"

"알았습니다."

"왜 서울로 오려고 했을까요?"

"본사로 올라가 높은 분들을 만나 봐야겠다는 말을 들었습니다. 영수 군은 공장에 나와 있는 사용자 측 사람들이 이미 이성을 잃었다고 판단했던 겁니다. 그러나 버스 터미널에서 예의 그 폭력배들에게 발각되어 뜻을 이룰 수 없었습니다. 모두 공장 원면[56] 창고로 끌려가 또 한 차례 폭행을 당했다는 말을 영수 군에게 들었습니다."

"전 종업원이 작업을 중단하고 공장 마당으로 나왔던 것이 그 다음 날이었죠?"

"그렇습니다."

"그때 목격한 상황을 간단히 말해 줄 수 있겠습니까?"

---

56 원면原綿. 가공하지 않은 솜.

"지부장이 조합원들에게 그때까지 있었던 일들을 보고하는 형식을 취했습니다. 보고가 끝나자 많은 조합원들이 임원들을 껴안고 울었습니다. 흥분한 사람들은 마구 외쳐 대면서 밖으로 뛰쳐나가려고 했고 한쪽에선 조합의 노래를 불렀습니다. 영수 군이 그들을 진정시키고 조합을 빼앗으려는 사람들로부터 우리 노동자들의 유일한 단체이며 생명인 조합은 지켜야 한다고 말했습니다. 그 결의를 보여 주기 위해 얼마 동안 보지도 말고, 듣지도 말고, 말도 하지 말고, 먹지도 말자고 했습니다. 그들은 그대로 했습니다."

"김영수 씨가 흥분한 조합원들과 함께 기계를 파괴했나요?"

"뭘 파괴한다는 것은 나쁜 짓입니다. 비싼 기계의 파괴란 더욱 말이 안 됩니다. 영수 군이 이 세상에서 뭘 파괴했다는 소리를 전 들어 본 적이 없습니다."

"성급하게 결과를 물어 안되었습니다만, 그 뒤의 조합은 어떻게 되었습니까?"

속이 들여다보이는 우스운 짓거리의 연속이었다. 지섭은 물론 깨졌다고 대답했다. 그것은 정확한 표현이 못 되었다. 아버지는 월례[57] 사장단 회의에서 아무리 제한된 운동밖에 할 수 없게 되어 있고, 또 협조적인 사람이 이끄는 노조라고 해도 그것이 기업에 이익을 줄 리는 없으며, 어느 날 화로의 재 속에서 불씨를 발견한 사람들이 그 불씨에 불을 붙여 일어나면 기업에 해롭고 우리 모두에게 해로울 게 뻔하기 때문에 현명한 경영자라면 조금 시끄러운 저항을 받아도 지금 해결하지, 노동자들에게 그것을 맡겨 두고 있지는 않을 것이라고 말했었다. 나는 아버지의 방에서 아버지의 메모를 보았다. 그 이상의 말은 한마디도 없었다. 아버지는 권위를 생각했을 것이다. 아버지는 늘 노조는 우리 전체의 구조를 약화시키는 악마의 도구라고 말했지만[58] 이 말은 메모 속에 넣지는 않았다.

---

57 월례月例. 매달 정기적으로 행하는.

만약 아버지가 앞으로 우리의 어느 공장에서 노조가 결성될 경우 해당사 중역들은 문책을 당할 것이며, 혼란기에 이미 결성이 된 사의 경우는 그 노조를 접수해 본래의 기능을 바꾸어 놓으라고 곧이곧대로 지시했다면 스스로 권위에 손상을 입힌 모양이 되었을 것이다. 변호인은 끝으로 부연[59]할 말이 없느냐고 물었다. 없을 리가 없었다. 난장이의 큰아들과 자기는 전부터 친교가 있었고, 노동운동을 하면서도 서로의 생각을 주고받아 잘 아는데 난장이의 큰아들은 결국 자기가 가졌던 이상 때문에 많은 고생을 했고, 그가 지금 피고석에 서 있는 것도 그가 가졌던 이상이 깨어지며 나타난 반대 현상으로 생각한다고 지섭이 말했다. 나는 이때부터 심증[60]을 굳혔다. 지섭은 계속해 난장이의 큰아들이 상대한 것은 어떤 계층 집단이 아니라 바로 인간이었다고 말했다.

자기와 난장이의 큰아들은 처음부터 평범한 상식에 속하는 것이지만 일깨워 분명히 해 둔 게 있는데 그것은 노동자와 사용자는 다 같은 하나의 생산자이지 이해를 달리하는 두 등급의 집단은 아니라는 것이었다고 설명했다. 그는 한 마디 한 마디의 말을 또박또박 끊어 정확히 발음하려고 애썼다. 증언대 위의 두 손은 그때 떨렸다. 두 손의 손가락은 다 합해야 여덟 개밖에 안 되었다. 난장이의 큰아들은 고개를 숙이지 않았다. 바로 뒤 방청석에서는 그의 어머니가 목까지 올라온 울음을 눌러 참고 있었다. 나의 심증에 틀림이 없었다. 난장이의 큰아들에게 빛줄기와 같은 깨달음을 준 사람이 지섭이었다. 저희는 사랑이 기본이 되는 같은 이상을 가졌다. 저희는 인간을 괴롭히지 않는다. 그것은 우리다. 저희는 피해자다. 그는 여덟 개의 손가락을 꼬부려 끌어들이더니 더러운 바지 주머니에서 더러운 손수건을 꺼냈다. 눈두덩의 땀을 그는 그 더러운 손수건으로 찍어 내고 있었다. 우리는 계속해서 기다렸다.

---

58 한마디로, 노조의 존재를 인정하지 않는 전근대적인 경영 의식이다.

59 부연敷衍. 알기 쉽게 덧붙여 자세히 설명하는 것.

60 심증心證. 마음에 얻게 된 인식이나 확신.

"나는 모레 떠나기로 했다."

사촌이 말했다.

"잘 생각했어."

내가 말했다.

"나도 얼마 있다 독일에 갔다 올 것 같아."

"왜?"

"크루프와 오거스스티센이 거기 있기 때문야. 가 견학을 해야지. 아버지의 꿈은 이제 제철소를 갖는 거거든. 형들이 귀국하면 나는 독일에 가 공부해야 돼."

우리는 그룹 본부 이사와 비서실 사람들 사이에 앉아 기다렸다. 서기가 들어와 법대 아래 중앙 그의 자리로 가 앉았다. 공판 때마다 법대 아래 중앙 자리에 앉아 있는 그를 나는 보았다. 법정 안이 더워지기 시작했다. 창문을 모두 닫았기 때문에 공기가 탁했다. 촘촘히 들어찬 공원들의 몸에서 참기 어려운 냄새가 났다. 냉방기에서 뿜어져 나오는 찬 공기가 공원들의 몸 열기를 이겨 내지 못했다. 그들이 몸 냄새만 풍기지 않았더라도 참기가 쉬웠을 거였다. 갑자기 생각이 났는지 사촌이 방청석을 돌아보았다. 지섭이 보이지 않는다고 그가 말했다. 나도 돌아보았다. 정말 없었다. 공판 때마다 남쪽에서 기차를 타고 올라왔던 그가 정작 선고 공판정에 모습을 나타내지 않은 까닭을 나는 알 수 없었다. 난장이의 작은아들도 우리처럼 돌아보았다. 부인이 작은아들을 잡아 앉혔다. 겁을 먹었구나! 나는 단정했다. 한지섭은 비겁자다!

내가 공판을 보고 집으로 돌아갈 때 거리의 사람들은 길어진 그림자를 끌고 걸었다. 그림자는 길어졌으나 여전한 불볕더위였다. 싱싱한 여자아이들은 더위를 타지 않았다. 미처 못 떠난 여자아이들이 나른한 육체들만 남아 허위적거리는 서울을 지켰다. 그 아이들이 떠날 채비를 마치면 먼저 몸을 굴려 구릿빛이 된 아이들이 돌아와 서울을 지킬 것이라고 나는 생각했다. 여자아이들은 얇은 옷을 입었다. 우리가 여름에 생각하는 것은 그 얇은 옷 속에 감추어진 향락이다.[61] 지난 겨울에 뜨거운 햇볕과 짠 바닷물, 그 바닷물의 짠맛을 그대로 간직한 입맞춤으로 떠올려 본 여름의 향락은 한결같이 추상적인 것들이었다. 우리 동네로 들어서면서 내 작은 차의 유리문을 내리고 바람을 불러들였다. 꽃과 풀 냄새가 바람에 실려 들어왔다. 그 냄새는 법정 방청석을 메웠던 공원들의 몸 냄새와 아주 다른 것이었다. 그들은 너무 더러운 냄새를 풍겼다. 집에 닿자마자 샤워부터 했다. 어머니는 그들이 땀을 흘려 일한 다음 잘 씻지 못해 땀 냄새를 풍기는 것이라고 말했다. 그리고 모든 공장에 충분한 목욕 시설을 갖추려면 생산비 절감을 위한 획기적인 방법을 알아내든가, 그게 안 될 경우에는 공원들의 임금 인상폭을 낮추어야 한다고 말해 나는 웃었다. 육체를 떠나 영원히 사는 영혼이 정말 있다면 숙부의 영혼은 오늘 어떤 기분일지 모르겠다고 나는 말했다.

"그래 그 사람은 어떻게 됐니?"

어머니가 물었다.

"말씀 안 드렸어요?"

"아니."

"사형 선고를 받았어요."

그랬구나, 오, 하느님, 이라고 어머니의 입술이 말했다. 난장이의 큰아들이 교도관에게 이끌려 들어오고, 검사가 들어오고, 이어 판사가 들어와 그 재판의 마지막 부분은 아주 빨리 진행되었는데, 검사의 공소 사실을 모두 인정한 판사가 구형대로 사형을 선고했을 때 검사의 구형을 먼저 보고도 설마설마 믿지 않고 기다려 온 방청석의 공원들은 짧은 놀람의 소리를 질러 그 소리에 저희들을 묻었다. 몹시 부드러웠던 그들의 혀는 딱딱하게 굳어졌다. 그들은 정신을 차려 새삼스럽게 죄의 크기와 형벌의 크기

---

61 심각한 재판이 벌어지고 있는 사이 여름 휴가 시즌이 지나가고 있음을 묘사하고 있다.

를 생각했을 것이다. 난장이의 큰아들은 들었던 고개를 떨어뜨렸고, 그의 두 동생은 벌떡 일어섰다가 창자를 끊으며 주저앉는 그들의 어머니를 안았다. 난장이의 큰아들을 살려 낼 마음으로 우리를 몰아쳤던 변호인은 천장만 보았다. 공판이 진행되는 동안 그는 판단력이 부족한 공원들에게 많은 혼란과 착각을 주었다. 마음이 좋아 보이는 검사는 온화한 표정으로 앉아 있었다. 나는 이번 일들로 해서 매우 중요한 것을 알게 되었다고 어머니에게 말했다. 그러자 어머니는 사람의 생명 · 고통과 관련된 일이라 그렇다면서 나의 얼굴을 바라보았다.

"물론 그래요."

나는 말했다.

"그렇지만 지금 말씀드리고 싶은 건 그게 아네요. 우리 공장 노동자들이 행복한 마음을 갖고 일하게 할 수 있는 방법을 제가 알아냈어요."

"경훈아."

어머니가 웃었다.

"그런 생각은 안 하는 게 좋아. 아무리 좋은 공장에서 일해도 그렇지, 많은 사람들이 어떻게 똑같이 행복해질 수 있겠니?"

"약을 쓰면 돼요."

"약이라니?"

"그들이 행복한 마음으로 일만 하게 하는 약을 만드는 거예요. 그들이 공장에서 먹는 밥이나 음료수에 그 약을 넣어야죠. 약은 우수한 연구진을 구성해 만들게 해야 돼요. 처음엔 경비가 많이 들겠지만 장기적으로 보면 이 이상 좋은 방법은 있을 수 없어요."

"그만둬라."

어머니가 말했다.

"생각하는 게 맨 끔찍한 것뿐이구나."

"끔찍한 건 제가 아네요."

나는 말했다.

"정말 끔찍한 건 이 세계라구요. 몇몇 나라들이 그들이 사회제도로부터 이탈하려는 사람들에게 이미 약물을 투여하기 시작했어요."

"병이 난 사람들이겠지."

"질병하곤 상관이 없는 일예요."

"어쨌든, 너의 그런 생각을 아버지에게 말씀드리진 마라. 아버지는 작은 일 하나하나로 너희들을 판단하셔. 나는 네가 위의 형들하고 똑같은 기회를 갖는 걸 보고 싶어. 내 말 알아듣겠니?"

나는 한 번도 어머니의 사랑을 의심해 본 적이 없다. 자식들에게 주어지는 어머니의 사랑의 크기는 언제나 같았다. 아버지는 달랐다. 아버지는 경영자에게 가장 필요한 능력은 여러 이질적인 것들을 조화하여 전체를 만드는 재능이라고 우리들에게 말하곤 했다. 그 재능을 갖지 못한 사람들에게는 큰 권한을 넘겨줄 수 없다는 통보이기도 했다. 숙부가 돌아가기 전에는 공장에서 일어나는 일들에 관한 이야기가 집 안까지 들어와 본 적이 없는데 요즘은 그렇지 않다고 어머니가 말했다. 그리고, 이번에는 기계 공장 쪽에서 심상치 않은 문제가 일어난 것 같다고 덧붙였다. 그랬구나! 내가 혼자 말할 차례였다. 남쪽에 있는 공장이었다. 여덟 개의 손가락을 가진 사나이가 그곳에서 올라오고는 했었다.

그는 공원들보다 더 더러운 옷을 입고, 공원들 것보다 더 더러운 손수건을 썼다. 멍청한 사촌이 그의 소식을 들었다면 역시 그는 다르다고 말했을 것이다. 지섭이 먼 곳에서 나의 머리를 친 셈이었다. 그러나 그는 난장이네 식구들을 위로하러 올라올 수가 없었다. 그는 우리 반대쪽에 서 있는 사나이였다. 그는 자신을 분석하고, 동료들을 분석하고, 저희들을 경제 권력으로 억압한다는 우리를 분석하다가 불행해질 사람이었다. 어머니는 애국부녀봉사회의 불우이웃돕기 모금 집회에 나갈 준비를 했다. 젊은 여비서가 어머니를 도왔다. 나는 그 여자에게 바짝 다가서며 우리가 이 사회에 진 빚은 눈곱만큼도 없다고 말했다. 젊은 여자는 어색하게 웃으며 물러섰다. 얇은 옷을 입고 있었다. 그 얇은 옷 속에 감추어진 쾌락의 작은 도구들을 나는 상상했다. 나의 정욕이 내 머리를 산란하게 했다. 방으로 올라가 어머니와 함께 출발하는 그 여자를 보았다.

수위가 철문을 밀어제쳤다. 어머니의 승용차는 이팝나무 숲을 끼고 돌아 나갔다. 잠시 후에 집사가 물어 왔다. 풀장의 물을 갈아야겠는데 물을 빼 버리기 전에 아이들이 들어가 좀 놀게 한 다음 청소를 시켜도 괜찮겠냐는 것이었다. 나는 먼저 며칠 후 친구들을 데리고 섬에 갈 생각이니까 연락을 취해 달라고 말했다. 이어서 풀을 깨끗이 씻어 내기 위해서라면 물론 좋다고 말하고, 그렇지만 한 아이는 올라와 나의 책 정리를 도와야 할 것이라고 말했다. 그가 고맙다고 말하는 소리를 처음 들었다. 나는 VTR 장치에 베를리오즈의 음악이 들어 있는 테이프를 걸었다. 열여섯 난 금발의 여자아이가 두 팔로 남자의 몸을 안았다.

사흘 전 아침의 여자아이는 소리도 내지 않고 올라왔다. 인간공학이라는 책이 볼록한 가슴 부분을 눌렀다. 베를리오즈의 음악을 언제 처음 들었는지 생각이 나지 않았다. 바로 밑의 여동생은 힌데미트를 좋아하는 나를 좋아했다. 나는 여자아이의 팔을 잡아채 책을 떨어뜨렸다. 금발 아이의 옷은 어깨선에서부터 풀어져 내렸다.

"봐!"

나는 말했다.

"너희 텔레비전하곤 틀리는 거야."

여자아이는 시키는 대로 했다. 놀라운 일이 화면 안에서 벌어졌다. 여자아이는 꼼짝도 하지 않고 보았다. 그 아이는 어깨와 가슴으로 숨을 쉬었다. 내 손이 가 닿자 파르르 떨었다. 여자아이들이 그 작은 몸속에 생명의 강을 안고 있다는 것은 놀라운 일이었다. 화면 안 남자가 금발 아이의 몸에 상처를 입혔다. 이제 너는 여자가 되었다고 남자가 말했다.

"그만 내려가."

몸이 달아오른 여자아이에게 나는 말했다.

"물을 빼 버리기 전에 수영을 해."

여자아이는 하얘진 얼굴로 나를 보았다. 그 아이가 눈물이 핑 돌아 내려가자 나는 침대에 누웠다. 침대에 누워 책을 읽었다. 아버지가 돌아올 때까지 나는 경제사를 읽을 참이었다. 한 경제학자가 장차 책임 범위는 넓어질 것이라고 쓴 것을 그 책의 저자는 인용했다. 나는 책을 읽다가 잠이 들었고, 깨기 직전에 꿈을 꾸었다. 꿈속에서 그물을 쳤다. 나는 물안경을 쓰고 물속으로 들어가 내 그물로 오는 살찐 고기들이 그물코에 걸리는 것을 보려고 했다. 한 떼의 고기들이 내 그물을 향해 왔다. 그러나 그것은 살찐 고기들이 아니었다. 앙상한 뼈와 가시에 두 눈과 가슴지느러미만 단 큰 가시고기들이었다. 수백 수천 마리의 큰 가시고기[62]들이 뼈와 가시 소리를 내며 와 내 그물에 걸렸다. 나는 무서웠다. 밖으로 나와 그물을 걷어 올렸다. 큰 가시고기들이 수없이 걸려 올라왔다. 그것들이 그물코에서 빠져나와 수천 수만 줄기의 인광을 뿜어내며 나에게 뛰어올랐다. 가시가 몸에 닿을 때마다 나의 살갗은 찢어졌다. 그렇게 가리가리 찢기는 아픔 속에서 살려 달라고 외치다 깼다. 서쪽 유리창에 황적색 저녁놀이 와 닿았다. 그것이 아름답게 느껴져 창가로 가 내다보았다. 대기 속 물질의 아주 작은 알갱이들이 빛을 운반해 오는 것을 나는 볼 수 있었다.

흰 벽이 저녁 놀빛을 숲 쪽으로 받아 던졌다. 돌아간 할아버지의 늙은 개가 그 숲에서 기어 나왔다. 달아오른 몸으로 나를 받아들이려고 했던 여자아이가 늙은 개를 불렀다. 개밥 그릇을 개집 앞에 놓아 준 여자아이가 늙은 개의 목을 껴안았다. 난장이의 큰아들이 끌려 나갈 때 난장이의 부인이 그런 몸짓을 했었다. 공원들은 밖으로 나가 울었다. 지섭은 올라올 수가 없었다. 사람들의 사랑이 나를 슬프게 했다. 그때 수위가 철문을 밀어붙이는 것이 보였다. 이팝나무 숲을 끼고 돌아온 아버지의 승용차가 미끄러지듯 들어와 섰다. 내일 아무도 모르게 정신과 의사를 찾아가 보자

62 그물에 걸리는 가시고기는 노동자를, 그물은 사용자 또는 산업 사회의 힘을 상징한다.

고 나는 생각했다. 내가 약하다는 것을 알면 아버지는 제일 먼저 나를 제쳐 놓을 것이다. 사랑으로 얻을 것은 하나도 없었다.[63] 나는 밝고 큰 목소리로 떠들 말들을 떠올리며 방문을 열고 나갔다.

1978년 《창작과 비평》 여름호

63 주인공 '나'의 이기적인 면모를 보여 주는 말이다. '나'는 가족 누구도 진심으로 사랑하지 않는다.

독서는 일종의 탐험이어서

신대륙을 탐험하고 미개지를 개척하는 것과 같다.

-듀이

|1940 ~ |

1940년 강원도 홍천에서 태어나다. 1955년 홍천중학교, 1957년 춘천고등학교에 입학하다. 1958년 고등학교 2학년 때 '학원문학상' 과 《강원일보》 신춘문예에 입선하다. 1960년 경희대 국문과에 입학하여 황순원 교수에게 배우다. 1963년 《조선일보》에 단편 〈동행 同行〉이 당선되어 문단에 등단하다. 1964년 글 쓰는 일에 회의를 느끼고 귀향하여 원주와 춘천에서 교편을 잡다. 1972년 스승 조병화 시인의 부름으로 경희고등학교로 옮기다. 1977년 '현대문학상' 을 받고 1980년 '동인문학상' 을 받다. 2004년 현재 강원대학교 교수로 재직하고 있다.

대|표|작

〈바람난 마을〉(1977), 〈아베의 가족〉(1979), 〈우상의 눈물〉(1980), 〈우리들의 날개〉(1981), 〈불타는 산〉(1984), 〈길〉(1985) 등이 있다.

학생들이 흔히 말하는 식으로 하면 기표는 '짱'이다. 이 잔인한 불량 학생 기표를 중심으로 공부 잘하고 통솔력 있는 반장 형우, '자율'이라는 이름으로 학생을 장악하려는 담임선생. 이들 사이에 벌어지는 갈등을 '나(이유대)'가 관찰하고 있다. 표면적으로는 교사와 학생 사이의 갈등을 다룬 작품 같지만, 사실은 한 불량 학생이 담임선생의 치밀한 계획과 진실 조작에 따라 '선도'되는 과정을 통해 인간성을 상실한 위선을 비판하면서 참다운 인간성에 대한 아쉬움을 그린 작품인 셈이다.

〈우상의 눈물〉에서 기표는 '순수한 악마'로 악역의 인물이지만 매력적으로, 그와 대립하는 형우와 담임은 '진실과 호의'를 가장한 위선자로 그려진다. 또한 관찰자 '나'는 합리적이며 날카로운 판단력의 소유자이다. 담임선생이 기표를 부반장으로 임명하자고 할 때 "선생님, 기표 한 개인을 위해서입니까, 아니면 기표의 힘을 빼어 반 아이들을 보호하기 위해서입니까?"에서 보듯이 담임의 의도를 간파하고 있다는 점에서도 '나'가 얼마나 예리한 관찰자인가가 입증된다. 뿐만 아니라 나는, 기표를 부정행위로써 돕자고 반장이 제의했을 때 "누구를 위해서 그렇게 하자는 거냐? 기표냐, 아니면 우리들 자신이냐?"고 물으며 반장의 속셈을 들춰내는 예리한 판단력을 보인다. 형우와 담임은 겉과 속이 다른 인물이다. 기표에게 맞아서 병원에 입원까지 했던 형우는 기표에 대한 적대감을 감추고 우의와 신뢰 가득한 말로써 기표를 미화하는 일에 앞장선다. 담임 역시 기표가 가출하자 걱정스레 찾아온 기표 어머니를 교무실에서 내쫓은 다음 흥분을 참지 못한 채 다음 날 천일영화사 사람들하고 만나기로 약속한 사실을 대면서 기표를 가리켜 "이 망할 새끼"라는 욕설을 내뱉는다. 결국 관찰자인 나는, 자기 자신을 돋보이게 하려고 악(惡 ; 기표)을 이용하는 담임과 형우의 무서운 위선을 폭로하게 된다.

〈우상의 눈물〉에는 분명히 두 가지 폭력이 등장한다. 하나는 기표가 휘두르는 '발가벗은 폭력'이고, 다른 하나는 담임선생과 반장이 교활하게 숨기고 있는 '합법적인 권력'이다. 담임과 반장은 기표를 미담과 동정의 대상으로 만들며 마침내 교묘한 방법으로 그를 굴복시킨다. 작가는 이 작품에서, 우상과 같던 기표가 왜소한 소년으로 바뀌는 몰락 과정을 통하여 합법적인 권력이 단순한 폭력보다 훨씬 더 무서운 폭력일 수 있음을 말하고 있는 것이다.

학습길라잡이

구조분석

- **갈래** 단편소설.
- **주제** 선행을 가장한 치밀한 위선의 무서움.
- **배경** 시간은 1970년대 말. 공간은 어느 도시의 고등학교 2학년 13반.
- **시점** 1인칭 관찰자 시점.

등장인물

- **나(이유대)** 관찰자. 자존심도 강하고 사람의 속마음을 잘 감지하는 학생.
- **최기표** 전형적인 불량 청소년. 그러나 잦은 비행에도 불구하고 학생들에게서 비난보다는 우상적 존재로 평가받는 인물. 담임과 반장의 치밀하고 교묘한 술책이 두려워 학교를 떠나고 만다.
- **임형우** 반장. 학급을 헌신적으로 잘 이끄는 모범생처럼 보이지만 위선적인 인물.
- **담임** 치밀한 성격, 교활한 술책을 숨기고 있는 권위주의적인 인물.

플롯

- **발단** 나(이유대)는 기표가 리더인 재수파에게 심한 린치를 당한다.
- **전개** 형우가 반장으로 임명되고 반장과 담임은 기표의 비행이 없도록 노력한다.
- **위기** 기표의 자존심을 잘못 건드린 반장(형우)은 학교 뒷산에 끌려가서 폭행을 당하고 병원에 입원한다. 그러나 가해자를 밝히지 않는다.
- **절정** 담임과 형우의 치밀한 계획으로 기표는 효자가 되고, 재수파는 우정 깊은 친구들이 되는 등 미담의 주인공이 된다.
- **결말** 그동안 벌어진 일들을 감당할 수 없어 기표는 가출하며 여동생에게 남기는 편지에서 자신의 심정을 밝힌다.

이것만은 놓치지 말자

비슷한 점과 다른 점 찾기

이 작품은 여러 가지 면에서 이문열의 〈우리들의 일그러진 영웅〉과 비교할 수 있다. 이 작품이 문제 학생 최기표, 모범 학생 임형우, 담임선생 사이에 벌어지는 폭력과 갈등을 다루고 있다면 이문열 작품 역시 엄석대, 한병태, 담임선생의 갈등을 다루고 있다. 두 작품을 함께 읽고 두 작품의 폭력의 양상이나 갈등의 흐름이 어떻게 진행되는지 살펴본다면 좋은 독서 체험이 될 것이다.

깊이 생각하기

1. 이 작품에 등장하는 기표, 형우, 담임은 방법은 다르지만 모두 교활한 인물이라고 할 수 있다. 누가 가장 교활한 자인지, 그 이유가 무엇인지 말해 보자.
2. 이 작품의 중심 이야기는 기표의 폭력성과 형우, 담임으로 상징되는 합법적 폭력성이다. 이 두 힘의 대결 양상에 대하여 이야기해 보자.
3. 맨 마지막 구절에서 기표는 동생에게 무섭다는 편지를 남겼다. 기표의 행동으로 유추할 수 있는 삶의 진실은 무엇인가?

우상偶像의 눈물

학교 강당 뒤편 으슥한 곳에 끌려가 머리에 털 나고 처음인 그런 무서운 린치[1]를 당했다. 끽소리 한 번 못한 채 고스란히 당해야만 했다. 설사 소리를 내질렀다고 하더라도 누구 한 사람 쫓아와 그 공포로부터 나를 건져 올리지 못했을 것이다. 토요일 늦은 오후였고 도서실에서 강당까지 끌려가는 동안 나는 교정에 단 한 사람도 얼씬거리는 걸 보지 못했다. 더욱이 강당은 본관에서 운동장을 가로질러 아주 까마아득 멀리 떨어져 있었다. 재수파再修派들은 모두 일곱 명이었다. 그들은 무언극[2]을 하듯 말을 아꼈다. 그러나 민첩하고 분명하게 움직였다. 기표가 웃옷을 벗어 던진 다음 바른손에 거머쥐고 있던 사이다 병을 담 벽에 깼다. 깨어져 나간 사이다 병의 날카로운 유리조각이 그의 걷어 올린 팔뚝에 사악사악 그어 갔다. 금 간 살갗에서 검붉은 피가 꽃망울처럼 터져 올랐다. 기표가 그 팔뚝을 내 눈앞에 들이댔다. 핥아! 기표 아닌 다른 애가 말했다. 내가 고개를 옆으로 비키자 곁에 둘러선 서너 명의 구두 끝이 정강이에 쪼인트를[3] 먹였다. 진뜩한 액체[4]가 혀끝에 닿자 구역질이 났다. 오장이 뒤집히듯 역한

1 린치lynch. 정당하고 합법적인 수속에 따르지 않고 잔인한 형벌을 가하는 일. 사형私刑.

2 무언극無言劇. 대사 없이 몸짓만으로 생각과 감정을 표현하는 연극 형식. 묵극默劇, 또는 판토마임이라고도 한다.

3 구둣발로 정강이뼈를 걷어차는 것을 가리키는 속된 표현.

4 피.

것이 치밀었다. 나는 비로소 온몸을 와들와들 떨기 시작했다. 나 자신도 헤아릴 길 없는 거센 공포로 해서 나는 그 자리에 무릎을 꿇고 앉아 두 손을 비벼댔다. 그들이 나를 일으켜 세웠다. 내 바지에서 혁대가 풀려 나간 다음 벗겨져 맨살이 드러난 허벅지에 칼끝이 박히는 것 같은 아픔이 왔다. 나는 그들에게 양쪽 겨드랑이를 잡힌 채 몸부림쳤다. 도저히 견딜 수 없는 고통이었다. 칼끝은 상당히 오랜 시간 허벅지에 박혀 있는 것 같았다. 나는 내 살 타는 냄새를 맡았다. 칼침이 아니라 그들은 담뱃불로 내 허벅지 다섯 군데나 지짐질을 했던 것이다. 소리 질러 봐, 죽여 버릴 거니, 한 놈이 귓가에 속삭였다. 나는 드디어 허물어져 내리듯 의식을 잃어 갔다. 그런 몽롱한 의식 속에서 기표가 씨부려 댄 한마디 말소릴 놓치지 않았다.

—메시껍게[5] 놀지 마!

어처구니없게도 그들이 내게 린치를 가한 이유란 단지 그것이었다. 2학년 재수파들이 나를 첫 표적으로 삼은 것은 내가 그들 눈에 메스껍게 보였기 때문이다.

"유대야, 너 그대로 참을 꺼냐?"

분식집에서 만난 형우가 슬쩍 내 심중을 떠보고 있었다. 내가 입 한 번 벙긋하지 않았는데도 그 소문은 파다했다. 소문이 쉬쉬 떠도는 며칠 동안 나는 심한 공포에 휩싸였다. 그 소문이 학교 선생들에게 알려져 문제가 생길 경우 십중팔구[6] 나는 결딴이 나고 말 것이다. 기표는 그런 일을 충분히 해낼 수 있는 아이였다.

"그 새낀 악마다."

형우가 동정 어린 눈으로 나를 충동질했다.[7] 그러나 나는 대답 없이 빙

---

5 속이 울렁거려 토할 것 같게.

6 십중팔구十中八九. 열 가운데 여덟이나 아홉이 그러하다는 뜻. 즉 거의 예외 없이 그러할 것이라는 추측을 할 때 쓰는 말.

7 부추기는 짓을 하다.

그래 웃어 보였을 뿐이다. 누구에게나 그렇게 해 보였다. 그것은 이미 겪은 우월감[8] 같은 오만감[9]이었다. 나는 나를 충동질하는 형우의 눈에서 자기도 미지[10]에 당해야 하는 두려움과 아울러 내게 대한 선망[11]이 깔려 있음을 놓치지 않았다. 형우가 기표에게 당할 것은 너무나 당연했다. 그것은 기표와 같은 배에 오른 우리들의 공동 운명이었던 것이다.

그날 편반[12]이 끝나고 키 크기에 따른 각자의 번호와 교실 좌석까지 다 정해졌을 때 새 담임이 된 김 선생이 입을 열었다.

"이제부터 66명이 운명을 함께 하는 역사적 출항을 선언한다. 목적지에 이를 때까지 단 한 사람의 낙오자[13]나 이탈자[14]가 없기를 진심으로 기원한다. 아울러 이 시간 분명히 밝혀 둘 것은 우리들의 항해를 방해하는 자, 배의 순탄한 진로를 헛갈리게 하는 놈은 용서하지 않을 것이다. 우리가 나무를 전정[15]할 때 역행 가지[16]를 잘라 버려야 하듯 여러분의 항해에 역행하는 놈은 여러분 스스로가 엄단할 수 있어야 한다. 더 중요한 것은 1년간의 일사불란[17]한 항해를 위해서는 서로 사랑과 신뢰로써 반을 하나로 결속하는 슬기를 보이는 일이다."

새 담임선생은 과학교사답지 않게 적절한 비유로써 자기가 맡은 반 아이들에게 뭔가 불어넣으려 애쓰고 있는 것 같았다. 그에게 중요한 것은 무사안일[18] 속의 1년이었던 것이다.

---

8 다른 사람보다 낫다는 생각.

9 태도나 행동 따위가 거만하고 건방짐.

10 미지未知. 단어 자체의 뜻은 아직 알지 못하는 것을 가리키지만 여기서는 '곧 앞으로 닥칠' 이란 뜻으로 사용되고 있다.

11 선망羨望. 부러워하는 것.

12 편반編班. 새 학기가 되어 반을 편성하는 것.

13 낙오자落伍者. 뒤떨어진 사람.

14 이탈자離脫者. 떨어져 나간 사람.

15 전정剪定. 가지치기를 말함.

16 역행逆行 가지. 반대 방향으로 거슬러 뻗은 가지.

17 일사불란一絲不亂. 조금도 어지러운 데가 없이 질서정연하다.

18 무사안일無事安逸. 아무 걱정할 일이 없이 편안함.

"고삐[19]는 여러분 손에 쥐어져 있다. 필요하다고 생각할 때 그 고삐를 당겨 여러분 스스로를 제어해 주기 바란다. 내가 가장 우려하는 바는 여러분 스스로가 내 손에 그 고삐를 쥐어 주는 일이다. 나는 자율[20]이라는 낱말을 좋아한다."

담임선생님은 자율이라는 낱말로 요술을 부려 우리들을 묶고 있었다. 어느 연극잡지에서 완숙[21]한 연출가는 배우 스스로가 연출하도록 유도하는 비결을 가지고 있다는 것을 읽은 것이 생각났다. 대단한 담임을 만났다는 기대로 아이들은 가슴을 부풀이며 앉아 있었다. 14개 반에서 4, 5명씩 떨어져 나와 새로이 편성된 새 반의 분위기는 사뭇 숙연했다. 나는 문득 이런 숙연한 분위기가 우습게 생각되었다. 단 며칠 못 가 형편없이 허물어질 아이들이 목에 잔뜩 힘을 주고 앉아 담임선생의 말을 경청하고 있는 게 우습게 보였던 것이다. 이들의 긴장을 풀어 주고 싶은 충동을 받았다.

"선생님, 우리가 탄 배의 선장은 누굽니까?"

내가 불쑥 일어나서 말했다. 선장은 도대체 누구란 말인가. 자율이라는 낱말로 우리를 묶으면서도 실상 우리들 머리 위에 군왕[22]처럼 군림하고 싶은 그의 저의[23]를 찔러 주고 싶었던 것이다. 아이들이 내 느닷없는 질문에 부스럭부스럭 굳은 몸을 풀고 있었다.

"이 배의 선장이 누구냐, 그렇게 묻고 있는 사람의 번호와 이름은?"

담임이 얼굴 가득 미소를 잡으며 여유 있게 나를 훑었다. 반격을 당한 나는 얼굴을 붉히며 엉거주춤 다시 일어나야 했다.

"35번 이유댑니다."

---

19 말이나 소를 몰기 위하여 재갈에 잡아매는 줄.

20 자율自律. 남에게 지배나 구속을 받지 않고, 스스로 세운 규율에 따라 행동하는 것.

21 완숙完熟. 완전히 성숙함.

22 군왕君王. 임금.

23 저의底意. 마음속에 감추고 있는 생각.

"예수를 판 유댄[24]가, 이스라엘 유댄[25]가?"

아이들이 와하하 웃음을 터뜨렸다.

"오얏 리, 옥 유, 큰 댓자, 이유대입니다."

"좋았어. 이유대 군이 오늘 이 시간부터 1주일간 2학년 13반의 임시 선장이다. 물론 1주일 뒤에는 새 선장을 뽑겠다. 다시 한 번 강조해 두겠다. 이 배의 주인은 여러분 자신이다. 이유대 선장, 내 말의 뜻을 알겠나?"

아이들이 와하하 웃으며 박수를 쳤다. 반장하고 싶어 몸살 난 애라구요. 그렇게 소리 지르는 놈도 있었다. 실로 난처한 입장이 돼 버렸다. 한낱 농[26]으로 시작한 일이 담임의 임기응변[27]에 의해 꼼짝없이 임시 반장 감투를 쓰게 되었다. 꽁무닐 빼고 어쩌고 할 기회를 주지 않은 채 담임은 첫 만남을 끝냈다. 이렇게 해서 된 임시 반장이 기표의 비위를 사납게 하는 결정적인 이유가 됐을 것이다.[28]

"어떤가, 약 1주일간 반장을 하면서 느낀 우리 반에 대한 소감은?"

담임선생이 가정방문[29]을 나왔다. 학교에서 만나는 선생과 집에서 만나는 선생의 이미지는 전연 다르게 마련이다. 학교에서보다 훨씬 부드럽게 대해 주는데도 공연히 거북스럽고 몸이 찌부러든다. 그래서 우리들이 경험한 바에 의하면 담임선생에게 가정방문을 당한 뒤로는 독 빠진 뱀[30]처럼 맥[31]을 쓸 수 없게 된다. 가정방문을 나온 담임선생은 대개 여러 가지 정보를 얻어 내려 부심[32]하게 된다.

---

24 유다. 예수의 12제자 가운데 한 사람. 나중에 예수를 배반한다.

25 유대. 이스라엘을 가리킴.

26 농弄. 농담. 진심이 아닌, 장난기로 한 말.

27 임기응변臨機應變. 뜻밖의 일을 당했을 때 재빨리 그에 알맞게 대처하는 것을 말함.

28 작품 첫머리, 이유대가 기표한테 린치 당한 원인을 이유대의 시점으로 설명하고 있다.

29 가정방문家庭訪問. 교사가 학생의 가정 환경을 이해하고 가족과 밀접한 연락을 유지하여 학생의 교육에 효과를 높이기 위해 학생의 가정을 방문하는 업무 가운데 하나.

30 독에 빠진 뱀은 독에서 빠져나오지 못한다.

31 맥脈. 활동하는 기운이나 힘.

"얘네 반 아이들이 좋은 담임선생님을 만났다고 좋아들 한답니다."

곁에서 엄마가 의례적[33]인 아부[34]의 말을 했고 담임은 내 얼굴에서 눈을 떼지 않은 채 못 들은 척했다. 사실 아이들은 좋은 선생이 어떤 사람인가를 알았다. 좋은 선생이란 조건 없이 아이들의 입장을 이해한 다음 그것을 가볍게 입 밖으로 내지 않는 사람이었던 것이다.

"어때, 유대가 그대로 반장을 맡는 게?"

이번에는 담임이 엄마의 귀를 겨냥한 말을 했다.

"아닙니다. 전 그런 일이 적성에 맞지 않습니다."

내가 단호한 어조로 말했고 엄마가 거들었다.

"그래요 선생님, 얜 반장 하는 게 죽어두 싫다는군요."

뭔가 아쉬워하면서도 엄마는 내 뜻을 따라 주었다. 반장을 하면 성적이 떨어지게 마련이란 내 생각을 잊지 않고 있었던 것이다. 남 앞에 나서는 일, 남들보다 한 발짝 높은 데 선다는 일이 얼마나 외롭고 번거로운 일인가를 나는 엄마의 극성에 의해 중학교 3년간 반장을 하면서 절실히 체득[35]했던 것이다. 그것은 내게 무서운 구속이었다. 남을 다스리는 그런 자유보다 남에게 다스림받는 데서 얻는 마음의 안일이 내게는 더 좋았다. 나는 고독하기를 바라지 않는다. 기표 같은 애들이 누리는 지배욕 그 안쪽에 몸을 뒤틀고 있는 고독의 그림자를 나는 어렴풋하게나마 본 것 같았다.

"맞습니다. 사실 유대는 반장을 하는 것보다 공부에 달라붙는 게 더 좋을 겁니다. 아깝지만 유대를 위해서 제가 양보할 수밖에요."

우리의 담임선생은 일을 요령 있게 풀어 나가 재치 있게 마무리하는 명수[36]였다. 아무튼 나는 굴레에서 벗어났고 담임선생의 논리대로라면

---

32 부심腐心. 무엇을 생각하느라고 마음을 썩이는 것.

33 의례적儀禮的. 격식이나 형식만을 갖추는. 인사치레.

34 아부阿附. 기분을 좋게 하거나 잘 보이려고 듣기 좋은 칭찬이나 행동을 하는 것.

35 체득體得. 직접 경험하여 알게 됨.

36 명수名手. 솜씨나 소질이 아주 뛰어난 사람.

누군가 내 대신 희생이 되어야 한다.

"임형우, 걔가 반장으론 괜찮지?"

1주일 동안 그는 우리들을 상당히 깊게 파악한 것처럼 보였다. 그의 안목은 대단했다. 반장이 되고 싶어하는 아이를 알고 있는 담임이었다.

"형우라면 틀림없습니다."

내 말의 꼬리를 잡아 엄마가 껴들었다.

"형우라니? 오매, 형우하고 또 한 반이 됐냐? 선생님, 얘하고 형우는 중학교 때부터 친구랍니다. 걔하고 늘 전교에서 1, 2등을 다퉜는걸요. 그룹 과외도 같은 데서 죽 함께 해 왔고…… 우리 유대가 늘 앞선 편이긴 했지만…… 그래요, 걘 반장 같은 건 잘할 거예요. 애가 통솔력[37]이 보통이 아녜요."

중학교 3년 동안 아들에게서 위대한 통솔력이 나타나 주기를 고대했던 엄마의 푸념이 깃든 말대로 형우는 반장이 될 만한 여건을 많이 갖추고 있었다. 무게가 있고 때로는 교만하고 생각한 것을 무슨 일이 있어도 해내는 결단력도 대단했다. 학교 당국의 지시에는 일단 긍정적[38]인 생각을 가지고 임하다가도 어떤 결점이 보일 때는 무섭게 반격을 가하는 용기도 갖추고 있었다. 한마디로 그는 아이들에게 인기가 있었다.

"어떤가, 우리 반에 크게 문제가 될 만한 애는 없겠지?"

첫 만남에서 담임이 말한 우리들의 항해에 방해가 될 만한 그런 역행 가지를 귀띔해 달라는 것일 게다. 나는 불현듯 담뱃불에 지짐질 당해 아직도 진물이 줄줄 흐르는 내 허벅지를 내보이고 싶은 충동을 받았다. 어쩌면 담임도 내 입에서 기표에 대한 얘기가 나오길 기대하고 있을는지 모른다. 1학년 때의 기표 담임이 기표가 1학년 때 한 번 유급[39]한 경력을 가지고 있다는 얘길 전하지 않았을 리가 없기 때문이다. 그러나 나는 입을

---

37 통솔력統率力. 무리를 이끄는 능력.

38 긍정적肯定的. 어떠한 사실에 대하여 그렇다고 인정하거나 찬성하는.

39 유급留級. 진급하지 못하고 그대로 남는 것. 낙제.

열 수가 없었다. 엄마 앞에서 반우[40]를 매도하는 일 같은 건 할 수 없다고 생각한 것이다.

"최기표, 그놈 괜찮을까?"

담임선생이 조심스럽게 내 반응을 살폈다. 나는 내 허벅지의 상처를 내보인 것처럼 불유쾌한 기분이 되어 얼굴을 돌렸다.

"최기표라면 그 1학년 때 낙제해서 한 해 묵었다는 애 말이구나?"

엄마는 교육에 관심이 많았다. 학교에서 일어나는 모든 걸 알고 싶어 안달했다. 1주일에 두 번씩 담임선생한테 전화를 걸곤 했다. 그러나 엄마는 가장 가까운 데 있는 내 허벅지의 담뱃불 자국을 알지 못하고 있다. 최기표의 이름을 알고 있으면서도 최기표가 어떤 아이인지를 진정 모르는 어른들에 대해서 내 상처를 내보이는 것은 무의미한 일이었다.

"맞습니다. 걘 유급한 것도 문제지만 보통 말썽꾸러기가 아니지요. 왜, 한눈에 이건 범죄형이다, 그렇게 보여지는 얼굴이 있지 않습니까. 걔가 바로 그런 전형적인 범죄형이지요. 음침하고 포악스럽고…… 1학년 때 걔 담임을 한 선생이 그러더군요. 십년감수[41]를 했다구요. 그러면서 나를 동정한다는 얘기였어요. 그 정도면 알쪼[42]가 아닙니까."

"그런 애가 어떻게 여태 퇴학[43]을 안 당했나요. 교칙이 엄하기로 이름난 학교인데……."

엄마가 의아하다는 듯 얼굴에 그늘을 깔았다.

"바로 그겁니다. 이놈이 원래 교활하고 지능적이어서 도대체 제적[44]을 당할 만한 큰일에는 직접 앞에 나타나지 않고 뒤로 쑥 빠진다 그겁니다. 엉뚱한 놈이 당하곤 하지요. 정학을 몇 번 당하긴 했지만 어떤 결정적 꼬

---

40 반우班友. 같은 반 친구.

41 십년감수 十年減壽. 수명이 십 년이나 줄 정도로 위험한 고비를 겪음.

42 알조. 알 만한.

43 퇴학退學. 학생으로 하여금 강제로 학교를 그만두게 하는 것.

44 제적除籍. 등록되어 있는 학적부에서 학생 이름을 지워 버리는 것. 학생 처벌 중 무거운 처벌에 해당된다. 이 밖에 일정한 기간 동안 학교 수업을 못 받게 하는 정학停學도 있다.

투릴 잡을 수 없으니까 제적을 못 시키는 거지요."

기표가 무서워서, 그의 안하무인[45]한 앙갚음이 두려워서 제적을 못 시켰다는 그런 얘기는 할 수 없을 것이다. 어떻든 나는 놀라지 않을 수 없었다. 며칠 사이에 기표에 대해서 이처럼 깊이 파악하고 있다니—과연 기표는 이름난 애라는 생각이 들었다. 더구나 기표 얘기를 입에 올리는 담임은 얼굴까지 벌겋게 상기돼 있었다.

나는 문득 이제부터 1년간 담임선생과 최기표 사이에 치열하게 벌어질 싸움을 상상해 보았다. 이제까지의 결과로 미루어 보아 최기표에게 승산[46]이 크다는 생각이 들면서도 우리의 담임선생 또한 그렇게 만만치 않으리란 예감이 들었다. 어쩌면 그 싸움에 임형우도 한몫 끼어들지 모른다. 그가 어떤 편에 서느냐 하는 문제도 퍽 흥미 있는 문제일 것이다. 아무튼 이처럼 멀찍이 떨어져서 그네들 싸움을 구경한다는 것은 진정 즐거운 일임에 틀림이 없다.

"이놈들이 옛날과 달라서 선생을 우습게 알기 때문에……."

담임선생은 엄마와 함께 교육론을 펴고 있었다.

그랬다. 슬픈 일이지만 우리들은 언제부터인가 교사들을 한낱 껄끄러운 존재로 여길 뿐 오히려 그룹 과외선생의 완벽함에 더 매료되곤 했다. 그것은 상대적이었다. 우리들이 교사들을 존경하지 않는 것처럼 교사들도 우리를 사랑으로 가르치지 않았다. 그렇다고 그룹 과외선생처럼 철저하게 얼굴에 철판도 깔지 못하고,[47] 어정쩡한 태도를 취했다. 문제는 지배支配에 대한 견해[48]의 다름이었다. 그네들은 옛날 훈장이 누렸던 권위가 고스란히 쥐어 주길 바랐고 실상 그러한 권위만이 변화된 가치 속에서 그들이 누릴 수 있는 유일한 보상이었다.[49] 그러나 우리들은 그러한 인습

---

45 안하무인眼下無人. 방자하고 교만하여 주위 사람을 얕잡아봄.

46 승산勝算. 시합에서 이길 가능성.

47 뻔뻔하지도 못하고.

48 견해見解. 어떤 사물에 대한 자기의 의견 또는 평가.

적 권위에 대해서 콧방귀를 날릴 수 있을 만큼 그보다 더 완벽하고 조직적인 분명한 권위의 다스림 속에 몸을 맡기길 좋아하고 있었다. 그 한 가지 예로 우리 엄마는 촌지 봉투[50]로 담임선생을 움직일 수 있다는 확신을 가지고 있었던 것이다.

"선생님, 그 기표라는 애네 집에 가 보셨어요?"

무슨 얘기 끝인가 엄마가 물었다.

"아직 못 갔습니다. 1학년 때 담임들도 걔 부모를 못 만났다더군요. 놈이 중간에서 훼방을 놓은 거지요. 한양천 뚝방동네[51]에 살고 있는 건 틀림이 없는데 번지[52]를 제대로 알아도 집 찾아내기가 어렵다더군요. 어떤 애 얘기론 기표 아버지가 중풍[53]으로 드러누운 폐인이래요."

담임선생은 우리 집 방문을 끝내고 다른 집으로 가는 도중에 내게 말했다.

"유대, 네 도움이 필요하다."

"뭘 말입니까?"

"우리 반을 위해서 네 협조를 받고 싶다는 얘기다. 물론 나는 네가 반에서 일어나는 일들을 일일이 고자질하는 그런 사람이라곤 생각하지 않는다. 다만 내가 원하는 것은 반 전체를 위한 너의 조언이다. 어때 협조해 줄 수 있겠지?"[54]

나는 얼굴에 열기가 끼쳤다. 이것은 치욕[55]이었다. 담임은 나를 자신의 첩자로 삼으려는 것이다. 1학년 때도 그랬다. 나는 담임선생이 원하는

---

49 훈장선생님에 대하여 옛사람들은 '군사부 君師父 일체' 라는 말에서 알 수 있듯이 임금과 아버지를 모시듯이 존경했었다.

50 교사에게 주기 위한 돈을 넣은 봉투.

51 개천 뚝 옆 가난한 서민들이 사는 동네.

52 번지番地. 사는 곳을 명시하기 위하여 동洞 또는 이里의 토지를 쪼개 붙인 번호.

53 중풍中風. 뇌일혈로 인하여 전신마비가 오거나 몸의 일부가 마비되는 병을 가리키는 한의학 용어.

54 담임선생이 이유대에게 '고자질' 해 주기를 바라고 있는 것을 암시하고 있다.

대로 반에서 일어나는 일들을 하나도 빼놓지 않고 담임에게 알렸다. 그것은 즐거운 일이었다. 역사를 만든다고 생각하는 사람들이 바로 그런 즐거움을 느낄 것이다. 내 입에서 전해진 말이 요술을 부려 일사불란하게 움직이고 있는 것을 시치미 떼고 바라볼 수 있다는 것은 통쾌한 일이었다. 아이들 자신을 위해서 내가 이바지했다고 하는 자부였다. '우리'를 위해서 내 힘이 쓰여지고 있다는 기꺼움 때문에 나는 그러한 고자질을 해낼 수 있었던 것이다. 그러나 나는 내가 어수룩하다고 생각했던 많은 아이들에게 따돌림받았다. 나는 한낱 '우리'의 힘을 해치는 담임의 첩자였을 뿐이다. 나를 이용해 먹은 담임이 그 사실을 새 담임에게 인계하는 배신을 했다는 것을 안다는 것은 울화통이 터질 일이었다.

"불쾌하게 생각하지 않기를 바란다. 다만 나는……."

내 표정이 꽤 굳어 보였던 모양이다. 담임선생은 내 눈치를 살피며 말했다.

"다만 나는 인간적인 면에서 네 도움이 받고 싶었을 뿐이다."

"선생님, 그런 일이라면 임형우가 잘해 줄 겁니다. 선생님이 염려하는 최기표도 형우가 잘 다스려 나갈 겁니다. 내일 당장 형우를 반장에 임명하세요."

"그럴까? 네 말대로 임형우가 최기표를 잘 다스려 준다면 고맙겠지만……. 내 생각엔 최기표를 부반장에 임명하면……."

"선생님, 기표 한 개인을 위해서입니까, 아니면 기표의 힘을 빼어 반 아이들을 보호하기 위해서입니까?"

담임은 무슨 소리냐는 듯 내 얼굴을 뻔히 치어다보다가 음모의 한 귀퉁이를 드러내 보인 무안감을 감추기라도 하듯,

"여러 사람에게 해가 되는 그런 힘은 아예 빼어 버리는 게 좋은 거다."[56]

---

55 치욕恥辱. 수치와 모욕.

56 담임선생의 본심이 드러나는 대목. 담임선생도 기표를 두려워하고 있는 것이다.

기표가 이 세상을 살아갈 수 있는 힘은 바로 그런 것에 있는지도 모르는데요— 이렇게 말하려다 나는 그만두었다. 그 대신,

"선생님, 기표는 유급생인데다 여러 번 정학을 당했잖아요. 그런 아이를 간부로 임명하면 아이들이 좋지 않게 생각할 겁니다."

기표가 학교의 지시 사항을 전달하기 위해 교단 위에 서서 아이들한테 애원하는 광경은 생각만 해도 불쾌했다. 누가 사자를 울 속에 넣어 길들이는 발상을 처음 했는가. 나는 내 허벅지의 상처를 결코 격하[57]시키고 싶지 않았다.

춘계[58] 교내 체육대회를 위해서 우리는 정해진 체육복 외에도 마스게임[59]용 추리닝[60] 한 벌을 사야 했다. 협동심과 조화 속의 미를 창조하는데 그것은 없어서는 안 되는 일이었다. 툴툴거리는 아이도 몇 없지는 않았지만 결국 그들도 그것을 모두 준비했다. 그러나 우리 반에 단 둘뿐인 재수파들은 끝내 그것을 사 입지 않았다. 담임이 말했다.

"두 사람 때문에 반의 일사불란한 결속[61]이 깨질 수 없다. 두 사람 모두 집이 어려운 걸로 알고 있다. 그래서 담임이 두 사람 것을 준비했다. 받아 주면 고맙겠다."

한 아이가 기표의 눈치를 살피며 머뭇거렸다. 그러나 기표는 무표정한 얼굴로 창 쪽을 바라보고 있었다. 담임선생이 그 추리닝을 기표와 또 한 아이의 책상 위에 놓은 다음 교실을 나갔다.

담임선생이 교실을 나가기가 무섭게 기표가 주머니에서 칼을 꺼내 그 추리닝을 찢기 시작했다. 너덜너덜 조각난 추리닝을 쓰레기통 쪽으로 던졌다. 다른 한 아이가 기표처럼 그렇게 추리닝을 찢었다. 기표가 반의 총

---

57 격하格下. 자격이나 등급 등의 격을 내리는 것.

58 춘계春季. 봄.

59 매스게임mass game. 집단으로 행하는 맨손 체조 또는 체조 연기.

60 추리닝training. 운동복. 트레이닝을 할 때 입는 연습복.

61 결속結束. 뜻이 같은 사람끼리 굳게 한 덩이로 뭉치는 것.

무를 맡고 있는 정수라는 애한테 다가갔다.

"야, 네 추리닝 나 줄 수 없냐?"

정수가 고개를 끄덕거렸다. 정수 뒤의 애한테도 같은 말을 했다.

"재도 나처럼 돈이 없어 못 사 입었다. 네 꺼 좀 얻자. 줄래?"

정수 뒤에 앉은 애도 고개를 끄덕거렸다. 이렇게 해서 우리 반 66명은 마스게임용 추리닝을 다 사 입었다.

우리가 볼 때 기표는 구제불능[62]이었다. 그의 환경이 그를 그렇게 만들었다고 보기보다 선천적인 어떤 포악성을 가지고 있는 것처럼 보였다. 냉혈동물[63]처럼 피가 찬지도 모르는 일이었다. 그는 뱀처럼 작고 징그러운 눈을 가지고 있었다. 그는 교활한 자들이 가끔 보이는 그런 거짓 착함마저도 나타나 보일 줄 몰랐다. 철저하게 악할 뿐이었다. 평생을 두고 사랑이라는 낱말로 미화될 수 있는 행동거지를 해 보일 인간과는 거리가 멀어 보였다. 물론 그는 자신의 그런 포악성 때문에 누구에게도 사랑받지 못할 것이다. 그의 표정은 항상 독기[64]를 음울하게 깔고 있어 맞서는 사람으로 하여금 섬뜩함을 느끼게 했다.

그런데 이해하기 어려운 것은 중학교 때부터 기표를 알고 지내 온 아이들(대부분 3학년이거나 졸업했다)은 기표가 그처럼 철저하게 나쁜 애임에도 불구하고 그에 대해서 좋지 않게 말하는 것을 들어 본 적이 없다는 것이다. 물론 좋은 애라고 말하는 일도 없었지만 아무도 기표를 욕하지 않았다. 피해를 직접 받은 애들마저도 기표에 대해 나쁘게 말하지 않았다.

—말하길 꺼려 하는 거야. 악에 대한 공포 때문이지.

나는 이렇게 생각해 보았다. 그러나 나는 내 생각이 옳지 않음을 내 자신의 경험 속에서 너무나 잘 알고 있었다. 기표에 대한 공포는 그에게 린

---

62 구제불능 救濟不能. 도와주는 것이 불가능함.

63 냉혈동물 冷血動物. 원래는 '변온동물'을 이르는 단어. 흔히 인정이 없고 냉혹한 사람을 비유할 때 쓰는 단어.

64 독기 毒氣. 사납고 모진 기운.

치를 당할 때뿐이었다. 내가 린치를 당한 사실을 아무에게도 털어놓지 않은 것은 앙갚음에 대한 두려움 때문이 아니었다. 나는 또한 그처럼 무자비한 린치를 당했으면서도 그를 미워할 수가 없었다. 무언가 헤아릴 수 없는 힘이 그에게 있는 것 같았다.

"형!"

동급생이면서도 우리들은 2학년에 재학하는 유급생 20여 명을 꼭 공대[65]했다. 재수파들이 그렇게 대해 주길 바랐기 때문이기도 했지만 그렇게 공대하면서도 입이 껄끄럽지 않은 것은 재수파를 이끌고 있는 기표의 위력 때문인지도 모른다.

"야, 체육복 좀 빌려 줘라."

재수 없는 아이가 유급생인지 모르고 말을 함부러 놓을 때가 더러 있었다. 그럴 때 그 아이는 영락없이 얻어터졌다. 일의 특징을 따지지 않는 게 기표가 행하는 악의 특징이었다.

—명칭, 조직의 목적, 모임의 횟수를 모두 대라구!

교실에서의 집단 구타 사건으로 그들이 걸려들었을 때 학생주임은 전말서[66]를 내밀며 소리쳤다. 기표들은 1학년 때부터 음성 써클[67]로 지목되어 수차례 조사를 받아 왔기 때문이다. 그러나 학생주임은 번번이 아무것도 알아내지 못했다. 하나도 그것에 대해 알고 있는 게 없었기 때문이다. 재수파는 우리들이 편의상 붙인 이름이었을 뿐이다. 조직이 아니기 때문에 어떤 목적이나 정기적인 모임 같은 게 없었다. 동물 영화를 보면 밀림을 달리는 맹수 떼들은 한 리더를 중심해서 같은 방향으로 달려간다. 그들도 그랬다. 그냥 기표를 중심해서 그들은 모였고 계획된 것이 아니라 지극히 우발적인[68] 악이 그들에 의해서 저질러졌을 뿐이다.

기표는 교실에서 담배를 피웠다. 그의 담배 은닉처[69]는 고흐의 자화상

---

65 공대恭待. 상대에게 공대말을 쓰는 것.
66 전말서顚末書. 사고나 잘못을 저질렀을 때, 당사자가 그 일의 전부를 자세히 적는 문서.
67 몰래 활동하는 서클.

이 있는 액자 뒤쪽이었다. 쉬는 시간이면 그는 액자 뒤쪽을 더듬어 담배를 꺼냈다. 미션 계통의 학교라 1주일에 몇 번씩 있는 채플[70] 시간을 통해 교목[71]이 인간 양심의 타락을 개탄했다. 바로 그러한 시간에 기표는 주번을 대신해서 교실에 남아 담배를 피거나 아이들 도시락을 먹어 버리는 일을 했다. 그는 적어도 하루 두 개의 도시락을 축냈다. 아무도 그것을 항의하지 않았지만 기표 또한 미안해 하는 표정이나 사과의 말을 남기는 법이 없었다.

기표들에게 린치를 당하고 학교 골목을 절뚝거리며 나오던 그 고통스럽고 긴 시간 내가 생각한 것은 기표야말로 우리들이 흔히 말하는 악마의 자식이 아닐까 하는 생각이었다.

내가 이런 생각을 애기가 통할 만한 집안의 어떤 형에게 말했더니 그가 대답했다.

—맞아. 신이 매우 거북하게 생각하는 악마란 바로 네가 말한 놈처럼 착함을 가질 수 있는 가능성이 전혀 없는 그런 순수한 악마지. 그러한 순수한 악마만이 신을 돋보이게 하기 때문에 신은 마음속으로 괴로운 거야. 그렇기 때문에 신은 결코 악마를 영원히 추방하지 않아. 항상 곁에 두고 자신을 돋보이게 하는 일에 그것을 이용할 뿐이야.

5월 중간고사가 끝나는 날 오후 반장인 임형우가 드디어 재수파한테 당했다. 아무도 상상하지 못한 일이었다. 그처럼 근본이 포악한 기표마저도 형우의 애기라면 귀를 기울이곤 했었다. 그처럼 형우는 모든 아이들의 인심[72]을 살 줄 알았다. 형우의 성실성이, 남을 위해 자기를 던질 줄 아는 의협심[73]이, 그의 천성적으로 착하게 보이는 외모가 아이들을 사로잡았

---

68 우연히 일어나는.
69 숨기는 장소.
70 예배.
71 교목校牧. 미션 스쿨에서 성경 교육을 맡는 목사.
72 인심人心. 사람의 마음.
73 의협심義俠心. 어려운 사람을 돕거나 억울함을 풀어 주기 위하여 자기를 희생하는 마음.

다. 다른 반 선생들의 호감을 샀다. 형우는 특히 기표에게 잘해 주었다. 아우가 형을 대하듯 스스럼없이 사랑해 주었다. 그렇다고 기표에게 특혜를 얻어 주려고 노력하는 것 같지도 않았다. 유독 그의 환심을 사려고 노력하는 것 같지도 않았다. 물론 다른 아이들이 기표에 대해 갖는 그런 공포 같은 것도 없어 보였다.

그런데 5월 고사에 이르러 형우가 결정적 실수를 했다. 시험을 며칠 앞둔 어느 날 형우가 반에서 성적이 괜찮은 몇몇 아이를 모았다.

"두 사람을 조금씩 도와주자."

그가 제의했다.

"이번 시험을 잘 못 보면 또 낙제할 가능성이 있다고 담임선생님이 말했다."

"나쁜 낙제 제도 때문에 그들이 구제불능의 상태에 놓이도록 방관하는 것은 옳지 못한 것 같다. 물론 공부를 잘 못하는 것은 그들의 책임이다. 그러나 책임으로 그들을 추궁하기에는 그들이 너무 한심한 상태의 아이들이다."

"결국 동정하자는 거군."

어떤 아이가 말했다.

"인간을 구제한다는 것은 값싼 동정과는 근본적으로 다르다."

"다투고 싶지 않다. 결국 우리가 어떻게 돕자는 거냐?"

먼저 아이가 물었다.

"조금씩만 돕자."

"결국 부정행위를 하란 말이냐?"

"그렇다. 커닝이 교칙에 위반된다고 해서 하기 싫으면 안 해도 좋다. 나는 다만 너희에게 부탁했을 뿐이다."

"걸렸을 때는?"

"모든 책임은 내가 진다. 내가 시켜서 했다고 해라."

우리는 형우의 단호한 어조에 감명받았다.

"걔들이 우리들의 도움을 거부하면?"

어떤 애가 그런 우려성을 내놓았다. 충분히 있을 수 있는 일이었다.

"거부하지 않을 것이다. 4월 고사에서 내가 약간 시도해 보았기 때문에 자신할 수 있다."

나는 형우의 눈꼬리에 매달린 교활해 뵈는 웃음을 보았다. 나는 참지 못하고 말했다.

"누구를 위해서 그렇게 하자는 거냐? 기표냐, 아니면 우리들 자신이냐?"

"유대, 네 말은 대답할 가치가 없다고 생각해서 대답을 않겠다."

"대답해라. 대답 못할 것도 없을 텐데?"

내가 빈정거리는 투[74]로 다그쳤다.

"그렇게 해 주는 것이 옳다고 판단했기 때문이다. 왜 옳은가는 네 자신이 생각해도 된다."

"네 의협심을 존중한다."

내가 간단히 손을 들어 버리자 형우가 당연하다는 듯이 씨익 웃었다.

"이왕[75] 얘기가 났으니 말이지만 이 일은 우리 모두를 위해서 하는 것이라고 생각해도 좋다. 최소한 반장인 내가 기표의 환심을 사려는 개인적인 일이 아니라는 것만 알아줘라. 마지막으로 부탁할 것은 이 일이 내 제안에 의해 이루어졌다는 걸 기표가 모르도록 해 달라는 것이다."

우리들은 형우의 말을 믿었다. 자기가 모든 것을 책임지겠다고 하는 얘기도 그의 진심으로 받아들였다. 4월 중순께 기표가 3학년 형을 구타한 일로 벌을 받게 됐을 때 학급 전원이 서명해서 기표를 구하기 위해 일사불란하게 움직였던 것처럼 우리는 형우의 지시에 따라 세심한 계획을 짜고 시험날을 기다렸던 것이다. 무슨 과목은 누가 어떤 방법으로 도와준다는 등 그들이 또다시 유급하지 않을 정도의 점수를 올리기 위해 우리들

---

74 남을 비웃는 태도.

75 이왕已往. 이미 정하여진 사실로서 그렇게 된 바에.

은 빈틈없이 준비했다. 남을 위해서 일한다는 것이 마음에 이다지 큰 기꺼움을 준다는 것도 비로소 알게 되었다.

3일간 계속되는 중간고사 첫날이었다. 기표와 대각[76]으로 앉게 된 정수가 자리의 이점을 이용해서 답안지를 바른쪽 허리께로 내리밀어 기표가 보기 좋게 해 주었다. 첫 시간에 기표가 정수의 그러한 호의를 어떻게 받아들였는지는 알 수 없었다. 다만 그는 퇴장할 수 있는 30분이 되자 제일 먼저 답안지를 놓고 나갔을 뿐이다. 시간이 끝나고 답안지를 거둔 아이의 말에 의하면 기표의 답안지는 거의 백지에 가까웠다는 것만 알았을 뿐이다. 둘째 시간은 영어였다. 총무를 맡은 애가 시간 중간쯤에 문제 번호와 답을 쓴 커닝페이퍼를 몇 사람 손을 거쳐 기표에게 전달했다. 그러나 그것이 문제였다. 기표가 벌떡 일어나 감독선생 앞으로 걸어 나갔다.

"어떤 새끼가 이걸 나한테 전해 왔습니다."

그는 감독으로 들어온 선생한테 쪽지 한 장을 내밀었다. 그리고 제자리에 돌아와 앉으며 사방을 휘이 적의[77] 깊게 노려봤다. 악한 자의 간특한 미소가 입가에 고물고물[78] 기어 다녔다.

감독으로 들어온 선생은 마음 너그럽기로 이름난 영어교사였다. 그는 기표가 내놓은 종이쪽지를 한참 들여다본 후에 말했다.

"누가 이런 메모지를 지금 저 학생한테 전달했나?"

문제 풀기에 여념이 없던 아이들이 한 번씩 고개를 들었다간 다시 문제로 돌아갔다.

"누군가?"

그래도 대답이 없었다.

"어떤 개새끼야?"

이번에는 기표가 자리에 앉은 채 으르렁거렸다.

---

76 대각對角. 마주 보는 각도.
77 적의敵意. 적대하는 마음.
78 아주 느리게 조금씩 움직이는 모양.

"선생님, 제가 그랬습니다."

반장인 임형우가 벌떡 일어섰다. 감독선생이 어이없다는 듯 허허 웃었다.

"아닙니다. 그건 제가 썼습니다."

불쑥 딴 자리에서 또 한 애가 일어섰다. 총무를 맡아 보는 애였다.

"아닙니다. 제가 그랬습니다."

다른 아이 하나가 또 일어섰다. 함께 모의를 했던 아이 중의 하나였다.

"접니다."

또 다른 놈이 일어섰다. 접니다. 접니다. 사방에서 우루루 아이들이 일어섰다.

허, 허허, 허허허…… 감독선생은 이 어처구니없는 사태에 어리둥절한 모양이었다. 기표의 얼굴이 노오랗게 질렸다.

"자, 모두 앉아요."

감독선생이 뭔가 사태를 파악한 듯 2, 30명의 아이들을 자리에 앉도록 지시했다. 아이들이 다 자리에 앉은 다음, 그 나이 많은 감독선생이 말했다.

"오늘 이 일은 전연 없었던 것으로 해 두기로 한다. 아주 훌륭한 사람들이 모인 반이라는 생각이 든다. 종이쪽지를 가지고 나왔던 사람의 곧은 정신이나 우정이 무엇인가를 여실히 보여 준 여러분 모두의 결의는 대단히 훌륭했다."

일은 이런 방향으로 매듭지어졌다. 그 시간이 끝나자 아이들은 숨을 죽이고 기표를 살폈지만 그는 자리에 보이지 않았다. 끝 시간인 셋째 시간도 별일 없이 끝났다. 종례가 끝나고 청소 시간까지 아무런 일이 없었다.

"유대야, 담임이 아까 오라고 한 사람 빨리 교무실로 오래."

한 애가 내게 말을 전해 왔다. 종례가 끝나고 교무실로 돌아가던 담임이 복도에서 나를 불러내어 청소가 다 끝난 뒤 나와 반장 그리고 정수를 교무실로 오라고 했던 것이다.

함께 교무실로 가려고 찾으니 반장도 정수도 보이지 않았다. 나는 운동장으로 내려서는 계단 휴게실까지 가 보았다. 거기도 그들은 없었다. 교무실에 먼저 가 있겠거니 하고 계단을 올라서는데 정수가 학교 후문 있는 데서 뛰어오면서 손짓하고 있는 게 보였다.

"반장은 어디 갔나?"

담임선생은 그날 끝낸 화학시험지의 답안지를 정리하면서 건성으로 물었다.

"아무리 찾아도 보이지 않아 저희들만 왔습니다."

나는 정수의 얼굴을 쳐다보지 않은 채 대답했다. 곁에 선 정수의 숨소리는 아직도 고르지 않았다.

"응, 됐어, 너희들 둘이 해도 되겠지."

짐작했던 대로였다. 우리는 담임선생님의 채점 기계로 호출된 것이다. 답안지를 든 담임선생님을 따라 우리는 화학실로 올라갔다.

"나 화학실에 있다고 사환 애한테 알려 둬라. 밖에서 전화 올 게 있다."

복도에서 담임이 말했다. 내가 아래층 교무실로 뛰어 내려갔다. 우리들 사이에 넙쩍이라고 불리는 사환 계집애가 만화책을 보고 있었다.

"우리 담임선생님 화학실에 계셔. 무슨 일 있으면 그리 연락하라고!"

넙쩍이가 고개를 들지 않은 채, 알았어— 했다.

우리는 담임선생님과 함께 아이들의 답안지에 ○×해 나갔다. 맞은 것 틀린 것, 좋은 답 나쁜 답, 착한 놈 나쁜 놈……. 우리들이 동그라미 하나 더 치면 그 아이는 5점이 올라갈 수 있었다.

"야, 느덜 오늘은 속도가 느리구나."

담임의 말이 사실이었다. 우리는 다른 때와 달리 몇 장 넘기지 못하고 있었다. 정수나 나나 매한가지였다. 정수는 눈에 띄게 허둥거리고 있었다. 나 역시 답안지의 내용이 자꾸 헛갈렸다. 적어도 일곱 명쯤의 재수파들 속에 형우가 무릎을 꿇고 와들와들 떨고 있을 것이다. 명치를 찌르는 주먹, 정강이뼈를 겨냥한 구둣발 세례, 피가 꽃망울처럼 솟아오르는 기표의 팔뚝, 허벅지를 태우는 살 냄새…… 하나, 두우울, 세에—엣, 네에—엣, 다아…… 아악. 소리 질러 봐, 죽여 버릴 거니! 석공[79]이 돌을 다듬듯 완벽한 솜씨로 그들은 형우의 육체와 영혼을 주장질[80]시키는 일에 탐닉[81]하고 있을 것이다. 형우는 지금 어떤 표정으로 무슨 생각을 하고 있을까. 정수가 담임에게 일러바쳐 지금쯤 자기를 구원해 주러 오는 사람들을 기다리고 있을 것인가, 아니면 죽기를 각오하고 그들에게 도도한[82] 자세를 보일 것인가, 나는 짐짓 정수의 눈을 찾았다. 나를 바라보는, 정수의 눈이 애원하듯 타고 있었다. 그렇게 무서우면 네가 말해! 그런 뜻의 눈짓을 내가 보냈지만 목덜미를 더욱 벌겋게 달구며 고개를 꺾었다.

"너희들이 잘해 주어서 올해는 퍽 수월하게 넘어갈 것 같구나."

담임선생은 채점을 쉬며 담배를 피워 물었다.

"반장이 생각했던 것보다 잘해 주는 것 같단 말이야. 느이들이 아다시피 우리 반이 2학년 전체에서 제일이거든. 지난 춘계 체육대회 때 종합 우승이며 이번 24분기[83] 납부금[84] 실적도 단연 으뜸이고……."

나는 실소[85]하며 정수의 눈을 찾았다. 그러나 정수는 고개를 들지 않았다. 아직 한 권에서 반도 넘기지 못한 채였다. 나는 다시 한 번 실소했다. 담임선생이 지금 형우가 처하고 있을 상황을 안다면 어떤 표정으로 바뀔 것인가.

"참 알 수 없는 일은 최기표가 듣던 것과는 달리 양처럼 순하다 그거야. 몇 번 말썽이 있긴 했지만 그까짓 거야 별 거 아니지. 어떻든 그놈도 본성은 착한 놈인데 가정 형편이 못한가 보더라."

---

79 석공石工. 돌을 다듬어 어떤 모양을 만들거나 도구를 만드는 일을 하는 사람.
80 몹시 때리거나 문책하는 짓.
81 탐닉耽溺. 어떤 일에 깊이 빠져 헤어나기 어려운 상태가 되는 것.
82 도도滔滔한. 태도가 거침없는.
83 분기分期. 1년을 넷으로 구분한 3개월씩의 기간. 24분기는 그 가운데 두 번째 분기.
84 등록금.
85 실소失笑. 어처구니가 없어 자기도 모르게 나오는 웃음.

담임선생은 자기가 부리는 채점 기계의 묵묵한 작업에 눈을 보낸 채 자못 흐뭇한 표정이었다.

"다 담임선생님께서 잘 지도해 주신 덕분이죠 뭐."

내가 시치미를 떼면서 말하자,

"아닌 게 아니라 나로서도 그동안 너희들이 이해 못할 애로사항이 많았다. 인간을 교육한다는 것이 새삼 어렵다는 걸 깨닫게 됐고, 또한 그런 어려움 속에서 교육하는 보람도 얻을 수 있었던 거지."

정수가 비로소 고개를 들어 나를 쳐다보았다. 그의 이마에 번지르르 땀이 배어나고 있었다. 그의 눈알이 불안하게 움직였다. 그는 몹시 괴로워하고 있음이 분명했다. 형우가 재수파들한테 끌려 학교 뒷산 으슥한 곳으로 끌려갔다는 사실을 내게 전해 준 것만으로도 그는 마음이 가벼워질 줄 알았을 것이다. 그러나 그는 지금 그 사실을 나한테 얘기한 것을 몹시 후회하고 있는지도 모른다. 나라면 담임선생한테 그 사실을 쉽게 알릴 수 있으리라고 생각한 자신의 판단이 빗나간 데 대한 당혹감으로 그는 떨고 있는 것이다.

—임마, 느덜이 생각한 것처럼 난 담임선생님의 첩자가 아냐.

나는 다시 정수의 눈에 맞춰 눈싸움을 벌였다. 정수는 금방 울음을 터뜨릴 것 같은 표정이었다. 자칫하다가는 이 녀석이 발광을 할는지도 모른다는 생각이 들었다.

1학년 때 나는 해중이란 아이가 기표 때문에 학교를 그만둔 일을 알고 있었다. 그 애 역시 재수파였다. 다섯 놈이 캠핑을 나가 여학생 하나를 결딴냈다. 피해자 측에서 사생결단[86]하고 덤벼 일이 크게 번졌다. 당한 애가 인상을 말했기 때문에 범위는 대번 좁혀져 재수파들이 학생부실에 불려갔다. 그러나 그들은 한사코 잡아뗐다. 하루 내내 족쳐도 헛일이었다. 여학생과 대면을 시키겠다고 해도 만나게 해 달라고 날뛰었다. 그때 그들

---

86 사생결단死生決斷. 죽고 사는 것을 돌보지 않고 끝장을 내는 것.

재수파 중의 한 아이 어머니가 학교에 나타난 것이다. 그네는 학생부실에 들어가기가 무섭게 기표를 손가락질했다. 저놈, 저놈이 우리 해중일 맨날 불러냈지! 우리 해중일 망치는 놈이 바로 저놈이라우! 모두 기표를 바라보았다. 기표는 눈썹 하나 까닥하지 않은 채 해중이를 돌아다보았다. 이 새끼야 내가 느네 엄마 말대로 널 맨날 불러냈냐? 소름이 끼치도록 낮고 매서운 추궁이었다. 말해라, 이 녀석아, 왜 사실대로 말 못하는 게야? 해중이 엄마가 펴댔다. 말해! 기표가 씹어 뱉듯 말했다. 해중이가 느닷없이 몸을 와들와들 떨기 시작했다. 그리고 미친 사람처럼 부르짖기 시작했다. 엄마, 기표는 우리 집에 한 번도 안 왔어. 우리 집도 모른단 말이야. 선생님, 접때 그 일은 제가 했어요. 딴 학교 애들하고 그랬단 말예요. 그는 말을 마치기가 무섭게 학생부실 시멘트 벽에 머리를 두어 번 부딪쳤다. 해중이가 병원으로 들려간 뒤 학생부 선생이 함께 조사를 받던 놈들한테 물었다. 해중이 말이 사실이냐? 기표가 고개를 끄덕거린 다음, 그 썅새끼—하고 중얼거렸다. 다른 애들도 모두 기표처럼 고개를 끄덕거렸다. 해중이가 스스로 학교를 물러난 것으로 일은 끝나 버렸던 것이다.

"아직 멀었냐?"

담배를 피운 다음 책상에 앉아 잠시 졸고 난 선생님이 다시 물었다.

"느 정말 오늘 왜 이렇게 늦냐?"

우리들은 대답할 수가 없었다.

"어때, 90점 이상 많이 나오냐?"

"하나도 없는데요."

"참 느덜 공부 안 해 큰일났다."

그때 화학실 문이 열렸다. 넙쩍이 아가씨가 거기 서 있었다.

"왜, 나한테 전화 왔냐? 여자지."

그러나 넙쩍이 아가씨가 헐떡이는 목소리로 말했다.

"전화가 아네요. 선생님 빨리 내려가 보세요. 야단났어요."

담임선생님이 허둥지둥 달려 나갔다. 정수의 얼굴이 하얗게 질리고 있었다.

"유대야, 말하는 건데 그랬다."

"난 네가 말할 줄 알았지."

"아까 네가 말랬잖아? 난 네가……."

정수는 금방 울음을 터뜨리기라도 할 듯 얼굴을 우그려뜨렸다.

"기표가 안 좋아할걸, 고자질하는 거 말이야."

"그렇지만 형우가……."

"아마 형우도 원하지 않았을 거다."

"왜, 왜 그렇게 생각하니?"

"응, 형우는 자신이 스스로 그렇게 당하길 원했거든."

정수가 무슨 얘기냐는 듯 나를 보았지만 나는 짐짓 딴전을 부렸다.

"죽진 않았을 거다."

우리들이 답안지를 정리해 들고 교무실을 내려왔을 때는 교무실은 넙적이 아가씨 혼자 있었다.

"김 선생님이 빨리 한강병원으로 오라고 하던데요."

"무슨 일이래요?"

"어떤 아줌마가 아까 막 달려와서 학생들이 뒷산에서 사람을 죽인다고 해 학생주임선생님이 가 봤더니요, 2학년 13반 반장이 혼자 뒹굴고 있더래요."

우리들은 학교에서 가까운 한강병원까지 단 한마디 말도 않은 채 달려갔다. 죽지 않았을 거다. 나는 뛰면서 생각했다. 기표가 사람을 죽일 리가 없지. 기표는…….

형우는 응급실 의자에 엉거주춤 누워 있었다. 형우가 외관상[87] 멀쩡해 보이는 데 대한 한 가닥 실망이 스쳤다. 그러나 자세히 보니 형우의 얼굴은 통통 부어 있었고 임시로 잡아맨 넓적다리의 붕대 위엔 꽃송이처럼 선

---

87 겉으로 보기에.

명한 핏자국이 피어올랐다.

우리를 발견한 형우가 재빠른 동작으로 손가락 하나를 퉁퉁 부은 제 입술에 댔다가 떼었다. 나는 고개를 끄덕거려 주었다.

"유대야, 너 형우네 집 전화번호 알지?"

학생주임과 함께 서 있던 담임이 물었다.

"모르겠는데요."

나는 시치미를 떼며 형우의 표정을 살폈다. 형우는 얼굴을 찡그리며 말했다.

"선생님, 제발 저를 그냥 돌아가게 해 주세요. 전 아무렇지도 않단 말씀에요."

"임마, 여길 나가기 전에 사실대로 대란 말이다."

학생주임이 다그쳤다.

"말씀드릴 수 없습니다. 제가 잘못한 일로 싸웠는데 왜 친구들을 괴롭혀야 합니까."

"임마, 넌 싸우지 않았어. 본 사람이 그랬어, 네가 몰매를 맞더라고."

"아닙니다, 선생님, 제가 먼저 그 아이한테 시비를 걸었던 것입니다. 그리고 싸웠던 겁니다."

"그게 누구냔 말이다."

"말할 수 없습니다."

"너 정말……."

학생주임이 혀를 내둘렀다.

"너 정말 학교를 허수아비로 아는 거냐? 학교 다니기 싫어?"

"저는 처벌을 달게 받겠습니다. 그러나 그 아이들을 말할 수는 없습니다."

담임선생은 얼굴에 그늘을 깐 채 팔짱을 끼고 한편에 묵묵히 서 있었다. 우리 반의 일사불란한 항해를 거슬린 자가 누굴 것인가, 그것을 생각하고 있는지도 몰랐다. 이제야말로 우리들 손에서 고삐를 낚아채어 거머쥐고 목을 옥죄고 싶은 심정일 것이다.

"유대, 넌 알 거다, 형우를 때린 놈들이 기표네 패라는 걸 말이다."

"형우가 그렇게 말했나요?"

"그런 건 아니지만 그건 틀림이 없다. 기표 놈이 아니곤 그런 짓을 할 놈이 없다."

담임은 헐떡거렸다. 양같이 순하게 길들여졌다고 확신했던 자신의 어리석음을 질타하고 있을 것이다.

"선생님, 형우가 뭘 잘못했다는 걸까요?"

내가 짐짓 떠보았다.

"형우가 거짓말을 하고 있는 거다. 잘못하기는커녕 형우가 그놈들을 위해서 얼마나 많은 일들을 했는지 넌 모를 게다."

담임선생님은 몹시 흥분하고 있었다. 기표에 대한 혐오감으로 해서 얼굴이 벌겋게 달아올랐다. 기표를 미워하다니. 나 역시 담임선생에 대한 적대감으로 몸을 떨었다.

"뭡니까, 선생님. 형우가 기표를 위해서 무얼 했단 말입니까?"

내 반감[88] 짙은 어투에 놀랐는지 담임선생은 좀 멈칫했다. 그러나 곧 비웃음을 섞어 말했다.

"임마, 나는 다 알고 있어. 기표가 저질러 온 짓 말이다. 유대, 너도 기표한테 당했잖아! 그리고 너희들이 그놈들 부정행위를 거들어 준 것도 알고 있다."

그랬겠지. 나는 속으로 신음처럼 중얼거렸다. 무서웠다. 어른들의 음흉스러운 심뽀,[89] 알면서도 모른 체 시치미를 뗀 그 저의는 무엇인가.

형우는 우리들 사이에서 일약 영웅이 돼 버렸다. 예상 안 한 건 아니지만 그 여세는 보통이 아니었다. 3학년에도, 1학년 하급생들도 2학년 13반

---

88 반감 反感. 상대의 언행이나 태도를 거슬리게 여기는 감정.
89 심보. '마음을 쓰는 본새'를 나쁜 쪽으로 이르는 말.

반장 임형우가 입에 올랐다. 전치 2주의 상해를 입고도 끝내 그 상대를 입에 올리지 않으므로 해서 형우의 존재는 풍선처럼 부풀었다.

기표가 그 사건 다음 날부터 내리 사흘이나 학교에 나오지 않았어도 재수파들은 학생부에 불려 가지 않았다. 아무도 그것을 문제 삼지 않았다.

담임이 학교에 나오지 않는 기표를 찾기 위해 뚝방동네를 연 이틀이나 헤맨 사실도 학교에 널리 알려졌다. 기표가 학교에 나온 날 담임은 조회 시간에 간단히 말했다.

"최기표 군은 그동안 피치 못한 가정 사정으로 결석했다. 앞으로 다시는 결석이 없을 것으로 안다."

항상 빳빳하게 쳐들고 앉았던 기표의 고개가 잠깐 숙여지는가 싶게 느껴졌다. 그것은 이상한 조짐이었다.

형우가 병원에서 퇴원을 해 2주일 만에 학교에 나왔다. 악수 세례가 쏟아지고, 등을 두드리고, 체육시간에는 헹가래까지 시키려고 했지만 형우가 도망을 쳤다. 그렇게 하면서 우리들은 숨죽여 기표의 동정을 살폈다. 그러나 그의 차가운 시선에 부딪친 아이들은 섬뜩한 느낌으로 고개를 돌리곤 했다. 나는 후우— 가슴을 쓸어 내렸다.

"형, 우리 미술 시간에 라면 먹으러 갈까?"

내가 말을 건넸다. 우리들은 가끔 후동 교사[90] 뒷담을 넘어 구멍가게에서 라면을 사 먹은 다음 감쪽같이 들어오곤 했다. 재수파들이 그 전문이었던 것이다.

"필요 없어."

기표가 쳐다보지도 않은 채 퉁명스럽게 뱉었다. 그는 국어책을 읽고 있었다. 안톤 슈나크의 '우리를 슬프게 하는 것들' —울음 우는 아이는 우리를 슬프게 한다.

다른 반 애들이 말했다. 선생들이 교실에 들어올 때마다 임형우의 일

---

90 후동교사 後棟校舍. 뒤에 있는 학교 건물.

화가 예로 들어지면서, 학우를 아끼고 의리로써 지켜 준 참다운 우정과 반의 결속을 위해 담임선생님과 함께 남모르게 애써 온 그 숨은 이야기가 술술 펼쳐지더란 것이다. 교정에 모여 선 아이들도 입에 입에 형우의 얘기로 만발했다.

"우리들이 커닝을 도와준 것이 기표의 비위를 상하게 한 모양이지?"

병원에 있을 때는 남의 눈을 생각해 못 물어본 걸 하고 길 둘만의 자리가 됐을 때 내가 넌지시 물어보았다.

"글쎄 그런 것 같았다."

형우가 짐짓 좌우를 둘러보면서 대답했다.

"그때 그 일, 담임선생님이 시켜서 한 거지?"

내가 넘겨짚자 형우가 한순간 당황하는 것 같았다. 언제고 밝히고 싶었던 것이라 나는 다시 다그쳤다.

"그렇지?"

"꼭 그런 건 아니지만 그 문제를 담임선생님과 의논한 건 사실이다."

"합법적으로 만들기 위해서냐?"

"아니다. 담임선생님이 기표를 나한테 일임[91]하겠다고 말했기 때문이다. 선생님은 기표를 구원해 주고 싶었던 것이다."

"그랬겠지. 형우야, 넌 지금 네가 기표를 구원했다고 보니?"

"아직 완전히는…… 그러나 머지않았다."

나는 웃어 주었다.

"기표는 그렇게 생각하지 않을걸. 형우, 네가 구원해 주고 있다고 말이야."

"그것은 기표가 생각할 일이 아니다."

"무슨 뜻이냐?"

"우리가 무서워했던 건 기표가 아니라 기표를 둘러싸고 있는 재수파들

---

91 일임一任. 전적으로 맡기는 것.

이었다."

"그런데?"

"이제 그 조직은 없어졌다."

"무슨 근거로 그렇게 말하는 거냐?"

"내가 병원에 있을 때 그 애들이 모두 나한테 사과하러 왔었다. 하나 하나 서로가 모르게 다녀갔다."

"기표두 왔었니?"

내가 헐떡이면서 물었다.

"오지 않았다. 그러나 난 그런 놈한테 사과도 받고 싶지 않다."

그럴 테지. 나는 후우 가슴을 쓸어 내렸다.

"그래, 다른 애들이 너한테 사과를 했다고 해서 재수파가 없어졌다고 생각하는 건 잘못일 거야."

"물론 겉으로야 그대로 남아 있겠지. 그러나 그들은 이미 이빨 뺀 뱀이나 다름없어. 걔들이 모두 나한테 말했다. 기표는 악마라고. 자기들 피를 빨아먹고 사는 흡혈귀[92]라고."

형우와 갈라서야 하는 길목에 와 있었다. 나는 형우네 집 쪽으로 따라가며 물었다.

"너 지금 무슨 얘길 하는 거냐?"

형우가 나를 향해 싱긋 웃었다.

"기표는 다 아는 것처럼 가난한 집 애다. 거기다가 그 부모가 다 병들어 누워 있다. 시집간 기표 누나가 대 주는 돈으로 겨우겨우 먹고산댄다. 기표 동생이 셋이나 있다. 기표 바로 밑의 동생이 버스 안내원을 해서 생활비를 보탰는데 요즘 무슨 일로 해서 그것도 그만두었다. 아무튼 생활이 말두 아니란 거야. 재수파들이 매달 얼마씩 모아 생활비를 보태 줬다는

---

92 유럽에서 번진 미신 사상으로, 밤에 무덤에서 나와 살아 있는 사람의 피를 빨아먹는다는 악귀. 뱀파이어vampire라고도 한다.

거야. 집에서 돈을 뜯어낼 수 없는 애들은 혈액은행[93]에 가 피를 뽑아 그 돈을 내놓았다는 거다."

"그렇게 해 달라고 기표가 강요한 건 아닐 텐데."

"마찬가지다. 재수파들은 기표가 무서웠다는 거야."

"지금도 무서워하고 있는걸."

"그렇지 않아."

병원에서 지내는 동안 혈색이 더 좋아진 형우가 자신 있게 말했다.

"이제 아무도 기표를 무서워하지 않게 될 거다."

형우가 손을 흔들고 자기 집 골목으로 사라져 버렸다. 그는 유능한 반장이 틀림없다고 나는 생각했다. 씁쓸한 느낌이 가슴을 스쳤다.

담임의 예언대로 기표는 결석을 하지 않았다. 형우와 기표 사이에도 이렇다 할 마찰이 없이 여름방학이 지났다. 교실에서 도시락이 없어지는 일도 드물었다. 물론 재수파들이 기표를 찾아 교실에 들락거리는 횟수는 잦았지만 아이들은 그닥[94] 신경을 곤두세우지 않아도 되었다. 기표는 여전히 침묵하고 있었다. 담임선생이 가끔 기표에게 학급 사무를 맡기는 게 눈에 띄었다. 기표가 별 표정 없이 그런 일을 맡아 했다.

그날도 기표는 담임선생의 지시에 의해 체육부실에 내려가 우리 반 아이들의 체력검사 통계를 내고 있었다. 그럴 시각 담임선생이 말했다.

"66명이 탄 우리 배는 순풍을 맞아 참으로 순탄한 항해를 하고 있다. 다 여러분의 노력에 의한 것이라고 생각한다. 그런데 한 가지 알려 줄 한 얘기는 반장이 해 줄 것이다. 다만 담임으로서 당부하고 싶은 것은 그것

---

93 수혈에 필요한 혈액을 모아서 보존하고 공급하는 기관. 1937년 미국 시카고의 쿡카운티 병원에서 처음 시작했으며 '혈액은행blood bank'라고 불렀다. 우리 나라에서는 6·25전쟁 후 군에서 시작한 수혈부輸血部가 최초이다. 국립중앙혈액원은 1954년에 창설되었으며, 1958년 대한적십자사에 이관되었다.

94 그다지.

이 남의 일 아닌 내 일이라고 생각해서 그 사람을 돕는 일에 앞장서 주기 바란다."

담임선생이 교단에서 내려서고 그 대신 반장 임형우가 사뭇 엄숙한 표정으로 단 위에 섰다.

"담임선생님의 말씀처럼 지금 우리 친구 하나가 매우 어려운 처지에 놓여 있다. 좀 늦은 감이 있지만 지금이라도 힘을 합쳐 그 친구를 구원해 주어야 한다고 생각한다."

이렇게 서두를 잡은 형우는 언젠가 하교 길에서 내게 들려준 기표네 가정 형편을 반 아이들한테 이야기하기 시작했다. 그런데 놀라운 일은 형우의 혀였다. 나한테 얘기를 들려줄 때의 그런 적대감은 씻은 듯 감추고 오직 우의와 신뢰 가득한 말로써 우리의 친구 기표를 미화하는 일에 열을 올렸던 것이다.

기표 아버지가 중풍에 걸려 식물인간처럼 누워 있는 정경이며 기표 어머니의 심장병, 그러한 부모들을 위해서 버스 안내원을 하던 기표 여동생의 눈물겨운 얘기, 라면으로 끼니를 때우는 기표네 식구들의 배고픔이 눈에 보이듯 열거되었다. 그런 가난 속에서도 가난을 결코 겉에 나타내지 않고 묵묵히 학교에 나온 기표의 의지가 또한 높게 치하되었다. 더구나 그런 가난 속에서 유급을 했기 때문에 1년간의 학비를 더 마련해야 했던 그 고통스러운 얘기도 우리 가슴에 뭉클 뭔가 던져 주었다.

"나는 얼마 전 기표가 버스 안내원을 하던 여동생을 몹시 때린 일을 알고 있습니다. 그 여동생은 몸이 약해 버스 안내원을 그만두었던 것인데 생활이 더 어렵게 되자 돈을 벌기 위해 술집에 나가기로 했었다는 것입니다. 우리는 그 여동생이 앞으로 어떤 무서운 수렁에 떨어져 내릴는지 아무도 알 수가 없습니다."

반 아이들은 사뭇 숙연한 자세로 형우의 말에 귀를 기울였다.

형우는 기표네 가정 사정을 낱낱이 얘기함으로써 이제까지 우리들에게 신화적 존재로 군림해 온 기표의 허상을 빈곤이라는 그 역겨운 것의

한 자락에 붙들어 맨 다음 벌거벗기려 하는 것 같았다. 기표는 판잣집 그 냄새 나는 어둑한 방에서 라면가락을 허겁지겁 건져 먹는 한 마리 동정받아 마땅한 벌레로 변신되어 나타났다.

"한 가지 또 알려 줄 게 있습니다. 그것은 어려운 처지의 친구를 위해서 이제까지 남이 모르게 도와 온 우정이 있다는 것입니다. 그것은 기표의 가까운 친구들입니다. 이제까지 우리들이 재수파라고 불러 온 아이들입니다. 우리들이 무시해 온 그들이야말로 진정 아름다운 우정이 어떤 것인가를 보여 주었던 것입니다. 그들은 매달 용돈을 저축하고 또는 방학 때 공사장에 나가 일을 해서 받는 돈으로 기표를 도와 온 것입니다. 그들 중에는 매달 자신의 귀한 피를 뽑아 그 돈을 내놓기도 했습니다. 한 달에 피를 세 번이나 뽑았기 때문에 빈혈을 일으켜 병원에 입원했던 사람도 있습니다. 사회에서 구원받지 못한 가난을 우정으로써 구원하려 한 그들이야말로 훌륭한 정신의 소유자입니다. 협동과 봉사—기여[95] 정신의 산 증인들입니다. 우리들은 가끔 학교에 싸 가지고 온 도시락이 텅텅 비어 있는 것을 발견하고 기분 나쁘게 생각한 적이 있습니다. 그것은 진정으로 배고파 보지 못한 우리들의 우매[96]함이었습니다. 남의 찬 도시락을 훔쳐 먹어야 했던 우리의 가난한 이웃을 우리는 너무나 모르고 지냈습니다. 나는 반장으로서 그 사실을 몹시 부끄럽게 생각합니다. 그것을 사과하는 뜻에서 나는 오늘이라도 우리의 친구 기표를 돕는 일에 앞장서기로 결심한 것입니다."

아이들이 술렁거리기 시작했다. 깊은 감동의 강물이 모두의 가슴 한가운데를 출렁이며 흘러가고 있었던 것이다.

담임선생이 교단으로 다가갔다. 그는 주머니에서 만 원짜리 한 장을 꺼내어 교탁 위에 놓았다. 반장도 안주머니에 손을 넣었다. 아이들이 조

---

95 기여寄與. 도움이 되는 일. 이바지.

96 우매愚昧. 대단히 어리석음.

용한 술렁거림 속에서 모두 돈을 찾아 들었다.

"오늘 돈이 없는 사람은 내일 가져오는 게 어떻습니까?"

한 아이가 일어나서 큰 소리로 제안하자 모두, 그럽시다— 소리쳤다. 박수가 쏟아져 나왔다.

모[97] 일간지 편집부 국장을 지내는 학부형이 우리 반에 있었다. 담임선생님과 반장이 그 학부형을 만나러 갔다. 그 신문사 기자가 학교에도 여러 번 다녀갔다.

며칠 뒤에 신문 미담[98]란에 우리 반 얘기가 크게 다뤄졌다. 박스 기사[99]였다. 기표의 갸륵한 효성에서부터 재수파들의 우정 어린 피 뽑기와 급우들로부터 시작된 친구 돕기 운동이 전교적으로 파급되어 이룩한 성과가 자세하게 났다. 기표의 여동생 얘기도 끼어 있어 그 기사를 읽은 우리들의 콧등이 새삼 찡했다. 기사 맨 위에 담임선생과 반장, 그리고 기표의 사진이 박혀 있었다. 교장선생님 지시에 의해 그 기사는 각 교실 후편 게시판에 붙이게 돼 있었다.

그 신문 기사가 나가고부터 월요 조회 때마다 교장선생님은 사회 각계에서 보내오는 성금과 위문 편지를 최기표에게 전달했다. 담임선생님도 종례 때면 기표에게 편지 여러 장을 건네며,

"거기 여학생 편지도 많이 있으니까 혼자 몰래 보라구."

아이들이 와하하 웃었다. 기표가 얼굴을 벌겋게 달구며 편지 다발을 책상 속에 넣곤 했다. 그럴 때마다 아이들이 박수를 쳤다. 실로 화기애애한 반이 되었던 것이다.

"기표 얘기가 영화로 된다며?"

"그렇대. 재수파들을 중심으로 한 얘긴데 TV에 나오는 제3교실 같은

---

97 모某. 이름을 구체적으로 밝히기를 꺼리거나 이름이 확실치 않을 때 쓰는 호칭.

98 미담美談. 사람을 감동시킬 만큼 아름다운 선행 이야기.

99 특별하고 중요한 기사일 때, 테두리를 쳐서 돋보이게 하는 것.

거겠지."

어디서 나온 얘긴지 기표의 얘기가 영화로 만들어진다는 소문이 파다했다.

이제 아이들은 아무도 기표를 무서워하지 않았다. 형이라고 호칭하는 아이도 드물었다. 아무나 곁에 가서 말을 걸 수가 있었고 때로는 어깨도 쳤다.

그것은 기표가 아주 부끄러움을 잘 타는 아이로 변해 버렸기 때문이다. 누구를 만나도 수줍어하는 그 아이는 그렇게 당당하던 체구마저도 왜소[100]하게 짜부라진 채 우리가 보통 사진을 찍을 적에 '치이즈' 하고 웃듯 그런 미소를 얼굴에 담고 있었다.

우리는 그렇게 미소 짓는 기표의 얼굴을 보면서 일사불란한 항해를 계속했다. 담임은 더욱 깊은 이해로써 우리 반을 돌봐 주었다. 반장 형우는 그 나름의 성실과 지혜로 '우리'를 위해 헌신했다. 우리 교실에 들어오는 선생님마다 칭찬의 말을 아끼지 않았다. 기표의 얘기가 영화로 만들어진다는 얘기가 더욱 구체적으로 드러나기 시작했고 우리들은 덩달아 들떠서 술렁거렸다.

그러던 어느 날 우리는 기표의 자리가 빈 것을 알았다. 다음 날도 그는 결석했다. 무단결석이었다. 담임선생이 한 아이를 기표네 집에 보냈다.

"집에도 없어. 이틀 전에 집을 나갔대."

우리들은 서로 얼굴을 마주 보며 술렁거리기 시작했다. 뭔가 심상찮은 생각들이 머리에 젖어 들었다.

기표가 내리 사흘이나 결석을 한 아침나절이었다. 수업 중인데 담임이 형우와 나를 찾는 쪽지가 왔다.

우리가 교무실에 내려갔을 때 담임선생은 병색이 완연해 뵈는 어떤 여

---

100 작고 초라함.

자와 얘기를 나누고 있었다. 그네[101]는 초가을인데도 낡고 두터운 오바[102]를 걸치고 있었다.

"아이구, 우리 기표 친구들이구만, 시상에 이렇게 고마운 친구들이 어디 있겠누. 그런데 이눔에 자슥이……."

그네는 몸을 일으켜 우리에게 굽실거리며 때 낀 손수건으로 눈물을 찍어 냈다. 그네는 우리의 손을 더듬어 쥐고 싶어했다.

"자, 이제 고만 돌아가십시오. 얘들하고 의논해서 찾아보겠습니다."

담임선생은 기표 어머니를 내쫓듯 교무실에서 밀고 나갔다. 그네는 교무실을 나가며 자꾸 아쉬운 듯 우리들 얼굴을 돌아다보았다.

그네를 배웅하고 돌아온 담임이 의자에 소리나게 주저앉으며 부들부들 떨리는 손으로 담배를 피워 물었다.

"이 망할 새끼가 끝까지 말썽이란 말이야."[103]

그는 담배 연기를 깊이 빨아들였다가 내뿜으며 투덜거렸다.

"내일 천일영화사 사람들하고 만나기로 약속한 날이잖냐? 그런데 이 망할 새끼가……."

그는 서랍에서 편지 하나를 꺼내 우리들 앞에 내던졌다. 기표가 바로 밑의 여동생한테 보낸 편지였다. 편지 맨 앞줄에 이렇게 씌어 있었다.

—무섭다. 나는 무서워서 살 수가 없다.[104]

1980년 《세계의 문학》 봄호

---

101 그 여인네의 준말.

102 오버. 코트.

103 이 한마디로 담임선생의 정체가 드러난다. 반장을 앞세워 기표를 '미담'의 주인공으로 포장한 사람이 담임이라는 사실을 암시하고 있다.

104 기표는 자신의 불우한 환경과 불량 학생들인 재수파들과의 관계가 미담으로 포장되어 알려지는 것이 두려웠고, 더구나 영화화되기까지 한다는 데 이르러서 더 이상 견딜 수 없었던 것이다. 그래서 '가출' 한 것이다.

|1943 ~ |

1943년 만주 장춘長春에서 출생하다. 1962년 경복고 재학 시절 《사상계》 신인문학상에 단편 〈입석 부근〉이 입선되고, 1970년 《조선일보》 신춘문예에 단편 〈탑〉과 희곡 〈환영幻影의 돛〉이 동시 당선되어 작가로 데뷔하다. 1966년 군 복무 중 베트남 전쟁에 참전하다. 제대 후 1970년대부터 〈객지〉, 〈한씨연대기〉, 〈삼포 가는 길〉 등 리얼리즘 정신에 투철한 많은 작품을 발표하다. 1975년 《한국일보》에 대하 역사소설 〈장길산〉을 연재하기 시작하다. 1976년 이후 해남, 광주에 살며 민주문화 운동을 전개하다. 1989년 평양을 방문한 후 오랫동안 독일, 미국 등에 머물다. 1993년 귀국하여 방북사건으로 투옥되었다가 7년 형 복역 중 1998년 사면 석방되다. 2004년 민족문학작가예술총연맹 이사장이 되다.

대|표|작

〈객지〉(1974), 〈가객〉(1978), 희곡집 〈장산곶매〉(1979), 광주항쟁기록 〈죽음을 넘어, 시대의 어둠을 넘어〉(1985), 장편 〈장길산〉(1984), 〈무기의 그늘〉(1989), 〈오래된 정원〉(2000), 〈손님〉(2001) 등이 있다.

황석영은 1970년대와 1980년대를 성격 짓는 가장 중요한 작가이다. 1980년대에 발표한 〈객지〉와 〈삼포 가는 길〉의 문학적 가치는 리얼리즘 문학을 완성했다는 데 있다. 특히 〈삼포 가는 길〉은 산업화 시대에 가장 중요한 노동을 담당했으면서도 뿌리를 내리지 못한 노동자들의 부랑자적 실상을 ENG카메라로 찍듯이 묘사하고 있다. 이 작품에 등장하는 '삼포'라는 고유 명사는 국토 개발로 해체되고 있던 우리들 모두의 '마음의 고향'이라는 보통 명사로 확장될 뿐만 아니라 1970년대 한국 사회의 전반적인 모습으로 읽혀질 수도 있다.

1970년대부터 1980년대에 이르는 기간에 작가 황석영이 이룩한 문학적 성과는 빛나는 것이었다. 신춘문예에 소설과 희곡이 동시 당선되는 기록을 세우며 화려하게 데뷔했고, 1974년 첫 창작집 〈객지〉를 통하여 단숨에 리얼리즘의 대표 작가로 자리를 확보했다. 이 소설집에 포함된 〈삼포 가는 길〉은 리얼리즘 미학의 정점에 이른 걸작으로 평가되고 있다.

〈삼포 가는 길〉은 떠돌이 노동자 영달과 정씨가 우연히 함께 만나 고향으로 가기 위하여 눈 내리는 들길을 동행하는 이야기이다. 도중에 술집 작부 백화를 만나, 세 사람은 떠돌이로 살아가는 처지와 삶의 밑바닥에 깔린 슬픔의 근원을 서로 확인한다. 이야기의 결말에 이르러 그토록 그려오던 정씨의 고향 삼포森浦가 개발 사업으로 인해 파헤쳐지고 송두리째 그 모습이 없어진 사실을 통하여 마음의 고향을 잃은 산업사회의 비애와

한이 밀도 있게 그려진다.

1970년대 산업화 과정에서 농민은 뿌리를 잃고 도시의 밑바닥 생활을 하며 떠돌이 노동자로 삶의 주변부에서 헤맨다. 〈삼포 가는 길〉에서는 이러한 상황의 황폐함과 궁핍한 실상이 영달과 정씨 같은 부랑 노무자, 백화 같은 작부의 모습으로 형상화되면서 작품의 시대적 대표성을 획득하고 있다. 정씨에게는 이제 그 옛날의 아름다운 삼포가 없어졌다. 이미 육지로 연결된 삼포는, 그가 정붙이지 못하고 떠나온 도시와 다를 바가 없는 산업화 공간으로 전락해 버린 것이다. 삼포는 오랜 떠돌이 생활을 청산하고 그가 안주하려던 곳, 곧 정신의 정착지였는데 말이다. 그러므로 정씨에게는 삼포의 상실이 곧 정신적 고향의 상실을 의미한다. 그것이 확인되는 순간 정씨는 영달과 똑같은 부랑자가 되고 마는 것이다.

구조분석

■ **갈래** 단편소설. 귀향소설.
■ **주제** 급속하게 진행되는 산업화 사회 속에서 고향을 상실한 떠돌이 인생의 애환.
■ **배경** 시간은 1970년대 추운 겨울. 공간은 바닷가 작은 도시 삼포 일대.
■ **시점** 3인칭 전지적 작가 시점.

등장인물

■ **정씨** 출옥한 후 고향인 삼포를 찾아가는 인물. 인정이 많고 사려 깊은 인물.
■ **노영달** 공사판을 찾아 돌아다니는 뜨내기 노동자. 착암기 기술자. 행동과 말투는 거칠지만 인간미가 넘치는 인물.
■ **백화** 국밥집에서 도망친 작부. 18세에 가출하여 군부대 주변의 술집을 전전하며 군인들에게 몸을 팔기도 했던 스물두 살 난 여인.

플롯

■ **발단** 공사판 일거리를 찾아 길을 나선 영달이 삼포로 가는 정씨를 만나 동행이 된다.
■ **전개** 삼포로 가는 기차를 타기 위하여 월출로 향해 가던 중 국밥집에서 도망 나온 백화를 만나 동행이 된다.
■ **절정** 백화는 영달에게 호감을 느껴 자기 고향으로 함께 가자는 제안을 한다. 그러나 영달은 응하지 않는다.
■ **결말** 자기 고향 삼포에 공사판이 벌어졌다는 사실을 알게 되자 정씨는 발걸음이 내키지 않는다.

이것만은 놓치지 말자

황석영의 투철한 시대정신

〈삼포 가는 길〉의 결말부에서는 암울한 현실 속에서도 미래와 인간에 대한 희망을 포기하지 않는 강인한 성격의 인물들을 볼 수 있다. 이들은 모두 끈질긴 잡초처럼 고통과 시련을 견디고 강한 생명력을 발산한다. 이것이 바로 황석영 소설의 매력 중 하나이며 황석영이 우리 나라 작가 중에서 가장 '남성적인 힘'을 지닌 작가로 꼽히는 이유이다.

황석영은 자신이 사는 시대와 현실에 대한 증언자이며 또한 직접 자신의 몸을 시대의 격랑 속에 던져 그 거친 물살의 흔적을 작품 속에 그대로 새겨 놓은 작가이다. 황석영은 시대가 자신을 비켜 가기를 바라지도 않았고, 또는 자신이 시대를 비켜 가는 것을 용납하지도 않았다. 그만큼 그는 작가 의식에 투철했다고 말할 수 있다.

깊이 생각하기

1. 작품 속에 나오는 지명 '삼포'가 상징하는 것 중의 하나는 산업화에 밀려 사라지는 '마음의 고향'에 대한 비애이다. 정씨가 고향 삼포에서 찾으려 하고 구하려 했던 것은 무엇인가?
2. 마지막 구절, "기차가 눈발이 날리는 어두운 들판을 향해서 달려갔다"가 암시하는 내용은 무엇인지 이야기해 보자.
3. 작품 속에 등장하는 영달, 정씨, 백화의 공통점은 무엇인가?

삼포 가는 길

✖◈

영달은 어디로 갈 것인가 궁리해 보면서 잠깐 서 있었다. 새벽의 겨울 바람이 매섭게 불어왔다. 밝아 오는 아침 햇볕 아래 헐벗은 들판이 드러났고, 곳곳에 얼어붙은 시냇물이나 웅덩이가 반사되어 빛을 냈다. 바람 소리가 먼 데서부터 몰아쳐서 그가 섰는 창공을 베면서 지나갔다. 가지만 남은 나무들이 수십여 그루씩 들판가에서 바람에 흔들렸다.[1]

그가 넉 달 전에 이곳을 찾았을 때에는 한참 추수기에 이르러 있었고 이미 공사는 막판이었다. 곧 겨울이 오게 되면 공사가 새봄으로 연기될 테고 오래 머물 수 없으리라는 것을 그는 진작부터 예상했던 터였다.[2] 아니나다를까. 현장 사무소가 사흘 전에 문을 닫았고, 영달이는 밥집[3]에서 달아날 기회만 노리고 있었던 것이다.

누군가 밭고랑을 지나 걸어오고 있었다. 해가 떠서 음지[4]와 양지[5]의 구분이 생기자 언덕의 그림자나 숲의 그늘로 가려진 곳에서는 언 흙이 부서지는 버석이는 소리가 들렸으나 해가 내려쪼인 곳은 녹기 시작하여 붉

---

1 작가는 겨울 들판 풍경을 황량하게 묘사하고 있다. 이런 황폐하고 삭막한 풍경은 등장인물의 내면 풍경을 간접적으로 나타내는 것이며 또 앞으로 전개될 사건의 방향을 암시하기도 한다.

2 영달의 직업이 떠돌이 막노동자라는 사실이 드러나는 대목이다.

3 공사현장에서 일하는 노동자들에게 간단한 반찬이 곁들여진 음식을 파는 집.

4 햇볕이 비치지 않는 땅. 응달.

5 햇볕이 바로 드는 땅. 양달.

은 흙이 질척해 보였다. 다가오는 사람이 숲 그늘을 벗어났는데 신발 끝에 벌겋게 붙어 올라온 진흙 뭉치가 걸을 때마다 뒤로 몇 점씩 흩어지고 있었다. 그는 길가에 우두커니 서서 담배를 태우고 있는 영달이 쪽을 보면서 왔다. 그는 키가 훌쩍 크고 영달이는 작달막했다. 그는 팽팽하게 불러 오른 맹꽁이 배낭[6]을 한쪽 어깨에 느슨히 걸쳐 메고 머리에는 개털 모자를 귀까지 가려 쓰고 있었다. 검게 물들인 야전 잠바[7]의 깃 속에 턱이 반 남아 파묻혀서 누군지 쌍통[8]을 알아볼 도리가 없었다. 그는 몇 걸음 남겨 놓고 서더니 털모자의 챙을 이마빡[9]에 붙도록 척 올리면서 말했다.

"천씨네 집에 기시던 양반이군."

영달이도 낯이 익은 서른 댓 되어 보이는 사내였다. 공사장이나 마을 어귀의 주막에서 가끔 지나친 적이 있는 얼굴이었다.

"아까 존 구경 했시다."

그는 털모자를 잠근 단추를 여느라고 턱을 치켜들었다. 그러고 나서 비행사처럼 양쪽 뺨으로 귀가리개를 늘어뜨리면서 빙긋 웃었다.

"천가란 사람, 거품을 물구 마누라를 개 패듯 때려잡던데."

영달이는 그를 쏘아보며 우물거렸다.

"내…… 그런 촌놈은 참."

"거 병신 안 됐는지 몰라, 머리채를 질질 끌구 마당에 나와선 차구 짓밟구…… 야 그 사람 환장한 모양이더군."

이건 누굴 엿먹이느라구[10] 수작질인가, 하는 생각이 들어서 불끈했지만 영달이는 애써 참으며 담뱃불이 손가락 끝에 닿도록 쭈욱 빨아 넘겼

---

6 짐이 잔뜩 들어 있어 배불뚝이 모양이 된 배낭을 가리킨다. 자질구레한 생활용품이 들어 있는 이런 배낭을 메고 있다는 것은 신분이 역시 영달과 같은 떠돌이 막노동자라는 것을 말해 준다.

7 야전 점퍼. 군인들이 야전에서 입는 점퍼. 흔히 '야전 잠바'라는 속칭으로 불린다.

8 얼굴을 상스럽게 가리키는 말.

9 '이마'를 가리키는 비속어.

10 골려 주거나 속이려구.

다. 사내가 손을 내밀었다.

"불 좀 빌립시다."

"버리슈."

담배꽁초를 건네주며 영달이가 퉁명스럽게 말했다. 하긴 창피한 노릇이었다. 밥값을 떼고 달아나서가 아니라, 역에 나갔던 천가 놈이 예상 외로 이른 시각인 다섯 시쯤 돌아왔고 현장에서 덜미를 잡혔던 것이었다. 그는 옷만 간신히 추스르고 나와서 천가가 분풀이로 청주댁을 후려 패는 동안 방아실[11]에 숨어 있었다. 영달이는 변명 삼아 혼잣말 비슷이 중얼거렸다.

"계집 탓할 거 있수, 사내 잘못이지."

"시골 아낙네치곤 드물게 날씬합디다. 모두들 발랑 까졌다구 하지만 서두."

"여자야 그만이었죠. 처녀 적에 군용차두 탔답니다.[12] 고생 많이 한 여자요."

"바가지[13]한테 세금두 내구, 거기두 줬겠구만."

"뭐요? 아니 이 양반이……."

사내가 입김을 길게 내뿜으며 껄껄 웃어제꼈다.

"거 왜 그러시나. 아, 재미 본 게 댁뿐인 줄 아쇼? 오다가다 만난 계집에 너무 일심[14] 품지 마셔."

녀석의 말버릇이 시종 그렇게 나오니 드러내 놓고 화를 내기도 뭣해서 영달이는 픽 웃고 말았다. 개피떡[15]이나 인절미[16]를 전방으로 호송되는 군인들께 팔았다는 것인데 딴은 열차를 타며 사내들 틈을 누비던 계집이

---

11 '방앗간' 을 가리키는 사투리말.

12 군인들 상대로 거친 장사도 했다는 뜻이다.

13 헌병憲兵을 뜻하는 군대 속어. 헌병이 쓰는 철모를 가리키는 비속어가 '바가지' 임.

14 일심一心. '일편단심' 의 준말.

15 흰떡이나 쑥떡을 얇게 밀어 팥소나 콩소를 넣고 반달 모양으로 만든 떡.

16 찹쌀을 쪄서 친 뒤에 적당한 크기로 모나게 썰어 고물을 묻힌 떡.

살림을 한답시고 들어앉아 절름발이 천가 여편네 노릇을 하려니 따분했을 것이었다. 공사장 인부들이나 떠돌이 장사치를 끌어들여 하숙도 치고 밥도 파는 사람인데, 사내 재미까지 보려는 눈치였다. 영달이 눈에 청주댁이 예사로 보였을 리 만무했다. 까무잡잡한 얼굴에 곱게 치떠서 흘기는 눈길하며, 밤이면 문밖에 나가 앉아 하염없이 불러 대는 '흑산도 아가씨'라든가, 어쨌든 나중엔 거의 환장할 지경이었다.

"얼마나 있었소?"

사내가 물었다. 가까이 얼굴을 맞대고 보니 그리 흉악한 몰골[17]도 아니었고, 우선 그 시원시원한 태도가 은근히 밉질 않다고 영달이는 생각했다. 그가 자기보다는 댓 살쯤 더 나이 들어 보였다. 그리고 이 바람 부는 겨울 들판에 척 걸터앉아서도 만사태평인 꼴이었다. 영달이는 처음보다는 경계하지 않고 대답했다.

"넉 달 있었소. 그런데 노형[18]은 어디루 가쇼?"

"삼포에 갈까 하오."

사내는 눈을 가늘게 뜨고 조용히 말했다. 영달이가 고개를 흔들었다.

"방향 잘못 잡았수. 거긴 벽지나 다름없잖소. 이런 겨울철에."

"내 고향이오."

사내가 목장갑[19] 낀 손으로 코밑을 쓱 훔쳐 냈다. 그는 벌써 들판 저 끝을 바라보고 있었다. 영달이와는 전혀 사정이 달라진 것이다. 그는 집으로 가는 중이었고 영달이는 또 다른 곳으로 달아나는 길 위에 서 있었기 때문이었다.

"참…… 집에 가는군요."

사내가 일어나 맹꽁이 배낭을 한쪽 어깨에다 걸쳐 메면서 영달이에게

---

17 볼품없는 모양새.

18 노형老兄. 별로 친하지 않은, 같은 또래 남자나 여남은 살 더 먹은 남자에 대하여 대접하는 뜻으로 부르는 호칭.

19 면장갑. 면사로 짠 장갑.

물었다.

"어디 무슨 일자리 찾아가쇼?"

"댁은 오라는 데가 있어서 여기 왔었소? 언제나 마찬가지죠."

"자, 난 이제 가 봐야겠는걸."

그는 뒤도 돌아보지 않고 질척이는 둑길을 향해 올라갔다.[20] 그가 둑 위로 올라서더니 배낭을 다른 편 어깨 위로 바꾸어 메고는 다시 하반신부터 차례로 개털 모자 끝까지 둑 너머로 사라졌다. 영달이는 어디로 향하겠다는 별 뾰죽한 생각도 나지 않았고, 동행도 없이 길을 갈 일이 아득했다. 가다가 도중에 헤어지게 되더라도 우선은 말동무[21]라도 있었으면 싶었다. 그는 멍청히 섰다가 잰걸음으로 사내의 뒤를 따랐다. 영달이는 둑 위로 뛰어 올라갔다. 사내의 걸음이 무척 빨라서 벌써 차도로 나가는 샛길에 접어들어 있었다. 차도 양쪽에 대빗자루[22]를 거꾸로 박아 놓은 듯한 앙상한 포플러[23]들이 줄을 지어 섰는 게 보였다. 그는 둑 아래로 달려 내려가며 사내를 불렀다.

"여보쇼, 노형!"

그가 멈춰 서더니 뒤를 돌아보고 나서 다시 천천히 걸어갔다. 영달이는 달려가서 그 뒤편에 따라붙어 헐떡이면서

"같이 갑시다, 나두 월출리까진 같은 방향인데……."

했는데도 그는 대답이 없었다. 영달이는 그의 뒤통수에다 대고 말했다.

"젠장, 이런 겨울은 처음이오. 작년 이맘때는 좋았지요. 월 3천 원짜리 방에서 작부[24]랑 살림을 했으니까. 엄동설한[25]에 정말 갈 데 없이 빳빳하게 됐는데요."

---

20 그가 가는 길이 번듯하지 못하고 편안하지 않은, '질척이는 둑길'과 같다는 걸 암시하고 있다.

21 더불어 대화를 나눌 만한 친구.

22 대나무로 만든 빗자루.

23 쌍떡잎식물 버드나무목 버드나무과 사시나무속에 속하는 식물의 총칭.

24 작부酌婦. 막걸리, 소주 등을 파는 술집에서 술을 따르거나 하면서 손님을 접대하는 여자.

"우린 습관이 되어 놔서."[26]

사내가 말했다.

"삼포가 여기서 몇 린 줄 아쇼? 좌우간 바닷가까지만도 몇백 리 길이요. 거기서 또 배를 타야 해요."

"몇 년 만입니까?"

"10년이 넘었지. 가 봤자…… 아는 이두 없을 거요."

"그럼 뭣 하러 가쇼?"

"그냥…… 나이 드니까, 가 보구 싶어서."

그들은 차도로 들어섰다. 자갈과 진흙으로 다져진 길이 그런대로 걷기에 편했다. 영달이는 시린 손을 잠바 호주머니에 처박고 연방 꼼지락거렸다.

"어이 육실허게[27]는 춥네. 바람만 안 불면 좀 낫겠는데."

사내는 별로 추위를 타지 않았는데, 털모자와 야전 잠바로 단단히 무장한 탓도 있겠지만 원체가 혈색이 건강해 보였다. 사내가 처음으로 다정하게 영달이에게 물었다.

"어떻게 아침은 자셨소?"

"웬걸요."

영달이가 열적게 웃었다.

"새벽에 몸만 간신히 빠져나온 셈인데……."

"나두 못 먹었소. 찬샘까진 가야 밥술이라두 먹게 될 거요. 진작에 떴을걸. 이젠 겨울에 움직일 생각이 안 납디다."

"인사 늦었네요. 나 노영달이라구 합니다."

"나는 정가요."

"우리두 기술이 좀 있어 놔서 일자리만 잡으면 별 걱정 없지요."

---

25 엄동설한嚴冬雪寒. 눈이 오고 몹시 추운 겨울.

26 사내는 오랫동안 혹독한 추위를 경험했다는 것을 알 수 있다. 사내가 겪은 추운 곳이 어떤 곳인지는 곧 밝혀진다.

27 '육시戮屍를 하다'가 변형된 관용어.

영달이가 정씨에게 빌붙지 않을 뜻을 비쳤다.

"알고 있소, 착암기[28] 잡지 않았소? 우리넨, 목공에 용접[29]에 구두까지 수선할 줄 압니다."

"야 되게 많네. 정말 든든하시겠구만."

"10년이 넘었다니까."

"그래도 어디서 그런 걸 배웁니까?"

"다 좋은 데서 가르치고 내보내는 집이 있지."

"나두 그런 데나 들어갔으면 좋겠네."

정씨가 쓴웃음을 지으며 고개를 저었다.

"지금이라두 쉽지. 하지만 집이 워낙에 커서 말요."

"큰집[30]……."

하다 말고 영달이는 정씨의 얼굴을 쳐다봤다. 정씨는 고개를 밑으로 숙인 채 묵묵히 걷고 있었다. 언덕을 넘어섰다. 길이 내리막이 되면서 강변을 따라서 먼 산을 돌아 나간 모양이 아득하게 보였다. 인가가 좀처럼 보이지 않는 황량한 들판이었다. 마른 갈대밭이 헝클어진 채 휘청대고 있었고 강 건너 곳곳에 모래 바람이 일어나는 게 보였다. 정씨가 말했다.

"저 산을 넘어야 찬샘골인데. 강을 질러가는 게 빠르겠군."

"단단히 얼었을까."

강물은 꽁꽁 얼어붙어 있었다. 얼음이 녹았다가 다시 얼곤 해서 우툴두툴한 표면이 그리 미끄럽지는 않았다. 바람이 불어, 깨어진 살얼음 조각들을 날려 그들의 얼굴을 따갑게 때렸다.

"차라리, 저쪽 다릿목에서 버스나 기다릴 걸 잘못했나 봐요."

숨을 헉헉 들이키던 영달이가 투덜대자 정씨가 말했다.

---

28 착암기鑿巖機. 광산이나 토목 공사에서 바위에 구멍을 뚫는 기계.

29 용접鎔接. 금속 · 유리 · 플라스틱 등의 부위를 녹여서 서로 잇는 일. 전기 용접과 용접이 있다.

30 범죄자들 사이에서 흔히 사용되는 은어로 '교도소' 나 '구치소' 를 가리킨다.

"자주 끊겨서 언제 올지도 모르오. 그보다두 현금을 아껴야지. 굶어두 돈 있으면 든든하니까."

"하긴 그래요."

"월출 가면 남행 열차를 탈 수는 있소. 거기서 기차 탈려오?"

"뭐…… 돼 가는 대루. 그런데 삼포는 어느 쪽입니까?"

정씨가 막연하게 남쪽 방향을 턱짓으로 가리켰다.

"남쪽 끝이오."

"사람이 많이 사나요, 삼포라는 데는?"

"한 열 집 살까? 정말 아름다운 섬이오. 비옥한 땅은 남아돌아 가구, 고기두 얼마든지 잡을 수 있구 말이지."[31]

영달이가 얼음 위로 미끄럼을 지치면서 말했다.

"야아 그럼, 거기 가서 아주 말뚝을 박구 살아 버렸으면 좋겠네."

"조오치, 하지만 댁은 안 될걸."

"어째서요."

"타관 사람이니까."

그들은 얼어붙은 강을 건넜다. 구름이 몰려들고 있었다.

"눈이 올 거 같군. 길 가기 힘들어지겠소."

정씨가 회색으로 흐려 가는 하늘을 걱정스럽게 올려다보았다. 산등성이로 올라서자 아래쪽에 작은 마을의 집들이 점점이 흩어져 있는 게 한눈에 들어왔다. 가물거리는 지붕 위로 간신히 알아볼 만큼 가느다란 연기가 엷게 퍼져 흐르고 있었다. 교회의 종탑도 보였고 학교 운동장도 보였다. 기다란 철책[32]과 철조망이 연이어져 마을 뒤의 온 들판을 둘러싸고 있는 것도 보였다. 군대의 주둔지인 듯했는데, 마을은 마치 그 철책의 끝에 간신히 매어 달려 있는 것 같았다.

---

31 정씨가 기억하고 있는 고향 삼포는 마치 천국의 파라다이스 같다고나 할까. 현실이 너절하고 구질구질하고 힘들수록 고향은 역설적으로 더욱 미화되는 것이다.

32 철책鐵柵. 쇠로 만든 울타리.

그들은 읍내로 들어갔다. 다과점도 있었고, 극장, 다방, 당구장, 만물상점[33] 그리고 주점이 장터 주변에 여러 채 붙어 있었다. 거리는 아침이라서 아직 조용했다. 그들은 어느 읍내에나 있는 서울식당이란 주점으로 들어갔다. 한 뚱뚱한 여자가 큰솥에다 우거지국[34]을 끓이고 있었고 주인인 듯한 사내와 동네 청년 둘이 떠들어 대고 있었다.

"나는 전연 눈치를 못 챘다구, 옷을 한 가지씩 빼어다 따루 보따리를 싸 놨던 모양이라."

"새벽에 동네를 빠져나간 게 틀림없습니다."

"어젯밤에 윤 하사하구 긴 밤[35]을 잔다구 그래서, 뒷방에서 늦잠 자는 줄 알았지 뭔가."

"새벽에 윤 하사가 부대루 들어가자마자 튄 겁니다."

"옷값에 약값에 식비에…… 돈이 보통 들어간 줄 아나, 빚만 해두 자그마치 5만 원이거든."

영달이와 정씨가 자리에 앉자 그들은 잠깐 얘기를 멈추고 두 낯선 사람들의 행색[36]을 살펴보았다. 영달이는 연탄 난로 위에 두 손을 내려뜨리고 비벼대면서 불을 쪼였다. 정씨가 털모자를 벗으면서 말했다.

"국밥 둘만 말아 주쇼."

"네, 좀 늦어져두 별일 없겠죠?"

뚱뚱한 여자가 국솥에서 얼굴을 들고 미리 웃음으로 얼버무리며 양해를 구했다.

"좌우간 맛있게만 말아 주쇼."

여자가 국자를 요란하게 놓고는 한숨을 내리쉬었다.

"개쌍년 같으니!"

---

33 만물상점 萬物商店. 일상생활에 필요한 여러 가지 물건을 파는 가게.

34 푸성귀의 겉겁질 따위를 넣고 된장으로 끓인 국.

35 아침까지 매춘부와 자는 것을 가리키는 은어.

36 행색 行色. 겉으로 드러나는 사람의 차림새와 행동.

정씨도 영달이처럼 난로를 통째로 껴안을 듯이 바싹 다가앉아서 여자를 물끄러미 올려다보았다.

"색시가 도망을 쳤지 뭐예요. 그래서 불도 꺼졌고, 국거리도 없어서 인제 막 시작을 했답니다."

하고 나서 여자가 남자들에게 외쳤다.

"아니 근데 당신들은 뭘 앉아서 콩이네 팥이네 하구 있는 거예요? 냉큼 가서 잡아 오지 못하구선, 얼마 달아나지 못했을 테니 따라가서 머리채를 끌구 와요."

주인 남자가 주눅이 든 목소리로 대답했다.

"필요 없네. 아무래도 월출서 기차를 탈 테니까 정거장 목[37]만 지키면 된다구."

"그럼 자전거 타구 빨리 가서 기다려요."

"이거 원 날씨가 이렇게 추워서야."

"무슨 얘기예요, 그 백화라는 년이 돈 5만 원이란 말요."

마을 청년이 끼어들었다.

"서울식당이 원래 백화 땜에 호가 났던 거 아닙니까. 그 애가 장사는 그만이었죠."

"군인들이 백화라면, 군화까지 팔아서라두 술을 마실 정도였으니까."

뚱뚱이 여자가 빈정거렸다.

"웃기네 그래 봤자 지가 똥갈보[38]라. 내 장사 수완 덕이지 뭐. 그년 요새 좀 아프다는 핑계루…… 이건 물을 긷나, 밥을 제대루 하나, 손님을 받나, 소용없어. 그년두 6개월이면 찬샘 바닥서 진이 모조리 빠진 거예요. 빚이나 뽑아내면 참한 신마이[39]루 기리까이[40]할려던 참이었어. 아,

37 다른 곳으로 빠져나가기 어려운 통로.

38 남자들에게 몸을 파는 화류계 여성을 비속하게 부르는 말.

39 '신출내기' 라는 뜻의 일본어임.

40 '바꾸다' 라는 일본어임.

뭘 해요? 빨리 가서 역을 지키라니까."

마누라의 호통에 주인 사내가 깜짝 놀란 듯이 어깨를 움츠렸다.

"알았대니까……."

"얼른 갔다 와요. 내 대포[41] 한턱 쓸게."

남자들 셋이 우르르 밀려 나갔다. 정씨가 중얼거렸다.

"젠장, 그 백화 아가씨라두 있었으면 술이나 옆에서 쳐 달랠걸."

"큰일예요, 글쎄 저녁마다 장정[42]들이 몰려오는데……."

"아가씨 서넛은 있어야지."

"색시 많이 두면 공연히 번거러워요. 이런 데서야 반반한[43] 애 하나면 실속이 있죠, 모자라면 꿔다 앉히구…… 왜 좀 놀다 갈려우? 내 불러다 주께."

"왜 이러슈, 먼 길 가는 사람이 아침부터 주색 잡다[44]간 저녁에 이 마을서 장사 지내게."

"자 국밥이오."

배추가 아직 푹 삭질 않아서 뻣뻣했으나 그런대로 먹을 만하였다. 정씨가 국물을 허겁지겁 퍼 넣고 있는 영달에게 말했다.

"작년 겨울에 어디 있었소?"

들고 있던 국그릇을 내려놓고 영달이는

"언제요?"

하고 나서 작년 겨울이라고 재차 말하자 껄껄 웃기 시작했다.

"좋았지 정말, 대전 있었습니다. 옥자라는 애를 만났었죠. 그땐 공사장에서 별 볼일두 없었구 노임[45]두 실했어요."

---

41 '대폿술'의 준말.

42 장정壯丁. 나이가 젊고 기운이 좋은 남자.

43 생김새가 이쁘장하고 얌전한.

44 술과 여자에 빠지다.

45 노임勞賃. 품삯. 노동에 대한 보수.

"살림을 했군."

"의리 있는 여자였어요. 애두 하나 가질 뻔했었는데, 지난봄에 내가 실직을 하게 되자, 돈 모으면 모여서 살자구 서울루 식모 자릴 구해서 떠나갔죠. 하지만 우리 같은 떠돌이가 언약 따위를 지킬 수 있나요. 밤에 혼자 자다가 일어나면 그 애 때문에 남은 밤을 꼬박 새우는 적두 있습니다."

정씨는 흐려진 영달이의 표정을 무심하게 쳐다보다가, 창밖으로 고개를 돌리고는 조용하게 말했다.

"사람이란 곁에서 오랫동안 두고 보지 않으면 저절로 잊게 되는 법이오."

뒤란[46]으로 나갔던 뚱뚱이 여자가 호들갑을 떨면서 돌아왔다.

"아유 어쩌나…… 눈이 올 것 같애. 하늘에 먹구름이 잔뜩 끼고, 바람이 부는군. 이놈의 두상[47]이 꼴에 도중에서 가다 말고 돌아올 게 분명하지."

정씨가 뚱뚱보 여자의 계속될 수다를 막았다.

"월출까지는 몇 리요?"

"한 60리 돼요."

"뻐스는 있나요?"

"오후에 두 대쯤 있지요. 이년을 따악 잡아 갖구 막차루 돌아올 텐데…… 참, 어디까지들 가슈?"

영달이가 말했다.

"바다가 보이는 데까지."

"바다? 멀리 가시는군. 요 큰길루 가실 거유?"

정씨가 고개를 끄덕이자 여자는 의자에 궁둥이를 붙인 채로 앞으로 다가앉았다.

"부탁 하나 합시다. 가다가 스물 두엇쯤 되고 머리는 긴데다 외눈 쌍꺼

---

46 집 뒤의 울안.

47 '두상頭相'의 원뜻은 '머리의 모양 또는 생김새'를 말하지만 여기서는 '남편'을 얕잡아 부르는 호칭.

풀인 계집년을 만나면 캐어 봐서 좀 잡아 오슈, 내 현금으루 딱, 만 원 내리다."

정씨가 빙그레 웃었다. 영달이가 자신 있다는 듯이 기세 좋게 대답했다.

"그럭허슈, 대신에 데려오면 꼭 만 원 내야 합니다."

"암 내다뿐이요. 예서 하룻밤 푹 묵었다 가시구려."

"좋았어."

그들은 일어났다. 문을 열고 나오는 그들의 뒷덜미에다 대고 여자가 소리쳤다.

"머리가 길구 외눈 쌍꺼풀이에요. 잊지 마슈."

해가 낮은 구름 속에 들어가 있어서 주위는 누런 색안경을 통해서 내다본 것처럼 뿌옇게 보였다. 바람이 읍내의 신작로[48] 한복판에서 회오리 기둥을 곤두세우고 있었다. 그들은 고개를 처박고 신작로를 따라서 올라갔다. 영달이가 담배 한 갑을 샀다. 들판을 스치고 지나가는 바람소리가 날카롭게 들려왔다.

그들이 마을 외곽의 작은 다리를 건널 적에 성긴 눈발이 날리기 시작하더니 허공에 차츰 흰색이 빡빡해졌다. 한 스무 채 남짓한 작은 마을을 지날 때쯤 해서는 큰 눈송이를 이룬 함박눈이 펑펑 쏟아져 내려왔다. 눈이 찰지어서 걷기에는 그리 불편하지 않았고 눈보라도 포근한 듯이 느껴졌다. 그들의 모자나 머리카락과 눈썹에 내려앉은 눈 때문에 두 사람은 갑자기 노인으로 변해 버렸다. 도중에 그들은 옛 원님의 송덕비[49]를 세운 비각 앞에서 잠깐 쉬어 가기로 했다. 그 앞에서 신작로가 두 갈래로 갈라져 있었던 것이다. 함석판[50]에 뼁끼[51]로 쓴 이정표[52]가 있긴 했으나, 녹

---

48 신작로新作路. 자동차가 다닐 수 있을 정도로 넓게 새로 닦은 길.

49 송덕비頌德碑. 공덕을 기리어 후세에 길이 빛내기 위하여 세운 비석.

50 함석으로 만든 판.

51 페인트.

52 이정표里程標. 도로나 선로 등의 가장자리에 그곳에서 다른 곳에 이르는 거리를 적어 세운 푯말이나 표지.

이 슬고 벗겨져 잘 알아볼 수도 없었다. 그들은 비각 처마 밑에 웅크리고 앉아서 담배를 피웠다. 정씨가 하늘을 올려다보며 감탄했다.

"야 그놈의 눈송이 탐스럽기도 하다. 풍년 들겠어."

"눈 오는 모양을 보니, 근심 걱정이 싹 없어지는데……."

"첨엔 기분두 괜찮았지만, 이렇게 오다가는 길 가기가 그리 쉽지 않겠는걸."

"까짓 가는 데까지 가구 내일 또 갑시다. 저기 누가 오는군."

흰 두루마기를 입고 중절모[53]를 깊숙이 내려쓴 노인이 조심스럽게 걸어오고 있었다. 노인의 모자챙과 접힌 부분 위에 눈이 빙수처럼 쌓여 있었다. 정씨가 일어나 꾸벅하면서

"영감님 길 좀 묻겠습니다요."

"물으슈."

"월출 가는 길이 아랩니까, 저 윗길입니까?"

"윗길이긴 하지만……. 재[54]가 있어 놔서 아무래두 수월친 않을 거야, 아마 교통도 두절된 모양인데."

"아랫길은요?"

"거긴 월출 쪽은 아니지만 고을 셋을 지나면 감천이라구 나오지."

영달이가 물었다.

"감천에 철도가 닿습니까?"

"닿다마다."

"그럼 감천으루 가야겠구만."

정씨가 인사를 하자 노인은 눈이 가득 쌓인 모자를 위로 들어 보였다. 노인은 윗길 쪽으로 가다가 마을을 향해 꺾어졌다. 영달이는 비각 처마 끝에 회색으로 퇴색한 채 매어져 있는 새끼줄을 끊어 냈다. 그가 반으로

---

53 중절모中折帽. 꼭대기의 가운데를 눌러서 쓰는, 챙이 둥글게 달린 신사용 모자.
54 고개.

끊은 새끼줄을 정씨에게도 권했다.
"감발[55] 치구 갑시다."
"견뎌 날까."
새끼줄로 감발을 친 두 사람은 걸음에 한결 자신이 갔다. 그들은 아랫길로 접어들었다. 길은 차츰 좁아졌으나, 소달구지[56] 한 대쯤 지날 만한 길은 그런대로 계속되었다. 길옆은 개천과 자갈밭이었고 눈이 한 꺼풀 덮여 있었다. 뒤를 돌아보면, 길 위에 두 사람의 발자국이 줄기차게 따라왔다.
마을 하나를 지났다. 그들은 눈 위로 이리저리 뛰어다니는 아이들과 개들 사이로 지나갔다. 마을의 가게 유리창마다 성에가 두껍게 덮여 있었고 창 너머로 사람들의 목소리가 들려왔다. 두 번째 마을을 지날 때엔 눈발이 차츰 걷혀 갔다. 그들은 구멍가게에서 소주 한 병을 깠다. 속이 화끈거렸다.
털썩, 눈 떨어지는 소리만이 가끔씩 들리는 송림 사이를 지나는데, 뒤에 처져서 걷던 영달이가 주춤 서면서 말했다.
"저것 좀 보슈."
"뭘 말요?"
"저쪽 소나무 아래."
쭈그려 앉은 여자의 등이 보였다. 붉은 코트 자락을 위로 쳐들고 쭈그린 꼴이 아마도 소변이 급해서 외진 곳을 찾은 모양이다. 여자가 허연 궁둥이를 쳐들고 속곳[57]을 올리다가 뒤를 힐끗 돌아보았다.
"오머머!"
여자가 재빨리 코트 자락을 내리고 보퉁이를 집어 들면서 투덜거렸다.
"개새끼들 뭘 보구 지랄야."

---

55 발감개를 한 차림새.
56 소나 말이 끄는 짐수레. 우마차.
57 속바지 밑에 입는 여자용 속옷.

영달이가 낄낄 웃었고, 정씨가 낮게 소곤거렸다.

"외눈 쌍꺼풀인데 그래."

"어쩐지 예감이 이상하더라니……."

여자는 어딘가 불안했는지 그들에게로 다가오기를 꺼려하며 주춤주춤 했다. 영달이가 말했다.

"잘 만났는데 백화 아가씨, 찬샘에서 빵소니치는 길이구만."

"무슨 상관야, 내 발루 내가 가는데."

"주인 아줌마가 댁을 만나면 잡아다 달라던데."

여자가 태연하게 그들에게로 걸어 나왔다.

"잡아가 보시지."

백화의 얼굴은 화장을 하지 않았는데도 먼 길을 걷느라고 발갛게 달아 있었다. 정씨가 말했다.

"그런 게 아니라…… 행선지가 어디요? 이 친구 말은 농담이구."

여자는 소변 보다가 남자들 눈에 띄인 일보다는 영달이의 거친 말솜씨에 몹시 토라져 있었다. 백화가 걸음을 빨리 하며 내쏘았다.

"제 따위들이 뭐라구 잡아가구 말구야. 뜨내기[58] 주제에."

"그래 우리두 너 같은 뜨내기 신세다. 찬샘에 잡아다 주고 여비라두 뜯어 써야겠어."

영달이가 여자의 뒤를 바싹 쫓아가며 농담이 아님을 재차 강조했다. 여자가 획 돌아서더니, 믿을 수 없을 만큼 재빠르게 영달이의 앞가슴을 밀어냈다. 영달이는 미처 피할 겨를도 없이 눈 위에 궁둥방아를 찧고 나가 떨어졌다. 백화가 한 팔은 보퉁이를 끼고, 다른 쪽은 허리에 척 얹고 서서 영달이를 내려다보았다.

"이거 왜 이래? 나 백화는 이래봬도 인천 노랑집에다, 대구 자갈마당, 포항 중앙대학, 진해 칠구, 모두 겪은 년이라구. 조용히 시골 읍에서 수양

58 일정한 거처가 없이 떠돌아다니는 사람.

하던 참인데[59]…… 야아, 내 배 위로 남자들 사단 병력이 지나갔어. 국으로[60] 가만있다가 조용한 데 가서 한 코 달라면 몰라두 치사하게 뚱보 돈 먹자구 나한테 공갈 때리면 너 죽구 나 죽는 거야."[61]

영달이는 입을 벌린 채 일어설 줄을 모르고 백화의 일장 연설[62]을 듣고 있었다. 정씨는 웃음을 참느라고 자꾸만 송림 쪽으로 고개를 돌렸다. 영달이가 멋적게 궁둥이를 털면서 일어났다.

"우리두 의리가 있는 사람들이다. 치사하다면, 그런 짓 안해."

세 사람은 나란히 눈 쌓인 길을 걸었다. 백화가 말했다.

"그럼 반말 놓지 말라구요."

영달이는 입맛을 쩍쩍 다셨고, 정씨가 물었다.

"어디까지 가오?"

"집에요."

"집이 어딘데……."

"저 남쪽[63]이에요. 떠난 지 한 3년 됐어요."

영달이가 말했다.

"애네들은 긴 밤 자다가두 툭하면 내일 당장에라두 집에 갈 것처럼 말해요."

백화는 아까와 같은 적의[64]는 나타내지 않았다. 백화는 귀 옆으로 흘러내리는 머리카락을 자꾸 쓰다듬어 올리면서 피곤한 표정으로 영달이를 찬찬히 바라보았다.

"그래요. 밤마다 내일 아침엔 고향으로 출발하리라 작정하죠. 그런데

---

59 앞에 예를 든 곳은 우리 나라에서 소문난 사창가 이름이다. 이들에 비하여 시골 작은 읍 국밥집에서 '수양하고 있다'는 의미는 '조용히 살고 있었다'는 뜻임.

60 제 생긴 그대로. 자기 주제에 맞게 잠자코.

61 말하는 내용으로 보아서 백화가 겪어 온 생활이 얼마나 처참하고 험했는지 짐작할 수 있다.

62 일장一場 연설. 한바탕 연설을 벌임.

63 남쪽은 따뜻한 곳, 좋은 세상을 상징한다.

64 적의敵意. 해치려는 마음.

마음뿐이지, 몇 년이 흘러요. 막상 작정하고 나서 집을 향해 가 보는 적두 있어요. 나두 꼭 두 번 고향 근처까지 가 봤던 적이 있어요. 한번은 동네 어른을 먼발치[65]서 봤어요. 나 이름이 백화지만 가명이에요. 본명은…… 아무에게도 가르쳐 주지 않아."

정씨가 말했다.

"서울식당 사람들이 월출역으루 지키러 가던데……."

"이런 일이 한두 번인가요 머. 벌써 그럴 줄 알구 감천 가는 길루 왔지요. 촌놈들이니까 그렇지, 빠른 사람들은 서너 군데 길목을 딱 막아 놓아요.[66] 나 그 사람들께 손해 끼친 거 하나두 없어요. 빚이래야 그 치[67]들이 빨아먹은 나머지구요. 아유, 인젠 술하구 밤이라면 지긋지긋해요. 밑이 쭉 빠져 버렸어. 어디 가서 여승이나 됐으면…… 냉수에 목욕재계 백 일이면 나두 백화가 아니라구요, 씨팔."

걸을수록 백화는 말이 많아졌고, 걸음은 자꾸 처졌다. 백화는 여러 도시에서 한창 날리던 시절 얘기를 늘어놓았다. 여자가 결론지은 얘기는 결국 화류계[68]의 사랑이란 돈 놓고 돈 먹기 외에는 모두 사기라는 것이었다. 그 여자는 자기 보퉁이를 꾹꾹 찌르면서 말했다.

"아저씨네는 뭘 갖구 다녀요? 망치나 톱이겠지 머. 요 속에는 헌 속치마 몇 벌, 빤스, 화장품, 그런 게 들었지요. 속치마 꼴을 보면 내 신세하구 똑같아요. 하두 빨아서 빛이 바래구 재봉실이 나들나들하게 닳아 끊어졌어요."

백화는 이제 겨우 스물두 살이었지만 열여덟에 가출해서, 쓰리게 당한 일이 많기 때문에 30이 훨씬 넘은 여자처럼 조로[69]해 있었다. 한마디로

---

65 조금 멀리 떨어진 곳.
66 이번처럼 도망친 경험이 여러 번 있었음을 간접적으로 드러낸 대목.
67 치. 사람을 얕잡아 이르는 말.
68 화류계花柳界. 술집 또는 윤락가에서 일하는 여성들이 있는 사회.
69 조로早老. 나이에 비하여 빨리 늙는 것.

관록이 붙은 갈보였다. 백화는 소매가 해진 헌 코트에다 무릎이 튀어나온 바지를 입었고, 물에 불은 오징어처럼 되어 버린 낡은 하이힐을 신고 있었다. 비탈길을 걸을 때, 영달이와 정씨가 미끄러지지 않도록 양쪽에서 잡아 주어야 했다. 영달이가 투덜거렸다.

"고무신이라두 하나 사 신어야겠어. 댁에 때문에 우리가 형편없이 지체되잖나."

"정 그러시면 두 분이서 먼저 가면 될 거 아녜요. 내가 고무신 살 돈이 어딨어?"

"우리두 의리가 있다구 그랬잖어. 산속에다 여자를 떼 놓구 갈 수야 없지. 그런데…… 한 푼두 없단 말야?"

백화가 깔깔대며 웃었다.

"여자 밑천이라면 거기만 있으면 됐지, 무슨 돈이 필요해요?"

"저러니 언제 한 번 온전한 살림 살겠나 말야!"

"이거 봐요. 댁에 같은 훤칠한[70] 내 신랑감들은 제 입에 풀칠두 못해서 떠돌아다니는데, 내가 어떻게 살림을 살겠냐구."[71]

영달이는 백화의 입담[72]을 감당할 수가 없었다. 세 사람은 감천 가는 도중에 있는 마지막 마을로 들어섰다. 마을 어귀의 얼어붙은 개천 위로 물오리들이 종종걸음을 치거나 주위를 선회하고 있었다. 마을의 골목길은 조용했고, 굴뚝에서 매캐한 청솔 연기[73] 냄새가 돌담을 휩싸고 있었는데 나직한 창호지의 들창 안에서는 사람들의 따뜻한 말소리들이 불투명하게 들려왔다. 영달이가 정씨에게 제의했다.

"허기가 져서 떨려요. 감천엔 어차피 밤에 떨어질 텐데, 여기서 뭘 좀

---

70 키가 크고 잘생긴.

71 백화가 영달에 대해서 동류同流 의식을 느끼는 대목이다. 백화와 영달처럼 서로 자기들 삶에 대해서 연대의식을 갖는 것을 가리켜 '민중연대의식'이라고 부른다.

72 말하는 솜씨나 힘.

73 마르지 않은 소나무가 불에 탈 때 나는 연기.

얻어먹구 갑시다."

"여긴 바닥이 작아 주막이나 가게두 없는 거 같군."

"어디 아무 집이나 찾아가서 사정을 해 보죠."

백화도 두 손을 코트 주머니에 찌르고 간신히 발을 떼면서 말했다.

"온몸이 얼었어요. 밥은 고사하고, 뜨뜻한 아랫목에서 발이나 녹이구 갔으면."

정씨가 두 사람을 재촉했다.

"얼른 지나가지. 여기서 지체하면 하룻밤 자게 될 테니, 감천엘 가면 하숙[74]두 있구, 우리를 태울 기차두 있단 말요."

그들은 이 적막한 산골 마을을 지나갔다. 눈 덮인 들판 위로 물오리 떼가 내려앉았다가는 날아오르곤 했다. 길가에 퇴락한 초가 한 간이 보였다. 지붕의 한쪽은 허물어져 입을 벌렸고 토담도 반쯤 무너졌다. 누군가가 살다가 먼 곳으로 떠나간 폐가임이 분명했다. 영달이가 폐가 안을 기웃해 보며 말했다.

"저기서 신발이라두 말리구 갑시다."

백화가 먼저 그 집의 눈 쌓인 마당으로 절뚝이며 들어섰다. 안방과 건넌방의 구들장은 모두 주저앉았으나 봉당[75]은 매끈하고 딴딴한 흙바닥이 그런대로 쉬어 가기에 알맞았다. 정씨도 그들을 따라 처마 밑에 가서 엉거주춤 서 있었다. 영달이는 흙벽 틈에 삐죽이 솟은 나무 막대나 문짝, 선반 등속의 땔 만한 것들을 끌어 모아다가 봉당 가운데 쌓았다. 불을 지피자 오랫동안 말라 있던 나무라 노란 불꽃으로 타올랐다. 불길과 연기가 차츰 커졌다. 정씨마저도 불가로 다가앉아 젖은 신과 바짓가랑이를 불길 위에 갖다 대고 지그시 눈을 감았다. 불이 생기니까 세 사람 모두가 먼 곳에서 지금 막 집에 도착한 느낌이 들었고, 잠이 왔다. 영달이가 긴 나무를

---

74 하숙下宿. 값싼 여관.

75 안방과 건넌방 사이의 마루 놓을 자리를 흙바닥 그대로 둔 곳.

무릎으로 꺾어 불 위에 얹고, 눈물을 흘려 가며 입김을 불어 대는 모양을 백화는 이윽히 바라보고 있었다.

"댁에…… 괜찮은 사내야. 나는 아주 치사한 건달인 줄 알았어."

"이거 왜 이래. 괜히 나이롱 비행기[76] 태우지 말어."

"아녜요. 불 때는 꼴이 제법 그럴듯해서 그래요."[77]

정씨가 싱글벙글 웃으면서 영달에게 말했다.

"저런 무딘 사람 같으니, 이 아가씨가 자네한테 반했다…… 그 말이야."

"괜히 그러지 마슈. 나두 과거에 연애해 봤소. 계집년이란 사내가 쐬빠지게 해 줘두 쪼끔 벌릴까 말까 한단 말입니다. 이튿날 해만 뜨면 말짱 헛 것이지."

"오머머. 어디 가서 하루살이 연애만 해 본 모양이네. 여보세요, 화류계 연애가 아무리 돈에 운다지만 한 번 붙으면 순정[78]이 무서운 거예요. 내가 처음 이 길 들어서서 독하게 사랑해 본 적두 있었어요."

지붕 위의 눈이 녹아서 투덕투덕 마당 위에 떨어지기 시작했다. 여자는 나무 막대기를 불 속에 넣고 휘저으면서 갑자기 새촘한 얼굴이 되었다. 불길에 비친 백화의 얼굴은 제법 고왔다.

"그런데…… 몇 명이었는지 알아요? 여덟 명이었어요."

"진짜 화류계 연애로구만."

"들어 봐요. 사실은 그 여덟 사람이 모두 한 사람이나 마찬가지였거든요."

백화는 주점 '갈매기집' 에서의 나날을 생각했다. 그 여자는 날마다 뒷마루에 걸터앉아서 철조망의 네 귀퉁이에 높다란 망루[79]가 서 있는 군대 감옥을 올려다보았던 것이다. 언덕 위에 흰 뺑끼로 칠한 반달형 퀀셋 막

---

76 나이롱의 원래 뜻은 '나일론' 을 가리키나 여기서는 '가짜' 라는 뜻의 속어임. 그러니까 나이롱 비행기는 '가짜 비행기' 인 셈.

77 두 사람이 어느새 친해지고 있음을 보여 준다.

78 순정純情. 순결한 애정.

79 망루望樓. 망을 보기 위하여 높이 지은 누각.

사[80]와 바라크[81]가 늘어서 있었고 주위에 코스모스가 만발해 있어, 그 안에 철창이 있고 죄지은 사람들이 하루 종일 무릎을 꿇고 있으리라고는 믿어지질 않았다. 하루에 한 번씩, 긴 구령[82]소리에 맞춰서 붉은 줄을 친 군복에 박박 깎인 머리의 군 죄수들이 바깥으로 몰려나왔다. 죄수들이 일렬로 서서 세면과 용변을 보는 모습이 보였었다. 그들은 간혹 대여섯 명씩 무장 헌병의 감시를 받으며 작업을 하러 내려오는 때도 있었다. 등에 커다란 광주리를 메고 고개를 숙인 채로 그들은 줄을 지어 걸어왔다.

"처음에 부산에서 잘못 소개를 받아 술집으로 팔렸었지요. 거기에 갔을 땐 벌써 될 대루 되라는 식이어서 겁나는 것두 없었구요. 나이는 어렸지만 인생살이가 고달프다는 것두 깨달았단 말예요."

어느 날 그들은 마을의 제방 공사를 돕기 위해서 30여 명이 내려왔다.

출감이 머지않은 사람들이라 성깔도 부리지 않았고 마을 사람들도 그리 경원하지[83] 않았다. 그들이 밖으로 작업을 나오면 기를 쓰고 찾는 것은 물론 담배였다. 백화는 담배 두 갑을 사서 그들 중의 얼굴이 해사한 죄수에게 쥐어 주었다. 작업하는 열흘간 백화는 그들의 담배를 댔다. 날마다 그 어려 뵈는 죄수의 손에 몰래 쥐어 주고는 했다. 다음부터 백화는 음식을 장만해서 감옥 면회실로 그를 만나러 갔다. 옥바라지 두 달만에 그는 이등병 계급장을 달고 백화를 만나러 왔다. 하룻밤을 같이 보내고 병사는 전속지[84]로 떠나갔다.

"그런 식으로 여덟 사람을 옥바라지했어요. 한 달, 두 달 하다 보면 그이는 앞 사람들처럼 하룻밤을 지내구 떠나가군 했어요."[85]

---

80 군대 천막이나 판자 등으로 간단하게 지은 반원형 모양의 건물.

81 군인들이 주둔할 수 있도록 지은 건물.

82 구령口令. 여러 사람이 일제히 어떤 동작을 하도록 지휘자가 크게 외치는 단어나 짧은 구로 된 명령. '차렷', '열중쉬어' 따위.

83 겉으로는 공경하는 체하면서 속으로는 꺼리고 멀리하는 것.

84 전속지轉屬地. 소속을 바꾸어 근무하는 곳.

백화는 그런 일 때문에 '갈매기집'에 있던 시절, 옷 한 가지도 못해 입었다. 백화는 지나간 삭막한 3년 중에서 그때만큼 즐겁고 마음이 평화로웠던 시절은 없었다. 그 여자는 새로운 병사를 먼 전속지로 떠나보내는 아침마다 차부로 나가서 먼지 속에 버스가 가리울 때까지 서 있곤 했었다. 백화는 그 뒤부터 부대 근처를 전전하며 여러 고장을 흘러 다녔다.

아직 초저녁이 분명한데 날씨가 나빠서인지 곧 어두워질 것 같았다. 눈은 더욱 새하얗게 돋보였고, 사위는 고요한데 나무 타는 소리만이 들려왔다.

"감옥뿐 아니라, 세상이란 게 따지면 고해[86] 아닌가……."

정씨는 벗어서 불가에다 쬐고 있던 잠바를 입으면서 중얼거렸다.

"어둡기 전에 어서 가야지."

그들은 일어났다. 아직도 불길 좋게 타고 있는 모닥불 위에 눈을 한 움큼씩 덮었다. 산천이 차츰 희미하게 어두워졌다. 새들이 이리저리로 깃을 찾아 숲에 모여들고 있었다. 영달이가 백화에게 물었다.

"그래 이젠 어떡할 셈요, 집에 가면……."

백화가 대답을 않고 웃기만 했다. 정씨가 말했다.

"시집가야지 뭐."

"시집은 안 가요. 이제 와서 무슨 시집이에요. 조용히 틀어박혀 집의 농사나 거들지요. 동생들이 많아요."

사방이 어두워지자 그들도 얘기를 그쳤다. 어디에나 눈이 덮여 있어서 길을 잘 분간할 수가 없었다. 뒤에 처졌던 백화가 눈 덮인 길의 고랑에 빠져 버렸다. 발이라도 삐었는지 백화는 꼼짝 못하고 주저앉아 신음을 했다. 영달이가 달려들어 싫다고 뿌리치는 백화를 업었다. 백화는 영달이의 등에 업히면서 말했다.

---

85 백화가 군대 죄수들에게 관심을 가지는 것은 그들과 자기의 삶이 다르지 않다는 연대감 때문이다.

86 고해苦海. 고통으로 가득 찬 인간 세상을 비유하는 말.

"무겁죠?"

영달이는 대꾸하지 않았다. 백화가 어린애처럼 가벼웠다. 등이 불편하지도 않았고 어쩐지 가뿐한 느낌이었다. 아마 쇠약해진 탓이리라 생각하니 영달이는 어쩐지 대전에서의 옥자가 생각나서 눈시울이 화끈했다. 백화가 말했다.

"어깨가 참 넓으네요. 한 세 사람쯤 업겠어."

"댁이 근수[87]가 모자라니 그렇다구."

그들은 일곱 시쯤에 감천 읍내에 도착했다. 마침 장이 섰었는지 파장된 뒤인데도 읍내 중앙은 흥청대고 있었다. 전 부치는 냄새, 고기 굽는 냄새, 곰국 냄새가 풍겨 왔다. 영달이는 이제 백화를 옆에서 부축하고 있었다. 발을 디딜 때마다 여자가 얼굴을 찡그렸다. 정씨가 백화에게 물었다.

"어느 방향이오?"

"전라선[88]이에요."

"나는 호남선[89] 쪽인데. 여비는 있소?"

"군용차를 사정해서 타구 가면 돼요."

그들은 장터 모퉁이에서 아직도 따뜻한 온기가 남아 있는 팥시루떡을 사 먹었다. 백화가 자기 몫에서 절반을 떼어 영달에게 내밀었다.

"더 드세요. 날 업구 왔으니 기운이 배나 들었을 텐데."

역으로 가면서 백화가 말했다.

"어차피 갈 곳이 정해지지 않았다면 우리 고향에 함께 가요. 내 일자리를 주선해 드릴께."[90]

---

87 근수斤數. 저울에 단 무게.

88 호남선의 익산과 여수를 잇는 철도선. 길이 198.8km. 이 철도는 익산에서 만경강 유역의 호남평야 지역을 동서로 가로질러 전주를 지나 전라북도 동부 지방의 임실, 남원, 곡성, 구례를 지난다. 덕유산국립공원, 지리산국립공원이 이 철도 연변에 있어 관광객의 수송은 물론, 관광자원 개발에 큰 도움을 준다.

89 경부선의 대전과 전남 목포를 잇는 철도선. 총 길이 261.7km. 쌀을 비롯한 각종 농산물이 풍부한 논산, 호남, 나주 평야를 연결하여 목포항에 이르는 간선 철도.

"내야 삼포루 가는 길이지만, 그렇게 하지?"

정씨도 영달이에게 권유했다. 영달이는 흙이 덕지덕지 달라붙은 신발 끝을 내려다보며 아무 말이 없었다. 대합실에서 정씨가 영달이를 한쪽으로 끌고 가서 속삭였다.

"여비 있소?"

"빠듯이 됩니다. 비상금[91]이 한 천 원쯤 있으니까."

"어디루 가려우?"

"일자리 있는 데면 어디든지……."

스피커에서 안내하는 소리가 웅얼대고 있었다. 정씨는 대합실 나무 의자에 피곤하게 기대어 앉은 백화 쪽을 힐끗 보고 나서 말했다.

"같이 가시지. 내 보기엔 좋은 여자 같군."

"그런 거 같아요."

"또 알우? 인연이 닿아서 말뚝 박구 살게 될지. 이런 때 아주 뜨내기 신셀 청산해야지."

영달이는 시무룩해져서 역사 밖을 멍하니 내다보았다. 백화는 뭔가 쑤군대고 있는 두 사내를 불안한 듯이 지켜보고 있었다. 영달이가 말했다.

"어디 능력이 있어야죠."

"삼포엘 같이 가실라우?"

"어쨌든……."

영달이가 뒷주머니에서 꼬깃꼬깃한 5백 원짜리 두 장을 꺼냈다.

"저 여잘 보냅시다."

영달이는 표를 사고 삼립빵 두 개와 찐 달걀을 샀다. 백화에게 그는 말했다.

"우린 뒷차를 탈 텐데…… 잘 가슈."

---

90 이 한마디 말 속에는 영달과 삶을 함께 하고 싶어진 백화의 따뜻한 마음이 들어 있다.

91 비상금非常金. 비상시에 쓰기 위하여 따로 마련해 둔 돈.

영달이가 내민 것들을 받아 쥔 백화의 눈이 붉게 충혈되었다.[92]

그 여자는 더듬거리며 물었다.

"아무도…… 안 가나요."

"우린 삼포루 갑니다. 거긴 내 고향이오."

영달이 대신 정씨가 말했다. 사람들이 개찰구로 나가고 있었다. 백화가 보퉁이를 들고 일어섰다.

"정말, 잊어버리지…… 않을게요."

백화는 개찰구로 가다가 다시 돌아왔다. 돌아온 백화는 눈이 젖은 채 웃고 있었다.

"내 이름 백화가 아니에요. 본명은요…… 이점례예요."[93]

여자는 개찰구로 뛰어나갔다. 잠시 후에 기차가 떠났다.

그들은 나무 의자에 기대어 한 시간쯤 잤다. 깨어 보니 대합실 바깥에 다시 눈발이 흩날리고 있었다. 기차는 연착[94]이었다. 밤차를 타려는 시골 사람들이 의자마다 가득 차 있었다. 두 사람은 말없이 담배를 나눠 피웠다. 먼 길을 걷고 나서 잠깐 눈을 붙였더니 더욱 피로해졌던 것이다. 영달이가 혼잣말로

"쳇, 며칠이나 견디나……."

"뭐라구?"

"아뇨, 백화란 여자 말요. 저런 애들…… 한 사날두 시골 생활 못 배겨나요."

"사람 나름이지만 하긴 그럴 거요. 요즘 세상에 1, 2년 안으루 인정[95]이 휙 변해 가는 판인데……."

정씨 옆에 앉았던 노인이 두 사람의 행색과 무릎 위의 배낭을 눈여겨

---

92 거칠고 험한 세계 속에서 살아온 백화가 인정을 느끼며 감동하는 모습이다.

93 영달에게 정을 느낀 백화가 자기 자신의 마음을 활짝 열어 보여 준다.

94 연착延着. 정해 놓은 때보다 늦게 도착하는 것.

95 세상 사람들 마음.

살피더니 말을 걸어 왔다.

"어디 일들 가슈?"

"아뇨, 고향에 갑니다."

"고향이 어딘데……."

"삼포라구 아십니까?"

"어 알지, 우리 아들놈이 거기서 도자[96]를 끄는데……."

"삼포에서요? 거 어디 공사 벌일 데나 됩니까. 고작해야 고기잡이나 하구 감자나 매는데요."

"어허! 몇 년 만에 가는 거요?"

"10년."

노인은 그렇겠다며 고개를 끄덕였다.

"말두 말우, 거긴 지금 육지야. 바다에 방둑을 쌓아 놓구, 추럭[97]이 수십 대씩 돌을 실어 나른다구."

"뭣 땜에요?"

"낸들 아나, 뭐 관광 호텔을 여러 채 짓는담서 복잡하기가 말할 수 없데."

"동네는 그대루 있을까요?"

"그대루가 뭐요. 맨 천지에 공사판 사람들에다 장꺼지 들어섰는걸."

"그럼 나룻배두 없어졌겠네요."

"바다 위로 신작로가 났는데, 나룻배는 뭐에 쓰오. 허허 사람이 많아지니 변고지, 사람이 많아지면 하늘을 잊는 법이거든."

작정하고 벼르다가 찾아가는 고향이었으나, 정씨에게는 풍문[98]마저 낯설었다. 옆에서 잠자코 듣고 있던 영달이가 말했다.

"잘됐군. 우리 거기서 공사판 일이나 잡읍시다."

그때에 기차가 도착했다. 정씨는 발걸음이 내키질 않았다. 그는 마음

---

96 불도저bulldozer의 준말.

97 화물 트럭.

98 들리는 소문.

의 정처를 잃어버렸던 때문이었다. 어느 결에 정씨는 영달이와 똑같은 입장이 되어 버렸다.[99]

기차는 눈발이 날리는 어두운 들판을 향해서 달려갔다.[100]

1973년 《신동아》 9월호

99 정씨가 그려 오던 고향 삼포가 사라졌기 때문이다.
100 영달과 정씨의 떠돌이 삶도 변함없이 계속될 것임을 암시하는 마지막 대목이다.

책은 그것을 적절히 **선택**할 수 있는 독자에게

갖가지의 **즐거움**을 안겨준다.

- 몽테스키외

|1945 ~ |

1945년 서울에서 태어나다. 1963년 서울고등학교 2학년인 18세 때 단편 〈벽구멍으로〉가 《한국일보》 신춘문예에 입선하고, 1967년 단편 〈견습환자〉로 《조선일보》 신춘문예에 당선되다. 1972년 연세대학교 영문과를 졸업하다. 그해 27세 최연소 작가로서 《조선일보》에 〈별들의 고향〉을 연재하기 시작하면서 신문, 잡지 등 연재소설을 쓰는 전업 작가로서 왕성한 작품 활동을 시작하다. 1972년 '현대문학상', 1982년 '이상문학상', 1999년 '가톨릭문학상' 등을 받다. 1987년 가톨릭에 귀의하다.

대|표|작

단편 〈술꾼〉(1970), 〈타인의 방〉(1971), 〈처세술개론〉(1977), 〈내 마음의 풍차〉(1973) 등과 장편 〈별들의 고향〉(1972), 〈적도의 꽃〉(1979), 〈고래사냥〉(1982), 〈깊고 푸른 밤〉(1982), 〈겨울 나그네〉(1983), 〈잃어버린 왕국〉(1986), 〈길 없는 길〉(1993), 〈왕도의 비밀〉(1995), 〈상도〉(2000) 등이 있다.

'출장에서 돌아온 남편이 아파트 문을 따고 들어가 보니, 아내는 거짓 쪽지를 남겨 놓고 외출하고 없다.' 이렇게 시작하는 이 작품은 거의 모든 주거 형태가 아파트로 바뀌는 도시적 상황에서 현대인의 소외감을 그리고 있다. 따라서 이 작품은 자신을 둘러싸고 있는 모든 환경, 예를 들면 매일 잠을 자고 생활하는 집에서도 '타인의 방' 같은 고립감을 맛보는 현대인의 의식을 풍자하고 있다고 말할 수 있다.

최인호는 1970년대의 문학적 감수성을 '서울적 감각'으로 표현한 작가이다. "서울 사람 눈으로 서울의 변화를 느끼는 작가가 그때까지 전무했다"고 그는 말한다. 그때까지 서울은 '피난민 문학'이나 '하숙생 문학'의 대상이었다는 견해다. 그가 '서울적 감각'을 동원해 서울의 변화를 포착해 쓴 소설이 바로 이 작품이다. 마포아파트를 비롯하여, 새로운 주거 형태로 떠오른 아파트가 서울이라는 도시를 뿌리부터 바꿀 것이라고 그는 전망했다. "방에서 생활하는 가족들이 모여 집을 이룬다는 전통이 무너지기 시작한 겁니다. 그렇지만 사람들은 그 변화가 낯설기만 했습니다." 방이 집의 하위 개념에서 방이 곧 집이라는 새로운 등식이 성립한 것이다. 이 작품은 '아파트 문화를 문학적으로 처음 다룬 소설'이라는 평가를 받았다. 이 소설을 쓸 때 작가는 아파트에 살지 않았다. 그가 신접살림을 차린 집은 방 하나에 한 가구씩 살 수 있도록, 요즘의 원룸처럼 만든 집이었다. 그는 이 집에서 이웃 간의 교류도 거의 없이 타인처럼 지냈다. "내 집도 아니고, 그렇다고 혼자 있을 수 있는 내 방도 아니고 뭔가 묘했습니다. 아파트도 마찬가지라고 생각했습니다."

타인의 방

이 소설 속의 주인공은 아파트에 돌아오지만 전통적으로 가장이 집으로 돌아올 때의 대접을 받지 못한다. 초인종을 눌러도 대답이 없고, 옆집 사람도 몰라보고, "돌아오셨냐"는 따듯한 반김도 없다. 아내와 대화도 편지만을 통해 이뤄진다. 내 집, 내 방이라는 감각이 없는 '철저한 타인의 방'인 것이다. 아내도 남편을 물건으로 여긴다. 작가는 이 작품을 발표한 후에 한 인터뷰에서 '방도 집도 아닌 것'으로 생각했던 아파트를 '집'으로 받아들이는 데는 상당한 시일이 걸렸다고 말했다.

구조 분석

- **갈래** 단편소설.
- **주제** 현대인의 소외의식.
- **배경** 시간은 현대. 공간은 도시의 한 아파트.
- **시점** 3인칭 전지적 작가 시점.

등장인물

- **그** 출장에서 돌아온 인물. 직업이나 나이는 정확하게 알 수 없다. 자신의 집, 자신의 방에서도 이질감과 거리감을 느끼는 인물.
- **아내** 그의 아내. 남편이 출장 간 사이 쪽지를 남기고 외출한다.

플롯

- **발단** 그가 출장에서 돌아오니 아내가 없다.
- **전개** '친정 아버지가 위독하다'는 메모를 남기고 아내는 외출했다. 그는 아내의 거짓말이라는 것을 직감한다.
- **위기** 집 안의 가재도구들이 살아서 움직인다.
- **절정** 그는 다리가 경직되어 방에서 도망갈 수 없다.
- **결말** 외출에서 돌아온 아내는 새로운 물건을 발견하지만, 곧 싫증을 느끼고 다시 외출한다.

작가 최인호의 이색 기록

최인호는 우리 나라 작가들 중에서 '이색적인 기록'을 가장 많이 갖고 있다. 최연소 신춘문예 당선, 최연소 신문 연재 소설가, 가장 많은 작품이 영화화된 작가, 책 표지에 작가 사진이 실린 최초의 작가 등이다. 서울고 2학년에 재학 중이던 18세 때 신춘문예에 소설이 입선했다. 수상식장에 나타난 고등학생 교복 차림의 최인호를 본 신문사 측은 이름만 발표하고 작품은 게재하지 않았다. 1967년 대학 4학년 때 신춘문예에 당선한 후 27세 때 장편 〈별들의 고향〉을 《조선일보》에 연재함으로써 최연소 신문 연재 소설가가 되었다. 이 소설이 연재되기 시작하자 당시 전국 유흥가에는 너도나도 가명을 '경아'로 고치는 여성들이 늘 정도로 큰 인기를 끌었다. 〈별들의 고향〉은 출판되자마자 당시로서는 파격적으로 100만 부가 팔렸다. 최인호 작품 중 영화화된 작품으로는 〈적도의 꽃〉, 〈고래사냥〉, 〈별들의 고향〉, 〈깊고 푸른 밤〉 등 흥행에 성공한 작품만도 20여 편이나 된다.

격찬과 악평 등 엇갈리는 평가

최인호의 작품은 〈별들의 고향〉, 〈겨울 나그네〉, 〈사랑의 기쁨〉으로 이어지는 연애소설과 〈깊고 푸른 밤〉, 〈적도의 꽃〉 등 도시적 감수성이 짙은 현대소설 그리고 〈잃어버린 왕국〉 〈길 없는 길〉, 〈상도〉, 〈왕도의 비밀〉로 이어지는 역사소설 등 크게 세 가지로 분류할 수 있다. 그의 작품은 소설을 상업주의로 만들었다는 악평을 받기도 하지만 깊고 넓은 작품 세계를 보여 주고 있다는 격찬도 받는다. 특히 1980년대 말 일본 법륭사 벽화를 보고 충격을 받아 백제에 푹 빠져 쓴 〈왕도의 비밀〉과 조선시대 실존 인물인 한국 불교계의 큰스님 경허를 주인공으로 쓴 〈길 없는 길〉, 조선 후기 무역 상인 임상옥 이야기를 다룬 〈상도〉는 역사 소설의 새로운 스타일이라는 격찬을 받기도 했다.

1. 이 작품에서 '아파트'라는 공간이 상징하는 바는 무엇인지 설명해 보자.
2. 이 작품에서 현대인, 즉 주인공의 소외의식은 어떤 양상으로 전개되는지 말해 보자.
3. 아내가 주인공 '그'에게 남겨 놓은 쪽지가 지니는 메시지는 무엇이며, 아내에게 '쓸모'는 어떤 용도에 해당하는지 토론해 보자.

타인의 방

♦

그는 방금 거리에서 돌아왔다. 너무 피로해서 쓰러져 버릴 것 같았다. 그는 아파트 계단을 천천히 올라서 자기 방까지 왔다. 그는 운수 좋게도 방까지 오는 동안 아무도 만나지 못했었고 아파트 복도에도 사람은 없었다. 어디선가 시금치 끓이는 냄새가 나고 있었다. 그는 방문을 더듬어 문 앞에 프레스라고 쓰인 신문 투입구 안쪽의 초인종[1]을 가볍게 두어 번 눌렀다. 그리고 이미 갈라진 혓바닥에 아린 감각만을 주어 오던 담배꽁초를 잘 닦아 반들거리는 복도에 던져 버렸다. 그는 아주 참을성 있게 기다리고 있었다. 그의 아내가 문을 열어 주기를. 문을 열고 다소 호들갑을 떨며 눈을 동그랗게 뜨고 자기를 맞아 주기를. 그러나 귀를 기울이고 마지막 남은 담배에 불을 당기었는데도 방 안쪽에서는 소식이 없었다. 그는 다시 그 작은 철제 아가리 속에 손을 넣어 탄력감 있는 초인종을 신경질적으로 누르기 시작했다. 손끝에 가벼운 경련이 일었다. 그리고 그는 또 기다리기 시작했다.

처음에 그는 초인종이 고장난 것이 아닐까 하는 의심도 들었다. 그러나 그가 초인종을 누를 때마다 아득한 저쪽에서 희미한 소리가 반영되어 오는 것을 꿈결처럼 듣고 있었기 때문에, 필시 그의 아내가 지금쯤

---

1 여기서 '초인종'은 인간과 인간 간의 대화를 이어 주는 소도구이다. 그런데 이 초인종이 눈에 띄지 않는 투입구 안쪽에 숨겨져 있다는 것은 대화의 단절, 또는 불통을 암시한다.

혼자서 술이나 먹고, 그리고는 발가벗은 채 곯아떨어졌을 것이라고 단정했다.[2]

나는 잠이 들어 버리면 귀신이 잡아가도 몰라요.

아내는 그것이 자기의 장점인 것처럼 자랑하고 있다. 그래서 그는 분노를 느끼며 숫제 5분 동안이나 초인종에 손을 밀착시키고 방 저편에서 둔하게 벨 소리가 계속 울리고 있는 것을 초조하게 느끼고 있었다. 물론 그의 방 열쇠는 두 개로, 하나는 아내가 가지고 있고 또 하나는 그가 그의 열쇠 꾸러미 속에 포함시켜서 가지고 있는 것이다. 원하기만 한다면 그는 자기 자신의 열쇠로 방문을 열 수 있을 것이었다. 그러나 그는 어느 편이냐 하면 그런 면엔 엄격해서 소위[3] 문을 열어 주는 것은 아내 된 도리이며, 적어도 아내가 문을 열어 준 후에 들어가는 것이 남편의 권리가 아니겠느냐는 생각을 고수하고 있는 편이었다.

그래서 그는 이번엔 주먹으로 문을 두드리기 시작했다. 처음에는 천천히 두드렸지만 나중에는 거의 부숴 버릴 듯이 문을 쾅쾅 두들겨 대고 있었다. 온 낭하[4]가 쩡쩡 울리고 어디선가 잠을 깬 듯한 어린아이의 울음소리가 들려왔다. 그러자 아파트 복도 저쪽 편의 문이 열리고, 파자마를 입은 사내가 이쪽을 기웃거리며 내다보았는데 그것은 그 사람 한 사람뿐만은 아니었다. 왜냐하면 그는 남의 시선을 개의치 않고 문을 두드리고 있었기 때문에 그 사람뿐만 아니라, 다른 방의 사람들도 문을 열고 조심스럽게, 그러나 사뭇 경계하는 듯한 숫돌[5] 같은 얼굴을 하고 이쪽을 노려보고 있었다.

"여보세요."

마침내 그를 유심히 보고 있던 여인이 나무라는 목소리로 말을 꺼냈다.

---

2 아내의 생활 태도가 정숙하지 않다는 것을 상상할 수 있다.

3 소위所謂. 세상에서 흔히 말하는 바. 뒤에 오는 말을 비아냥거릴 때 사용하는 경우가 많음.

4 낭하廊下. 복도.

5 칼을 갈아 날을 세우는 데 쓰는 돌.

"그 집에 무슨 볼일이 있으세요?"

"아닙니다."

그는 피로했으나 상냥하게 웃으면서 그러나 문을 두드리는 것을 계속하면서 말을 했다.

"그 집엔 아무도 안 계신 모양인데 혹 무슨 수금 관계로 오셨나요?"

"아닙니다."

그는 그를 수금 사원으로 착각케 한 여행용 가방을 추켜 들며 적당히 웃었다.

"그런 일로 온 게 아닙니다."

"여보시오."

이번엔 파자마를 입은 사내가 손 매듭을 꺾으면서 슬리퍼를 치륵치륵 끌며 다가왔다.

"벌써부터 두드린 모양인데 아무도 없는 것 같소. 그러니 그냥 가시오. 덕분에 우리 집 애가 깨었소."

"미안합니다."

그는 정중하게 사과를 하였다. 하지만 그는 더러워서 정말 더러워서, 침이라도 뱉을 심산이었다.

"사실은 말입니다."

그는 방귀를 뀌다 들킨 사람처럼 무안해 하면서 주머니를 뒤져 열쇠꾸러미를 꺼냈다. 그리고 그는 익숙하게 짤랑이는 대여섯 개의 열쇠 중에서 아파트 열쇠를 손의 감촉만으로 잡아들었다.

"전 이 집 주인입니다."

"뭐라구요?"

여인이 의심스럽게 그를 노려보면서 높은 음을 발했다.

"당신이 이 집 주인이라구요?"

"그런데요."

그는 대답하였다. 그러자 여인은 고개를 갸우뚱거렸다.

"아니 뭐 의심나는 것이라두 있습니까?"

"여보시오."

아무래도 사내가 확인을 해야 마음 놓겠다는 듯 다가왔다. 사내는 키가 굉장히 큰 거인이었으므로 그는 사내를 올려다보았다.

"우리는 이 아파트에 거의 3년 동안 살아왔지만 당신 같은 사람은 본 적이 없소."

"아니 뭐라구요?"

그는 튀어 오를 듯한 분노 속에서 신음 소리를 발했다.

"당신이 나를 한 번도 본 적이 없다고 해서 그래 이 집 주인을 당신 스스로 도둑놈이나 강도로 취급한다는 말입니까. 나두 이 방에서 3년을 살아왔소. 그런데두 당신 얼굴은 오늘 처음 보오. 그렇다면 당신도 마땅히 의심받아야 할 사람이 아니겠소."

그는 화가 나서 고래고래 소리를 질렀다.

"어쨌든"

사내는 집요하게 물고 늘어졌다.

"당신을 의심하는 것은 안됐지만 우리 입장도 생각해 주시오."

"그건 나도 마찬가지라니깐."

그는 화가 나서 투덜거리면서 방문 열쇠 구멍에 열쇠를 들이밀었다. 방문은 소리 없이 열렸다.

"정 못 믿겠으면 따라 들어오시오. 증거를 뵈 주겠소."

그는 방 안으로 들어섰다. 방 안은 컴컴하였다.

"여보!"

그는 구두를 벗고, 스위치를 찾으려고 벽을 더듬거리면서 분노에 차서 소리를 질렀다. 허지만 방 안은 어두웠고 아무도 대답하질 않았다. 제길헐. 그는 너무 피로해서 퉁퉁 부은 다리를 질질 끌며 간신히 벽면의 스위치를 찾아내었고, 그것을 힘껏 올려붙였다. 접촉이 나쁜 형광등이 서너 번 채집병 속의 곤충처럼 껌벅거리다가는 켜졌다. 불은 너무 갑자기 들어

온 기분이어서, 그는 잠시 동안 낯선 곳에 들어선 사람처럼 어리둥절하게 서 있었다. 그때 그는 아직도 문밖에서 사내가 의심스럽게 자기를 쳐다보고 있는 것을 보았고, 그는 조금 어처구니없어서 방문을 쾅 닫아 버렸다. 그때 그는 화장대 거울 아래 무슨 종이가 놓여 있는 것을 발견하였고, 그래서 그는 힘들여 경대 앞까지 가서 그 종이를 주워 들었다.

여보, 오늘 아침 전보가 왔는데, 친정 아버님이 위독하시다는 거예요. 잠깐 다녀오겠어요. 당신은 피로하실 테니 제가 출장 가신 것을 잘 말씀드리겠어요. 편히 쉬세요. 밥상은 부엌에 차려 놨어요.

당신의 아내가

그는 울분에 차서 한숨을 쉬면서, 발소리를 쿵쿵 내면서, 한없이 잠겨들어가는 피로를 느끼면서, 코트를 벗고 넥타이를 풀고, 와이셔츠를 벗는 일관 작업을 매우 천천히 계속하였으며 그러고는 거의 경직이 되어 뻣뻣한 다리를, 접는 나이프처럼 굽혀 바지를 벗고 그것을 아주 화를 내면서 옷장 속에 걸었다. 그때 그는 거울 속에 주름살을 잔뜩 그린 늙수그레한 남자를 발견했고, 그는 공연히 거울 속의 자기를 향해 맹렬한 욕을 퍼붓기 시작했다.[6]

제길헐. 겨우 돌아왔어. 제길헐. 그런데두 아무도 없다니.

그는 심한 고독을 느꼈다. 그는 벌거벗은 채, 스팀 기운이 새어 나갈 틈이 없었으므로 후텁지근한 거실을, 잠시 철책에 갇힌 짐승처럼 신음을 해 가면서 거닐었다. 가구들은 며칠 전하고 같았으며 조금도 바뀌어지지 않은 것처럼 보였다. 트랜지스터[7]는 끄지 않고 나간 탓으로 윙윙거리고

6 소외감을 느끼는 사람일수록 자기 자신에 대하여 증오감과 혐오감을 갖는다.

7 '트랜지스터 라디오'를 가리킴.

있었다. 그는 그것을 껐다. 아내의 옷이 침실에 너저분하게 깔려 있었고, 구멍 난 스타킹이 소파 위에 누워 있었다. 다리 안쪽을 조이는 고무줄이 탁자 위에 놓여 있었다. 루즈 뚜껑이 열린 채 뒹굴고 있었다.

그는 우선 배가 고팠으므로 부엌 쪽으로 갔는데, 상 위에는 밥 대신 빵 몇 조각이 굳어서 종이처럼 딱딱해져 있었다. 그는 무슨 고무 질을 씹는 기분으로 차고 축축한 음식물을 삼켰다.

이건 좀 너무한 편인걸.

그는 쉴 새 없이 투덜거렸다. 그는 마땅히 더운 음식으로 대접을 받았어야 했다. 그뿐인가. 정리된 실내에서 파이프를 피워 물고, 음악을 들어야 했을 것이었다. 허지만 그는 운수 나쁘게도 오늘 밤 혼자인 것이다.

그는 신문을 보려고 사방을 훑어보았지만 신문은 아무 데도 없었다. 그래서 그는 신문 볼 생각을 포기하였다. 그는 시계를 보았는데, 시계는 일주일 전의 날짜[8]로 죽어 있었다. 그것은 그의 아내가 사 온 시계인데 탁상시계치곤 고급 시계이긴 하나 거추장스러운 날짜와 요일이 명시되어 있는 시계로 가끔 망령을 부려 터무니없이 빨리 가서 덜거덕하고 날짜를 알리는 숫자판이 지나가기도 하고 요일을 알리는 문자판이 하루씩 엇갈리기도 했는데, 더구나 시간이 서로 엇갈리면 뾰족한 수 없이 그저 몇천 번이라도 바늘을 돌려야만 겨우 교정되는 시계였으므로, 그는 화를 내면서 시계의 바늘을 돌리기 시작하였다. 더구나 환장할 것은 손톱을 갓 깎은 후였으므로 그는 이빨 없는 사람이 잇몸으로만 호두 알을 깨려는 듯한 무력감을 손톱 끝에 날카롭게 느끼고 있었다. 그는 망할 놈의 시계를 숫제 바닥에 내동댕이쳐 버리고 싶은 충동을 가까스로 참아 나가면서 참으로 무의미한 시간의 회복을 반복해 나가고 있었다.

그는 오랫동안 그 작업을 하였다. 그래서 그는 더욱 지쳐 버렸다.

---

8 그는 일주일 만에 출장에서 집으로 돌아온 것이다. 그의 아내 역시 '외출' 한 지 일주일이 지난 것이다.

그는 천천히 아픈 다리를 질질 끌며 욕실로 갔다. 욕실 안의 불을 켜자, 욕실은 아주 밝아서 마치 위생적인 정육점 같아 보였다. 욕조 안엔 아내가 목욕을 했는지 더러운 구정물이 그대로 담겨져 있었다. 아내의 머리칼이 욕조 가장자리에 붙어 있었고, 그것은 마치 살아 있는 벌레처럼 꿈틀거렸다. 그는 손을 뻗쳐 더러운 물 사이에 숨은 가재 등과 같은 고무 마개를 빼었다. 그러자 작은 욕조는 진저리를 치기 시작했고, 매우 빠른 속도로 물이 빠져나가 좀 후에는 입맛 다시는 듯한 소리를 내면서 더러운 때의 앙금을 군데군데 남기고는 비어 있었다.

그는 우선 세면대에 고무 마개를 틀어막은 후 더운물과 찬물을 동시에 틀었다. 더운물은 너무 찼다. 그는 얼굴에 잔뜩 비누 거품을 문질렀고, 그래서 그는 마치 분장한 도화역자[9]의 얼치기 바보 같아 보였다. 그는 자동 면도기가 일주일 전 그가 출장 가기 전에 사용했던 것처럼 그대로 날을 세우고 놓여 있는 것을 발견했다. 면도기의 칼날 부분엔 아직도 비눗기가 남아 있었고 그 사이로 자른 수염의 잔해가 녹아 있었다. 그는 화를 내면서 아내의 게으름을 거리의 창녀에게보다도 더 심한 욕으로 힐책하면서 수염을 깎기 시작했다. 수염은 거세었고, 뿌리가 깊었으므로 이미 녹슬고 무디어진 칼날로 잘라 내기란 용이한 일이 아니었다. 때문에 그는 얼굴 두어 군데를 베었고 그중의 하나는 너무 크게 베어져 피가 배어 나왔으므로 얼핏 눈에 띄는 대로 휴지 조각을 상처에 밀착시켰다. 휴지는 침 바른 우표처럼 얼굴 위에 붙여졌다. 우표는 매끈거리는 녹말기[10]로써 접착된다. 하지만 그의 얼굴 위에선 피로써 붙여졌다.

그는 화를 내었다. 그는 우울하게 서서 엄청난 무력감이 발끝에서부터 자기를 엄습해 오는 것을 느꼈으며 욕실 거울에 자신의 얼굴이 우송되는 소포처럼 우표가 붙여진 채 부옇게 떠오르는 것을 보았다. 그때 그는 거

---

9 도화역자道化役者. 도화는 도道로써 교화하는 것을 가리킴. 도화 역을 맡은 배우.
10 녹말가루.

울에 무엇인가 붙어 있는 것을 발견했다. 그는 손을 뻗쳐 그것이 무엇인가 확인을 했다.

그것은 껌이었다. 아내는 늘 껌을 씹고 있었는데, 그것은 아내의 버릇 중의 하나였다. 밥을 먹을 때나 목욕을 할 때면 밥상 위 혹은 거울 위에 껌을, 후에 송두리째 뜯어내려는 치밀한 계산하에 진득한 타액으로 충분히 적신 후에 붙여 놓는 것이었다. 그는 잠시 낄낄거렸다. 그는 그 껌을 입 안에 털어 넣었다. 껌은 응고하고 수축이 되어 마치 건포도 알 같았다. 향기가 빠져 야릇하고 비릿한 느낌이 들었지만 좀 후엔 말랑말랑해졌다. 아내의 껌이 그를 유일하게 위안해 주었다. 그래서 그는 한결 유쾌해졌고 때문에 노래를 부르기 시작했다.

나뭇잎에 놀던 새여. 왜 그런지 알 수 없네.
낸들 그대를 어찌하리. 내가 싫으면 떠나가야지.

그의 목소리는 목욕탕 속에서 웅장하였다. 온 방 안이 쩡쩡거리고, 소리가 빠져나갈 구멍이 없었으므로 종소리처럼 욕실을 맴돌았다. 그는 휘파람도 후이후이 불기 시작했다.

역시 집이란 즐겁고 아늑한 곳이군 하고 그는 중얼거렸다. 무심코 중얼거렸지만 그는 순간 그 소리를 타인의 소리처럼 느꼈으며 그래서 놀란 나머지 뒤를 돌아보았다. 그는 누군가의 인기척을 느꼈다. 그러나 개의치 않기로 하였다.

그는 욕실 거울 앞에 확대경이 놓여 있는 것을 발견했다. 물론 그는 그것의 용도를 잘 알고 있었다. 그것은 아내가 겨드랑이의 털이나 코밑의 솜털을 제거할 때, 족집게와 더불어 사용하는 것으로 그는 그것을 쥐어 들었다. 그는 그것을 들고 그것을 통하여 자신의 얼굴을 비춰 보았다. 뚜렷한 형상을 가지지 않은 사내가 이상하게 부풀어서 확대되어 있었다. 그는 그것을 움직여 욕실의 형광 불빛을 한곳으로 모으려고 애를 쓰기 시작했다. 햇빛 밑에서 확대경을 움직거리면 날개 잘린 곤충을 태워 버릴 수도 있다. 그는 끈끈하고 축축한 욕실에서 한기를 선뜻선뜻 느껴 가면서 형광 불빛을 한곳으로 모으려고, 빛을 모아 뜨거운 열기를 집중시키려고 땀을 흘리고 있었다.[11] 그는 긴 지난 여름날의 하지夏至를 느끼고 있었다.

지난 여름은 행복하였다. 그는 생각하였다. 그러자 그는 그것을 입으로 중얼거리고 싶은 충동을 느꼈다. 그래서 그는 소리를 내었다.

그럼 행복했었지. 행복했었구말구.[12] 그는 여전히 자신의 소리에 놀라면서 뒤를 돌아보았다. 그러나 그의 곁엔 아무도 없었다. 그는 좀 무안해졌고 부끄러워졌으므로 과장해서 웃어 젖혔다.

그는 키 큰 맨드라미처럼 우울하게 서서 그를 노려보고 있는 샤워 쪽으로 다가갔다. 샤워 쪽으로 갈 때마다 그는 키를 재고 싶은 충동을 느낀다. 샤워의 모가지는 사형당한 사형수의 목처럼 꺾이어져 매우 진지하게 그를 응시하고 있다.[13] 그는 샤워의 줄기 양옆에 불쑥 튀어나온 더운물과 찬물을 공급하는 조종간을 잡았다. 그는 더운물 쪽을 조심스럽게 매우 조심스럽게 틀었다. 그러자 뜨거운 비가 쏟아져 내리기 시작했다. 욕실 바닥의 타일을 때리고 금세 수증기가 되어 올랐다. 그는 신기하다, 이것은 어제의 더운물이 아니다라고 의식한다. 그는 갑자기 오랜 암흑 속에서 눈을 뜬 사내처럼 신기해 한다. 그는 이번엔 찬물을 더운물만큼 튼다. 그 차가운 물은 이제 예사의 찬물이 아니라고 그는 의식한다. 물은 그의 손바닥 위에서 너무 뜨겁기도 했고 차갑기도 해서 그는 잠시 망설이다가, 이윽고 껌을 질겅질겅 씹으며 사나운 비바다 속으로 뛰어든다. 그는 더운물

11 확대경으로 무료함을 이기려는 주인공의 이런 행동은 이상의 소설 〈날개〉에서의 주인공과 비슷하다. 방 안에 갇히게 되면 인간은 무기력해지고 아주 사소한 '놀이'에 집착하게 된다.

12 자기 자신이 행복했었다는 사실을 반복해서 확인한다. 지금 행복하지 않다는 사실을 강조하는 반어법이다.

13 주인공의 심리상태를 암시하는 묘사이다. 샤워 꼭지에서 사형수를 상상한다든지 하는 것은 지금 주인공의 심리상태가 비극적이고 불안정하다는 것을 암시하고 있다.

이 피로한 얼굴을 핥고 춤의 신발을 신어 버린 소녀처럼 매끈거리면서 몸을 타고 흘러내리는 감촉을 즐기고 있다.

그는 비누를 풀어 온몸을 매만진다. 거품이 일어 온몸이 애완용 강아지의 흰털처럼 무장하였을 때, 그는 그의 성기[14]가 막대기처럼 발기해서 힘차고 꼿꼿하게 피어오르는 것을 보았다. 욕망이 끓어오르고, 그는 뜨거운 물속으로 다시 뛰어들면서, 신음을 발하면서, 세찬 물줄기가 가슴을, 성기를 아프도록 때리는 감촉을 느끼고 있었다. 뜨거운 빗물은 싱싱한 정육 냄새나는 발그스레하고 상기한 근육을 적신다. 이윽고 온몸에 비눗기가 다 빠져도 그는 한참이나 물속에 자신을 맡긴 채, 껌을 씹으면서 함부로 몸을 굴리고 있었다. 피로가 어느 정도 풀리자 그는 물을 잠그고 몸을 정성 들여 닦는다. 그는 심한 갈증을 느낀다.

그는 욕실을 나와 한결 서늘한 거실 찬장 속에서 분말 주스와 설탕을 끄집어낸다. 그는 바닥에 가루를 흘리지 않으려고 조심을 하면서 주스를 거의 열 숟갈도 더 넣어 버린다. 그것에 그는 차가운 냉수를 섞는다. 그리고 손잡이가 긴 스푼으로 참을성 있게 젓는다. 그는 컵을 들고 한 손으로는 스푼을 저으면서 전축 쪽으로 간다. 그는 많은 전축판 속에서 아무 판이나 뽑아 든다. 그는 그 음악의 이름을 알지 못한다. 전축에 전기를 접속시키자, 전축은 돌연히 윙 — 거리면서 내부의 불을 밝혀 든다. 레코드판 받침대가 원을 그리면서 돌기 시작한다. 그는 투원반을 가볍게 날리는 육상 선수처럼 얇은 레코드를 그 받침대 위에 떠올린다. 바늘이 나쁜 전축은 쉭쉭 잡음을 내다가는 이윽고 노래를 토하기 시작한다. 그는 음악을 들으면서 소파에 길게 눕는다. 갓스탠드의 은밀한 불빛이 온 방 안을 우울하게 충전시킨다. 그는 마치 천장 위에서 보면 사람처럼 보이지도 않는다. 그는 부동의 자세로 누워 있다. 때문에 그는 가구 같은 정물靜物로 보

---

14 주인공이 항상 아내에게 눌려 지냈다는 사실을 암시하는 대목이다. 아내가 있을 때는 죽어 있던 성기가 아내가 없는 방 안에서 비로소 발기하는 것이다.

인다. 그러다가 그의 눈엔 화장대 위에 놓인 아내의 편지가 들어온다. 그러자 그는 아내의 메모 내용을 생각해 내고 쓰게 웃는다. 아내가 그에게 거짓말을 하였다는 사실을 그는 깨닫는다. 그런데도 아내는 오늘 전보를 받았다고 잠시 다녀오겠노라고 장인이 위독해서 가 보겠다고 쓰고 있다. 그는 웃는다. 아주 유쾌해지고 그는 근질근질한 염기를 느낀다. 나는 안다라고 그는 생각한다. 아내는 내가 출장 간 날 그날부터 어디론가 사라져 버렸을 것이다. 아내는 내일 저녁 내가 돌아올 것을 예측하고 잘해야 내일 모레 아침에 도착할 것이다. 다소 민망하고 부끄러워하면서 아내는 내게 나지막하게 사과를 할 것이다.

나는 아내가 다른 여인과 다른 성기를 가진 것을 잘 알고 있다. 그녀의 성기엔 작구[15]가 달려 있다. 견고하고 질이 좋은 작구이다. 아내는 내가 보는 데서 발가벗고 그 작구를 오르내리는 작업을 해 보이기 좋아한다. 아내의 하체에 작구가 달린 모습은 질 좋은 방한용 피륙을 느끼게 하고 굉장한 포옹력을 암시한다.

그는 웃으면서 스푼을 젓는다. 그때였다. 그는 무슨 소리를 들었다. 공기를 휘젓고 가볍게 이동하는 발자국 소리였다. 그는 귀를 기울였다. 그는 욕실 쪽에서 무슨 소리가 들려오고 있는 것을 눈치챘다. 그는 난폭하게 일어나서 욕실 쪽으로 걸었다. 그는 분명히 잠근 샤워에서 물이 쏟아져 내리고 있는 것을 보았다. 제길헐. 그는 투덜거리면서 물을 잠근다. 그리고 다시 소파로 되돌아온다. 그러자 이번엔 부엌 쪽에서 소리가 들려오기 시작한다. 그는 될 수 있는 한 불평을 하지 않으려고 이를 악물고 부엌 쪽으로 간다. 부엌 석유 곤로가 불붙고 있다. 그는 투덜거리면서 그것을 끈다. 그리고 천천히 소파 쪽으로 왔을 때, 그는 재떨이에 생담배가 불이 붙여진 채 타고 있음을 발견한다. 그는 반사적으로 주위를 둘러본다. 그는 엄청난 고독을 느낀다.

---

15 지퍼.

"누구요?"

그는 조심스럽게 소리를 지른다. 그의 목소리는 진폭이 짧게 차단된다. 그는 갇혀 있음을 의식한다. 벽 사이의 눈을 의식한다. 그는 사납게 소파에 누워, 시선에 닿는 가구들을 노려보기 시작한다. 모든 가구들이 비 온 후 한결 밝아 오는 나뭇잎처럼 밝은 색조를 띠고 빛나기 시작한다. 그는 스푼을 집요하게 젓는다. 설탕물은 이미 당분을 포함하고 뜨겁게 달아 있으나 설탕은 포화 상태를 넘어 아직 풀리지 않고 있다. 그래도 그는 계속 스푼을 젓는다. 갑자기 그는 그의 손에 쥐어진 손잡이가 긴 스푼이 여느 스푼이 아님을 느낀다. 그러자 스푼이 그의 의식의 녹을 벗기고, 눈에 보이는 상태 밖에서 수면을 향해 비상하는, 비늘 번뜩이는 물고기처럼 튀어 오르는 것을 보았다. 그는 힘을 다해 스푼을 쥔다. 그러자 스푼은 산 생선을 만질 때 느껴지는 뿌듯한 생명감과 안간힘의 요동으로 충만된다. 그리고 손아귀에 쥐어진 스푼은 손가락 사이를 민첩하게 빠져나간다. 그는 잠시 놀란 나머지 입을 벌린 채 스푼이 허공을 날면서 중력 없이 둥둥 떠서 흐르는 것을 보았다. 그는 온 방 안의 물건을 자세히 보리라고 다짐하고는 눈을 부릅뜬다. 그러자 그의 의식이 닿는 물건들마다 일제히 흔들거리면서 흥을 돋우기 시작하는 것이었다. 그는 비틀거리면서 일어나 거실에 스위치를 넣으려고 걷는다. 그는 스위치를 넣는다. 형광등의 꼬마 전구가 번쩍번쩍거리며 몇 번씩 빛을 반추한다. 그러다가 불쑥 방 안이 밝아 온다.

그는 스푼이 담수어[16]처럼 얌전하게 손아귀 속에 쥐어 있는 것을 발견한다. 그는 조심스럽게 온 방 안의 물건들을, 조금 전까지 흔들리고 튀어 오르고 덜컹이던 물건들을 하나하나 훑어보기 시작한다.

물건들은 놀랍게도 뻔뻔스러운 낯짝으로 제자리에 가라앉아 있었다. 그는 비애를 느낀다. 무사무사無事無事의 안이 속에서 그러나 비웃으며 물

---

16 담수어淡水魚. 민물고기.

건들은 정좌해 있다. 그는 투덜거리면서 스위치를 내린다. 그리고 소파에 앉아 단 설탕물을 마시기 시작한다. 방 안 어두운 구석구석에서 수군거리는 소리가 들려온다. 어둠과 어둠이 결탁하고 역적 모의를 논의한다. 친구여, 우리 같이 얘기합시다. 방 모퉁이 직각의 앵글 속에서 한 놈이 용감하게 말을 걸어 온다. 벽면을 기는 다족류 벌레[17]의 발자국 소리가 들려온다. 옷장의 거울과 화장대의 거울이 투명한 교미를 하는 소리도 들려온다. 그는 어둠 속에서 눈을 부릅뜬다. 벽이 출렁거린다. 그는 천천히 몸을 움직인다. 방 벽면 전기다리미 꽂는 소켓의 두 구멍 사이에서 소리가 들려온다. 친구여. 귀를 좀 대 봐요. 내 비밀을 들려줄게. 그는 그의 오른쪽 귀를 소켓에 밀착한다. 그의 귀가 전기 금속 부분품처럼 소켓의 좁은 구멍에 접촉된다. 그러자 그의 온몸이 고급 전기 곤로처럼 달아오르기 시작한다. 그의 몸에 스파크가 일고, 그는 온몸에 충만한 빛을 느낀다.

잘 들어요. 소켓이 속삭인다. 마치 트랜지스터의 이어폰을 꽂은 목소리처럼 그의 목소리는 귓가에만 사근거린다. 오늘 밤 중대한 쿠데타가 있을 거예요. 겁나지 않으세요.[18]

그는 소켓에서 귀를 뗀다. 그리고 맹렬한 기세로 다시 스위치에 불을 넣는다. 불이 들어오면 이 모든 술렁임이 도료처럼 벽면에 밀착하고 모든 것은 치사하게도 시치미를 떼고 있다. 그는 불을 켠 채 화장대로 다가간다. 그는 투덜거리면서 키가 크고 낮은 모든 화장품을 열어 감시한다. 그리고 찬장을 열어 그 안에 가지런히 빈 그릇들, 성냥통, 촛대, 옷장을 열어 말리우는 바다 생선처럼 걸린 옷들, 그리고 그들의 주머니도 검사한다. 옷들은 좀 괘씸했지만 얌전하게 주머니를 털어 보인다. 그는 하나하나 보리라고 다짐한다. 서랍을 뒤져 남은 물건도 조사한다. 그러다가 이미 건조하여 건드리기만 해도 부서질 듯한 낙엽 몇 송이를 발견했다. 그

---

17 지네처럼 발이 많이 달린 벌레.
18 주인공이 과대망상을 하고 있다.

것은 그에게 지난 가을을 생각키우게 했고 그는 잠시 우울해졌다. 그는 사진틀 속의 퇴색한 사진도 유심히 들여다보았다. 책상에 꽂힌 뚜껑 씌운 책들도 관찰하였다. 그는 부엌으로 가서 석유 곤로의 심지도 관찰하였다. 덮개가 있는 것은 그 내용물을 검사하였으며 침대도 들어서 털어도 보았다. 심지어 변기도 들여다보았고, 창 틈 사이도 들여다보았다. 물건들은 잘 참고 세금 잘 무는 국민처럼 얌전하게 그의 요구에 응해 주었다. 그러나 그가 들여다보는 물건은 본래 예사의 물건은 아니었다. 그것은 이미 어제의 물건이 아니었다.

그는 한층 더 깊은 피로를 느끼면서 거실로 돌아와 술병의 술을 잔에 가득히 부어 단숨에 들이마셨다. 그러자 그는 아주 쓸쓸하고 허무맹랑한 고독감을 느꼈다. 그래서 그는 다시 한 잔을 그득히 부어 연거푸 단숨에 들이마셨다. 술맛은 짜고 싱겁고, 달고도 썼다.

그는 어디쯤엔가 피다 남은 꽁초가 있을 것이라고 생각하고 서랍을 뒤지다가 말라빠진 담배꽁초를 발견했다. 그는 그것에 불을 붙였다. 술기운이 그를 달아오르게 하고 그를 격려했기 때문에 그는 아동처럼 큰 소리로 노래를 부르기 시작했다.

나뭇잎에 놀던 새여. 왜 그런지 알 수 없네.
낸들 그대를 어찌 아리. 내가 싫으면 떠나가야지.

그는 벌거벗은 채 온 방 안을 서성거리기 시작했다. 그는 그것이 일상사日常事인 것처럼 걷고, 그리고 뛰었다. 그는 부엌을 답사하였고 그럴 때엔 욕실 쪽이 의심스러웠다. 욕실 쪽을 보고 있노라면 그는 거실 쪽이 의심스러웠다. 그는 활차滑車[19]처럼 뛰고 또 뛰었다. 그러나 그는 아무것도 아무런 낌새도 발견해 낼 수 없었다. 무생물에 놀란다는 것은 부끄러운

19 도르래.

일이다라고 그는 생각했다. 그러자 그는 비로소 안심이 되었다. 그래서 거만스럽게 걸어가서 스위치를 내렸다. 그는 소파에 앉아 남은 설탕물을 찔금찔금 들이켜기 시작했다. 그가 스위치를 내리자, 벽에 도료[20]처럼 붙었던 어둠이 차곡차곡 잠겨서 덤벼들고 그들은 이윽고 조심스럽게 수군거리더니 마침내 배짱 좋게 깔깔거리고 있었다. 말리운 휴지 조각이 베포처럼 늘리워 허공을 난다. 닫힌 서랍 속에서 내의內衣가 펄펄 뛰고 있다. 책상을 받친 네 개의 다리가 흔들거리기 시작한다.[21]

그것은 그래도 처음엔 조심스럽게 시작되었다. 허지만 그들의 대상이 무방비인 것을 알자, 일제히 한꺼번에 고래고래 소리를 지르면서 날뛰기 시작했다. 크레용들이 허공을 난다. 옷장 속의 옷들이 펄럭이면서 춤을 춘다. 혁대가 물뱀처럼 꿈틀거린다. 용감한 녀석들은 감히 다가와 그의 얼굴을 슬쩍슬쩍 건드려 보기도 하였다. 조심해 조심해. 성냥곽 속에서 성냥개비가 중얼거린다. 꽃병에 꽂힌 마른 꽃송이가 다리를 번쩍번쩍 들어 올리면서 춤을 춘다. 내의가 들여다보인다. 벽이 서서히 다가와서 눈을 두어 번 꿈쩍거리다가는 천천히 물러서곤 하였다. 트랜지스터가 안테나를 세우고 도립하기 시작한다. 그러자 재떨이가 박수를 치기 시작한다. 소켓 부분에선 노래가 흘러나온다. 낙숫물이 신기해서 신을 받쳐 들던 어릴 때의 기억처럼 그는 자그마한 우산을 펴고 화환처럼 황홀한 그의 우주 속으로 뛰어든 셈이었다. 그는 공범자가 되고 싶은 욕망을 느낀다.

그때였다. 그는 서서히 다리 부분이 경직해 오는 것을 느꼈다. 그것은 우연히 느낀 것이었다. 처음에 그는 이 방에서 도망가리라 생각했었기 때문에, 될 수 있는 한 소리를 내지 않고 살금살금 움직이리라고 마음먹고 천천히 몸을 움직이려 했을 때였다. 그러나 그는 다리를 만져 보았는데 다리는 이미 굳어 석고처럼 딱딱하고 감촉이 없었으므로 별 수없이 손에

---

20 도료塗料. 벽 같은 데 칠해서 썩지 않게 하거나 아름답게 하는 재료. 페인트, 바니시 등.
21 계속해서 주인공의 자의식이 상상하는 내용을 묘사하고 있다.

힘을 주어 기어서라도 스위치 있는 쪽으로 가리라고 결심했다. 그는 손을 뻗쳐 무거워진 다리, 그리고 더욱더 굳어져 오는 다리를 끌고 스위치 있는 곳까지 가려고 안간힘을 썼다. 그러나 그는 채 못 미쳐 이미 온몸이 굳어 오는 것을 발견하였다. 그래서 그는 숫제 체념해 버렸다. 참 이상한 일이라고 생각하면서 그는 조용히 다리를 모으고 직립하였다. 그는 마치 부활하는 것처럼 보였다.

다음 다음날 오후쯤 한 여인[22]이 이 방에 들어왔다. 그녀는 방 안에 누군가가 침입한 흔적을 발견했다. 매우 놀라서 경찰을 부를까고도 생각했었지만, 놀란 가슴을 누르며 온 방 안을 조심스럽게 살펴보았는데 틀림없이 그녀가 없는 새에 누군가가 들어온 것은 사실이긴 했지만 자세히 구석구석 살펴본 후에 잊어버린 것이 없다는 것을 발견하자 안심해 버렸다.

그러나 그녀는 곧 잊어버린 것이 없는 대신 새로운 물건[23]이 하나 놓여 있는 것을 발견했다. 그 물건은 그녀가 매우 좋아했던 것이었으므로 며칠 동안은 먼지도 털고 좀 뭣하긴 하지만 키스도 하긴 했었다. 허지만 나중엔 별 소용이 닿지 않는 물건임을 알아차렸고 싫증이 났으므로 그 물건을 다락 잡동사니 속에 처넣어 버렸다. 그리고 그녀는 다시 그 방을 떠나기로 작정을 했다. 그래서 그녀는 메모지를 찢어 달필로 다음과 같이 써서 화장대 위에 놓았다.

여보. 오늘 아침 전보가 왔는데 친정 아버님이 위독하다는 거예요. 잠깐 다녀오겠어요. 당신은 피로하실 테니 제가 출장 갔다고 할 테니까 오시지 않으셔두 돼요. 밥은 부엌에 차려 놨어요.

1971년 《문학과 지성》 봄호

---

22 주인공 '그'가 출장 간 사이 쪽지를 남겨 놓고 외출했던 아내.

23 이 물건은 '남편'을 가리킬 수도 있다. 한동안 '쓸모'가 있을 때 아내는 이 물건을 사랑하지만 이내 싫증을 낸다. '남편'도 그런 '물건' 중의 하나일 것이다.

|1946 ~ |

1946년 충청남도 논산 연무읍에서 태어나다. 1967년 전주교육대를 졸업하고 전북 무주의 괴목국민학교에서 교편을 잡다. 1969년 교사직을 사직하고, 무작정 상경하여 밑바닥 생활을 전전하다. 1971년 원광대학에 편입학하여 졸업하다. 강경여중, 서울 문영여중 국어 교사로 재직하다. 1973년 《중앙일보》 신춘문예에 단편 〈여름의 잔해〉가 당선되어 문단에 등단하다. 이후 20여 권의 장편소설과 창작집을 펴내다. 1999년 계간 《시와 함께》에 〈놀〉 등 19편의 시를 발표하다. 1981년 '대한민국문학상' 을 수상했고 명지대 교수로 부임하다. 2004년 작품 활동을 위하여 명지대 교수직을 사임하다.

대|표|작

단편 〈토끼와 잠수함〉(1978), 연작소설 〈흉기〉(1990), 〈흰소가 끄는 수레〉(1997) 등이 있고 장편 〈죽음보다 깊은 잠〉(1979), 〈풀잎처럼 눕다〉(1980), 〈숲은 잠들지 않는다〉(1985), 〈불의 나라〉(1987), 〈물의 나라〉(1988), 〈수요일은 모차르트를 듣는다〉(1991) 등이 있다.

〈들길 · 1〉은 1999년에 계간 문예지 《창작과 비평》에 발표했고, 2000년에 펴낸 〈향기로운 우물 이야기〉라는 제목의 연작소설집에 수록한 작품이다. 작가는 1990년대 초 "창작의 샘이 말랐으므로 더 이상 작품을 쓰지 않겠다"는 '절필' 선언을 했었다. 이 절필 선언은 문단에 큰 충격을 던졌다. 작가가 글 한 줄 쓰지 않고 침묵을 지킨다는 것은 작가의 기득권을 포기하는 것이기 때문이다. 이후 3년간의 침묵을 깨고 다시 글을 쓰기 시작하였고, 〈흰소가 끄는 수레〉라는 연작을 첫 작품으로, 그리고 두 번째 작품으로 〈들길〉을 들고 문학의 들판으로 돌아온 것이다.

〈들길 · 1〉은 1943년부터 1960년대 초반을 배경으로 한 20편의 연작소설 중 첫 편이다. 1940년대 일제 강점기를 거쳐 1960년대 근대화의 깃발 속에서 한 농촌 일가가 해체되는 모습을 그려 낼 이 연작소설의 들머리 역할을 하고 있다. 딸만 주르르 넷을 낳은, 억척스럽고 그악스러운 소설 속의 '엄니'는 실제 작가의 어머니를 연상케 한다. '엄니' 뿐만 아니라 강경 포구 풍경이며 솔밭이 내려다보이는 아래뜸 · 위뜸 마을, 챙강챙강 바큇살에 햇살 튕기는 소리를 내며 둑방 길을 오가는 자전거 이야기 등은 실제 작가의 어릴 적 체험이 담겨 있는 것처럼 보인다. 그만큼 생생하고 정겹다.

이 작품에서 '엄니'는 큰딸 순임이와 함께 가장 중요한 인물이다. "만약 고추를 달고 나오면 부엌 아궁이에 불을 지피되, 그렇지 않으면 엎어 놓거라"고 큰딸에게 오금을 박아 두는 어머니이다. 어머니 외에도 등장하는 인물들이 하나같이 생동감 있게 그려져 있고, "투가리 깨지는 말본새" 같은 감칠맛 나는 전라도 토박이말의 묘미는 50년 전 옛이야기가 아니라 바로 요즈음 우리 이웃 마을 이야기 같은 친근함을 느끼게 해 준다. 가난하고 힘든 과거로 회귀한 것에 대하여 작가는 한 인터뷰에서 이렇게 말하고 있다. "우리 삶 속에서 잊어버리고 있는 것들에 대해 관심을 가지고 싶었어요. 그래서 '가난'으로 다시 돌아왔지요. 그것을 통해 공동체, 우리의 고유한 사랑법도 이야기하고 싶어요."

구조분석

■ **갈래** 연작소설.

■ **주제** 일제 강점기 피폐한 농촌의 실상과 여성들의 삶.

■ **배경** 시간은 1940년대 어느 여름날. 공간은 강경 읍내와 아래 · 위뜸 마을.

■ **시점** 3인칭 전지적 작가 시점.

등장인물

■ **순임** 매사에 느리고 말수가 적다. 순종을 미덕으로 아는 다소곳한 성격의 처녀. 방년 15세.

■ **엄니** 딸만 넷을 낳아 아들 낳기가 소원인, 그악스럽고 징헌 모성의 소유자.

■ **순명** 순임의 바로 아래 동생. 재빠르고 야무진 데다가 당돌하고 호기심 많은 소녀. 12세.

■ **똥뀔댁** 방직공장 여공으로 딸 분숙이 자랑에 여념이 없는 이웃 여인.

플롯

■ **발단** 방직공장 여공을 뽑아 가기 위한 풍장 소리가 아래 · 위뜸 마을 고샅을 올라가고 순명이를 비롯한 마을 처녀들이 경성에 가려고 준비한다.

■ **전개** 순임이도 순명과 함께 상진 아버지를 따라 경성행 열차를 타러 강경으로 가는데 엄니 생각, 아버지 생각 때문에 울음밑이 길어진다.

■ **위기** 엄니 두고 고향 떠날 수 없어 집으로 돌아오는 순임. 그러나 엄니는 동생 순명을 버리고 돌아온 순임이를 죽일 듯이 닦달한다.

■ **절정** 순임은 강경 역전으로 가서 경성행 열차를 타기 직전의 순명을 강제로 데리고 오다가 경성에서 내려오던 분숙이를 만나 아기를 떠안게 되고 심신이 기진해진다.

■ **결말** 비몽사몽 하는데 알싸한 쑥 냄새가 나고 순명은 아무도 몰래 한 자락 꿈을 꾼다.

이것만은 놓치지 말자

전라도 토막이말 익히기

이 작품을 읽는 데 가장 흥미 있는 대목은 등장인물들이 토해 내는 전라도 사투리이고, 작품을 이해하는 데 걸림돌이 되는 것도 이 사투리이다. 특히 순임의 어머니나 마을 아낙들의 대화 속에 등장하는 사투리 말본새는 그 묘미가 은근하다. 이 사투리들을 모두 표준어로 바꾸어 무슨 뜻인지 파악하면 작품에 대한 이해가 한결 높아질 것이다.

작품에 나오는 '새와 풀' 공부

이 작품에는 많은 새 이름과 풀 이름이 나온다. 무당새, 종다리, 멧새, 참새, 오목눈이 같은 새에서부터 비름, 쇠귀나물, 쑥부쟁이, 애기마름, 쇠별꽃 같은 풀 이름들은 마치 동식물도감을 보는 듯하다. 그리고 이것들이 작품 분위기에도 딱 어울린다. 동식물도감을 구하여 생태를 공부해 보는 것도 좋겠다.

깊이 생각하기

1. 1940년대 일제의 수탈 정책으로 농촌생활은 어떠했는지 작품 속에 나타난 사례를 중심으로 알아보자.
2. 이 작품에 직접 등장하지는 않지만 순임의 꿈이나 회상 속에 등장하는 아버지의 이미지를 통하여 어떤 아버지였는지 설명해 보자.
3. 이 작품 속에 노출된 남아 선호사상에 대하여 비판해 보자.

들길 · 1

♦

1

빽 지르는 풍장[1] 소리가 고샅[2]을 훑고 지나간 것은 아침이었다. 순임이 길어 온 물을 물 항아리에 붓고 나서 막 허리를 들어 올리는데 그 풍장 소리가 났다. 아래뜸[3]에서 위뜸으로 올라가고 있었다. 까들막거리며[4] 앞장서 나가는 꽹과리 소리는 보나마나 강씨네에서 담살이하는 절름발이가 내고 있을 터였다. 꽹과리를 잘 쳐서 사람들은 그를 꽹매기라고 불렀다.

"뭔 놈으 풍장 소리라냐."

어머니가 투가리 깨지는 말본새[5]로 물었다.

부뚜막에 삐뚝하게 앉아서 어머니는 깻묵죽을 젓고 있었다. 깻묵죽이라고 하지만, 뭐 제대로 생겨 먹은 깻묵으로 죽을 끓이는 것도 아니었다. 면에서 집집마다 가진 논의 넓고 좁음에 따라 배급해 준 그것은, 본래 논에 거름으로 쓰라고 나눠 준 콩깻묵이었다. 만주에서 가져온다고 말하는 사람도 있었고, 일본에서 들여온다고 말하는 사람도 있었다. 강경[6] 포구

1 농악에 쓰는 풍물風物을 가리키는 말.

2 좁은 골짜기의 사이.

3 뜸. 한동네 안에서 몇 집씩 따로 한데 모여 있는 구역.

4 잘난 체하며 신이 나서 버릇없이 굴다.

5 투가리(뚝배기)가 깨지는 소리는 대단히 둔탁하고 날카로울 것이다. 순임이 어머니의 그런 말투를 가리키는 표현이다.

엔 일장기[7]를 높다랗게 매단 일본 배가 자주 들어오는데, 그 배의 키가 하늘에 닿고, 양편으로 어기차게[8] 벌어진 게 거짓말 참말 할 것 없이, 앞 재빼기 들녘만큼 넓더라고 했다. 텐노오 헤이까[9]가 우리를 위해 콩깻묵을 보내 주는 것이라고 째보아저씨는 말해 주었다.

귀신 씻나락 까먹는 소리 허고 자빠졌네.

어머니는 혼잣말을 하듯 대거리[10]를 했다. 콩깻묵을 내려놓은 일본 배는 콩깻묵 대신 구경하기조차 어려운 쌀가마니를 바리바리[11]싣고 일본으로 간다는 것이었다. 모악스럽게 공출[12]로 걷은 볏가마니들이 장날마다 둑길로 줄지어 실려 나가는 것을 순임은 늘상 보았다. 어머니는 논에다 비료를 주라고 나눠 준 콩깻묵을 이틀쯤 물에 담가 두었다가 밀기울을 넣고 죽을 끓였다. 누르딩딩한 깻묵죽에선 이상한 기름 냄새 같은 게 나서, 순임은 숟가락질을 할 때마다 콧잔등을 오감스럽게 찡그리곤 했다. 처먹으면서 코쭝배기[13] 찌그러뜨리는 년은 뒈져 귀신이 되믄 코가 없댜, 라고 어머니는 어깃장[14]을 놓았다. 코쭝배기 없으면 성은 달걀귀신 되겠네 잉. 토를 붙이고 항용[15] 나서는 것은 순명이였다.

"엄니, 엄니!"

숨넘어가는 소리가 안마당을 가로질러 왔다.

어머니 말에 아무런 대꾸 없이 물동이를 이고 정지[16]를 나서려던 순임

---

6 강경江景. 충청남도 논산시 서부에 있는 도시.

7 일장기日章旗. 일본의 국기.

8 매우 굳세게.

9 일제 강점기에 일본 국왕을 부르던 호칭. 우리말로 옮기면 '천황 폐하.'

10 상대방에 맞서서 대드는 것.

11 여러 바리로. 운반하는 짐이 매우 많음을 나타내는 말.

12 공출供出. 일제 강점기 때, 일제 당국이 곡식이나 여러 가지 물건을 의무적으로 내놓게 한 일.

13 코쭝배기. 코를 속되게 부르는 말.

14 다른 사람의 말이나 행동에 조화를 이루도록 맞추지 않고 일부러 그에 어긋나는 말이나 행동을 하는 일.

15 항상.

의 옆구리를 비비쳐들어온 것 역시 순명이였다. 순임과 세 살 터울로 이제 열두 살인데, 매사에 느리고 말수 적은 데다가 생긴 것부터 숫되고 평퍼짐한 순임과 달리, 순명은 재빠르고 야무진 데다가 생긴 것 또한 앙당그러진 것이, 한눈에 어기찬 구석이 있어 뵀다. 풍장 소리는 위뜸으로 올라가고 있는 중이었다. 순명이 숨을 새새거리면서 말했다.

"엄니, 나 갈겨. 경성[17] 간당게."

"썩을년이 무신 자다가 봉창 뜯는 소리를 허고 자빠졌댜. 새똥빠지게. 경성이 워딘데 니깟 년이 거길 간다는겨?"

"방직공장 말여. 나도 갈 수 있댜. 영순네 큰아부지가 그렸어."

"쨰보 그녀르 것이……."

"갈 사람은 아침 먹고 뒷솔밭 회당으로 뫼랬어. 엄니허고 같이 와야 헌댜. 증말여. 그것 땜새 풍장 치고 허는 거랑게. 뭣이냐, 방직공장에서 사람이 왔는디 댕, 댕기[18]를 몸에다 맸단 말여. 그 사람 따라가기만 허믄 쌀밥에 괴기반찬 배창사구[19] 터지게 먹는댜. 증말로 나 갈겨. 엄니."

순임은 사립문을 나섰다.

이제 막 떠오른 해가 고내곡재 위에 쇳물 뒤집어쓴 맨머리로 떠 있었다. 아침볕인데도 햇발 쨍쨍한 것이 오늘 역시 오지게 더울 모양이었다. 봄보리조차 채 여물지 않은 늦봄이지만 벌써 며칠째 참숯불 피워 놓은 듯한 불볕더위가 이어지고 있었다. 순임은 공연히 가슴이 두근두근해져서 양손으로 빈 물동이의 옆귀를 꽉 붙들어 잡고 짐짓 아창거리며[20] 걸었다. 똬리 위에 한 자[尺] 반은 됨직한 물동이를 얹어 놓았으나, 물동이 꼭대기가 겨우 고샅 한켠의 토담 꼭대기와 키대기[21]를 한 형세였다. 세 살이나 어린 순명

---

16 부엌.

17 서울의 일제 강점기 때 이름.

18 넥타이를 속되게 부르는 말.

19 배창자가.

20 '아장거리다'의 강한 표현. 키가 작은 사람이 찬찬히 걸어가다.

21 키재기.

이 키가 조만간 자신의 키를 넘볼 것이라고 생각하니 한숨이 나왔다. 미상불[22] 아침마다 십여 번씩이나 물동이를 머리에 이고 동네 우물과 정지를 오가고 있으니, 깻묵죽일망정, 먹은 것이 키로 갈 리 만무했다.[23]

우물가엔 때맞추어 영순네 큰어머니 째보댁이 나와 있었다.

째보댁은 물을 긷는 중이었고, 첫애기를 잃고 나서 더욱더 수척해진 꽹매기 젊은 각시는, 보리죽을 끓일 요량인지, 겉보리를 씻고 있었고, 유난히 방귀를 잘 뀐다고 해서 똥뀔댁이라고 불리는 분숙이 어머니는, 사철나무 그늘에 오종쫑하게 앉아, 쌀바가지에서 뉘[24]를 가려내고 있었다. 요즘 같은 보릿고개에 곱삶이래도 그렇지, 보리밥일망정 원 없이 먹을 수 있는 집은 손가락을 꼽을 정도였다. 그런데 싸라기도 아닌 쌀이라니, 은근히 부아가 치밀어 올라 있던 째보댁이 두레박줄을 잡아 올리다 말고 순임을 보더니 냉큼 오금을 쥐어박듯 말하는 것이었다.

"순임이, 너도 가라 잉. 너도 가."

철푸덕, 우물물에 떨어지는 두레박 소리가 났다.

풍장 소리는 위뜸을 한 바퀴 돌고 났는지 다시 아래뜸으로 다가오고 있었다. 아래뜸과 위뜸이 만나는 곳에서, 서편을 향해 주머니 같은 형국을 하고 불쑥 나앉은 뒷솔밭으로 다시 내려올 모양이었다. 우물가에선 탁 트인 벌판과 함께 소나무들이 우뚝우뚝 서 있는 뒷솔밭이 한눈에 바라보였다. 이태 전인가, 솔밭 사잇길로 떠나던 동갑내기 분숙의 뒤꼭지가 순임에게 환히 뵈는 듯했다. 분숙의 큰언니 분순이가 일찍 방직공장으로 가 자리를 잡고서 분숙이를 불러 올린다고들 했다.

"그러엄. 가야 허고말고."

똥뀔댁이 맞장구를 치고 나왔다.

순임은 자신도 몰래 아래윗입술을 모두어 내밀고, 째보댁이 건네는 두

---

22 아닌 게 아니라

23 큰딸로서 가사를 돌보아야 하는 순영의 고단한 모습이 표현되어 있다.

24 쌀에 섞인 벼 알갱이.

레박줄을 힘주어 잡았다. 우물은 웅숭깊어[25] 한낮에 코를 박아 봐도 그 속이 들여다보이지 않았다. 여름철엔 서늘하고 겨울엔 따뜻한 김이 서리는 게 근동[26]에서 물맛이 제일 간다고들 했다. 가슴팍이 달음박질로 뛰는 것이, 철벙하고 거꾸로 박힌 두레박을, 순임은 도무지 끌어당길 힘이 나지 않았다.

"내 말에 저년, 조동아리, 십 리는 나왔네그려."

"아이구, 이년아. 예서 허구헌 날 멀건 풀떼죽[27]으로 살다가 배창사구 접붙으면 워쩔려고 그러냐. 니미[28] 신세도 참 팔자소관이다 잉. 남정네는 장사헌다는 핑계로 팔도를 떠돌다가 바람같이 와서는 새깽이[29]나 맨들고 가고, 땅뙈기[30]도 없는 살림에 나오는 것이 족족 지집애지. 하이구, 못살어, 나는 순임이 니 나이 때 민며느리[31]로 들어와서, 새깽이 낳던 날에도 피 뽑으러 무논에 들었다 잉. 줄줄이 딸린 기집애 넷이 모두 구들장이나 지키고 있으믄, 니미 워찌케 살 것이냐. 방직공장에 들어가기만 혀 봐.[32] 밥이 걱정이냐 옷이 걱정이냐. 그거래도 다 동네 사람 음덕여. 상진네 아부지가 진즉에 방직공장 들어가 박혔응게 망정이지. 이 들녘까지 워디 차지가 돌아오겄냐. 이참에 독헌 맘 먹고 나서라 잉. 아, 분숙이년은 너허고 동갑인디 벌써 공장 간 지 이태째잖여?"

"금방여. 내년이믄 감독이 된다."

---

25 깊이를 알 수 없을 만큼 깊어.
26 가까운 이웃 동네.
27 곡식을 조금 넣고 끓인 멀건 죽을 가리킴.
28 '니미랄 것'의 준말. 신세 한탄할 때 쓰는 상스런 표현.
29 자식새끼.
30 얼마 안 되는 논밭.
31 장차 며느리를 삼으려고 어렸을 때부터 미리 데려다 기르는 여자아이.
32 방직공업은 일제 강점기 때 가장 중요한 산업 중의 하나였다. 그래서 많은 여성근로자가 필요했는데, 거의 대부분을 가난한 농촌에서 뽑아 왔다. 물론 임금도 적고 작업환경도 나빴다. 그러나 굶어 죽기 직전인 궁핍한 농촌 처녀들로서는 찬밥 더운밥을 가릴 처지가 아니었다.

똥꿜댁이 쓱쓱 쌀바가지를 문질렀다.

똥꿜댁네가 딸 셋을 내리닫이로 방직공장에 보내서, 작년엔 골답[33] 다섯 마지기나 더 샀다는 말을 순임이도 들은 적이 있었다. 분숙이 아버지는 얽빼기[34]인데 사흘을 굶다가 술재강[35]을 얻어먹고 죽을 뻔한 일도 있는 위인이었다. 본시 가진 것 없는 데다가, 아둔하기론 젓가락으로 김칫국을 집으려 하고, 싱겁기는 황새 똥구멍이니, 살림이 펼 리가 없었다. 게다가 순임이네처럼 딸만 넷을 얻고 아들 하나 낳으니, 몇 년 전만 해도, 그야말로 생쥐 볼가심할 것도 없는[36] 집이 바로 분숙이네였다. 그러나 바로 그 딸들 덕에 요즘의 얽빼기는 광목 바지저고리에 분통 같은 도포까지 해 입고, 1년이면 몇 차례씩 경성 나들이를 했다.

"분순이는 워찌 산댜?"

째보댁이 슬쩍 심술바가지를 들고 나왔다.

소문에 따르자면 분숙이 큰언니 분순이는 공장 남자와 배가 맞아 애를 낳았는데, 그 바람에 공장에서도 쫓겨났고 남정네마저 훌쩍 떠났다고 했다. 알고 보니 남정네 조강지처[37]가 전라도 부안이라던가, 연년생[38]으로 새끼를 둘이나 두고 시퍼렇게 살아 있더라는 것이었다. 째보댁은 소문을 다 알면서 짐짓 의뭉을 떨고 있었다. 똥꿜댁의 눈이 새치름해졌다.

"우리 분순이 저물 녘엔 올 것여."

"지난 설에도 코빼기를 못 봤는디."

"장삿일이 바빠서 그런겨. 갸가 공장 나와서 공장 앞에 밥집을 냈는디, 아이구, 돈을 갈퀴로 긁는댜. 내일이 쟈부지 귀빠진 날이라고 이따 올 것

33 물이 흔하고 기름진 논.
34 얼굴에 얽은 자국이 많은 사람.
35 술을 빚고 남은 찌꺼기.
36 먹을 것이 없고 살림이 몹시 궁한.
37 조강지처 糟糠之妻. 몹시 가난하고 천할 때부터 고생을 함께 겪어 온 아내.
38 해마다 아이를 낳는 것.

인게, 워떻게 빼입고 오는지를 봐봐. 갸는 꺼먹고무신[39] 같은 거, 안 신고 살어. 가죽신 신고 산게로."

"들었지, 이년아!"

갑자기 째보댁이 순임에게 통바리를 놓았다.

"너도 가기만 혔다 허믄, 팔자 확, 피는겨. 니 엄니 니 동상들 팔자도 피고. 니년이 문을 잘못 열고 나왔응게 니 꼬랑지도 줄줄이 지집애뿐이고잉, 그라고 말이 나왔응게 말이다만, 니 키가 난쟁이 좆질이맹키로 생긴 것만 혀도 그려. 허구헌 날, 아침마닥, 어린 게 물 길어 대느라고 키가 클 수가 있어야지. 나 같으면 야, 시키지 않아도 그깟 놈의 물동이 홱 내던지고 단박에 단봇짐 싸겄다."

"싫어유!"

기어코 삐질삐질 눈물이 나왔다.

물동이를 이고 일어섰으나 잘름잘름 물이 키질을 해서 쏟아지니 발걸음 내딛는 게 도무지 허당을 짚는 것 같았다. 우물을 둘러친 사철나무 너머로 보이는 성동 벌판이 어릿어릿, 뿌옇게 멀었다. 순명이가 정지간으로 뱌비쳐들어올 때부터, 아니 난데없이 풍장 소리가 고샅을 빽 지르고 지날 때부터 가슴이 방망이질쳐 일어났던 것이, 모두 이런저런 요량 때문이었음을 순임은 비로소 알았다.

못혀. 난 못 가.

불퉁맞게 소리쳐 봤자 말은 입속에 있었다.

20리 밖 강경 포구는 고사하고, 열다섯 살 먹은 이날 입때까지 순임이가 동네를 벗어나 본 것은, 지난봄에 5리 밖 선돌부락에 있는 소학교에 이틀 가 본 것이 전부였다. 그때도 그렇게 가기 싫은 걸 구장어른의 언죽번죽한[40] 치렛말[41]에 넘어간 어머니가 부지깽이를 들고 포달지게[42] 쫓는

---

39 검정고무신. 당시 서민들이 신던 값싸고 질긴 고무신.

40 조금도 부끄러워하는 기색이 없고 뻔뻔한.

41 인사치레로 하는 말.

바람에 순명이 손에 끌려갔던 것인데, 사흘째 되면서는 어머니는 보낼 때와 달리, 그려, 새통빠지게[43] 기집애가 핵교는 무신, 하고 말았던 것이다. 순명이도 가다 말다 한 달쯤 다니다 말았고, 그나마 배웠다고 걸핏하면 키미가요[44]와 찌요니야 찌요니…… 야지랑스럽게[45] 목청을 높이곤 했다. 방직공장에 가면 아침저녁으로 모여 서서 일장기를 쳐다보며 그 노래를 해야 한다는 말을 들은 적이 있었다. 목청이 나오지 않으면 그곳에서도 안경 쓴 소학교 선생 같은 사람이 뒷덜미를 회초리로 후려칠 터였다. 어리뜩한 순임으로선 노랫말을 다 외우기 전에 대나무 회초리로 목이 갈려 죽을 것이었다.

"이 썩을년이 뭔 지랄을 허고 왔댜."

죽을 퍼담다 말고 어머니가 말했다.

물동이의 물은, 울면서 찔뚝빨뚝 걸어온 끝이라서 반밖에 남아 있지 않았다. 물 긷는 일이 순전히 순임이 차지가 된 것은 어머니가 애를 배고부터였다. 순임이, 순명이, 순실이, 월자月子까지 딸만 내리닫이로 넷을 낳고 난 어머니로선 뱃속의 아이가 원願의 전부였다.[46] 또 지집애면 무조건으로다가 엎어 놓아 뻰질겨, 라고 어머니는, 당신이 딸만 넷을 낳은 것이 순전히 순임이가 처음 길을 잘못 들여놔 그랬다는 듯이, 걸핏하면 순임에게 종주먹[47]을 들이대곤 했다. 허리를 곧추세운 어머니의 배는 물동이를 옆으로 굴려 놓은 것처럼 불렀다.

"지미 죽으라고 고사헐 년이지. 아침부터 웬 눈물바람여?"

42악을 쓰며 마구 대드는 품이 사납게.

43 뻐빠지게.

44 일본의 국가國歌. 일제 강점기 때 조선총독부는 이 노래를 하루에 한 번 이상, 또한 각종 집회나 음악회, 각 학교 조회 시간, 일본 국기 게양과 경례 뒤에 반드시 부르게 하였다.

45 얄밉도록 능청맞으면서도 천연스럽게.

46 아들을 못 낳으면 소박맞던 시절인데 순임이 어머니는 딸만 넷이다. 그러니 지금 뱃속에 있는 아기가 반드시 아들이어야 함을 나타내는 절박한 심정을 표현하고 있다.

47 을러대기 위해 쥔 주먹.

"어, 엄니."

다짜고짜 달려든 순임의 손이 어머니 몸빼[48]자락을 와락 붙잡았다.

"아, 이 썩을년이 시방……."

어머니의 옹골진 주먹이 대뜸 쥐어박혔다.

순명이에게 끄덩이를 붙잡혔는지 어쨌는지, 때맞추어 방 안에선 네 살배기 월자가 앵돌아지는 울음소리를 쏟아 놓았다. 어머니의 주먹에 아무리 쥐어박혀도 순임은 몸빼자락을 놓을 수가 없었다. 생초목에 불붙는다고[49] 어머니 몸빼자락을 놓쳤다 하면 그 즉시 움씰, 어디 우물 같은 허당으로 주저앉혀져 죽을 것만 같았다.

"글쎄, 웬 지랄병여. 이 썩을년아."

"엄니…… 나…… 안 가유…… 안 가유……."

겨우 내지른 말은 그것뿐이었다.

2

길을 떠난 것은 한나절이 다 돼서였다. 벌써 여러 해 전 솔가해[50] 마을을 떠난 상진네 아버지가 자전거를 타고 앞장섰고, 째보아저씨와 꽹매기가 뒤를 따랐으며, 고만고만한 동네 처녀 여남은과 강경 역까지 굳이 배웅을 하겠다고 나선 몇몇 어머니들이 사뭇 재게 발걸음을 떼어 놓고 있었다. 걸어가는 사람은, 나 몰라라, 자기 혼자 자전거에 높이 앉아 홍타령까지 흥얼거리며 앞서가는 상진이 아버지를 쫓아가려면, 어린 처녀들로서는 발탄강아지같이[51] 걸을 수밖에 없었다. 자전거는 강경 읍내 포목상에서 빌린 것이라고 했다. 자전거 바큇살에 챙강챙강 퉁겨져 나오는 햇빛이

---

48 허리에 고무줄을 넣고 막 입을 수 있도록 만든 여성용 바지.

49 생나무는 잘 타지 않는다. 그런 생나무에 붙은 불이니 꺼뜨릴 수는 없다는 뜻.

50 온 집안 식구를 거느리고.

자꾸 눈을 찔렀다. 강경 읍내까진 휑하게 열린 둑길로 짱짱한 20리 길이었다. 위뜸의 동구를 나서면 이내 저수지 수문이 나오고, 그곳에서부터 금강 원류로 이어지는 개천을 따라 활대처럼 휘어져 간 20리 둑길 오른편은 아슴아슴, 지평선까지 탁 트인 성동 벌판으로 이어졌다. 들판 동남편 끝의 마을과 까마득하게 마주 보는 서북편엔 강경 논산을 잇고 경성까지 내닫는 호남선 철로가 놓여 있었다.

"아저씨는 기차 많이 타 봤남유?"

"암. 싫도록 타 봤지."

묻는 건 순명이고 대답하는 쪽은 상진이 아버지였다.

바람 한 점 없었고, 햇빛은 풀먹인 백목白木[52]같이 까랑까랑했다. 어머니가 싸 준 보퉁이를 등허리에 질끈 묶어 맨 순명이는, 직수굿이 입 다물고 걷는데도 땀이 질질 흐르는 판에, 상진이 아버지 자전거 뒤를 붙잡고서 사뭇 깡창깡창 뛰고 있었다. 나이가 제일 어리고 키 또한 제일 작은 순명이가 첫째로 앞서가는 것과 달리, 순임은 맨 뒤에 처져 걸었다.[53] 본래 느리기도 하거니와, 마을을 떠나고 벌써 5리 길은 왔건만 눈물이 마르지 않으니 도통 걸을 수가 없었다.

"기차 타믄 일본도 가남유?"

"바다가 있어 배를 타야 혀."

"바다가 워떤디유?"

"땅 끝 하늘 끝까지 물로 채워져 있는 디가 바다여. 우리 동네 저수지의 천 배 만 배 된다면 말 다혔지 뭐. 왜, 일본까지래도 가 보고 싶어 그러냐."

---

51 '발탄강아지'는 걸음을 걷기 시작한 강아지. '발탄강아지같이'는 일 없이 이리저리 싸다니는 사람을 조롱하는 말.

52 무명실로 짠 피륙. 희다.

53 동생 순명이는 방직공장 가는 게 좋아서 앞서 간다. 그러나 순임이는 불쌍한 어머니와 헤어지는 생각 등으로 발걸음이 자꾸 늦어진다. 큰딸이기 때문이다.

"이담에 크면 갈 거유, 세상 끝까지."[54]

옥니를 암팡지게 깨무는 듯한 순명의 말본새였다.

어쩌다 밤에 뒤란으로 나가 울 밖을 멀리 내다보면, 벌판 끝에 아스라하게, 기차가 어둠 속으로 내달리는 게 보이곤 했다. 너무 멀어서 기차는 뵈지 않고 불빛만 수평으로 흐르는데, 그 불빛을 내다볼 때마다 순명은 지금처럼 채잡는[55] 말투로, 크면 기차 타고 멀리 가서 부자돼 갖고 올겨, 쫑알거리는 것이었다. 어린것이 무섬증도 없이, 도시 무엇 때문에 그토록 멀리 가고 싶다는 것인지, 순임으로선 알다가도 모를 일이었다. 평소 벙어리처럼 입 다물고 지내는 순임이지만, 순명의 그 말을 듣고 나면, 속이 짤름짤름 흔들려 넘쳐 나는 걸 끝내 참지 못하고, 안댜, 죽을겨, 했다. 어머니와 떨어져서 어찌 살아갈 수 있단 말인가. 순명이년이 철없어 그렇지, 낯선 곳으로 가고 말면, 하루도 못 지내고 악귀가 붙잡아다 우물 속으로 처넣거나, 그도 아니면 문둥이들이 배를 갈라 간을 빼먹을 터였다. 하루 열 번 스무 번이 아니라 백 번 천 번 물을 긷더라도 상관없었다. 그까짓 키 좀 더 자라지 않으면 어떠랴. 어머니 옆에서 살 수만 있다면야 아무래도 좋아, 라고 순임은 생각했다. 재작년인가 분숙이가 방직공장으로 떠나며 함께 가자고 했을 때, 죽어라고 사립문 문설주를 붙잡고 버텼던 것도 모두 그런 속내가 있어서였다.

"아, 싸게싸게 좀 와, 순임아."

꽹매기가 뒤를 돌아다보며 말했다.

"원래, 저년이 울음밑이 길어."

화답하고 나선 건 영순이 어머니였다.

"이년아, 니미가 아까먹새 송편으로라도 멱따고 죽겄다 설레발치다가 벌렁 나가자빠지는 것, 벌써 잊어뻔졌냐. 니년 고집 센 건 동네방네 다 안

---

54 다소곳한 언니에 비해 동생 순명이는 당돌한 성격이다.

55 채잡다. 어떤 일을 하는 데 주장이 되어 그 일을 하는 것.

다만, 이왕지사 나선 건디, 지발 좀 울음밑을 씻어라 잉. 그렇게 처지다가, 상진이 아부지 열불이 나갖고, 너는 안 데려가것다 허믄, 워찔려고 그러는겨? 니미 생으로다 쥑이지 않을려거든 싸게 와. 니 눈엔 저 앞에 가는 순명이도 안 뵈냐. 순명이 반만 좀 혀라 잉."

길엔 잡초가 한창 자라나고 있었다.

장날에 장꾼들이 오갈 뿐 평시에 거의 비어 있는 길이었다. 소달구지 바퀴자국을 밟아 가면 좋으련만 눈물 때문에 바닥이 뵈는 둥 마는 둥 하니까 자꾸 풀섶에 발이 걸렸다. 더구나 뒤축이 찢어진 고무신을 끈으로 동여매고 걸으니, 발을 잘못 내디딜 때마다 뒤꿈치가 고무신 밖으로 삐쭉삐쭉 빠져나갈 수밖에 없었다.

고향집은 자꾸 멀어졌다.

칼 물고 칵 죽어 버리겠다고 날뛰질을 하던 어머니의 모습이 아지랑이 뒤로 가물가물 멀어지는 고향집 어귀에 그대로 붙박여 뵈는 듯했다. 재작년에 분숙이 따라가라 할 때만 해도 안 간다고 사립문 붙잡고 늘어지자, 그려, 나도 뭐 딸년 팔아먹는 것 같아서 못 보내겄네, 하고 돌아서던 어머니가 그처럼 날뛰질을 할 줄은 정말 몰랐다. 어머니가 영락없이 실성을 한 것 같았고, 저러다가 정말 어머니가 기함해[56] 죽겠구나 싶어 와락 무섬증이 들어 얼결에 보따리를 받아 안고 떠나온 길인데, 다시 생각하니, 설마 아무려면 죽기야 할려구, 이제라도 달음박질로 한달음에 되돌아가, 엄니, 나유, 끝끝내 못 가겄유, 어머니 치마끈에 찰거머리같이 목매달고 싶었다.

"이봐유."

누군가 앞서가는 상진이 아버지를 불렀다.

"반이나 왔응께 숨 좀 돌려유."

상진이 아버지가 자전거를 세워 놓고 느티나무 그늘로 들어갔다. 고향

---

56 기함氣陷. 갑자기 매우 놀라거나 아파서 소리를 지르면서 정신을 잃고 쓰러지는 것.

마을에서 강경 읍내까지 이어진 20리 둑길에 딸려 있는 유일한 마을이 바로 거기였다. 둑으로부터 완만하고 평퍼짐하게 들녘바닥으로 내려앉은 경사면에 스무 호쯤이나 될까 말까 한 초가들이 키대기 하듯이 어깨를 마주 대고 모여 있었다. 사람들이 우르르 방앗간 옆의 공동우물로 몰려 내려갔다.

"비켜, 으른들이 먼저 잡숴야지."

꽹매기가 새 쫓는 것처럼 손짓을 했다.

꽹매기는 곧 물바가지에 가득 물을 담아다가 상진이 아버지에게 바쳤고, 상진이 아버지는 마시는 둥 마는 둥 하고 남은 물을 짐짓 순임이가 퍼대고 앉은 데를 향해 홱 쏟아 내었다. 모두 우물가로 몰려갔는데도 혼자 둑가에 앉아 고향집을 바라보고 있는 순임이가 못마땅했던가 보았다. 바싹 마른 황토바람의 물먹은 먼지들이 순임이의 앞자락으로 날아왔다. 꽹매기가 목을 움찔하다 말고 이내 새실거리면서 말했다.

"조년이 본디 소고집에다가 울음밑이 워낙 길어놔서유."

"그렁게 쟈가 각설이[57]놈 큰딸이지?"

"맞어유. 저기 저놈, 순명이가 둘째딸이구유."

"애비를 안 닮었네, 하나도."

멈출 듯하던 울음밑이 또 터져 나왔다.

아버지를 각설이라고 부르는 게 분하다기보다는 차라리 서러웠다. 아버지를 각설이라고 부르는 것은 아버지가 거지이기 때문이 아니라, 각설이타령[58]을 잘하기 때문이라고 어머니는 일러 주었다. 냐부지 따라갈 만

---

57 장타령을 부르며 다니는 거지. 앞머리가 '작년에 왔던 각설이 죽지도 않고 또 왔네'로 시작한다.

58 각설이패가 부르던 타령으로 장타령이라고도 함. 옛날 거지나 문둥이들이 남의 집 앞이나 장터에서 손을 벌려 구걸할 때 부르던 잡가인데, 비애가 서려 있는 타령조로 되었다. 머리에 수건을 질끈 동이고, 몸을 크게 흔들며 사설을 주워 대는 모습은 옛 시골 장터에서 빼놓을 수 없는 애환 어린 광경이었다. 사설의 내용은 장타령이나 판소리 중 한 대목을 따 이것저것 뒤섞어 가며 자유롭게 부른다.

헌 소리가 세상에 읎지, 라고 어머니는 말했다. 암, 지난번 추석날에도, 냐부지가 북 잡고 소리헌게로, 윈동네 사람덜이 모다 나와 둥싱 두둥실, 구름 타고 노는 것맹키로 놀지 않더냐. 신명 나는 소리도 좋긴 하지만 아버지가 슬픈 노래를 하면 순임은 더더욱 좋았다. 영구 할아버지가 죽었을 때, 상여틀을 붙잡고 부르던 아버지의 향도가香徒歌[59]를 순임은 잊을 수가 없었다. 문전옥답 다 버리고 만당 같은 내 집 두고, 간다 간다 나는 간다,[60] 라고 노래하는 대목에서 순임은 기어코 눈물을 쏟았다. 순임의 울음밑이 질기다고 동네방네 소문이 난 것도 따져 보면 그때부터였다. 솔밭 사이로 희디흰 앙장仰帳[61]이 펄럭이는 것도 서러웠고, 늙은 소나무 가지 끝에 걸린 청라같이 푸른 하늘도 서러웠고, 끝 간 데 없이 드넓은 성동 벌판의 된새바람[62]도 서러웠으나, 그 중 서럽기로는 아버지의 끊일 듯하다가 솟아나고, 솟아났다 하면 곧 내려앉고 마는 향도가 소리가 으뜸이었다. 말뜻이야 모두 풀어 알지 못하나, 소리에 담긴 우물 속같이 깊고 깊은 그 어떤 울림은 속속들이, 뼛골까지 파고들었던 것이다. 순임은 그래서 온종일 이 구석 저 구석에 박혀 울었다. 영구 할애비 혼백이 씌웠나벼. 오죽 울었으면 째보댁이 그런 소리를 다 했을까. 어떤 애들은 아버지가 장돌뱅이[63]로 떠돌아다니는 게 아니라 알고 보면 거지로 팔도를 떠돈다고 종애곯리지만, 상진이 아버지가 자전거를 탄다고 해서 순사나 면직원이 아니듯, 아버지가 아무리 각설이타령을 구성지게 잘한다고 해도 결단코 거지 노릇을 할 리는 없었다.

---

59 상여를 메는 사람을 상여꾼, 상두꾼, 향도꾼이라 부른다. 대개는 천민들이 멨는데 최근에는 마을 청년들이나 고인의 친구들이 메기도 한다. 이 향도꾼이 선창하면 상여를 멘 사람들이 따라 한다. 향도가는 인생의 덧없음과 고인의 영혼이 평안하게 쉬기를 바라는 내용이다.

60 향도가 가사 중 일부.

61 상여 위에 치는 휘장.

62 북동풍을 가리켜 뱃사람들은 '된새바람'이라고 한다.

63 이 장 저 장을 돌아다니며 장사하는 장사꾼.

"성, 순임이 성!"

순명이가 어깨를 잡고 흔들었다.

"이거 마셔, 잉. 우리 삼물보다 씨원헌게."

우리 샘물이라는 말에 서러움이 더 복받쳤다. 어머니는 지금쯤 우물가에 나와 있을까. 눈물과 땀이 뒤섞인 눈가를 아무리 주먹으로 훔쳐 봐도, 고향마을은 너무도 멀어, 우물가가 어디고 집이 어딘지 따로 떼어 볼 수가 없었다. 집은 집들끼리 붙어 있고 나무는 나무들끼리 접붙어 있는데, 겨우 나눠 볼 수 있는 것이라곤, 옳거니, 저기가 솔밭이구나, 할 뿐이었다. 어머니는 우물가도 아니고 집 뒤란도 아니고, 영락없이 솔밭 끄트머리에 나와 퍼대고 앉아서 햇빛 아래 둑길을 눈길로 더듬어 가다가 아릿아릿, 이 동네 키 큰 느티나무에 붙잡혀 있을 것만 같았다. 아버지가 길 떠날 때마다 그랬듯이.

"서엉, 키미가요, 내가 일러 줄게."

"……."

"아자씨헌티 물어봤는디, 키미가요 못헌다고, 회초리로 때리고 허는 것 아니랴. 공장 가믄 키미가요도 새로 가르쳐 준댜. 글씨, 공장 가면 있잖어, 성하고 한군디 넣어 준댔다. 그런게 성허고 나허고 같이 자는겨. 맨날 쌀밥 준댜. 광목도 너무 흔혀서 코 푸는 디 쓴다는디 뭐. 증말여. 몇 번씩이나 물어봤단게. 엄니헌티 광목이랑 이만큼 갖다 줄 거여."[64]

순명이가 아무리 다부닐게[65] 굴어도 소용없었다.

어린아이라 데생각해서[66] 그렇지, 그 귀한 광목을 코 풀게 두는 세상이 어디 있단 말인가. 키미가요를 새로 가르쳐 준다는 것만 해도 그랬다. 새로 가르쳐 준다는 것은 반드시 키미가요를 불러야 한다는 뜻일 터였다. 그렇게 초성 좋은 노래꾼 아버지도 이날 입때까지 단 한 번일망정 키미가

---

64 방직공장 여공을 뽑아 갈 때 농촌 처녀들을 어떤 말로 꾀었는지 알 수 있다.

65 다부닐다. 다붙어서 붙임성 있게 굴다.

66 데생각하다. 깊이 생각하지 않고 서투르게 생각하다.

요를 부르는 걸 본 적이 없었다. 차라리 침 먹은 지네가 되는 게 낫지, 그런 건 소리도 뭣도 아녀, 라고 아버지가 말하는 걸 들은 적이 있었다.[67] 순명이가 걸핏하면 키미가요—하는 게 못마땅해서 혼자 앙세게[68] 하는 소리를 뒤란에 있던 순임이 들었던 것이다.

그곳에선 다리를 넘어야 했다.

다리를 넘고 건너편 둑길로 들어서자 더 이상 고향마을이 뵈지 않았다. 한 떼의 무당새[69]들이 둑 아래의 보리밭에서 찌이지크 찌이지크 하고 울다가 빠르르르 빠르르르, 하늘로 날아올랐다. 무당새들이 날아가는 방향에서 읍내가 갑자기 둥 떠올라 왔다. 흐르는 아지랑이에 눌려 아직은 윤곽이 어중간해 뵀지만, 네모난 집들이 들쭉날쭉, 혹은 솟고 혹은 길쭉이 펴져 있는 게, 미상불 생전 처음 보는 큰 동네가 아닐 수 없었다.

"저게 갱갱[70]이다, 갱갱이여."

꽹매기가 달뜬 목소리로 말했다.

행여 아버지를 만날까, 하는 생각이 들자 그렇잖아도 지친 뒤끝이라 울음밑이 쑥 빠져 내려앉았다. 천지에 안 가는 데 없다지만 아버지가 그래도 주로 머무는 곳이 강경 포구라는 걸 순임은 알고 있었다. 냐부지가 갱갱이 시장에서 담뱃대 장사를 허드라, 하고 장에 다녀온 째보아저씨가 말한 적이 있었다. 보자기 위에 장죽長竹 몇 개를 펴놓고, 막걸리에 취한 채 벌렁 드러누워 각설이타령을 왜장쳐[71] 부르고 있더라는 것이었다. 아버지는 키미가요를 좋아하지 않으니까 일본 사람들이 한다는 방직공장엔 절대로 가지 말라고 할지도 모를 일이었다.

---

67 가난하고 무식한 아버지이지만 민족의식이 살아 있음을 보여 준다.

68 앙세다. 몸은 약하게 보여도 다부지다.

69 참새목 되새과의 새. 몸길이 약 14cm. 몸의 윗면은 잿빛이 도는 녹색 또는 녹색을 띤 갈색이며 검정색 세로무늬가 많다. 아랫면은 노란색이고 옆구리에 갈색 세로무늬가 있다. 관목 숲이나 잡목 등의 나뭇가지에 둥지를 틀고 서너 개씩 알을 낳는다.

70 강경.

71 왜장치다. 누구라고 꼭 집어 말하지 않고 헛되이 큰 소리로 마구 떠들다.

읍내에 다가갈수록 개천 폭은 넓어졌다.

비록 가뭄이 들어 물은 많지 않았으나 금강 원류와 곧 만나게 되는 천변엔 키 큰 갈대들이 호밀[72]밭보다 더 무성하게 무리져 솟아 있었고, 종다리[73] 멧새[74] 참새[75] 박새[76] 오묵눈이[77] 할 것 없이, 새 떼들이 들고 나며 오도방정[78]을 떨고 있었으며, 몸뚱어리는 까맣고 발은 은회색인 물까마귀 몇 마리는 둑길 위까지 올라와 풀 사이로 부리를 박다 말고, 사람 소리에 고갯짓을 희뜩희뜩 하다가 푸르르륵, 갈대 속으로 파묻혀 들어갔다.

"허이 허이, 허어이!"

소리치고 내딛는 건 순명이었다.

어떤 이들은 발이 부르트고 어떤 이들은 오금이 저려 새 떼들이 머리 위로 흐르거나 말거나 직수긋이 걸을 뿐인데, 유독 순명이만은 아직껏 기운이 남아도는지, 새 떼를 따라 이리 뛰고 저리 내달리며, 때론 개천바닥까지 돌팔매를 쏘곤 했다.

"저것이 그 유명한 갱갱이 상업학교다 잉."

째보아저씨가 영순이에게 말하고 있었다. 아직도 반 마장은 실하게 남았음직한데도 째보아저씨가 가리키는 상업학교 붉은 건물은 너무 커서 입이 저절로 벌어졌다. 철롯길이 상업학교 앞을 가로질러 지나고 있었다. 멀리 지나가는 기차는 보았지만, 개천 위로까지 풍채 좋게 걸려 있는 철

---

72 볏과의 한해살이풀. 밀과 비슷하다. 키가 크고, 잎은 밀보다 작으며 짙은 녹색이다. 뿌리가 발달하여 추위에 잘 견딘다. 열매의 가루로 빵과 국수를 만든다. 라이보리.

73 종달새.

74 몸길이 17cm가량. 참새와 비슷하나 몸빛은 밤색이며 흰 눈썹 선과 멱이 뚜렷함. 멥새.

75 인가 근처에 살며, 가을에는 농작물을 해치나 여름에는 해충을 잡아먹는 이로운 새. 우리 나라의 대표적인 텃새.

76 박샛과의 새. 몸길이 14cm가량. 머리와 목은 흑색이고 뺨과 배는 흰색, 등은 회색. 해충을 잡아먹는 이로운 새.

77 오목눈잇과의 새. 몸길이 14cm. 꽁지가 길다. 깃털은 흑색과 백색이며 등과 배는 분홍색. 곤충을 잡아먹는 이로운 새. 우리 나라에서 흔히 볼 수 있는 텃새.

78 오두방정. 매우 방정맞은 행동.

다리를 가까이 보는 건 물론 생전 처음 있는 일이었다. 침목[79] 하나하나까지 세세히 뵐 만큼 철다리로 가까워졌을 때, 갑자기 철다리 어귀의 키 큰 잡풀들 너머에서 무슨 소리가 들렸다. 순임은 보퉁이를 죽어라 안고 잔뜩 몸을 오그려뜨렸다. 궁둥이에서 비파 소리 날 만큼, 그르듯이, 맨 앞에서부터 맨 뒤의 순임이에게까지 달려온 순명이가 순임의 팔을 잡고 흔들며 소리쳤다.

"성, 기차여. 기차가 온당게!"

철다리가 부르르부르르 떠는 듯했다.

순명이가 순임의 팔을 놓고 또다시 앞으로 굴러 달음박질칠 때, 천지를 뒤흔드는 소리와 함께 검은 연기를 내뿜으며 기차가 나타났다. 상업학교 운동장 끝을 가로질러 내닫는 기차가 뚜우, 뚜우우, 기적 소리를 두어 차례 악쓰고 쏟아 놓았다. 기찻머리에 치받힌 햇빛이 눈구멍이라도 호되게 찌른 것일까. 순임은 자신도 모르게 두 눈을 질끈 감고 둑길의 경사면에 몸을 대고 납작 엎드렸다. 삼경에 만난 액厄이라도 이처럼 무서울 수가 없고, 마른 하늘에 벼락이 친다 해도 이처럼 놀랄 수가 없을 터였다.[80] 생살을 찢는 것 같은 기적 소리가 끝나고도 한참 만에야 고개만 빼꼼 들고 눈을 떠 보니, 철롯가엔 잡초들만 산들거리며 흔들리고 있을 뿐이었다.

"아이고오, 엄, 엄니……"

한숨을 쉬려는데 한숨 대신 엄니 소리가 나왔다. 나, 죽어도, 죽어도 못 가유, 라는 말이 뒤쫓아 나왔으나 혓바닥이 불탄 북어껍질처럼 오그라들었는지 어쨌는지, 도무지 말이 입 밖으로 나오질 않는 것이었다. 어머니가 죽는다면 어머니를 따라 죽고, 어머니가 개구리처럼 태질[81]을 해서

---

79 침목枕木. 철로 밑에 까는 목재나 콘크리트재.

80 이 기차의 등장은 방직공장에 가야 하나, 말아야 하나 하며 마음을 정하지 못하는 순임에게 결정적인 영향을 미친다. '기차'는 경성에서 시작할 새로운 생활에 대하여 순임이 두려움을 품고 있음을 확인시켜 주고 있다.

죽인다면 혼자 어머니 발치에 자빠져 죽는 게 낫지, 이대로 떠나 방직공장으로 갈 수는 없었다. 누르스름한 흰색 배를 내민 저 새를 말똥가리[82]라고 하던가, 커다란 날개를 쫙 펴고 철다리 아래로 곤두박질하듯 날아내리는 새 몇 마리가 눈에 뛰어 들어왔다.

햇빛은 여전히 풀먹인 백목 같았다.

3

우물가로 접어들기 위해 동편으로 꺾어 돌자 그림자가 발 앞으로 앞서가 누웠는데, 제법 길었다. 발바닥이 여기저기 부르터서 한 발 한 발 떼어 놓을 때마다 쓰라리고 아픈 게 이만저만이 아니었다. 우물가 사철나무 그늘엔 몇몇 동네 아주머니들이 철푸덕 주저앉아서 빨래를 하고 있었다.

"얼레, 아까먹새 떠났던 순임이가 웬일여?"

옆집 사는 여산댁이 눈살을 짓고 말했다.

"하이고오, 저년 똥고집, 말도 말어."

손사래를 치면서 두레박줄 잡을 손을 재게 놀리는 것은 강경에서부터 마을까지 내내 앞장서 걸어온 영순이 어머니였다. 강경 역전에다가 영순이를 떼어 놓고 오는 것이 서러웠던지, 아니면 끝끝내 몽니[83]라도 부리듯이 따라붙은 순임이가 미웠던지, 영순이 어머니는 짱짱한 20리 길을 한번도 쉬지 않고 내처 걸어온 것이었다. 발이 부르트고 땀에 전 속적삼이 살가죽에 붙어 있기론 순임이나 영순이 어머니나 마찬가지였다. 벌컥벌컥, 우물물을 한참이나 들이마신 영순이 어머니가 두레박을 순임이에게 내던지듯이 건네주었다.

---

81 세게 메어치거나 내던지는 것.

82 수릿과의 중형 새. 몸길이 약 55cm. 등은 갈색, 배는 황색. 개구리와 들쥐 등을 잡아먹음.

83 음흉하고 심술궂게 욕심부리는 성질.

"아따 이년, 낙태한 고양이상 그만 허고 물이나 처먹어."

"쯧쯧쯧, 끝끝내 여길 못 뜨고, 어린 게 뙤약볕 밑에서 오고 가고 40리 길을 걸었네그랴. 눈구녁은 통통 붓고 몸뚱이는 새카맣게 쪼그라든 것이 에이구, 애상[84]스러운 것."

"말도 말어."

영순이 어머니가 여산댁 옆에 아예 궁둥이를 붙이고 앉았다.

"조년이 원체 말이 읎고, 어린것이 동상들 봐야지, 물 길어야지, 살림 허야지, 그러고도 유난스런 즈 엄니 지청구[85]는 혼자 다 듣는 게 불쌍혀서, 가라고, 대처에 나가서 팔자 한번 고쳐 보라고, 그렇게 종주먹을 들이댔건만, 말로는 다 못혀, 고집 고집, 저런 쇠고집은 보다 보다 첨이랑게. 갱갱이 다 갈 때까지 울고, 역전마당에서는 퍼대고 앉아 울고, 다른 애들보다 좀 못나 뵈도 성미가 무시근혀서[86] 그렇다고만 여겼는디, 쇠고집도 그냥저냥 쇠고집이 아녀. 보다 보다 못헌 상진이 아부지가 날보고 데불고 가라 혔다면 말 다혔지 뭐. 그나저나 니 엄니, 속 터져 기함허고 죽는 꼴 또 워떻게 본다냐?"

"즈 엄니, 삯메기[87] 나가고 읎을 틴디."

삯메기 나가고 없다는 말에 발이 떨어졌다.

"남산만헌 배를 허고 삯메기를 나가다니 징상허네 잉."

영순이 어머니의 마지막 말이 뒤꼭지를 따라왔다. 굳게 다져진 고샅 황톳길은 불볕에 달궈져 끓는 무솥[88]의 소두방 뚜껑 매한가지였다. 찢어진 신발 한 짝은 벗어서 보퉁이에 묶어 놨으므로, 물집까지 벌써 터져 버린 맨발바닥은 밟을 때마다 단근질을 받는 듯 진저리가 쳐지곤 했다. 네

---

84 슬퍼하고 가슴 아파하는 것.

85 못마땅하게 여겨 탓하고 원망하는 짓.

86 뭐근하다. 성미가 느리고 흐리터분하다.

87 끼니는 제공받지 않고 품삯만 받고 하는 농사일.

88 무쇠솥의 준말.

살배기 월자가 토방 밑에 나자빠져 앙앙거리며 울고 있었고, 셋째 순실이는 외돌아 앉아 어디서 따 왔는지 덜 익은 앵두를 아그작아그작 씹고 있었다.

"워째 동상을 울리고 지랄여!"

순실이는 그러나 핀둥이[89]를 먹고도 태연자약했다. 집 안도 온통 난장질을 해 놔서 엉망진창이었다. 너무도 먼 길을 가슴 졸이며 걸은 뒤끝이라서, 다리가 떨리고 눈앞이 회똑회똑했지만 순임은 주저앉아 숨 돌릴 짬도 없었다. 어머니가 돌아와 집안 꼴을 보면 순실이가 무엇보다 요절날 것이기 때문이다. 한 손으론 연신 툇마루에 나와 있는 반짇고리며, 노오라기며, 달창난[90] 옹망추니[91] 숟가락 따위를 줍고, 또 다른 한 손으로, 더더욱 서럽게 울면서 품속으로 달려드는 월자를 추슬러 안았다. 흙을 주워 먹었는지 눈물과 콧물로 맥질[92]이 되다시피 한 월자의 입가엔 흙가루가 잔뜩 묻어 있었다.

"우지 마. 성이 밥 끓여 줄겨."

보퉁이를 헤집자 주먹밥이 나왔다.

기차를 기다린다고, 역전 변소간 뒤꼍 그늘에 앉아 있을 때, 상진이 아버지를 뒤따라온 어떤 아주머니가 함지박에 담아 내온 주먹밥이었다. 아무리 서러워 눈물 마르지 않을망정, 소금물로 쥐어 무친 그까짓 주먹밥 하나쯤이야 울음 새로도 게눈 감추듯 먹을 수 있지만, 쌀과 보리가 어상반하게 섞인 주먹밥을 받고 보자, 먹고 싶기는커녕, 어머니와 어린 월자가 먼저 떠올라 보퉁이 안에 잽싸게 집어넣은 것이었다. 아침녘에 깻묵죽 한 그릇 먹은 것이야 물론 온데간데없고, 시시각각, 뱃속이 짚불 꺼지듯 내려앉아 배가 등가죽에 붙었으나, 순임은 참고 참았다. 식구들이 쌀알

---

89 핀잔.
90 닳아서 해지거나 구멍이 뚫린.
91 조그마한 물건이 고부라지고 오그라진 모양.
92 '매흙질'의 준말.

맛본 것이 언제던가, 경성 가는 기차를 타도 그렇고 안 타도 그렇지, 어머니와 어린 동생들을 두고 구경조차 하기 어려운 쌀밥덩어리를 두꺼비 파리 채먹듯 하고 말면, 그게 어디 사람 도리냐 한 것이었다. 주먹밥을 본 월자가 울음을 뚝 끊었고, 순실이는 아예 허기진 강아지가 물개똥에 덤비듯 덤벼들었다.

"안댜."

순임은 얼른 주먹밥을 쥐고 몸을 돌렸다.

"엄니도 잡숴야 헌게로 물 붓고 끓일 거여. 성이 후딱 끓여서 줄팅게 쬐메만 지달려."

"물 쬐끔만 붓고 끓여, 성."

순실이가 생침을 삼키면서 정지간으로 뒤쫓아 들어왔다. 어머니까지 한 대접씩 곡기를 하려면 최소한 물을 세 대접은 부어야 했다. 겉은 땟국물이 잔뜩 묻은 주먹밥을 무쇠솥에 넣고 물을 붓는데, 순실이는 벌써부터 아궁이에 불을 붙인다 어쩐다 새실스럽게 움직이고 있었다.

내가 자알 왔지.

순임은 속으로 생각했다.

자신이 없으면, 사철 남의 집 종살이하듯, 이 집 저 집 허드렛일 도맡아 하고 다니는 어머니 대신, 누가 있어, 어린 순실이 월자의 피죽이라도 쑤어 먹이겠느냐 했다. 더구나 어머니는 곧 아이를 또 낳을 것이었다. 언감생심[93] 끼니마다 고기 넣은 미역국을 끓이진 못할망정, 어디서든 보리쌀 됫박이라도 빌려다가 밥하고 국 끓여 올려야 할 것은 순임이 자신밖에 없었다. 어머니 생각을 하면 순명이만이라도 강경 역에 두고 온 것은 잘한 일이다 싶었다. 하나는 대처로 가고, 또 하나는 남고, 이렇게 저렇게 따져 아귀 맞춰 보면, 어머니도 결국은 자신을 옆에 두는 게 낫다는 걸 곧 알아차리게 될 터였다. 그까짓것, 어머니한테 끄덩이를 잡히고 옴씰하도

93 언감생심 焉敢生心. 감히 그런 마음을 품을 수도 없음.

록 모질게 쥐어박힌 게 어디 한두 번이던가.

"성, 방직공장 워찌 안 갔어?"

"느그덜 보고 잡혀 안 갔지."

"갱갱이 가서 뭐 봤댜?"

"기차 봤지. 아따, 엄청 큰 그것이, 지네맹키로 시커멓게 허고 앞을 달음박질허는디, 성 간이 통째로 떨어질 뻔혔어, 기차가 지나가믄 땅이 막 울려야. 칼 찬 일본 순사덜이, 수백 수천…… 떼로 달음박질허면 아마 그럴까 몰러."

"칼 찬 순사도 많이 본겨?"

"봤당게."

"무섭지?"

"으응 그냥 그려……."

세 자매가 땀을 비 오듯 흘리면서도 아궁이 앞을 떠나지 않고 있었다. 뜨거운 불기에 통통 살찐 이[94]들이 순실이, 월자 앞섶으로 빨빨거리고 기어 나왔다. 뵈는 대로 잡아서 엄지 손톱 사이에 넣고 톡, 톡, 눌러 죽이는데 너무 곤해서 막 잠이 쏟아졌다. 어느 집에선가 방정맞게 낮닭이 울고 있었다. 졸음을 못 이기고 부지깽이 붙안은 채로 몇 차례 머리를 끄덕이고 앉았는데, 누가 사립문 부리나케 여는 소리가 나더니, 곧 정지간에 여산댁이 나타났다.

"순임아, 순임아!"

여산댁은 숨넘어가는 소리를 냈다.

"아이구 이것아, 후딱 뒤란으로 나가서 워디 숨어라 잉. 니 엄마가 너 왔단 말 듣고 시방 쌔근발딱, 쫓아 들어오고 있응게. 호맹이까지 들고 있어 이것아. 일내기 전에 싸게, 싸게싸게 일어서라 잉. 얼렁 일어서서, 하여튼지간에, 내빼랑게 그러네."

---

94 흡혈기생충으로 사람이나 가축에 붙어 살며 발진 티푸스, 재귀열 등을 옮김.

철버덩하고 가슴이 내려앉았다.

올 것이 왔구나 했지만, 막상 당하고 보니 온몸이 사시나무같이 떨리고 오금이 저려 도무지 앉은 자리에서 일어설 수도 없었다. 기차처럼, 한달음박질에 내달아 온 어머니가 정지간을 가로막는 여산댁을 홱 밀어낸 것은 다음 순간의 일이었다. 월자가 경기하듯이 자지러지는 울음소리를 낸 것과 어머니의 우악스런 손아귀에 끄뎅이가 잡힌 순임이의 몸이 질질 끌려 나와 정지간 앞으로 내팽개쳐진 것은 거의 동시였다.

"이 썩을년, 오살년!"

어머니의 목소리는 가히 쇳소리였다.

"못 가고 올 것이믄…… 동상도 데불고 올 것이지…… 애새깽이 씻기다 쥑일 년이 이년이지…… 세상에…… 세상에 이 멍청헌 년아, 워찌 어린 동상을 두고 혼자 온단 말이냐. 이…… 이…… 밥통 같은 썩을년, 이 미련퉁이 맷가마리야…… 그 어린걸 혼자 도둑년 맹글 심보로…… 거기 놔두고…… 성이라는 것이…… 발이 떨어지데?"

우박처럼 부지깽이가 온몸에 떨어졌다.

옆으로 쓰러져 몸을 불에 탄 개가죽같이 오므려 안고 있는데도, 어깨 허리 등짝 할 것 없이, 이 구석 저 구석에서 멍석 두들기는 소리가 나고 있었다. 매도 매거니와, 오갈[95]이 들어 정신이 아득해지는 게 어머니 부지깽이에 오늘 맞아 죽는구나 하는데, 그래도 용하게 귓구멍 쑤시고 들어와 속 깊이 박히는 말 한마디는, 그 어린걸 거기 놔두고…… 성이라는 것이…… 발이 떨어지데, 하는 것이었다. 어머니는 뜻밖에 자신이 돌아온 걸 잡뜨리는 게 아니라, 순명이만 놔두고 혼자 돌아온 것을 잡뜨리고 있었다.

"그러다…… 어린것 죽이겄어."

여산댁이 한사코 어머니의 허리를 부둥켜안았다.

---

95 춥고 목이 마른 것.

"지발…… 고정혀. 순임이 엄니, 고정허랑게."

소씨름하듯 엉켜 있던 여산댁과 어머니가 함께 토방 밑으로 쓰러질 때 누군가 순임의 어깨를 잡아 잽싸게 일으켰다. 영순이 어머니는 연신 순임을 향해 밖으로 도망치라고 턱짓을 했다. 실기죽거리는 걸음새로 순임이 고샅으로 빠져나왔다.

"순임이 울어쌓는 게 안돼 봬서 내가 오자고 한겨."

영순이 어머니의 목소리가 울 밖으로 들렸다.

"날 봐서라도 잉, 참어 참어. 아따메, 큰딸년은 살림 밑천 아닝게비. 갸, 집에 읎어 봐, 우선 당장 해산바라지 누가 있어 헐겨? 물은 누가 길어다 먹고? 생각을 혀 봐. 차라리 잘된겨. 아따. 내가 순임이 데려오믄 상받을 줄 알었는디 웬 날벼락이랴. 한 년은 나가 벌고 한 년은 살림허고, 안성맞춤인겨. 한 이태만 있으믄 순실이도 보낼 수 있을 꺼고……."

"우리 순명이…… 그 어린걸 두고……."

어머니의 마지막 말은 울음에 잠겨 간신히 들렸다.

순임은 비틀거리며 솔밭으로 나왔다. 까막까치[96]들이 소나무 위에 앉아 있다가 홰를 치고 날아올랐다. 맷국 전 치맛단은 어머니 손에 붙잡혀 드르륵 터져 있었고 댕기머리는 산발해 올라갔는데, 물집들이 터져 나간 한쪽 발은 맨 살갗에 신발도 없었다. 울음이 복받치긴 했지만 말라붙었는지 어쨌는지 눈물은 나오지 않았다. 한참을 소나무 밑의 토끼풀밭에 앉아 있으려니까, 비로소 오갈이 좀 풀리면서 고향마을을 동그라미의 가운데 둔 듯, 멀리 휘돌아져 나간 둑길이 보였다.

아주 길고 긴 낮이었다.

많이 서쪽으로 기울었다곤 하지만 성긴 새털구름 너머에 떠 있는 해는 아직도 그 빛살이 짱짱했다. 정말 깐깐오월[97]의 오후였다. 둑방 끝엔 올 때 갈 때 목을 축였던 신리마을 어귀의 우물 옆 느티나무가 아스라했고,

---

96 까마귀와 까치. 오작烏鵲.

그 너머 강경 쪽 하늘은 뿌옇게 운무 같은 게 잔뜩 끼어 있었다.

갔다 올 거유, 엄니.

그런 말이, 순임의 목울대[98]를 타고 넘어왔다.

역에서 상진이 아버지와 째보아저씨가 하는 말을 우연히 들은 바로는, 다른 동네에서 모집한 처자들이 모두 모여야 기차를 탄다고 했다. 상진이 아버지 같은 몇몇 사람들이 근동으로 흩어져 처자[99]들을 데리러 갔나 보았다. 순명이가 타고 떠날 기차가 아직 안 왔을 수도 있고, 어떤 다른 마을에서 구한 처자들이 아직 강경까지 당도하지 않을 수도 있었다. 왜 순명이의 생각을 어머니처럼 못했는지, 역시 나는 소 죽은 귀신이구나, 했다.[100] 저 뙤약볕 아래의 먼 둑길을 다시 간다는 게 생각만으로도 죽을 맛이지만, 가다가 쓰러져 죽거나 어머니 부지깽이에 맞아 죽거나 매일반인 노릇이었다. 차라리 순명이를 데리러 가다가 죽는 것이, 혼백이 된다고 해도 원망願望이 적을 터였다. 어찌 어머니의 속 깊은 뜻도 모르고, 그나마 순명이는 떠나게 되었으니 어머니의 반분[101]은 풀릴 거라고, 칠푼이처럼 데생각을 할 수 있단 말인가.

이, 이녀르 새, 새대가리…….[102]

순임은 제 손으로 이마를 쿡쿡 쥐어박았다.

마을을 가운뎃점[103]으로 놓으려는 듯, 먼 서편의 야산 밑으로 한껏 당겨져 흐르는 둑길보다 아예 다리가 놓인 신리마을 느티나무를 겨냥하고 들을 건너 논틀밭틀[104] 따라가면 좀 더 빠를 터였다. 들 가운데 학교가

---

97 음력 5월은 해가 길어서 몹시 지루하게 지나간다는 뜻으로, 음력 5월을 이르는 말.

98 사람이나 동물의 몸에서, 입 뒤쪽의 구멍이나 식도나 기도氣道가 시작되는 앞부분. 목구멍.

99 처자處子. 처녀를 가리킴.

100 무조건 어머니 말씀에 순종하는 순임의 성격이 엿보인다. 어머니가 하는 것은 모두 옳은 것이라고 믿는 것이다.

101 화난 마음의 절반.

102 순임은 자기의 생각이 모자랐음을 자책한다.

103 문장부호 가운뎃점(·)을 가리킴.

있는 선돌마을이 있으나, 직선으로 내달으면 선돌마을을 오른편에 비켜 두고 곧바로 느티나무에 당도할 수 있었다. 터진 치맛단을 여며 질끈 붙잡고, 순임은 솔밭 사잇길을 지나 이내 밭두둑에 자리 잡은 상엿집 앞을 스쳐 갔다. 강씨네 보리밭에 겉보리가 잔뜩 패어 있었다. 순임은 겉보리를 양손으로 훑어서 앞니로 다빡다빡 까먹으며 걸었다. 한쪽 발은 맨발이었으나, 차라리 질경이[105]며 토끼풀[106]이며 독새풀이 잔뜩 자라고 있는 논두렁길이 훨씬 나았다. 보퉁이를 쌌던 백목 보자기를 얼결에 들고 나온 게 그나마 다행이었다. 물집 터진 자리가 워낙 쓰라렸기 때문에 순임은 보자기로 발을 동여매고 걸었다. 강씨네 보리밭 둔덕을 내려서자 끝 간 데 없이 논이었다. 본래 고향집 부근의 논들은 물둠벙[107]이라서 장마가 오면 하얗게 들물이 차 농사를 망치곤 하는 곳이지만, 봄가뭄 끝이라서 논바닥 물조차 째잴째잴했다. 메뚜기들이 순임의 걷는 서슬에 놀라 푸륵푸르륵, 한참 벼가 자라고 있는 논 가운데로 뛰어들었다. 독새풀 씨와 피 씨를 훑으러 순명이와 함께 선돌마을 너머까지도 가 본 일이 있었다. 독새풀 씨나 피 씨를 훑어다가 죽을 끓이면, 맛은 없더라도 오늘 먹은 콩깻묵죽처럼 냄새가 나지 않아 좋았다. 순명이를 데려오면, 독새풀 씨와 피 씨를 훑으러 나가기 전까지, 이쪽 들에 나와 메뚜기랑 우렁이도 잡고 나물도 캘 것이다. 순명이는 들판에만 나오면 만날 한다는 말이, 이르웋게 들판 넓은디, 워째 우리 집만 논이 읎어, 하고 이퉁을 부리지만, 순임은 논이야 있든 없든, 봄녘 들 가운데 나오면 공연히 속이 쫙 열리는 듯 마음이 안온해졌다. 아침저녁 샛바람이라도 스리슬슬 불었다 하면, 벼는 벼끼리, 피는 피끼리 부딪쳐 수런대는 소리를 냈고, 토끼풀들은 발랑발랑 까

---

104 논두렁이나 밭두렁을 따라 난 꼬불꼬불한 좁은 길.

105 질경잇과의 여러해살이 풀. 여름에 흰 꽃이 핀다. 씨는 '차전자車前子'라고 하여 이뇨제로 쓰고, 어린잎은 볶아 먹는다. 길가에서 흔하게 볼 수 있음.

106 클로버.

107 물이 많은 논.

뒤집히기 일쑤일 뿐 아니라, 비름, 쇠귀나물, 질경이, 수뤼나물, 쑥부쟁이, 씀바귀, 애기마름, 쇠별꽃,[108] 온갖 먹어도 좋은 풀들이 생긋거리고 웃는 듯, 손짓하는 듯, 다가서는 것이었다. 늘 허기가 져도 봄들에 나오기만 하면 시간 가는 줄 몰랐다. 순명이는 워낙 암팡져서 나물을 캐기보다 메뚜기를 쫓아다니거나 논둑 구멍에 손을 집어넣어 한 자는 됨직한 움지를 잡아 내거나 하고 놀고, 순임이는 옆에 낀 소쿠리에다 한나절도 안 돼 소복하게 나물을 캐 담았다. 안 먹어 본 풀이 없었다. 쇠별꽃은 이름이 별처럼 이뻐서 먹어도 좋고 안 먹어도 꿈같이 좋았다. 쇠귀나물은 된장에 무쳐서 먹으니 좋고, 씀바귀는 장아찌를 담가 먹으니 좋고, 쑥부쟁이 오이풀 어린잎들은 전을 부쳐 먹고, 냉이는 국 끓여 먹고, 민들레 지칭개 질경이 모싯대 잎은 무쳐서도 먹고, 고추장에 맨살로 찍어서도 먹고, 전[109]을 부쳐서도 먹었다. 한번은 수로에 난 미나리 비슷한 풀을 미나리로 알고 생으로 고추장에 찍어 먹고서 죽다 말고 살아난 일도 있었다. 독미나리라고 했다. 그러나 들이 풍성하기로는 가을이 물론 으뜸이었다. 나락이 영글기 시작하면 들은 황금색으로 꽉 찼다. 바람이 불면 황금색 물결이 빈자리 한 군데 없이 녹진하게 출렁거리고, 새 떼들은 연신 뜰먹이면서 날아오르며, 들판 너머 성동 벌판 가로질러 가는 기차는 아스라이 멀었다. 이상한 일은, 지금 같은 보릿고개[110]의 들녘에 섰을 때보다, 나락이라도 여기저기 훑어 먹을 수 있는 가을녘의 황금들판에 섰을 때, 더 배가 고프다는 것이었다. 허기만 지는 게 아니라, 뭔지 모르게, 속창아리가 휑뎅그렁 열리는 것 같아 때로 순임은 논두렁에 쭈그려 앉아 혼자 소리 죽

---

108 어디에서나 흔히 볼 수 있는 정겨운 야생초들을 열거하고 있다. 일제의 수탈 정책으로 비록 농촌의 경제나 순박한 농민들이 피폐해 가고 있지만 그래도 희망이 있음을 암시적으로 표현한 대목이다.

109 전煎. 재료를 얇게 만들어 기름에 지진 음식.

110 춘궁기春窮期, 또는 맥령기麥嶺期. 최근에는 경제 성장과 함께 농가소득도 늘어나 보릿고개라는 말이 없어졌으나, 일제 강점기 때는 두말할 나위 없고 1960년대까지만 하더라도 연례행사처럼 찾아 들던 농촌의 가난한 모습을 나타내는 말이다.

여 울곤 했다. 이렇게 들판 넓은데 왜 우리 집만 논이 없냐던 순명이의 말이, 속새로 쐐기같이 박혀 오는 것도 가을이었다.

지발 순, 순명아, 성이 갈 텡게로 그냥 있어 잉.

순임은 미끄러지고 넘어지며 걸었다.

논두렁길이 멀리 돌면 벼 포기 사이로 질러서 가고, 도랑이 나오면 아랫도리를 적시고 건넜다. 헌 살강[111] 같은 발은 너무 얼얼해서 아픈지 어쩐지도 느낄 수가 없었다. 이제는 굳이 어머니 때문이 아니라, 순명이 때문에, 아니 자기 자신 때문에, 반드시 순명이를 데려와야 한다고 생각했다. 생각이라곤 오로지 그것뿐이었다. 이 너른 들판에서 순명이가 없으면 누가 메뚜기를 잡고 움지를 잡고 미꾸라지를 잡겠는가. 자신이 나물을 캐고 순명이가 미꾸라지나 메뚜기를 잡아야 이쪽 귀 저쪽 귀가 딱 맞아 안성맞춤이 될 것이었다. 가다가 쓰러져 죽을 지경이 되더라도 순명이를 만나지 않고선 죽을 수가 없을 것 같았다. 어질병이 나는지 눈앞이 가물가물한데, 그러나 사방 천지에 꽉 차서 손 들까불며 성, 서엉, 하고 불러 대는 순명이가 있으니, 발걸음을 종내 멈출 수가 없었다.

쓰스스슥.

물뱀 한 마리가 재빨리 논두렁을 넘어갔다.

4

강경 역에 당도했을 땐 해가 기우뚱, 미루나무 밑동 쪽으로 내려 박히고 있었다. 순임은 순전히 동냥아치[112] 꼴이 되어 어질병에 걸린 듯 비칠비칠 걸어서 주먹밥을 나눠 받던 변소 뒤편으로 갔는데, 그곳엔 황아장수[113] 두

---

111 그릇이나 조리 기구 따위를 올려놓기 위하여 부엌 벽면에 설치한 선반.

112 동냥하러 다니는 사람.

엇이 모로 포개져 낮잠에 빠져 있을 뿐이었다.

"순, 순명아……."

소리보다 참았던 울음이 또 복받쳐 나왔다.

역 앞은, 강 초시 어른네 바깥마당보다 널따란 공터를 중심으로 상밥집과, 술막과, 황아전과, 대장간과, 개고기를 파는 군치리[114] 따위가 다닥다닥 붙어 있고, 서쪽 끝으론 일장기를 높이 올린 지서가 있었다. 역 마당엔 한낮보다 오히려 사람이 많아져서 마치 난장[115]이라도 선 듯했다. 바꿈질을 하러 나온 사람도 여럿 있었고, 바리나무를 실은 소달구지도 있었고, 엄대[116]를 들었다 놨다 하는 마병장수[117]와 땜장이도 있었다. 장사치에 비해 손님이 될 만한 사람은 오히려 손가락을 꼽을 정도여서 금 치는 사람도 없고 흥정하는 곳도 뵈지 않았다. 순임은 역사驛舍 안은 물론 역마당 곳곳을 절룩이면서 샅샅이 돌았다. 술막과 상밥집을 기웃기웃하는데, 보따리를 싸고 있던 늙수그레한 마병장수가 물었다.

"뉠 찾는디 그렇게 울어쌓냐."

"순, 순명이라고 지 동상인듀, 열, 열두 살 먹었유. 아까먹새는…… 우리 동네 지지배덜이…… 죄다…… 저짝에 모여 있었는디……."

"경성방직공장으로 팔려 가는 것덜 말이냐?"

"예, 아자씨……."

그 대목에서 울음이 뚝 그쳤다.

마병장수 아저씨가 지서 쪽으로 턱짓을 했다. 경성 가는 기차를 타고 순명이가 그예 떠났으면, 모질게 맘먹고, 차라리 수문다리에서 치마폭 뒤집어쓴 채 물귀신이라도 되리라 작심하고 있던 터였다.[118] 순명이를 보

---

113 집집을 찾아다니며 여러 가지 자질구레한 일용품을 파는 사람.

114 개고기를 안주로 하여 술을 파는 집.

115 일정한 장날 외에 특별히 터놓은 장.

116 외상으로 물건을 팔 때 물건 값을 표시하는, 길고 짧은 금을 새긴 막대기.

117 헌 물건을 가지고 다니며 파는 사람.

내고서야, 어머니가 어찌할망정, 스스로 가슴팍에 대못 하나 실하게 박힐 테니, 무슨 까들막거릴 일이 있다고, 시시때때 풀떼죽이나 깻묵죽이라도 숟가락질할 것인가. 철없는 순명이야, 삼세끼 밥 주고 다달이 돈도 주고 한다는 상진이 아버지 말을 곧이곧대로 믿고 까들막나서 예까지 왔다지만, 지난 설에 왔다 간, 분숙이 둘째언니의 분통같이 희고 해골처럼 마른 몰골로 보건대, 쌀밥에 고기반찬은 고사하고 냄새 나는 깻묵죽도 못 얻어먹는 푼수다 이거였다.[119] 어른들 말로는 공장 다니다가 폐병인가 뭔가, 암튼 분숙이 둘째언니는 죽을병에 걸렸다고 했다. 어째서 이런 일들이 이제 와서 생각나는지 모를 일이었다.

"지서 뒤로 가믄 개구녕이 있응게."

마병장수는 누누하게 토를 달았다.

"개구녕 지나 갖고 쑥 들어가믄 곳간차 몇 개 나올 팅게로, 거그 찾아봐라 잉. 얼핏 듣자 헝게 뵐 사람덜이 아직 들 모였는갑더라. 감독인가 뭣인가 허는 사람이 그 짝으로다 몰아넣는 걸 내 눈으로 봤다. 행여 한 놈이래도 맘 변혀서 삼십육계 놓을까 허고 수 쓰고 자빠졌더라만……"

마병장수의 뒷말은 귀에 들리지도 않았다.

지서 뒤편으로 나가자 철조망 사이로 붓꽃들이 흐벅지게[120] 피어 있었다. 사금파리에 발이 찔렸는지 철조망 개구멍으로 허리 굽혀 들어가고 보니, 발가락 사이에서 피가 배어 나오고 있었다. 곳간차[121]라는 말이 무엇인지 잘 몰랐으나 안에 들자마자, 저것이 곳간차로구나, 대뜸 눈치가 가는 시커먼 것들이 여럿, 잇대어 서 있는 게 보였다.

"순임이 서영!"

---

118 순임은 동생 순명이를 찾지 못하면 자살하겠다는 비장한 생각을 하고 있다.

119 순임은 방직공장 여공 생활의 나쁜 면만을 생각한다. 그런 사실을 예로 들며 동생을 설득하려는 것이다.

120 탐스럽게. 부피가 있고 부드럽게.

121 화물차.

몇 발짝 떼어 놓지도 않았는데 순명이 소리가 났다.

곳간차 바닥에 이리 엎어지고 저리 널브러져 잠든 사람들을 얼핏 보았다고 느낀 순간, 또랑한 순명이가 제 언니를 먼저 발견하곤 잽싸게 달려나오는 것이었다. 움 안에서 떡을 받은 것 같아 또 눈물이 나왔다. 순임이가 행여 누가 볼세라 순명이 손을 다잡아쥐고 다짜고짜 개구멍으로 끌고 나오는데, 기적 소리가 쇳소리로 울리더니 검은 연기를 포악스럽게 내뿜으면서 기차가 역 안으로 쑤욱 들어섰다. 경성으로부터 내려오는 기차가 도착한 것이었다. 그렇거나 말거나, 순임은 죽어라 순명이를 잡은 손아귀에 힘을 주고서 왁살스럽게 역 마당까지 끌고 나왔다.

"워찌 그려? 워찌 새로 온겨, 성?"

"집에…… 집에 가아!"

"쬐매만 기다리믄 된댜, 인자."

"집에 가아!"

"째보아저씨도 이참에 경성 가겄다고 댕기 맨 아자씨허고 술, 술막에 갔는디, 우리덜 보곤 꼼짝 말랬어. 칼 찬 순사가 잡어간다고 혔단 말여."

"집에…… 집에 가야 헌당게."

"뭔 새통빠진 소리여, 시방?"

"엄니가…… 너…… 끌고 오랬어. 안 가믄…… 엄…… 엄니도 죽고 …… 나도 고꾸라져 죽어. 우리 식고…… 다 죽는겨."

악에 받친 순임의 눈에 흰자위만 하얗게 올라왔다.

저물녘까지 온종일 걷고 기다린 데다가, 저물녘이 되니까 숨이 죽어 그런지, 아니면 평소 때와 달리 워낙 살똥스럽게[122] 나오는 제 언니의 서슬에 기가 질렸는지, 순명은 다만 소 뒷걸음질 치듯이 뻗대고 설 뿐, 뭐라고, 더 이상 대거리는 하지 않았다. 기차에서 내린 사람들이 역사 안에서 쏟아져 나오자 파장으로 가던 역 마당이 시끌시끌해졌다.

---

122 살똥스럽다. 말과 행동이 독살스럽고 당돌하다.

"저거…… 인력거랴, 인력거……."

뻗대던 순명의 눈에 빠짝 생기가 돌았다.

바큇살에 기름이 자르르 흐르는 인력거에 감색 모자까지 위엄 있게 눌러쓴 중년신사가 막 올라타고 있었다. 잡아끌던 순임이와 뻗대던 순명이 사이의 당길 힘이 잠깐 느슨해졌을 때, 역사 안에서 제복에 칼까지 찬 일본 순사가 나왔다. 순임과 순명은 도둑질이라도 하다가 들킨 것처럼 본능적으로 목을 움츠렸다. 9척이나 됨직한 꺽다리에다가 얼굴 빛깔은 거무튀튀하고 인중에 물사마귀 하나 터억 찍힌 일본 순사는, 아기까지 둘러업었으나 겨우 순임의 키쯤 될까 말까한 약삐한 한 여자를 뱃세게 끌고 나오는 중이었다. 몇몇 조무래기들이 우르르 몰려들었다.

"도로보오?[123] 도로보오?"

어떤 조무래기는 소리쳐 물었다.

하다못해 바리나무를 실은 소달구지 뒤에라도 숨었어야 할 일인데, 그럴 겨를도 없이, 9척 장신의 일본 순사가 하필이면 순임의 옆으로 성큼 다가오는 것이었다. 철커덕 철커덕, 하고 옆구리 찬 칼고리가 칼집에 부딪치는 소리가 났다. 시커먼 기차가 오는 것 같았다.

"앗찌 이께, 앗찌 이께……."

우렁우렁한 목소리였다.

순임은 코를 맨바닥에 박고서 눈만 가늘게 치뜬 채, 오갈이 잔뜩 든 옆눈질로 다가드는 순사를 보았다. 금방이라도 머리끄덩이를 움켜쥐면서 이년, 할 것 같았으나 뜻밖에도 가까워지고 있는 순사의 표정은 심드렁했고, 저리 가라고 조무래기들을 쫓는 손짓도 허랑해[124] 보였다. 끌려가는 키 작은 여자의 눈과 순임의 눈이 딱 맞닥뜨린 것은 순사가 이미 순임의 옆을 지나친 다음이었다. 얼레, 저게 누구여? 말은 그러나 목젖에 걸려

123 일본 말로 '도로보'는 도둑이다.
124 허랑하다. 허황하고 실답지 못하다.

나오지 않고, 그 대신 몸이 벌떡 들렸다.

"너…… 역시 너, 순임이구나, 순임이."

분숙이 큰언니 분순이였다.

아침녘 우물가에서 만난 똥꿜댁이 쓰윽쓰윽 문질러 닦던 쌀바가지가 눈앞을 재빨리 스쳐 지나갔다. 얽빼기 분숙이 아버지의 귀빠진 날이라서 큰딸이 저물녘엔 올 것이라더니 똥꿜댁의 말 또한 순임은 잊지 않고 있었다. 갸는 꺼먹고무신 같은 건 안 신고 살어, 라고 똥꿜댁이 말한 대로 정말 분순이 언니는 반주그레한 가죽신을 신고 있었다. 좀 전에 도착한 기차에서 내려 나오다가, 무슨 사단[125]이 났는지, 일본 순사에게 덜미를 잡혔나 보았다. 분순이 언니가 일본 순사의 끌 힘에 뒤로 뻗대면서 사정하는 푼수로 뭐라고 말했다. 조선말과 왜말이 마구잡이로 섞여 있어 순임으로선 시시콜콜 알아들을 수가 없었다.

"좃또 맛떼……[126] 나리, 부탁해유……."

이런 식이었다.

보퉁이를 힘들게 머리에 인 분순이 언니의 등에선 어린것이 숨넘어가는 듯, 그러면서 기진한 울음소리를 내고 있었다. 중구난방[127]인 조선말과 왜말을 대강 꿰어 보자면 요컨대, 숨넘어가는 듯 울고 있는 어린것 문제였다. 분순이 언니는 사뭇 눈물바람을 하면서, 한 손으론 순임이와 순명을 가리키고, 또 다른 손으로 아기를 업어 묶은 포대기 끈을 허리춤에서 허둥지둥 풀고 있었다. 그 바람에 머리에 인 보퉁이가 땅바닥으로 떨어졌는데 잡동사니 밑에서 비쭉이 올라온 것은 하얀 무명 천이었다.

"야들이 지 동상이랑게유, 동상유."

분순이 언니는 허둥허둥 설명했다.

"지는 지서로 끌려갈 팅게유, 지발…… 이 어린것은 집으로 보내게 혀

---

125 사단事端. 일이나 사건의 실마리나 빌미.

126 '잠깐 기다려 주세요' 라는 뜻의 일본 말.

127 중구난방衆口難防. 여기서는 두서없이 마구 지껄이는 모습을 가리킴.

주세요. 이러다 어린것 죽겄유. 순, 순임아. 싸게싸게 돌아서라 잉. 업고 가. 가서 엄니…… 울 엄니헌티 주고 말혀. 별일 아닌게로 걱정 말라고 허고."

모든 것이 엉겁결에 일어난 일이었다.

아기를 받아 업고 포대기 끈을 묶으면서 허리를 들었을 땐 이미 분순이 언니는 저만큼 지서 앞까지 가 있었다. 어서 가라고, 분순이 언니는 필사적으로 손짓을 했다. 뒤쫓아 가던 조무래기 한 명이 분순이 언니 뒤로 날쌔게 달려들어 얌전하게 내려온 긴 치맛자락을 홱 걷어 올렸다. 그 순간, 순임은 분순이 언니의 속고쟁이 위로 살짝 드러난 허리춤에 광목이 친친 둘러매어져 있는 걸 보았다. 언뜻 본 것에 불과할지라도 누르께한 흰빛의 그것이 광목이라는 사실은 의심할 여지가 없었다. 가지고 내려올 광목이 많아 의심받을 것 같아 그 중의 일부를 온몸에 친친 두르고 오다가 일본 순사에게 들킨 것이었다.

얽빼기가 뭐 허러 경성을 왔다 갔다 허간디?

어머니는 볼통하게 말한 적이 있었다. 방직공장에 가면 광목쪼가리를 훔쳐 내는 게 일이라고 했다. 상진이 아버지는 공장 문간을 지키는 문지기였다. 순임이가 여기저기에서 귀동냥한 것을 한 묶음으로 꿰어 보면, 공장 안에서 먹고 자고 하며 공장 문밖으로는 나오지 못하는 직공일지라도 한 달에 한두 번, 혹은 부모의 면회가 있을 때는 잠시잠시 외출이 허락되는데, 그때마다 가슴과 허리춤과 넓적다리에 공장 안에서 훔친 광목들을 둘러 감고 나온다는 것이었다. 문지기들이 몸을 뒤지니까 그것도 모두 상진이 아버지와 짜고 하는 짓이었다. 광목 한 마를 가지고 나오면 삶은 계란 하나와 맞바꾼다고 했다. 아비 없는 자식을 낳고서 공장에서 쫓겨난 분순이 언니가 한다는 밥집도, 본업은 밥을 파는 게 아니라 직공들이 훔쳐 내는 광목을 사고파는 일일 터였다. 어머니는 한바탕 딸 자랑을 하고 나가는 똥퉐댁 뒤통수에 혓바닥을 내밀어 뵈고 나서 덧붙여 말했다.

"아나, 고개 워디 잘사는 거냐 잉."

어머니의 말은 혼잣소리나 다름없었다.

딸년들을 씨릉등 다 도둑년 맹글고, 그 도둑질헌 거 받어다 살믄서도, 쪼쪼허니, 턱주가리 들고 다니는 꼴이, 증말, 사람 말종이 따로 읎당게. 워디 도둑년 맹근 거뿐인감? 큰딸년은 알로 까져서 조강지처 둔 놈 씨 받아 새깽이 낳았지, 둘째년은 실밥 하도 처묵어서 몹쓸 병에 걸렸지, 분숙이 고년도 월매나 성허게 살겄어?

해가 저물고 있었다.

분순이 언니가 순사에게 끌려가는 것을 보고 순명이도 충격을 받았나 보았다. 그게 아니면 순임이의 앙칼진 눈빛에 질려, 내가 안 따라가면 언니가 정말 철다리에 목매달아 죽겠구나 하고 생각하는지도 모를 일이었다. 읍내를 빠져나와 상업학교 담장을 지나서 철다리 부근에 당도했을 때, 미루나무 밑동에 내려가 있던 해는 완전히 보이지 않았다. 새털구름은 제 선홍빛깔에다 조금씩 조금씩, 그러면서도 빠르게 먹물을 섞고 있었다. 이제 곧 어두워질 것이었다. 온갖 새 떼들이 강안[128]의 갈대밭에서 그악스럽게 우짖었다. 앵돌아진 얼굴로 내내 말없이 따라오던 순명이가 갈대밭을 향해 돌팔매질을 했다. 돌팔매는 갈대밭까지 가지도 못하고 둑길의 둔덕에 떨어졌다.

"다음이래도 난 방직공장 꼭 갈겨."

혼잣말처럼 하는 순명의 말이 아득히 들렸다.[129]

한 걸음 한 걸음 떼어 놓는 것도 도무지 의식이 없었고, 새소리와 순명의 혼잣말도 귓가에 어른댈 뿐 속으로 박혀 오지 않았으며, 놀빛 고운 것 또한 이승의 그것이 아닌 듯 아스라하게 멀었다. 종일 굶고서 60리 길을 걸었는데 아직도 걸어가야 할 짱짱한 20리 둑길이 남아 있었다. 게다가 기운이 쭉 빠졌는지 앙앙거리고 울지도 못하고 간헐적으로 끙끙대는 어

---

128 강안江岸. 강기슭.

129 순임이 차차 의식을 잃어 가고 있는 것이다.

린것까지 업었으니, 갈 길이 곧 지옥길이었다.

그래도 가야 혀.

순임은 꿈인 듯 생시인 듯 생각했다.

눈꺼풀은 자꾸 내려오는 데다가, 허리는 끊어지고 다리는 떨리며 발은 헌 살강인지라, 허뚱허뚱, 걷는 품이 꼭 소경 지팡이 잃고 진창길을 걷는 꼴인데, 그래도 감기는 눈 속에 보일 듯 보일 듯 한 건 고향집 툇마루와 어머니였다. 신령님이 돌보사 다행히 순명이를 붙잡았으니 무엇을 더 바랄 것인가. 사는 게 워낙 질기고 고단해서 충동적으로 순임이 순명이를 떠나보냈다가, 스스로 후회해 속불이 나서, 만삭의 몸으로 삯메기를 나갔던 어머니로선, 순명이까지 데불고 나면 죽었던 나무에 꽃이 핀 듯 할 것이었다.

"성, 꽁지따기 허자."

순명이의 말씨가 한결 살가워졌다.[130]

선홍빛이었던 새털구름에 먹물이 듬뿍 섞였다고 느끼자 사위는 이미 어두워졌다. 어둔 하늘 이곳저곳에서 퐁, 퐁, 퐁, 물거품이 올라오듯이 별이 떴다. 서쪽 편의 어둠별은 하늘에 암갈색 놀빛의 잔영이 아직 남아 있는데도 함초롬하고 밝았다.

"말꽁지따기 허잖게로, 성. 내가 먼첨 헐겨."

"그려, 혀바, 작것아."

대거리가 간신히 나왔다.

"아니고 배야."

"무신 배?"

"자루 배."

"무신 자루?"

"업 자루."

---

130 동생 순명은 지금 언니 순임이 얼마나 기진한 상태인지를 모르고 있는 것이다.

"무신 업?"

"질, 질 업."

"무…… 무신…… 무신 질?"

"바누 질."

"무신…… 무신…… 바…… 눌……."

청바눌이라고, 순임의 말이 떨어지기 무섭게 순명은 토를 달고 나왔다. 무신 청, 딸 청, 무신 딸, 명덕 딸, 무신 명덕, 두루 명덕, 무신 두리, 떡 두리…… 하고 이어질 터였다. 순명은 그러나 제 언니가 너무 지쳐 말대꾸할 힘도 없다는 걸 비로소 간파했는지, 명덕 딸, 해야 할 대목에서 불쑥 순임의 앞을 가로막으며 제 등을 돌려 대었다. 아기를 제가 업겠다는 것이었다. 별똥별 하나가 고향집 방향으로 길게 졌고, 샛바람이 강안을 부드럽게 쓸면서 둑방 길로 올라왔다. 수런수런 갈대들이 저희들끼리 몸 섞는 소리가 났다.[131]

"괜찮어, 너는 쬐…… 쬐깐혀서 못 업어."

"월자도 업었는디 워째 못 업어?"

"냅두랑게. 니가, 니가 성이냐, 내가 성이지."

"싫어. 나도 성 되고 싶어!"

별똥별이 또 졌다. 이번엔 논산 방향으로 뻗은 철롯길 너머로 지는 별똥별이었다. 금강 원류가 그 너머 어디쯤 큰물로 직수굿이 흐르고 있을 터였다. 콩깻묵을 실은, 키가 하늘을 가린다는 일본 배가 행여 들어오고 있을까. 순임은 내일 아침엔 콩깻묵죽 대신 쇠별꽃 잎을 따다 전을 부쳐 순명이에게 먹여야 되겠다고 잠깐 생각했다. 논두렁 길로 질러오다가 선돌마을 옆댕이의 소로에 쇠별꽃이 무리져 자라고 있는 것을 보아 두었기 때문이었다. 자신은 쇠별꽃 잎을 따고, 순명은 미꾸라지를 잡고, 그러다

---

131 순임의 급박해진 상황에 비하여 황혼 무렵의 정경은 아름답기만 하다. 이런 묘사가 비극미를 더해 주고 있다.

보면 아스라한 둑길 저 끝에, 아버지가 새로 산 자전거를 높다랗게 올라타고, 그 바큇살로 아지랑이를 통통 튕겨 내며 돌아올 것만 같았다.

5

비몽사몽 하는데 알싸한 쑥 냄새가 났다. 순임은 눈을 뜨지 않고도 발의 물집마다 어머니가 쑥을 찧어 얹어 주고 있다는 걸 알았다. 엄니, 라고 부르려고 했지만 말이 나오지도 않았다. 솔밭 어귀까지 나와 앉아 딸을 기다리고 있던 똥뀔댁이, 분순이냐, 하는 소리를 어둠 속에서 듣고, 그대로 까무러쳐 버린 것이 기억의 마지막이었다. 밤인지 낮인지도 알 수 없었다.

"하마트면 큰일날 뻔혔어."

어머니가 도란도란 말했다.

"세상에…… 징허다 징혀. 글쎄 고 어린 게, 숨통이 원통 맥혀 갖고 다 죽었더랑게. 삼신할매가 돌봐서 죽었다가 살어나긴 혔다만, 사람이 워찌 그렇게 살 것이냐. 아, 니가 업고 온 분순이 그녀르 것 새깽이 말여. 하얗게 죽은 애 옷을 벳기고 본게로, 그 어린것 가슴패기에다가도 광목을 뚤뚤 말아 놨더라 그 말이다. 요즘 같은 불볕에, 그롷게 뚤뚤 말아 놨응게, 애새깽이야 쪄 죽을 수밖에. 내가 미쳤지. 아이고오, 신령님 고맙고……고…… 고마워유……."

누구를 향해 하는 말인지도 알 수 없었다.

억장이 막히는 듯[132] 어머니의 말끝은 까무룩하게 내려앉고, 그 대신 사방에서 개구리가 울기 시작했다. 개구리 초성 좋은 저 울음소리 사이로, 솥적다 솥적다, 하고 우는 새는 아마 소쩍새일까. 순임은 땅 끝으로

---

132 극심한 슬픔이나 절망 등으로 몹시 가슴이 아프고 괴로운 상태가 된다.

내려앉는 듯이 잠 속으로 내려앉으면서, 오가고 80리 길을 걸은 가장 긴 날의 끄트머리에서, 아무도 몰래 아름다운 꿈 한 자락 꾸고 있었다. 자신이, 들 가운데 무리진 쇠별꽃이 되어, 순명이 순실이 월자에게 골고루 뜯겨, 순명이 순실이 월자의 나물바구니에, 살폿, 얹혀지는 꿈이었다.

그날 새벽, 어머니가 낳은 아이는 또 딸이었다.[133]

1999년 《창작과비평》 가을호

133 넷째 딸이 태어났다는 마지막 구절 속에는 아직도 여성들의 고통스런 삶이 끝나지 않았다는 작가의 시각이 들어 있다.

내가 인생을 알게 된 것은

사람과 접촉해서가 아니라 책과 접하였기 때문이다.

-A. 프랜스

|1946 ~ |

1946년 경상남도 함양에서 태어나 직업군인 아버지를 따라 대구와 강원도 등 여러 곳에서 어린 시절을 보내다. 1965년 인제고등학교를 졸업하고 춘천교대에 입학하다. 1968년 군 입대, 1971년 제대 후 1972년 춘천교대를 중퇴하다. 1972년 《강원일보》 신춘문예에 단편 〈견습어린이〉 당선, 1975년 월간종합지 《세대》 '신인문학상' 에 중편 〈훈장〉이 당선됨으로써 중앙 문단에 데뷔하다. 이 무렵부터 학교 소사, 신문사, 학원 강사 등 전전하던 직장을 포기하고 창작에만 몰두하다. 그림에도 조예가 깊어 1990년 '4인의 에로틱 아트전' 과 1994년 '선화仙畵 개인전' 을 열다. 뿐만 아니라 철학적 삽화가 돋보이는 우화집 〈사부님 싸부님〉(1983), 〈외뿔〉(2001) 등과 시집 〈풀꽃 술잔 나비〉(1987), 〈그리움도 화석이 된다〉(2000) 등을 발표하다.

대|표|작

〈꿈꾸는 식물〉(1978), 〈겨울나기〉(1980), 〈들개〉(1981), 〈칼〉(1982), 〈벽오금학도〉(1992), 〈황금비늘〉(1997), 〈괴물〉(2002) 등이 있다.

〈고수〉는 1979년 7월호 《뿌리깊은 나무》에 발표한 초기 단편이다. 시인이 되려고 했던 만큼 작가의 시적이고 감각적인 문체가 독자를 사로잡는다. 데뷔작 〈훈장〉에서 젊은 예술가의 갈등과 이를 극복하려는 의지를 그려 중앙 문단에 충격을 던져 준 바 있는 작가는 아름다운 문체와 감각적인 묘사로 많은 마니아 독자를 거느리고 있다. 이 작품도 역시 유려한 문체가 장점이라고 할 수 있다. 치밀하고 감각적인 묘사로써 신선한 느낌과 시적인 상상력을 유발하는 분위기를 매력 있게 빚어내고 있다. 산문이라기보다 시에 가까운 표현이 여러 군데 눈에 띈다.

'열차는 이제 두어 번 길게 동물적인 괴성을 발한 다음 도시의 사타구니 속에다 대가리를 쑤셔 박고 있었다. 꼬리가 다 먹혀 들어간 다음에도 잠시 열차의 헐떡거리는 소리가 계속되었다. 나는 소파로 다시 돌아왔다.'

〈고수〉에서 주인공이 창가에 멍하니 앉아서 열차가 시가지 안으로 들어오는 모습을 보고 있는 장면이다. 문장이 생생하게 살아 있다. 도시와 여자를 의인화한 비유는 기가 막히다. 이런 묘사와 문체는 이 작품의 미학적 수준을 높이고 있다. 비록 화투장을 돌리는 하찮은 노름꾼들의 비극적 현실을 다루면서도 그 속에서 작가는 아름다움을 찾아 선명한 이미지로 독자 앞에 제시한다. 이러한 기술은 작가의 유미주의적인 작품 경향을 오래 지속하는 하나의 힘이 되고 있다.

작가 이외수는 '기인' 이라는 소문에 걸맞게 가지각색의 기인들을 작품에 등장시킨다. 이 작품도 예외가 아니다. 여러 노름꾼 '고수' 들이 등장하는 것이다. 작품의 전반부에서 당구를 치는 주인공과 청년의 프로급 당구 솜씨가 소개되더니 이어서 벌어지는 '화투' 에서도 고수들의 도박 세계가 슬쩍슬쩍 튀어나온다. 그리고 이 고수들 속에 '지독하게 못생기고', '초등학교 4학년밖에 안된 어린 소녀' 를 끼워 놓는다. 오징어를 질겅질겅 씹어 대는 이 소녀가 빚어내는 독특하고 귀기 어린 분위기는 왜 이 작품이 우리 나라 단편 문학 중에서 '고수' 로 뽑히는지 깨닫게 한다.

구조분석

■ **갈래** 단편소설.
■ 주제 승부(노름)에 모든 것을 건 인간의 욕망.
■ 배경 시간은 현대. 공간은 노름이 벌어지는 당구장.
■ 시점 1인칭 관찰자 시점.

등장인물

■ 나 이야기를 풀어 가는 화자이며 관찰자. 스스로 '고수'라고 자신하는 인물.
■ 소녀 주인공 '나'도 물리치는 진정한 의미의 고수. 초등학교 4학년짜리 어린 나이의 지독하게 못생긴 소녀. 오징어를 질겅질겅 씹으며 화투를 한다.
■ 청년 당구와 나이프를 잘 쓴다. 소녀의 보디가드이자 주인.
■ 당구장 주인 노름판을 열고 개평을 뜯는 인물. 노름꾼들과 한패.
■ 그 밖의 노름꾼들 '불로원 옆집'에 산다는 유한 마담, 고급관리 본부인 같은 여자, 턱이 긴 사내 등.

플롯

■ 발단 '나'는 화투판에 참석하는 마지막 꾼이 탄 열차가 시가지로 들어오는 것을 보고 있다.
■ 전개 일행을 파악하기 위하여 '나'는 당구를 치자고 제안한다.
■ 위기 가방을 들고 청년이 당구장으로 들어서고, 그 옆에는 지독하게 못생긴 소녀가 질겅질겅 오징어를 씹으면서 "화투를 치러 왔어요"라고 말한다.
■ 절정 '나'는 지금까지 수련해 온 모든 기술을 동원해서 화투판을 제압하기 시작했다.
■ 결말 차비까지 소녀에게 털린 '나'는 이 도시를 떠나려고 역 개찰구로 걸음을 옮긴다.

인터넷과 작가 이외수

작가 이외수는 요즘 인터넷에 푹 빠져 산다. 여러 사이트를 돌아다니며 서핑하는 것은 이미 그의 일과가 되었다. 자신의 홈페이지에 올라온 메일들을 훑어보고 일일이 답장을 해 주는 것도 그의 삶의 한 부분이다. 이외수의 소설이 항상 젊음을 유지하고 있는 것은 아마도 이렇게 항상 새로움을 추구하며 시대의 조류를 읽을 줄 알기 때문이다. 그는 매일 컴퓨터 자판을 또닥거리며 턱을 길게 뽑고 사이버 세상에 심취해 있다. 우리 나라 소설가 중에 자기 이름을 걸고 자기가 홈페이지를 개설한 몇 안 되는 작가 중의 한 사람이다. 나이를 잊고 인터넷의 세계까지 쳐들어온 이외수. 그는 늘 새로운 도전을 위하여 준비하는 작가라는 평을 듣는다.

'기인' 이외수?

작가 이외수는 한때 허름한 창고 속에서 문을 걸어 잠그고 1년 내내 두문불출한 채 소설을 쓴 적도 있다. 그때 그는 교도소에 납품되는 철창 문을 구해 달고 자물쇠까지 채워 원고가 탈고될 때까지 꼼짝하지 않고 글을 썼다고 한다. 지금도 그의 집에는 당시 사용된 교도소 철문이 있다. 쇠창살이 나 있고 아래쪽에는 식판 투입구가 설치된, 실제 교도소에서 사용하는 것과 똑같은 것이다. 그는 작품에 몰두할 때 지금도 가끔씩 이 철문을 생각한다고 한다. 또한 지금도 작품을 위해서라면 자신을 철문 속에 가둘 수 있다고 말한다.

1. 이 작품에는 인간이 서로 물고 물리는 '먹이사슬'과 같은 관계로 설정되어 있다. 작가는 이것을 '미끼'와 '덫'으로 설명하고 있다. 그렇다면 작품에 나오는 등장인물 중 '미끼'와 '덫'의 관계는 누구와 누구라고 생각하는가?
2. 이 작품에는 '의인화擬人化 표현'이 몇 군데 나온다. 그것을 찾아내어 이런 표현을 한 작가의 의도가 무엇인지 살펴보자.
3. 작가가 정의하는 '고수'와 '참꾼'은 무엇인지 설명해 보자.

고수

♦

노름에 관심이 많은 사람이라면 아마 '참꾼' 이라는 말을 들어 본 적이 있을 것이다. 속임수를 전혀 쓰지 않는 사람을 일컬을 때 쓰는 말이다. 참꾼의 무기는 염력[1]이다. 오직 마음의 힘만으로 승부를 가늠하는 것이다. 그러나 아무리 속임수가 뛰어난 '야마시꾼' 이라 해도 이 참꾼을 당할 재간은 없다고 들은 적이 있다.

우리는 기다리고 있었다. 당구장 한켠에 준비되어 있는 임시 휴게실 소파에 앉아 기다리고 있었다. 당구장 주인의 말에 의하면 당구장은 세금을 제대로 내지 않는다는 이유로 한 달간 영업 정지 처분을 받은 상태였다. 출입문과 창문에는 각각 검은 커튼들이 드리워져 있었고 벽에 나란히 정리되어 있는 큐대와 점수판, 텅 빈 당구대, 그것들은 모두 깊은 잠에 빠져 있는 것 같았다.

우리는 현재 모두 네 명이었다. 계획대로라면 앞으로 한 명이 더 올 것이다. 우리는 어느 중개인[2]의 비밀한 주선으로 이곳에 함께 모이게 된 사람들이었고 우리는 서로 초면이었다. 우리를 이곳에 함께 모이도록 주선했던 그 중개인이 아까 대충 한 사람 한 사람을 소개시켜 주기는 했었지

1 염력念力. 정신을 집중함으로써 떨어진 곳에 있는 물건을 움직이는 초능력적인 힘.
2 중개인仲介人. 남의 의뢰를 받아 상행위를 대리하고 이에 대한 수수료를 받는 사람.

만 그건 벌써부터 엿이나 먹어라였다. 이런 일이나 하러 다니는 사람들이 딱지 덜 떨어진 시골 면서기 도청에 월말 보고하듯 곧이곧대로 자기에 관한 일들을 중개인에게 밝혀 주었을 턱이 없었고 그렇다면 아까 중개인의 소개 내용은 편의상 제멋대로 꾸며낸 것들임이 틀림없을 거였다. 우선 나 자신에 관한 소개부터가 황당하기 짝이 없는 것들이었으니까.

우리는 아까부터 서먹서먹한 상태로 그저 침묵만 지키고 있었다. 침묵이란 자신의 약점[3]을 감추기에는 매우 편리한 도구일 것이다. 잠시 후면 우리는 서로 적이 되어 숨막히는 암투[4]를 벌여야 할 것이고 그때는 저절로 입들이 벌어지게 될 것이다. 미리 얕잡힐[5] 필요는 없다. 모두들 그렇게 생각하고 있는지도 모를 일이었다.

그러나 나는 따분했다. 나머지 한 명이 빨리 도착해 주었으면 싶었다. 손목시계를 보았다. 약속 시간은 이미 20분이나 지나 있었다. 나는 담배를 한 대 피워 물었다. 그리고 문득 의식했다. 내 왼편에 앉아 있는 여자가 자꾸만 곁눈질로 나를 흘끔거리고 있다는 사실을. 유한 마담[6] 기질이 다분히 있어 보이는 여자였다.

"담배 피우시겠습니까?"

나는 그녀에게 담배를 권해 보았다.

"담배 피울 줄 몰라요."

그러나 그녀는 화난 듯한 목소리로 담배를 사양했다. 사양하고 나서도 곁눈질로 나를 흘끔거리기를 잊지 않았다. 도무지 무슨 일로 이러는지 모를 일이었다.

"심심한데 당구나 한 게임 치실까요."

나는 앞에 앉은 사내에게 동의[7]를 구하듯 말을 건네 보았다. 턱이 유난

---

3 약점 弱點. 부족하거나 떳떳하지 못하여 감추고 싶거나 기를 펴지 못하는 점.
4 암투 暗鬪. 상대를 눌러 이기려고 겉으로 드러나지 않게 싸우는 것.
5 낮추어 보여 하찮은 취급을 받는.
6 돈은 많고 할 일이 없어 유흥가 등지를 배회하는 여자들.

히 긴 사내였다. 만약 이 사내가 널뛰기 대회라도 출전하게 된다면 미처 세 번도 뛰어 보지 못하고 턱이 모조리 땅바닥으로 흘러내려 버릴 것만 같았다. 나는 사내의 턱을 손바닥으로 받쳐 주고 싶은 충동을 느끼며 당구나 치자는 데 대한 대답을 기다리고 있었다. 사내는 그 긴 턱을 들썩이며 몇 번 히죽히죽 웃었다. 그리고 이렇게 대답했다.

"혼자 치쇼. 난 당구 칠 줄 몰라요."

개애새……끼. 거짓말일 거였다. 이런 일이나 하러 다니는 주제에 그 나이까지 당구를 아직 칠 줄 모르다니, 아마 사내는 내가 신경전[8]이라도 벌이려 드는 줄 알았던 모양이었다.

나는 소파에서 혼자 일어섰다. 당구장 주인은 카운터에다 머리를 박고 코를 골며 자고 있었다. 어제도 날밤[9]을 새운 모양이었다. 나는 그에게서 당구알들을 얻어 내어 초록빛 라사[10] 위에 와그르르 쏟아 놓았다. 깊이 잠들었던 당구대와 큐대, 그리고 점수판들이 한꺼번에 눈을 뜨고 잠 속에서 깨어났다. 나는 혼자 심심풀이 당구를 치기 시작했다.

내가 큐대로 당구알의 뒤통수를 찍어 댈 때마다 당구알은 계산했던 코스대로 정확하게 굴러가서 맞아 주곤 하였다. 나는 그것으로 오늘 벌어질 일을 점쳐 보고 있었다. 이만하면 충분한 행운을 잡을 수도 있으리라는 생각이 들었다. 자세히 보니 아까 내 곁에 있던 여자는 아직도 계속 곁눈질로 나를 흘끔거리고 있었다.

나는 한참 동안 당구를 치다가 그만 시들해져서 다시 창가로 걸어갔다. 걸어가서는 커튼을 걷고 창밖을 내다보았다. 바다가 보였다.

바다는 짙은 소청색이었다. 하늘이 회색으로 낮게 내려앉아 있었다.

---

7 동의同意. 의견을 같이 하는 것.

8 신경전神經戰. 적극적으로 공격하지 않고 모략, 선전 등으로 상대방의 신경을 피로하게 만들어 사기를 잃게 하는 전술.

9 부질없이 새우는 밤.

10 나사羅紗. 포르투갈의 모직물 라샤raxa를 가리킴.

소청색 바다가 허연 거품을 게우며 기절하고 있었다. 눈이 올 것 같았다.

"이거 보세요."

등 뒤에서 여자 음성이 들려왔다. 돌아다보았다. 내 곁에 앉아 있던 바로 그 여자였다. 여자는 다시 입을 열었다.

"댁은 형사 끄나풀[11]이지요?"

약간 겁먹은 듯한, 그리고 경계의 빛이 역력해 보이는 얼굴이었다. 너무 긴장한 탓인지 가슴이 심하게 움직일 정도로 크게 숨을 몰아쉬고 있었다. 어이없는 일이었다.

"생사람 잡지 마쇼."

나는 한마디로 일축해 버리고는 다시 고개를 돌렸다.

"시침 떼지 말아요. 경찰서에서 본 적이 있어요."

그러나 여자는 비웃는 듯한 어투로 내게 말했다. 피해망상증[12]이라도 있는 모양이었다.

"맘대로 생각하쇼."

나는 귀찮은 듯 창밖만 내다보고 있었다. 한참 후 무슨 생각을 했는지 여자도 조심스럽게 내 곁으로 와서 창밖을 내다보기 시작했다. 무언가 불안한 기색만은 감추지 못하고 있었다.

"경찰서에서가 아니라면 또 어디서 보았을까……."

여자는 혼잣소리로 중얼거렸다. 그러다가 느닷없이 이렇게 물었다.

"뱀고기 좋아하세요?"

참으로 엉뚱한 질문이 아닐 수 없었다.

"뱀고기라뇨?"

"뱀 말이에요. 정력에 좋다는."

"네. 더러 먹어 본 적이 있습니다만."

---

11 남의 앞잡이 노릇을 하는 사람.

12 피해망상증被害妄想症. 남이 자기에게 해를 입힌다고 생각하는 일. 정신분열이나 조울병 증세가 있는 환자에게서 자주 나타남.

"맞군요. 경찰서에서가 아니라 거기서 봤을 거예요. 우리 옆집이 바로 뱀을 파는 집이었어요. 불로원집 아시죠?"

"아, 저도 부인을 한 번 본 기억이 납니다. 그런데 부인께선 왜 거길 드나드셨던가요. 곗돈[13] 때문이었나요?"

나는 아무렇게나 대답해 버렸다.

"아니에요. 난 그저 우리 가게 앞의 의자를 내다 놓고 앉아 거기 드나드는 사람들을 유심히 보았을 뿐이에요."

여자는 비로소 약간 안심이 된다는 표정이었다. 불로원집? 금시초문[14]이었다.

멀리 해안선을 따라 검고 기다란 뱀 한 마리가 느릿느릿 이 도시를 향해 기어 들어오고 있는 것이 보였다.[15] 16시 10분에 도착한다는 완행열차인 모양이었다.

"참 아니꼬워서 못 보겠어요."

여자가 다시 입을 열었다.

"누가 말입니까."

"저 여자 말이에요."

여자는 소리를 낮춰 말해 놓고는 흘깃 뒤를 한 번 눈으로 가리켰다. 소파에 앉아 있는 우리들 넷 중 또 다른 한 명의 여자를 보고 하는 소리였다.

"이런 데나 돌아다니는 주제에 거만하기는."

혼잣소리 끝에 여자는 칫, 하고 비웃었다.

---

13 계契. 목돈을 마련하기 위하여 여러 사람이 일정 기간 동안 매달 일정액의 돈을 내어 한 사람씩 돈을 타게 되는 일시적인 모임. 곗돈은 매월 내는 돈.

14 금시초문今時初聞. 상대방에게서 그동안 전혀 몰랐던 소식이나 소문 등을 전해 들었을 때 쓰는 말.

15 열차를 뱀으로 표현했다. 감각적이고 시적인 표현이다. 작가는 원래 처음엔 시인이었다. 여기서는 열차를 뱀으로 표현함으로써 '위험한 일'이 벌어질지도 모른다는 암시를 주고 있다.

우리들 넷 중 또 다른 한 명의 여자는 사실 약간 거만해 보이는 데가 있기는 있었다. 그녀는 전형적인 고급 관리의 본부인처럼 보이는 여자였다. 그 여자는 시종일관[16] 입을 다문 채 오히려 우리를 깔보고 있는 듯한 눈초리를 이따금 보내오곤 했었다. 게다가 제법 근엄한 표정까지 짓곤 했었다. 그것은 정말 웃기는 노릇이었다. 여자의 근엄한 표정이란 집에서 자식을 타이를 때나 겨우 어울려 보이는 장신구[17]이지 밖에 나오면 쥐뿔[18]도 아닌 것이 되어 버린다는 사실을 그 여자는 모르고 있는 모양이었다. 아마도 그 여자의 근엄한 표정은 무슨 기념 행사 따위에 자주 참석해서 근엄한 표정 하나로 의자를 지키다 돌아오는, 그 여자의 남편인 고급 관리에게서 모방한 것일 터였다. 하지만 우리들 중의 그 누구도 지금 다른 사람을 헐뜯을 만한 처지가 못 되는 셈이었다. 왜냐하면 우리는 피차 똑같은 목적으로 피차 세상 눈을 피해서, 이곳에 모인 사람들이므로.

"뱀고기를 잡수시고 나서 정말 정력[19]이 좋아지셨나요?"

여자는 이제 화제를 바꾸고 있었다.

"흐흐흐."

나는 그냥 그렇게 웃어 주었다. 말해 놓고 나서 여자는 약간 무안한 표정이 되어 있었다.

열차는 이제 두어 번 길게 동물적인 괴성을 발한 다음 도시의 사타구니 속에다 대가리를 쑤셔 박고 있었다. 꼬리가 다 먹혀 들어간 다음에도 잠시 열차의 헐떡거리는 소리는 계속되었다.[20] 나는 소파로 다시 돌아왔다.

여자는 여전히 창가에 남아 있었다.

---

16 시종일관始終一貫. 처음부터 끝까지 한결같이.

17 장신구裝身具. 몸치장을 하는 데 쓰는 기구. 반지, 귀고리, 목걸이, 비녀, 브로치 따위.

18 아무 보잘것없는 것. '개뿔'과 같은 뜻.

19 정력精力. 사람이 어떤 일을 할 수 있는 정신적, 육체적 힘. 여기서는 남자가 성적인 일을 할 수 있는 육체적인 힘을 가리킴.

20 도시는 여자, 열차는 그 여자에게 덤벼드는 남자에 비유하고 있다. 열차가 헐떡거린다는 표현에서 이번에 벌어질 '게임'이 아주 격렬할 것임을 예고하고 있다.

"어머나, 눈이 와요!"

그리고 잠시 후 그렇게 탄성을 발했다. 전형적인 고급 관리의 본부인 같이 생긴 여자는 못마땅한 눈초리로 그쪽을 한 번 돌아보고는 경멸하는 투로 말했다.

"여자가 왜 저렇게 천박하게 구는지 모르겠네 참."

잠시 후 중개인이 다시 당구장에 나타났다. 그리고 우리가 기다리던 나머지 한 명이 조금 전에 도착한 열차 편으로 이 도시 안에 발을 들여놓았다는 소식을 전했다. 전화를 받았다는 거였다.

"그런데 왜 여태 안 나타나는 거요."

턱이 긴 사내가 불만 섞인 목소리로 말했다.

"아마 오징어를 사러 돌아다니고 있을 겁니다."

"오징어라니, 무슨 뜻이오?"

"저도 잘 모르겠습니다. 전화로 그렇게 말했어요. 오징어를 좋은 놈으로 꼭 몇 축 사야 하겠으니 이왕 기다리시는 김에 조금만 더 기다려 달라고 말입니다."

"기가 막혀!"

그러나 중개인은 습관화된 유들유들함을 올리브유처럼 전신에 번들번들하게 처바르고는 우리를 쉴 새 없이 구슬리기 시작했다. 판이 깨져 버리면 곤란한 것이다.

내가 보기엔 중개인과 당구장 주인, 그리고 턱이 긴 사내는 한패거리임이 분명했다.

두 명의 여자는 솜씨가 그리 놀라운 편은 아닐 것 같았다. 그저 아마추어로서는 제법 뛰어난 편이라고나 할까. 이런 곳에까지 덤벼들 만큼 밝은 눈의 소유자들은 아닌 것 같았다. 계획적으로 던져 주는 미끼[21]를 받아먹

---

21 원래는 낚싯바늘에 끼우는 물고기 먹이를 가리키지만 여기서는 사람을 꾀기 위한 수단을 말함.

고 덫[22] 속에 철없이 한 발을 집어넣고 있는 여자들, 그녀들은 오늘 저 턱이 긴 사내에게 모조리 돈을 빨려 버리게 되도록 계획되어 있을 거였다. 턱이 긴 사내는 여자들보다는 한결 담요 때가 손등에 반들거리는 편[23]이었다.

화투.[24]

그것을 하러 오늘 우리는 이곳에 모인 것이다. 여자들은 중개인이 붙여 주는 사람들에게서 심심찮게 재미를 보았겠지만 그건 어디까지나 미끼였을 것이다. 게임은 오늘부터다. 따로 잃어도 꼭 한 번만 더 손을 대 보고 싶어지는 게 화투다. 이제 여자들은 볼 장 다 본 셈인 것이다.

그러나 턱이 긴 사내여, 중개인이여, 그리고 당구장 주인이여, 당신들은 오늘에야 비로소 임자를 바로 만났다. 당신들은 모를 것이다. 내가 얼마나 기막힌 손재주를 가지고 있는가를. 조선 팔도 화투판을 다 돌아다녀 보아도 내 속임수를 눈치 채는 사람은 단 한 사람도 없었다. 바둑은 집내기[25] 할 때, 화투는 문지방 넘을 때, 안색을 보면 대번에 자초지종[26]을 알게 된다던가.

화투장에 미쳐서 쓸어 박을 건 모조리 쓸어 박고 나서야 나도 겨우 터득했다. 직감과 눈치와 속임수를. 다만 나머지 한 명에 대해서만 나는 아직 확신을 못 가지고 있었다. 화투를 하러 와서 오징어[27]를 찾아 해매다

---

22 상대를 제압하기 위해 꾸미는 나쁜 꾀를 비유하는 말.

23 '담요 때가 손등에 반들거린다'는 것은 그만큼 '화투노름'을 많이 했다는 증거이다.

24 화투는 19세기경 일본에서 들어왔다. 처음에 누가 전파시켰는지는 알 수 없다. 화투는 48장으로 4장씩 12달을 상징한다. 1월은 송학松鶴, 2월은 매조梅鳥, 3월은 벚꽃, 4월은 흑싸리, 5월은 난초, 6월은 모란牡丹, 7월은 홍싸리, 8월은 공산空山, 9월은 국준菊俊, 10월은 단풍, 11월은 오동, 12월은 비雨로 되어 있다. 화투놀이 종류도 여러 가지가 있다. 보통 월별로 그림을 맞추는 민화투는 끗수를 계산하여 많이 딴 쪽이 이기는 것이다. 최근에는 여러 가지 새로운 형식의 놀이로 변하여 짓고땡, 섰다, 고스톱 등 다양하다.

25 바둑 두기를 끝내고 '집'을 계산하는 것을 말함. 바둑은 누가 집을 많이 차지했느냐로 승부를 가리기 때문이다.

26 자초지종 自初至終. 처음부터 끝까지 일이 진행된 과정.

니, 무슨 꿍꿍이속[28]이 있는 것일까.

꾼[29]들은 대개 터부[30]들을 가지고 있었다. 여자의 음모[31]를 귓속에다 한 오라기 감추어 놓고 화투를 하면 반드시 따게 된다든가, 발등에다 오줌을 누게 되는 실수를 저지른 다음날은 반드시 잃게 된다든가, 여자에겐 약하고 남자에겐 강하다든가 등등. 우리가 기다리는 나머지 한 명도 오징어와 관계된 터부 하나를 가지고 있는 것이나 아닌지.

노크 소리가 들리고 있었다.

똑똑똑똑. 똑똑. 똑똑. 똑똑. 똑. 똑.

약속되어진 신호였다. 당구장 주인이 벌떡 일어나 문 쪽으로 가고 있었다. 드디어 나머지 한 명이 도착한 것이다.

우리는 일제히 호기심에 찬 눈초리로 문 쪽을 바라보고 있었다.

가방을 들고 청년 하나가 들어섰다. 머리와 어깨에 눈이 하얗게 얹혀 있었다. 제법 많은 눈이 내리고 있는 모양이었다.

"죄송합니다."

청년은 정중하게 허리를 굽히며 늦었음을 사과했다.

"예상 외로 열차가 늦게 도착한데다가 볼일이 좀 겹쳐서……."

라고 청년은 덧붙이고 있었다. 청년의 곁에는 꼬마가 하나 딸려 있었다. 초등학교 4학년쯤 되어 보이는 계집애였다. 한마디로 지독하게 못생긴 용모를 가진 계집애였다. 그 애의 머리카락은 성질 나쁜 식모애가 함부로 냄비바닥을 문질러 대다가 아무렇게나 팽개쳐 버린 수세미처럼 너저분하게 헝클어져 있었다.[32] 땟국물이 졸아붙은 얼굴, 들창코에다 주근깨에다

---

27 오징어는 화투를 함께 할 사람들에게 묘한 궁금증을 불러일으킨다. 작가는 뜻밖의 결말을 암시하는 복선으로 오징어를 사용한 듯하다.

28 도무지 알 수 없는 행위.

29 '노름꾼'의 준말.

30 터부taboo. 어떤 행동이나 말을 금하거나 꺼리는 것.

31 음모陰毛. 성인 남녀 생식기 주위에 나는 털.

32 소녀가 지독하게 못생겼다는 것은 소설적 분위기를 더욱 긴장시킨다.

너부죽한 입에다 못난이 삼형제라는 인형들 중에서 가운데 인형과 흡사해 보였다.

"여긴 뭣 하러 왔니, 꼬마야. 집에서 애들하고 눈쌈이나 하고 놀잖구."

당구장 주인이 그 애의 머리카락을 쓰다듬어 주며 말했다.

"화투를 치러 왔어요."

계집애는 갈라지는 목소리로 말했다. 계집애답지 않게 건조하고 탁한 목소리였다. 그 애는 게걸스럽게 오징어 다리를 물어뜯고 있었는데 청년의 또 한 손에는 큼지막한 오징어 꾸러미가 들려 있었다. 오징어에 대한 터부를 가지고 있을지도 모른다는 내 짐작을 나는 여기서 일단 틀린 것으로 간주해 두는 수밖에 없었다.

청년의 용모는 계집애와는 완전히 대조적이었다. 해맑고 귀티 나는 얼굴, 짜임새 있는 자세, 단정한 옷차림, 그러나 약간 차가운 인상을 주고 있었다.

나는 청년을 천천히 훑어보며 약간 안심을 하고 있었다. 팔씨름에 도사인 사람들이 상대편의 손목을 한 번 잡아 보는 것으로도 이미 이길 수 있는 상대인지 아닌지를 대번에 알아낼 수 있듯이 나는 그 청년에게서 풍겨 나오는 분위기 하나로서도 그 청년이 어느 정도의 꾼인지를 짐작할 수 있을 만큼은 닳고 닳아 있었던 것이다.

"빨리 시작합시다들."

턱이 긴 사내가 서두르고 있었다. 우리는 각자 중개인[33]에게 약정한 금액을 떼 주었다.

"고맙습다. 재미 많이들 보쇼."

중개인은 유들유들하게 인사를 치르고 나가 버렸다. 그러자 당구장 주인이 다시 우리에게 다가와 손바닥을 내밀었다. 비밀 도박장은 이 당구장 바로 밑 지하실에 있는데 지금 자기에겐 지하실 문을 열 열쇠가 없다는

---

33 이 중개인은 노름할 장소를 빌려 주고 일정한 수수료를 받는다.

거였다.

"그럼 누구한테 있습니까."

청년이 물었다.

"건물 주인한테 있어요. 임대료를 먼저 줘야만 열쇠를 내줍니다."

"얼맙니까."

"일인당 3만 원씩입니다."

우리들은 각자 돈가방을 열었고 당구장 주인은 건물 주인에게 전화를 걸기 시작했다.

오징어를 계속해서 게걸스럽게 물어뜯고 있던 꼬마가 청년에게 말했다.

"여긴 현찰 박치기[34]로 하나 봐, 삼촌."

청년은 왜 저런 꼬마를 이런 데까지 데리고 다니는지 모를 일이었다.

건물 주인이 열쇠를 가지고 올 때까지 청년은 아까 내가 치던 당구대에서 말없이 당구를 치고 있었다.

좋은 자세다…….

처음 나는 그렇게만 생각했었다. 그러나 차츰 치는 횟수가 거듭됨에 따라 나는 조금씩 긴장하기 시작했다. 자세를 가지고 따질 문제가 아니었기 때문이다.

딱!

시종일관 청년이 큐대로 공을 찌르는 동작은 가볍고 상쾌했다. 그러나 그때마다 공이 움직이는 속도와 방향은 판이했다. 마치 가위로 반듯하게 오려다 놓은 초록 풀밭같이 산뜻한 라사 위에서 희고 빨간 공들은 뇌를 가진 생명체들처럼 움직이고 있었다. 그것들은 완전히 청년이 마음속으로 내리는 명령에 따라 멈춰 섰다가 다시 앞으로 굴러가기도 하고 다른 공을 멀리 밀어내고는 재빨리 뒤로 빨려 들기도 하는 것 같았다. 확 흩어

---

34 현금을 주고 물건을 받는 거래 방식을 가리키는 속어.

져 버리는가 하면 다시 고스란히 한자리에 모이고 도저히 맞을 가망성이 없는가 하면 또 귀신이 곡할 노릇으로 급격한 포물선을 그으며 날아가 맞아 주곤 하는 거였다.[35] 별로 힘도 들이지 않고 그저 장난삼아 청년은 그런 묘기를 풀어놓고 있었다. 나는 그에게로 다가섰다.

"이것 한번 쳐 보시겠습니까?"

언젠가 친구 녀석이 사람의 힘으로는 도저히 쳐낼 수 없을 거라던 모양이 생각나서였다.

"글쎄요. 어디 한번 놓아 보시죠."

청년이 흥미 있는 눈을 하고 내게 말했다.

나는 우선 흰 당구알 하나를 쿠션에 갖다 붙였다. 그리고 빨간 당구 알 두 개를 그 흰 당구알에다 마저 갖다 붙인 다음 흰 당구알이 옆으로도 앞으로도 빠져나갈 수 없도록 배치했다. 뒤는 쿠션[36]에 막혀 있었다. 속칭 쿠션 쌍떡[37]이었다.

"쳐 볼까요?"

그러나 청년은 말하면서 빙긋 웃었다. 갑자기 벽에 붙어 있는 점수판이며 큐대들이 숨을 딱 멈추고 청년을 바라보기 시작했다.

청년은 큐대를 천천히 수직으로 곧게 세웠다. 일순 세상의 모든 시계도 딱 움직임을 멈춰 버리는 것 같았다.

'팍!'

큐대가 무서운 빠르기로 내리꽂혔다. 그러자 놀랍게도 하얀 공은 당구대 난간 위로 사뿐히 올라섰다. 그리고 급격히 회전하며 잠깐 난간 위에 멎어 있더니 스르르 굴러 내려가 두 개의 빨간 공을 흐트려 놓았다. 입이 다물어지지 않을 노릇이었다.

---

35 작가 이외수는 이 청년처럼 당구를 아주 잘 친다. 프로 수준이라고 한다. 청년의 당구 치는 동작이나 공의 흐름을 묘사하는 데서 작가 이외수의 솜씨가 엿보이고 있다.

36 당구대 안쪽의 공이 부딪치는 가장자리의 면.

37 '두 손에 든 떡' 이라는 의미임.

"속임숩니다."

잠시 후 청년이 웃으면서 말했다. 나로서는 왜 그게 속임수인지조차도 모를 노릇이었다.

"실례지만 얼마 치십니까?"

"보시고 판단하세요. 드리쿠션[38]입니다. 자, 칩니다."

처음으로 빠르고 세차게 청년은 큐대로 하얀 공 하나를 튕겨 보냈다. 그러자 그 하얀 공은 쏜살같이 쿠션을 먼저 한 번 치고 나가서는 빨간 공 하나를 매끄럽게 스치더니 다시 쿠션을 두 번 탄력 있게 박찬 다음 다른 빨간 공의 어깨를 가볍게 짚고 나서 무서운 속도로 청년을 향해 굴러 오기 시작했다. 청년은 그 공을 향해 민첩하고 정확한 동작으로 큐대를 일직선이 되게 비스듬히 갖다 댔다. 그러자 더욱 놀랍게도 그 공이 큐대를 타고 두르르 굴러 왔다. 나는 완전히 귀신에 홀린 듯한 기분으로 멍청히 그 자리에 서 있을 수밖에는 없었다. 청년은 공을 가볍게 위로 던졌다가 받으면서 내게 이렇게 말했다.

"별것도 못 됩니다. 내 위로 고수[39]들이 얼마든지 많이 있으니까요."

건물 주인에게 임대료를 지불하고 여럿이서 지하실 계단을 내려오면서 나는 완전히 기가 팍 죽어 있었다.

그러나 화투는 별 볼일 없는 실력일 것임이 틀림없다. 아직 내 직감은 살아 있다. 그리고 내 솜씨도 녹슬지는 않았다. 녹슬기는커녕 스스로 놀라움을 금치 못할 정도로까지 무르익어 있다. 당구를 잘 친다고 해서 화투까지 잘 친다는 법칙은 없다. 인정사정없이 긁어 버리는 것이다. 안면몰수,[40] 끗발[41] 유지, 개평[42] 사절, 화투의 3대 원칙대로 새벽까지 줄기차

38 당구알이 쿠션에 세 번 부딪쳐서 목표로 삼은 공을 맞추는 기술.
39 고수高手. 바둑이나 장기, 노름 등의 수가 높은 사람.
40 잘 알던 사람을 전혀 모른 체하는 것.
41 화투할 때 좋은 끗수가 잇달아 나오는 기세.
42 남의 몫에서 조금 얻어 가지는 공짜 돈.

게 밀어붙이는 것이다.

나는 스스로를 그렇게 격려해 주고 있었다.

"정말입니다. 노름꾼은 저 애지 제가 아닙니다."

오징어를 게걸스럽게 물어뜯고 있는 계집애를 가리키며 청년이 거듭거듭 그렇게 말했다. 정말 어이없는 노릇이었다.

"장난인 줄 아쇼?"

턱이 긴 사내가 화난 듯한 목소리로 청년에게 말했다.

"장난이라뇨. 저 애에게 돈을 딸 수만 있다면 한번 따 보십시오. 저 앤 저래 뵈도 화투엔 귀신입니다."

턱이 긴 사내는 화투를 뒤적거려 다섯 장을 맞추고는[43] 계집애에게 펼쳐 보였다.

"꼬마야. 이게 몇 끗이냐."

계집애가 재빨리 대답했다.

"콩콩팔 짓구, 덜비!"[44]

"그럼 이건 몇 끗이냐."

"알삼육에 질곱 끗!"[45]

"그럼…… 이건."

"못 져요."

"그럼……."

사내는 국화꽃 두 장과 매화꽃 두 장, 그리고 목단꽃 한 장을 펼쳐 보였다. 계집애는 히죽 한 번 웃었다.

"누가 구구니로 지을 줄 알구. 구구니로 지으면 덜비밖엔 안 돼. 니니

---

43 이것은 '짓고땡'을 가리킨다. 화투 노름의 한 가지인데, 다섯 장씩 나누어 가지고 석 장으로 열 또는 스물을 만들고 남은 두 장으로 끗수를 겨루는 것임.

44 노름꾼 속어. 콩콩팔은 1, 1, 8이고 덜비는 여덟 끗을 가리킨다.

45 알삼육은 1, 3, 6이다. 질곱은 일곱 끗.

육 짓고 구땡이지!"[46]

"좋시다."

사내가 청년에게 말했다.

"좋시다. 우린 어차피 돈을 따러 온 사람들이니까. 누구한테 따든 상관없시다."

사내는 그 기다란 턱을 들썩거리며 혼자서 일방적으로 그 못난이 삼형제 인형 중 가운데 애와의 도리짓고땡[47]을 결정해 버리고 말았다. 처음부터 뭔가 잘되어 간다 싶더니 별 희한한 노름판을 다 벌여 보게 된 셈이었다.

"그럼, 시작해요."

우리는 노잡이를 정하기 위해 뒤집어서 흐트려 놓은 화투 중에서 각각 한 장씩을 집어 들었고 첫 노잡이는 내게 뱀고기를 좋아하느냐고 물었던 여자로 결정되어졌다.

이제부터 완전히 다른 세상으로 전개되는 것이다. 나이도 무시되고 신분도 무시되고 근엄한 표정도 무시되고 긴 턱도 무시되고 무시될 수 있는 것은 모조리 무시되고 다만 무시되지 않는 것은 끗발과 돈뿐이다. 지하실 밖에 있는 도덕과 법률은 이제 개떡도 못 되는 것이다. 담배 한 갑에 무조건 2천 원, 커피 한 잔에 무조건 천 5백 원, 통닭 한 마리에 무조건 2만 원으로 대폭 인상되었다.[48] 배짱 좋은 놈은 맨몸일지도 모르지만 품속에 나이프 하나쯤은 모두 간직하고 있으리라.

인생은 도박이라는 말이 있다. 그러나 그건 멋있는 말이기는 하지만 진리는 아니다. 도박을 할 때만큼 뼛속까지 녹아들 정도로 진지하게 인생을 살아 본 사람은 이 세상에 그 아무도 없을 것이기 때문이다. 드디어 패[49]

---

46 '구구니'는 9, 9, 2. 나머지 두 장은 2, 6. 그래서 여덟 끗이지만 2, 2, 6으로 짓으면 나머지 두 장이 9, 9니까 구땡이라는 뜻.

47 한 사람이 물주(이 작품에서는 노잡이)를 잡고 나머지 사람이 게임을 하는 형태.

48 이렇게 폭리를 취하는 장사는 대개 노름 장소를 빌려 준 사람이 한다.

49 화투장. 또는 끗수 내용.

가 돌기 시작했고 사람들의 눈동자가 음흉하고 교활한 빛을 띠며 움직여지기 시작했다.

초저녁부터 턱이 긴 사내가 돈줄을 팽팽하게 당겨 대기 시작했고 그의 무릎 앞에는 상당한 액수의 돈이 쌓여 있었다. 그동안 노는 내게로 와 있었다. 그러나 아직 속임수를 쓸 때가 아니라고 나는 판단했으므로 정직하게 노잡이 노릇을 해 주고 있었다. 잃은 건 나와 고급 관리의 본부인같이 생긴 여자였고 나머지는 그저 본전치기 정도였다.

고급 관리의 본부인 같은 여자는 간만 컸지 눈치가 좀 모자라는 편이었다. 그러나 또 다른 한 여자는 아주 재빨라서 패가 좋지 않거나 끗발이 남에게 계속적으로 고개를 들기 시작할 때는 슬그머니 손을 빼곤 했다. 그리고 못난이 삼형제 중의 한 애는 오징어로 완전히 배를 채우고 나서야 화투를 하겠다는 셈인지 침까지 질질 흘려 대면서 오징어를 물어뜯는 데만 열중해 있었다.

끗발이 불로원집 옆집에 산다는 여자에게로 넘어가기 시작하면서 노도 내 손을 벗어났다.

당구장 주인은 장사에 열중해서,

"이것 좀 드시면서 하십시오. 저것 좀 드시면서 하십시오."

하고 간헐적[50]으로 연발했고 청년은 벽에 가만히 기대앉아 말없이 나이프로 손톱을 다듬는 데 열중해 있었다.

밤중이 되면서부터 판은 점차로 열기를 더해 갔다. 실내에는 팽팽한 긴장감이 감돌고 있었고 보이지 않는 암투의 칼날이 여기저기서 번득이고 있었다. 턱이 긴 사내는 따 놓았던 돈을 조금씩 잃어 가고 있었다. 새벽이 되기를 기다리면서 스태미너를 조절하고 있는 것일 터였다.

불로원집 옆집에 산다는 여자는 제법 수북하게 돈을 쌓아 놓고 있었고

---

50 간헐적 間歇的. 일정한 시간 간격을 두고 반복되는.

연방 좋아서 입을 벙싯거리고 있었다.

"난 정말로 어젯밤에 돼지꿈을 꿨었어요. 내 이럴 줄 알았다니까요. 어마 또 죽어요, 죽어. 보세요, 갑오[51] 잖아요. 미치겠네."

그녀는 완전히 이성을 잃은 듯한 모습이었다.

"우리 중에 기자나 형사 끄나풀은 없겠지요?"

가끔 그런 소리로 불안의 뜻을 나타내 보이기도 했다.

고급 관리의 본부인같이 생긴 여자는 여전히 근엄한 표정으로 그러나 이따금 절망적인 그늘이 이마에 드리워지기도 하면서 배짱 좋게 듬뿍듬뿍 돈을 걸고 있었다. 따도 왕창 따고 잃어도 왕창 잃겠다는 속셈 같았다.

자정이 조금 지나서 다시 노가 내 손에 잡혔다. 나는 놋돈[52]을 듬뿍 얹었다. 그리고 마침내 속임수를 쓰기 시작했다. 물론 매번 속임수로만 패를 돌릴 수는 없는 노릇이어서 두 번의 속임수에 한 번의 정직한 화투로 패를 돌리기 시작한 것이다.

만약 슬로비디오로 내 손의 움직임을 보게 된다면 아마도 사람들은 이렇게 생각할 것이다. 뼈가 없구나!

그만큼 나는 손에 대해서 자신이 있었다. 나는 조금씩 돈을 긁어 오기 시작했다. 한 번 잃어 주고 두 번 긁어 오는 장사인 것이다. 손해볼 턱이 없는 것이다.

높은 끗수를 주고 트게 만들어 먹고 낮은 끗수를 주고 갑바,[53] 덜비, 질곱으로 잡아 오면 된다. 계속해서 반 시간 정도만 노를 잡고 있으면 지금 놓아둔 놋돈의 네 배는 쉽게 채워질 것이고 노는 다음 사람에게로 넘어가게 된다. 그러고도 한두 번 정도의 노잡이 기회는 올 것이다. 그때는 끝장이다. 완전히 바닥을 긁어 버리는 것이다.

화투가 겨울에 성행하는 이유는 무엇인가. 겨울은 밤이 길기 때문이다.

---

51 아홉끗.

52 게임을 하는 사람들은 노잡이가 제시한 금액만큼 걸 수가 있다.

53 아홉끗을 말함.

이제 실내는 담배 연기로 가득 차 있었고 여기저기 버려져 있는 꽁초, 닭 뼈들, 음료수 병들도 어지럽기 짝이 없었다. 교양 따위는 이미 없어진 지 오래였다. 소변이 마려우면 여자들은 옆에 있는 음료수 병을 집어다가 치마 밑으로 가져가곤 했다.

어디서 들었는지 내 앞에 앉아 있는 불로원집 옆집 여자는 내 끗발을 죽이기 위해 아슬아슬하게 허벅지를 걷어붙이기 시작했다.

스팀 파이프 꼭지가 그녀의 허벅지를 곁눈질하며 '치익 칙' 소리와 함께 침을 흘리고 있었다.

30분이 조금 지나서 나는 예상대로 놋돈의 네 배를 채우고 다른 사람의 손에 노를 옮겨 놓았다. 다시 팽팽한 긴장감 속에서 엎치락뒤치락이 계속되었다. 계집애의 손을 떠나서 턱이 긴 사내의 손으로, 턱이 긴 사내의 손을 떠나서 고급 관리의 본부인 같은 여자의 손으로, 고급 관리의 본부인 같은 여자의 손을 떠나서 노는 다시금 내게로 왔다.

기회다!

나는 이제 지금까지 수련해 온 모든 기술을 총동원해서 화투를 버무르기 시작했다. 떡이 되든 고물이 되든 그건 내 마음 하나에 달려 있었다. 이미 화투는 내 손과 합일되어 있는 상태였다. 물론 자기만이 아는 표시를 화투 뒷면에다 해 둘 것을 염려하여 화툿목[54]을 자주 갈아치우기는 했었지만 이미 내겐 그 아무 화투로건 자신이 있었다. 화투 뒷면에 표시를 해 두는 따위의 속임수는 하수들이나 쓰는 수였고 나는 주로 섞고 치면서 내 뜻대로 화투를 주무르고 상대편 패에 화투를 빼 던지면서 적당히 끗수를 조합하고 있었다.

나는 몇 번 실수 없이 돈 무더기를 긁어 왔다. 그러나 그것이 오래가지는 않았다. 내가 마악 속임수가 들어 있는 화투 패를 돌리려고 했을 때 계집애가 날카롭게 소리쳤던 것이다.

---

54 사용하는 화투장.

"이젠 야마시[55] 고만 쳐요."

그 갈라지는 목소리와 함께 무엇인가 내 눈썹 언저리를 반짝하고 스치며 내리꽂히는 물체, 나이프였다.

팍! 팍!

나이프는 이어 두 개가 더 날아와 정확하게 내 바짓가랭이를 양쪽 다 방바닥에 묶어 놓았다.

청년이었다.

"조심해. 개자식!"

그의 손에는 아직도 몇 개의 나이프가 번뜩번뜩 빛나고 있었다. 나는 식은땀을 흘리며 다시 정직하게 화투 패를 돌리지 않을 수 없었다. 이제 새벽이 가까워져 오고 있었다.

비로소 계집애가 활기를 띠고 있었다.

"좀 덤벙대지 말고 해, 이 예펜내야. 이걸로 어떻게 져? 새, 오, 장 한 끗 모자라잖아!"

턱이 긴 사내가 폭발해 버릴 것 같은 얼굴로 고급 관리의 본부인같이 생긴 여자에게 소리 질렀다.

"저 씨팔 놈이 어따 대구 욕질이야, 욕질이!"

이제 못난이 삼형제 중의 한 애를 닮은 것 같은 계집애를 제외하고는 모두 그런 식이 되어 있었다. 엄청난 욕지거리들이 튀어나왔고 별의별 비굴한 방법들이 행해졌다. 그러나 그 어떤 비굴한 방법도 계집애에게는 통하지 않았다. 지을 수 없는 걸 지었다고 속이거나 재빨리 화투장을 옆 사람과 바꿀 때마다 계집애는 영악스럽게 상대편의 손등을 할퀴어 버렸고 급기야는 모두들 식은땀만 삐질삐질 흘리면서 속수무책[56]으로 돈을 잃어 가고 있었다. 계집애는 히죽히죽 웃으면서 돈을 따고 있었다.

---

55 '속임수'의 일본말.

56 속수무책束手無策. 어찌할 도리가 없어 손을 묶은 듯이 꼼짝하지 못함.

"쌈에 갔어. 백!"

자신만만하게 계집애는 돈을 찔러 넣었고 언제나 그것은 적중했다. 노를 잡건 안 잡건 계집애는 따기만 했다. 계집애는 잠시 방바닥에 깔린 석 장의 화투를 물끄러미 내려다보곤 했었는데 이상하게도 그 눈은 회색으로 흐리멍텅해져 갔고 그러다가 찰나적으로 한 번 반짝 빛나고는 다시 흐려졌었다. 그리고 그 다음 돈을 찌르는 것이었다.

"삥에 갔어. 천!"

마침내 사람들은 귀기[57]를 느끼기 시작하고 있는 것 같았다. 얼굴이 뻣뻣하게 굳어져 있는 건 실내가 추워서가 아니었다. 화투를 잡으러 가는 손들이 부들부들 떨리고 있었다. 저건 귀신이다!

모두들 그렇게 생각하고 있는 것 같았다. 계집애는 히죽히죽 웃으면서 어른들의 표정을 재미있다는 듯 살펴보고 있었다. 내 앞에 치마를 걷어붙이고 화투를 하던 불로원집 옆집 여자가 이상하게 표정이 일그러지더니 갑자기 떠나갈 듯한 통곡을 터뜨렸다.

나는 여기서 손을 빼기로 작정해 버렸다. 그래도 본전에서 10분의 1은 건진 셈이었다. 더 견뎌 봐야 결과는 뻔할 뻔자였다.

"다 빨렸시다. 망할."

나는 손바닥을 탁탁 털면서 자리에서 일어섰다. 그때였다.

"이 웬수 같은 놈!"

고급 관리의 본부인같이 생긴 여자가 갑자기 턱이 긴 사내에게로 달려들었다. 그리고 사내의 머리카락을 두 손으로 움켜잡고는 고래고래 악을 쓰기 시작했다. 모두들 제정신이 아닌 것 같았다.

"네놈 때문에 내 돈 다 잃었다, 이놈아, 천만 원! 천만 원 내놔! 이놈아, 그 돈이 어떤 돈인 줄 알고, 그 돈이!"

머리카락을 움켜잡힌 사내는 사정없이 여자의 배를 발길로 걷어차고

---

57 귀기 鬼氣. 귀신이 나타날 것 같은 무서운 느낌.

있었으나 여자는 찰거머리같이 달라붙어 떨어지지 않고 있었다.

"내 남편이 불같이 뜨거운 중동 땅에서 피땀 흘려 모아 보낸 돈이다. 이놈아! 이 웬수 같은 놈아! 네놈한테 몸 바치고 돈 바치고 다 바쳤어. 이번엔 모조리 긁어서 반타작[58] 하자더니 이놈 손 좀 벌려 봐라, 얼마나 땄니!"

"미쳤나, 이년이."

사내는 다시 있는 힘을 다해 여자의 가슴팍을 걷어찼다. 퍽! 하는 소리와 함께 여자는 눈을 까뒤집고 기절해 버렸다.

날이 훤하게 밝아 올 시간이었다. 먼저 울음을 터뜨리고 나자빠졌던 여자는 가슴팍과 머리카락을 집어 뜯으며 짐승 같은 모습으로 몸부림을 치고 있었다.

"마저 합시다."

사내가 비굴한 웃음을 보이며 계집애 앞으로 어기적거리며 걸어가 앉았다.

"판은 끝났어!"

청년이 싸늘한 어투로 말했다. 청년은 어느새 바닥에 깔려 있던 돈 무더기들을 모조리 가방 속에 쓸어 넣고 있었다.

"새파랗게 젊은 놈이 겁도 없구나, 이 도시는 내 터야."

사내는 천천히 일어섰다. 당구장 주인이 쇠파이프를 꺼내 들고 어느새 사내에게 합세했다.

"좋지."

청년은 빙긋 웃었다. 그러나 그 웃음은 뱀처럼 싸늘했다.

휙, 파이프가 날았다.

그러나 청년의 몸은 새처럼 가벼워 보였다. 두 명의 공격을 재빠르게 피하면서 돈가방과 계집애를 끼고 지하실 계단을 오르고 있었다. 그러나

---

58 딴 돈을 절반씩 나누는 것.

지하실 문은 채워져 있었다. 그것을 확인했는지 비로소 청년은 나이프를 재빨리 꺼내 들었다.

휙. 휙.

그것들은 날카로운 빛살이 되어 그들의 팔과 다리에 날아가 꽂혔다. 청년이 당구장 주인에게 소리쳤다.

"어이, 이젠 그만 하자구. 앤 돈에 욕심이 나서 노름판엘 돌아다니는 게 아니라 어른들이 돈을 잃고 비굴해지는 꼴을 보고 싶어서 노름판엘 돌아다니는 애야. 애하고 난 둘 다 피도 눈물도 없다구."

청년 곁에서 계집애는 여전히 오징어 다리를 우물거리며 함께 소리치고 있었다.

"덤벼. 덤벼. 이 새꺄, 덤벼 보란 말이야!"

눈이 내리고 있었다. 세상은 눈에 덮여 완전히 다른 풍경으로 변해 있었다. 나는 역에서 기차를 기다리고 있었다.[59]

실성한 듯한 모습으로 한 여자가 내 곁으로 다가와 잠결의 목소리처럼 횡설수설 이야기를 시작했다.

"사장님. 불로원집 옆집 아시죠. 갚아 드리겠어요. 제 몸을 바칠게요. 차비 좀……."

"부인. 저는 불로원집이 어느 도시에 있는지조차도 모릅니다. 아깐 거짓말을 했던 거예요."

"제 몸을 바칠게요. 사장님, 불로원집 옆집……."

나는 갑자기 노름꾼 특유의 피가 전신을 엄습해 옴을 의식했다. 나는 비정해지고 싶었다.

"내 차비도 없시다."[60]

---

59 이 작품은 첫 장면, 즉 발단 장면과 마지막 결말 장면이 같은 구성법을 쓰고 있다.
60 이것이 도박의 비참한 결말이다. 독자를 향한 작가의 메시지가 숨겨져 있는 대목.

나는 여자를 떨쳐 버리고 방금 개찰이 시작된 개찰구를 향해 천천히 걸음을 옮겨 놓았다.

1979년 《뿌리깊은 나무》

생각하지 않고 읽는 것은

씹지 않고 식사하는 것과 같다.

-E. 버크

1955년 전라북도 전주에서 태어나다. 전주여고 학생 시절부터 백일장과 문예 현상공모에 참가하면서 소설 공부를 하다. 문예작품 현상모집에 소설이 뽑혀 문예장학생으로 원광대 국문과에 입학하다. 대학을 마치고 2년 동안 학교 교사와 잡지사에서 근무하다. 1978년 〈다시 시작하는 아침〉이 《문학사상》 신인상을 받아 문단에 나오다. 1986년부터 연작소설 형태의 〈원미동 사람들〉을 쓰기 시작하다. 이 작품은 박태원의 〈천변풍경〉 이후 훌륭한 세태소설로서 1980년대 단편 문학의 정수라는 평가를 받다. 1991년 첫 장편소설 〈잘가라 밤이여〉를 〈희망〉이라는 제목으로 고쳐 출간하다. 1992년 장편 〈나는 소망한다 내게 금지된 것을〉(1992), 〈천년의 사랑〉(1995), 〈모순〉(1998) 등을 잇따라 발표하다.

대|표|작

〈귀머거리 새〉(1985), 〈원미동 사람들〉(1987), 〈지구를 색칠하는 페인트공〉(1989), 〈슬픔도 힘이 된다〉 (1993) 등이 있다.

당돌한 꼬마 소녀 경옥은 말한다. "세상 돌아가는 이치를 다 알고 있다." 경옥은 이 작품의 관찰자이다. 경옥은 쭈쭈바를 빨면서 동네를 휘젓고 돌아다니며 이 동네 속사정을 훤히 내다보는 소녀이다. 〈원미동 시인〉은 이 소녀가 털어놓는 이야기이며 '원미동 시인'은 소녀와 가장 친한 친구 몽달 씨의 별명이다.

〈원미동 시인〉은 1986년 6월호 《한국문학》에 발표되었고, 1987년에 간행된 연작 소설집 〈원미동 사람들〉에 실려 있다. 연작 소설집 〈원미동 사람들〉에는 '원미동'이라는 경기도 부천시 한 동네에 사는, '자랑할 것 하나 없는 평범한 소시민들'의 애환을 따뜻한 시각으로 그린 작품 11편이 들어 있는데, 이 중에서도 〈원미동 시인〉은 대표작 중의 대표작이라고 할 수 있는 작품이다.

〈원미동 시인〉은 '원미동'이라는 실제의 생활 공간을 배경으로 하고 있고 이야기들은 '작은 삶의 이야기'로 짜깁기되듯 모여 있다. 그러니까 '실제적인 삶의 공간에서 벌어지는 작은 이야기'이다. 작품 속에 등장하는 서울미용실 · 형제슈퍼 · 강남부동산 · 행복사진관 · 원미지물포 같은 가게 이름들이며, 쭈쭈바 · 빵빠레 · 요깡 같은 한 시절 사랑받았던 상품 이름들만 보아도 얼마나 정겹고 친근하게 느껴지는지 모른다. 작품에 등장하는 인물은 모두 소시민들이다. 힘깨나 쓰고 사회적 관심의 중심권에서 생활하는 사람들이 아니다. 도심지에서 밀려나 있는 평균적인 보통 인물들인 것이다. 이 도시 주변적 인물들을 통하여 작가는 세태의 한 단면을 예리한 시각으로 포착하여 희망과 절망, 폭력과 용서, 갈등과 화해를 다룬다. 그럼으로써 삶의 부조리한 모습과 인간의 속물 근성을 잔잔하고 유머러스하게 풍자한다. 그래서일까? 이 작품에서는 사람의 체온이 느껴진다. 인간의 향기도 난다. 소시민의 일상적 삶의 모습에 대한 향수가 느껴진다. 그것은 아마 작가의 시선이 따뜻하고 순수 지향적이기 때문일 것이다.

〈원미동 시인〉의 중심 사건은 원미동 시인 몽달 씨가 폭력배에게 맞는 사건이다. 그는 이유 없이 폭력을 당하고 이웃들은 이 폭력을 방관한다. 착하고 힘없는 몽달 씨의 폭행에 무관심한 김반장. 이것은 현재 우리 사회와 우리 자신의 모습이다. 개인에게 가해지는 사회적 비합법적 폭력과 이 폭력에 대해서 아무런 저항도 할 수 없는 모순투성이 사회 구조 속에서 살아가는 우리의 모습이라고 할 수 있다.

구조분석

- **갈래** 단편소설. 세태소설.
- **주제** 소시민의 일상적 삶과 순수한 인간에 대한 향수.
- **배경** 시간은 1980년대 여름 어느 날. 공간은 부천시 원미동.
- **시점** 1인칭 관찰자 시점.

등장인물

- **나(김경옥)** 이 작품의 관찰자. 원미동에 사는 일곱 살짜리 어린 소녀. 원미동 시인 등과 '친구'로 지내면서 이웃 사람들의 삶을 관찰하는 인물.
- **몽달씨** '원미동 시인'으로 불리는 스물일곱 살의 청년. 천진한 성격으로 무시당하고 폭력까지 당하지만 잘못한 김반장을 용서하는 너그러운 인물.
- **김반장** 원미동 형제슈퍼 주인. '나'의 언니인 선옥을 마음에 둔 청년으로 약삭빠르고 이기적인 인물.

플롯

- **발단** '나'는 나이에 비해 알 것을 다 안다고 생각하는 일곱 살짜리 어린 소녀다. 아버지는 청소부, 어머니는 '원미동 똑똑이'로 불린다.
- **전개** '나'는 또래 친구들보다 나이가 많은 형제슈퍼 주인 김반장, '원미동 시인' 몽달씨와 친구가 된다.
- **위기** '나'는 몽달씨가 폭력배들에게 매맞는 것을 목격하고 그날 밤 비겁한 행동을 한 김반장이 싫어진다.
- **절정** 폭력배에게 질질 끌려가는 몽달씨. '나'는 지물포 아저씨에게 구원을 요청한다. 몽달씨는 가까스로 구출된다.
- **결말** 몸이 나은 몽달씨는 다시 김반장네 가게 일을 돕는다. '바보같이' 김반장을 용서한 몽달씨의 마음을 알게 된 '나'는 그의 따뜻한 마음씨를 느낀다.

이것만은 놓치지 말자

'원미동 사람들'의 거리

부천시 원미구청은 2003년 11월 '원미동 사람들의 거리'를 조성했다. 원미구 청사 이면 도로에 아담한 공원을 조성하여 분수대와 실개울, 거리 안내도, 상징 대형문 2개 등을 조성했다. 이곳에 가면 소설에 등장하는 강노인, 원미동 시인, 김반장 등 3인의 브론즈를 볼 수 있고, 원미동 마을의 모형을 축소한 미니어처와 작가의 얼굴이 그려져 있는 장식벽 등을 만날 수 있다.

연작소설은 어떤 소설인가?

〈원미동 시인〉은 〈원미동 사람들〉이라는 연작 소설 가운데 한 편이다. 11편으로 이루어져 있는데, 모두 '원미동'이라는 공간적 배경이며 각 이야기의 주요 등장인물들이 같다. 연작소설은 내용과 주제가 같은 작품을 같은 제목으로 묶는 형식을 말한다. 이런 경우 각 편은 단편소설이다. 그러나 각 작품들은 제각기 독립된 작품이지 전체의 일부가 아니다. 대표적인 연작소설로는 조세희의 〈난장이가 쏘아 올린 작은 공〉, 박완서의 〈엄마의 말뚝〉, 이문구의 〈관촌수필〉, 이청준의 〈남도 사람〉 등이 있다.

깊이 생각하기

1. 이 작품의 제목으로 사용하고 있는 '원미동'이 갖는 상징적 의미를 설명해 보자.
2. '원미동 시인'이 이유 없이 폭행당할 때 형제슈퍼 김반장이 이를 제지하지 않고 방관한 행동에 대하여 그 이유를 이야기해 보자.

원미동 시인

✣

남들은 나를 일곱 살짜리로서 부족함이 없는 그저 그만한 계집아이 정도로 여기고 있는 게 틀림없지만, 나는 결코 그저 그만한 어린아이는 아니다.[1] 세상 돌아가는 이치를 다 알고 있다, 라고 말하는 게 건방지다면 하다못해 집안 돌아가는 사정이나 동네 사람들의 속마음까지도 두루 알아맞힐 수 있는 눈치만큼은 환하니까. 그도 그럴 것이 사실을 말하자면 내 나이는 여덟 살이거나 아홉 살, 둘 중의 하나이다.

낳아 놓으니까 어찌나 부실한지 살아날 것 같지 않아 차일피일[2] 출생 신고[3]를 미루다 보니 그렇게 된 것이라 하는데 그나마 일곱 살짜리로 호적에 올려놓은 것만도 다행인 셈이었다. 살아나기를 원하지 않았을 엄마 마음쯤은 나도 이미 알고 있는 터였다. 아버지는 좀 덜하지만 엄마는 나만 보면 늘상 으르렁거렸다. 꿈도 꾸지 않았던 자식이었지만 행여 해서 낳아 봤더니 원수 같은 또 딸이더라는 원성은 요사이도 노상[4] 두고 하는 입버릇이니까 서운할 것도 없었다.

---

1 주인공이 자기 자신의 조숙함을 밝히고 있다. 그러니까 이 이야기는 그냥 보통 '어린아이'가 관찰한 사실이 아니라는 것을 미리 암시하고 있다.

2 차일피일 此日彼日. 오늘내일 하면서 기한을 미루는 것.

3 출생 사실을 호적에 기재하기 위하여 관청에 알리는 일. 태어난 지 1개월 이내에 태어난 아기의 본적지 또는 신고인의 주소지 시 · 읍 · 면 사무소에 신고해야 한다. 신고서에는 태어난 아기의 성명 · 본 · 성별, 출생 연월일시 및 장소, 부모의 성명 및 본 등을 기재한다.

4 늘.

그것은 뭐 내가 일찌감치 철이 들어서가 아니라, 우리 집 사정이 워낙 그러했다. 내가 태어나던 해에 벌써 스물이 넘어 처녀티가 꽉 밴 큰언니에서 중학교 졸업반이던 막내언니까지 딸이 무려 넷이었다. 마흔셋에 임신인지도 모르고 너댓 달 배를 키우다가 엄마는 여기저기 용하다는 점쟁이들[5]한테 다녀 보고는 마침내 낳을 결심을 했었다는 것이다. 모든 점쟁이들이 '만장일치'[6]로 아들이라고 주장해서였다. 그런 판에 또 조개 달고[7] 나오기가 무렴[8]해서였는지 냉큼 쑥 빠져나오지 못하고 버그적거리는 통에 산모를 반죽음시켜 놓았다니 나로서는 입이 열 개라도 할 말이 없는 형편이다. 그렇지만 실제로는 여덟 살이다, 아홉 살이다, 자꾸 이랬다저랬다 하는 엄마도 과히 잘한 것은 없다. 내가 뭐 뺄셈 덧셈에 아주 까막눈인 줄 알지만 천만에, 우리 엄마는 내가 세 살이 될 때까지도 혹시 죽어 주지나 않을까 기다린 게 분명하다.

내가 얼마나 구박덩이에 미운 오리새끼인가를 길게 설명하고 싶지는 않다. 진짜 하고 싶은 이야기는 그런 따위 너절한 게 아니라 원미동 시인詩人에 관한 것이니까. 내가 여러 가지 것을 많이 알고 있다고는 해도 솔직히 시가 뭣인지를 정확히 설명할 수는 없다. 얼추[9] 짐작하기로 그것은 달 밝은 밤이나 파도가 출렁이는 바닷가에서 눈을 착 내려 감고 멋진 말을 몇 마디 내뱉는 것이 아닐까 여기지만 원미동 시인이 하는 것을 보면 매양 그렇지도 않은 모양이었다. 우리 동네에는 원미동 시인 말고도 원미동 카수니 원미동 멋쟁이, 원미동 똑똑이 등이 있다.[10] 행복사진관 엄씨

---

5 점괘가 잘 맞는다고 소문난 점쟁이를 말함.

6 만장일치滿場一致. 모든 사람의 의견이 완전히 같음.

7 여성을 가리키는 상스럽고 속된 표현.

8 무렴無廉. 염치가 없는 것.

9 대충.

10 원미동 카수, 원미동 멋쟁이, 원미동 똑똑이, 원미동 시인 등, 원미동이라는 한정된 작은 공간 배경 속에 등장하는 스타들이다. 이런 인물들이 있음으로써 '원미동'에는 정겹고 희망적인 이야깃거리가 풍부할 것이라는 것을 짐작하게 한다.

아저씨가 원미동 카수인데 지난번 전국 노래자랑 부천 대회에서 예선에 도 못 들고 떨어졌다니 대단한 솜씨는 못 될 것이었다. 소라 엄마가 원미동 멋쟁이라는 것은 내가 가장 잘 안다. 그 보라색 매니큐어와 노랑머리는 소라 엄마뿐이니까. 원미동 똑똑이는, 부끄럽지만 우리 엄마이다. 부끄럽다는 것은 남의 일에 간섭이 심하고 걸핏하면 싸움질이나 해 대는 똑똑이는 욕이나 마찬가지라는 것을 알기 때문이었다.

원미동 시인에게는 또 다른 별명이 있다. 퀭한 두 눈에 부스스한 머리칼, 사시사철 껴입고 다니는 물들인 군용점퍼와 희끄무레하게 닳아빠진 낡은 청바지가 밤중에 보면 꼭 몽달귀신 같다고 서울미용실의 미용사 경자 언니가 맨 처음 그를 '몽달씨' 라고 부르기 시작했다. 경자 언니뿐만 아니라 우리 동네 사람이라면 누구나 그를 좀 경멸하듯이, 어린애 다루듯 함부로 하는 게 보통인데 까닭은 그가 약간 돌았기 때문이라는 것이었다. 언제부터 어떻게 살짝 돌았는지는 모르지만 아무튼 보통 사람과는 다른 것만은 틀림없었다. 몽달씨는 무궁화연립주택 3층에 살고 있었다. 베란다에 화분이 유난히 많고 새장이 세 개나 걸려 있는 몽달씨네 집은 여름이면 우리 동네에서는 드물게 윙윙거리며 하루 종일 에어컨이 돌아가는 부자였다. 시내에서 한약방을 하는 노인이 늘그막에 젊은 마누라를 얻어 아기자기하게 살아 보는 판인데 결혼한 제 형 집에 있지 않고 새살림 재미에 푹 빠진 아버지 곁으로 옮겨 온 막둥이였다. 그것부터가 팔불출이[11] 짓이라고 강남부동산의 고흥댁 아줌마가 욕을 해쌓는데,[12] 아들이 아버지와 함께 사는 게 왜 바보 짓이라는 건지 알 수가 없었다.

그런 몽달씨에게 친구가 있다면 아마 내가 유일할 것이었다. 몽달씨 나이가 스물일곱이라니까 나보다 스무 살이나 많지만 우리는 엄연히 친구이다. 믿지 않겠지만 내게는 스물일곱짜리 남자 친구가 또 하나 있다.

---

11 몹시 어리석은 사람.

12 '쌓는다' 는 '한다' 의 전라도 지방 사투리. 그러니까 '해쌓는데' 는 '하는데' 이다.

우리 집 옆, 형제슈퍼의 김반장이 바로 또 하나의 내 친구인데 그는 원미동 23통 5반의 반장으로 누구보다도 씩씩하고 재미있는 사람이었다. 나는 매일같이 슈퍼 앞의 비치파라솔 의자에 앉아 그와 함께 낄낄거리는 재미로 하루를 보내다시피 하였는데 요즘은 내가 의자에 앉아 있어도 전처럼 웃기는 소리를 해 주거나 쭈쭈바 따위를 건네주는 법 없이 다소 퉁명스러워졌다. 그 까닭도 나는 환히 알고 있지만 모르는 척하는 수밖에. 우리 집 셋째딸 선옥이 언니가 지난 달에 서울 이모집으로 훌쩍 떠나 버렸기 때문인 것이다. 김반장이 선옥이 언니랑 좋아지내는 것은 온 동네가 다 아는 일이지만 선옥이 언니 마음이 요새 좀 싱숭생숭하더니 기어이는 이모네가 하는 옷가게를 도와준다고 서울로 가 버렸다. 선옥이 언니는 얼굴이 아주 예뻤다. 남들 말대로 개천에서 용이 났다[13]고 해도 과언이 아닐 만큼 지지리궁상[14]인 우리 집에 두고 보기로는 아까운 편인데, 그 지지리궁상이 지겨워 맨날 뚱하던 언니였다.

참말이지 밝히고 싶지 않지만 우리 아버지는 청소부이다. 아침 새벽부터 저녁 늦게까지 남의 집 쓰레기통만 뒤지고 다니는 직업이라 몸에서 나는 냄새도 말할 수 없을 만큼 지독했다. 아버지만이 아니라 밝히고 싶지 않은 것이 또 있다. 큰언니는 경기도 양평으로 시집가서 농사꾼 아내가 되었으니 상관없지만 둘째언니 이야기는 말하기가 부끄럽다. 둘째언니는 처음에는 버스 안내양, 그 다음에는 소시지 공장의 여공원, 그 다음에는 다방에서 일하더니 돈 버는 일에 극성인 성격대로 지금은 구로동 어디에서 스물여섯 살의 처녀가 대폿집[15]을 열고 있다. 언젠가 한번 가 봤더니 키가 멀대같이 큰 남자가 하나뿐인 방에서 웃통을 벗어부친 채 잠들어 있고 언니는 그 옆에서 엎드려 주간지를 뒤적이고 있지 않은가. 그만한 정도로도 나는 일이 되어 가는 모양을 알 수가 있었다.

13 별 볼일 없는 집안에서 훌륭한 인물이 나오는 경우를 가리키는 말.

14 상당히 어렵고 궁한 상태.

15 대폿술을 전문으로 파는 집.

우리 엄마와 청소부 아버지는 딸년들이야 시집보낼 만큼만 가르치면 족하다고 언니들을 모두 중학교까지만 보냈는데 웬일인지 선옥이 언니만 고등학교를 보냈었다. 그래서 더 골치이긴 하지만. 기껏 고등학교까지 나왔으니 공장은 싫다, 차라리 영화배우가 되는 편이 낫다고 우거지상[16]을 피우던 언니가 김반장네의 콧구멍 같은 가게가 성이 찰 리 없을 것이었다.

이제 겨우 일곱 살짜리가, 사실은 그보다야 많지만 왜 나이 많은 떠꺼머리 총각들하고만 어울리는지 이상하겠지만 그것은 결코 내 책임이 아니었다.[17] 단짝인 소라를 비롯하여 몇 명의 친구들이 작년과 올해에 걸쳐 모두 국민학교에 입학해 버렸고, 좀 어려도 아쉰 대로 놀아 볼 만한 아이들까지 깡그리 유치원에 다니기 때문에 아침밥 먹고 나오면 원미동 거리에는 이제 두어 살짜리 코흘리개들밖에 남지 않는 것이다. 설령 오후가 되어도 사정은 마찬가지였다. 끼리끼리만 통하는 아이들이 좀처럼 놀이에 끼워 주지 않기 때문에 나는 그만 홀로 뚝 떨어져 나와 외계인[18]처럼 어성버성한[19] 아이가 되어 버렸다. 우리 동네에는 값이 싼 유치원도 많고 피아노 교습소도 두 군데나 있지만 엄마는 꿈쩍도 하지 않는다. 단칸방에 살아도 모두들 유치원에 보내느라고 아침마다 법석인데 나는 이날 입때껏 유희[20] 한 번 제대로 배워 보지 못한 것이다. 아버지가 남의 집 쓰레기통에서 주워 온 그림책이나 고장난 장난감이야 지천으로[21] 널렸지만 이제는 그런 것들에는 흥미도 없으니 아무래도 나는 어른이 다 된 모양이었다.

몽달씨와 친구가 된 것은 올봄, 바로 외계인 같던 시절이었다. 형제슈퍼 앞에서 어슬렁거리며 김반장이 언제나 말동무가 되어 주려나 눈치만

---

16 잔뜩 찌푸린 얼굴의 모양을 속되게 가리키는 말.

17 '나'가 내 또래 친구들보다는 나이 많은 아저씨들과 친구가 된 데는 학교에 다니지 못하기 때문이다. 그러니까 이렇게 된 책임은 부모에게 있다는 강력한 변명이다.

18 외계인外界人. 지구 밖의 우주에 존재한다고 생각되고 있는 인간과 닮은 지적 생명체.

19 분위기가 어색하고 태도가 부자연스러운.

20 유치원이나 초등학교 등에서 정서 교육과 신체 단련 등을 위하여 재미있게 하는 율동.

21 여기저기 아주 흔하게 있는 상태.

보고 있는데 바로 내 뒤에 똑같은 자세로 김반장 눈치를 보는 몽달씨가 있었다. 염색한 작업복 주머니에서 꼬깃꼬깃한 종이를 펼쳐 들고 주춤주춤 내 옆의 빈 의자에 앉은 그가 "경옥아" 하고 내 이름을 불렀을 때[22] 정말이지 나는 기절할 정도로 놀랐다. 좀 바보이고 약간 돌았다고 생각했으므로 언젠가는 그가 보는 앞에서도 "헤이, 몽달귀신!?" 하고 놀려 댄 적도 있었던 나였다. 놀라서 입을 쩌억 벌리고 있는 내게 그가 다음에 건넨 말은 더욱 기가 찼다.

"너는 나더러 개새끼, 개새끼라고만 그러는구나……."[23]

나는 눈을 둥그렇게 떴다. 몽달귀신이라고 부른 적은 있지만 결코, '참말이지 하늘에 맹세코' 그를 개새끼라고 부른 적은 없었다. 그래서 나는 나도 모르게 고개를 마구 저어 댔다. 그런 나를 보는지 마는지 그는 계속해서 말했다. 너는 나더러 개새끼, 개새끼라고만 그러는구나…….

지금 생각해도 참 어이가 없는 노릇이지만, 세상에 그게 바로 시라는 것이었다. 김반장이 몽달씨에게 시를 쓴다 하니 멋있는 시를 한 수[24] 지어 보라고 했다는 것이다. 그 청을 받고 몽달씨가 밤새 끙끙거리며 시를 쓰려 했으나 도무지 마음먹은 대로 되지 않아 어느 유명한 시인의 시를 베껴 왔는데 그 구절이 바로 그 시의 마지막이라고 했다.

"에끼, 이 사람아. 내가 언제 자네더러 개새끼, 개새끼 그랬는가?"

김반장은 으레 그럴 줄 알았다는 듯 몽달씨 어깨를 툭 치며 빈정대고 말았지만 나의 놀라움은 쉽게 가시지 않았다. 기억을 못해서 그렇지 그를 향해 개새끼, 라고 욕을 한 적이 꼭 있었던 것 같이만 생각될 지경이었다. 김반장이야 뭐라건 말건 몽달씨는 그날 이후 며칠간은 개새끼 시를 외우고 다녔고 나는 김반장 외에 몽달씨까지도 내 친구로 해야겠다고 속으로

---

22 원미동 시인은 지적으로 모자란다. 그런 그가 '나'의 이름을 불렀다. '나'는 그가 바보라고 생각하고 있었다. 그런데, 내 이름을 안다니까 '나'로서는 뜻밖인 것이다.

23 시인 김정환의 시이다. 시집 〈흐린 날 주점에 앉아서〉 등을 발표했다.

24 수首. 시나 노래를 세는 단위.

결심해 두었다. 시인하고 친구가 된다는 것은 구멍가게 주인과 친구 되는 것보담은 훨씬 근사했으니까.

그렇긴 했으나 약간 돈 사내와 오랜 시간을 어울려 다닐 만큼 나는 간이 크지 못했다. 게다가 김반장은 마음이 내키면 언제라도 알사탕[25]이나 쭈쭈바[26]를 내놓을 수 있지만 몽달씨는 그런 면으로는 영 젬병[27]이었다. 그는 오로지 시에 대하여 말하고 시를 생각하고 시를 함께 외우자는 요구밖에는 몰랐다. 그에게는 시가 전부였다. 바람이 불면 '풀잎에 바람 스치는 소리' 때문에 가슴이 아프고, 수녀가 지나가면 문득 "열일곱 개의, 또 스물한 개의 단추들이 그녀를 가두었다"[28]라고 부르짖었다. 그는 하루 종일이라도 유명한 시인들의 시를 외울 수 있었다. 그것만이 아니었다. 외운 싯구절만 가지고 몇 시간이라도 대화를 할 수 있다고 그가 말하였다. 그게 바로 시적 대화라고 가르쳐 주기도 하였다. 그러기 위해서 그는 밤새도록 시를 읽는다고 하였다. 몽달씨는 밤이 되면 엎드려 시를 외우고, 다음 날이면 그 시로써 말하는 사람이었다.

시를 빼고 나면 나와 마찬가지로 몽달씨도 심심한 사람이었다. 낮 동안에는 꼼짝없이 젊은 새어머니와 한집에서 지내야 하기 때문에 끊임없이 동네를 빙빙 돌면서 시간을 때워 나갔다. 내가 김반장과 마주 앉아 별로 새로울 것도 없는 이야기를 하다 보면 어느샌가 슬쩍 다가와 약간 구부정한 허리로 의자에 주저앉곤 하는 몽달씨는 나보다 훨씬 강렬하게 김반장의 친구가 되었으면 하는 소망을 품고 있는 것처럼 보였다. 우리들은 제법 뜨거운 한낮 동안 각기 편한 자세로 앉아 신문을 읽거나 졸거나 하는 무료한 시간을 보내다가 막걸리 손님이라도 들이닥치면 몽달씨와 나는 재빨리 의자를 비워 주곤 김반장이 바삐 설치는 모양을 우두커니 바라

25 알 모양의 작고 동그란 사탕.
26 원통형 비닐 주머니에 설탕 등을 넣어 얼린 빙과류. 여름철에 인기가 있었다.
27 어떤 일을 하는 솜씨나 해 놓은 일이 형편없는 상태.
28 시인 이하석의 시이다. 작품에는 〈투명한 속〉, 〈김씨의 옆얼굴〉 등이 있다.

보곤 하였다. 김반장은 몽달씨가 시가 어쩌구 하며 이야기를 꺼내기라도 할라치면 대번에 딴소리를 해서 입막음을 하기 때문에 몽달씨도 김반장 앞에서는 도통[29] 시에 대한 말을 입에 올리지 않았다. 대신에 내가 원미동 시인의 '시적 대화'를 끊임없이 듣는 형편이었다.

그때까지만 해도 몽달씨보다는 김반장과 함께 있는 것이 더 좋았었다. 김반장이 그 커다란 손바닥으로 내 엉덩이를 철썩 치면서 '어이, 경옥이 처제!' 하고 불러 주면 기분이 그럴싸해서 저절로 웃음이 비어져 나왔고 가끔가다 오토바이 뒷좌석에 앉아 함께 배달을 나가기라도 할라치면 피아노 배우러 가던 계집애들이 손가락을 입에 물고 부러워 죽겠다는 듯이 나를 바라봐 줬었다. 김반장이 말 많은 원미동 여자들 누구하고도 사이좋게 지내면서 야채에다 생선까지 떼어다 수월찮게 재미를 보는 것을 잘 아는 고흥댁 아주머니도 "선옥이가 인물만 좀 훤할 뿐이지 그 집안 꼬라지로 봐서 김반장이면 횡재한 거야"라면서 은근히 선옥이 언니를 비아냥거렸다. 흥, 나는 고흥댁 아주머니의 마음도 알아맞힐 수 있다. 선옥이 언니보다 한 살 많은 딸이 하나 있는데 인물이 좀 제멋대로인 것이 아줌마의 속을 뒤집어 놓은 것이다. 그러면서도 지난번엔 김반장 같은 사위나 얼른 봐야 될 것 아니느냐는 은혜 할머니 말에는 가당찮게도 코웃음을 쳤었다.

"요새 시상에 뭐 부모가 상관 있답더? 그래도 갸가 보는 눈이 높아서 엥간한 남자는 말도 못 꺼내게 하요잉. 저기 은행 대리가 중매를 넣어 왔는디도 돌아보도 않습디다. 전문학교일망정 대학물도 1년 남짓 보았고 해서, 아는 게 아주 많다요."

그런 말을 들을 때마다 나는 목구멍이 근질거려서 견딜 수가 없었다. 왜 목구멍이 근질거리는가 하면 나는 또 다른 비밀을 하나 알고 있기 때문이었다. 이것은 정말 특급 비밀인데 만약에 이 사실을 고흥댁 아주머니가 알았다가는 어떻게 수습이 될는지 내가 생각해도 걱정인 판이다.

---

29 도무지.

복덕방집 딸 동아 언니가 누구와 좋아지내는가는 아마 나밖에 모르는 일일 것이다. 지난봄에 소라네 집에 놀러 갔다가 우연히 알게 된 사실로 소라조차도 영 모르고 있으니 나 혼자만 꿍꿍 앓다 말아야 할 것이긴 하지만, 그날 이후 복덕방 식구들만 만나면 내가 더 안절부절이었다. 여태까지 누구에게도 털어놓지 않은 말이라 좀 망설여지긴 하지만 아이, 할 수 없다, 이야기를 꺼냈으니 털어놓을 밖에. 동아 언니는 소라네 대신설비에서 소라 아빠의 일을 거들어 주는 노가다[30] 청년하고 연애를 하는 판이다. 그것도 보통 사이가 아니다. 지난 봄날, 소라네 집에 갔다가 소라가 보이지 않아 무심코 모퉁이를 돌아 나와 옆구리 창으로 가게를 기웃 들여다보니 그 두 남녀가 딱 붙어 앉아서 이상한 짓을 하고 있지 않은가. 동아 언니는 그렇다 치고 청년은 땀까지 뻘뻘 흘리면서 언니의 머리통을 꽉 껴안고 있었는데 좀 무섭기도 하였다.

이야기가 괜히 옆으로 흘렀지만 아무튼 선옥이 언니가 김반장 같은 신랑감을 차 버린 것은 좀 아쉬운 일이기는 하였다. 김반장이야 아직도 미련을 버리지 못하고 있는 터이라 나만 보면 지금도 언니가 왔는가를 묻기에 여념이 없었다. 허나 선옥이 언니는 처음 떠날 때도 그랬지만 요사이 한번씩 집에 들를 적에도 형제슈퍼 쪽은 쳐다보지 않는다. 어떨 때는 '어휴, 저 거지발싸개[31] 같은 자식' 이라고 욕도 막 내뱉는데 어떻게 알았는지 이모네 옷가게로 심심하면 전화질이라고 이를 갈았다. 가만히 눈치를 보아 하니 선옥이 언니도 요새 새 남자가 생긴 것 같고 전과 달리 아무데서나 속옷을 훌렁훌렁 벗어던지며 옷을 갈아입는데, 그 속옷이 요사무사하게[32] 생겨서 내 눈을 달뜨게[33] 하곤 했다. 좀 만져라도 볼라치면 언니는 내 손을 탁 때려 버렸다.

---

30 토목 공사장에서 일하는 막벌이꾼을 가리키는 속어. 일본말 도가타土方가 어원이다.

31 몹시 더럽고 보잘것없는 물건이나 사람을 낮추어 욕하는 말.

32 요상하고 신기하게.

33 마음이 가라앉지 않고 흥분되게.

"어때, 이쁘지? 경옥이 넌 이런 것 처음 보지? 이거 모두 선물 받은 거다."

끈으로 아슬아슬하게 꿰매 놓은 저런 팬티 따위를 선물하는 치[34]도 우습지만 그것을 자랑하는 언니는 더욱 밉상이어서 그럴 때면 속도 모르는 김반장이 불쌍해지기도 하였다.

몽달씨가 있음으로 인하여 김반장의 주가가 올라가는 점도 있었다. 나야 어린애니까 형제슈퍼의 비치파라솔 아래서 어슬렁거려도 흉볼 사람은 없지만 동갑나기[35]인 몽달씨가 하는 일도 없이 가게 근처를 빙빙 돌면서 어떨 때는 나와 같이 쭈쭈바나 쭉쭉 빨고 있으면 오가는 동네 어른들마다 혀를 끌끌 찼다.

"대학 다닐 때까진 저러지 않았대요. 저도 잘은 모르지만 학교에서 잘렸대나 봐요. 뭐 뻔하죠. 요새 대학생들 짓거린. 그리곤 곧장 군대에 갔는데 제대하고부턴 사람이 저리 됐어요. 언제나 중얼중얼 시를 외운다는데 확 미쳐 버린 것도 아니고, 아주 죽겠어요."

몽달씨의 새어머니 되는 이가 김반장에게 하소연하는 소리였다. 형제슈퍼 단골인 그녀는 "아주 죽겠어요"가 입버릇이었다.

"내 체면을 봐서라도 옷이나 좀 깨끗이 입고 나다니면 좋으련만. 아주 죽겠어요."

말이 났으니 말이지 그 옷차림은 형제슈퍼의 심부름꾼 복장으로 딱 걸맞았다. 종일 의자에서 빈둥거리기도 지겨운지라 우리는 곧잘 가게 일도 마다 않고 거들었었다. 우리 둘이서 기껏 머리를 짜내어 하는 일이란 게 고무 호스로 가게 앞에 물을 뿌려 주는 정도였다. 포장이 덜 된 가게 앞길의 먼지 제거를 위해서나 여름 땡볕을 좀 무디게 하는 방법으로는 그 이상도 없어서 김반장도 우리의 일을 기꺼이 바라봐 주곤 일이 끝나면 기분이란 듯 요구르트 한 개씩을 던져 주기도 하였다.

34 사람을 얕잡아 부르는 호칭.

35 나이가 같은 사람. 갑장甲長. 한동갑.

그러다 차츰차츰 몽달씨 몫의 일이 하나 둘 늘어 갔는데 가게 앞 청소나 빈 박스를 지하실 창고에 쟁이는[36] 일 혹은 막걸리 손님 심부름 따위가 그것으로, 몽달씨가 거드는 일이 많으면 많을수록 김반장은 더욱 의젓해지고 몽달씨는 자꾸 초라하게 비추어지는 게 나에겐 참으로 이상한 일이었다. 김반장도 그걸 모르지는 않았을 것이다. 그래서 언젠가는 아주 정색을 하고서 몽달씨 어깨를 꽉 껴안더니 이렇게 말하기도 하였다.

"자네 같은 시인에게 이런 일만 시키려니 미안하이. 자네는 확실히 시인은 시인이야. 언제 바쁘지 않을 때는 정말이지 자네 시를 찬찬히 읽어 봄세. 이래봬도 학교 다닐 때 위문편지는 내가 도맡아 써 주곤 했던 실력이니까."

그러면 몽달씨는 더욱 신이 나서 생선 잘라 주는 통나무 도마까지 깔끔히 씻어 내고 널브러져 있는 채소들을 다듬고 하면서 분주히 설치는 것이다. 하지만 이제껏 몽달씨의 시 노트를 읽어 본 적이 없는 김반장이었다. 몽달씨가 짐짓 아직 자기 시는 읽을 만하지 못하니 유명한 시인들의 시나 읽어 보지 않겠느냐고 구깃구깃 접은 종이를 꺼낼라치면 김반장은 온갖 핑계를 다 대서라도 줄행랑을 치면서 그가 보지 않은 틈을 타 머리 위에 대고 손가락으로 빙글, 동그라미를 그려 보였다.[37] 그것도 모르고 몽달씨는 언제라도 김반장에게 들려줄 수 있도록 꼬깃꼬깃한 종이 쪽지들을 호주머니마다 가득 넣어 가지고 다녔다. 그때쯤엔 나도 몽달씨의 시적 대화에는 질려 있어서 덩달아 자리를 피했고 김반장을 따라 머리 위에 손가락으로 동그라미를 그려 댔다. 약간, 아니 혹시는 아주 많이 돈 원미동 시인은 그래도 여전히 형제슈퍼의 심부름꾼 꼬마처럼 다소곳이 잔심부름을 도맡아 가지고 있었다.

분명히 말하지만 보름 전쯤 그 사건이 일어날 때까지만 해도 나는 김

---

36 차곡차곡 포개어 쌓는.

37 정신이 이상하다, 돌았다는 표현.

반장이 내 셋째형부가 되어 주길 은근히 바라고 있었다. 농사짓는 큰형부는 워낙이 나이가 많아 늙은 아버지 같아서 싫었고 둘째언니야 아직 공식적으로는 처녀니까 별 볼일 없는데다 형부다운 형부는 선옥이 언니가 결혼해야 생길 터이니 기왕이면 김반장 같은 남자가 형부가 되길 바란 것이었다. 하기야 넷째언니도 시방[38] 같은 공장에 다니는 사내와 눈이 맞아서 부쩍 세수하는 시간이 길어지긴 했지만 그래 봤자 앞차가 두 대나 밀려 있으니[39] 어림도 없었다. 선옥이 언니와 김반장이 결혼하면 누가 뭐래도 나는 형제슈퍼에 진득이[40] 붙어 있을 수 있는 자격을 갖게 되는 셈이었다. 기분이 내키면 3백 원짜리 빵빠레[41]를 먹은들 어떠하랴. 오밀조밀 늘어놓은 온갖 과자와 초콜릿과 사탕이 모두 내 손아귀에 있다, 라고 생각하면 어쩔 수 없이 나는 흐물흐물 기분이 좋아졌다.

그런데 정확히 열나흘 전의 그 일로 인하여 나는 김반장과 형제슈퍼의 잡다한 군것질감을 한꺼번에 포기하였다. 모르긴 몰라도 이런 나의 처사는 백 번 옳을 것이었다. 그 사건의 처음과 끝을 빠짐없이 지켜본 유일한 목격자는 나 하나뿐이었지만 그렇다고 내가 본 것을 누군가에게도 늘어놓지는 않았다. 웬일인지 그 일에 관해서는 입도 뻥긋하기 싫었다. 그런 채로 나 혼자서만 김반장을 형부감에서 제외시켜 버렸던 것이다. 또 하나, 아주 용기를 필요로 하는 일이었지만 그날 이후에는 김반장이 내 엉덩이를 철썩 두들기며 어이, 우리 경옥이 처제 어쩌구 할 때는 단호하게 그를 뿌리치고 도망 나와 버리곤 하였다. 물론 그가 내미는 쭈쭈바도 받아먹지 않았다.

그 사건은 초여름 밤 열 시가 넘어서 일어났다. 그날은 낮부터 티격태격해 대던 엄마와 아버지와의 말싸움이 저녁에 이르러서는 본격적으로 시작

---

38 지금.
39 결혼하지 않은 두 명의 언니가 있으니.
40 느긋하고 참을성 있게.
41 이 작품이 발표될 당시 가게에서 팔던 빙과.

되었었다. 넷째언니는 야간 조업[42]이 있다고 늘상 열두 시가 다 되어야 돌아오는 처지라 만만한 나만 엄마의 분풀이 대상이 되어서 낮부터 적잖이 욕설도 들어먹었던 차였다. 싸우는 이유도 뭐 그리 대단한 게 아니었다. 아버지가 쓰레기 속에서 주워 온 십팔금[43] 목걸이를 맥주 네 병으로 맞바꾸어 간단히 목을 축이고 돌아왔노라는 말을 내뱉은 뒤부터 엄마의 잔소리가 시작된 게 원인이었다. 새삼 길게 이야기할 것도 없고 요지는 맥주 네 병으로 홀랑 마셔 버리느니 지 여편네 목에 걸어 주면 무슨 동티[44]가 날까 봐 그랬느냐는 아우성이었다. 엄마가 지금 손가락에 끼고 있는, 약간 색이 변한 십팔금 반지도 아버지가 주워 온 것인데 짜장[45] 목걸이까지 세트로 갖출 뻔한 것을 놓쳐서 엄마는 단단히 약이 올랐다. 그러던 말싸움이 저녁에 가서는 기어이 험악한 욕설과 아버지의 손찌검으로 이어지길래 나는 언제나처럼 슬그머니 집을 빠져나와 비어 있는 형제슈퍼의 노천의자에 앉아 있었다. 가끔씩 있는 일로서 머지않아 아버지는 엄마를 케이오로 때려눕힌 뒤 코를 골며 잠들어 버릴 것이었다. 그 다음엔 눈물 콧물 다 짜낸 엄마가 발을 질질 끌며 거리로 나와 경옥아!를 목청껏 부를 판이었다. 그때나 되어 못 이기는 척 들어가 잠자리에 누워 버리면 내일 아침의 새날이 올 것이 분명하였다.

집에서 나온 것이 아홉 시쯤, 그래서 김반장도 가겟방에 놓은 흑백 텔레비전으로 저녁 뉴스를 시청하느라고 내가 나온 것도 모르고 있었다. 장가들면 색시가 컬러 텔레비전을 해 올 것이므로 굳이 바꿀 필요 없다고 고물 텔레비전으로 견디어 내는 김반장의 등허리를 흘낏 쳐다보고 나는 신발까지 벗고 의자 위에 냉큼 올라앉았다. 잠이 오면 탁자에 엎드려 한

---

42 조업操業. 일.

43 순금일 경우는 물렁물렁하므로 보통 구리나 은, 백금 등을 합금해서 사용한다. 순금은 24금, 목걸이 등 장신구는 18금(금 75%), 금 펜촉은 14금(금 58.3%)이다.

44 공연히 건드려서 스스로 걱정이나 해를 입는 경우를 비유하여 이르는 말.

45 틀림없이 정말, 정말이지.

숨 죽이고 있어 볼 생각으로 나는 가물가물 감기는 눈을 비비며 이리저리 몸을 뒤척이고 있었다. 거리는 그날따라 유난히 한산했고 지물포나 사진관도 일찌감치 아크릴 간판에 불을 꺼 둔 채였다. 우리정육점은 휴일인지 셔터까지 내려져 있었다. 그 옆의 서울미용실은 경자 언니가 출퇴근을 하기 때문에 아홉 시만 되면 어김없이 불을 꺼 버린 채였다. 형제슈퍼에서 공단 쪽으로 난 길은 공터가 드문드문 박혀 있어서 원래 칠흑같이 어두웠다. 한 블록쯤 가야 세탁소가 내비치는 불빛이 쬐끔 새어 나올 뿐이고 포장도 안 된 울퉁불퉁한 소방도로[46] 옆으로는 자갈이며 벽돌 따위가 쌓여 있었다.

바로 그때 공단 쪽으로 가는 어두운 길에서 뭔가 비명 소리도 같고 욕지기[47]를 참는 안간힘 같기도 한 소리가 들려왔다. 아니, 그때 나는 비몽사몽[48] 졸음 속에서 헤매고 있었기 때문에 정확하게 어떤 소리를 들은 것은 아니었다. 이제 생각하면 그 순간에는 분명 잠에 흠뻑 취해 있었음이 분명했다. 그럼에도 불구하고 그 소리를 들었던 것처럼 생각된 것은 꿈속에까지 좇아와 악다구니[49]를 벌이고 있는 엄마와 아버지의 모습을 보고 있었던 탓인지도 몰랐다. 하여간 허공을 가르는 비명 소리가 꿈속이었거나 생시였거나 간에 들려왔던 것은 사실이었다. 움찔 놀라며 눈을 떴을 때는 이미 누군가가 어둠을 뚫고 뛰쳐나와 필사적으로 가게를 향해 덮쳐오는 중이었다. 그리고 그 뒤엔 덫에서 뛰쳐나온 노루 새끼를 붙잡으러 온 것이 확실한 젊은 사내 둘이 가쁜 숨을 몰아쉬며 쫓아오고 있었다.

공교롭게도 나는 불빛에서 약간 비껴난 쪽의 의자에 앉아 있었기 때문에 그들의 눈에 띄지 않았다. 더욱 공교로웠던 것은 마침 가게 주변엔 아

46 소방도로 消防道路. 화재와 같은 재해가 발생했을 때 소방차가 드나들 수 있을 만한 너비의 도로.

47 토할 듯 메슥메슥한 느낌.

48 비몽사몽 非夢似夢. 꿈인지 생시인지 어렴풋한 상태.

49 기를 쓰며 다투거나 욕설을 하는 행위.

무도 없었다는 사실이었다. 때에 따라서는 비치파라솔 밑의 이 의자로는 턱도 없이 모자랄 만큼의 사람들이 왁자하게 모여 막걸리 타령을 벌이는 경우가 종종 있었다. 대개는 일을 끝내고 돌아가는 공사장의 인부들이었다. 그 사람들이 아니더라도 동네 사람 몇몇이 자주 이 의자에 앉아 밤바람을 쐬기도 했는데 그날은 아무도 없었다. 갑작스런 사태에 놀라 어리둥절하는 사이 도망자는 곧장 가게 안으로 들어가 버렸고 뒤쫓아 온 사람 중의 하나는 가게 앞에, 또 하나는 마악 가게 속으로 들어가는 중이어서 나는 그들의 모습을 비교적 자세히 볼 수 있었다.

"야, 이 새꺄! 이리 못 나와!"

가게 안으로 쫓아 들어가면서 소리치고 있는 사내는 빨간색의 소매 없는 러닝셔츠를 입고 있어서 땀에 번들거리는 어깻죽지가 엄청 우람하게 보였다.

"깽판[50] 치기 전에 빨리 나오란 말야!"

가게 앞에 서서, 씩씩 가쁜 숨을 몰아쉬며 이마의 땀을 훔치고 있는 사내는 두 개의 웃저고리를 한 손에 거머쥐고 있었다. 그도 당연히 러닝셔츠 바람이었지만 소매도 달린, 점잖은 흰색이었으므로 빨간 셔츠에 비해 훨씬 온순하게 보여졌다.

도대체 무슨 일일까. 호기심을 이기지 못한 나는 가게 옆구리의 샛문을 통해 안을 들여다보았다. 그새 사내의 발길에 채여 버린 도망자가 바닥에 엎어져 있었고 김반장이 만약을 위해 사내 주변의 맥주 박스를 방 안으로 져 나르면서 뭐라고 소리치고 있었다.

"김형, 김형…… 도와주세요."

쓰러진 남자의 입에서 이런 말이 가느다랗게 흘러나온 것은 그 순간이었다. 그와 동시에 빨간 셔츠의 사내가 다시 쓰러진 자의 등허리를 발로 꽉 찍어 눌렀다.

---

50 일을 망치거나 훼방 놓은 것을 가리키는 속된 표현.

"이 새끼, 아는 사이요? 그러면 당신도 한번 맛 좀 볼 텐가?"

맥주병을 거꾸로 쳐들고 빨간 셔츠가 소리질렀다. 김반장의 얼굴이 대번에 하얗게 질려 버렸다.

"무, 무슨 소리요? 난 몰라요! 상관없는 일에 말려들고 싶지 않으니까 나가서들 하시오."

그때 바닥에 쓰러져 버둥거리던 남자가 간신히 몸을 비틀고 일어섰다. 코피로 범벅이 된 얼굴이 슬쩍 드러나 보였는데 세상에, 그는 몽달씨임이 분명하였다. 그러고 보니 빛 바랜 바지와 물들인 군용점퍼 밑에 노상 껴입고 다니던 우중충한 남방셔츠가 틀림없는 몽달씨였다. 아까는 워낙 눈 깜짝할 사이에 가게 안으로 뛰어들었기 때문에 얼굴을 볼 겨를이 없었다.

"이 짜식, 어디로 토끼는[51] 거야! 너 같은 놈은 좀 맞아야 돼."

흰 이를 드러내며 빨간 셔츠가 으르렁거렸다. 순간 몽달씨가 텔레비전이 왕왕거리고 있는 가겟방을 향해 튀었다. 방은 따로이 바깥쪽으로 난 출입구가 있었기 때문이었다. 그러나 몽달씨보다 더 빠른 동작으로 방문을 가로막아 버린 사람이 있었다. 바로 김반장이었다.

"나가요! 어서들 나가요! 싸우든가 말든가 장사 망치지 말고 어서 나가요!"

빨간 셔츠가 몽달씨의 목덜미를 확 낚아챘다. 개처럼 질질 끌려 나오는 몽달씨를 보더니 밖에 있던 흰 러닝셔츠가 찌익, 이빨 새로 침을 뱉어냈다. 두 사람 다 술기운이 벌겋게 오른, 번들거리는 눈자위가 징그러웠다. 나는 재빨리 불빛이 닿지 않는 구석으로 몸을 피했다. 무섭고 또 무서웠다. 저렇게 질질 끌려가는 몽달씨를 위해서 내가 해야 할 일이 무엇인지 알 수가 없었다. 도무지 가슴이 떨려 숨도 크게 쉬지 못할 지경이었는데도 김반장은 어지러진 가게를 치우면서 밖은 내다보지도 않았다.

두 명의 사내 중에서도 빨간 셔츠가 훨씬 악독한 게 사실이었다. 녀석

---

51 도망가는.

은 몽달씨의 머리칼을 한 움큼 휘어 감고서 마치 짐짝을 부리듯이 몽달씨를 다루고 있었다. 끌려가지 않으려고 버둥거리다가는 사내의 구둣발에 사정없이 정갱이며 옆구리가 뭉개어졌다. 지나가던 행인 몇 사람이 공포에 질린 얼굴로 그들을 지켜보았다. 구경꾼들이 보이자 빨간 셔츠가 당당하게 외쳐 댔다.

"이 새끼, 너 같은 놈은 여지없이 경찰서로 넘겨야 해. 빨리 와!"

불 켜진 강남부동산 앞에서 몽달씨가 최후의 발악을 벌여 놈의 손아귀에서 빠져나왔다. 그러나 이내 녀석에게 머리칼을 붙잡히면서 부동산 옆의 시멘트 기둥에 된통 머리를 받쳤다. 쿵. 몽달씨의 머리통이 깨져 나가는 듯한 소리에 나는 눈을 감아 버렸다. 숨이 막힐 것만 같았다. 행복사진관과 원미지물포만 지나고 나면 또다시 불빛도 없는 공터가 나올 것이므로 몽달씨를 구해 낼 시기는 지금밖에 없다. 몽달씨가 악착같이 불 켜진 가게 쪽으로만 몸을 이끌어 갔기 때문에 길 이쪽은 텅 비어 있었다. 몇몇 사람들이 있기는 하였지만 그들은 섣불리 끼어들지 않고서 당하는 몽달씨의 처참한 꼴에 혀만 끌끌 차고 있었다.

"빨리 가, 이 자식아! 경찰서로 가잔 말야!"

빨간 셔츠가 움켜쥔 머리칼을 확 낚아채면 몽달씨는 시멘트 바닥에서 몸을 가누지 못해 정말 개처럼 두 손을 바닥에 짚고 끌려갔다.

"왜 이러세요…… 내게 무슨 잘못이…… 있다고……."

행복사진관의 밝은 불빛 앞에서 몽달씨가 울부짖으며 사내에게 잡힌 머리통을 흔들어 대다가 녀석의 구둣발에 면상을 짓밟히기 시작하였다. 마침내 나는 내달리기 시작하였다. 두 주먹을 불끈 쥐고 녀석들 곁을 바람같이 스쳐 나는 원미지물포로 뛰어들었다. 가게는 텅 비워둔 채 지물포 주씨 아저씨는 아랫목에 길게 누워 텔레비전을 보느라 바깥의 소동은 까맣게 모르고 있었다.

"깡패가, 깡패가 몽달씨를 죽여요!"

주씨 아저씨는 그 우람한 체구에 비하면 말귀를 빨리 알아듣는 사람이었다. 벼락같이 튀어나와 마침 자기 가게 앞을 끌려가고 있는 몽달씨의 꼴을 보고는 냅다 소리를 질렀다.

"죄가 있으모 경찰을 부를 일이제 무신 일로 사람을 이리 패노? 보소! 형씨, 그 손 못 놓나?"

"아저씨는 상관 마쇼! 이런 놈은 경찰서로 끌고 가야 된다구요."

"누가 뭐라카노. 야! 빨리 경찰에 신고해라. 당신네들이 사람 뚜드려 가며 경찰서까지 갈 것 없다. 1분 안에 오토바이 올 테니까."

"이 아저씨가…… 이 새끼 아는 사람이오?"

"잘 아는 사람이니 이카제. 이 착한 청년이 무신 죄를 졌다꼬 이래 반 죽여 놨노? 무슨 일이라?"

그제서야 빨간 셔츠가 슬그머니 움켜쥔 머리칼을 놓았다. 몽달씨가 비틀거리며 주씨 곁으로 도망쳤다.

"아무 잘못도…… 없어요…… 지나가는 사람 잡아 놓고…… 느닷없이 때리는데."

더듬더듬, 입 안에 괴어 있는 피를 뱉어 내며 간신히 이어 가는 몽달씨의 말을 듣느라고 주씨가 잠시 한눈을 판 것이 잘못이었다. 멀찌감치 서서 구경을 하고 있던 사람들 중에서 누군가가 소리쳤다.

"어이, 저 봐요. 저 사람들 도망쳐요!"

정말 눈 깜짝할 사이였다. 벌써 공단 쪽 길로 튕겨 가는 모양으로 발자국 소리만 어지럽고 녀석들은 어둠 속에 파묻혀 버린 뒤였다.

"빨리 가서 잡아야지 저런 놈들 그냥 두면 안 돼요!"

언제 왔는지 김반장이 발을 구르며 흥분하고 있었다.[52] 금방이라도 잡으러 갈 듯 몸을 솟구치는 꼴이 가관[53]이었다.

"소용없어. 저놈들이 어떤 놈이라고."

---

52 그날 밤, 몽달씨가 도와 달라고 구조를 요청할 때는 못 본 척하던 김반장이 태도를 바꾸었다.

53 가관可觀. 꼴이 볼 만하다는 뜻. 어떤 행동이나 상태를 비웃을 때 이르는 말.

"세상에, 경찰서로 가자고 그리 당당하게 굴더니 도망치는 것 좀 봐."

"그러니까 그냥 닥치는 대로 골라잡아 팬 거군. 우린 그것도 모르고 정말 도둑이나 되는 줄 알았지 뭐야!"

"여기는 가게들이 많아 환하니까 어두운 곳으로 끌고 가서 작신[54] 팰려고 수작을 벌였군."

"그래요. 아까 보니까 저 윗길에서 이 총각이 그냥 지나가는데 불러 놓고 시비드라구요. 아휴, 저 총각 너무 많이 맞았어. 죽지 않은 게 다행이야."

"그럼 진작에 말하지 그랬어요?"

"누가 이 지경인 줄 알았수? 약국에 가는 길에 그 난리길래 무서워서 저쪽으로 돌아갔다가 약 사 갖고 와 보니 경찰서 가자고 여태도 패고 있던걸."

모여 섰던 사람들이 저마다 한마디씩 떠들어 대기 시작했다. 조금 아까까지도 텅 비어 있다시피한 거리였는데 언제 알았는지 이 집 저 집에서 쏟아져 나온 사람들이 웅성거리며 피투성이가 된 몽달씨를 기웃거렸다. 참말이지 쥐어뜯긴 머리칼하며 길바닥을 쓸고 온 옷 꼬락서니, 그리고 피범벅이 된 얼굴까지가 영락없이 몽달귀신 그대로였다.

"무신 놈의 세상이 이리 험악하노. 이래가꼬는 사람이라 할 수 있겠나?"

주씨가 어이없어 하는데 또 김반장이 냉큼 뛰어들었다.

"그러게 말입니다. 하여간 저놈들을 잡아 넘겼어야 하는 건데…… 좀 어때? 대체 이게 무슨 꼴인가. 어서 집으로 가세. 내가 데려다 줄게."

김반장이 몽달씨를 부축해 일으켰다. 세상에 밸[55]도 없지, 그 손을 뿌리치지 못하고 몽달씨는 김반장의 부축을 받으며 집으로 갔다.

몽달씨를 다시 보게 된 것은 그로부터 꼭 열흘이 지난 며칠 전이었다. 그 열흘간을 어떻게 보냈는지는 설명하기도 귀찮을 정도였다. 몽달씨와

---

54 자꾸. 흠씬.

55 '배알'의 준말. 배알은 '배짱'과 같은 뜻.

더불어 다닐 때는 몰랐지만 막상 그가 없으니 심심해서 미칠 지경이었다. 하루가 꼭 마흔 시간쯤으로 늘어난 느낌이었다. 때때로는 형제슈퍼의 의자에 앉아 있은 적도 있었지만 이미 김반장과는 서먹한 사이가 되어 버려서 그다지 자주 찾지는 않았다. 그날 밤, 내가 몰래 가게 안을 훔쳐보고 있은 줄을 모르는 김반장만큼은 예전과 다름없이 굴고 있기는 하였다.

"경옥이 처제. 요새는 왜 뜸해? 선옥이 언니 서울서 오거든 직방으로[56] 내게 알리는 것 잊지 마라. 그러면 내가 이것 주지!"

김반장이 쳐들어 보이는 것은 으레 요깡[57]이었다. 껍질에는 연양갱이라고 씌어 있는 2백 원짜리 팥떡인데, 그것을 죽자사자 먹고 싶어하는 것을 아는 까닭이었다. 그러나 흥, 어림도 없지. 선옥이 언니가 오게 되면 김반장의 비겁한 행동을 미주알고주알 일러바쳐서 행여 남아 있을지도 모를 미련까지도 아예 싹둑 끊어 버리게 하자는 것이 내 속셈이었다. 어찌된 셈인지 선옥이 언니는 한 달 가까이 집에는 코빼기도 내비치지 않고 있었다. 얼마 전에 서울에 다녀온 엄마 말로는 양품점이 한 달에 두 번 노는데도 집에는 올 생각 않고 왼종일 쏘다니다 밤늦게서야 기어들어 온다는 것이었다. 게다가 이모가 받아 본 전화 속의 남자들만도 서넛이 넘어서 양품점 전화통이 종일토록 불나게 울려 대는 통에 지깐 년은 저한테 걸려 오는 전화 받기에도 바쁜 형편이라 했다. 엄마를 속 빼닮아 말뽄새[58]가 거칠기 짝이 없는 이모가 보나마나 바가지로 퍼부었을 선옥이 언니의 흉보따리를 잔뜩 짊어지고 온 엄마의 마지막 결론은 갈 데 없이 원미동 똑똑이다웠다.

"선옥이 고년, 이왕지사[59] 바람 든 년이니까 차라리 탈렌트나 영화배우를 시키는 게 낫겠습디다. 말이사 바른 말이지 인물이야 요즘 헌다하는

---

56 지체 없이.
57 팥을 고아 만든 단 과자. 일본인들의 전통 음식 중 하나.
58 말하는 태도와 모양.
59 이왕지사已往之事. 이미 지나간 일.

장미희보다 낫지…….”

“미쳤군, 미쳤어. 탈렌트는 누가 거저 시켜 주남. 뜨신[60] 밥 먹고 식은 소리 작작해!”

그렇게 몰아붙이면서도 아버지는 으레 흐흐흐 웃고 마는 게 예사였다. 딸 많은 집구석에 인물 팔아 돈 버는 딸년 하나쯤 생긴다 해서 나쁠 것도 없다는 웃음이 분명했다.

“서울 사람들은 눈도 밝지. 선옥이가 명동으로 나갔다 하면 영화배우 해 보라고 줄줄이 따라다닌답니다. 인물 좋은 것도 딱 귀찮다고 고년이 어찌 성가셔 하는지…….”

엄마도 참, 입술에 침도 안 바르고 고흥댁 아줌마한테 이렇게 주워 섬기는 때도 있다. 그러면 여태도 동아 언니 콧대가 하늘 높은 줄 모르게 솟아 있다고만 믿는 고흥댁 아주머니도 지지 않고 딸 자랑을 쏟아 놓았다.

“우리 동아는 요새 피아노도 배우고 꽃꽂이 학원도 다닌다고 맨날 바쁘다요. 시방 세상은 그 정도의 신부 수업인가 뭔가가 아주 필수[61]라 한다드만.”

엄마도 엄마지만 고흥댁 아주머니 말은 듣기에 거북하였다. 대신설비 노가다 청년한테 시집가면 피아노는커녕, 호박꽃 한 송이 꽂을 일도 없을 것이니까. 어른들은 알고 보면 하나밖에 모르는 멍텅구리 같을 때가 종종 있는 법이다. 그 사건 이후, 김반장에 대한 이야기만 해도 그렇다.

“김반장 그 사람 참말이제 진국은 진국인기라. 엊그제만 해도 복숭아 깡통 하나 들고 몽달 청년한테 가능갑드라. 걱정도 억시기[62] 해쌓고, 우찌 됐건 미친놈한테 그만큼 정성들이는 것만 봐도 보통은 아닌 기 맞다.”

지물포 주씨가 행복사진관 엄씨한테 하는 말이었다. 세 살 많다 하여 어김없이 형님으로 받드는 엄씨가 고개를 끄덕이며 맞장구치는 것을 보

---

60 따뜻한.

61 필수必需. 어떤 물건이 생활이나 어떤 일에 꼭 필요한 상태.

62 억세게.

고 있으면 내 속이 터질 것만 같았다. 그렇지만 이상하게도 그 밤의 일을 속 시원히 털어놓을 수가 없었다. 그러고 보면 이 김경옥이야말로 진국 중에 진국인지도 모른다.[63]

몽달씨가 자리 털고 일어난 이야기를 하려다가 또 다른 쪽으로 새 버렸지만 몽달씨야말로 진짜 이상한 사람이었다. 오후반인 소라가 등교 준비를 해야 한다고 서둘러 저희 집으로 가 버린 때니까 정오가 조금 지나서였을 것이다. 집으로 가다 말고 문득 형제슈퍼 쪽을 돌아보니 음료수 박스들을 차곡차곡 쟁여 놓는 일에 땀을 뻘뻘 흘리고 있는 몽달씨가 보였다. 실컷 두들겨 맞고 열흘간이나 누워 있었던 사람이라 안색은 차마 마주 보기 어려울 만큼 핼쑥했다. 그런데도 뭐가 좋은지 히죽히죽 웃어 가면서 열심히 박스들을 나르고 있는 게 아닌가. 그것도 김반장네 가게에서. 아무리 눈을 크게 뜨고 보아도 몽달씨가 분명했다. 저럴 수가. 어쨌든 제정신이 아닌 작자임이 틀림없었다. 아무리 정신이 좀 헷갈린 사람이래도 그렇지, 그날 밤의 김반장 행동을 깡그리 잊어버리지 않고서야 저럴 수가 없다는 게 내 생각이었다.

잊었을까. 그날 밤 머리의 어딘가를 세게 다쳐서 김반장이 자기를 내쫓은 부분만큼만 감쪽같이 지워진 것은 아닐까. 전혀 엉뚱한 이야기만도 아니었다. 텔레비전에서도 보면 기억상실증[64]인가 뭔가로 자기 아들도 못 알아보는 연속극이 있었다. 그런 쪽의 상상이라면 나를 따라올 만한 아이가 없는 형편이었다. 내 머릿속은 기기괴괴한[65] 온갖 상상들로 늘 모래주머니처럼 빽빽했으니까. 나는 청소부 아버지의 딸이 아니라 사실은 어느 부잣집의 버려진 딸이다, 라는 식의 유치한 상상은 작년도 못 되어 이미 졸업했었다. 요즘의 내 상상이란 외계인 아버지와 지구인 엄마

---

63 그날 밤 일을 모두 알고 있으면서도 남한테 함부로 말하지 않는 주인공이 자신의 태도를 자랑스러워하고 있다.

64 충격을 받거나 약물 중독 등으로 예전 기억을 하지 못하는 증세.

65 기기괴괴 奇奇怪怪한. 모양이나 분위기가 몹시 기이하고 괴상한.

와의 사랑, 뭐 그런 쪽의 의젓한 것이었다. 아무튼 나의 기막힌 상상력으로 인해 몽달씨는 부분적인 기억상실증 환자로 결정되었다. 그렇다면 이제는 확인할 일만 남은 셈이었다. 오래 기다릴 필요도 없었다. 나는 김반장네 가게 일을 거들어 주고 난 뒤 비치파라솔 밑의 의자에 앉아 뭔가를 읽고 있는 몽달씨에게로 갔다. 보나마나 주머니 속에 잔뜩 들어 있는 종이 조각 중의 하나일 것이었다. 멀쩡한 정신도 아닌 주제에 이번엔 기억상실증이란 병까지 얻어 놓고도 여태 시 따위나 읽고 있는 몽달씨 꼴이 한심했다.

"이거, 또 시예요?"

"그래. 슬픈 시야. 아주 슬픈……."

몽달씨가 핼쑥한 얼굴을 쳐들며 행복하게 웃었다. 슬픈 시라고 해 놓고선 웃다니. 나는 이맛살을 찡그리며 몽달씨 옆에 앉았다. 그리고 아주 낮은 목소리로 물었다.

"이제 다 나았어요?"

"응. 시를 읽으면서 누워 있었더니 금방 나았지."

금방은 무슨 금방. 열흘이나 되었는데. 또 한 번 나는 몽달씨의 형편없는 정신 상태에 실망했다.

"그날 밤에 난 여기에 앉아서 다 봤어요."

"무얼?"

"김반장이 아저씨를 쫓아내는 것……."

순간 몽달씨가 정색을 하고 내 얼굴을 쳐다보았다. 예전의 그 풀려 있던 눈동자가 아니었다. 까맣고 반짝이는 눈이었다. 그러나 잠깐이었다. 다시는 내 얼굴을 보지 않을 작정인지 괜스레 팔뚝에 엉겨붙은 상처딱지를 떼어 내려고 애쓰는 척했다. 나는 더욱 바싹 다가앉았다.

"김반장은 나쁜 사람이야. 그렇지요?"

몽달씨가 팔뚝을 탁 치면서 "아니야"라고 응수했는데도 나는 계속 다그쳤다.

"그렇지요? 맞죠?"

그래도 몽달씨는 못 들은 척 팔뚝만 문지르고 있었다. 바보같이. 기억 상실도 아니면서……. 나는 자꾸만 약이 올라 견딜 수 없는데도 몽달씨는 마냥 딴전[66]만 피우고 있었다.

"슬픈 시가 있어. 들어 볼래?"

치, 누가 그 따위 시를 듣고 싶어할 줄 알고. 내가 입술을 비죽 내밀거나 말거나 몽달씨는 기어이 시를 읊고 있었다. ……마른 가지로 자기 몸과 마음에 바람을 들이는 저 은사시나무[67]는, 박해받는 순교자 같다. 그러나 다시 보면 저 은사시나무는 박해받고 싶어하는 순교자 같다…….[68]

"너 글씨 알지? 자, 이것 가져. 나는 다 외었으니까."

몽달씨가 구깃구깃한 종이 쪽지를 내게로 내밀었다. 아주 슬픈 시라고 말하면서. 시는 전혀 슬픈 것 같지 않았는데도 난 자꾸만 눈물이 나려 하였다. 바보같이,[69] 다 알고 있었으면서…… 바보 같은 몽달씨…….

1986년 《한국문학》

66 전혀 관계없는 일을 하거나 행동을 하는 것.

67 은수원사시나무라고도 한다. 계곡이나 산기슭 아래에서 잘 자란다. 1950년 미국산 은백양과 수원사시나무 사이에서 생긴 자연 잡종이다. 관상수나 가로수로 많이 심으며 생장력이 강하다. 나무껍질과 잎을 출혈 예방이나 치통 등 약재로도 쓴다.

68 시인 황지우의 〈서풍 앞에서〉 전문全文이다.

69 몽달씨는 그날 밤 사건을 모두 기억하고 있지만 김반장을 용서해 주었다. 그 사실을 알고 주인공은 그의 마음씨에 감동을 느낀 것이다.